JN430640

THE BIBLE,

TRUE STORY

1권

Lucas Bennett

별빛서재출판사

서문

    태고의 정적 속에서, 인류의 영혼을 조용히 적셔온 하나의 이야기가 있습니다. 시간의 강을 건너 수많은 심장에 진리와 생명의 별빛으로 타오르던 성경. 그러나 오늘, 세상의 소란한 어둠 속에서 그 찬란했던 빛은 희미해져, 때로는 낯설고 불편한 '먼 옛날의 신화'라는 이름의 안개 속에 길을 잃곤 합니다. 기록된 시간과 우리가 숨 쉬는 지금 사이, 아득히 펼쳐진 계곡과 한 줌의 문장 속에 응축된 깊은 의미는 성경을 신비롭지만 끝내 가닿을 수 없는 섬처럼 느끼게 합니다.

    우리는 이성의 날카로운 불빛 아래 세계를 해부하고, 과학이라는 차가운 언어로 진실의 무게를 잽니다. 그 서슬 퍼런 눈앞에서 성경의 이야기들은 너무나 쉽게 빛바랜 환상으로, 비이성의 강 저편으로 밀려나곤 합니다. 하지만 성경은 결코 전설의 박제나 허구의 화석으로 머무르지 않습니다. 그것은 인간 존재의 가장 깊은 심연과 역사의 능선을 꿰뚫는 진실의 맥박이며, 윤리의 낡은 지침서를 넘어, 인류의 운명과 구원이라는 절대적 약속을 품은 거룩한 숨결입니다.

    제 어린 시절, 아버지의 손은 광활한 세상을 항해하는 가장 든든한 돛단배였습니다. 그 온유한 돛에 이끌려 처음 들이마신 성지의 공기는 세월이 흘러도 가슴속에서 희미해지지 않는 뜨거운 바람의 기억으로 남았습니다. 작은 제 키 위로 거대한 그늘을 드리우던 고대의 올리브나무, 낡은 성벽의 피부를 부드럽게 쓰다듬던 햇살의 감촉은 영혼에 새겨진 한 폭의 지워지지 않는 풍경화입니다.

그때의 저는 순례의 무게를 알지 못하는 철없는 여행자였습니다. 아버지의 단단한 어깨너머로 보이는 세상의 모든 것이 그저 놀라움의 연속이었을 뿐입니다. 하나의 소망을 품고 같은 곳으로 향하는 이름 모를 이들의 발걸음은 장엄한 파도처럼 밀려왔고, 그들의 기도 소리는 알아들을 수 없는 언어의 은하수가 되어 귓가를 맴돌았습니다. 수천 년의 발자국이 쌓인 돌바닥의 서늘함은 천진한 호기심을 자극하는 놀이였으며, 아버지의 음성으로 듣는 성경 이야기는 잠들기 전 머리맡에서 듣던 재미있는 전래동화와 다르지 않았습니다.

하지만 시간은 흘러 삶의 희로애락이 무엇인지 알게 되었을 때, 아버지의 손이 더는 곁에 없는 어른이 되어 그 길을 다시 찾았을 때, 저는 비로소 볼 수 있었습니다. 어린 날의 눈으로는 미처 발견하지 못했던 그 모든 순간 속에 숨겨져 있던 깊은 의미와 메아리를 말입니다. 무심결에 지나쳤던 모든 것들이 실은 제 영혼을 향한 가장 낮은 목소리의 속삭임이었음을, 이제야 헤아리게 됩니다.

이 책은, 그 망각의 먼지를 털어내고 외면당한 말씀의 온기를 되찾아 떠나는 고요한 순례의 초대장입니다. 우리는 이 여정을 통해, 한때 비이성의 흔적으로 치부되던 사건들을 오늘의 현실이라는 햇살 아래 다시 비추어보고자 합니다. 이는 단순한 재해석의 유희가 아니라, 역사의 지층 속에 묻힌 하나님의 숨결을 다시금 발굴하려는 조심스러운 시도입니다. 홍해의 물결을 가르던 모세의 떨리는 지팡이, 약속의 땅을 향해 침묵으로 하늘을 응시하던 아브라함의 시선, 우상의 시대에 불꽃처럼 외쳤던 엘리야의 절규, 그리고 거대한 절망을 향해 날아오른 소년 다윗의 작은 돌멩이 속에서, 우리는 시들지 않는 말씀의 생명력을 목격하게 될 것입니다.

행간에 스며든 진실의 향기를 따라 조심스레 걸어가는 이 작업은, 오래된 서고 깊숙한 곳에서 바람결에 실려 온 잉크 냄새를 맡듯, 그 안에 숨겨진 의미의 결을 하나하나 더듬어 가는 일입니다. 잊힌 맥락 속에 흩어져 있던 빛바랜 조각들은, 낡은 모자이크의 남은 조각처럼 서로의 자리를 기다리며 고요히 제 모습을 되찾아 갑니다. 이것은 단지 과거의 이야기를 복원하는 작업이 아닙니다. 그것은 숨결 잃은 문장을 다시 살아 움직이게 하고, 시간의 침묵 속에 잠들어 있던 진리를 오늘의 언어로 속삭이게 하는 일입니다. 과거를 복제하는 것이 아니라, 그 시대를 살았던 이들의 숨결과 눈빛, 떨리는 기도의 소리와 절박한 외침을 현재 속으로 불러오는 고요한 부활입니다. 이 작업은 잃어버린 시대와 오늘의 마음이 마주 앉아, 서로의 침묵을 경청하고, 잊힌 사랑을 되새기며, 하나님의 손길이 닿았던 역사의 자락을 다시 펼쳐 보는 일입니다. 그것은 성경의 보편적 진리가 어떻게 상처 입은 오늘 우리의 일상에 스며들어 위로되는지를 더듬어가는 지적 탐험이자 영혼의 귀향입니다. 그 길 위에서 우리는, 진리가 외면당하던 시대를 온몸으로 통과하신 예수, 그의 깊은 고독과 마주하게 될 것입니다. 거절의 돌멩이를 맞고 오해의 가시밭길을 걸으시면서도, 끝내 사랑을 놓지 않으셨던 그분의 애끓는 마음이 이 책의 갈피마다 낮은 신음처럼 배어 있기를 소망합니다.

무엇보다 이 순례의 끝에서, 성경 전체를 관통하는 하나님의 사랑이 당신의 가슴에 뚜렷한 온기로 새겨지기를 원합니다. 그 사랑은 조건을 묻지 않는 자비이며, 돌아서지 않는 용서이고, 인간의 얕은 이성으로는 감히 측량할 수 없는 거룩한 품입니다. 하나님은 지금 이 순간에도, 당신의 모든 삶의 조각들이 그 사랑의 품 안에서 온전히 쉬기를 기다리고 계십니다.

오래된 도미니칸 교회가 서점이 되어버린 네덜란드 마스트리흐트의 풍경을 떠올립니다. 기도의 침묵 대신 책장 넘기는 소리와 계산기의 소음이 채우는 공간. 어쩌면 우리는 가장 거룩한 '말씀을 들을 수 있는 자리'를 그렇게 잃어버렸는지도 모릅니다.

이제, 첫 장을 여십시오. 감추어졌던 진리의 오솔길이 당신 앞에 고요히 펼쳐져 있습니다. 이것은 단순한 독서가 아닙니다. 예수의 발자취를 따라 당신의 삶 속으로 걸어 들어가는, 거룩한 동행의 시작입니다.

그 첫걸음을, 바로 오늘 내딛으시길.

Lucas Bennett

Contents

EPISODE 1

…

그날,
하나님은 침묵하지 않으셨다.

역대하 35장 16절~27절

16 그리하여 이날 여호와께 드리는 번제가 준비되었고, 유월절 양을 드리며, 번제 제물을 여호와의 제단 위에 제사장의 명령대로 드렸으니, 이는 하나님의 사람 모세의 율법을 따라 행한 것이더라.

17 그때에 이스라엘 자손들이 유월절을 지켰고, 또 무교절을 칠 일 동안 지켰더라.

18 사무엘 선지자 때 이후로 이스라엘 가운데 이와 같이 유월절을 지킨 일이 없었으며, 이스라엘의 모든 왕들 중에도 요시야가, 제사장들과 레위 사람들과 유다와 온 이스라엘과 예루살렘의 거민들과 함께 지킨 것과 같이 유월절을 지킨 이는 없었더라.

19 이 유월절은 요시야 왕의 제십팔년에 지켜졌더라.

20 이 모든 일 후에, 요시야가 성전을 준비한 후에, 이집트 왕 느고가 유브라데 강가의 갈그미스로 싸우러 올라왔고, 요시야가 나가서 그를 맞서 싸우려 하였더라.

21 그러나 느고가 그에게 사신을 보내어 이르되, "유다 왕이여, 내가 오늘 당신과 무슨 상관이 있느냐? 나는 오늘 당신을 치러 온 것이 아니요, 나와 싸우는 집을 치러 온 것이니라. 하나님이 내게 속히 가라고 명하셨은즉, 그 하나님을 대적하지 말라. 그렇지 않으면 하나님이 당신을 멸하시리라" 하였더라.

22 그러나 요시야가 그 앞에서 물러서지 아니하고 변장하여 그와 싸우려고 나갔으며, 하나님의 입에서 나온 느고의 말을 듣지 아니하고 므깃도 평야에서 그와 싸우려 하였더라.

23 활 쏘는 자들이 요시야 왕을 쏘매 왕이 그의 신하들에게 말하기를 "나를 이끌어라. 내가 크게 상하였노라" 하였더라.

24 그의 신하들이 그를 병거에서 내려 그의 두 번째 병거에 태워 예루살렘으로 데려왔더니, 그가 죽었고 그의 조상들의 묘에 장사되었더라. 온 유다와 예루살렘이 요시야를 슬퍼하였더라.

25 예레미야가 요시야를 위하여 애곡하였으며, 모든 노래하는 남자들과 여자들도 요시야를 위하여 애가로 노래하였고, 오늘날까지 이스라엘 가운데서 그것을 관습으로 삼았더라. 보라, 그것이 애가들 중에 기록되었느니라.

26 요시야의 모든 행적과 그의 여호와께 대한 경건한 행위와 율법에 기록된 대로 행한 그의 의로운 행위는,

27 그 초부터 끝까지 이스라엘과 유다의 왕들의 책에 보라 기록되어 있느니라.

기도의 밤

　예루살렘은 유월절의 여운을 품은 채 조용히 숨을 죽이고 있었다. 밤은 아무 소리 없이 성읍을 덮고 있었고, 성전의 동편 담장 너머, 바람 한 줄기 스치지 않는 고요 속에 감람나무 가지들은 검푸른 어둠에 실려 묵묵히 서 있었다. 낮의 분주함이 모두 사그라지고, 노래와 제물이 떠난 성전엔 이윽고 또 다른 제사가 남겨져 있었다. 군중의 찬양도, 제사장의 축복도 없는 한 사람의 외로운 제사 — 그것은 무릎 꿇은 왕의 기도였다.

　요시야는 흰 망토를 두르고 맨발로 성전 안뜰의 단상을 향해 걷고 있었다. 그의 걸음은 가볍지 않았고, 그 침묵에는 돌 위로 쏟아지는 무거운 물음이 서려 있었다. 이따금 고개를 들 때마다 희미한 달빛이 그의 얼굴을 비추었다. 별로 다듬지 않아 덥수룩한 수염은 관자놀이부터 시작해 양 볼을 타고 흘러내려 목젖까지 거뭇하게 덮고 있었다. 약간 곱슬거리는 수염 결 위로 달빛이 내려앉아 은빛으로 어른거렸고, 그 그늘 속에서 비교적 도톰한 입술은 굳게 닫혀 있었다. 매끈하게 뻗은 콧날 아래, 윗입술까지 선명하게 팬 자국이 그의 깊은 고뇌를 대신 말해주는 듯했다. 그의 뒤를 따르던 왕실 서기관 사반은 몇 걸음 물러서서 아무 말 없이 그를 따라갔다. 두 사람 사이엔 말이 없었으나, 침묵은 오히려 그들 사이를 하나의 고요한 선으로 연결하고 있었다. 그 길은 오래전부터 왕이 혼자 걸어야 하는 길이었다. 그 길의 끝자락, 기도처 앞에 이르자 요시야는 조용히 무릎을 꿇고 머리를 숙였다. 그 기도의 자리는 아무도 대신할 수 없는 곳이었고, 기도는 언제나처럼 그의 몫이었다.

사반은 성전 입구의 거대한 두 놋기둥 뒤에 몸을 숨기듯 서 있었다. 기도하는 왕의 모습이 그의 시야에 들어왔을 때, 그의 가슴 깊은 곳엔 설명할 수 없는 떨림이 스며들었다. 오랫동안 왕을 모셔왔던 사반이었지만, 오늘 밤의 기도는 무엇인가 달랐다. 말은 이전과 다르지 않았다. 그러나 그 말의 깊이가 바뀌어 있었다. 마치 누군가에게 처음 자신을 소개하듯, 왕은 하나님 앞에서 스스로를 다시 정의하고 있었다. 기도처의 어둠은 조용히 고여 있었고, 등잔의 불빛은 숨을 죽인 듯 희미하게 타오르고 있었다. 돌바닥에 무릎을 꿇은 요시야의 어깨는 보이지 않는 무게에 눌려 있었다. 그의 머리는 땅 가까이로 숙여져 있었다. 낮은 목소리가 기도의 형태로 새어 나왔다.

"주여… 아브라함과 이삭과 야곱의 하나님… 다윗의 등불을 끄지 않으신 주여… 저는 그 후손 요시야이옵니다."

그 한마디는 단지 혈통을 확인하는 진술이 아니었다. 그것은 살아 있는 시간 안에서, 자신이 어떤 길을 따라왔는지, 또 어떤 책임 아래 서 있는지를 기억하려는 마지막 선언 같았다. 떨림 없는 음성이 정적을 만들었으나, 그 안에 담긴 절박함은 문 너머까지 번져나갔다. 그 말을 들으며 보아스 놋기둥 뒤에 서 있던 왕실 서기관 사반은 고개를 천천히 들었다. 그는 오랫동안 이 자리를 지켜왔고, 왕의 개혁과 눈물과 침묵을 누구보다 가까이서 보아온 자였다. 오늘도 그는 말없이 그 기도를 들으며 서 있었다. 무언가를 기록하려는 것도 아니었고, 왕을 보호하려는 감시자도 아니었다. 그저 이 마지막과 같은 밤에, 요시야라는 이름의 고독한 고백을 누군가는 함께 들어야 한다는 사명처럼, 그는 그 자리에 있었다. 요시야는 다시 입을 열었다. 이번에는 단단히 정제된 문장의 결을 따라, 율법의 조항을 읊조리는 듯 고요하고 또렷하게 말을 이었다.

"주 여호와여, 이스라엘의 거룩하신 이여, 어찌 이 작은 자가 감히 이 영광스러운 전(殿)에 서서 주님께 아뢰나이까. 제가 아직 아기처럼 보잘 것없던 어린 시절, 왕위에 올랐을 때, 제 마음속에는 오직 두려움뿐이었나이다. 선왕들의 죄악과 온 땅을 뒤덮었던 어둠의 세력이 제 어린 어깨를 짓눌렀나이다. 그들의 손으로 세워진 우상들이 모든 골짜기와 언덕에 가득했고, 제 백성들은 주님의 이름을 잊고 바알과 아세라를 쿨렀나이다.

주여, 어찌하여 그들은 그렇게도 주를 배반했나이까. 그들은 주님의 율례를 버리고, 주님의 전을 우상의 소굴로 만들었나이다. 저의 조상들이었던 악한 왕들은 주님을 떠나 우상을 섬겼고, 그들의 죄악은 온 땅에 저주를 가져왔습니다. 그러나 주님께서 저를 택하셨을 때, 저는 결코 그들과 같은 길을 걷지 않겠다고 맹세했나이다. 주님께서는 저의 마음을 감찰하셨고, 저는 어린 나이에도 불구하고 주님의 길을 굳게 따르기로 결심했나이다.

오, 주님, 저는 주의 율례를 다시 세웠고, 그동안 어둠 속에 숨겨져 있던 율법서를 찾아 백성들에게 선포했나이다. 백성들은 듣고 옷을 찢으며 회개하였고, 저 또한 주님 앞에서 겸손히 무릎 꿇었나이다. 저는 바알의 제단을 부수고, 아세라 목상을 불태웠으며, 우상의 흔적을 가르로 만들어 온 땅에 흩뿌렸나이다. 제 백성들이 그 더러운 우상을 다시는 볼 수 없도록 만들었나이다.

그리고 주님, 잊혔던 유월절을 온 백성과 함께 지켰나이다. 이는 이스라엘과 유다 땅에 왕정 시대가 시작된 이래, 그 어떤 왕도 이렇게 지킨 적이 없었나이다. 솔로몬 왕 이후로 가장 크고 영광스러운 유월절 축제였음을 주님께서 아시나이다. 주의 이름으로 더럽혀졌던 성전은 이제 다시 정결하게 되었고, 주님의 영광으로 가득 찼사옵니다.

오, 나의 하나님, 저는 저의 지혜로 이 모든 일을 행한 것이 아님을 고백하나이다. 그러나 주님께서 제 마음에 주신 확신과 용기가 아니었다면, 제가 어찌 이 악한 세력과 맞설 수 있었겠나이까. 주님께서 저를 들어 이 땅을 회복시키셨고, 백성을 다시 주님께로 돌이키셨나이다. 이 모든 영광을 오직 주님께 돌리나이다.

이 모든 일이 제가 다른 왕들과는 다르다는 것을 증명하는 증거이기를 바라나이다. 미천한 제가 이 모든 일을 하였사옵나이다. 주님의 눈에 보시기에, 제가 행한 모든 것이 주님을 기쁘시게 하였기를 소망 하나이다. 그런데도… 저는 지금 주의 뜻을 알 수 없습니다. 주여… 제가 숨기려 해도, 이 마음을 어찌 주께서 모르시겠습니까? 제 안을 살피소서. 숨길 수가 없나이다. 이 두려움, 이 떨림… 감추고 싶으나, 감춰지지 않나이다."

그의 기도는 회고였다. 하지만 그것은 자신을 정당화하려는 연설이 아니라, 기억 속의 장면들을 하나씩 하나님 앞에 되돌려 놓는 정직한 열거였다. 유다의 땅에 흩어졌던 우상의 산당을 무너뜨릴 때, 그는 분노보다 더 깊은 두려움 속에서 망치를 들었다. 유월절을 다시 지키기 위해 백성들에게 율법서를 읽을 때, 그는 눈물과 함께 민족의 부끄러움을 껴안았다. 지금 그 모든 일을 언급하고 있는 그의 입술은 담담했지만, 그 속에는 두려움 아닌 두려움이 스며 있었다. '그런데도… 나는 지금 주의 뜻을 알 수 없습니다'라는 말이, 말로는 옮겨지지 않았으나 그의 기도 전체를 감싸고 있는 보이지 않는 중심이었다. 기도처 안에는 다시 침묵이 찾아왔다. 등불은 더 이상 흔들리지 않았고, 방 안의 공기조차 움직임을 멈춘 듯했다. 사반은 그 정적을 뚫고 어떤 대답도 들리지 않음에 스스로 놀랐다. 그리고 문득, 자신에게 던지는 듯한 하나의 문장이 가슴속을 스쳐갔다.

'그 모든 일을 이룬 분이… 어째서 이토록 무거운 기도를 드리고 계신가.'

요시야는 누구보다 많은 것을 이루었고, 누구보다 겸손했으며, 누구보다 순결한 의도로 하나님 앞에 서 있던 자였다. 그는 왕의 칭호보다 먼저 종의 자리를 자청했고, 힘보다 말씀을 택한 이였다. 그런 그가 지금, 땅에 얼굴을 묻고 자신의 무게를 이기지 못한 채 기도하고 있었다. 사반은 그 기도가 하나의 탄식이자, 동시에 자기 확신과 의심 사이에서 흔들리는 인간의 마음이라는 것을 느꼈다. 요시야는 하나님 앞에서 자신이 행한 모든 일을 조심스레 펼쳐 보이며, 그것이 온전히 순종이었는지를 묻고 있었다. 그는 이미 역사 속에서 빛나는 이름이었으나, 지금 이 밤에는 누구보다 어두운 내면의 골짜기를 지나고 있었다.

사반은 눈을 감았다. 등불 뒤편에서 길게 드리운 왕의 그림자가 돌벽 위에 눕혀져 있었다. 그 그림자는 고개를 깊이 숙인 채 한 사람의 고뇌를 증명하고 있었다. '이토록 선한 이가, 이토록 외로운 밤에 하나님을 부르짖고 있다면… 이 민족은 얼마나 더 깊은 밤을 지나야 하겠는가.' 그는 아무 말도 하지 않았지만, 그 조용한 질문 하나가 등불보다 오래 그 방 안에 남아 있었다. 요시야의 기도는 여전히 이어졌다. 그것은 하나님께 들려지기를 기다리는 한 사람의 가장 순결한 떨림이었다. 응답 없는 어둠 속에서, 자신의 마지막 문장을 정리하려는 자의 고백처럼 ― 그 기도는 사라지지 않고, 방 안에 천천히 머물고 있었다.

기도처의 깊은 어둠 속에서, 다시금 들려온 요시야의 목소리는 이전과는 다른 결을 품고 있었다. 그 소리는 더 낮았고, 더 느렸으며, 단순한 신하의 귀에 들리기에는 다소 간신히 가닿을 만큼 가라앉아 있었다. 그러나 바로 그 낮음 속에, 왕의 내면 깊숙이 도달한 어떤 깨달음과 불안을 가늠할 수 있었다. 그것은 외교 보고서나 전략 회의의 결론이 아니었고, 한 인간이 심장을 찢어 꺼낸 고백이었다.

"그러나… 저의 마음엔 평안이 머물지 않나이다. 북에서 전쟁의 소식이 들려오고 있사옵니다. 애굽이 병거를 이끌고, 바벨론도 칼을 쥐었습니다. 그들의 충돌의 선이… 머지않아 우리의 땅을 가로지르게 될 것이옵니다."

그 말이 끝나는 순간, 기도처를 감싸고 있던 공기는 달라졌다. 놋기둥 뒤에 서 있던 사반조차 자신도 모르게 숨을 멈췄다. 왕의 말은 단지 현재의 정세를 진술하는 언어가 아니었다. 그것은 어쩌면 예언자보다 더 깊이 시대를 꿰뚫어 본 자의 증언이었고, 한 나라의 영혼을 어루만지려는 통치자의 무릎 꿇은 예지였다.

사반은 누구보다 많은 문서와 정보를 먼저 접하는 자였다. 그는 각지에서 올라오는 봉인된 두루마리 속에서 애굽의 진군을 확인했고, 바벨론의 급격한 동원을 인지했다. 요단 동편의 작은 마을에서도, 므깃도의 언덕에서도, 불안은 바람처럼 스며들고 있었다. 그러나 그 사실들을 모아 하나의 의미로 꿰뚫는 이는 드물었다. 정세를 아는 자는 많았지만, 그 정세의 무게를 어깨에 얹는 이는 왕뿐이었다. 요시야가 말한 '우리의 땅을 가로지르게 될 것이옵니다'라는 그 한 문장은, 단순한 지리적 현상을 설명하는 것이 아니었다. 그것은 이 나라의 심장 위로 두 개의 전쟁이 교차해 지나갈 것이라는 예감을 담고 있었다. 그 충돌의 중심이 성전도, 왕궁도 아닌 백성들의 일상이 될 것이라는 직감이 스며 있었다.

요시야는 통치자가 아니라 시대의 십자가를 짊어진 순례자처럼, 그 불가피한 충돌을 앞에 두고 하나님 앞에 꿇어앉아 있었다. 그는 전략을 논하지 않았고, 동맹을 꾸리지도 않았다. 대신 그는 무릎을 꿇었고, 침묵 속에서 들려오는 하나님의 뜻을 기다렸다. 그 기다림은 고요했으나 절대 평온하지 않았다. 그것은 한 나라의 운명이 걸린 밤이었고, 믿음과 현실 사이에서 어느 쪽도 확신할 수 없는 자의 긴장 속에서 피어난 기도였다.

기도처의 어둠은 오래된 성소처럼 무겁게 내려앉아 있었다. 거대한 야긴과 보아스 놋기둥 하나하나가 말없이 그 밤의 긴장감을 받아내고 있었다. 그 뒤에 선 사반은 조용히 눈을 감고 고개를 떨구었다. 왕의 기도가 이어질수록, 그가 감당해야 할 무게가 점점 더 분명해지고 있었기 때문이다.

요단 동편의 작은 시장에서는 이미 상인들의 발걸음이 줄어들고 있었고, 그들은 은밀하게 서로의 표정을 살피며 입을 다물었다. 이유를 묻는 자는 없었으나, 모두가 알았다. 벧세메스의 길목에서 어른거리는 이름 모를 병사들의 실루엣은 공식적인 병력이 아니었고, 그들은 깃발도 명분도 없이, 그러나 어딘가에서 부는 바람처럼 불길한 기척만을 남기고 사라졌다. 므깃도의 북쪽 언덕 너머에서는 검은 병거의 바퀴 소리가 몇 차례나 낮게 들려왔다. 그것은 보이지 않는 무게로 산과 들을 짓눌렀다. 그들은 아직 공격하지 않았고, 아직 침입하지 않았다. 그러나 오히려 그 침묵이, 그 머뭇거림이 예루살렘에 더한 불안을 안겼다. 무언가 다가오고 있다는 사실은 명백했지만, 아무도 그것을 말하지 않았다. 말하는 순간 그것은 '사건'이 되기 때문이다. 전쟁은 선포되지 않았고, 왕실의 문서는 여전히 평화를 기록하고 있었으며, 대제사장은 절도 있게 성전의 향을 피워 올렸다. 그러나 저 어둠 속, 도성의 가장 높은 언덕 위의 돌로 지어진 집에서,

단 한 사람만이 모든 것을 알고 있었다. 그리고 단 한 사람만이 그 밤의 숨결을 버티고 있었다.

요시야는 홀로 깨어 있었다. 그의 주변에는 누구도 없었고, 오직 등불 하나가 그의 그림자를 벽에 길게 드리우고 있었다. 침상은 비어 있었고, 의전도 사라진 지 오래였다. 그는 왕좌가 아닌 바닥 위에 무릎을 꿇고 있었고, 그 손은 떨리는 입술 아래서 모아져 있었다. 그의 눈은 붉게 충혈되어 있었지만, 눈물은 흐르지 않았다. 그는 더 이상 울 수 없었다. 눈물로도, 언어로도 설명할 수 없는 밤이었다. 제사장들은 이미 자리를 비웠고, 예언자들은 아직 침묵하고 있었으며, 백성들은 모르는 사이어 잠들어 있었다. 오직 요시야만이 깨어 있었다. 오직 그만이 무릎 꿇은 채 이 민족의 무게를 짊어지고 있었다. 그리고 그 밤, 다시금 그의 기도가 어둠을 뚫고 흘러나왔다. 그것은 단순한 간구가 아니었고, 분노도 아니었다. 그것은 반복되는 역사의 비극을 더는 피하지 않으려는 자의 통곡이었다. 어쩌면 심판을 받아들이겠다는 자의 자복이기도 했다.

"주여… 이 땅은 그들에게 목적지가 아니옵니다. 스스로 역사의 물줄기를 돌릴 수 없는 약소국의 비애처럼, 이 땅은 단지 통과해야 할 지형일 뿐이옵니다. 그러나 전쟁은 언제나 여기서 시작되었고, 언제나 여기서 끝났사옵니다. 그들이 싸울 때마다 불은 우리의 곡간을 태웠고, 칼은 우리 아이들의 등을 지나갔습니다. 이 뼈아픈 슬픔은 단순히 지나간 역사의 이야기가 아니라, 약소국이 겪는 영원한 비극이자 벗어날 수 없는 굴레입니다. 우리는 늘 '피해자'로 남아야 했고, 그 한탄은 켜켜이 쌓여 오늘날에도 메아리치고 있습니다."

그의 목소리는 낮았지만, 그 안에는 수천 년의 피로가 서려 있었다. 바벨론도, 앗수르도, 애굽도 이 땅을 지나가며 목적지를 향해 나아갔다. 그러나 그 모든 길의 마디는 유다였고, 예루살렘은 늘 싸움의 언저리에서 불탔다. 요시야는 그 사실을 외면하지 않았다. 그는 그것을 믿했고, 하나님께 그것을 던졌다. 왜 이 땅이 항상 칼의 길목이 되어야 하는지, 왜 여호와의 백성이 언제나 강대국의 충돌을 몸으로 감당해야 하는지. 그것은 단순한 기도가 아니었다. 항변이었고, 기소였으며, 마침내 그 모든 것을 짊어지고 장면의 한가운데로 걸어 들어가는 결단이었다.

"오, 여호와여! 대체 언제까지입니까? 바벨론의 군대가 동쪽에서 무섭게 몰려오고, 그들의 발걸음 하나하나에 이 땅이 진동하나이다. 주의 백성에게 평화를 허락하셨건만, 저 거대한 제국의 군대가 앗수르의 멸망을 넘어 새로운 야욕으로 남하하고 있사오니, 어찌 이 미약한 백성이 저 강대한 적들을 막아낼 수 있겠나이까? 우리의 군대는 보잘것없고, 우리의 방벽은 저들의 강력한 공성 무기 앞에서는 종잇장과 같사옵니다. 주님, 저희는 두렵습니다. 저들의 창끝이 우리의 성벽을 뚫고, 저들의 함성이 예루살렘의 평화를 집어삼킬까 두렵사오며, 주의 백성이 또다시 피 흘리고 먼 이국 땅으로 흩어질까 심히 두렵사옵니다. 주의 얼굴을 우리에게 돌리시어 이 절박한 상황에서 저희를 건지시고, 이 땅을 지켜주소서. 주의 백성이 더 이상 칼날 앞에서 떨지 않게 하소서!"

기도처 뒤편의 어둠 속, 놋기둥에 기대어 있던 사반은 그 말에 천천히 등을 붙였다. 그의 심장은 천천히, 그러나 확실히 무너지고 있었다. 그는 더는 단순히 왕의 충직한 기록자가 아니었고, 이제는 왕의 고백을 목도하는 시대의 증인이 되어버린 듯했다. 요시야의 말은 단지 밤의 독백이 아니었고, 민족 전체의 역사적 통곡을 몸으로 품은 자의 절규였다. 그는 혼자였지만, 결코 홀로 기도하지 않았다. 그 어둠 속에서 그는 예언자들의 침묵을 꿰뚫었고, 백성의 무지 속에서 대신 깨어 있었으며, 하나님의 침묵 앞에서 질문을 포기하지 않았다. 기도는 그렇게 계속되었다. 마치 그 기도가 멈추는 순간, 전쟁이 시작될 것임을 예감하듯. 하나님은 아직 침묵하고 있었으며, 예루살렘은 그 말과 침묵 사이의 얇은 실 위에 아슬아슬하게 매달려 있었다. 요시야는 말하고 있었다.

"주여, 저희는 제국의 밑으로 들어가 삶의 모든 것을 빼앗겼던 과거의 비극을 기억하나이다. 우리의 땅이 우리의 것이 아니게 되었고, 저희의 역사가 저들의 발밑에 깔렸던 그 고통을 당신은 아시나이다. 기억하시옵나이까? 저들의 사절단이 황금과 전차를 앞세워 이 땅에 올 때마다, 저희의 창고는 마르고 아이들은 굶주렸나이다. 우리의 아들들이 우리의 성벽을 지키는 대신, 멀고 낯선 땅에서 저들의 정복 전쟁에 화살받이가 되었나이다. 가장 끔찍했던 것은 반란의 기미만 보여도 저희의 뿌리를 뽑아 흩어버렸던 그들의 방식이었나이다. 이제 저들의 그림자가 다시 우리 땅에 드리워질 때, 저희는 그 과거의 고통을 미리 아는 백성이 되었사옵니다. 저희는 칼을 들 용기도, 희망을 품을 자유도 잃었나이다. 살아있으나 살아있지 않은, 숨 쉬는 시체와도 같았던 그 괴로움을 다시 겪게 될까 두려워, 담담히 이 불행을 고백하나이다. 주여, 이 비통한 기도를 들으시고 저희의 운명을 기억하여 주시옵소서."

유다는 언제나 그러했다. 애굽과 앗수르 사이, 바벨론과 헷 족속 사이 — 이방 열강의 문명이 부딪히는 길목에 놓인 채로, 그 중심이 아닌 변두리로서 존재해왔다. 그 누구도 이 땅을 목적지로 삼지 않았다. 그들에게 유다는 단지 이동의 통로였고, 보급의 창고였으며, 때로는 전쟁의 방패막이일 뿐이었다. 그러나 그 모든 '통과'는 언제나 이 땅의 종말을 의미했다. 남의 전쟁에서 흩뿌려진 불길이 유다의 곡간을 태웠고, 남의 칼끝이 이스르엘 골짜기의 어린아이들을 베었다. 외세의 병력은 항상 지나갔고, 그 지나침은 늘 상처를 남겼으며, 무너진 성벽과 불탄 포도원, 끌려간 청년들의 자리는 조용히 폐허로 남았다. 왕실 서기관 사반은 그 사실을 알고 있었다. 아니, 알고 있다는 차원을 넘어, 그의 심장과 손가락, 그리고 눈빛 속에 아예 새겨져 있었다. 그는 역사의 기록자였고, 반복되는 전쟁의 무력함을 문장 하나하나에 담아야 했던 자였다. 그래서 그는 지금 요시야 왕의 기도가 단순한 신앙의 외침이 아님을 알았다. 그것은 통치자의 절규였고, 고독한 밤에 홀로 남겨진 자의 깊은 고백이었으며, 무릎 꿇은 자만이 할 수 있는 가장 순전한 진실이었다.

"강대국들은 칼을 들었고, 우리에겐 견고한 방패조차 없사옵니다. 주를 바라보는 눈 외에는, 아무것도 없사옵니다."

그 말은 허공을 가르는 절실함이었고, 들리지 않는 곳을 향해 내지른 기도였다. 사반은 문득 자신이 품고 있던 두루마리들의 무게를 떠올렸다.

그것은 역사서였고, 율법서였으며, 오래된 예언자들의 음성들이 기록된 문서였다. 그는 그것들을 꿰뚫고 정리하며 살아왔고, 왕에게 바칠 말씀을 간추려내던 자였다. 그러나 오늘 밤, 그 모든 문장과 계율은 왕의 한마디 앞에서 아무런 대답을 하지 못하고 있었다. 말씀은 여전히 기록되어 있었지만, 살아 있는 응답은 들리지 않았다. 예언은 있었으나, 방향은 없었다. 하나님의 음성은 들리지 않았고, 제사장의 음성은 멈췄으며, 성전의 등불은 고요하게 흔들릴 뿐이었다. 말씀은 손에 있었지만, 해석은 마음에 이르지 못했다. 모두가 침묵했다. 그 침묵은 유다를 덮고 있었다.

그리고 마침내, 요시야는 기도의 가장 깊은 골짜기로 들어갔다. 그는 이제 민족 전체의 왕이기를 멈추고, 한 사람의 기도자로서, 그리고 역사의 전환점에 서 있는 이로서, 감히 누구도 쉽게 꺼내지 못한 질문을 하나님 앞에 던졌다. 그의 입술에서 흘러나온 그 말은 왕좌에서가 아닌, 무릎 꿇은 자의 자리에서 겨우 꺼낸 문장이었다.

"제가 이 백성을 맡았나이다. 주의 율법을 다시 일으켜 세운 자는 저이옵니다. 이제 그들의 칼이 우리 경계에 닿으려 할 때, 저는 무엇을 해야 하옵니까?"

그러나 다가올 백성들의 불행과 불안한 나라의 운명의 무게감에 짓눌린 탓에, 그는 무릎은 꿇고 있으되 마음은 어딘가 다른 곳을 향하고 있었다.

"백성들은 저를 믿고 따르고 있사옵니다. 제가 흔들리면, 모두가 무너질 것이옵니다. 주께서 명하신 것이 있다면 말씀하시옵소서. 허나, 그렇지 않다면… 제가 결단을 내려야 하옵니까?"

그의 말은 신을 향한 기도인 동시에, 스스로에게 되뇌는 독백이었다. 아무런 응답이 없었지만, 자신이 옳게 판단할 수 있다는 생각이 마음 한편에서 고개를 들고 있었다. 하나님의 뜻을 기다리는 기도라기보다는, 허락받은 듯 행동하고자 하는 재촉처럼 느껴지는 말투였다. 그의 눈빛은 결연했지만, 그 안에는 알 수 없는 초조함이 맴돌았다. 그는 기도하고 있으나, 이미 무엇을 할지를 마음속으로 그려놓은 듯했다. 하나님의 음성보다, 백성의 두려움과 군사적 위협이 더 또렷하게 그의 귀를 자극했다.

그 말은 판단을 구하는 질문이었고, 동시에 하나님께 그 책임을 되묻는 고백이었다. 요시야는 싸움이 무의미함을 모르는 자가 아니었고, 피 흘림의 대가가 무엇인지를 모르는 자도 아니었다. 그는 이미 정결하게 한 성전에서, 율법서를 들고 눈물 흘리며 새 언약을 선포했던 이였고, 백성 앞에 서서 거룩함을 외쳤던 자였다. 그러나 지금 그는, 그 누구도 알려주지 않는 다음 걸음을 스스로 결정해야 했다. 저들의 위협에 칼을 뽑을 것이냐, 아니면 그들의 위세 앞에 고개를 숙일 것이냐―그 질문은 단순히 외교나 군사 전략의 문제가 아니었고, 그것은 민족의 생명과 하나님의 뜻 사이에서 한 인간이 짊어져야 할 고통의 무게였다. 사반은 그 기도를 들으며, 더는 기록자가 아니었다. 그는 침묵 속에서 함께 아파하는 동역자였고, 하나님께서 기어코 대답해주시기를 바라는 자였다. 그리고 그 밤, 아무런 대답도 없었다. 기도는 계속되었고, 왕은 여전히 무릎 꿇고 있었다. 그러나 침묵은 멈추지 않았고, 새벽도 아직 오지 않았다. 그 어느 쪽도, 정답이라고 말할 수 없는 밤.

그는 이제야 깨달았다. 이 밤에 왕이 무릎을 꿇은 이유는 단지 간구하기 위함이 아니었다. 그것은 하나의 경계에 서 있는 자로서, 그 문을 열지 말지, 닫지 말지를 결정해야 하는 자의 고독한 싸움이었다. 그리고 그 질문은 결국, 인간이 감당할 수 없는 범위에 이른 물음이었다. 사반은 다시 눈을 감고, 그 무거운 어둠 속에서 자신도 기도하기 시작했다. 말 없는 하나님을 향해, 무릎 꿇은 왕을 대신하여.

밤은 깊어지고 있었고, 하늘은 여전히 대답하지 않았다.

기도처의 공기는 오래된 서책의 마지막 장처럼 무겁고 눅눅했다. 시간은 더 이상 흐르지 않는 듯 멈춰 있었고, 숨조차 조심스레 쉬어야 할 만큼 고요한 침묵이 놋기둥 사이를 가득 채우고 있었다. 사반은 그 침묵 속에서 천천히 고개를 들었다. 방금 요시야왕의 입에서 흘러나온 마지막 문장은, 단순한 기도가 아니라 무릎 꿇은 왕의 결단 선언이었다. 그것은 어떤 신탁도, 예언도 없이 이루어진 무서운 선택의 서약이었고, 하나님이 응답하지 않으신다면 오히려 그 침묵마저도 뜻으로 받아들이겠다는 순종이자 체념의 고백이었다.

사반은 놋기둥에 기대었던 몸을 바로 세웠다. 그 말 ― '제가 판단하겠습니다' ― 는 듣는 이의 심장을 작게 찢고 지나갔다. 왕이 묻고 있었던 것은 더 이상 단순한 신의 뜻이 아니었다. 그것은 경계선에 선 자가, 어느 쪽으로 문을 열어야 할지 스스로 결정해야 하는 순간이었다. 그 결정의 무게는 곧 한 민족 전체의 생사를 좌우할 것이었다. 왕은 더는 하나님의 명령을 기다리지 않고 있었다. 그는 침묵을 뜻으로 여기겠다고 했고, 뜻이 보이지 않는다면 자신이 그 길을 결정하겠다고 말했다. 그리고 그 결정이 하나님의 뜻을 거스르지 않기를, 그것이 백성의 멸망이 되지 않기를, 오직 자비로 덮어주시기를 간구했다.

그는 조심스레 시선을 기도처 안으로 옮겼다. 등불 하나가 바람도 없는 밤공기 속에서 아주 작게, 그러나 쉼 없이 흔들리고 있었다. 그 불빛 아래 요시야는 여전히 무릎을 꿇고 있었고, 그의 어깨는 조용히 떨리고 있었다. 등불이 그를 비추는 방식에는 무엇인가 성소의 제단을 떠올리게 하는 기이한 경건함이 서려 있었다. 마치 한 사람이 아니라, 수많은 세대의 민족이 그 어깨 위에 겹쳐진 듯한 무게. 지금 이 밤, 하나님께 바쳐진 제물처럼, 왕은 자신을 바닥에 낮추고 있었다. 그 모습 앞에서 사반은 더는 침묵할 수 없었다. 그는 입술을 달싹이며 작게, 그러나 분명한 음성으로 속삭였다.

"그분은 들으시고, 때로 침묵하시는 분이시다. 그러나 이 침묵이… 왕에게 칼을 쥐게 하지 않기를…"

그 말은 누구에게 하는 말인지 모를 중얼거림이었지만, 동시에 이 밤 전체를 관통하는 기도이기도 했다. 왕을 향한 간구이자, 하나님을 향한 탄원. 그 짧은 문장에는 수십 년간 기록을 베껴오고, 예언자의 말을 옮기며, 율법의 무게를 손끝으로 느껴온 한 서기관의 깊은 절절함이 스며 있었다.

사반은 조용히 머리를 숙였다. 그리곤 두 손을 모아 무릎을 꿇었다. 그 역시, 비록 놋기둥 뒤에서나마, 왕과 함께 이 밤의 침묵 속에 엎드리기로 한 것이었다. 그는 기도하는 자가 아니었지만, 오늘 이 밤만큼은 어떤 문장을 쓰는 손이 아니라, 어떤 대답도 들을 수 없는 어둠 속에서 조용히 기다리는 자로 남아야 했다.

그리고 그렇게, 그 밤은 천천히 더 깊어져 갔다. 예루살렘은 여전히 잠 들어 있었다. 하늘은 아무 말이 없었으며, 왕은 기도했고, 서기관은 침묵 속에서 기도했다. 그 모든 고요함 속에서 오직 등불만이 흔들리고 있었다. 그 등불의 떨림조차도 하나님께 드리는 마지막 호흡처럼 느껴졌다. 그리 고 그 위태로운 불빛은 다음 날의 해가 떠오르기 전까지, 한순간도 쉬지 않고 타오르고 있었다.

전령의 말, 하나님의 음성인가

예루살렘의 동편 하늘이 서서히 빛을 머금을 무렵, 도시의 가장자리는 평소와는 다른 색조로 깨어나고 있었다. 그것은 해 뜨기 전 특유의 청회색 여명도, 사막을 건너오는 일상의 먼지도 아닌, 오래된 재앙의 기억이 흙먼지를 타고 다시 떠오르는 듯한 두터운 빛이었다. 처음에 초병들이 그것을 발견했을 때만 해도, 그들은 그 이상한 먼지 띠를 아람 상인의 무리쯤으로 여겼다. 혹은 갈릴리 방면에서 목초지를 옮겨 다니는 유목민들의 무리일 수도 있다고, 그렇게 스스로를 안심시켰다. 그러나 그 먼지가 점점 뚜렷한 궤적을 따라 흘러오고, 그 빛이 금속성과 흙먼지의 결을 동시에 품기 시작했을 때 — 초병들의 눈빛은 점차 굳어졌다. 그것은 붓질처럼 부드럽게 번지다가도, 돌연 한 호흡으로 성을 덮칠 듯 밀려오는 모래 빛의 장막이었다. 그 가장자리는 바람의 결에 따라 점점 검고 거칠게 물들어가고 있었다. 초병은 망루 위에서 나팔을 움켜쥐었지만 아직은 불 수 없었다. 그러나 그의 눈에는 이미 공포가 자라고 있었고, 그의 등줄기를 따라 식은땀이 한 줄기 흘렀다.

그 소리가 들려온 것은 그다음 순간이었다. 멀리서부터 점점 다가오는 땅의 울림 — 말발굽과 병거 바퀴가 땅을 두드리며 만들어내는 깊고 둔탁한 북소리 같은 진동이, 예루살렘의 평정한 아침을 삼켜 들어오기 시작한 것이다. 대지는 그것을 먼저 느꼈고, 초병은 그것을 뒤늦게 알아차렸다. 그리고 얼마 지나지 않아, 먼지구름 틈으로 깃발들이 언뜻언뜻 모습을 드러내기 시작했다. 햇살에 반사되어 깃대는 빛났다. 그 위에 걸린 천들은 붉고 검었으며, 그 가장자리는 금실로 자수 놓인 문장으로 마감되어 있었다. 그것은 분명 평화의 기가 아니었다. 바람이 깃발을 흔들자, 전쟁을 예고하듯 성 위에서 사납게 펄럭였다. 하늘 아래 요동치는 그 모습은 피를 흘리는 전령 같았다.

깃발의 수는 처음에는 셋, 그다음에는 열둘, 그리고 마침내 셀 수 없을 만큼 많아졌고, 그것이 모두 한 방향 — 예루살렘을 향하고 있다는 단순한 진실만으로도 성안의 공기는 변하기 시작했다. 병거대의 정확한 규모는 아직 보이지 않았으나, 깃발만으로도 수백은 족히 되어 보였다. 먼지의 폭과 높이, 그리고 흙먼지가 만드는 진동의 깊이를 통해서도 그것이 거대한 군세임을 감지할 수 있었다. 고요했던 성내는 분주한 발걸음 소리로 술렁이기 시작했고, 등 뒤에 시선이 꽂히는 듯한 긴장감이 골목 사이를 파고들었다.

사실 병거대가 다가오고 있다는 소문은 이미 여러 날 전부터 돌고 있었다. 동쪽 사막의 기슭을 넘어, 애굽이 요단을 건넜다는 이야기, 그 병거가 바벨론의 군세와의 충돌을 목전에 두고 유다를 지나가려 한다는 말은 상인들의 입에서 목동의 귀로, 그리고 다시 제사장의 귓속으로 흘러 들어가고 있었다. 그러나 그 모든 말은 허공에 흩날리는 연기 같았다. 백성들은 그것을 두려움이 아닌 거리의 잡담쯤으로 여겨왔다. 예루살렘은 여전히 성스러운 도성이었고, 요시야 왕의 통치 아래에서 질서와 정결을 회복한 땅이었다. 그래서 사람들은 믿었다. 설령 군세가 지나간다 해도, 그 발걸음은 예루살렘을 비껴가리라. 그것은 신의 도시였고, 율법이 선포된 곳이며, 유월절의 언약이 회복된 땅이었기 때문이다.

그러나 지금, 그들이 보았던 먼지는 막연한 소문이 아니었다. 그것은 실제로 밀려오는 전쟁의 전조였고, 하늘의 빛조차 흙먼지에 덮여 푸석하게 식어가고 있었다. 시장의 상인은 손에 들고 있던 무게추를 내려놓았다.

아이를 품에 안은 어머니는 멍하니 동쪽 하늘을 바라보다 문을 닫았다. 제사장들은 성소 안에서 벌써 사제의 옷을 갈아입고 있었고, 노인들은 흙먼지를 피해 성전 벽에 기대어 눈을 감았다. 예루살렘은 아직 침묵 중이었으나, 그 침묵은 더 이상 평화의 증거가 아니었다. 전쟁이 닥기 직전, 온 세상이 숨을 멈춘 듯한 정적. 제 운명을 말하지 못해 꾹 다문 입술 같은 고요. 바로 그것이었다. 그리고 그 고요는, 그날 새벽의 먼지구름과 함께, 예루살렘을 천천히 감싸 안고 있었다.

성벽 위에 배치된 초병들은 망루를 오르내리며 시야를 넓혔고, 적의 동태를 정확히 파악하기 위해 천으로 눈을 가리고 렌즈 없이 태양을 응시하듯 애써 실눈을 떴다. 병사들은 광장에 집결했으며, 군관들은 군기를 정렬시키고 무기 창고의 장검과 창을 점검했다. 제사장들조차도 성전의 청소를 멈추고, 제단의 재 위에서 백성을 위한 긴급 기도회를 열었다. 그들은 희생제 대신 기도와 금식을 택했지만, 그 기도조차도 하늘에 닿을 수 있을지 확신하지 못한 채 손을 모으고 있었다. 골목길의 어머니들은 급히 남은 식량을 자루에 싸고, 아이들을 안방 깊숙이 들여보낸 후 부엌칼과 가죽끈을 함께 껴안았다. 누구도 싸움을 준비한 적이 없었고, 모두는 다만 그날이 오지 않기를 바랐을 뿐이었다.

왕궁의 안뜰은 시간조차 흐르지 않는 듯한 정적 속에 잠겨 있었다. 그 안을 오가는 발걸음들은 모두 조심스러운 망설임의 흔적을 남기고 있었다. 왕실 회의장은 여전히 닫혀 있었고, 회의를 알리는 북도 울리지 않았다. 왕궁의 대신들은 여러 전각 사이를 오가며 무겁게 침묵했다. 그들은 서로 눈빛만으로 불안을 나누었고, 간혹 누군가가 낮은 한숨과 함께 입을 열려다 이내 말문을 닫고 돌아섰다. 그들은 알고 있었다. 이 침묵은 단순한 유예가 아니라, 왕이 아직 응답을 내리지 않았다는 신호라는 것을. 그리고 그 응답은 단지 왕의 결단이 아니라, 신의 뜻을 묻는 자로서의 고뇌에서 나올 것이라는 점도. 요시야는 단순히 통치하는 자가 아니었다. 그는 예언자의 눈으로 시대를 읽는 자였고, 제사장의 손으로 성전을 수복한 자였으며, 무엇보다 하나님의 율법을 삶의 중심에 다시 세운 자였다. 그러므로 지금 그의 침묵은, 단순한 정치적 회피가 아니었다. 그것은 신 앞에서의 기다림이자, 아직 다가오지 않은 응답을 향한 고요한 청취였다. 대신들은 그 침묵을 해석할 수 없었고, 더 나아가 그 침묵을 방해할 수도 없었다. 모두가 잠시 멈춘 듯한 왕궁의 시간 속에서, 오직 한 사람의 입술에서 떨어질 문장 하나가, 유다의 운명을 결정할 단 하나의 좌표처럼 기다려지고 있었다.

그러던 그때, 성루를 지키던 초병의 외침이 날카롭게 성 위로 울려 퍼졌다.

"말을 탄 자 하나! 동문으로 진입 중이다! 깃발이 보입니다! 붉은 매… 애굽의 인장입니다!"

그 한 문장은 잠들어 있던 도시 전체를 뒤흔드는 북소리처럼 번져갔다. 안뜰을 지나던 하인들이 놀라 머리를 들었고, 주랑을 걷던 대신들의 눈빛도 한순간에 얼어붙었다. 그 외침은 아직 왕궁 깊은 곳까지 도달하지 못했지만, 성문 바깥에서부터 피어오르는 먼지가 또 한 겹 성벽을 넘고 있었다. 거센 말발굽 소리와 함께, 사막의 붉은 흙먼지가 바람을 타고 도시로 밀려들어왔다. 그 구름 속에서 한 사신이 검은 망토를 휘날리며 달려오고 있었다. 그의 말은 이미 기진맥진하여 피가 젖은 입술을 헐떡이고 있었다. 그의 눈은 먼지에 절어 있었지만, 손에 쥔 두루마리는 그 어떤 무기보다 날카롭고 단단해 보였다. 그것은 단지 종이 한 장이 아니었다. 붉은 진흙으로 봉인된 그 서한에는 애굽 왕 느고의 인장이 찍혀 있었다. 그 인장은 곧 전쟁과 평화, 대화와 침묵, 생존과 파멸을 가를 신호처럼 보였다.

성문을 지나 왕궁을 향해 달려가는 사신의 뒷모습에 수많은 시선이 꽂혔다. 병사들은 그를 향해 길을 열었다. 성안을 가득 메우던 정적은 다시 깊은숨처럼 가라앉았다. 사람들은 그가 가져온 메시지의 무게를 이미 몸으로 느끼고 있었다. 그것은 곧 전쟁을 알리는 것이거나, 혹은 지나가겠다는 통보일 수도 있었다. 혹은 유다의 선택을 강요하는 하나의 기만일 수도. 그러나 무엇이든 그 메시지는 이제 도달할 것이었고, 왕궁은 곧 그 서한을 받아들여야만 했다. 바람은 사신의 말발굽이 지난 자리를 휘저으며 흙먼지를 날렸다. 그 흔들림은 깃발보다 먼저 사람의 마음을 흔들고 있었다. 그리고 바로 그 순간, 예루살렘은 또다시 숨을 죽였다. 왕은 아직 모습을 드러내지 않았고, 대신들은 모두 주랑 끝에 조용히 멈춰섰다. 그들의 귀는 사신의 입술을 향했고, 그들의 눈은 봉인된 두루마리 위를 스쳤다. 모든 예측은 이제 무의미해졌다. 단 하나의 문장, 단 하나의 결정을 기다리는 정적만이 도시를 뒤덮고 있었다. 세상을 가를 첫 울림을 기다리며, 정적은 스스로 날을 세운 칼이 되었다.

사신이 도착했을 무렵, 왕궁의 회의실은 이미 정돈된 상태였다. 대신들은 각자의 자리에 섰고, 왕은 그들의 곁에 왕좌를 등진 채 앉아 있었다. 그의 태도는 위엄을 내려놓은 것이 아니라, 듣기 위해 몸을 낮춘 이의 자세였다. 그는 이 회의가 권위로 누르는 자리가 아니라, 하나님의 뜻을 분별하려는 자리임을 스스로 드러내고 있었다. 사신이 문 안으로 들어서자 모든 시선은 그를 향했고, 묵직한 침묵이 공기를 메웠다. 사신은 짧게 절을 한 뒤, 요시야의 신호를 기다렸다. 요시야는 고개를 한 번 끄덕였다. 그것은 침묵 속에서 모든 문장을 허락한다는 표시였다. 사신은 조심스레 품 안에서 두루마리를 꺼내 들었다. 붉은 진흙 봉인이 떼어졌고, 천천히 문장이 펼쳐졌다. 그리고 그는 낯선 말투를 조심스럽게 따라 읽기 시작했다. 그의 목소리는 낮고 묵직했으며, 문장의 리듬은 예언자들의 말처럼 느린 무게로 회의실의 공기를 눌렀다. 왕이 직접 그 첫 문장을 낭독하던 순간, 회의실은 숨조차 멎은 듯한 침묵 속으로 가라앉았다.

"유다 왕 요시야여, 나는 너를 치러 오는 것이 아니요. 내 싸움은 북쪽, 곧 갈그미스를 차지한 자와의 전쟁이니라."

이 문장은 정치적 수사도, 외교적 완충도 없이 곧장 핵심으로 들어가는 선언이었다. 그러나 무엇보다 사람들의 이목을 붙든 것은 이어진 말이었다.

"이는 내 뜻이 아니요, 하나님의 명령을 좇는 일이니, 너는 나의 길을 막지 말고, 여호와의 뜻을 거스르지 말라."

하나님이라는 이름이 이방 왕의 입에서 나온 그 순간, 회의실을 지배하던 정적은 손에 잡힐 듯한 무게로 내려앉았다. 그 말이 허공에 남긴 여운은 성전에서 울린 나팔소리처럼 사람들의 영혼을 향해 울부짖었다. 두루마리를 덮은 사신은 이내 말로는 전해지지 않은 메시지를 덧붙였다. 그것은 그저 전달자의 의무를 넘어서는 진술이었고, 듣는 이들로 하여금 '정말 이방인이 하나님의 이름으로 말할 수 있는가'라는 오래된 의문을 다시 떠올리게 했다.

"우리 위대하신 바로 느고께서는 분명히 말씀하셨습니다. '요시야 왕이여, 내가 그대에게 온 것은 유다를 치기 위함이 아니오. 내가 지금 싸우러 가는 것은 내가 싸워야 할 백성들, 곧 유프라테스 강가의 바벨론과 그 메디아 동맹군을 치러 가는 것이오. 하나님께서 속히 가라고 명하셨으니, 그대는 나를 방해하지 마시오.' 바로께서는 이 전쟁이 하나님의 뜻에 따른 것임을 강조하셨습니다."

말은 간결했지만, 그 안에 담긴 뜻은 유다의 전략과 정체성, 그리고 하나님의 뜻에 대한 해석 전반을 흔들 수 있을 만큼 무거운 것이었다. 왕의 이름으로 선포된 신의 뜻은, 감히 검증할 수도 반박할 수도 없는 신비의 영역에 속한 것이며, 그 신비가 지금 예루살렘의 왕궁 한복판을 관통하고 있었다. 요시야는 대답하지 않았다. 그는 여전히 침묵 속에 머물며 사신의 말이 전한 무게를 곱씹고 있었다. 그의 시선은 두루마리의 남은 자락에 머물러 있었다. 손끝은 느릿하게 서로를 쥐고 있었다. 그것은 단순한 감정 억제의 몸짓이 아니라, 내면의 판단과 신앙, 책임과 공포가 뒤엉킨 복잡한 사유의 표상이었다. 그는 느고가 말한 '하나님의 명령'이라는 표현이 가볍지 않다는 것을 알고 있었다. 그것은 단지 전쟁의 핑계로 사용된 낱말이 아니라, 어쩌면 진정한 신의 계시일 수도 있었다. 그러나 동시에, 그는 아직 자신의 귀에 아무런 응답도 들리지 않았다는 사실 또한 지워낼 수 없었다.

그런 그의 마음을 꿰뚫듯, 사신은 조금도 주저하지 않고 고개를 들었다. 그의 얼굴에는 위협도, 비굴도 없었다. 그것은 오히려 숙명적인 평정이었고, 그 침착함이 요시야의 마음을 더욱 불편하게 만들었다. 자신이 지닌 하나님의 언어는 더 이상 자신만의 전유물이 아니었으며, 신의 뜻을 해석할 자격 또한 유다 땅 안에서만 존재하지 않을 수도 있다는 낯선 감각이 그의 마음을 서서히 잠식해 들어갔다. 그는 결국 사신을 정면으로 바라보며 조용히 물었다.

"너는 느고 왕의 입에서 들은 말을, 그대로 전한 것이냐?"

사신은 주저하지 않고 고개를 끄덕였다. 그리고 단단한 목소리로 대답했다.

"그렇습니다, 왕이시여. '나는 여호와의 뜻을 따라 간다'고. 그는 나직이 말했으나, 매우 단호했습니다."

그 대답은 왕의 가슴 한가운데를 깊숙이 찔렀다. 느고의 말투는 담담하고 단호했다. 그것은 외교적 수사일 수도, 혹은 신의 명령을 따르는 자의 냉정함일 수도 있었다. 그러한 존재가 이방의 왕일 수 있다는 현실은 받아들이기 어려운 진실이었다. 동시에 그 진실은 요시야에게 두 가지 물음 중 하나를 선택하도록 강요하고 있었다 — '하나님의 이름을 듣는 자는 누구인가, 그리고 그 뜻을 따라 움직이는 자는 누구인가.' 신이 침묵한 이 밤에, 가장 분명한 목소리는 오히려 이방 왕의 사신을 통해 전달되고 있었다. 요시야는 그 현실 앞에서, 과연 어느 길이 믿음의 길이며, 어느 길이 오만의 길인지를 분별해내야 했다. 침묵의 하나님은 여전히 말이 없었지만, 사신의 입을 통해 그의 뜻은 이미 선언된 듯했다. 그 뜻을 받아들일 것인가, 아니면 그것을 가짜로 단정하고 싸울 것인가 — 결정은 오직 한 사람, 왕의 몫이었다.

그 단호함이 거짓이나 위협에서 나온 것이 아니었다는 점이, 오히려 더 깊은 불신과 당혹을 불러왔다. 요시야는 그 말을 마음속에서 되뇌었다. '여호와의 뜻을 따라 간다…' 그것은 자신이 수없이 반복해온 기도의 문장이었다. 그런데 지금, 그 문장이 이방 왕의 입술을 통해 돌아오고 있었다. 요시야는 그 말의 진실 여부를 따지기보다, 그 말이 지금 이 순간 들려왔다는 사실 자체에 무게를 두고 있었다. 하나님은 왜, 침묵 속에 머물러 계시는가. 왜 자신의 기도에는 응답하지 않으시고, 이방인의 길에는 길을 터주시는가.

그는 입을 다문 채 침묵에 잠겼다. 대신들의 시선이 교차하고 있었고, 어떤 이는 신의 이름을 의심하며, 또 어떤 이는 사신의 지혜를 경계하고 있었다. 그러나 요시야는 그들보다 더 깊은 고요 속으로 침잠해 있었다. 그 침묵은 질문이었고, 기다림이었다. 그리고 결단을 준비하는 무언의 수렴이었다. 모든 소리가 멈춘 그 공간 안에서, 이제 하나님의 침묵을 해석하는 자의 어깨 위에 예루살렘의 운명이 내려앉고 있었다.

회의실 안은 모든 공기가 수면 아래로 가라앉은 것처럼, 완전한 정적 속에 잠겨 있었다. 사람들은 숨을 쉬었지만, 그 숨조차 소리로 드러나지 않았다. 외부의 햇빛은 높은 창을 통해 길게 회의실 바닥을 가르며 드리웠고, 그 빛의 경계 안에 선 요시야는 움직이지 않았다. 그는 단 한마디도 없이 눈을 감고 있었다. 사신의 말이 끝났을 때, 그의 내면 어딘가에서 끊임없이 몰아치던 생각의 회오리가 잠시 멈춘 듯했다. 아니, 정확히 말하면 거센 바람이 바다 아래로 가라앉는 것처럼 ― 고요했지만, 완전히 끝난 건 아니었다. 그저 잠시, 숨을 고르고 있을 뿐이었다.

사신의 마지막 말에 등장한 단어, "하나님의 명령." 그 문장은 요시야에게 낯선 것이 아니었다. 오히려 그의 삶을 이끌어 온 기준이자 나침반이었다. 어릴 적 예루살렘 성전의 돌기둥 사이를 뛰놀며 외우던 다윗의 시편 구절들, 예언자들이 광장에서 외치던 율법의 음성들, 제사장이 정결 예식을 행하던 밤 그 등불 아래서 느꼈던 진동 ― 그 모든 기억이 한꺼번에 밀려왔다.

그는 시선을 바닥으로 떨구고 긴 침묵에 빠졌다. 사신의 말이 맞는지 틀리는지를 분별하기보다, 그 말이 왜 자신에게서가 아니라 이방인에게서 나왔는지를 묻고 있었다. 성전을 다시 세웠던 그날, 율법서를 찾아내고 옷을 찢으며 회개했던 그날, 유월절을 온 백성과 함께 지키며 하나님의 언약을 새롭게 고백했던 그 모든 날이 지금 한순간에 침묵 앞에 무력해진 것처럼 느껴졌다.

'왜 하나님께서 그에게 말씀하시고, 나에겐 침묵하시는가?'

그 생각은 무겁게 마음속을 내리눌렀다. 그는 성실히 행해왔다고 믿었다. 백성의 죄를 끊고, 우상을 없애고, 율법을 되찾아 하나님과의 관계를 회복시켰다. 하지만 지금, 정작 결정의 기로 앞에서 그는 어떤 응답도 듣지 못하고 있었다.

사신이 물러간 뒤에도 대신들은 말을 아끼지 않았다. 어떤 이는 "애굽 왕이 여호와를 부른다니, 말도 안 되는 소리"라며 비웃었고, 또 다른 이는 "신의 이름을 빌린 술수"라며 경계심을 드러냈다. 서로의 눈치를 살피며 경건한 표정을 지은 자들도 있었지만, 그들 대부분은 결국 사신의 말에서 신의 음성을 듣지 않으려는 쪽에 가까웠다. 그들은 예루살렘의 성벽 안에 있으면서도, 하나님의 뜻이 성벽 밖에서 울려온다는 가능성 자체를 부정하고 있었다.

요시야는 말이 없었다. 그는 한참을 앉아 있다가, 마침내 천천히 몸을 돌려 회의실의 높은 창 쪽으로 걸어갔다. 창 너머로 보이는 하늘은 여전히 맑았고, 도시 위로 드리운 햇살은 서쪽 담장을 비추며 길게 눕고 있었다. 그러나 그 아름다움조차 지금의 불안한 고요를 덮지는 못했다.

그는 창틀 앞에 멈춰 서서, 자신의 손을 내려다보았다. 한때 성전을 깨끗이 하던 그 손, 율법서를 들어 올리던 그 손이 이제는 무언가를 붙잡을 길을 찾지 못한 채 허공에 머물러 있었다. 그리고 마음속 깊은 곳에서부터 이상한 떨림이 일었다. 지금, 자신이 아무것도 하지 않으면 하나님의 뜻을 거스를지도 모른다는 불안, 혹은 반대로 ─ 무엇인가를 한다면 오히려 하나님의 뜻을 침범하게 될지도 모른다는 공포. 그는 그 모든 것을 껴안고, 아주 조용히 눈을 감았다. 그 순간, 그 어떤 말보다 무서운 것은… 여전히 아무 말도 들리지 않는 하늘의 침묵이었다.

서편 하늘은 붉은 피처럼 천천히 물들고 있었다. 해는 이미 지평선 아래로 기울었고, 그 빛은 남은 구름의 가장자리를 따라 불꽃 같은 색으로 번져 있었다. 예루살렘의 성벽은 저녁노을을 받아 묵직한 그림자를 내리며 도시의 끝을 에워쌌다. 멀리 동편 광야 위로 흩날리던 병거의 먼지는 아주 느린 속도로 사그라들고 있었다. 군기들은 더 이상 바람을 가르지 않았고, 긴 여운만이 대지 위에 남아 무겁게 가라앉고 있었다. 회의실 창문 너머로 그 풍경을 바라보던 요시야는 어느 순간 자신도 모르게 깊은 한숨을 내쉬었다. 그것은 오랜 시간 쥐고 있던 돌덩이를 바닥에 내려놓는 순간처럼, 몸 안에서 조용히 무언가가 풀려나가는 느낌이었다. 잠시나마 가슴은 한결 가벼워졌다. 오랫동안 자신을 짓누르던 책임의 무게가 허리를 펴게 했다.

그는 그 순간, 지난 수개월 동안의 밤들을 떠올렸다. 그 밤마다 그는 무릎을 꿇고, 손을 모은 채 하나님께 간구했다. 백성을 지키는 법을 묻고, 이 땅의 국경에 몰려오는 칼날들 사이에서 무엇이 하나님의 뜻인지 알려 달라 청했다. 하지만 대답은 없었다. 침묵은 계속되었다. 그는 그 침묵 속에서 방향을 잡으려 애써야만 했다. 그러나 이제, 느고 왕의 사신이 전한 단 한 줄의 말―'하나님의 명령'―그 말이, 어쩌면 그 모든 기도의 응답일지도 모른다는 생각이 들었다.

그것은 위로이자 혼란이었다. 만일 그 말이 진실이라면, 지금까지 자신이 내려야 한다고 믿었던 모든 결정이 뒤흔들릴 수 있었다. 자신은 방어해야 할 자리에 있다고 믿었다. 성전을 수호하고, 백성을 지키는 일이 곧 하나님의 뜻이라 여겼다. 그러나 이제, 하나님께서 애굽의 왕을 통해 말씀하셨다는 가능성은―그리고 그 왕이 말하길, 자신이 방해하면 여호와의 뜻을 거스르게 될 것이라 했다는 그 내용은―그 모든 신념의 기초를 흔들어놓고 있었다.

그는 잠시 안도했다. 성문이 무너지지 않았고, 칼이 들이닥치지 않았으며, 전쟁은 아직 시작되지 않았다. 그러나 그 안도의 끝에는 불안이 곧바로 뒤따랐다. 하나님이 보낸 평온이라 믿고 싶은 그 짧은 틈마저, 어쩌면 시험일지도 모른다는 생각이 들었다. 만일 자신이 지금 그 말을 믿고 애굽을 막지 않는다면, 혹시 그것이 오히려 진짜 하나님의 뜻을 배반하는 일은 아닐까? 반대로, 그 말을 믿지 않고 군사를 내보낸다면, 어쩌면 자신이 하나님의 계획을 막아서게 되는 것일지도 모른다.

그는 그것이 두려웠다. 아니, 정확히 말하면 자신이 무엇을 두려워하는지도 알 수 없다는 것이 두려웠다. 판단력, 분별력, 신앙, 통치자로서의 경험―그동안 자신을 지탱해 주었던 모든 것들이 이 순간에는 아무 쓸모도 없는 장식처럼 느껴졌다. 하나님의 응답일지도 모른다는 한 줄기 생각이 그의 가슴을 지나며 따뜻한 숨결처럼 스며들었지만, 그 숨결 끝에는 식은 돌의 무게가 매달려 심장의 가장 어두운 곳을 조용히 눌러왔다.

그는 더는 확신할 수 없었다. 자신의 기도에 대한 응답이 과연 그것인지, 아니면 오히려 그 침묵이 여전히 이어지고 있는 것인지. 혹은… 이 모든 것이 하나의 시험이며, 선택은 온전히 자신의 몫으로 남겨진 것은 아닌지. 그런 생각들이 파도처럼 밀려들었다. 그는 그 순간, 단지 지금이 선택의 시간이라는 것을 알았을 뿐이었다.

어쩌면, 그는 이미 오래전부터 이 기로를 향해 걷고 있었는지도 몰랐다. 기도의 밤이 시작된 그날부터, 율법을 다시 세운 그 순간부터 ─ 하나님은 침묵으로 그를 여기에 이르게 하셨는지도 모른다. 그 침묵의 끝에서 그는 지금, 홀로 서 있었다. 누구도 대신 들어줄 수 없는 질문 앞에, 누구도 함께 짊어질 수 없는 결단의 문턱 앞에.

그는 마지막으로 창밖을 바라보았다. 저녁노을은 이미 사라졌고, 병거가 일으켰던 먼지 또한 자취 없이 사라졌다. 그곳에 남아 있는 것은 단 하나, 선택의 시간뿐이었다. 그리고 그는, 여전히… 아무것도 알 수 없었다.

신념의 균열, 두려움의 결단

왕궁 회의실을 감도는 기류는 그날따라 유난히 무겁고 서늘했다. 예루살렘의 새벽은 평소와 다름없이 올리브나무 사이를 스치며 밝아왔다. 궁정의 일과도 동이 트기 전부터 시작되었지만, 백향목 기둥들이 늘어선 웅장한 공간은 시간의 흐름마저 잊은 듯 정적에 잠겨 있었다. 천장에서 늘어뜨린 청동 등잔은 연기를 머금은 채 낮게 흔들렸다. 그 빛이 바닥에 그리는 그림자조차 깊은 고민처럼 길게 늘어져 있었다. 향단에서 퍼져 나온 유향의 냄새는 은은했지만, 그 향도 이날만큼은 차갑고 낯설게 느껴졌으며, 공간 전체가 긴장과 불확실성으로 뒤덮인 듯했다. 회의에 모인 이들은 입을 굳게 다물고 있었다. 누구도 먼저 말을 시작하려 하지 않았고, 고개를 숙인 채 앉은 모습은 무기력이라기보다, 한 사람 ― 왕의 결정을 기다리는 무거운 침묵의 동조 같았다. 하루 전, 동쪽 성문을 달려들며 도착한 애굽의 사신이 이 모든 정적의 시작이었다. 지친 말에서 내린 그는 피로에 찌든 얼굴로 핏빛 붉은 진흙으로 봉인된 두루마리를 내밀었다.

"나는 하나님의 명령에 따라 갈그미스를 치러 가노라. 너를 치려는 것이 아니니, 여호와를 거스르지 말라."

그것은 조약도 아니고, 위협도 아니며, 사과도 아니었다. 오히려 그것은 심판을 통고하는 자의 목소리이자 불청객의 변명이기도 했다. 그 말이 주랑의 벽을 넘어, 왕궁의 뜰을 넘어, 예루살렘 전역에 메아리치듯 번졌다. 사람들의 마음속에는 하나의 물음이 깊게 뿌리를 내리기 시작했다.

"과연 그는, 하나님의 뜻을 따른다고 말하는 이방인인가, 아니면 하나님의 이름을 빌려 싸움을 정당화하려는 자인가?"

왕은 그날 밤부터 성전을 떠나지 않았다. 그는 아무 말도 하지 않은 채 제사장에게 기도를 부탁하고, 홀로 기도처에 들어가 밤이 새도록 무릎 꿇었다. 고요한 바닥 위에서, 그는 입술을 다물고 속으로만 부르짖었다.

'주여, 당신은 내게 율법책을 다시 읽게 하셨고, 바알의 제단을 무너뜨리게 하셨으며, 유월절을 회복하게 하셨습니다. 제가 이 백성을 다시 주의 이름 아래에 모으게 하셨고, 성전을 정결케 하게 하셨습니다. 저는 당신 앞에서 행악하지 않았습니다. 저는 당신의 뜻을 따르려 하였습니다. 그런데 어찌하여 지금, 당신은 아무 말씀도 없으신지요?'

그러나 하늘은 아무 응답도 주지 않았다. 그의 머리 위에 환상도 임하지 않았고, 그의 귀에 음성도 들리지 않았다. 선지자들도 입을 닫은 채 침묵했다. 그 어떤 제사장의 해석도 그에게 위로가 되지 않았다. 오직 침묵. 오직 기다림. 그리고 그 안에서 피어오르는 의문.

'애굽 왕 느고는 분명 여호와의 명령을 따른다 말했지. 이방인의 입술에서 여호와의 이름이 나오다니. 진실인가? 하나님께서는 이방인의 입도 사용하십니까? 그렇다면 왜 당신의 제사장에게도, 당신의 선지자에게도, 당신의 왕인 내게도 말씀하지 않으셨나이까?'

그날 회의실에서 요시야는 여전히 침묵한 채 앉아 있었다. 왕좌에 올랐으되, 그것은 위엄의 자리라기보다 무게를 감당하는 자의 낮은 자리에 가까웠다. 그는 왕관 대신 무거운 질문을 머리에 이고 있었다. 신하들은 그가 침묵하는 이유를 짐작하고 있었지만, 아무도 그의 입을 대신할 수 없었다. 그것은 다만 정치의 문제가 아니었고, 다만 전쟁의 유불리를 따지는 군사회의도 아니었다. 그것은 신의 뜻을 어떻게 분별할 것인가, 침묵 속의 하나님을 어떻게 해석할 것인가 — 그 결단 앞에 선 인간의 고뇌였다. 그 고뇌 앞에서, 모든 언변은 침묵으로 무너지고, 모든 경험은 무력해졌으며,

그 어떤 자문도 답이 되지 못했다. 오직 한 사람, 오직 요시야만이, 그 침묵을 정면으로 응시해야 했고, 결국엔 자신이 결정해야만 했다. 싸울 것인가, 아니면 그들을 그냥 지나가게 할 것인가. 그것은 군사적 전략의 문제가 아니라, 신의 뜻을 향한 자신의 해석이 진실에 가까운가 아닌가를 묻는, 영혼의 재판과도 같았다. 그리고 그 재판에는 오직 한 재판관, 신께서만 응답할 수 있었다. 그러나 신은… 그날 밤에도 침묵하고 계셨다.

✳

이튿날, 회의실에는 여느 때처럼 대신들이 자리를 채웠고, 대제사장 힐기야를 비롯한 성전 측 인물들과 율법학자, 선지자, 군사령관, 장로, 그리고 왕을 보좌하는 서기관 사반도 자리를 지켰다. 그러나 오늘의 회의는 평소처럼 형식적인 절차나 보고로 채워지지 않았다. 모두가 그 말을 기다리고 있었다. '왕은 어떤 선택을 하실 것인가.' 하지만 왕은 여전히 말이 없었다. 어두운 정전(政殿)의 가장 높은 단에, 옥좌(玉座)에 앉은 요시야는 눈을 감은 채 손가락을 가만히 맞잡고 있었다. 그것이 기도인지, 단념인지, 누구도 알 수 없었다. 왕궁 전체가 얼어붙은 듯한 그 정적 속에서, 군사령관 아사랴가 마침내 입을 열었다. 그의 음성은 가라앉아 있었지만, 그 안에 담긴 단단한 의지가 방 안을 가로질렀다.

"왕이시여, 애굽은 언제나 우리의 적이었습니다. 이제 와서 갈그미스를 친다고 하여, 그가 친구가 되는 것입니까? 느고가 우리를 치려는 것이 아니라 했사오나, 그의 병력은 이미 유브라데에서 수만을 모았고, 그들이 성문 아래를 지나며 칼을 거두리란 보장이 없사옵니다."

그의 목소리는 단호했지만, 감정을 억제하려는 듯 조심스러웠다. 그것은 단순한 국방 논리가 아니라 오랜 역사를 꿰뚫는 기억의 외침이기도 했다. 애굽은 단 한 번도 이 민족의 우방이 아니었다. 광야에서의 탈출 이후, 강의 저편에서 이스라엘을 내리눌렀던 그림자였고, 고된 압제와 망각 속에 부식된 노예의 기억을 불러일으키는 이름이었다. 아사랴의 그 말은 단지 '적'이라는 단어를 소환한 것이 아니라, 유다라는 나라가 품고 있는 영적 상처와 자존의 경계선을 다시 꺼내는 행위였다. 바로 그 지점에서 시작된 동요는 차디찬 파문처럼 번져나갔다.

회의실을 채운 대신들 가운데 일부는 그의 말에 고개를 끄덕였고, 또 다른 일부는 그 단호한 어조에 부담스러움을 감추듯 눈을 내리깔았다. 그러나 모두가 알고 있었다. 이 방에서 나오는 어느 말도 가볍게 흘려보낼 수 없다는 것을. 예루살렘이 직면한 상황은 단순한 외교적 시험이 아니었다. 그것은 하나님께서 침묵하시는 이 시기의 영적 해석의 싸움이자, 또한 백성들의 생명과 나라의 존립을 가늠하는 정치적 중대한 판단의 경계였다. 아사랴의 말은 그 균형추 위에 던져진 첫 번째 도끼였다. 들을 수밖에 없는 경고, 외면할 수 없는 과거의 무게였다.

그 말을 들은 요시야는 아무 말 없이 앉아 있었다. 그의 손끝은 옷자락을 잡고 있었지만, 그 눈은 아무에게도 고정되지 않은 채 허공을 바라보고 있었다. 그의 등 뒤, 성전의 방향은 여전히 침묵하고 있었다. 앞에 앉은 수많은 조언자는 서로 다른 해석을 품은 시선으로 왕의 결정을 기다리고 있었다. 사반은 왕의 곁에 앉은 채 조용히 고개를 떨구고 있었고, 그의 입술은 보이지 않게 움직이고 있었다. 그는 아마 기도하고 있었을 것이다. 오직 하나님만이 말씀하실 수 있는 이 자리에서, 인간의 언어는 언제나 불완전했기에, 그는 침묵 속에서 하늘을 기다리고 있었다.

그러나 신은 말하지 않았다. 불기둥도, 구름도, 환상도 임하지 않았다. 요시야는 외로웠다. 그는 분명히 하나님 앞에서 개혁했고, 율법을 회복했으며, 성전을 정결케 했다. 백성을 돌보고, 유월절을 회복하고, 정의를 행했다. 그는 선한 왕이었고, 경건한 자였다. 그런데 왜 지금, 그 누구보다 주님의 응답이 필요한 이 순간에, 하나님은 아무 말도 하지 않으시는가. 아사랴의 말은 현실이었다. 느고의 병력은 전장으로 가는 중이었고, 예루살렘은 그 길목 위에 있었다. 하지만 그것이 곧 위협이 되는가, 아니면 하나님께서 그를 통해 어떤 계획을 행하시는가 — 그 판단은 오직 하나님의 뜻을 아는 자만이 할 수 있는 일이었다. 그러나 침묵은 점점 더 깊어지고 있었다. 그 침묵 속에서, 요시야는 점점 더 무겁게 고개를 숙였다. 그리고 그는 자신이 어떤 선택을 하든, 그것이 곧 신의 뜻이라 불릴 수도, 혹은 신의 뜻을 거스르는 것이 될 수도 있음을 ― 누구보다 잘 알고 있었다.

회의실의 공기는 한층 더 짙어졌다. 조금 전까지는 침묵이 긴장이라면, 이제는 숨 막히는 격돌이 되어 땅 밑에서부터 울려오는 것 같았다. 아사랴 장군의 강경한 주장이 마른 장작 위에 불씨를 던진 듯 좌중의 가슴을 파고 들었다. 그 여운이 아직 가시기도 전에, 재정을 관리하는 책임자 여호사밧이 차분한 목소리로 그 뒤를 이었다.

"게다가, 만약 느고가 갈그미스를 점령해 앗수르를 돕고 바벨론과 메디아를 무찔렀다면, 그 승리의 화살이 언젠가는 이 땅을 향하지 않으리란 보장이 없습니다. 반대로 우리가 그들의 길을 열어주어 애굽을 돕는다면, 바벨론은 우리를 동맹으로 간주하고 반드시 적대할 것이옵니다. 폐하, 이 싸움에서 어느 쪽을 택하든, 결국 우리는 한 편으로 분류될 것입니다. 정치는 말이 아니라, 행동이 신의를 결정하나이다."

여호사밧의 목소리는 숫자와 경계의 논리로 채워져 있었다. 그의 말은 감정이 없었고, 더없이 차가운 현실 감각의 언어였다. 하지만 그 안에는 유다의 오래된 생존의 기억이 숨어 있었다. 정치는 이상이 아니라, 오해받을 수 있는 선택으로부터 시작된다는 것. 전쟁에서 중립은 맹세가 아닌 위치로 판단된다는 것. 그 말은 듣는 자들에게 논리보다 더한 예감으로 다가왔다. 그 순간, 마아세야 장군이 자리에서 벌떡 일어나 무언가를 꾹 참고 있던 사람이 한계에 다다른 듯 탁자를 세게 내리쳤다.

"애굽의 병력은 수만을 넘습니다! 그들이 성문 앞을 지나면서 마음을 바꾸면, 우리는 방어할 시간조차 없을 것입니다. 왕이시여, 성문을 지켜야 하옵니다. 그가 이방 왕이든, 하나님의 이름을 말했든 간에 ― 한 번 길을 내어주면, 두 번째는 그 길을 점령하려 할 것입니다."

그의 음성은 번개처럼 회의실을 가로질렀다. 그 속에는 야전에서 쌓아온 경험의 고통과 뼈로 각인된 전략의 신경이 고스란히 녹아 있었다. 그는 군인으로서 말했고, 방어의 책임자로서 고함쳤으며, 이 나라의 생존 본능을 대변하는 자로서 외쳤다. 그 외침은 다른 신하들의 말을 자극하듯 새로운 목소리들을 낳았다. 회의실은 곧 격해진 토론으로 가득 찼다. 각자의 이해, 각자의 믿음, 각자의 두려움이 말이라는 형태로 쏟아졌다. 그 모든 말들이 요시야의 침묵 앞에서 부딪히며 되튀겼다. 그러나 그 순간, 조용하지만 결코 가볍지 않은 한 음성이 방을 가로질렀다.

"하나님의 이름을 부르는 자를, 그렇게 쉽게 무시해도 되는 겁니까?"

율법교사 스바냐였다. 그의 목소리는 거세지지도 않았고, 위협하지도 않았지만, 그가 입을 열자마자 팽팽하던 긴장감이 성전의 장막처럼 조용히 들썩였다. 사람들의 시선이 일제히 그에게 향했다. 스바냐는 단 한 사람 —왕을 향해 고개를 돌린 채 말을 이었다.

"율법에는 하나님의 이름을 망령되이 일컫지 말라 하셨습니다. 하물며 이방인조차 그 이름을 경외하며 말했거늘, 그 입술이 거짓이라 단정 지어도 되는 겁니까?"

그 말은 윤리의 언어였고, 신학의 물음이었다. 하지만 그 말은 단지 신학을 위한 것이 아니었다. 그것은 지금 이 상황 속에서 하나님의 뜻을 감별하는 유일한 기준을 요구하는 울림이었다. 그리고 이 민족의 가장 근본적인 가치관 — 하나님의 말씀에 대한 경외를 어디까지 유지할 수 있는가를 시험하는 질문이었다. 그러나 그 말이 채 끝나기도 전에, 아사랴가 자리에서 벌떡 일어났다. 꺼진 줄 알았던 분노의 불씨를 되살리려는 듯, 그는 허파 깊숙이 거친 숨을 불어넣었고, 그의 어깨는 달리는 말처럼 헐떡이며 들썩였다. 그의 눈에는 단순한 반론 이상의 감정이 서려 있었다. 그 감정은 단지 이 회의실에서 벌어지는 논쟁을 향한 것이 아니었다.

"하나님의 이름을 입에 담는 자가 모두 하나님을 아는 자는 아닙니다!"

그의 목소리는 칼처럼 날이 서 있었다.

"그 이름이 진실되다 말하기 전에, 그 행위가 정결한지를 먼저 물어야 하지 않겠습니까? 만일 이방인의 입술에서 흘러나온 말 하나에 우리가 칼을 거둔다면, 다음엔 그가 무엇을 요구하더라도 하나님의 뜻이라 여기며 따라야 한단 말입니까?"

그의 말은 종교적 열심과 민족의 기억, 그리고 주권에 대한 두려움이 뒤섞인 격정이었다. 그것은 믿음의 해석이 충돌할 때, 신앙의 이름으로 벌어지는 가장 고통스러운 전쟁이었다. 회의실은 다시 침묵했다. 아니, 정확히 말하면, 누구도 더는 말을 잇지 못했다. 그들은 서로 다른 방향에서 하나님의 뜻을 이야기하고 있었다. 그 모든 말이 옳고 동시에 무거웠기에, 어느 하나를 쉽게 채택할 수 없었다. 그리고 그 중심에는 여전히 요시야가 앉아 있었다. 그는 단 한마디도 하지 않은 채, 모든 말들을 듣고 있었고, 여전히 하나님의 음성을 기다리고 있었다. 침묵은 길어졌고, 결정은 아직 멀어 보였다. 그리고 이제 그 긴장 위에서, 예루살렘은 조금씩, 그러나 분명하게 역사의 결정적 분기점으로 나아가고 있었다. 왕은 여전히 침묵했다. 신하들의 논쟁은 점점 더 복잡하고 더 깊이, 하나님의 뜻과 인간의 두려움, 믿음과 전략, 윤리와 생존 사이의 좁은 틈을 파고들기 시작했다.

회의실의 공기는 짙은 연기처럼 눌려 있었다. 말들이 서로의 등을 찔러대고, 신념은 신념끼리 충돌했다. 누군가는 눈을 부릅뜨고 있었고, 누군가는 손등에 땀을 쥐었다. 요시야의 앞에서 벌어지는 이 모든 논쟁은 단순한 의견 교환이 아니라, 이 나라의 앞날과 왕 자신의 신앙, 그리고 한 민족이 품은 수백 년의 역사와 언약을 시험하는 불안한 재단처럼 느껴졌다.

말이 먼저 터져 나온 쪽은 아사랴였다. 그의 몸에서부터 솟구치는 열기는 단지 순간의 분노에서 비롯된 것이 아니었으며, 오히려 오랜 세월 동안 쌓여온 신앙적 엄숙성과 군인으로서의 위기의식, 그리고 이방 왕들의 교활한 언어를 믿지 못했던 경험에서 비롯된 절박함이었다. 그의 목소리는 불길에 던져진 무쇠의 첫 절규였다. 뜨겁게 달궈지고 뒤틀리며 터져 나오는 파열음이었다. 그 말 속에는 자신이 지금 싸우고 있는 대상이 단지 정치적 사안이 아니라 신의 이름을 빙자한 위선과의 전쟁이라는 확신이 깃들어 있었다. 그는 더 이상 침묵할 수 없었고, 자신이 믿고 있는 진실을 던지지 않으면 그 자리 자체가 무너질 것 같았다.

"그 입이 더럽습니다! 그는 이방신을 섬기는 자요, 신의 뜻을 빙자한 정치꾼입니다! 우리가 하나님의 뜻을 구하면, 주께서 이방자의 입이 아니라 우리에게 응답하십니다!"

그의 외침은 회의실의 지붕마저 흔들릴 만큼 격렬했고, 한순간 모든 시선이 그의 쪽으로 쏠렸다. 누군가는 그의 말에 동의하는 눈빛을 보였고, 누군가는 고개를 돌려 피했지만, 그 말의 무게를 가벼이 여긴 이는 없었다. 그러나 아사랴는 지금 하나의 입장을 주장하는 정치인이 아니었다. 그는 자신의 신앙을 사수하려는 사람, 그리고 이스라엘의 정결함을 더럽히려는 사탄의 계략에 맞서겠다는 다짐을 품은 전사였다. 그 다짐은 날카로운 말보다 더 강력한 울림으로 공간을 메웠다.

잠시, 그 격한 말 뒤에 침묵이 흐를 줄 알았으나, 그 침묵은 너무도 빠르게 또 하나의 목소리에 의해 깨졌다. 대제사장 힐기야. 그는 예루살렘 성전의 제단을 관리하고, 율법의 권위를 지키는 자였으며, 신의 말씀을 가장 가까이에서 듣는 사내였다. 그러나 그가 입을 열었을 때, 그 음성은 누구보다 낮았고, 조심스러웠으며, 어쩌면 가장 인간적이었다. 그가 말한 것은 논쟁이 아니었고, 옳고 그름을 가르는 해석이 아니었으며, 오히려 한 신앙인의 깊은 무력함이 담긴 고백이었다.

"하지만 이번에는 침묵하셨습니다. 폐하께서도 기도하셨고, 나도 밤새 성전에 있었소. 그분은 아무 말씀도 하지 않으셨소. 하지만 느고는 말했습니다. '하나님의 명령을 따라간다'라고."

그 말은 방 안에 차오른 신념과 불신, 확신과 의심의 대기를 조금씩 가라앉혔다. 힐기야의 고백은 왕의 곁에 선 모든 이들에게 공통된 질문을 던졌다 — 만일 신이 침묵하신다면, 우리는 누구의 말에 귀를 기울여야 하는가? 인간의 판단은 언제부터 신의 뜻을 대신할 수 있는가? 그리고 침묵하시는 하나님은 그저 멀어진 존재인가, 아니면 우리가 아직 듣지 못했을 뿐인 음성을 가진 분인가. 힐기야의 말은 공격이 아니었고 방어도 아니었으며, 그저 모두가 직면하고도 말하지 못한 진실을 조용히 끌어올린 토로였다. 제사장이기에 할 수 있는 그 말 속에는, 예언자도 함부로 입에 담지 못할 영적 공백을 끌어안는 용기가 담겨 있었다.

요시야는 침묵으로 일관했다. 그의 시선은 멀리 성전의 지붕을 향해 있었고, 눈동자는 흔들리지 않았으나, 눈꺼풀 아래 깊은 번민이 고요히 파동치고 있었다. 그는 이제 결정을 내려야 했다. 신이 말씀하지 않으신 그 밤의 침묵을 안고, 인간의 판단으로 움직여야 하는 낮을 맞이하고 있었다. 그리고 그 결정은, 단지 정치적 선택이 아니라 한 민족의 미래, 한 왕의 믿음, 한 시대의 역사를 가를 심연 위의 한 걸음이었다.

그러나 마아세야 장군은 그 말을 듣자마자 입을 삐죽거리며 비웃듯 고개를 저었다. 의심이 파고드는 이 순간, 과거 아람 침략을 막아내며 얻었던 깊은 얼굴 상처의 흔적이 경고를 하듯 욱신거렸다. 그의 눈에 담긴 것은 전략가의 회의였다. 하나님의 이름을 이방 왕의 입에서 듣는다는 것, 그 자체가 신성 모독이었다. 그는 물러서지 않았다. 오히려 전장의 피 냄새를 기억하는 자로서, 이 모든 대화를 꿰뚫는 불신을 단호하게 던졌다. 이방인의 입에서 나오는 '엘'이라는 이름은, 그가 보기엔 오히려 우상 숭배자의 궤변에 더 가까웠다. 그리고 그는 지금까지의 논의 속에 흐르던 모호한 이상주의를 단칼에 베듯 날카롭게 말해냈다.

"그가 말하는 '하나님'이 과연 여호와인지 어떻게 압니까? 그들이 부르는 신의 이름도, 때때로 '엘'이라 합니다! 이제 하나님의 이름을 팔면, 어떤 이방의 무리에게든 길을 열어주실 겁니까?"

그 말이 회의실에 떨어졌을 때, 몇몇 신하들의 눈빛은 흔들렸고, 다른 이들은 고개를 끄덕였다. 그러나 그 흐름을 다시 돌려세운 이는 스바냐였다. 그는 한 발 앞으로 나섰다. 그의 눈동자엔 단순한 확신이 아니라, 오랜 기도와 율법에 대한 경외, 그리고 무엇보다 하나님께서 어떤 방식으로든 말씀하실 수 있다는 믿음이 담겨 있었다. 그는 조용히, 그러나 분명하게 말했다. 그 말은 이 회의의 본질이 단순한 전술이나 외교의 문제가 아니라는 것을 일깨워주었다.

"우리는 지금 하나님의 뜻을 판별하는 것이 아니라, 하나님의 방식에 대해 논쟁하고 있는 것입니다."

그 말이 떨어진 순간, 회의실을 가득 채우던 뜨겁고 무거운 긴장감은 잠시 숨을 죽인 듯 가라앉았고, 공기의 결마저 정지한 듯했다. 시간은 갑작스럽게 느려졌고, 바깥에서 불어오던 바람의 소리도, 기둥 사이로 스며들던 향내도 더 이상 감각되지 않았다. 이 말은 어떤 이에게는 날카로운 칼날처럼 다가왔고, 어떤 이에게는 그동안 무시하거나 모른 척해왔던 자기 안의 균열을 일깨우는 외침처럼 들려왔다. 지금 이 자리에서 이루어지고 있는 것은 단순한 정치 회의도, 외교적 결단도 아니었다. 그것은 '하나님께서 일하시는 방식'이 어떤 것인가를 두고 벌어지는 치열한 신학적 전투였으며, 모두가 신의 침묵 속에서 각자의 신앙을 드러내고 시험받는, 말 그대로 시대의 결정적 전환점이었다.

왕은 여전히 입을 열지 않았다. 그러나 그의 침묵은 처음의 고뇌와는 달랐다. 침묵은 심해의 압력 그 자체였다. 수면을 깨뜨릴 단 하나의 결심을 응축하며, 떠오르기 직전의 숨을 고르고 있었다. 요시야의 깍지 낀 손가락은 점점 더 힘을 주어 조여졌고, 손등에는 흰 핏줄이 뚜렷이 솟아 있었다. 그의 시선은 회의실 어딘가에 멈춰 있었지만, 그것은 지금 이 방에 있는 그 누구도 아니었고, 성전의 벽 너머, 침묵 속에 계신 하나님을 향하고 있었다. 신하들의 말 하나하나가 그의 내면을 무너뜨리거나 세우는 진동처럼 울려왔다. 그 진동은 그의 심장을 때리는 북소리처럼 깊고 거칠게 되풀이되고 있었다.

그때, 힐기야가 조용히 다시 입을 열었다. 이번엔 논쟁이 아닌, 고백이었다. 그의 목소리는 낮았고, 그만큼 더 무거웠다. 그것은 한 제사장이 감히 신의 섭리를 해석하려 하기보다는, 수십 년간 성전의 숨결 속에 머물러온 이가 오직 경험과 경외 속에서 발견한 깨달음에 가까웠다.

"왕이시여, 주께서는 고레스를 통해 포로를 돌려보내셨고, 나아만 같은 이방 자도 회복을 받았습니다. 주의 도구는 때로 율법 밖에서 오기도 합니다. 그분의 섭리는 우리 예측을 넘어서 일하십니다."

이 말은 단지 역사적 사실의 나열이 아니었다. 그것은 하나님이 누구를, 언제, 어떻게 쓰시는지를 제한하려는 인간의 교만에 대한 경고였다. 또한, 신의 도구가 '우리 안'이 아닌 '우리 밖'에서 올 수 있다는 무서운 가능성을 받아들이는 겸허한 항복이었다. 율법과 예언, 제의와 전통 속에서 평생을 살아온 힐기야조차, 지금 이 순간, 느고의 입에서 나온 한 마디 —"하나님의 명령을 따라간다"—를 완전히 거짓이라 단언할 수 없는, 바로 그 신앙의 오묘함 앞에 서 있었다.

"옳습니다. 믿음은 하나님의 일하심을 신뢰하고 물러서는 것을 의미할 수도 있습니다."

힐기야의 말을 이어받은 자는 스바냐였다. 그는 그 고요 속에선 판단이 멈춘 것이 아니라 더 깊은 숙고가 진행되고 있었다. 그의 음성은 회의실의 열기를 다시 진정시키는 냉철한 물결 같았다. 때로 믿음이란 하나님의 일하심을 신뢰하고 물러서는 것을 의미할 수도 있다는 그의 언급은, 돌 위에 내리는 서늘한 이슬처럼 방 안을 잠잠하게 만들었다.

"하나님의 이름을 말하는 자를 믿는 것이 아니라, 그 이름이 얼마나 무겁게 들리는지를 먼저 들어야 합니다. 때때로 우리는 순종보다 앞선 열심으로, 하나님의 일에 간섭하고자 합니다. 그러나 믿음은 간섭하지 않는 용기이기도 합니다."

스바냐의 말이 끝나자, 방 안은 다시 침묵했다. 그러나 이번의 침묵은 이전의 침묵과 달랐다. 처음의 침묵이 두려움과 판단 유보였다면, 이번의 침묵은 인정과 받아들임이었다. 모두가 알고 있었다. 이 싸움은 지금부터 진짜로 시작된다는 것을. 하나님은 아직 아무 말씀도 하지 않으셨고, 그분의 뜻은 여전히 어딘가 먼 데서, 우리를 지켜보고 있었다. 그러나 이제는, 모두가 그 뜻을 말하고 있었다 — 저마다의 확신으로, 저마다의 두려움으로, 저마다의 믿음으로. 그리고 바로 그 지점에서, 요시야는 스스로에게 되묻고 있었다. '내가 듣는 이 모든 목소리들 가운데, 주의 숨결은 어디에 있는가.'

"섣부른 개입이 하나님의 큰 일을 막는 일이 될 수 있습니다."

스바냐의 말이 공기 중에 오래 머물렀다. 그리고 그 여운 속에서, 요시야는 조용히 숨을 내쉬었다. 아무 말도 하지 않은 그의 존재만으로도 회의실의 모든 말은 그를 향해 흘러들고 있었다. 신하들의 말은 끝났지만, 하나님의 뜻은 여전히 닿지 않았다. 이 회의는 대답을 향한 회의가 아니었다. 대답 없는 회의. 믿음과 두려움 사이에서, 한 왕의 침묵은 깊어지고 있었다.

"그렇다면, 우리가 가만히 앉아 애굽 군대의 발길이 우리 국토를 짓밟고 지나가도록 허락해야 한단 말입니까? 그가 말을 돌려 예루살렘을 친다면? 그게 하나님의 섭리라고 믿고 포기해야 합니까?"

회의실의 분위기가 또다시 가라앉았다. 공간은 무너진 천장의 무게로 가득 찼다. 침묵은 먼지처럼 내려앉아, 숨 쉴 틈조차 허락하지 않았다. 여호사밧의 목소리는 짙은 우려와 조급함을 머금고 있었다. 그가 말한 '군대의 발길로 짓밟히는 국토'라는 표현은, 단순한 상상이 아닌 가까운 미래의 실상처럼 모든 이의 머릿속에 각인되었다. 그의 말은 단호했지만 두려웠다. 외교의 언어보다는 생존의 언어였고, 논쟁이라기보다는 외침이었다. 지금 이 순간, 그는 신학이 아니라 현실을 보았고, 이상이 아니라 피로 얼룩진 역사적 기억을 부여잡고 있었다. 과거, 너무나 자주 이 땅은 이방 군대의 발길에 짓밟혀왔다. 신의 뜻이라 불린 정적의 바람은 때때로 아무도 원하지 않은 파멸을 몰고 왔었다. 여호사밧의 음성은, 그 오래된 공포의 기억에서 길어 올려진 것이었다.

"그게 바로 믿음입니다! 우리가 믿는 하나님은 그분의 계획을 완성하십니다. 우리가 간섭하지 않아도, 그 뜻은 이루어질 것입니다."

그러나 스바냐는 물러서지 않았다. 그의 대답은 더없이 단순했고, 오히려 그 단순함 때문에 방 안에 강하게 울렸다. 믿음. 그는 '믿음'이라는 단어를 전장 한가운데 놓인 무기처럼 꺼내 들었다. 그 말은 이해보다 선포에 가까웠고, 논리보다는 확신이었다. 하나님은 자기의 뜻을 완성하신다. 그것은 단지 위로가 아니라, 결정을 유보하게 하는 힘이 되었고, 스바냐는 그 결정을 기다릴 줄 아는 믿음이야말로 진정한 순종이라고 믿고 있었다.

"그건 신비주의요, 무책임입니다!"

아사랴가 울컥하며 소리쳤다. 그리고 어이없다는 듯 말을 이어갔다.

"저는 애굽 왕의 서신을 이해할 수 없사옵니다. 그들은 자신들의 목적지가 갈그미스이며, 우리에게 해를 입힐 의도가 없다고 말합니다. 또한, 하나님께서 자신들에게 우리 땅을 통과하라 명하였다 주장하옵니다. 그러나 폐하, 이는 말이 되지 않는 변명입니다."

아사랴의 목소리는 분노를 담아 의회실에 울려 퍼졌다. 대신들은 그의 흥분한 모습에 놀라며 서로 불안한 눈빛을 주고받았다. 그러나 그는 아랑곳하지 않고, 목소리를 더욱 높여 논리를 펼치기 시작했다.

"우리가 그들의 말을 그대로 믿는다 하더라도, 저들이 갈그미스에 가기 위한 유일한 길은 우리 땅이 아니옵니다. 요단강 동편의 트란스요단 지역을 통과하는 길이 분명히 있습니다. 그 길은 비록 좀 돌아가는 길일지라도, 굳이 우리 국경을 넘어 수만 명의 군대가 우리의 성읍과 백성들 사이를 지나갈 필요가 없는 안전한 길이옵니다. 그런데 그들은 왜 굳이 우리 앞마당을 지나겠다고 말하고 있나이까? 이는 자신들의 속내를 숨기려는 술책이거나, 혹은 우리를 우습게 보고 있는 증거이옵니다. 확인할 수도 없는 하나님의 이름으로 우리를 가볍게 여기고 무시하려는 행위이옵니다. 제국의 칼날이 다가오는 이 위기 속에서, 그들이 정말 우리에게 해를 끼치지 않을 것이라 누가 보장할 수 있사옵니까? 혹여 길을 지나는 중이라 해도, 불상사나 약탈이 벌어진다면 그 피해는 고스란히 우리 백성의 몫이 될 것입니다."

분위기는 다시 격동하기 시작했다. 서로 다른 언어와 다른 신념이 부딪히며 회의실의 공기를 갈기갈기 찢었다. 그때까지 조용히 자리해 있던 한 사람이 고요하게 입을 열었다. 엘리야삼, 파견되는 사신이자 유다 왕국의 국경선 너머 세계를 가장 많이 이해한 자였다. 그의 말투는 흥분도 분노도 없었다. 오직 서늘한 분석과 조심스러운 설계가 배어 있었다. 그는 이 회의의 한가운데에서 가장 차분한 사람처럼 보였지만, 그 차분함 속에는 오랜 시간 세 나라의 사절단들, 사신들, 전령들과 마주하며 갈고닦은 통찰이 숨어 있었다. 그는 감정의 대립이 아닌, 상황의 구조를 바라보고 있었다.

"왕이시여, 정치란 단순한 정복이 아니라, 방향을 가지는 힘이옵니다. 신은 방금 들으신 아사랴의 우국충정을 존경하나이다. 그러나 저들이 요단강 동편 길을 택하지 않는 이유가 무엇인지, 그들이 왜 굳이 우리 땅을 지나야 하는지 헤아려야 하옵니다. 아사랴는 트란스요단 지역을 돌아가는 길이 있다고 하였으나, 폐하께서도 아시다시피 그 길은 대규모 군대가 행군하기에 현실적으로 불가능한 길이옵니다. 그곳은 험준한 산악 지형과 끝없이 펼쳐진 건조한 사막을 포함하고 있습니다. 수만 명의 병력과 그들의 보급을 위한 수레와 가축이 물과 식량도 없는 그 험한 길을 택할 리가 있겠나이까? 그들의 목적이 갈그미스로 신속한 진군이라면, 애굽의 군대가 선택할 길은 오직 하나뿐입니다. 바로 수천 년간 무역로이자 군사 요충지였던 '해변의 길'이옵니다. 이 길은 물길과 식량을 구할 오아시스와 도시들이 있어, 군대가 가장 효율적으로 이동할 수 있는 길이옵니다. 지금 애굽의 방향은 바벨론입니다. 그들이 유다를 지나가며 군을 움직이는 방식은, 전투보다는 진로 확보를 우선한 것입니다. 예루살렘을 치려는 군이라면, 이렇게 공공연히 진로를 밝히지 않습니다."

그 말을 이어받아 여호사밧이 물었다. 그의 질문은 날카로웠다. 아무리 평화의 길이라도, 그것이 자국의 땅을 통과해야 하는 순간, 그 평화는 언제든 칼로 뒤바뀔 수 있다는 오래된 진리를 상기시키는 말이었다. 군대는 언제나 방향을 바꿀 수 있고, 선의는 종이처럼 찢어질 수 있다. 그는 질문을 던졌지만, 이미 대답을 알고 있는 사람처럼 보였다.

"하지만 예루살렘은 그 길목에 있소. 지나가며 마음을 바꾸면 어찌하겠소?"

엘리야삼은 고개를 끄덕이며 수긍을 표시했지만, 그의 다음 말은 경계와 관용의 균형 위에 세워진 판단을 담고 있었다. 그는 전쟁을 모르지 않았다. 오히려, 그런 전쟁이 왜 일어나는지를 가장 잘 아는 자였다. 그렇기에 그의 언어는 더 조심스러웠고, 더 깊은 흐름을 짚으려 했다. 애굽이 원하는 것은 지금 전쟁이 아니라, 시간이었다. 그들의 군대는 전투 준비보다 속도와 보급에 집중되어 있었고, 예루살렘은 전략적으로 반드시 점령해야 할 요충지가 아니었다. 단지 길 위에 있는 도시였을 뿐이었다. 그러나 그 길을 막는 순간, 예루살렘은 곧 전장이 될 것이었다.

"맞습니다. 그래서 경계를 늦춰선 안 됩니다. 하지만 그들이 지금 원하는 건 속도와 보급입니다. 이 길은 물길과 식량을 구할 오아시스와 도시들이 있어, 군대가 가장 효율적으로 이동할 수 있는 길이옵니다. 저들의 서신에 '하나님의 명'이 있었다는 것은, 그들이 우리에게 통행을 요청하는 것이 간절한 필요 때문임을 간접적으로 밝힌 것이라 여겨야 하옵니다. 굳이 저들과 싸워야 할 이유가 있겠나이까? 예루살렘을 칠 이유도, 이득도 없습니다. 우리가 적이 아닌 이상, 그들에게 이 도시는 장애물이 아닙니다. 반대로 우리가 그들의 길을 막는다면, 그제서야 그들은 우릴 적으로 간주하게 될 것입니다. 그때는⋯ 정말로 전면전을 피할 수 없게 됩니다. 소견으로는, 현재 애굽은 바벨론이라는 공동의 위협을 견제하려는 움직임을 보이고 있다고 판단됩니다. 이는 사이스 왕조 후기부터 고조되어 온 경계심과, 더불어 느고 2세의 적극적인 군사 정책이 결합 된 결과로 사료됩니다."

마아세야가 코를 찡그렸다.

"그럼 그 말을 믿고 길을 내주자는 말이오?"

엘리야삼은 고개를 저었다.

"아니옵니다. 믿는 것이 아니라, 해석하는 것입니다. 왕이시여, 느고 왕의 말 속에 진실이 있다면, 그 말은 단지 신의 영역이 아니라, 지정학의 흐름과도 맞닿아 있습니다. 바벨론이 이미 북부를 점령한 지금, 갈그미스는 애굽의 마지막 방패이옵니다. 그들이 그곳을 탈환하려는 것은 단순한 명분이 아니라, 앗수르의 부활을 지원해 바벨론의 세력을 견제하고, 유브라데를 넘어오는 길목에서 최종 방어선을 구축하기 위한 절박한 필요 때문입니다."

그는 마지막으로 이렇게 덧붙였다.

"이 말을 드리기 송구하오나⋯ 이 싸움의 주도권은 우리가 아니라, 이미 다른 자들의 손에 있습니다. 우리는 흐름 속에서 하나님의 뜻을 찾는 자이지, 모든 것을 결정하는 자는 아닙니다. 저희가 순리대로 길을 열어주어 아무런 피해 없이 보내면 그만일 것을, 괜한 자존심과 불안감 때문에 강대한 제국과 정면으로 부딪쳐 이 나라와 백성에게 재앙을 불러올 이유가 없사옵니다. 부디, 이성적인 판단으로 백성의 안전을 도모하여 주시옵소서."

마아세야가 동의하지 않았다. 그리고 엘리야삼에 대해 반박했다.

"존경하는 왕이시여, 엘리야삼의 주장에 깊은 우려를 표하며, 감히 왕께 다른 길을 아뢰옵나이다. 그의 말은 당장의 화를 피하려는 달콤한 속삭임일지 모르나, 그 끝에는 더 깊은 굴종의 늪이 있을 뿐입니다. 우리의 선조들이 애굽의 채찍 아래서 400년간 흘린 피눈물을 잊으셨나이까? 나일강의 풍요를 약속하며 다가왔던 그들이 어떻게 우리 민족의 목에 멍에를 씌웠는지 역사는 똑똑히 기록하고 있습니다. 애굽의 본질은 변하지 않았습니다. 그들의 군대가 우리 땅을 밟는 것을 허락한다면, 그것은 늑대의 아가리에 스스로 머리를 들이미는 것과 다르지 않습니다. 그들은 앗수르를 돕는다는 명분을 내세우지만, 그 칼끝은 결국 이 땅의 새로운 주인이 되기 위해 우리를 향할 것입니다."

그는 가슴 속에서 뜨거운 것이 치밀어 오르는 것을 느끼며, 아랫배에 힘을 주어 말을 뱉었다.

"지난 수십 년간 우리를 짓눌렀던 앗수르의 압제를 기억하소서. 그들은 우리의 신앙을 더럽히고 막대한 조공으로 백성의 고혈을 빨았습니다. 허나 이제 하늘이 우리에게 기회를 주고 계십니다. 저 북방의 폭군은 바벨론과 메디아의 협공에 맥없이 쓰러지고 있습니다. 이는 억압의 쇠사슬을 끊고 우리 유다가 다윗의 영광을 되찾을 천금 같은 기회입니다. 이 절호의 시기에 앗수르라는 늑대를 피하려다 애굽이라는 호랑이를 우리 안방으로 끌어들이는 어리석음을 범해서는 아니 됩니다. 제가 드리는 고언은, 오히려 떠오르는 해인 바벨론과 외교적 우호 관계를 맺는 것입니다. 지금 바벨론은 앗수르와 싸우느라 온 힘을 쏟고 있어, 우리에게 손을 내밀 여유가 없습니다. 우리가 먼저 적대하지 않고 중립적 호의를 보인다면, 훗날 그들은 우리를 껄끄러운 적이 아닌, 이 지역의 우호적 동반자로 여길 것입니다. 바벨론이 승리하는 날, 유다는 강력한 제국의 인정을 받는 독립국으로서 영토와 주권을 온전히 회복할 수 있습니다."

그의 외침에는 수많은 전쟁과 외교의 실패를 목격한 자의 체념이 담겨 있었다.

"왕이시여. 이 결정은 단순히 군대의 통과를 허락하는 문제가 아닙니다. 우리 유다의 미래를 예속의 역사에 다시 묶어둘 것인가, 아니면 자주독립의 새로운 장을 열 것인가를 결정하는 중대한 기로입니다. 애굽의 군대를 막아서는 길은 당장에는 어렵고 위험해 보일 수 있습니다. 하지만 그 길만이 우리 후손들에게 떳떳한 나라를 물려주는 유일한 선택이자, 진정한 용기입니다. 부디 눈앞의 위협을 피하고자 더 큰 족쇄를 차는 잘못을 범하지 마시옵소서. 왕의 현명한 결단이 우리 유다를 억압의 역사에서 건져내고, 다시 한번 시온의 영광을 되찾는 초석이 되기를 간절히 바라옵나이다."

스바냐는 앞선 자의 뜨거운 열변이 남긴 공기의 떨림이 가라앉기를 기다렸다. 그리고 입을 열었다.

"왕이시여, 마아세야의 충심과 유다를 향한 뜨거운 사랑에는 저 또한 고개를 숙입니다. 허나 왕이시여, 때로는 그 뜨거움이 눈을 가려, 바로 발밑의 낭떠러지를 보지 못하게 할 때도 있는 법입니다."

그는 나직하지만 단호한 어조로 말을 이었다.

"냉엄한 현실을 보시옵소서. 지금 우리 국경에는 무엇이 있습니까? 당장이라도 우리의 성문을 잿더미로 만들 수 있는 애굽의 강대한 군대가 진을 치고 있습니다. 우리가 과연 무슨 힘으로 그들을 막을 수 있겠습니까? 이는 용기가 아니라 만용이며, 자존심을 지키는 길이 아니라 자멸의 길입니다."

그는 거의 들리지 않을 만큼 작은 한숨을 내쉬었다.

"물론, 우리 조상들이 겪은 애굽의 압제를 잊어서는 안 됩니다. 허나 수백 년 전의 원한이 오늘 우리 백성의 목숨보다 중할 수는 없습니다. 죽은 조상들의 복수를 위해 살아있는 백성을 사지로 내모는 것이 어찌 왕의 도리라 할 수 있겠습니까? 바벨론에 기대를 걸자는 주장은 더욱 위험합니다. 그들은 떠오르는 또 다른 제국일 뿐, 우리에게 자비를 베풀 구원자가 아닙니다. 우리는 지금 먼 곳의 불확실한 주인을 위해, 바로 코앞의 확실한 파멸을 자초하려 하고 있습니다. 이는 지혜가 아니라 왕국의 운명을 건 위험한 도박일 뿐입니다."

그는 왕의 눈을 똑바로 보며, 모든 감정을 배제한 채 오직 사실만을 전달하려 애썼다.

"왕이시여, 길을 열어주는 것은 굴복이 아닙니다. 이것은 생존을 위한 지혜이며, 미래를 위한 시간을 버는 전략입니다. 레바논의 백향목들이 서로 부딪혀 흔들릴 때, 부러지는 것은 그 아래 작은 올리브나무입니다. 강대국들의 힘이 서로 부딪쳐 빠졌을 때, 그때가 바로 지혜롭게 살아남은 유다의 때가 될 것입니다. 부디 한순간의 헛된 영광을 위해 백성을 죽음으로 내몰지 마시고, 살아남아 훗날을 도모하는 현명함을 택하시옵소서. 왕의 가장 큰 임무는 영웅적인 최후가 아니라, 유다 왕국의 보존과 백성의 안녕에 있나이다."

그 말이 떨어지자, 회의실은 또다시 고요해졌다. 한참을 말이 없었다. 누군가는 눈을 감았고, 누군가는 손을 매만졌다. 그러나 모든 시선은 결국 왕에게로 향했다. 요시야는 여전히 말이 없었다. 긴 회의였고, 많은 말이 오갔다. 그러나 그 안에서 '하나님의 뜻'은 여전히 들리지 않았다. 오직 인간들의 두려움, 신념, 전략, 논리, 믿음만이 교차할 뿐이었다. 그리고 그 교차점에 선 요시야는 점점 고개를 숙여갔다. 아무리 듣고 또 들어도, 그 말들 사이에서 결정의 근거를 찾을 수 없었다. 하나님의 음성은 들리지 않았다. 그 침묵 앞에서, 요시야는 자신의 손이 천천히 떨리고 있음을 깨달았다.

그때, 조용히 사반이 다가와 낮은 목소리로 말했다. 그의 말은 명령도, 충언도 아니었다. 그저 함께 기도하던 동료로서의 고백 같았다. 판단은 위대하나, 때로는 기다림이 더 경건한 선택이라는 것을, 그는 그렇게 조용히 상기시켰다.

"폐하… 지금은 판단보다 기다림이 필요하옵니다."

그 말은 더 이상의 대답을 요구하지 않았다. 회의실은 조용했고, 왕의 침묵은 깊어졌다. 그것은 아직 끝나지 않은 기도의 형태였다. 그리고 그 기도는, 여전히 하나의 결정으로 이어지지 못한 채, 하늘을 바라보고 있었다. 요시야는 천천히 고개를 들었다. 그러나 그의 눈빛에는 어떤 결단도 담겨 있지 않았다.

"오늘은… 회의를 여기서 그만두겠습니다."

불편한 정적. 대신들은 당황스러운 눈빛을 주고받았지만, 누구도 감히 왕의 결정을 반박하지 않았다. 요시야는 천천히 자리에서 일어나 조용히 회의실을 떠났다. 힐기야는 그 뒷모습을 바라보며, 거의 들리지 않는 음성으로 중얼거렸다.

　"말씀이 없는 시대에, 왕은… 자신의 믿음으로만 결정을 내려야 하옵니다…"

　그 말은 아무 대답 없이, 회의실의 벽에 부딪혀 되돌아올 뿐이었다. 그 날 밤, 예루살렘은 조용했다. 그러나 바람은 방향을 바꾸고 있었고, 왕은 ― 아무도 모르게, 자신의 결정을 향해 나아가고 있었다.

침묵의 골짜기

　새벽의 기척이 천천히 예루살렘의 지붕 위로 번져가던 그 시각, 왕궁 안뜰은 아직 밤의 그림자를 다 털어내지 못한 채, 밤을 머금은 차가운 공기를 품고 있었다. 대리석 기둥 사이로 스며드는 바람은 잠든 자들의 숨소리를 깨우지 못할 만큼 조용했지만, 단단한 돌바닥을 스치는 요시야의 발걸음은 그보다 더 조용히 울리고 있었다. 그의 발끝은 목적 없는 사람처럼 보였지만, 그 걸음마다 머릿속에서는 전날의 회의가 다시금 펼쳐지고 있었다.

　그 공간을 메운 말들 ― 아사랴의 분노, 스바냐의 신념, 여호사밧의 계산, 힐기야의 갈등, 엘리야삼의 신중함 ― 그 모든 논의는 요시야의 안에서 다시 조합되고 해체되며, 하나님의 뜻을 향한 수수께끼처럼 계속해서 돌아가고 있었다. 그는 말과 말 사이에 숨겨진 의도와 신앙, 두려움과 계산을 읽으려 했다. 그 읽는 과정에서 그는 스스로의 확신마저 갉아 먹히고 있었다. 그날 사신의 입에서 흘러나온 "하나님의 명령"이라는 말이, 처음에는 한 줄기 빛처럼 그의 내면을 잠잠케 했지만, 시간이 지나면서 그 빛조차 의심이라는 안개 속에 갇혀 버린 것이다. 요시야는 자신이 평안을 느꼈다는 바로 그 사실이 두려웠다. 주의 이름을 입에 담은 이방 왕의 말에 마음이 흔들린 자신이, 그 자체로 하나님의 사람으로서 자격이 없는 것은 아닌지. 수년간 성전을 정비하고 율법을 회복시켜온 자로서, 왜 그 음성이 자신에게 아닌, 적의 입을 통해 들려야 했는지.

그는 오늘 밤, 자신을 재판대에 세워야 했다.

'이방의 입을 통해 전해진 평안. 그것이 진정 하나님의 뜻인가?'

믿음을 가장 앞세워 살아온 자였다. 성전을 정비하고, 바알과 아세라 목상을 불태우고, 산당을 헐었던 자였다. 그의 칼은 우상 앞에서 단호했고, 그의 눈은 하늘을 향해 열려 있었다. 그러나 오늘, 그는 그 모든 열심과 헌신이 한 마디 이방인의 말 앞에서 가벼워진 자신을 직면했다.

'나는 진실로 하나님의 사람이었는가? 아니면 단지, 하나님의 이름으로 왕권을 정당화한 지도자였는가?'

귓가에 스바냐의 음성이 되살아났다.

"하나님의 명령을 거역하십니까? 왕의 뜻이 하나님의 뜻보다 앞선 것입니까?"

그 말은 창처럼 날아와 그의 양심을 찔렀다. 그러나 거의 동시에, 또 다른 목소리가 뒤엉켜 파고들었다.

"전쟁은 계산입니다, 왕이시여. 감정이나 믿음으로 하는 것이 아닙니다."

여호사밧의 말. 얼음처럼 이성적인 말. 이 두 개의 목소리는 좌우에서 서로 다른 판결을 내리는 판관처럼, 그의 정신을 균열 내고 있었다. 그는 두 개의 길 앞에 서 있었다. 그 어떤 길도 평탄하지 않았다. 오히려, 두 길 모두에 칼날이 깔려 있었다. 하나는 믿음의 길. 그는 이방인의 입술에 담긴 말을 하나님의 것으로 믿고 따른다면, 역사의 한 줄에 이름을 남길 수도 있었다. 믿음의 순전함으로 하나님의 뜻을 알아본 왕, 위대한 신앙의 개혁자. 그러나 만약 그 말이 덫이었다면? 그는 하나님의 이름을 빙자해 멸망한 어리석은 자가 된다. 백성들은 실망할 것이고, 성전의 돌들은 침묵 속에 그를 심판할 것이다.

'하나님, 왜 이토록 적막 속에서 평안을 주셨습니까? 그 평안이 제 안에서 진실이 되기 전까지…

왜 아무 말씀도 하지 않으셨습니까?'

그는 가슴을 쥐어뜯었다. 이것이 덫이라면, 그는 그 덫에 '평안'이라는 미끼로 이끌려 간 것이다. 그리고 스스로 그 덫을 하나님의 선물이라 여겼다. 그것이 그의 고통이었다. 다른 하나는 이성의 길. 이 길은 하나님을 등진 길이 아니었다. 요시야는 그렇게 믿고 싶었다. 그것은 단지, 하나님을 신뢰하지 못해서가 아니라, 인간의 이해로는 이해할 수 없는 말 앞에서 멈추어 선 것이었다.

'애굽의 입에서 나온 말. 그것이 진정 하나님의 계시일 수 있는가?'

그 물음이 단 하나, 그의 결정을 늪처럼 붙잡았다.

'만약 그 말이 거짓이라면? 만약 그것이 정교하게 짜인 애굽의 속임수라면?'

그 순간, 요시야의 머릿속에는 그동안 자신이 쌓아 올린 모든 개혁의 성과가 불타는 광경이 스쳐 지나갔다. 성전이 다시 우상들로 더럽혀지고, 유다는 애굽의 속국으로 전락하며, 백성들은 뿔뿔이 흩어져 타국의 노예가 된다. 다윗의 왕위는 조롱거리가 되고, 하나님의 이름은 열방의 입에서 욕됨을 당한다.

'하나님, 저는 지금 무엇을 두려워해야 합니까? 주님의 음성이 들리지 않는 이 순간, 제가 무엇을 기준으로 움직여야 합니까?'

그는 두려웠다. 하나님의 침묵이 아니라, 하나님의 이름으로 전해진 말이 잘못일지도 모른다는 두려움. 자신의 판단이 나라를 무너뜨릴 수도 있다는 공포. 그가 선택하지 못한 것은 믿음이 부족해서가 아니었다. 확신 없는 계시에 나라의 운명을 맡길 수 없다는 중압감. 그의 머릿속엔 하나의 외침만이 되풀이되었다.

'만에 하나라도, 그것이 거짓이라면… 유다는 끝장이다.'

그는 믿고 싶었다. 하나님의 계시가 정말 그렇게 이방의 입을 통해 오기도 한다는 것을. 하지만 지금 그는 단 한 치의 실수도 허락되지 않는 국가적 결단의 벼랑 끝에 서 있었다. 한 사람의 신앙인이 아니라, 한 나라의 왕으로서.

'나는 지금… 하나님을 의심하는 것이 아니라, 사람의 입을 두려워하는 것입니다. 그 입이 참이라면… 내가 죄인이지만, 그 입이 거짓이라면… 백성이 죄 없다 해도 모두 죽게 됩니다. 한 번의 판단, 한 줄의 결심으로…'

요시야의 입술이 말라붙은 듯 떨렸다. 어둠 속에서 장작불이 튀는 소리에 그는 흠칫 몸을 움츠렸다. 손에 쥔 두루마리는 땀으로 젖어 구겨지고, 눈빛은 멀리, 아주 오래된 시간을 향해 흐려졌다.

'아브라함의 하나님이시여…

이삭의 하나님이시여…

야곱의 하나님이시여…

그 숱한 고난 속에서도 당신은 당신의 백성을 버리지 않으셨습니다. 아브라함이 칼을 들었을 때도, 이삭이 묶였을 때도, 야곱이 야밤을 헤매며 천사와 씨름했을 때도…'

그는 두 손으로 얼굴을 감싸 쥐었다.

'당신은 끝내 그들을 통해 이 땅 위에 당신의 이름을 높이셨고, 그 언약을 내게까지 이르게 하셨습니다. 내가 그 언약을 받았고, 내가 성전을 다시 세웠으며, 백성들이 다시 여호와의 이름을 부르게 되었습니다. 그렇게 찬양을 시작한 이들이, 지금 나 하나의 판단 때문에 피를 흘린다면… 그들의 생명이 땅에 떨어진다면… 그 모든 헌신과 회개와 제사가 흙탕물 속으로 사라진다면…'

그는 무릎을 꿇고 땅바닥에 이마를 붙였다. 돌바닥의 냉기가 백성들의 두려움처럼 가슴속으로 스며들었다.

'하나님… 왜 지금이십니까… 왜 이제 와서 이런 고뇌를 제게 맡기십니까? 이 귀한 백성들… 조상들의 피와 눈물로 이어진 이 나라를 왜… 저 하나의 어리석음으로 모두 무너지게 하려 하십니까?'

침묵이었다. 단 하나의 응답도 들려오지 않았다. 횃불의 불만이 사그라지듯, 그의 의지도 함께 꺼져가는 듯했다.

'만약, 만약 내가 지금 저 말을 믿고 가만히 있다가 그것이 거짓이었음을 알게 되는 날이 온다면… 나는 백성들의 시체를 밟고 왕좌에 앉아 있어야 할 것입니다. 그날이 온다면, 하나님, 저는 차라리 그날 이전에 저를 데려가 주십시오…'

그는 그 순간, 왕이 아니었다. 그는 기도자도, 개혁자도 아니었다. 그는 단지 한 사람, 자신의 손에 나라의 명운이 쥐어진 줄을 감당하지 못하는 고독한 인간이었다. 그는 자책하지 않았다. 대신, 가장 무거운 왕의 머리 띠를 쓴 채로 책임을 감당하려 했다. 그의 눈에는 스스로의 힘으로 이룩한 율법과 정결한 신앙이 선명히 보였다. 수많은 우상을 파했고, 무너졌던 성전을 복구했으며, 백성의 마음을 하나로 모았다. 그가 뿌린 씨앗이 이제 굳건한 나무로 자라나, 그늘을 드리우고 있었다.

이제 그가 이끌어온 이 나라의 운명이 자신의 손에 달려 있다고 믿었다. 그의 결정은 결코 두려움 때문이 아니었다. 그는 자신이 이 나라를 파멸로 이끌지도 모른다는 공포 앞에서 물러선 것이 아니라, 오직 자신의 확신과 판단으로 이 위기를 넘어서야 한다는 무거운 소명을 느꼈기 때문이었다. 그는 자신이 세운 길만이 이 나라를 지킬 마지막 방책이라 믿었다. 그 믿음의 무게를 감당하며 자신의 의지로 결정을 내리려 했다. 그는 여전히 그 질문 앞에서, 대답 없는 하늘을 바라보고 있었다. 그에게 하나님의 침묵은 무관심이 아니라, 무게였다. 사랑이었지만 징계였고, 시험이었지만 외로움이었다. 그렇게 걷고 있는 요시야의 곁에 조심스럽게 다가서는 발소리가 들렸다. 서기관 사반이었다. 그는 왕의 어깨에 손을 얹지 않았다. 감히 무게를 나눌 수 없다는 듯, 그저 옆을 걷는 것만으로 조심스레 마음을 전하고자 했다. 한참을 망설이다가, 그는 마침내 조용한 목소리로 말을 꺼냈다.

"폐하, 어젯밤 회의 후 한 말씀도 없으셨사옵니다."

요시야는 바로 대답하지 않았다. 그는 성전의 동쪽 지붕을 바라보다가, 바람에 스치는 그 빛을 따라 시선을 잠시 머물렀고, 그러다 문득 쉰 숨처럼 중얼거렸다.

"사람의 말이 옳게 들릴 때가 있다, 사반. 그러나 그 말이 주의 뜻인지, 나의 두려움 때문인지는… 구분하기 어렵구나."

그의 음성에는 연약함보다는 피로가, 회의보다는 정직한 고백이 담겨 있었다. 그것은 권좌의 사람만이 견뎌야 하는 믿음과 판단 사이의 오래된 긴장이었다. 그리고 어느 누구도 대신 걸어줄 수 없는 길 위에서 마침내 한 사람이 되려는 자의 낮은 기도이기도 했다.

요시야의 목소리는 고요했으나, 그것은 태풍의 눈처럼 평온한 겉모습 아래 끝없이 몰아치는 번민의 소용돌이를 담고 있었다. 그의 말은 그날 회의실에서 쌓인 모든 이성과 감정의 잔해 위에 천천히 쌓여갔고, 내부에서 오래 숙성된 회한이 흘러나오듯 조용히 번졌다. 그는 느고의 입에서 하나님의 이름이 나왔을 때 이상하리만치 평안했다고 고백했다. 그것은 이방인의 입술에서 흘러나온 말이었지만, 예루살렘의 거룩한 성전에서조차 느끼지 못했던 평온이었다. 세상의 모든 울림이 단번에 잘려나가고, 주의 손길이 그의 가슴 위에 조용히 내려앉았던 순간. 그러나 그 정적은 오래 지속되지 않았다. 평안은 언제나 깨지기 마련이었고, 특히 그것이 하나님에게서 온 것인지 아니면 인간의 두려움에서 비롯된 자기기만인지 분간할 수 없을 때, 그것은 곧 독이 되어 그를 괴롭혔다. 그는 그 순간의 감정이 신비로운 위안이 아니라, 어쩌면 책임을 회피하고 싶은 무의식의 소망이었을지도 모른다는 두려움에 사로잡혔다.

시간이 흐르자, 말들이 그를 떠나지 않았다. 장수들의 무거운 눈빛, 대신들의 신중한 표현, 제사장들의 신앙적 우려, 백성들의 소문까지 — 모든 시선과 말이 오직 하나의 중심을 향해 몰려들었다. 바로 그의 판단이었다. 수많은 생명을 좌우할 선택이 이제 그 한 사람의 어깨 위에 놓여 있었다. 그는 숨을 내쉴 때마다 가슴이 조여오는 감각을 느껴야 했다. 그는 말없이 주먹을 쥐었고, 그것은 그의 심장을 쥐어짠 고뇌의 형상이었다.

그러나 이내 그 손은 힘없이 풀어졌다. 그 안에서 떨어져 나간 것은 왕의 확신이었다. 그는 이제 바벨론의 침묵까지도 두려워하고 있었다. 말을 하지 않는 자들이 오히려 더 무서운 법이었다. 애굽은 적어도 말을 했고 요구를 드러냈으나, 바벨론은 아무것도 말하지 않았다. 그들은 침묵 속에서 관망하고 있었다. 그 침묵은 요시야에게 있어 무언보다 더 큰 함의로 다가왔다. 그는 그들의 처지가 아니라, 그들의 침묵의 의도를 해석하려 애썼고, 그럴수록 불확실한 미래의 그림자는 더 깊어졌다.

"나는… 그 말을 들었을 때 평안했다. 느고가 주의 이름을 말할 때…

이상하리만치 마음이 가라앉았었다. 하지만…"

그는 말을 멈추고 잠시 눈을 감았다. 그리고 이내 떨리는 목소리로 다시 이었다.

"나는 그 말을 믿었다, 처음엔. 내 안의 소란이 멎은 자리에, 비로소 주의 첫 숨결 같은 침묵이 내려앉았어. 그러나 시간이 흐르고, 말들이 내 곁을 떠나지 않았다. 신하들의 시선, 군사들의 속삭임, 거리에서 들려오는 백성들의 수군거림까지… 모두가 내게 결정을 요구했지. 나 하나의 판단에 수천 명의 생명이 달려 있다는 사실이, 내 가슴을 조여 왔다."

그는 주먹을 한 번 움켜쥐었다가, 다시 떨리는 손으로 풀어냈다. 그리고 낮게, 깊은 회환의 목소리로 속삭였다.

"그리고 바벨론. 그들의 침묵이 나를 더 괴롭힌다. 그들은 침묵 속에서 관망하고 있다. 우리가 어떻게 움직이는지, 내가 어떤 결정을 내리는지를. 이 땅은 바다의 물고기처럼 강대국들 사이에서 떠밀려 다닌다. 나는 그 물결을 막고 싶었는데, 어쩌면… 나 역시 그 물살 속에서 흔들리고 있는 자일 뿐일지도 모른다."

그 말이 끝났을 때, 사반은 조용히 고개를 들고 요시야를 바라보았다. 그는 왕의 고백이 단순한 정무적 고뇌가 아니라, 신앙과 권위, 인간성과 사명의 경계선 위에 선 자의 절규임을 알고 있었다. 사반은 잠시 숨을 고르고, 부드러우나 흔들림 없는 목소리로 응답했다.

"왕이시여, 주께서 직접 말씀하지 않으실 때도 있사옵니다. 그러나 그분은 결코 침묵하고 계신 것이 아니옵니다. 느고의 입을 통해서라도, 그분은 일하시나이다. 우리는 종종, 주의 뜻이 우리가 미워하던 자를 통해 이루어지는 것을 견디지 못합니다. 그러나… 하늘은 때로 우리의 상식을 꺾으시고, 주의 도는 우리의 예측을 넘어섭니다. 애굽이 원수라 하나, 주의 심판의 채찍이 될 수도 있사옵니다."

그 순간, 바람이 한 번 더 성전 쪽에서 불어와 요시야의 겉옷을 스쳤다. 그것은 신의 숨결이었을까, 아니면 의심을 더 깊게 만드는 또 다른 침묵의 손짓이었을까. 그러나 요시야는 그 바람의 의미를 해석하려 하지 않았다.

그는 그저 여전히 그 침묵 속에 머물러, 마지막 결정을 향해 천천히 나아가고 있었다.

요시야는 눈을 감고 있었다. 그 눈꺼풀 너머로 흘러가는 어둠은 바람처럼 조용히 흔들렸다. 사반의 말은 그의 내면 깊숙한 곳, 차마 손닿지 않던 신념의 가장자리를 살짝 건드렸다. 그러나 왕의 얼굴에는 여전히 결단의 자국이 완성되지 않은 채 남아 있었다. 고요한 침묵이 둘 사이를 흐르다가, 사반이 조심스럽게 한발 다가섰다. 그의 손이 조용히 왕의 손등 위에 얹혔고, 그 촉감은 권위도 충성도 아닌, 인간적인 두려움과 염려에서 비롯된 따뜻한 전언이었다. 그가 말했다.

"왕께서는 그 평안을 잊지 마소서. 그것이 거짓이었다면, 어찌 주께서 그 순간 침묵하셨겠사옵니까?"

그 말은 얇은 실처럼 요시야의 마음에 매달려 있었고, 그 실이 진실로 이어진 끈인지, 혹은 또 다른 자기기만의 덫인지 그는 분간하지 못했다. 그 침묵은 짧지도 길지도 않았으나, 그 속에는 그가 평생 들어온 수많은 기도와 가르침, 그리고 침묵 속에 스스로 새긴 신앙의 잔해가 한꺼번에 올라와 그를 짓눌렀다. 결국, 그는 천천히 고개를 저었다. 사반의 말이 그의 가슴을 울렸음은 분명했으나, 그것만으로 이 모든 어둠을 걷어내기엔 무엇인가 부족했다. 그는 여전히 자신 안에서 하나의 무거운 문장을 다듬고 있었다. 그 문장은 마침내, 조심스레 그러나 단호하게 그의 입술을 통해 세상에 나왔다.

"아니… 나는 이 자리에서 멈출 수 없다."

그 목소리는 크지 않았으나, 그 안에는 누구도 대신 짊어질 수 없는 왕의 책임과 한 인간으로서 감내해야 할 영혼의 무게가 응축되어 있었다. 그것은 외교적 선택이나 정치적 전략이 아니라, 하나님의 침묵 앞에서 인간이 마지막으로 택할 수 있는 해답, 곧 스스로를 제물 삼아라도 진실에 다가가고자 하는 결의였다. 그는 조용히 말을 이었다.

"그 평안이 참된 것이라면… 내가 물러서도 주께서 밝히시겠지. 그러나… 내가 틀렸다면, 이 모든 것을 내 손으로 확인해야 한다."

요시야는 눈을 들었다. 시선은 왕궁의 돌기둥을 넘어 아직 완전히 밝지 않은 새벽하늘을 향했다. 그 눈빛은 무언가를 구하거나, 기대하거나, 호소하는 것이 아니라 ― 그저 끝내 도달하지 못하더라도 발을 내디디겠다는 결의였다. 그리고 그는 마지막 말을 내뱉었다.

"나는 알아야 해. 내가 선택한 이 길이 어디로 향하는지… 그 끝을 두려워해도, 피할 수는 없다."

그 말 앞에서 사반은 더는 할 말을 찾지 못했다. 그러나 침묵 속에서도 그는 마지막으로 자신이 해야 할 말을 꺼내기 위해 용기를 모았다. 그 말은 간절하고, 조심스럽고, 희망을 담고 있었다.

"왕이시여… 예레미야 선지자를 찾게 하시지요. 주의 뜻을 여쭈어야 할 때라면, 지금이옵니다. 아직 늦지 않았사옵니다."

그러나 대답은 곧 들리지 않았다. 사반의 말은 차오르는 새벽의 바람 속으로 녹아들었고, 요시야는 고요한 결단의 강을 이미 건너고 있었다. 그것은 순종이라기보다, 오히려 책임이었다. 누군가가 말하지 않으면 안 되는, 그러나 말함으로써 감당해야 할 고통까지 모두 짊어져야 하는 왕의 몫이었다.

요시야는 천천히 몸을 돌려 사반을 바라보았다. 그 눈빛은 더 이상 왕의 권위를 유지하려는 자의 것이 아니었다. 어떤 말로도 치유될 수 없는 지친 인간의 내면과, 침묵 속에서 내린 고뇌 어린 결정이 고스란히 드러나 있을 뿐이었다. 그는 오랜 시간 마음속에서 다듬어온 문장을 꺼내듯 무겁고 천천히 입을 열었다.

"그가 어디에 있는지도 모르지 않느냐. 예레미야는 성밖에 있을 수도, 유다 남부 어딘가에 있을 수도 있다. 시간을 지체하면… 적은 우리 경계 너머에 이를 것이다."

그 말은 계산이 아니라 확신에 가까운 예감에서 나온 것이었다. 그가 떠올린 예레미야의 얼굴은 어둠 속에서 들려오는 외침처럼 모호했다. 그러나 그것은 그의 내면 깊은 곳에서 멈추지 않는 질문의 잔향이기도 했다. 질문은 늘 답보다 빠르게 달려오고, 답은 언제나 뒤늦게, 숨 가쁘게 따라

오는 법이었다. 사반은 그런 왕을 마주하고 간절히 입술을 움직였다.

"그러나 전하, 그분의 입에서 나오는 말씀은⋯ 전쟁보다 더 빠르게 움직이옵니다."

그 말은 찬 바람처럼 요시야의 가슴을 스쳤고, 한순간 그의 눈빛이 흔들렸다. 사반의 음성은 높지 않았지만, 사막 한가운데에서 불어오는 바람처럼 진실을 안고 있었다. 그러나 요시야는 이내 고개를 저었다. 그것은 망설임이 아니라, 이미 결정을 내린 자의 고통스러운 거절이었다.

"아니다. 이 싸움은 내가 끝을 보아야 한다. 기다릴 수는 없다."

그 말은 더 이상 논의나 회의의 자리가 아님을 말해주는 최종적인 선언이었다. 그의 목소리에는 불확실한 시대를 살고 있는 한 인간이, 불완전한 선택 앞에서 내려야 할 유일한 결정이 깃들어 있었다. 사반은 더는 어떤 말도 꺼내지 못했다. 그의 가슴속에는 아직 마지막 희망의 불씨가 남아 있었지만, 그 불씨를 지켜낼 수 없다는 것을 그는 이미 알고 있었다. 바람은 불기 시작했다. 어쩌면 그 바람이 등불을 끄는 것이 아니라, 불씨를 더 멀리 보내려는 하늘의 숨결일지도 모른다는 허망한 믿음만이 그의 눈동자에 희미하게 머물렀다. 요시야는 천천히, 그러나 결연한 목소리로 덧붙였다.

"내가 직접 말을 타겠다. 이 땅을 지키고자 나서는 왕으로서."

그 말 앞에서 사반은 아무런 반응도 하지 못했다. 침묵은 허락된 마지막 기도의 형식이었고, 그의 눈빛에는 슬픔과 경외, 그리고 더는 돌이킬 수 없는 운명을 마주한 자의 체념이 함께 얽혀 있었다. 요시야는 이제 더는 누구의 시선도 의식하지 않았다. 그는 조용히 돌아서서 걸음을 옮겼다. 그 발걸음은 군사의 발소리처럼 위엄 있지도 않았고, 예언자의 나지막한 음성처럼 신비롭지도 않았으나, 그 속에는 한 인간이 내려야만 했던 고독한 결단이 고스란히 담겨 있었다.

이 나라의 왕, 예루살렘의 통치자, 다윗의 후손으로 불리던 그는 그 순간, 단지 한 사람의 신앙인으로 돌아가고 있었다. 더는 명예도, 권위도, 자문도 그를 붙잡지 못했다. 그는 오직 하나님의 침묵 앞에서 자신의 내면을 향해 발걸음을 내디뎠다. 그가 향하는 길이 종말의 문턱인지, 아니면 예언되지 않은 구원의 여명인지는 아무도 알 수 없었다. 다만, 그가 그 길을 스스로의 뜻과 믿음으로 걸었다는 사실, 그 마지막 발걸음만이 이후의 세대에게 하나의 신앙의 흔적으로 남게 될 터였다. 침묵의 하나님을 향해 침묵으로 걸어가는 왕의 그 뒷모습은, 어쩌면 이 땅에서 인간이 드릴 수 있는 가장 정직한 기도였는지도 모른다.

므깃도 골짜기의 그늘

　새벽이 아직 하늘을 다 열지 못한 시간, 예루살렘의 돌 성벽 안쪽 깊숙한 왕궁 내실은 밤의 마지막 호흡을 간직한 채 고요하게 가라앉아 있었다. 바람도, 종소리도, 심지어 시간마저 이 공간만큼은 스쳐 지나가지 않는 듯한 정적이 감돌았다. 그 침묵 속에서 요시야는 조용히 걸음을 옮겼다. 이미 말은 준비되었고, 성문은 그의 명령만을 기다리고 있었다. 아침이 오기 전 그는 움직여야 했다. 그러나 움직이기 전, 꼭 만나야 하는 이가 있었다. 그것은 전쟁의 승패와 관계없는 일이었고, 전략이나 외교로 해석할 수 없는, 다만 인간으로서 짊어지고 가야 하는 한 조각의 결속이었다. 그가 발걸음을 멈춘 곳은 왕궁 내실, 창을 등지고 조용히 앉아 있던 여인—하무달의 방이었다. 그녀는 창가에 앉아 있었다. 아직 어두운 하늘 너머로 희미한 빛이 내리고 있었고, 그녀의 눈동자에도 같은 빛이 잠기고 있었다. 요시야가 다가서자, 하무달은 조용히 자리에서 일어났다. 천천히, 마치 오래전부터 그가 올 것을 알고 있었다는 듯한 몸짓이었다. 그녀의 눈에는 말보다 많은 것들이 담겨 있었다. 그것은 이해였고, 받아들임이었다. 동시에 깊게 억눌러진 두려움과 아픔이었다. 그녀는 군왕의 아내였고, 두 아이의 어머니였고, 지금은 떠나는 자를 보내야 하는 사람으로 그 자리에 서 있었다.
　요시야는 그녀 앞에서 더는 왕이 아니었다. 그가 입은 옷은 왕의 예복이었고, 그가 선 자리는 성전보다 높은 권위의 중심이었지만, 그 순간만큼 은 누구보다 작고 고요한 인간이었다. 그는 한 사람의 남편으로, 아비로, 그리고 신 앞에서 고뇌하는 존재로 그곳에 있었다. 그의 눈은 새벽보다 어두웠고, 그의 목소리는 긴 침묵을 뚫고 나오는 떨리는 호흡에 가까웠다. 말은 길지 않았지만, 그 한 문장에 담긴 무게는 너무도 분명하게 방 안을 채웠다.

"알고 있었느냐… 내가 곧 떠날 것을."

그의 말은 질문처럼 들렸지만, 실은 이미 알고 있는 진실을 확인받고자 하는 고백에 가까웠다. 그가 무릎 꿇고 구했던 응답이 오지 않은 밤, 그 침묵의 하늘이 내린 결론은 결국 자신이 그 길을 스스로 걷는 것이라는 깨달음이었다. 그리고 하무달은 그 답을 이미 알고 있었다. 그녀의 눈동자 는 흔들리지 않았고, 그 안에는 피할 수 없는 숙명을 직면하는 자의 담담 한 평온이 담겨 있었다. 그녀는 눈을 내리깔지도, 눈물을 흘리지도 않았 다. 대신 조용히 한 마디를 내뱉었다.

"폐하의 침묵이, 말보다 많은 것을 말해주었습니다."

그 말은 비난이 아니었고, 체념도 아니었다. 그것은 오래도록 한 사람의 곁을 지켜온 자만이 가질 수 있는 절제된 이해였다. 그리고 가장 조용한 방식의 작별 인사였다. 말로는 다 전할 수 없는 감정들이 그녀의 말끝에 실려 있었고, 요시야는 그 안에서 위로와 아픔을 동시에 느꼈다. 그는 다 시 고개를 떨구었다. 두 사람 사이를 감싸고 있던 침묵은 한층 더 깊어졌 다. 그러나 그 침묵은 비로소 한 사람을 떠나보내는 자와 떠나는 자의 마 지막 평화였다. 창문 너머로, 이제 막 여명이 기지개를 켜고 있었고, 빛은 천천히 왕의 발치로 스며들기 시작했다. 이제 다시 왕은 출발해야 했다. 그러나 그 새벽, 짧은 대화는 오래도록 그의 기억 속에 남아, 전쟁의 북소 리와는 다른 리듬으로 그의 영혼을 울릴 것이었다.

왕궁 내실에 번지기 시작한 희미한 빛은 창문의 윤곽을 따라 천천히 바닥을 물들였고, 그 빛은 두 사람 사이에도 조용히 내려앉아 있었다. 요 시야는 그 빛 앞에 무릎 꿇은 듯 고개를 숙였고, 하무달은 그를 위해 시간을 멈추려는 듯 고요히 그의 앞에 섰다. 그의 말은 부드러웠지만, 그 부드러움은 수없이 반복된 고뇌의 날들을 뚫고 나온 가느다란 생의 결심과도 같았다.

"하무달, 내가 들었던 그 평안… 그것이 진짜였을까. 혹시, 내가 두려움 속에서 위안을 찾으려 했던 것은 아닐까. 주의 뜻을 구했지만… 대답은 오지 않았고, 이제는… 내가 움직여야 할 때라고 생각했다."

그의 음성은 기도의 마지막 끝자락처럼 들렸다. 성전에서도, 전쟁회의에서도, 심지어 선지자의 말 앞에서도 꺼내지 않았던 말. 그것은 왕의 언어가 아니라, 침묵한 신을 마주한 한 인간의 고백이었다. 그의 눈꺼풀은 무겁게 감겨 있었고, 말끝에는 떨리는 숨이 묻어 있었다. 그 안에는 확신의 부재가 있었다. 그러나 더 깊이 들여다보면, 그 부재는 단지 공허가 아니었다. 오히려 침묵조차 끝내 붙잡고 믿어보려는 고집스럽고 순전한 믿음이, 그 안에 고요히 울리고 있었다.

하무달은 요시야의 그 속절없는 고백을 듣고 잠시 말을 잇지 않았다. 그녀는 그의 얼굴을 바라보며, 왕이라는 무게 아래 묻힌 남편의 본래 모습을 들여다보았다. 나라의 심장을 짊어진 자, 하나님의 뜻을 이 땅에 실현하려 했던 자, 그 모든 영광과 책임 앞에서 끝내 누구에게도 흔들림을 보이지 않던 자가, 지금 이 순간 자기 앞에서 처음으로 자신의 마음을 묻고 있었다. 그녀는 조용히 다가가 그의 팔을 붙들었다. 강하게도, 무겁게도 아닌, 단지 그의 심장이 느껴질 만큼만, 그 떨림 위에 조용히 손을 얹듯 그렇게 닿았다. 그의 흔들리는 믿음 위에 놓인 그 손길은 단순한 위로를 넘어, 함께 그 침묵을 견디겠다는 다짐처럼 느껴졌다. 그리고 그제야 그녀는 천천히 말을 꺼냈다.

"왕이시여, 저는 당신이 누구보다 주의 음성에 민감한 분이라는 것을 믿습니다. 하지만… 때로 가장 민감한 자가, 침묵 속에서 가장 크게 흔들립니다. 그 침묵을 자신의 실패로 오해하고, 스스로를 시험에 던지지요."

그녀의 말은 부드럽지만 단단했다. 그것은 왕비의 언어가 아니었다. 아내의, 믿는 자의, 그를 사랑하는 사람의 언어였다. 요시야는 그 말에 고개를 들었다. 하무달의 눈동자에는 두려움도 있었지만, 그보다 더 큰 것은 신뢰였다. 그녀는 믿고 있었다. 그가 지금 어떤 선택을 하든, 그것이 하나님의 뜻을 거스르는 것이 아니라, 오히려 그 뜻의 깊은 강 속에서 몸부림치는 자의 외침이라는 것을. 요시야는 그녀의 눈을 오래 바라보다가, 마침내 작게 숨을 내쉬었다. 그것은 안도의 숨이 아니었다. 다만, 그 숨은 전쟁터로 나아가기 전에 인간으로서 마실 수 있는 마지막 공기처럼, 그에게 남겨진 아주 짧은 평화였다. 그리고 그 평화는, 이 여인이 건넨 단 한 문장의 믿음에서 비롯된 것이었다.

그녀의 말은 한 치의 위로도 빼지 않은 진실이었다. 그녀는 결코 그를 붙잡지 않았다. 그러나 그녀는 그가 어떤 사람인지를 끝까지 믿었다. 요시야는 더는 말하지 않았다. 그 말에 대답하기엔, 이미 그의 마음속에는 떠날 준비가 너무 오래전부터 끝나 있었기 때문이다. 그러나 하무달의 말은 그를 뒤흔들었다. 그녀는 왕비로서가 아니라, 오랜 기도의 여인으로서, 지금도 그를 위해 무릎 꿇는 자로서, 그에게 남겨진 마지막 평온의 등불이었다. 그리고 그녀는 그 등불을 손에서 놓지 않으려는 사람처럼, 말없이 그 곁에 서 있었다. 빛은 아직 오지 않았고, 새벽은 아직 머물러 있었다. 그들의 마지막 대화는 어둠과 빛이 교차하는 경계선 위에서 조심스럽게 흘러가고 있었다.

내실의 침묵은 숨을 고르듯 조용했다. 햇빛은 아직 완전히 방 안으로 스며들지 못한 채 창틀 너머에서 흔들리는 듯 머뭇거리고 있었다. 요시야와 하무달 사이의 거리는 한 발짝조차 채 되지 않았으나, 그사이에는 무수한 침묵의 시간이 겹겹이 쌓여 있었다. 그의 손이 그녀의 손 위에 조심스럽게 포개졌을 때, 그 손끝에서 전해진 온기는 더없이 조용한 작별의 기도였고, 말없이 건네는 마지막 평화였다. 하무달은 말없이 그 온기를 받았다. 요시야는 그 안에서 잠시 왕이 아닌 한 인간으로, 자신의 불완전함을 드러낼 수 있는 숨을 쉬었다. 그러나 그 따뜻함은 그의 결심을 꺾지 못했다. 오히려 그 다정한 위로 안에서, 그는 자신의 결정을 더욱 명확하게 확인했다. 그는 천천히 눈을 들었고, 담담한 목소리로 말했다.

"하무달… 나는 말을 타고 나갈 것이다. 그가 거짓이라면, 이 싸움은 정의다. 그가 진실이라 해도, 내가 막아섰을 때 주께서 멈추신다면, 나는… 그 또한 주의 응답으로 받아들일 것이다."

그 말은 결연해 보였지만, 그 속에는 단단한 확신보다 오히려 두려움과 신앙이 뒤엉킨 긴 고뇌의 궤적이 담겨 있었다. 자신이 맞서려는 전쟁이 단순한 정치적 갈등이 아니라, 신의 뜻을 해석하고 받아들이는 고통스러운 여정임을 누구보다도 잘 알고 있는 자의 고백이었다. 하무달은 그의 눈동자를 조용히 바라보았다. 사랑하는 이가 전쟁으로 나아가려 한다는 사실은 그녀의 마음을 무너뜨리는 일이었지만, 그녀는 눈물을 보이지 않았다. 오히려 그녀의 눈빛 속에는 모든 것을 받아들이겠다는 강한 절제가 있었다. 그 절제는 애착을 넘어선 존중이었고, 붙잡는 대신 보내야 한다는 두려운 사랑의 방식이었다. 그녀는 고개를 살짝 기울이며 조용히 입을 열었다.

"그럼, 왕으로 나가지 마소서. 하늘의 뜻이 아직 어두운 밤과 같다면, 그 밤을 밝히기 위해 등불을 숨기지 마십시오. 왕의 옷이 당신을 노출하고, 하나님의 뜻이 가려질 수 있습니다."

그녀의 말은 단지 신중한 조언이 아니었다. 그것은 신의 뜻이 불분명한 가운데, 인간의 오만이 신의 이름을 앞세우는 일을 방지하려는 마지막 절규였다. 그러나 그 말은 그 어떤 외침보다 조용했고, 그만큼 강했다. 요시야는 그녀를 바라보며 잠시 미간을 찌푸렸다. 그 안에는 복잡한 감정이 얽혀 있었다.

"변장하라는 말이냐."

낮고 조심스러운 그의 물음은 다만 대답을 요구한 것이 아니라, 그녀의 마음을 확인하려는 듯한, 어떤 내면의 동의를 구하는 시도에 가까웠다. 하무달은 눈빛을 피하지 않고 똑바로 그의 시선을 받아냈다.

"주의 뜻이 불투명할 때, 사람의 뜻이 드러나는 것을 피해야 합니다. 왕이 패배하면, 그것은 주의 뜻이 꺾인 것으로 해석될 것입니다."

그 말은 깊고 단단했다. 명확한 메시지를 주지 않는 신의 침묵 속에서,

인간이 조심히 행동해야 할 이유를 말해주는 지혜였다. 하무달의 목소리는 한 치의 동요도 없었지만, 그 안에는 무너지는 두려움을 가까스로 억눌러낸 간절함이 스며 있었다. 사랑하는 이를 보낼 수밖에 없는 여인의 절제된 고통, 그 고통의 진심은 한 마디 충언보다도 더 묵직하게 방 안을 채웠다. 요시야는 한동안 아무 말 없이 창밖을 바라보았다. 차오르는 여명, 잠든 도시, 은은한 빛으로 물든 성전의 윤곽. 그 모든 것들은 이제 곧 닥쳐올 격변의 시간을 앞두고 마지막 평온을 품고 있는 듯했다. 그는 침묵 속에서 머물렀고, 그 침묵은 어느 설교보다도 깊은 기도의 시간이 되었다. 그리고 마침내, 아주 천천히 고개를 끄덕이며 낮은 목소리로 입을 열었다.

"알겠다. 왕의 옷은 내려두고, 장군 중 하나로 나서겠다. 이 싸움은 나와 느고의 싸움이 아니라, 주께서 누구를 통해 말씀하실지를 묻는 자리일 뿐이니까."

그 말은 단지 변장하겠다는 선언이 아니었다. 그것은 이 전쟁이 패권의 경쟁이 아니라, 하나님의 뜻이 어디에 있는지를 묻는 순례의 길임을 고백하는 말이었다. 그는 이제 왕으로서가 아니라, 인간으로서 나아가고자 했다. 그것은 왕좌보다 더 깊은 결단이었고, 하나님의 응답을 구하는 자로서의 가장 절실한 몸짓이었다. 하무달은 그의 마지막 말을 듣고 조용히 눈을 감았다. 그녀는 울지 않았다. 다만, 그녀의 마음은 이미 오래전부터 그와 함께 전장으로 나아가고 있었다. 그리고 그 순간, 새벽은 마침내 하늘을 열고 있었다.

그의 말은 체념이 아니었다. 그것은 오히려 고통스럽게 짜낸 믿음의 고백이었고, 하늘의 침묵 속에서도 흔들리지 않으려는 마지막 줄기의 의지였다. 하무달은 그 고백을 들으며 요시야의 눈을 마주 보았다. 그녀의 시선은 흔들리지 않았고, 오히려 그의 결단을 받아들일 준비가 된 듯 담담했다. 그러나 그 담담함 아래에는 너무도 오래 눌러온 감정이 맺히기 시작했다. 마침내 그녀의 눈가에 한 줄기 눈물이 고였다. 그 눈물은 슬픔의 표시였으나, 결코 그를 말리기 위한 것이 아니었다. 오히려 그것은 떠나는 자의 어깨를 묵묵히 감싸는 마지막 기도였고, 말 없는 맹세였다. 그가 나아가야 할 길을 막지 않겠다는, 그러나 그 길 끝에 자신도 함께 서 있겠다는 절절한 동의. 새벽은 점점 엷어지고 있었다. 빛이 아직 완전히 어둠을 몰아내지 못한 그 틈 사이에서, 그들이 나눈 이 조용한 순간은 긴 밤의 끝에 겨우 도달한 한 조각 빛처럼, 말없이 서로의 마음에 깊게 새겨지고 있었다.

✳

예루살렘은 아직 잠들어 있는 듯 보였다. 여명은 성벽 위를 어루만지기 시작했지만, 하늘은 붉지도 않았고, 도시의 구석구석은 한 덩어리의 정적에 잠겨 있었다. 사람들은 아직 문을 열지 않았고, 성문의 쇠줄도 풀리지 않았다. 그러나 고요한 새벽을 가르며, 한 필의 말이 성문을 지나 조용히 움직이고 있었다. 말발굽 소리는 차가운 돌길 위에서 조심스럽게 낮게 울렸고, 먼지가 바람에 날려 그 길을 따랐다. 말 위에 탄 자는 어떤 권위도 드러내지 않았다. 화려한 자색 옷도, 금으로 장식된 왕의 머리띠도 없었다. 장군의 갑옷을 입은 요시야는 한 사람으로서, 한 민족의 마음을 짊어진 채 침묵 속에서 자신의 자리를 향해 나아가고 있었다. 그의 눈은 뜨고 있었으나, 그의 시선은 바깥을 보고 있지 않았다. 그것은 이미 그가 오래도록 바라본 예루살렘도, 오늘 아침 처음 보는 길도 아니었다. 오히려 그는 눈을 뜬 채, 하나님을 향해 기도하고 있었다. 그 기도는 말이 없었고, 그 침묵은 무거웠다. 그것은 대답 없는 하늘을 향한, 마지막 질문이었다.

성루 높은 곳에는 사반이 서 있었다. 그는 밤새 그곳을 지키고 있었고, 이제는 떠나는 말의 뒷모습을 바라보고 있었다. 새벽의 바람이 그의 옷자락을 스쳤다. 이른 햇빛이 그의 어깨를 어루만졌지만, 그는 조금도 움직이지 않았다. 그의 눈은 말이 사라질 때까지 거기에 머물렀고, 그 눈빛은 흔들림 없이 간절했다. 그의 심장은 기도를 읊조리고 있었다. 입술로는 차마 낼 수 없는, 그에게 허락된 유일한 언어였다

"하나님… 이제는 제가 막을 수 없사옵니다. 다만, 이 선택이 심판이 아니라 자비의 도구가 되게 하소서."

그 기도는 바람에 흩어졌고, 아직 열리지 않은 하늘을 향해 천천히 퍼져

나갔다. 그리고 예루살렘은, 그날 아침 아주 오랜 침묵 속에서, 한 시대의 끝자락을 맞이하고 있었다. 그 말은 예루살렘의 성문을 조용히 빠져나가며, 긴 여정의 첫 숨을 토해냈다. 더 이상 왕의 인장(印章)도, 금으로 장식된 왕의 머리띠도 없었다. 단지 그를 따르는 호위병만이 있었다. 오직 한 사람의 고요한 결단이, 동이 틀 무렵의 찬 공기 속에 실려 므깃도를 향해 흘러가고 있었다. 그렇게 요시야는 왕이 아닌 자로 예루살렘을 떠났고, 왕이 아닌 자로 므깃도의 평야에 도달했다. 이스르엘 골짜기를 굽어보는 언덕에서 바라본 광경은 실로 위압적이었다.

해가 지평선 위로 머리를 내밀 때, 평야에는 고요와 서리가 함께 내려앉아 있었다. 밤새 내린 냉기 탓에 땅은 질척이면서도 얼어 있었고, 신발 자국 하나에도 서리가 갈라졌다. 그 틈 사이로 아침 빛이 스며들며, 무너질 듯 아슬아슬한 침묵의 바닥이 형성되었다. 병사들은 제각기 준비를 마친 채, 진흙과 서리 위에 무릎을 꿇고 조용히 기도하고 있었다. 이마에 손을 얹는 자도 있었고, 칼을 땅에 박고 그 위에 두 손을 모은 자도 있었다. 멀리서 보면 그것은 무너진 성전 앞의 백성들처럼 보였고, 가까이에서 들으면 입술마다 흘러나오는 시편 구절이 서리 위를 흘러가듯 번졌다. 진형은 철저하게 계산되어 있었다. 중앙엔 방패와 창으로 무장한 정예 보병들이, 양 날개엔 돌팔매와 활을 든 경보병들이 날카롭게 줄지어 있었다. 요시야가 직접 훈련한 전차 부대가 후방에 자리 잡고, 그 위용은 새벽의 찬 공기를 갈랐다. 위에서 보면 단단한 망치가 서리 위에 찍혀 있는 형국이었다. 그들이 들고 있는 짧은 창과 오래된 방패, 낡은 칼에는 성전의 향기와도 같은 무언가가 서려 있었다. 그들은 예루살렘의 언덕에서 내려온 자들이었다. 율법의 무게를 어깨에 얹은 채 싸우는 자들이었다. 애굽의 진영은 이미 철저하게 자리 잡고 있었다. 그 수만의 병거와 말들, 붉은 깃발과 금장식 투구가 아침 빛살을 받아 하나의 거대한 파도처럼 출렁이고 있었다. 아직 해는 아직 데워지지 않았지만, 전장의 열기는 이미 대지를 감싸고 있었다. 바람마저 날이 선 듯한 긴장을 머금고 지나갔다.

요시야는 조용히 자신의 옷매무새를 고쳐잡았다. 왕의 장신구는 모두

숨겼지만, 그의 눈빛만은 가릴 수 없었다. 그것은 한 사람의 것이 아니라, 한 민족의 지난 역사와 신앙, 그리고 미래까지 함께 짊어진 이의 무게를 그대로 품고 있었다. 피로 엮인 수천 년의 기억이 그의 시선에 스며들어, 정적처럼 그의 내면을 맴도는 듯했다. 그의 눈은 먼 곳, 애굽의 중심 진영을 향했다. 그리고 그곳에 서 있는, 검붉은 외투를 입은 한 인물 — 그가 느고였다. 멀리서도 단숨에 알아볼 수 있을 만큼, 그는 위엄과 침착, 그리고 두려움을 모르는 자의 고요한 태도를 지니고 있었다. 요시야는 그를 바라보며 조용히 입을 열었다.

"저 인물이… 느고인가."

말은 낮게, 거의 자신에게 하는 독백처럼 흘러나왔다. 그러나 그 속엔 단순한 인식 이상의 것이 담겨 있었다. 심장은 거칠게 요동쳤고, 그 안에선 두려움과 분노, 그리고 기묘한 평온이 동시에 교차하고 있었다. 모든 것이 뒤엉킨 혼돈의 순간이었지만, 이상하게도 그의 중심엔 무너지지 않는 침묵 하나가 자리하고 있었다. 모든 외침이 멈춘 그 고요 속에서, 다른 종류의 소리가 들려오는 듯한 순간. 그리고 정말로, 그의 내면 깊은 곳에서 누군가가 속삭이는 것 같았다. 육체로 들은 것이 아니었고, 귀로도 들을 수 없는 소리였지만, 그 말은 심장을 때리고, 뼛속까지 흔들었다.

"너는 여호와의 일을 막으려 하느냐. 내가 그를 보내었거늘, 어찌 내 뜻을 가로막으려 하느냐."

그 순간 요시야는 짧은 떨림을 느꼈다. 등골을 타고 내려간 그 말은, 신의 음성이 아니면 도무지 설명할 수 없는 깊은 울림을 가지고 있었다. 그러나 동시에 그는 그것을 곧 떨쳐내려 했다. 신이 침묵한 것이 아니라, 인간의 해석이 닿지 못한 것이라면? 그가 들은 이 목소리가 신의 것이 아니라, 자신의 두려움이 만들어낸 허상이라면? 그는 혼란과 확신 사이에 매달려, 망설임 없는 결단을 강요당하고 있었다. 느고가 진실을 말하고 있을지라도, 그것을 시험하지 않는다면, 그는 통치자로서의 사명을 저버리는 것이리라. 요시야는 결국, 하나님께서 명확한 길을 보여주지 않으실 때, 사람은 책임으로 움직여야 한다고 믿었다. 그것이 믿음의 이름으로 행하는 불순종일지라도, 그는 그것마저 품에 안고 나아가야 할 자리 ─ 그 누구도 대신 설 수 없는 자리 위에 있었다. 그리고 그 자리는, 바로 지금, 이 피의 평야 위에서 그를 기다리고 있었다.

애굽 왕 느고는 검붉은 외투를 걸친 채 말 위에 앉아 있었다. 높이 솟은 깃발들 사이, 그는 여느 왕보다 당당한 자세로 서 있었다. 그의 눈빛은 날카로웠고, 낯설도록 분명했다. 전장의 적막을 깨뜨리며 그의 목소리가 터졌다. 전진한 애굽 진영 전체에 울려 퍼진 그 외침은 단호했고, 분노에 차 있었다. 또한, 기이한 신성의 기운을 머금고 있었다.

"그 자는 어리석도다! 나는 너희 신의 사자로서 바벨론을 치러 가는 길이다! 요시야, 그대는 기회를 가졌었다. 내가 말하였거늘, 왜 그 길을 가로막는가! 이 피의 대가는 ─ 그대에게 있을지어다!"

그 말이 바람을 타고 유다 진영까지 도달했을 즈음, 이미 양측의 전열은 정렬되어 있었다. 그때, 먼 지평선 위에서 먼지가 피어올랐다. 처음엔 아지랑이처럼 부유했지만, 이내 대지가 흔들리기 시작했다. 북소리가 처음 들릴 땐 심장박동 같았고, 점점 가까워질수록 그건 천둥처럼 퍼졌다. 타악기의 음계가 없고, 단지 파괴의 박동만으로 이어진 음악이었다. 느고 왕의 군대는 규칙적인 파도처럼, 그러나 멈추지 않는 흐름처럼 밀려들고 있었다. 선두에는 고삐가 금으로 장식된 전차들, 두 마리에서 네 마리의 말이 끄는 기동성 높은 병력이 서슬 퍼런 속도로 달리고 있었다. 전차 바퀴에는 쇠 날이 달려 있었고, 그 바퀴가 서리 위를 스칠 때마다 불꽃이 튀었다. 전차 뒤에는 청동으로 무장한 보병대가 빽빽하게 따르고 있었으며, 이들은 이집트 왕실의 상징인 붉은 깃발과 매 형상의 깃대를 따라 나아갔다. 그들의 투구는 반들거렸고, 갑옷은 미늘처럼 겹쳐졌으며, 방패는 사각이 아니라 타원형의 곡선이 있는 형태로, 진격 시 서로를 보호하며 벽처럼 전개되었다. 그리고 그 모든 것 위에서, 느고 왕의 깃발이 펄럭이고 있었다. 검은 매의 형상이 그려진 금사 깃발이었다. 하늘조차 그것을 외면하는 듯, 구름이 서서히 덮이기 시작했다. 지면은 진동했고, 서리 위에 부딪히는 말발굽의 굉음은 유다 진영의 병사들에게도 전해졌다. 누군가는 피하지 않고 일어섰고, 누군가는 칼을 꽉 쥐었으며, 누군가는 떨리는 숨을 억누르려 자신의 혀를 깨물었다.

므깃도의 평야가 한순간에 피의 무대로 변해갔다. 애굽 병거의 바퀴는 흙먼지를 일으키며 달려왔고, 유다의 창과 방패는 부딪치는 충격 속에서 파열음을 냈다. 검과 창, 화살과 외침, 피와 고함이 얽혀 평야는 뜨거운 비명으로 메워졌다. 요시야는 그 한가운데를 가르며 달리고 있었다. 병사의 갑옷 속에 숨은 왕의 심장은 모든 소음을 뚫고 오직 한 문장만을 되뇌고 있었다.

'주여… 부디 이 길 끝까지 저와 함께 계서주소서.'

요시야 왕은 비장한 얼굴로 병사들에게 외쳤다. 그의 눈빛에는 흔들림 없는 결의와 백성에 대한 깊은 사랑이 담겨 있었다. 그리고 그의 목소리가 드넓은 평원에 울려 퍼졌다.

"유다의 군사들이여, 오직 주님만이 우리의 피난처다! 싸워라! 이 땅과 주의 이름을 위하여!"

요시야의 외침은 므깃도의 바람을 가르며 평야를 메웠고, 그 소리는 천둥처럼 울려 병사들의 가슴에 불을 붙였다. 그는 말의 고삐를 틀어 자신을 덮쳐오는 애굽의 병거들을 향해 돌진했다. 진흙과 피가 섞인 땅 위에서 바퀴는 비명을 질렀고, 갑옷을 입은 병사들 사이를 가르며 그의 검은 찬란하게 빛났다. 그러나 바로 그 순간, 바람을 가르는 날카로운 화살 하나가 적막처럼 날아들었다. 숨죽인 신의 손끝처럼 정확히 날아든 그것은 겹겹의 천으로 만든 리넨 흉갑의 빈틈을 꿰뚫었고, 요시야는 짧은 비명을 터뜨리며 말에서 몸을 떨구었다.

"으윽…!"

고통은 말보다 먼저 그의 몸을 가로질렀고, 붉은 피는 갑옷의 틈새로 솟구쳤다. 병사들이 황급히 달려와 그를 붙들었다. 누군가는 비명을 지르며 주저앉았으며, 또 누군가는 눈물을 삼키며 그의 곁에 엎드렸다. 하지만 그 모든 소란 속에서도 요시야는 조용히 고개를 들었다. 하늘은 여전히 말이 없었다. 그 고요한 침묵 아래서 그는 눈을 똑바로 들여다보듯, 자신을 꿰뚫는 마지막 질문을 향해 시선을 향했다.

'주여… 나는 옳았나이까… 아니면… 내가 주의 뜻을 대적한 것입니까?'

그 질문은 대답을 기다리는 외침이 아니라, 신 앞에서 한 인간이 마지막으로 던지는 정직한 고백이었다. 그는 스스로도 알 수 없었다. 느고의 말에 담긴 하나님의 뜻이 참이었는지, 혹은 그 말이 시험이었는지. 그는 그 순간 느꼈던 평안을 진실로 믿었지만, 그 이후의 모든 것은 다시 의심과 두려움으로 무너져 내렸다. 그는 싸움터로 나아갔고, 검을 들었고, 명령을 내렸지만, 마음 깊은 곳에서조차 이 싸움이 신의 뜻에 부합하는 것인지 확신할 수 없었다. 그러나 그는 멈추지 않았다. 멈추지 않은 채 이 자리까지 왔고, 이제는 피 흘리며 하늘을 올려다보고 있었다. 너무도 고통스러웠다. 그 입가에 스친 씁쓸한 미소는 체념도, 승리도 아닌, 다만 참담한 회한 속에서도 마지막까지 스스로를 숨기지 않으려는 자의 미소였다. 신 앞에 서는 자는 누구든 벌거벗은 영혼으로 서야 한다는 듯이, 그는 그 마지막 순간에조차 자신을 속이지 않았다.

병거는 다시 예루살렘을 향해 달려갔다. 피 묻은 병거의 바퀴를 돌리던 전령들은 희미하게 모습을 드러낸 성전의 지붕선을 바라보며 나아갔고, 바로 그 순간 요시야는 마지막 숨을 거두었다. 숨은 길어지지 않았고, 그 입술은 더는 떨리지 않았다. 그는 더는 왕이 아니었다. 그가 지녔던 권위도, 이름도, 혈통도, 군대도 이제는 그의 무게를 대신 짊어질 수 없었다. 그는 그저 한 사람, 신의 뜻을 묻고자 했던 순례자였고, 마지막에는 신의 침묵과 마주한 하나의 생명이었다. 그렇게 유다는 다시 왕 없는 밤을 맞이했다. 그리고 그 밤, 아무 말도 하지 않던 하늘은 더 깊은 어둠 속에서 조용히 역사의 장을 넘기고 있었다. 인간의 확신과 믿음, 두려움과 회한이 흔적 없이 흩어진 곳에, 오직 신의 뜻만이 아무 말 없이, 그러나 분명하게 새겨지고 있었다.

허무의 행렬

그날 저녁, 예루살렘의 하늘은 창에 찔린 듯한 상처를 하늘에 남긴 채 붉게 물들어 있었다. 태양은 지고 있었으나, 그 마지막 빛마저 무언가를 경고하듯 도성 위에 붉은 피를 쏟고 있었다. 성벽을 타고 흐르던 바람은 말라붙은 애가처럼, 슬픔의 기적을 실은 채 느리게 도성을 감싸고 돌았다. 서편 성문이 삐걱거리며 열릴 때, 평소 같았으면 시장의 소음과 아이들의 웃음소리가 흘러나왔을 골목마다, 기이하리만큼 완전한 정적이 깔렸다. 거리를 가로지르며 들어오는 병거는 그 어떤 개선의 환호도, 나팔도, 화관도 없이 도성을 향했다. 병거는 어두운 칠로 덮여 있었고, 바퀴는 천천히 돌을 밀며 지나갔다. 그 위에는 갑옷을 입은 한 남자가 누워 있었다. 그의 얼굴은 흰 천으로 가려져 있었으며, 가슴팍은 말라붙은 피로 검게 물들어 있었다. 그 병거의 실루엣은 요시야를 아는 자라면 누구든 단번에 알아볼 수 있을 만큼 익숙하고도 엄숙했다. 요시야, 유다의 왕. 율법서를 찾아내어 백성에게 낭독한 자, 우상 숭배의 제단을 불태운 자, 유월절을 다시 성결히 지킨 자 — 그가, 이제는 더 이상 말하지 않는 자로 돌아오고 있었다.

거리를 지키던 병사들이 갑옷의 깃을 벗고 무릎을 꿇었고, 장터의 상인들이 손에 들고 있던 저울을 내려놓은 채 땅을 향해 엎드렸다. 여인들은 입술을 깨물다 결국 울부짖었고, 노인들은 자신들의 흰 머리털을 쥐어뜯으며 뺨을 내리쳤다. 성전의 노래는 멎었고, 하프의 줄은 더는 사람의 손이 아니라 바람에 울고 있었다. 아이들은 어른들의 울음을 제대로 이해하지 못한 채 눈물을 흘렸고, 성루 아래에 선 남자들은 말없이 주먹을 쥐고 하늘을 응시했다. 병거는 성전 앞을 지나 왕궁을 향했고, 피를 머금은 바퀴 자국이 석판 위에 천천히 새겨지고 있었다. 요시야의 죽음은 단지 한 왕의 죽음이 아니었다. 그것은 '유다'라는 이름이 마지막으로 붙잡고 있던 경건의 불꽃이 꺼진 것이었고, 앞으로 들이닥칠 어둠의 서막이었다. 백성은 이를 직감했다. 선지자들은 하늘이 닫힌 것을 보았으며, 장로들은 시대가 끝났음을 느꼈다.

그 시각, 예루살렘을 벗어난 산중의 은신처에서 예레미야는 홀로 엎드려 기도 중이었다. 그는 오래도록 말을 아꼈다. 자신에게 부여된 무거운 예언의 언어조차 잠시 접어둔 채, 그저 조용히 주의 얼굴을 구하고 있었다. 침묵은 깊었다. 산의 그림자는 점점 더 진해지고 있었으며, 그 틈을 가르며 갑작스러운 발소리가 들려왔다. 먼지를 뒤집어쓴 한 남자가 헐떡이며 뛰어들었다. 그 얼굴에는 세상의 모든 그림자가 내려앉은 듯했다. 그는 예루살렘의 서기관, 사반이었다. 평소의 절도 있고 조용한 모습은 온데간데없었고, 그의 눈은 공포와 비탄으로 뒤섞여 있었으며, 입술은 누군가의 이름을 간신히 붙잡고 있었다. 예레미야는 말없이 그를 향해 시선을 던졌다. 그것은 묻는 눈빛이 아니었고, 이미 답을 알고 있다는 눈빛이었다. 그러나 사반은 그 눈빛을 감당하지 못한 듯, 고개를 떨군 채 무릎을 꿇었고, 마침내 떨리는 목소리로 말문을 열었다.

"그분이… 돌아오셨습니다. 왕이시옵니다. 그러나… 그러나, 병거 위에 누운 채로 돌아오셨습니다."

예레미야는 믿을 수 없다는 듯 중얼거렸으나, 그의 목소리는 절규라기보다 마치 입술 위에서 부서지는 먼지 같았다. 사반이 그 말을 전했을 때, 예레미야는 시간이 멈춘 듯한 어둠 속에 잠긴 듯, 자신의 몸이 현실로부터 점점 멀어져가는 것을 느꼈다. 눈앞의 사람은 입을 열고 있었고, 밤은 서서히 짙어지고 있었으나, 그의 귀에는 아무것도 들리지 않았다. 그것은 예언자조차 감당하지 못할, 너무나 조용한 심판의 소식이었다. 그는 손끝을 꽉 움켜쥐며 무릎을 꿇고 앉았고, 땅을 향해 몸을 기울이더니 이내 아무 말 없이 벌떡 일어나, 벗어놓은 샌들을 짚지도 않은 채 맨발로 어둠 속을 향해 뛰기 시작했다. 발밑을 스치는 자갈의 날카로움, 바람에 휘감기는 먼지, 돌길의 거칢 — 그에겐 고통이 아니라 응답 없는 하늘을 향한 자학 같은 의식이었다. 예루살렘 성문을 향한 그의 질주는 기도와도 같았다. 잊지 않으려는 이름과 붙들고 싶은 염원을 향해 달리는 몸짓이었다. 마침내 성벽 앞에 멈춰 섰을 때, 그는 침묵 속에서 뒤늦게 도착한 사랑처럼 절박하게 벽을 밀어냈다.

그러나 병거는 이미 성문을 통과해 도성 안으로 들어온 뒤였다. 왕의 시신은 이미 왕궁 깊숙한 방 안으로 옮겨져 있었다. 예레미야는 멈춘 걸음 위에서 숨을 몰아쉬며, 제자리를 맴도는 바람처럼 그 자리에서 한동안 움직이지 못했다. 그가 조금만 더 빨랐더라면 막을 수 있었을지도 모른다는 어리석은 희망이, 뿌리처럼 그의 발을 묶고 있었다. 그리고 결국 그는 천천히 성전 쪽으로 향했다. 성전의 앞뜰은 조용했다. 백성들의 통곡은 낮아지고 있었고, 제사장의 입술조차 닫혀 있었다. 그런 정적의 중심에서, 그는 무릎을 꿇었다. 그토록 경건하게 통치했던 왕이, 그토록 순결하게 율법을 되찾았던 자가, 결국 하나님의 뜻 앞에서 그 칼을 들고 쓰러졌다는 사실이, 그에게는 도무지 견딜 수 없는 운명처럼 느껴졌다.

"요시야여… 너는 선한 왕이었건만, 어찌하여 여호와의 뜻을 분별하지 못하였는가…"

그의 음성은 공기 중에 흩어졌다. 그의 눈물은 거룩한 땅에 떨어졌다. 그 말은 누군가를 책망하려는 분노도 아니고, 지나간 선택을 탓하려는 탄식도 아니었다. 그것은 그가 오래도록 기도하던 자, 그의 입술로 축복하고 그의 예언으로 감쌌던 왕을 향한 너무 늦은 애통이자, 하늘을 향한 부르짖음이었다. 그는 계속 중얼거렸다.

"너의 밤마다 울던 기도는, 주께서 들으셨도다… 그러나 그 응답은 네가 알던 방식이 아니었고, 네가 기대하던 길이 아니었으며… 그 손길은 느고라 불리는 자를 통해 왔거늘, 어찌하여 네 마음은 그를 끝내 받아들이지 못하였는가…"

예레미야는 엎드린 채로 어깨를 떨며 울었고, 바람은 그의 통곡을 감싸 안았다. 그것은 더 이상 한 사람의 슬픔이 아니었다. 그것은 한 민족이 감당하지 못한 시간의 무게였고, 하늘이 허락한 침묵의 끝자락에서 비로소 터져 나온 통곡이었다. 그리고 그 통곡은, 오랜 시간 유다가 감추고 있던 두려움과 회개의 언어가 되어, 성전의 벽마다, 광장마다 스며들었다. 요시야의 죽음은 그 자체로도 충격이었으나, 예레미야의 슬픔 속에서 비로소 유다는 깨닫게 되었다. 우리가 믿고 따르던 길이 때로 얼마나 쉽게 우리의 욕망으로 둔갑하는지를. 그리고 하나님의 뜻이 침묵으로 나타날 때, 인간은 그 침묵을 자신에게 유리한 방향으로 해석하고 마는 나약한 존재라는 사실을. 그 밤, 예레미야는 왕의 이름을 몇 번이고 불렀으나, 응답은 없었다. 그리고 마침내, 그도 침묵했다. 하늘이 이미 오래전부터 그렇게 해왔듯이.

"네가 밤마다 성소에서 부르짖던 그 기도… 이 땅의 평안을 위한 해답을 주께서 너의 생각과는 다른 방식으로 보내셨거늘, 어찌하여 그 손길을, 원수라 여기던 자의 모습이라 하여 거절하였는가… 너의 손에 쥔 칼은 결국, 하나님의 뜻을 가로막는 칼이 되었도다…"

예레미야의 음성은 점점 떨렸고, 마침내 울음을 이기지 못한 입술에서 고요하고도 처연한 애가가 흘러나왔다. 그의 눈물은 마른 땅 위에 조용히 스며들었고, 그 애가는 수천 번 입으로 읊조린 경전의 문장보다도 더욱 선명한 진실의 언어로 밤하늘을 갈랐다.

"성문은 부서지고, 탑은 무너졌도다!

황혼 무렵 바람은 불지 않았으나, 거리에는 재가 떠돌았네.

어제까지만 해도 아이들이 뛰놀던 돌길 위에는

이제 피와 잿더미가 엉겨 붙었도다.

오, '하나님의 집'이여,

네가 서 있던 자리는 이제 집이 아니구나.

불타올랐다가 사그라지고, 식어버린 폐허여.
그곳에서 나는 이방인의 신음 같은 기도를 들었네.
그것이 내 안에서부터 터져 나오는 통곡인지,
멀리서 들려오는 백성의 부르짖음인지 분간할 수 없도다.
도시는 이제 도시가 아니며, 백성은 더 이상 백성이 아니로다.
그들은 낮은 움막 속에 숨어, 굶주림과 질병과 절망을 막으려 하나
절망은 문틈으로 스며들어,
갓난아기의 울음은 젖이 마른 어미의 가슴 위에서 메말라갔네.
누군가는 자식을 품고 울었고, 누군가는 자식을 먹고 울었도다.
침묵이 비명이 되고, 새벽이 와도 어둠은 물러서지 않는구나.
예루살렘의 지도자들은 도망쳤고, 왕은 잡혀갔으며,
선지자들의 입은 침묵하고, 제사장들의 손은 더러워졌네.
백성들은 무너진 성벽 아래 주저앉아 하늘을 보았으나,
하늘은 멀고, 주님은 더욱 멀리 계신 듯하였네.
모든 것이 끊어졌으니, 어찌하여 그리 되었는가!
오, 나의 백성이여, 우리는 어찌하여 이리 되었는가!
바벨론의 칼날이 우리를 칠 것이나,
이는 하늘로부터 내린 심판임을 우리는 아노라.
주께서 오래 참으셨건만, 결국 눈을 돌리시지 않으셨도다.
우리가 주님의 언약을 깨뜨리고, 성소를 더럽혔을 때,
사랑은 분노가 되어 찾아왔고, 용서는 잠시 얼굴을 숨겼네.
한때 이 도시는 온 땅의 자랑이었고,
길에는 순례자가 넘쳐났으며,
시장에서는 웃음과 찬송이 메아리쳤거늘.
이제는 짐승조차 꺼리는 거리에
자식들의 시체가 널브러져 있도다.
들것조차 없고, 장례도 없으니, 흙은 덮이지 않았고, 눈물마저 말라버렸네.
그러나, 모든 것을 딛고 선 채,

이 모든 절망의 한가운데서,
누군가는 여전히 말없이 기도하고 있도다.
대답 없는 하늘을 향해,
누구도 듣지 않을 것 같은 기도를,
떨리는 손과 탁한 목소리로,
남은 믿음마저 겨우 붙잡아 기도하고 있도다.
그 기도는 고요하고 미약하나 끊어지지 않으니,
밤마다, 하루의 끝마다, 여전히 주님의 이름을 부르는 소리가 있네.
주께서 떠나셨다고 믿는 바로 그곳에서,
그 이름을 다시 부르는 일이 시작되었도다.
예루살렘은 무너졌으나, 그 무너진 자리에서
우리는 아직 주님을 기다리고 있나니,
이 깊은 절망 속에서 당신의 인애(仁愛)를 바라보나이다."

그는 그 말을 마치며 성전의 바닥에 얼굴을 묻었다. 온몸이 떨렸고, 울음은 그치지 않았다. 그 울음은 단지 한 사람의 죽음을 애도하는 울음이 아니라, 하나님과의 거리에서 길을 잃어버린 자의 절규였다. 주의 침묵 속에서 끝내 오해와 순종의 경계를 넘지 못한 자의 회한이었다. 그 울음소리는 조용히 퍼져나가 성전의 앞뜰을 감쌌다. 어느덧 성안의 사람들 ― 상인과 제사장, 노인과 젊은이, 남자와 여자 ― 모두가 그 소리에 이끌려 모여들었다. 처음에는 한두 사람씩, 그리고 이내 수십, 수백이 모여 예레미야 곁에 무릎을 꿇었다. 그의 곁에서 함께 땅을 쳤다. 눈물의 물결은 언어를 넘어 하나의 민족적 통곡이 되었다. 그 통곡 속에서 비로소 하나의 하늘을 함께 보게 된 이들은, 서로의 등에 기대어 울었다.

어린아이들은 어른들의 절망을 이해하지 못했지만, 그들조차 입을 틀어막고 숨죽이며 어른들의 움직임을 흉내 냈다. 누군가는 손에 들고 있던 빵을 내려놓았고, 누군가는 어깨 위에 얹어둔 흙을 머리에 끼얹었다. 성전의 대문은 열려 있었고, 횃불은 꺼지지 않았지만, 그날 그곳에 있던 누구도 그것이 거룩함의 빛이라고 믿을 수 없었다. 지금 예루살렘은 빛을 잃은 도시였다. 요시야의 시신은 이제껏 한 번도 경험하지 못한 깊은 어둠을 이끌고 돌아왔다. 백성들은 울었지만, 그 울음은 끝을 알 수 없었다. 왜냐하면 그들은 애도하고 있는 동시에 예감하고 있었기 때문이다 ─ 이제 그들이 믿을 수 있는 미래가 존재하지 않는다는 것을, 주께서 주신 마지막 손길이 요시야의 판단 속에서 거절당했다는 것을, 그리고 그 결과로 유다는 서서히 하나님의 보호로부터 떠나가고 있다는 사실을.

그날 밤, 예루살렘의 골목마다 흐르던 통곡은 단지 한 왕의 죽음 때문이 아니었다. 그것은 스스로의 눈으로 멸망의 예고를 보았던 민족의 울음이었고, 찬란한 개혁의 손길이 끝내 하나의 오해 앞에서 무너졌음을 직면한 자들의 절규였으며, 유월절의 기억이 이제는 구원이 아니라 순종의 실패로 뒤바뀌었음을 목격한 자들의 애통이었다. 누구도 말하지 않았지만, 모두가 알고 있었다. 그날 이후 유다는 더 이상 전과 같은 유다가 아니라는 것을. 그리고 예레미야의 울음이 가시지 않은 채 흘러가던 그 밤, 하늘은 조용히 성벽 너머로 등을 돌리고 있었다.

유월절은 더 이상 구원의 기념일이 될 수 없었다. 그날은 여전히 절기의 이름으로 달력에 새겨졌지만, 예루살렘의 사람들은 그것을 예전처럼 기뻐할 수 없었다. 승리의 절정은 요시야의 죽음 이후, 곧장 순종의 상실로 전환되었다. 구원의 기억은 역설처럼 통곡의 날로 덧칠되었다. 성전의 휘장이 찢어진 것은 아니었으나, 사람들의 마음속 믿음의 장막은 그날 이후 찢어지고 말았다. 누구도 그것을 꿰매려 하지 않았다. 누구도 감히 이전과 같이 찬양하려 하지 않았다. 백성들은 자신들이 따르던 왕이, 신의 뜻을 분별하지 못한 채 칼을 들고 나아간 장면을 기억했다. 그 왕이 사랑받는 자였기에, 그의 죽음은 더욱 깊은 상처였다. 그 상처는 백성 전체의 심장처럼 도성 위에 맥동하고 있었다.

예레미야는 밤마다 성전의 앞에 홀로 앉아 그 노래를 읊조렸고, 그것은 점차 백성의 입에 옮겨붙어 세대를 넘어 흘러갔다. 전쟁보다 오래 남는 노래였고, 비극보다 더 깊이 새겨지는 진실의 시편이었다. 그 노래를 부르던 이들은 알았다 ─ 이제 자신들은 고난의 시대를 살아가는 자들이며, 다시는 이전처럼 믿음을 노래할 수 없으리라는 것을.

성전은 여전히 그 자리에 있었고, 제사는 지속되었다. 그러나 그 안을 채우던 영혼의 숨결은 깊게 다쳐 있었다. 돌은 무너지지 않았으나, 돌 위에 앉은 자들의 영혼은 이미 무너진 듯했다. 왕의 죽음은 단지 한 명의 죽음이 아니었다. 그것은 하나의 시대, 하나의 믿음, 하나의 순종이 끝났음을 상징하는 예언적 사건이었다. 어둠의 긴 날개는 예루살렘의 골목을 덮기 시작했다. 그 날개 아래에서 민족은 부서진 믿음의 조각을 움켜쥔 채, 또 다른 심판의 계절로 걸어가야 했다.

EPISODE 2

우상이 물어다 준 은혜

열왕기상 17장 1절에서 24절

1 길르앗 거민 디셉 사람 엘리야가 아합에게 이르되, "내가 섬기는 이스라엘의 하나님 여호와의 사심을 가리켜 맹세하노니, 이 여러 해 동안에 비도 이슬도 있지 아니하리라. 내 말이 있은 후에야 있으리라."

2 이에 주의 말씀이 그에게 임하여 이르시기를,

3 "너는 여기서 떠나 동쪽으로 향하고 요르단 앞 그릿 시냇가에 숨으라.

4 네가 그 시냇물을 마실 것이요, 내가 까마귀들에게 명하여 너를 거기서 먹이게 하리라."

5 그가 가서 주의 말씀대로 행하니, 곧 가서 요단 앞 그릿 시냇가에 거하니라.

6 까마귀들이 아침에도 빵과 고기를 가져왔고 저녁에도 빵과 고기를 가져왔으며, 그는 시냇물을 마시니라.

7 얼마 후에 그 시내가 마르니, 이는 그 땅에 비가 내리지 아니하였음이라.

8 또 주의 말씀이 그에게 임하여 이르시기를,

9 "너는 일어나 시돈에 속한 사르밧으로 가서 거기 거하라. 보라, 내가 거기 한 과부에게 명하여 너를 부양하게 하였느니라."

10 이에 그가 일어나 사르밧으로 가니, 성문에 이르러 한 과부가 나무를 줍고 있는 것을 보고 불러 이르되, "청컨대, 그릇에 물을 조금 가져다가 내가 마시게 하라."

11 그녀가 가져가려 할 때, 그가 그녀를 불러 이르되, "청컨대 네 손에 빵 한 조각을 내게 가져오라."

12 여인이 가로되, "당신의 하나님 여호와의 사심을 가리켜 맹세하노니, 내게는 빵이 없고, 다만 통에 가루 한 움큼과 병에 기름 조금뿐이라. 보소서, 내가 나뭇가지 둘을 주워다가 나와 내 아들을 위하여 음식을 만들어 먹고 그 뒤에 죽으리라."

13 엘리야가 그녀에게 이르되, "두려워 말라. 가서 네가 말한 대로 하되, 먼저 그것으로 내게 작은 빵 한 조각을 만들어 가져오고, 그 뒤에 너와 네 아들을 위하여 만들지니라."

14 이는 이스라엘의 주 하나님께서 이같이 말씀하시기를, 주께서 땅 위에 비를 내리시는 날까지 그 통의 밀가루가 다하지 아니하고 그 병의 기름이 마르지 아니하리라 하심이라.

15 그녀가 가서 엘리야의 말대로 행하니, 그녀와 그와 그녀의 집안이 여러 날을 먹으니라.

16 주의 말씀대로, 엘리야가 한 말에 따라 그 통의 밀가루가 다하지 아니하였고 그 병의 기름도 마르지 아니하였느니라.

17 이 일들 후에 그 집의 여주인인 그 여인의 아들이 병들었고, 그의 병이 심하여 숨이 끊어졌더라.

18 그녀가 엘리야에게 이르되, "오 하나님의 사람이여, 내가 당신과 무슨 상관이 있나이까? 당신이 내 죄를 기억나게 하고 내 아들을 죽이려고 내게 오셨나이까?"

19 그가 그녀에게 이르되, 네 아들을 내게 달라 하니, 그가 그녀의 품에서 그를 취하여 자신이 거하던 다락으로 데리고 올라가 자기 침상에 눕히고,

20 주께 부르짖어 이르되, "오 주 나의 하나님이여, 내가 거하는 이 과부에게도 재앙을 가져와 그 아들을 죽이셨나이까?"

21 그가 그 아이 위에 몸을 세 번 펴서 엎드리고 주께 부르짖어 이르되, "오 주 나의 하나님이여, 청컨대 이 아이의 혼이 그에게로 다시 돌아오게 하옵소서."

22 주께서 엘리야의 음성을 들으시니, 그 아이의 혼이 다시 그에게로 돌아오고 그가 되살아나니라.

23 엘리야가 그 아이를 취하여 다락에서 집으로 내려와 그의 어머니에게 주며 이르되, "보라, 네 아들이 살았느니라."

24 그 여인이 엘리야에게 이르되, "이제야 내가 알겠나이다. 당신이 하나님의 사람이시요, 당신의 입에 있는 주의 말씀이 진리이니이다."

17 아합이 엘리야를 보매, 아합이 그에게 이르되, "이스라엘을 괴롭게 하는 자가 너냐?"

18 그가 대답하되, "내가 이스라엘을 괴롭게 한 것이 아니라, 오직 왕과 왕의 아버지의 집이 그리하였으니, 이는 너희가 주의 계명을 버리고 바알들을 좇았음이라.

19 그런즉 이제 사람을 보내어 온 이스라엘과 이세벨의 식탁에서 먹는 바알의 선지자 사백오십 명과 아세라의 선지자 사백 명을 내게로 갈멜산에 모으소서."

20 아합이 이에 온 이스라엘 자손에게 보내어 그 선지자들을 갈멜산으로 함께 모으니라.

21 엘리야가 모든 백성에게 가까이 나아가 이르되, "너희가 어느 때까지 두 의견 사이에서 머뭇머뭇하려느냐? 만일 주가 하나님이시면 그를 좇고, 만일 바알이면 그를 좇을지니라. 백성이 그에게 한마디도 대답하지 아니하니라."

22 그때 엘리야가 백성에게 이르되, "나 곧 나만이 주의 선지자로 남아 있으나, 바알의 선지자는 사백오십 명이로다.

23 그런즉 우리에게 수송아지 두 마리를 가져오게 하고, 그들로 한 수송아지를 택하여 각을 뜨고 나무 위에 놓되, 아래에 불을 붙이지 못하게 할 것이요, 나도 다른 수송아지를 잡아 나무 위에 놓고 아래에 불을 붙이지 아니하리라.

24 너희는 너희 신들의 이름을 부르고, 나는 주의 이름을 부르리라. 불로써 응답하는 신, 그가 하나님이 되리라." 모든 백성이 응답하여 이르되, "그 말이 옳도다." 하니라.

25 엘리야가 바알의 선지자들에게 이르되, "너희가 많으니 먼저 너희를 위하여 한 수송아지를 택하여 잡고 너희 신들의 이름을 부르되, 아래에 불은 붙이지 말라." 하니라.

26 그들이 그들에게 주어진 수송아지를 가져다 잡고 아침부터 정오까지 바알의 이름을 부르며 이르되, "오 바알이여, 우리에게 응답하소서" 하였으나, 아무 소리도, 응답하는 자도 없었더라. 그들이 만든 제단 위에서 뛰놀더라.

27 정오에 이르러 엘리야가 그들을 조롱하여 이르되, "큰 소리로 부르라. 그는 신이라. 혹 그가 말씀하고 있거나, 일을 보고 있거나, 여행 중에 있거나, 혹 잠들어 깨워야 할 것이라." 하니라.

28 그들이 큰 소리로 부르짖고 그들의 관습에 따라 칼과 창으로 스스로를 베어 피가 그들에게 흘러내리게 하니라.

29 정오가 지나고 저녁 제사를 드릴 때까지 그들이 예언하였으나, 아무 소리도, 응답하는 자도, 돌아보는 자도 없었더라.

30 엘리야가 모든 백성에게 이르되, "내게로 가까이 오라." 하니, 모든 백성이 그에게 가까이 오니라. 그가 허물어진 주의 제단을 수축하니라.

31 엘리야가 야곱의 아들들의 지파의 수대로 열두 돌을 취하니, 주께서 그에게 말씀하시기를, "네 이름은 이스라엘이 되리라." 하셨더라.

32 그 돌들로 주의 이름으로 한 제단을 쌓고, 그 제단 주위에 두 세아의 씨앗을 담을 만한 도랑을 만들고,

33 나무를 벌여 놓고 수송아지를 각을 떠서 나무 위에 놓고 이르되, "통 넷에 물을 채워 번제물과 나무 위에 부으라." 하고,

34 또 이르되, "두 번째로 하라." 하니, 그들이 두 번째로 하니라. 또 이르되, "세 번째로 하라." 하니, 그들이 세 번째로 하니라.

35 물이 제단 주위로 흐르고, 도랑도 물로 가득 차니라.

36 저녁 제사를 드릴 때에 엘리야 선지자가 가까이 나아가 이르되, "아브라함과 이삭과 이스라엘의 주 하나님이시여, 오늘 이로써 주께서 이스라엘 안에서 하나님이 되시며, 내가 주의 종이요, 내가 주의 말씀으로 이 모든 일을 행한 것을 알게 하옵소서.

37 오 주여, 내게 응답하소서. 내게 응답하소서. 이 백성으로 하여금 주께서 주 하나님이 되시며, 주께서 그들의 마음을 다시 돌이키게 하셨음을 알게 하옵소서."

38 그때 주의 불이 내려서 번제물과 나무와 돌과 흙을 사르고, 도랑의 물을 핥으니라.

39 모든 백성이 그것을 보고 얼굴을 땅에 대고 엎드려 말하되, "주 그는 하나님이시로다. 주 그는 하나님이시로다." 하니라.

40 엘리야가 그들에게 이르되, "바알의 선지자들을 붙잡되, 한 명도 놓치지 말라." 하니, 그들이 그들을 붙잡으니라. 엘리야가 그들을 기손 시내로 데리고 내려가 거기서 그들을 죽이니라.

41 엘리야가 아합에게 이르되, "올라가서 먹고 마시소서. 이는 큰 비의 소리가 있음이니이다."

42 아합이 먹고 마시러 올라가니라. 엘리야는 갈멜산 꼭대기로 올라가서 땅에 엎드려 그의 얼굴을 무릎 사이에 넣고,

43 그의 사환에게 이르되, "이제 올라가 바다를 향하여 보라." 하니, 그가 올라가서 보고 이르되, "아무것도 없나이다." 그가 이르되, "일곱 번 다시 가라." 하니라.

44 일곱 번째에 이르러 그가 이르되, "보소서, 사람의 손만한 작은 구름이 바다에서 일어나나이다." 그가 이르되, 올라가서 아합에게 이르기를, "당신의 병거를 예비하고 내려가서 비에 막히지 않도록 하소서." 하라.

45 그 동안에 하늘이 구름과 바람으로 검게 되더니 큰 비가 내리니라. 아합이 병거를 타고 이스르엘로 가니라.

46 주의 손이 엘리야에게 임하므로 그가 허리를 동이고 아합 앞에서 이스르엘 들어가는 곳까지 달려갔더라.

질서의 신

    사마리아의 밤은 어둠보다 더 깊고 조용했다. 왕궁은 숨죽인 맹수처럼 어두운 기운을 머금고 있었다. 그 중심인 알현실은 더욱 짙은 침묵 속에 잠겨 있었다. 천장을 뒤덮은 진홍색 아마포 휘장은 등불 아래서 미묘한 핏빛으로 흔들렸고, 그것은 살아 있는 것처럼 서서히 호흡하는 듯했다. 방을 둘러싼 기둥마다 새겨진 바알의 번개 문양과 아세라의 풍성한 열매 장식들은 은은한 등불 아래 섬뜩한 금빛으로 반짝이며, 조용히 이방 신들의 위엄을 드러냈다. 그들은 이 공간 안에서 생명을 얻은 것처럼, 낮게 웅얼거리는 듯한 착시를 만들어내고 있었다. 곳곳에 세워진 기둥들은 매끈한 흑석으로 다듬어졌고, 벽면을 따라 타오르는 작은 횃불들은 공기 중으로 은은한 향을 흩뿌렸다. 향의 연기는 신전의 희미한 기도처럼 조용히 천장을 향해 올라갔다.

    알현실의 깊은 침묵 너머, 벽에 드리운 그림자 속으로 숨어든 작은 밀실이 있었다. 그 방의 분위기를 지배하는 것은 중앙에 놓인 검고 매끄러운 흑석 회탁이었다. 반달 모양의 이 탁자는 이곳이 단지 왕궁의 한 공간이 아니라, 왕과 왕비, 그리고 사제 사이에 벌어지는 가장 깊고 은밀한 대화가 이루어지는 신성한 장소임을 암시하고 있었다. 회탁 위로 놓인 은잔과 촛대는 미세한 불빛에 번들거렸다. 그 너머로 아합왕과 이세벨 왕비, 그리고 제사장 말기엘이 서로를 마주 보며 조용히 앉아 있었다.

　제사장 말기엘은 짙은 검은색 겉옷을 걸치고 있었으며, 은장으로 장식된 허리띠가 그의 가슴에서 허리까지 길게 이어져 있었다. 그는 두 손을 무릎 위에 가지런히 얹고 고개를 살짝 숙인 채, 깊은 고민 끝에 겨우 입을 열었다. 그의 첫 마디는 팽팽하게 당겨진 활시위 같던 긴장감을 끊어내며 터져 나왔다.

　"폐하, 신은… 살아 있는 존재가 아닙니다."

　그 순간, 공기가 한층 무거워졌다. 아합왕은 자신도 모르게 눈썹을 찌푸리며 천천히 제사장을 바라보았다. 그의 눈빛에는 놀람과 불안, 그리고 오래된 의심의 기색이 섞여 있었다. 왕의 목소리는 낮고 조심스러웠으며, 먼 기억 속에서 겨우 끌어올리는 듯한 불안한 의문을 담고 있었다.

　"그렇다면 우리가 섬기는 바알은 죽은 신이란 말이오?"

　왕의 말이 떨어지자 밀실의 침묵은 더 깊어졌다. 이세벨 왕비는 조용히 은잔을 들어 포도주를 한 모금 마시며, 상황을 지켜보고 있었다. 그녀의 눈빛은 부드러웠지만, 그 속에는 날카로운 판단력이 숨어 있었다. 말기엘은 천천히 고개를 들고 왕의 시선을 맞추었다. 그의 눈동자에는 확고한 신념이 깃들어 있었고, 목소리는 낮지만 강한 어조로 밀실의 공기를 천천히 밀고 나갔다.

　"아닙니다, 폐하. 저희가 섬기는 신은 변덕스러운 감정을 지닌 존재가 아니라, 세상 그 자체인 질서이십니다. 바알께서는 폭풍과 비를 다스리는 하늘의 권능 그 자체이시며, 아세라께서는 만물을 싹 틔우고 기르시는 땅의 생명력 그 자체이십니다. 그분들은 인간의 바람에 흔들리는 것이 아니라, 세상을 움직이는 거대하고 변치 않는 법칙으로 군림하십니다."

　그의 말은 정교하게 준비된 신성한 율법을 읊는 것처럼 정확했다. 회탁 위에 놓인 등불의 불꽃조차 그 말에 반응하듯 흔들렸다. 이세벨 왕비는 미소를 지으며 천천히 포도주잔을 내려놓고, 그 섬세한 손가락으로 은잔의 가장자리를 부드럽게 매만졌다. 그녀는 부드럽고 침착한 음성으로 말을 이어갔다.

"말기엘은 옳아요. 바알은 우리가 제사할 때마다 응답했고, 아세라는 우리가 잠든 밤마다 풍요를 안겨 주었죠. 그것은 살아있는 인격이 아니라, 우리와 함께 움직이는 세계의 원리예요. 그 원리는 추상적인 관념이 아니라, 우리 눈앞에 펼쳐진 모든 생명과 성장의 근원이지요. 봄에 씨앗을 뿌리면 싹이 트고, 여름에 비가 내리면 곡식이 자라며, 가을에 열매를 맺는 것처럼, 바알과 아세라는 이 생명의 순환 그 자체예요. 그것은 우리가 숨쉬고, 먹고, 사랑하며 살아가는 이 땅의 질서이자, 자연의 리듬이기도 하고요. 그러니 우리는 이 살아있는 질서를 숭배하고 받아들여야 해요. 그것은 거부하거나 맞서 싸울 대상이 아니라, 우리의 삶을 이루는 근본적인 힘이니까요. 이 질서를 따르는 것이 곧 풍요와 번영을 누리는 길이며, 우리 자신을 자연의 흐름에 온전히 맡기는 일이에요. 바알과 아세라를 숭배하는 것은 곧 우리 자신의 삶과 이 세계의 생명력을 존중하는 행위랍니다."

왕비의 말은 부드럽고 안정적이었으며, 말기엘의 주장에 신뢰를 더하는 듯했다. 그녀의 표정에는 어떠한 흔들림도 없었다. 그 모습은 오랫동안 믿어온 진리를 다시 한번 확인하는 자의 자신감으로 가득 차 있었다. 아합 왕은 그들의 말을 들으며 천천히 의자 등받이에 몸을 기댔다. 그의 눈빛은 깊고 어두웠으며, 또한 과거의 희미한 기억과 현재의 현실 사이에서 균형을 잡으려 애쓰는 자의 모습이었다. 정전 밖으로 펼쳐진 하늘은 여전히 구름 한 점 없이 메마르고 고요했다. 등불이 흔들리며 만들어낸 그림자가 아합의 얼굴 위로 천천히 내려앉았다. 그의 마음은 끝없는 질문과 침묵 속에서 천천히 무너지기 시작했다. 그 말을 듣고도 왕의 얼굴에는 묘한 망설임이 가시지 않았다. 아합은 천천히 몸을 뒤로 기댄 채 밀실의 창밖으로 시선을 돌렸다. 창문 밖으로 펼쳐진 하늘은 눈이 시리도록 맑았다. 가뭄으로 갈라진 대지 위에는 햇살만이 잔인한 불꽃처럼 떨어지고 있었다. 말라붙은 흙먼지들이 바람 한 줄기에도 힘없이 흩어졌으며, 마을의 작은 집들과 밀밭, 포도원들은 회색빛으로 메말라 있었다. 티끌 하나 없이 투명한 그 푸른 하늘은 오히려 더 잔인하게 느껴졌다. 평소 같으면 축복처럼 보였을 맑은 하늘은 오늘따라 불안한 침묵과도 같았다.

아합의 눈빛은 서서히 창문 너머를 응시한 채 깊은 내면으로 빠져들었다. 그의 마음속에서는 오래된 기억들이 살아나기 시작했다. 아주 어린 시절, 제사장에게서 들었던 이야기들이 그가 이미 오래전에 버렸다고 생각했던 내면의 어두운 창고에서 천천히 다시 깨어나고 있었다.

그는 조용히 숨을 내쉬며 옛 선조들의 이야기를 다시 떠올렸다.

「여리고 성이 제사장들의 나팔 소리와 함성만으로 무너져 내렸다는 믿을 수 없는 기적의 전설, 모세의 지팡이가 홍해의 물을 가르고 마른 땅을 드러냈다는 불가능한 이야기들, 그리고 광야의 험난한 생활 속에서도 이스라엘 백성을 먹이기 위해 하늘에서 내려왔다는 만나에 대한 기이한 기록들….」

이 모든 이야기는 줄곧 터무니없는 설화로 치부했었다. 그러나 이상하게도, 그 잊힌 신화들이 오늘 이 순간 다시 생생히 그의 내면에서 살아나고 있었다. 마치 누군가가 그의 귀에 속삭이듯, 과거의 기억들이 그의 심장을 두드리고 있었다.

결국 그는 자신을 스스로 억누르지 못한 채, 무거운 목소리로 질문을 던졌다.

"말기엘… 만약, 정말로 그 여호와라는 신이 아직 살아 있다면, 그의 말 한마디로 이 하늘을 닫을 수 있다고 믿는가?"

아합의 목소리는 담담했지만, 그 밑에는 억누를 수 없는 깊은 불안과 망설임이 배어 있었다. 말기엘은 조금도 놀라지 않고 자리에서 천천히 일어났다. 그의 움직임은 조용하고 절제되었으나, 발자국 하나하나가 무게 있는 선언처럼 울렸다. 그는 천천히 왕 앞으로 다가서, 신중히 오른손 손가락을 들어 하늘을 가리키듯 들어 올렸다. 그의 손가락 끝이 허공에 멈췄고, 그는 낮지만 선명한 음성으로 말했다.

"폐하, 이 하늘은 이제 오직 바알의 것입니다. 비는 바알의 허락을 받아 내리고, 곡식과 열매는 아세라의 자비로 자랍니다. 여호와는 광야에서만 의미 있었던 신입니다. 배고픔과 고난 속에 있던 자들의 신이지요. 그는 이제 더 이상 이 풍요로운 왕국과 어울리지 않습니다."

그 말이 왕궁 정전에 깊이 퍼졌다. 벽에 부딪혀 되돌아오는 메아리처럼 아합의 마음을 울렸다. 왕은 한동안 말이 없었다. 그 침묵은 단순한 정적이 아니라 내면 깊숙한 곳에서 일어나는 심각한 갈등의 표현이었다. 그의 눈동자 속에서 미세한 균열이 피어나고 있었고, 그는 점점 더 깊은 망설임에 빠져들었다.

말기엘은 왕의 그런 표정을 읽고는 한 걸음 더 가까이 다가서, 그의 목소리를 더욱 조용히, 그러나 단호하게 낮추었다. 그는 비밀스러운 예언이라도 전달하듯, 왕의 귀에 가까이 다가가 속삭였다.

"그 이름을 입에 올리지 마십시오, 폐하. 그 이름은 이 땅의 평화를 깨뜨리는 위험한 저주입니다. 여호와의 이름은 혼돈과 불안을 불러오고, 그의 선지자들은 이 세상의 질서를 흔들어 놓으려 합니다. 이제 폐하께서는 그 위험한 이름을 잊으셔야 합니다."

이세벨 왕비는 그런 왕의 심경을 누구보다 정확히 간파했다. 그녀는 부드럽고 우아하게 은잔을 들어 포도주를 한 모금 머금으며 입술을 적셨다. 그런 후 그녀는 조용하면서도 힘 있는 목소리로 왕에게 말했다.

"당신은 왕입니다. 여호와를 섬기는 예언자들의 거짓된 말에 흔들려서는 안 되지요. 당신이 다스리는 세상은 명확하고, 예측 가능해야 합니다. 그것이 바로 바알과 아세라가 주관하는 세계의 질서입니다. 당신이 원하는 세상은 기적과 혼란이 아니라, 풍요와 안정을 주는 신의 세상이지요."

이세벨의 말이 끝나자, 말기엘 역시 그녀의 말을 뒷받침하듯 왕에게 다시 한번 단호하게 덧붙였다.

"폐하, 여호와의 이름은 그 자체로 질서를 무너뜨리는 힘을 지녔습니다. 그 이름과 그의 선지자들을 이 땅에서 몰아내지 않으면, 결국 이 왕국은 두려움과 혼란의 늪에 빠지고 말 것입니다. 바알과 아세라의 질서만이 폐하와 왕국을 지킬 수 있습니다."

말기엘의 이 마지막 말은 선고처럼 밀실 안에 울려 퍼졌다. 아합은 천천히 고개를 들어 창밖의 하늘을 다시 바라보았다. 그 푸르고 맑은 하늘이, 지금 그에게는 더없이 위협적이고 불길하게 느껴졌다.

아합은 길고 무거운 침묵 속에 천천히 고개를 숙였다. 그는 그 순간 왕좌에 앉아 있었지만, 스스로의 내면 깊은 곳으로 침잠해 들어가는 듯했다. 밀실에 놓인 조각상들 사이로 스며든 등불은 그의 얼굴 위로 흔들리며 희미한 그림자를 만들어냈다. 그 그림자 속에서 그의 눈빛은 수많은 갈등과 망설임, 그리고 이제 막 피어오른 결심으로 뒤엉켜 있었다. 이세벨의 말을 들은 뒤로 그의 손은 무의식적으로 탁자 끝을 움켜쥐었고, 손가락 끝이 희게 변할 정도로 힘을 주고 있었다. 이때 이세벨의 날카롭지만 부드러운 목소리가 고요한 공간을 갈랐다.

"폐하, 당신의 고민은 깊지만, 해답은 간단해요. 이 땅의 백성들이 두려워해야 할 신은 오직 당신이 숭배하는 바알과 아세라뿐입니다. 그런데 감히, 그 여호와를 섬긴다는 벌레 같은 선지자들이 백성들에게 혼란을 퍼뜨리고 있어요. 그들은 당신의 권위에 도전하고 있습니다. 그들의 목소리가 남아 있는 한, 당신의 통치는 흔들릴 수밖에 없어요."

이세벨은 아합의 굳어진 손등 위로 자신의 손을 포개어 올렸다. 그녀의 손은 차가웠으나, 그 속에는 타오르는 야심이 숨겨져 있었다.

"그들은 존재 자체가 반역이에요. 그들을 뿌리 뽑아야만 이스라엘의 혼란을 잠재울 수 있습니다. 당신의 힘을 보여주세요, 왕이시여. 감히 우리에게 반하는 모든 것을 제거해야 합니다."

그녀의 속삭임은 아합의 귀에 직접 파고들었고, 그의 망설이던 마음을 흔들었다. 이세벨의 말이 끝난 후에도 한참을 침묵하던 아합은 마침내 고개를 들었다. 그의 눈에는 망설임 대신 차가운 결의가 서려 있었다.

"그렇다면… 선지자들을 없애야겠군. 내가 통치하는 세상에서, 광야에서 떠도는 신의 음성이 있어서는 안 되지."

그 말이 입술에서 흘러나오는 순간, 아합은 스스로 놀란 듯 잠시 숨을 멈추었다. 그러나 그것은 두려움이 아니라, 오랫동안 망설이던 문턱을 넘었을 때의 일종의 해방감이었다. 그의 말은 왕으로서의 결단이자, 이제 다시는 돌아갈 수 없는 길을 선택한 한 인간의 선언이었다. 왕의 말이 끝난 순간, 말기엘의 미소는 기쁨으로 바뀌었다. 그는 더 이상 탁자에 앉아 있을 수 없다는 듯, 천천히 자리에서 일어나 왕 앞으로 나아갔다. 마침내 왕의 발치에 이르러, 그는 망설임 없이 무릎을 꿇었다. 그의 행동에는 단순한 만족을 넘어, 거대한 승리를 확인한 자의 절대적인 헌신이 담겨 있었다.

"현명하십니다, 폐하. 그 입들을 막는 것은 단지 신에 대한 문제가 아니라, 왕권을 위한 필연적인 결정입니다."

그의 목소리는 정중했으나, 그 이면에 감춰진 날카로움은 어둠 속에서 번뜩이는 칼날처럼 예리했다. 그는 지금 이 순간, 왕이 내린 결정이 단지 정치적 선택이 아니라, 앞으로 이 왕국이 걸어가야 할 길을 결정짓는 중대한 전환점임을 잘 알고 있었다. 밀실의 불빛 아래서 말기엘의 눈빛은 깊고 어두웠으며, 그 깊은 곳에는 은밀한 만족과 함께 한 시대의 종말을 선언하는 듯한 비장함이 깃들어 있었다.

아합은 다시 천천히 고개를 들었다. 그의 얼굴에는 이제 더 이상 망설임이 없었고, 대신 왕으로서의 결의가 서려 있었다. 그러나 그 결의 속에는 희미한 슬픔도 함께 어리고 있었다. 그것은 과거의 기억들과 함께 여호와의 이름을 불렀던, 그리고 그 이름이 살아 있던 시절을 어렴풋이 떠올리게 하는 애잔한 슬픔이었다. 이제 그 시절은 끝났다. 그 이름은 자신이 다스리는 왕국 안에서 철저히 지워질 것이다. 그는 그렇게 스스로에게 맹세하며 고개를 끄덕였다.

그날 밤, 왕궁은 더없이 조용했다. 별 없는 하늘 아래에서, 사마리아의 성곽을 휘감은 바람조차 숨을 죽인 듯 움직이지 않았다. 말기엘은 왕궁에서 나와 조용히 어둠 속을 걸었다. 그는 세상이라는 거대한 침묵을 깨뜨리지 않으려는 듯, 발소리와 숨소리마저 거두어들였다. 그리고 그는 하늘을 올려다보며 누구에게도 들리지 않을 작은 속삭임을 내뱉었다.

"이제… 그 이름은 아무도 부르지 못할 것이다."

그의 말은 어둠 속에 천천히 녹아들었고, 사마리아의 밤하늘은 그 말을 받아들이듯 더욱 깊어졌다. 그 밤, 사마리아의 왕궁은 다시금 고요한 침묵 속으로 빠져들었다. 새로운 시대의 문이 소리 없이 열리고 있었다.

하늘을 닮은 여명

사마리아의 아침은 더 이상 맑지 않았다. 오므리의 아들 아합이 왕이 된 이후, 이스라엘은 깊은 안개 속에서 길을 잃은 듯 어두웠고, 그 어둠의 중심에는 아합과 그가 선택한 아내 이세벨이 있었다. 아합은 이전 이스라엘 왕들이 감히 따라잡지 못할 만큼 영리하고 치밀했다. 하지만 왕비 이세벨이라는 그림자 아래 늘 흔들렸다. 그 우유부단함은 결국 그를 그 어떤 왕보다 더 깊고 철저한 악으로 이끌었다. 그의 마음속에는 조상들의 모든 악을 모아 쌓아 올린 제단이 있었고, 그는 자신의 손으로 그것을 지키는 제사장과 같았다.

이세벨은 두로의 왕 엣바알의 딸로서, 이스라엘에 들어올 때 이미 화려한 정치적 동맹의 산물이었다. 그러나 그녀의 영향력은 단지 정치적 교환으로 그치지 않았다. 그녀는 바다를 넘어 온 강력한 파도처럼 이스라엘 전체를 휩쓸었고, 예루살렘과 사마리아의 언덕마다 바알과 아세라를 위한 신전을 세웠다. 이스라엘의 신앙은 그녀의 손 아래에서 송두리째 뽑혀 나갔다. 여호와의 이름은 사람들의 입술에서 빠르게 사라졌다.

새벽이 밝을 무렵, 사마리아 성 밖 장터는 기묘한 활기로 가득 찼다. 하지만 그 활기에는 생명보다는 무언가 어두운 그림자가 더 짙게 드리워져 있었다. 사람들은 손에 향로를 들고 바알 신전으로 향했고, 여인들은 머리에 붉은 천을 두르고 아이들의 손을 이끌었다. 그들은 장터를 지나 신전으로 가는 길에 무표정한 얼굴로 나란히 섰다.

아이들의 노랫소리는 아침의 햇살 아래서도 밝지 않고 오히려 무겁게 가라앉아 있었다. 그들은 몸에 보이지 않는 족쇄를 차고 있는 듯, 천천히 입술을 움직이며 노래를 읊조렸다. 목소리에는 생기가 없었고, 눈동자에는 초점이 없었다. 그들이 부르는 가사는 명백히 축복을 구하는 것이었지만, 그 음성에서 축복에 대한 기대나 간절함은 느껴지지 않았다. 오히려 그것은 반복적으로 주입받은 주문과 같았다.

"하늘을 열어 주소서, 바알이시여 —

땅을 열어 주소서, 아세라시여 —

우리의 곡식과 우리의 젖을 마르지 않게 하소서 —"

아이들의 뒤에 서 있던 한 노파가 작은 소녀의 어깨를 부드럽게 잡았다. 노파는 주름진 손으로 소녀의 작은 손을 꼭 붙잡으며, 마치 아이에게 확신을 주려는 듯 귓가에 낮게 속삭였다.

"얘야, 조금만 더 크게 노래를 불러 보렴. 네가 아름답게 노래하면, 아세라께서 너의 목소리를 들으시고, 올해는 풍년을 허락하실 거야. 어서, 조금만 더 힘내 보렴."

노파의 목소리는 부드러웠지만, 그 속에는 미묘한 압력이 섞여 있었다. 소녀는 그 말에도 불구하고 표정 변화 없이 다시 입술을 열었다. 그러나 그녀의 눈은 이미 다른 곳을 향해 있었다. 소녀의 시선은 신전 앞 광장으로 향하고 있었다. 그 광장은 이미 수많은 사람이 빽빽이 들어차 있었고, 그 가운데 거대한 돌 제단 앞에서 벌어지고 있는 광경에 고정되어 있었다.

신전의 제단 앞, 검은색 돌로 만들어진 그 제단 위에는 거대한 수소가 제물로 놓여 있었다. 소는 이미 공포로 인해 몸부림치고 있었다. 그 눈동자에는 선명한 두려움의 흔적이 드러나 있었다. 하얀 거품이 입가에서 흘러나왔고, 코에서는 뜨거운 숨결이 거칠게 뿜어져 나왔다. 그 광경을 바라보는 사람들의 눈빛은 경외와 두려움이 섞여 있었다. 어떤 이들은 손을 모아 가슴에 대고 작은 소리로 무엇인가 중얼거리고 있었다. 그들은 이것이 신의 은총을 받기 위한 필연적인 과정이라고 믿고 있는 듯했다.

곧 한 사제가 제단 앞으로 천천히 걸어 나와 두 팔을 높이 들었다. 그는 얼굴을 하늘로 들어 올리며 힘찬 목소리로 외쳤다.

"바알이시여, 위대한 하늘의 주인이시여! 당신의 정기를 이 땅 위로 부어주소서! 아세라여, 땅의 풍요를 주관하시는 어머니시여! 우리에게 당신의 축복을 내려주소서!"

사제의 외침은 사람들 사이에서 즉각적인 반응을 일으켰다. 그의 말이 끝나자마자 여사제들이 광장 중앙으로 뛰어나왔다. 그들은 짙은 남색 옷을 입고 있었고, 몸 곳곳에는 황금빛 문양이 화려하게 빛나고 있었다. 향유가 발라진 그들의 몸에서는 진한 향내가 피어올랐고, 눈동자에는 짙은 화장이 되어 있어 이 세계와 다른 세상을 연결하는 듯한 신비로운 광기를 풍기고 있었다. 여사제들은 사납게 뛰고 돌면서 기이한 춤을 추기 시작했다. 그들은 서로의 팔을 붙잡고 땀과 향유로 번들거리는 몸을 부딪치며 하나의 거대한 덩어리처럼 움직였다. 머리를 격렬하게 흔들어 실신할 지경에 이르기도 하고, 신들린 듯 목을 꺾고 허리를 뒤로 젖히는 기괴한 몸짓을 반복했다. 이성과 현실의 경계가 무너진 그들의 춤은 점차 광란의 제의로 변해갔다. 그들의 입에서는 명료한 말이 아니라 야생의 동물처럼 날카로운 울부짖음이 터져 나왔다.

"크아아아-! 끄어어어어-! 키이이익!"

그 울부짖음은 광장에 모인 모든 사람의 몸을 관통했다. 사람들은 그것을 신의 음성처럼 받아들였다. 그들의 몸 역시 무의식적으로 사제들의 광기에 맞춰 흔들리기 시작했다. 돌바닥에서 피어오르는 먼지와 땀 냄새, 그리고 광기의 열기가 뒤섞이며 공기 중을 가득 채웠다. 사제들의 춤과 울부짖음은 점점 더 격렬해졌고, 사람들의 얼굴에도 서서히 흥분과 열정이 번져갔다.

그러나 아이들의 노랫소리는 아직도 뒤편에서 작게 계속되고 있었다. 군중의 환호성과 여사제들의 광기 속에서 그들의 목소리는 점점 작아져, 아무도 들을 수 없는 희미한 메아리가 되어 사라져갔다. 하지만 그 노래

속에서 유일하게 변하지 않은 것은 여전히 텅 빈 채로 무언가를 응시하는 아이들의 눈동자였다.

광장 한구석, 신전의 열기와는 다소 떨어진 그늘진 공간에서 몇몇 젊은 이들이 술을 마시며 작은 무리를 이루고 있었다. 그들이 둘러싼 커다란 항아리에서는 술이 출렁이며 작은 잔들 속으로 채워졌고, 각자의 손에는 술잔과 함께 냉소적인 웃음이 들려 있었다. 그들의 눈빛은 축제의 기쁨이나 경건한 예배의 열정과는 달리 날카롭고 비틀린 조롱으로 가득 차 있었다. 그들 사이에서 가장 목소리가 컸던 한 남자가 크게 웃으며 손가락을 공중에 휘둘렀다.

"여호와? 하! 그런 신은 이미 오래전에 죽었어. 모세가 바다를 갈랐다느니, 여호수아가 여리고의 성벽을 무너뜨렸다느니, 이제 그런 얘기 따위를 믿는 자가 어딨단 말이야? 지금 하늘을 봐 ― 저 마른하늘에 불은커녕 물한 방울이라도 내리는지. 여호와는 이미 힘을 잃었어. 그 이름은 이제 더는 불리지 않을 이름이야."

곁에 있던 다른 남자가 빈정거리는 듯한 웃음으로 그의 말을 이어받았다.

"맞아. 선지자들은 모두 사라졌어. 아합왕께서 아주 확실하게 처리하셨지. 이젠 그 누구도 '그 이름'을 말하지 않아. 바알이 비를 내리고 아세라가 풍요를 가져다주는데, 굳이 여호와라는 죽은 신을 왜 찾겠어? 아합왕은 현명하신 분이야. 바알과 아세라가 이스라엘의 진정한 신이라는 걸 누구보다 먼저 아신 거지."

다른 이들도 술잔을 부딪치며 그의 말에 동조했고, 그들의 목소리는 점점 커졌다. 그 웃음소리는 날카롭고 떠들썩했지만, 사실은 무언가를 감추려는 듯했다. 그들의 과장된 비웃음 뒤편에는 알 수 없는 불안과 두려움의 그림자가 어렴풋이 느껴졌다. 그들이 잔을 부딪칠 때마다 작은 술방울들이 땅 위로 흘러넘쳤다. 그들의 내면의 불안이 술방울처럼 땅 위로 떨어지는 듯했다.

광장에서는 축제의 함성과 사람들의 웃음소리가 더 커졌다. 바알의 여사제들이 광란의 춤을 추고, 군중의 노래가 절정에 달했다. 바로 그 젊은 이들 뒤편, 장터의 가장자리이자 어른들의 시선이 잘 닿지 않는 작은 공간에 한 어린 소년이 앉아 있었다. 그의 몸은 작고 여렸으며, 흙먼지로 뒤덮인 얇은 천을 몸에 둘러쓰고 있었다. 그 소음 속에서, 어린 소년은 혼자 흙바닥에 주저앉아 멍하니 있었다. 그의 작은 몸이 더 작아 보였고, 그 손끝에서는 눈에 보이지 않는 떨림이 계속되었다. 소년은 주변의 축제 소음에 섞여, 아주 희미하게, 그러나 또렷하게 자신에게만 들리는 목소리로 중얼거렸다. 그의 입술은 거의 움직이지 않았지만, 그의 내면은 간절한 기도와 찬양으로 가득 차 있었다.

"여호와는 나의 목자시니... 내가 부족함이 없으리로다…"

그가 읊조리는 소리는 바알을 찬양하는 시끄러운 노래에 완전히 묻혀버렸다. 그러나 그 소리는 소년의 심장 깊은 곳에 울려 퍼졌다. 그때, 한 중년 남자가 그의 옆을 지나다 멈춰 섰다. 남자의 눈동자에는 경악과 분노가 즉각적으로 번졌다. 그는 무언가 끔찍한 장면을 본 사람처럼 주변을 재빨리 둘러본 뒤 소년에게 성큼성큼 다가왔다.

"이 녀석아! 네가 지금 무슨 말을 지껄이는 거야!"

남자의 거친 목소리에 소년은 깜짝 놀라 고개를 들었다. 남자는 급히 소년의 손목을 거칠게 잡아채며 그의 입을 막았다.

"정신 나간 녀석! 그런 이름을 입에 담다니 ― 지금 시대가 어떤 시대인지 모르는 게냐? 죽고 싶은 게냐?"

남자는 불안한 눈빛으로 다시 주변을 둘러보았다. 다행히 주변 사람들은 아직 그들을 보지 못한 듯 축제에 몰두하고 있었다. 남자는 다시 소년에게로 시선을 돌리며, 거친 숨을 내쉬며 낮게 속삭였다.

"이제 여호와는 죽은 신이야. 그 이름을 입에 담는 건 더는 용납되지 않아. 다시는 이런 미친 짓을 하지 마. 이 땅에서 오직 바알과 아세라의 이름만이 안전하다는 걸 모르느냐?"

그가 말을 끝내자마자, 그의 손은 소년의 입에서 떨어졌다. 남자의 목소리는 처음보다 낮아졌고, 무거운 비밀을 간직한 자가 내는 어두운 경고처럼 들렸다. 그의 말끝에선 가느다란 한숨이 흘러나왔다. 그것은 이스라엘 땅을 뒤덮은 두려움의 그림자를 그대로 보여주는 듯했다. 남자는 잠시 망설이는 듯 아이의 어깨 위에 손을 얹었다가 이내 조용히 거두었다. 그리고 빠른 걸음으로 그 자리에서 멀어졌다. 그의 발소리는 마른 땅 위에 잠시 남았다가 곧 희미해져 사라졌다. 아이만이 남은 자리에는 깊은 침묵이 자리 잡았다. 소년은 혼자 남아 말없이 땅을 바라보고 있었다. 그의 눈에는 이미 더는 두려움이 없었다. 그 대신, 깊은 심연 같은 침묵 속에서 희미한 희망의 빛을 붙잡고 있었다. 사라진 이름은 여전히 그 가슴속에서, 오히려 더욱 또렷하게 남아 있었다.

광장 위 하늘은 세상을 저주하려는 듯 붉게 물들어 있었다. 대지는 숨 막히는 열기 속에서 메말라 있었고, 태양은 하늘 가운데 무겁게 걸려 이스라엘의 모든 생명을 압박하고 있었다. 바람조차 숨죽인 듯 움직이지 않았다. 더운 열기로 가득한 장터, 사람들은 불안에 잠겨 속삭였다. 그들의 귓가엔 세상의 질서가 무너지는 소리만이 들리는 듯했다.

광장과 마을 저 너머, 아득하게 펼쳐진 이스르엘 평야는 기근으로 갈라지고, 한때 풍요로웠던 초목들은 생명을 잃어 가고 있었다. 그리고 그 너머로 우뚝 솟은 길르앗의 험준한 산맥은 이제 완전한 침묵 속에 갇혀 있었다. 한때 그 산등성이에는 예언자들이 오르내리며 끊임없이 기도 소리와 간구를 올렸지만, 이제는 그 누구의 발걸음도 닿지 않았다. 오직 바람만이 말없이 바위를 스쳐 지났고, 메마른 계곡 사이를 쓸쓸하게 떠돌았다.

산등성이 중에서도 유독 바람이 강하게 몰아치는 고독한 봉우리 위에 한 사람이 홀로 무릎을 꿇고 있었다. 오랜 세월 광야에서 살아온 자답게, 그의 옷자락은 바람에 펄럭이며 낡고 거칠었다. 정돈되지 않은 그의 머리카락과 수염은 더욱 헝클어져 있었다. 그는 바짝 마른 입술로 낮은 목소리 기도를 올렸지만, 그의 기도는 그 누구에게도 닿지 않았다. 오직 하늘의 침묵과 발밑의 바위와, 거친 바람만이 그의 곁에 머물렀다.

그는 아래쪽을 바라보며 사마리아의 도시와 들판을 응시했다. 바알과 아세라의 신전에서 뿜어져 나오는 검은 연기가 하늘로 솟구쳐 올라가고 있었다. 그 연기 사이로 사람들이 몰려다니며 산당의 제단 앞에 무릎 꿇는 광경이 아득히 보였다. 그 모습은 그에게 비수처럼 날카롭게 다가왔다. 그는 숨을 고르고 손끝을 모았다. 그의 목소리는 더없이 낮았지만, 간절함은 그 어떤 폭풍보다도 강했다.

"언제까지입니까, 주여… 언제까지 이 백성의 눈이 멀어야 합니까."

그의 말은 처음엔 바람 속에 흩어져 버렸지만, 그는 더 깊은 호흡을 하며 다시 말을 이었다. 그의 기도는 바람에 실려 다시 산등성이를 타고 메아리쳤다. 아무도 듣지 못할 그 기도가, 하늘과 땅의 경계를 넘어 어딘가에 도달하기를 바라듯, 그의 손끝은 꽉 움켜쥐어졌고, 이마 위로 굵은 땀방울이 맺혔다.

"주님, 이 땅의 사람들이 당신의 이름을 기억하지 못하게 되었습니다. 그들은 다른 신 앞에 무릎을 꿇고, 허무한 제물과 향으로 자신들의 삶을 채우고 있습니다. 주님께서 보시고도 침묵하신다면, 저의 목소리는 어디에 가닿아야 합니까."

그의 말은 점점 격렬해졌고, 그의 눈빛은 바람과 싸우듯 흔들리지 않았다. 그는 무릎 꿇은 자세 그대로 바닥을 두 주먹으로 내리쳤다. 흙먼지가 튀어 올랐고, 그의 손등 위로는 작은 상처가 번졌다.

"주여, 당신의 사람들은 이미 칼과 창에 죽었고, 살아남은 자들은 두려움 속에서 숨을 죽이고 있습니다. 왕과 왕비가 당신의 이름을 이 땅에서 완전히 지워버리려 합니다. 제가 어디로 가야 합니까? 언제까지 기다려야 합니까? 언제까지 이 백성의 눈이 멀어야 합니까?"

그의 마지막 외침은 거의 비명과 같았다. 그 소리는 세상을 향해 던져진 질문처럼 산 아래로 퍼져나갔다. 그러나 하늘에서는 여전히 아무 응답도 없었다. 그는 깊은숨을 내쉬고 고개를 숙였다. 그의 눈가에는 깊은 슬픔과 좌절이 담겨 있었지만, 그 속에서도 불꽃 같은 의지와 흔들리지 않는 믿음이 조용히 타오르고 있었다.

그날의 태양은 여전히 뜨겁고 붉었으며, 대지는 여전히 메말랐다. 하지만 그의 가슴속, 그 깊은 어둠 속에서도 한 줄기 희미한 빛은 여전히 타오르고 있었다. 그 빛은 아직 이 땅 위의 그 누구도 보지 못했지만, 언젠가는 반드시 하늘을 열고 땅을 적시리라는 간절한 믿음으로 그는 다시 기도했다. 그리고 그의 기도는, 이제 더욱 강하게 바람을 타고 하늘을 향해 올라가고 있었다.

바알과 아세라의 밤

　붉은 아마포 휘장이 드리워진 왕궁 내실은 깊은 침묵과 붉은빛으로 가득 차 있었다. 휘장 너머에 타오르는 등불의 불꽃이 미세한 바람에도 흔들리며, 휘장을 통해 번지는 그림자는 어두운 강물처럼 천장과 벽을 따라 천천히 움직였다. 두터운 향의 연기가 휘장 사이로 미세하게 흘러나와 방안의 공기를 점차 무겁고 달콤하게 만들어 갔다. 내실의 바닥은 부드러운 비단 양탄자로 덮여 있었고, 그 위로는 잘게 부서진 향료와 아네모네 꽃잎이 피처럼 흩뿌려져 있었다.

　내실의 중심부에는 두 개의 제단이 서로 마주 보며 서 있었다. 하나는 금빛으로 번쩍이는 청동으로 만든 바알의 제단이었다. 그 제단 위에는 수소와 송아지의 형상을 조각한 금박 장식이 정교하게 새겨져 있었고, 그 표면에는 이미 오래된 피의 흔적이 검붉게 스며 있었다. 제단 앞 바닥에도 희생의 피가 조금씩 굳어 검붉은 얼룩을 이루었으며, 이 피는 희디한 등불 아래에서 살아 움직이는 듯 빛났다.

　다른 하나는 나무로 정교하게 조각된 여신상, 아세라의 제단이었다. 여신상은 나무가 지닌 결이 그대로 드러나 있을 정도로 섬세하게 조각되었으며, 여신의 모습은 생명이 깃든 듯 매우 사실적이었다. 두 눈에는 흑옥이 깊이 박혀 있었고, 그 눈동자는 어둠 속에서도 불길하게 빛났다. 여신상의 목에는 커다란 청동 고리가 걸려 있었는데, 그 고리는 창을 통해 흘러들어온 달빛을 받아 더욱 기묘하게 번들거렸다. 붉게 빛나는 고리의 표면은 흘러내리는 핏방울처럼 서늘하게 일렁였다.

이세벨은 매일 새벽과 황혼, 하루 두 번 어김없이 이 제단 앞에 섰다. 그녀는 자주색 아마포를 입고 있었으며, 그 옷은 그녀의 몸을 부드럽게 감싸 불꽃 속에서 걸어 나온 여사제처럼 보이게 했다. 그녀의 손에는 금으로 세공된 향로가 들려 있었고, 향로에서 피어오르는 연기는 그녀의 몸을 감싸며 천천히 공기 속으로 퍼져 나갔다.

그녀는 조용히, 그러나 절제된 확신이 담긴 어조로 말했다.

"폐하, 바알께서는 하늘에서 비를 내리시고, 아세라께서는 그 비를 받아 열매를 맺게 하십니다. 바알의 비는 땅에 뿌려지는 씨앗과 같고, 아세라는 그 씨앗을 품는 어머니 같은 대지입니다. 두 분은 각기 다른 모습으로 나타나시나, 실상은 하나로 이어진 신적 일체이옵니다. 이 둘이 하나 되어야만 생명의 열매가 자라고 풍요가 깃들게 되나이다."

그녀의 말이 끝난 순간, 그 말에 화답하듯 제단 뒤편의 휘장이 미세한 바람을 타고 가볍게 흔들렸다. 그 흔들림은 바알과 아세라의 신성한 결합을 은유하는 듯했다. 아합은 깊은 생각에 잠긴 얼굴로 이세벨을 바라보았다. 그의 눈동자에는 오랜 의문과 갈등이 섞여 있었고, 그것은 마침내 조용한 목소리로 터져 나왔다.

"그렇다면 여호와는 무엇이었나? 그가 우리 조상에게 준 율법과 제사장은 헛된 것이었나?"

이세벨의 입술에는 순간적으로 미소가 스쳤다가 이내 차갑게 사라졌다. 그녀는 아합의 눈에 비친 여호와에 대한 희미한 미련을 발견하고는 머리를 살짝 옆으로 기울였다. 그녀의 얼굴에는 오랫동안 억눌러왔던 경멸과 냉소가 미세하게 번지기 시작했다. 그녀는 잠시 침묵하며 아합의 눈을 똑바로 응시했다. 그리고 그 침묵의 순간, 그녀의 눈빛은 쓸모없는 감정의 흔적을 꿰뚫어 보는 매와 같은 날카로움으로 차갑게 빛났다. 그녀는 마침내 아주 낮고 조용한 목소리로, 그러나 냉기가 서린 듯한 비웃음을 섞어 말했다.

"폐하, 그 신은 질투로 타오를 뿐, 창조의 능력은 지니지 못한 이옵니다. 제 눈에 비친 바로 그는 광야를 다스리는 신에 지나지 않습니다. 메마른 땅에서 굶주린 자들의 신이었지요. 하지만 생명과 풍요는 오직 바알과 아세라 두 분에게서 흘러나옵니다. 그분들의 조화로움 속에서 땅은 비옥해지고 백성은 번영하옵니다. 거짓 선지자들이 그 광야 신의 분노만을 흉내낼 뿐, 참된 풍요와 번영을 끌어낼 능력은 없는 것으로 보이옵니다."

이세벨의 말끝은 서늘한 바람처럼 천천히 방 안을 휘돌았고, 그 순간 등불의 불꽃들이 미세하게 떨리며 다시 그림자를 흔들었다. 그녀의 말에 담긴 냉소는 단지 하나의 의견이 아니라 이미 돌이킬 수 없는 선언이었다. 그녀는 다시 아합을 응시하며 잠시 침묵했다. 내실은 더 깊은 정적 속으로 가라앉았다. 이세벨의 입가에 남은 미세한 미소는 승리를 확신한 자의 여유처럼 보였다.

그날 밤 사마리아의 중앙 신전은 불꽃의 향연을 벌이는 듯, 화려하면서도 퇴폐적인 붉은 빛으로 가득 차 있었다. 신전의 천장에는 수백 개의 붉은 등불들이 마치 하늘에서 타오르는 별 무리처럼 매달려 있었다. 그 하나하나의 등불이 뿜어내는 빛은 강렬하면서도 아찔한 붉은 색조를 띠며 내부를 물들였다. 등불이 흔들릴 때마다 그 빛은 천장과 벽에 달린 은과 금의 장식을 타고 흐르며 살아있는 생명체처럼 움직이는 환영을 만들어냈다.

신전 내부의 공기에는 짙은 향의 연기와 함께 피, 술, 그리고 갓 희생된 고기의 냄새가 섞여 있었다. 이 냄새는 단지 불쾌한 피비린내가 아니라, 어딘가 매혹적이면서도 타락의 유혹을 내포하고 있었다. 공기는 무거웠고 습기 차 있었다. 신전 안을 채운 그 짙은 공기 속에서 사람들은 숨이 막히는 듯한 감각마저 느끼고 있었다.

바닥을 뒤덮은 아네모네 꽃잎은 스스로 생명을 얻은 듯, 숨 쉬는 붉은 바다가 되어 일렁였다. 꽃잎들의 붉은 빛은 신선한 피처럼 선명했고, 사람들의 발걸음과 움직임에 따라 꽃잎들은 이리저리 흔들리며 물결을 만들어냈다. 신전의 바닥 위로 흐트러진 꽃잎들은 아름답기도 했지만 동시에 불길한 예감을 자아내기도 했다. 그 위로 금으로 정교하게 만들어진 잔들이 놓여 있었고, 잔마다 가득 채워진 진한 붉은 포도주는 넘쳐흐르며 바닥의 꽃잎과 섞여 그 빛을 더욱 진하게 만들었다.

중앙의 거대한 제단 위에는 희생된 어린 수소가 놓여 있었다. 수소의 몸은 여전히 따뜻했고, 그 피가 아직도 천천히 흘러내려 제단의 모서리를 타고 바닥으로 뚝뚝 떨어지고 있었다. 피는 햇불의 빛을 받아 더 짙고 선명한 붉은 색을 띠며, 살아 있는 불길처럼 미끄러지듯 제단 아래로 떨어져 고였다. 수소의 눈동자는 이미 생기를 잃고 어둡게 굳어 있었으나, 그 굳어버린 눈동자마저도 무언가를 응시하는 듯한 미묘한 긴장감이 맴돌고 있었다.

제단 주위에서는 여사제들이 혼이 빠져나간 듯한 모습으로 춤을 추었다. 그들의 몸은 달빛처럼 창백했고, 피부 위로는 붉은 물감으로 칠한 손자국과 무늬들이 가득했다. 몸에 바른 붉은 물감은 신전에 비치는 등불과 햇불의 불빛 아래에서 살아 움직이는 듯했고, 그들의 손짓 하나하나가 허공에 강렬한 자국을 남겼다. 여사제들의 춤은 고요하고 거룩한 신성의 춤이라기보다는 끊임없이 이어지는 욕망의 광란처럼 보였다. 그들의 눈빛에는 어떤 영적인 회열이 아닌, 원초적이고 무절제한 욕망이 가득했고, 입술 사이로 새어 나오는 신음은 제의의 엄숙함을 완전히 무너뜨렸다.

이 모든 장면을 신전 중앙 높은 곳의 옥좌에서 내려다보고 있는 이세벨은 이 모든 광란의 중심이자 그 자체를 움직이는 주인공 같았다. 그녀의 옷은 햇불과 등불의 빛을 받아 불꽃처럼 타오르는 듯했다. 옷자락은 그녀의 발밑으로 우아하게 떨어져 바닥을 부드럽게 쓸고 있었고, 그녀의 움직임은 잠들어 있던 사물에 영혼을 불어넣는 주문과도 같았다. 이세벨의 손에는 금으로 정교하게 세공된 화려한 향로가 들려 있었는데, 향로에서 피어오르는 짙은 연기는 그녀의 손과 팔을 타고 숨결처럼 움직이며 신전의 천장까지 흘러 올라갔다.

이세벨은 이 모든 장면을 완벽히 지배하는 듯한 태도로 앉아 있었다. 그녀의 옥좌는 금과 상아, 그리고 값비싼 보석으로 화려하게 꾸며져 있었다. 옥좌 뒤편으로는 붉은 아마포 휘장이 바람에 살짝 흔들리며 신비감을 더했다. 그녀의 얼굴에는 승리감과 우월함이 가득 차 있었고, 입가에는 아주 미세한 미소가 머금어져 있었다. 이세벨이 손을 천천히 들어 향로를 높이 들 때마다, 그 동작은 신전을 가득 채운 사람들의 호흡까지 지배하는 것처럼 모든 이들의 시선을 강제로 집중시켰다. 신전 안에 모인 모든 이들은 이세벨이 내린 침묵의 명령에 따라 숨을 죽이고 있었다. 그들의 눈에는 숭배와 두려움이 동시에 섞여 있었고, 그녀가 신 그 자체인 듯 두려워하면서도 그녀에게 빠져들고 있었다. 이세벨이 천천히 자리에서 일어나 제단 앞으로 걸어갈 때, 그녀의 자주색 옷자락은 꽃잎과 포도주 위로 물결처럼 흘렀다. 그녀가 지나간 자리는 신성의 흔적처럼 붉게 남았다.

"하늘의 주인이신 바알이시여, 땅의 어머니이신 아세라시여! 보소서, 이 땅은 당신들의 것이며 저 하늘 또한 당신들의 것입니다!"

그녀가 입을 열었을 때, 신전의 모든 빛과 소리, 향기와 공기가 그녀의 음성에 귀를 기울이듯 일제히 멈췄다. 그 순간 신전은 오로지 이세벨의 목소리 하나만을 기다리고 있었다. 신전 안이 환호성으로 진동하던 그 순간, 제사장들은 잔을 높이 들고 향의 연기를 깊이 들이마신 뒤, 열광적인 외침을 토해냈다. 그들의 눈동자는 향의 자극으로 충혈되어 있었고, 입술은 진한 포도주의 붉은 기운으로 물들어 있었으며, 목소리는 더할 나위 없이 들떠 있었다. 그들 각자가 지닌 향로의 연기는 신전 천장의 붉은 등불과 섞여 바알의 불기둥이라도 되는 듯 기묘한 윤광을 발산했다. 그 뜨거운 열기는 점점 신전 안의 숨결마저 뜨겁게 달구고 있었다. 바닥에 뿌려진 아네모네 꽃잎은 이미 사람들의 발에 밟혀 진득하게 눌려 있었다. 제단의 피는 바닥에 작은 고랑을 이루며 흐르고 있었다.

바알 제사장들의 목이 터져라 외치는 소리가 제단을 뒤흔들었다.

"바알이시여, 당신의 불은 승리하였습니다!"

이에 맞춰 여사제들은 격렬한 춤을 추며 소리쳤다.

"아세라시여, 당신의 태는 이스라엘의 땅을 물들였습니다!"

그들의 외침은 점점 더 노골적인 조롱으로 변해갔다.

"여호와는 어디 있는가? 그 늙은 신은 오늘도 광야에서 혼자 울고 있겠지!"

그 외침은 단순한 조롱이 아니었다. 승리의 취기에 물든 광기와, 자신들의 신이 최고라는 확신으로 가득 찬 맹목적인 믿음이었다. 그것은 신전 안에 가득한 바알과 아세라의 권세를 인정하는 시대의 선언이었고, 한때 그 백성과 조상들의 삶을 이끌던 여호와라는 이름을 이제는 구시대의 유물로 밀어내는 조롱 섞인 장례가 되어버렸다. 그 외침은 제사장들의 웃음과 술잔 부딪치는 소리, 그리고 여사제들의 뒤엉킨 춤과 한데 섞여 한밤중의 광기로 번져갔다.

바로 그때, 이세벨이 다시 조용히 일어섰다. 그녀의 움직임은 전혀 소란스럽지 않았지만, 그것만으로도 신전 안의 모든 소음이 마법에 걸린 듯 순식간에 잠잠해졌다. 무도는 멈췄고, 술잔을 들던 손이 멈췄으며, 환호하던 제사장의 입술조차 닫혔다. 오직 그녀만이 움직이고 있었다. 자주색으로 물들인 그녀의 아마포 옷자락이 잔잔하게 출렁이며 꽃잎 위를 스치고 지나갔다. 금빛 장식들이 등불 빛을 받아 아른거렸다. 그녀는 고개를 높이 들고 천천히 제단 쪽으로 걸음을 옮겼다. 그녀가 걸을 때마다 공기 중의 향내는 더욱 짙어졌으며, 땅조차 그녀의 걸음을 기다리던 듯 발아래의 소리가 묘하게 울렸다.

사람들은 숨을 죽였다. 그녀의 존재는 단지 여왕이나 제사장의 그것을 넘어, 살아 있는 신탁이자 신전에 현현한 신의 대리자와도 같았다. 그녀의 발소리는 크지 않았지만, 신전의 긴 석회암 복도를 타고 퍼지며 모든 자의 가슴을 조용히 두드렸다. 그녀가 제단 앞에 다다랐을 때, 등불 하나가 스스로 꺼진 듯 바람도 없이 꺼졌고, 제단 앞의 그림자가 묘하게 일렁였다. 이세벨은 향로를 높이 들었다. 그 향로는 금으로 세공된 정교한 것이었고, 연기 속에 붉은빛을 머금으며 이글거렸다. 연기는 그녀의 손끝을 따라 길게 늘어지며 천천히 위로 솟아올랐다. 그녀는 제단 앞에 멈춰 서더니, 그 자리에 조용히 선 채로 천천히 입을 열었다. 목소리는 낮았지만 명료했고, 광장 전체를 꿰뚫는 듯한 힘을 품고 있었다. 그것은 명령이자 선언이었다. 그리고 저주였다. 그녀는 단 한 치의 떨림도 없이, 무게 있는 목소리로 외쳤다.

"이스라엘은 이제 새로운 신의 품 안에 있습니다. 여호와는 더 이상 이 땅의 주인이 아닙니다. 그는 떠났고, 우리는 그를 불러내지 않을 것입니다."

그 말이 끝나자 신전 전체가 숨을 멈춘 듯 정적에 휩싸였다. 사람들은 저 말이 천둥처럼 무겁게 떨어지는 것을 기다렸던 듯 고개를 들지 못했다. 오직 이세벨만이 당당히 제단 앞에 서서 향로를 다시 한번 높이 들어 올렸다. 연기가 제단의 붉은 불빛을 타고 솟구쳐 천장에 닿았다. 그 연기 속에 어쩐지 짙은 불길함이 깃들어 있었다. 그녀는 돌아서며 다시 외쳤다. 이번엔 더욱 강하고 또렷한 목소리로, 칼처럼 예리하게 모든 사람의 귀를 쪼갰다.

"이곳에서 여호와의 이름을 입에 올리는 자는, 곧바로 제단의 피로 입을 씻기게 될 것입니다!"

그 순간 신전 안의 침묵이 깨졌다. 제사장들과 여사제들이 일제히 웃음을 터뜨렸고, 그 웃음은 찢어진 천처럼 거칠고 불길했다. 누군가 잔을 높이 들고 외쳤고, 또 다른 누군가는 바닥에 드러누워 웃음을 참지 못했다. 그 광경은 광란의 축제였고, 동시에 신성 모독의 연극이었다. 술에 취한 자들은 허공에 대고 소리를 질렀다. 어떤 이는 바알의 상 앞에 입을 맞추었으며, 여사제들은 제단 주위를 돌며 더 거칠고 더 격렬한 춤을 추기 시작했다. 타락은 제의가 되었고, 신전은 더 이상 거룩을 담는 그릇이 아니었다.

그리고 이세벨은, 다시금 옥좌로 돌아가 앉으며 만족스럽게 눈을 감았다. 그녀의 입가에는 옅은 미소가 번지고 있었다. 향로에서 피어오르는 연기는 여전히 천천히, 천천히, 신전의 천장을 타고 흘러내리고 있었다. 그날 밤, 사마리아의 중심부에서 여호와의 이름은 한 마디도 들리지 않았다. 오직 바알과 아세라의 이름만이, 술과 피와 향 사이에서 울리고 또 울렸다.

예언자들의 피

사마리아 외곽, 밤의 어둠이 짙게 내려앉은 숲은 정적에 잠겨 있었다. 나뭇가지들은 바람 한 점 없는 공기 속에서도 긴장한 듯 서로를 부딪치며 삐걱거렸고, 산짐승들조차 인기척을 느낀 듯 숨어버린 고요한 시간. 그 한복판에, 빛 한 줄기 새지 않는 조그마한 굴 하나가 숨어 있었다. 그곳은 오래된 바위 틈새를 따라 움푹 파인 자연의 은신처였고, 한때 여호와의 말씀을 들은 자들이 몸을 피하던 곳이었다.

그 굴 안, 희미한 등잔 하나가 바닥에 놓여 있었다. 그 빛에 드러나는 세 사람의 얼굴은 지친 듯하면서도 굳건했다. 그들 중 한 사람, 흰 수염이 턱을 덮고 주름이 깊게 팬 노인은 선지자 하나냐였다. 그는 여호와의 말씀을 수십 년간 전해온 자였고, 지금은 그 말씀이 멈춘 듯한 시대 속에서도 여전히 하늘을 바라보는 눈을 지니고 있었다. 그의 눈빛은 흐리지 않았고, 입술은 기도하듯 움직였다. 그는 천천히 무릎을 꿇고 고개를 숙이며, 속삭이는 듯 낮게 기도했다.

"주여, 말씀을 주시옵소서. 이제는 외쳐야 할 때입니다."

그의 음성은 어두운 굴 안을 맴돌았지만, 응답은 없었다. 그러나 침묵은 곧 다른 방식으로 깨졌다. 멀리서부터 땅을 울리는 무거운 소리가 다가왔다. 굴 입구 너머, 숲의 그림자 속에서 갑작스레 불빛이 번쩍였고, 금속이 서로 부딪히는 날카로운 소리가 들려왔다. 그것은 병사들의 거친 발소리였고, 무장을 갖춘 자들의 움직임이었다.

그 순간 굴 안의 어둠이 미세하게 술렁였다. 불이 꺼질 듯 흔들렸고, 한 사람은 급히 몸을 낮췄다. 그러나 하나냐는 미동도 없이 앉은 자리에 그대로 있었다. 곧 굴 입구가 거칠게 열리며 병사들이 쏟아져 들어왔다. 그들은 무표정했고, 손에 횃불과 무기를 들고 있었다. 병사들 가운데 선두에는 벤아미가 있었다. 젊은 지휘관이었지만 눈빛은 날카롭게 숙성되어 있었고, 입술은 굳게 다물린 채, 신념과 명령 사이를 분간하지 않으려는 듯 무표정했다. 그의 얼굴은 가죽 투구에 반쯤 가려져 있었지만, 눈동자만큼은 굴 안을 향해 차갑게 번뜩이고 있었다.

"하나냐. 왕의 명으로 너를 체포한다."

굴 안에 긴 침묵이 흘렀다. 다른 이들이 움찔하며 몸을 떨고 있을 때, 하나냐는 조용히 일어섰다. 그의 등은 구부러졌지만, 자세는 의연했고 눈동자는 한 치의 흔들림도 없이 병사들을 바라보았다. 그는 두 팔을 천천히 벌렸다. 마치 항복이 아닌, 제물로 바쳐지는 자의 자세처럼.

"왕은 인간이고, 하나님은 하늘의 주권자다. 내가 섬기는 이는 너희가 가두지 못한다."

그 말에 벤아미는 주저하지 않았다.

"닥쳐라. 저놈을 묶어라."

병사들이 일제히 달려들었다. 하나냐의 입은 그제야 억지로 틀어막혔고, 두 팔은 거칠게 묶였다. 그는 비명을 지르지 않았고, 고통을 호소하지도 않았다. 대신, 묶인 채로 굴 밖으로 끌려나가면서도 눈을 감고 조용히 웃었다. 그것은 승복이 아닌, 끝까지 믿음을 지킨 자의 미소였다.

한참 뒤에야 그가 끌려간 곳은 신전 외곽의 제단 앞. 사마리아 신전이 내려다보이는 그 언덕은 이제 여호와가 아닌 바알의 의식이 집행되는 장소로 바뀌어 있었다. 그 제단 앞에는 말기엘이 서 있었다. 붉은 제복을 입고 손에는 길고 가느다란 지팡이를 쥔 채, 그는 체포된 하나냐를 바라보며 고개를 살짝 갸웃했다. 그의 눈빛에는 조롱과 호기심이 뒤섞여 있었다.

그는 선지자를 구경거리처럼 바라보며, 천천히 입을 열었다.

"정말 조용하군. 네 하나님도 침묵하고, 너 역시 입을 닫았구나. 말이 없는가? 아니면 대답할 힘조차 잃은 것이냐?"

하나냐는 제단 앞에 무릎 꿇은 채, 천천히 고개를 들었다. 그의 입술에는 피가 묻어 있었고, 눈가엔 주름보다 더 깊은 믿음의 그림자가 드리워져 있었다. 그는 떨리는 숨을 가다듬고, 단호하게 말했다.

"말기엘, 하늘은 침묵하되 잊지 않는다."

그의 목소리는 낮고 차분했지만, 그 안에 깃든 단호함은 숨길 수 없었다. 마치 땅속 깊은 용암이 표면으로 분출되지 못하고 안에서 끓어오르는 듯한 목소리였다. 하나냐는 이미 수차례의 고문과 굴욕을 겪었음에도, 내면의 믿음만큼은 단 한 치도 무너지지 않은 채 서 있었다. 그 말에 말기엘은 짧게 눈썹을 찌푸렸다. 그의 표정에는 당혹이라기보다는 순간적인 불쾌감과 미세한 경계심이 스쳤다. 말기엘은 짧은 침묵 끝에 낮게 웃었다. 그 웃음은 신랄했고, 조롱으로 가득 차 있었다.

"그래, 하늘은 침묵하되 잊지 않는다고? 하지만 땅은 기억하지 않아. 이 땅의 백성은 이미 여호와를 잊었고, 그들이 기억하는 건 오직 바알의 풍요뿐이다. 네가 그토록 믿는 신이 정말 살아 있다면, 왜 너를 구원하러 오지 않는가? 네가 그분을 위해 목숨을 바친다고 해도, 그분은 너를 위해 이 자리까지 내려오지 않아."

그는 하나냐에게 한 걸음 다가서서 지팡이 끝으로 그의 턱을 치켜들었다. 말기엘의 눈은 오만함과 승리감으로 번들거렸다. 말기엘은 침을 삼키며 말했다.

"나는 너처럼 미련한 믿음에 목숨을 걸지 않아. 나는 현실을 택했고, 그 덕분에 지금 여기에 서 있다. 너는 여호와의 침묵 속에 홀로 남겨질 것이다. 너의 신은 너를 버렸다. 하지만 이제 그만하지 않겠나? 너도 지쳤을 테고, 네 신도 여전히 침묵 중이니 말이지."

말기엘은 말끝을 끊고, 허리를 굽혀 하나냐의 눈높이에 맞추었다. 그의 목소리는 뱀처럼 부드럽고 유혹적이었다.

"지금 네가 숨어 있는 선지자들의 장소를 말해주기만 하면, 나는 널 이

자리에서 풀어주겠다. 자비로운 왕비께서 많은 포상을 주실거야. 넌 목숨을 건 신앙을 말하지만, 네 신은 지금 널 감옥에 버려두었어. 나는 네 앞에 구원의 손을 내밀고 있다. 이게 현실이다. 지금 대답하면 너는 자유를 얻고, 풍요를 얻고, 살아남을 것이다. 내일이면 저 차가운 거리에 네 피가 흐르게 되지만, 오늘 너는 선택할 수 있어. 단 한마디면 돼."

그는 말기엘의 말을 듣는 대신, 그의 눈을 뚫어지게 바라보았다. 그리고 그의 입술이 마지막으로 움직였다. 피가 번진 목소리였지만, 그 안엔 진동처럼 울리는 무게가 있었다.

"말기엘, 네가 섬기는 신은 네가 지팡이로 다스리는 이 땅의 왕일 뿐이다. 그러나 나의 하나님은 이 세상 모든 것을 다스리는 왕이시다. 네 눈에 보이는 것은 단지 오늘의 승리일 뿐이지만, 나는 영원한 진리를 보고 있다. 너는 네 영혼을 팔아 이 자리에 섰을지 모르나, 나는 내 목숨을 바쳐 그분을 증명할 것이다. 비록 내가 죽을지라도, 나의 하나님은 승리하실 것이다. 말기엘, 네가 믿는 것은 거짓이며, 네가 가진 것은 모두 사라질 것이다."

그의 목소리가 단호하게 울리자, 말기엘의 얼굴에 남아 있던 여유가 완전히 사라졌다. 그의 눈은 불타는 분노와 함께 경멸로 가득 찼다. 하지만 곧 말기엘은 무표정한 얼굴로 손을 들어 신호했다. 그의 손짓은 조용했고, 그 안에는 냉정한 권력이 서려 있었다. 병사들은 다시 움직였다. 철제 칼이 맞부딪히는 소리가 짧게 울리고, 무거운 정적 속에서 하나냐는 양팔이 다시 잡혀 끌려갔다. 끌려가는 하나냐를 보며, 말기엘은 승리를 확신한 듯 굳게 닫혔던 입을 열어 저주했다.

"쓸데없는 소리! 내일 저녁, 네가 피를 흘리며 죽는 모습을 보면서도 네 신이 침묵할지 지켜보자!"

✳

그로부터 하루가 흐른 뒤. 사마리아 성 안, 바알 신전의 외곽에 있는 넓은 돌 뜰은 불그스름한 하늘 아래 음산하게 열려 있었다. 붉은 깃발 여럿이 돌기둥마다 꽂혀 있었고, 그 깃발은 바람에 휘날리며 짐승의 가죽처럼 거칠게 흔들렸다. 바람결에는 피와 향, 술과 땀, 짐승의 털 타는 냄새가 뒤섞여 있었다. 피가 말라붙은 제단 주위에는 새로 도축된 짐승의 시체가 덜 치워진 채 널브러져 있었고, 바닥의 홈을 따라 검붉은 액체가 얇게 흐르고 있었다. 하늘은 노을빛을 잃고 잿빛으로 변해 있었다. 신전 벽에 드리운 긴 그림자들은 이 세상이 아닌 무언가의 기적처럼 뒤엉켜 있었다.

그 돌 뜰의 한복판에, 두 명의 남자가 무릎 꿇은 채 있었다. 하나는 바로 하나냐. 그는 피투성이가 된 옷을 걸치고 있었다. 얼굴엔 먼지와 피가 엉겨 붙어 있었으나, 눈빛만은 불 속에서 건져낸 쇳조각처럼 차갑고 뜨거웠다. 그의 옆에는 또 한 명의 선지자가 고개를 떨군 채 있었다. 그들은 자신들이 짓지 않은 죄로 재판을 받고 있었다.

계단 위, 제단 앞으로 걸어 나온 말기엘은 붉은 제사장복을 입고 붉은 허리띠를 동여맨 채 그들을 내려다보았다. 그의 눈빛은 냉철했고, 손에는 사제용 두루마리 대신 바알 신상의 상징인 작은 청동 단검이 들려 있었다. 그는 그 단검을 천천히 돌리며, 선고를 음미하듯 낮은 목소리로 입을 열었다.

"네 입술이 여호와의 이름을 부른 그 순간, 이 땅의 질서를 거슬렀다. 우리 왕은 신의 음성으로 통치하고, 여왕은 어머니 아세라의 심장을 대신한다. 너는… 신의 이름으로 반역했다."

바알 신전 옆, 붉은 깃발이 바람에 날리는 돌로 포장된 넓은 뜰 한가운데, 거대한 제단이 우뚝 솟아 있었다. 짙은 향내와 짐승의 선혈이 배어든 비릿한 공기가 뜰을 가득 메웠고, 그 위로 태양은 잿빛 연무 사이로 엷게 비추고 있었다. 제단 앞엔 거칠게 무릎 꿇려진 두 명의 선지자가 피투성이의 몰골로 웅크리고 있었고, 그 중 하나 — 하나냐는 옷이 찢기고 눈가에 말라붙은 피가 드리워져 있었지만, 고개를 들고 있는 그의 눈동자에는 불꽃 같은 믿음이 남아 있었다. 계단 위, 붉은색과 검은 아마포로 감싼 제사장 말기엘은 위풍당당한 자세로 선지자들을 내려다보고 있었다. 그의 주변에는 황금 장식의 창을 든 신전 수비병들이 둥글게 포진해 있었다.

말기엘은 천천히 계단을 내려와 하나냐의 앞에 섰다. 그의 입가엔 비웃음이 담겼고, 발걸음은 조심스럽게 절도 있었다. 그는 손끝을 뻗어 하나냐의 얼굴을 툭 건드리듯 쳤다. 그 손짓은 모욕과 멸시가 뒤섞인 의식이었다.

"하찮은 자여,"

그는 낮게, 그러나 명확한 음성으로 말했다.

"네 신은 지금 어디 있느냐? 너의 입은 그의 이름을 불렀고, 너의 무릎은 그의 앞에 꿇었다. 그런데 어찌하여 그 신은 네 목숨 하나 지키지 못하는가?"

말기엘은 천천히 뒤로 한 걸음 물러나며 손을 벌렸다. 그의 목소리는 점점 높아지고, 그의 말에는 군중을 향한 연설자의 열기가 더해졌다.

"우리가 섬기는 신은 하늘에서 비를 내리시고, 땅을 적시어 곡식을 자라게 하신다! 그분은 왕의 입을 통하여 말씀하시고, 여왕의 손을 통하여 우리에게 풍요를 내리신다! 우리는 그 신 앞에서 춤추고, 제사를 드리고, 생명을 잉태하는 축복을 받는다! 그런데 이 자는 —"

그는 하나냐를 손가락질하며 외쳤다.

"이 자는 그 거룩한 제단을 더럽히고, 신의 이름으로 반역을 선동하며, 백성의 믿음을 어지럽혔다! 그는 여호와라는, 말도 하지 못하고, 제사도 받지 않는 광야의 신의 이름을 부르며 이곳을 혼란에 빠뜨리려 했다!"

군중 속에서 수군거림이 일었고, 여사제들의 날카로운 눈빛이 선지자들에게 향했다. 말기엘은 다시 몸을 돌려, 넓게 퍼진 붉은 옷자락을 끌며 이세벨 앞에 다가가 무릎을 꿇었다. 자줏빛 천을 두른 그녀가 제단 옆 높다란 석좌에 앉아 있었다. 풍성하게 땋아 올린 머리에는 섬세하게 조각된 황금 비녀가 박혀 있었고, 그 끝에 매달린 푸른 유리구슬이 미세하게 흔들렸다. 그의 눈에는 충성심이 가득했고, 입술은 서슴지 않고 고백했다.

"여왕이시여. 이 반역자의 피로 신전의 돌을 정결케 하겠나이다. 당신의 신, 아세라께 충성을 바치오니… 명하소서."

그의 이마가 석재 바닥에 닿는 순간, 군중 속에서는 긴 숨소리가 번졌고, 제단 위의 향은 더욱 짙게 피어올랐다. 이 순간, 말기엘의 외침은 단순한 형벌의 청원이 아니라, 신과 국가, 여왕의 권위를 지키기 위한 공포 정치의 선언이었다. 그 어떤 반론도 허락되지 않는 절대적 위압감이 신전 전체를 짓눌렀고, 선지자의 숨결마저 그 무게 속에 눌려 꺼져 가는 듯했다.

이세벨이 천천히 제단 앞으로 걸어 나왔다. 그녀의 걸음은 강물이 바다를 향해 흐르듯 부드러우면서도 멈춤이 없었다. 붉은 천으로 감싸인 단위에 올라서자, 공간은 한순간 얼어붙은 듯 정적에 휩싸였다. 제사장들과 여사제들은 숨을 죽였다. 백성들은 움찔거리며 시선을 고정한 채 감히 몸을 움직이지 못했다. 그녀의 옷자락은 무거운 침묵 속을 미끄러지듯 흘렀고, 그 속에 금실로 수 놓인 어깨 장식은 서서히 풀려나갔다. 그녀가 팔을 천천히 들어 올리자, 햇살에 부서지는 보석처럼 향의 연기가 그녀의 손끝을 타고 피어올랐다.

그 목소리가 공기를 가르며 터져 나왔을 때, 그것은 단지 언어가 아니라 불길이었다. 맑고 강렬한, 그러나 이질적으로 냉혹한 음성은 단상 아래의 군중 모두의 가슴에 날카롭게 파고들었다.

"이 땅이 누굴 위한 땅인 줄 아느냐? 나는 바닷바람에서 태어나, 아세라의 제단에서 젖을 먹고 자랐다. 내 피는 신전의 향에서 흐르고, 내 숨결은 아세라의 숨결과 하나다. 나는 단지 두로의 공주가 아니다. 나는 이스라엘에 보낸 신의 메시지고, 나는 이 땅에 현현한 아세라다."

그녀의 선언이 울려 퍼지자, 광장 전체가 그 목소리에 맞춰 함께 진동하는 듯했다. 제사장 말기엘조차 고개를 숙였고, 여사제들은 입을 다문 채 무릎을 꿇었다. 그러나 그녀는 그들의 술렁임, 두려움, 경외심을 하나도 개의치 않았다. 오히려 그녀의 시선은 천천히 군중 속을 뚫고 나아가, 무릎 꿇려진 선지자의 얼굴 위에 닿았다. 태양이 서쪽 산등성이 너머로 마지막 빛을 토해낼 무렵, 그녀의 눈빛은 스러져가는 빛이 아니라 다가오는 어둠을 머금고 있었다. 불길은 타오르되 따뜻하지 않았고, 그 속엔 심판과 증오가 가득 차 있었다.

"너는 나를 모독하였다. 나의 이름을 더럽히고, 나의 몸을 욕되게 했으며, 나의 신을 부정하였다. 너는 여호와를 부르짖으며 진리를 외친다 하나, 그 여호와란 자는 광야의 신일 뿐이다. 메마른 돌 위에서 굶주린 자들을 겁주며, 생명도, 기쁨도 주지 못한 채 율법으로만 묶어놓는 고립된 감시자일 뿐."

이세벨은 말을 멈추었지만, 그녀의 침묵은 천둥을 머금은 하늘처럼 고요하면서도 위협적이었다. 붉은 횃불이 천천히 흔들리는 공기 속에서 그녀의 숨결은 길고 낮게 이어졌다. 그 숨결 끝에서 맺힌 침묵은 군중의 가슴을 조이는 긴장으로 변해갔다. 그녀의 입술은 단단히 다물려 있었으나, 그 다문 선은 날카로운 칼날처럼 단호했다. 눈동자 안에서 깜박이는 빛은 단순한 감정의 잔물결이 아니었다. 그것은 오랜 세월 쌓이고 고여온 신념과 분노, 그리고 광신에 가까운 권위 의식의 발현이었다. 그 안에서 흔들리는 것은 불꽃이었고, 그녀는 그 불을 자신의 의지인 양 다스리고 있었다. 손끝은 미세하게 떨렸지만, 그 떨림마저도 그녀의 육체를 덮은 신성의 무늬처럼 군중에게 비쳤다. 그녀는 그것을 의식하고 있었고, 더 나아가 활용하고 있었다.

그녀는 한 발자국 앞으로 내디뎠고, 시선은 천천히 아래로, 무릎 꿇은 하나냐에게 닿았다. 그 시선에는 연민과 경멸이 섞여 있었다. 그러나 그것은 인간적인 동요가 아닌, 신의 자리를 자임하는 자가 범인(凡人)을 내려다보는 거리감이었다. 그녀는 눈동자 하나 흔들리지 않은 채, 속을 들여다보듯 그를 바라보다가 다시 천천히 말을 이었다. 그 목소리는 낮았지만 강렬했고, 속삭임이 아닌 선언이었다. 그녀의 언어는 논쟁이 아니라 계시였고, 주장이라기보다 판결이었다.

"나는 생명의 물을 품은 어머니요, 열매 맺는 대지이며, 사랑과 번영의 불을 간직한 여신이다."

그녀의 음성은 점점 광장 전체를 휘감는 듯했고, 등불이 흔들리는 붉은 기운과 맞물려 더욱 불길하게 퍼져나갔다.

"나를 부정하는 것은 곧 이 땅의 풍요를 부정하는 것이며, 너의 외침은 결국 메아리도 남기지 못한 채, 죽은 신을 향해 던져진 헛된 울림에 불과하다."

그녀는 오래전부터 준비된 제의의 순서를 따르듯 천천히 제단 쪽으로 몸을 돌렸다. 그녀의 부드러운 아마포 옷자락은 향내와 피 냄새로 얼룩진 공기를 가르며 부드럽게 흘렀고, 발이 닿는 자리에 꽃잎들이 바스러졌다. 그녀는 아무도 닿지 못하는 제단 앞으로 나아가, 두 팔을 들어 아세라의 나무 목상을 껴안듯 올려다보았다. 목상은 불빛 속에서 비틀린 여인의 형상을 띠고 있었고, 눈에 박힌 흑옥이 기이한 광채를 발하며 그녀의 얼굴을 반사했다. 그 순간, 마치 그녀와 목상이 하나가 되는 듯한 착시가 광장을 덮었다.

"여신이시여!

내 몸을 통하여 말씀하소서!

내 입을 통해 당신의 의지를 전하소서!

내가 곧 당신이고, 이 땅은 나의 자궁입니다!"

그녀의 외침은 회중을 압도했다. 제사장들과 여사제들은 무릎을 꿇은 채 머리를 조아렸다. 누구도 숨을 크게 쉬지 못했다. 아이들조차 울음을 삼킨 채 부모의 품에 얼굴을 묻었다. 침묵 속에서 그녀는 다시 몸을 돌려 하나냐를 향해 걸어갔다. 이번엔 걸음이 빨랐고, 발끝에서 피와 향이 섞인 바닥이 천천히 물결처럼 흔들렸다. 그녀는 손을 높이 들어 선지자를 가리켰다. 그 손끝은 의심의 여지 없이 단죄의 의지로 곧게 뻗어 있었다.

"이 자의 피로 당신의 돌을 정결케 하겠나이다. 당신을 욕되게 한 자는 이스라엘에서 그 이름이 지워질 것이옵니다!"

그 선언은 단순한 형벌의 명령이 아니었다. 그것은 그녀 자신이 아세라의 대리자, 나아가 그 현신임을 입증하는 공개적 선언이었고, 또한 이 땅의 모든 신적 질서를 뒤바꾸는 의식의 정점이었다. 광장은 잠시 숨을 멈춘 듯 고요했다. 곧이어 사제들의 외침과 군중의 외경이 그 정적을 찢고 터져 나왔다. 그날 밤, 사마리아의 하늘은 검붉게 물들었고, 어떤 별도, 어떤 바람도 그 위에 닿지 못했다.

말기엘은 제단 위에 올라서며 천천히 검을 뽑아 들었다. 쇳소리가 공기를 가르며 퍼졌고, 그 메마른 금속의 울림은 광장의 침묵에 갈라진 균열을 만들었다. 칼끝에 새겨진 고대 문자들은 등불의 불빛을 받아 잠시 붉게 반짝였고, 그 반짝임은 피를 예고하듯 오싹할 정도로 냉정했다. 병사들은 이미 손발이 묶인 선지자들을 거칠게 끌어냈다. 사람들은 숨을 삼키며 그들을 지켜보았다. 하나냐의 옷은 찢기고, 살갗은 먼지와 피로 얼룩져 있었다. 그러나 그는 스스로 무릎을 꿇었고, 고개는 땅이 아니라 하늘을 향해 들려 있었다. 그의 눈빛은 죽음 앞에 선 자의 두려움이 아닌, 확신에 찬 신념이었다. 흐르는 피에 젖은 그의 입술이 떨리며 열렸다. 그 목소리는 갈라진 돌 틈에서 솟는 물처럼 작고 낮았지만, 동시에 광장을 가득 채우는 힘이 있었다.

"여호와는 나의 하나님이시니,
내 생명은 그분의 손에 있도다.
오늘 내 피는 사라지지 않으리라.
이 돌 위에 다시 진리가 설 그날,
그분은 나를 기억하실 것이다."

그 말은 누구에게 하는 말이기도 했고, 아무에게도 하는 말이 아니기도 했다. 또한, 그의 영혼이 하늘을 향해 직접 쏘아 올린 기도이자 선언이었다. 병사들의 손이 떨렸다. 말기엘의 눈에도 짧은 동요가 스쳤으나, 곧 그는 이내 이를 악물고 검을 높이 들었다.

그리고 다음 순간, 칼날이 어김없이 떨어졌다.

칼끝이 살을 가르고 뼈를 스칠 때, 피는 뜨거운 물줄기처럼 솟구쳤다. 그것은 광경이 아니라 '증언'이었다. 바알의 제단 아래 놓인 돌은 피로 적셔졌고, 돌 틈마다 진홍빛 액체가 스며들었다. 주변의 사람들은 일부러 외면했지만, 아무도 눈을 감지 못했다. 어떤 이는 입을 틀어막았고, 어떤 이는 조용히 고개를 숙였다. 하지만 가장 이상한 침묵은, 그 자리에 있었던 이세벨에게서 흘러나왔다. 그녀는 제단 아래의 피가 흘러내리는 모습을 오래도록 바라보았다. 그 눈은 비단 증오나 승리의 정서가 아니었다. 그녀의 눈동자엔 복잡한 정념들이 교차하고 있었다. 고요한 듯 격렬했고, 차가운 듯 뜨거웠다. 이겼다고 말하기엔 너무 깊은 파문이 그녀의 시선을 흔들고 있었고, 그건 두려움이었다. 말없이 선지자의 목숨을 끊은 그 자리에서, 그녀는 무언가를 부정하려는 듯 입술을 앙다물고 몸을 돌렸다.

바람이 자주색으로 곱게 물든 아마포를 휘날렸다. 그녀는 군중의 시선을 뚫고, 단 위에서 내려왔다. 제사장도, 병사도, 백성도 그 순간 그녀에게 말을 걸지 못했다. 그녀는 귀신에게 쫓기듯 빠른 걸음으로 궁의 내실로 향했다. 높은 궁의 문턱을 넘으며, 등 뒤에서 들려오는 아무 말도 없는 정적이 그녀의 발끝을 끈질기게 따라왔다. 그녀의 손은 문고리를 움켜쥐었고, 등불도 없는 내실의 어둠 속으로 몸을 던지듯 들어갔다. 그리고 그제야, 아무도 보지 않는 그 어둠 속에서 그녀는 짧고도 날카롭게 숨을 몰아쉬었다. 두려움이었다. 확실히, 그건 이세벨의 마음 한편에 피어난 균열, 꺾이지 않을 것 같던 신념 속에서 처음으로 튀어나온 '불안'의 망령이었다.

바알의 제단은 피로 물들었지만, 정결케 되지 않았다. 오히려, 그 피는 누군가 다시 이 땅에 '다른 신의 이름'을 부를 날이 올 것이라는 증거가 되어 돌 위에 남아 있었다. 그리고 그날 밤, 사마리아의 하늘은 단 한 줄기 별도 없이 암흑으로 잠겼다. 마치 하늘조차 그 광경을 외면하고, 침묵으로 분노를 감추고 있는 듯했다.

멜기엘, 질서의 신을 택하다.

왕궁의 아침은 열기로 가득했다. 해는 사마리아 궁전의 잘 다듬어진 돌 위로 부드럽게 스며들고 있었고, 하늘은 티끌 하나 없이 맑았다. 붉은 깃발들이 천장과 회랑마다 휘날렸다. 바람결에 그것들이 일제히 흔들릴 때마다 광장은 살아 있는 생명체처럼 꿈틀거렸다. 제사장들은 흰 아마포 옷에 금실로 수 놓인 허리띠를 두르고, 바알의 상징을 목에 걸고 하나둘 궁궐 안으로 들어서고 있었다. 장로들과 신관들도 그 뒤를 따르며 웅성거렸다. 제단에서 제물을 잡는 절차, 향을 피우는 시간, 여사제들의 입장 순서까지 모두 조율되고 있었다. 온 궁은 축제의 성대한 무대를 위한 마지막 조율에 정신이 없었다.

이세벨은 사흘 전, 두로 사제단과의 성직 교류 회의차 왕궁을 떠난 상태였다. 그녀의 부재는 오히려 궁궐에 더 큰 숨통을 틔워주고 있었다. 말 없는 군관들과 장로들은 이 시간을 틈타 서로의 입지를 다지고, 바알 숭배 체제 속에서 조금이라도 더 확실한 권력을 확보하려 애쓰고 있었다.

왕 아합은 높은 단 위, 장식된 청동 왕좌에 반쯤 기대어 앉아 있었다. 손에는 금잔이 들려 있었고, 그 안에는 짙은 색의 포도주가 넘실거렸다. 그는 어느 때보다 기분이 좋아 보였고, 가죽 끈으로 묶인 서판을 내려다보며 제사의 진척 상황을 확인하고 있었다. 수소와 송아지의 수, 여사제들의 연행 순서, 신전 내부를 채울 향과 꽃잎의 분량까지. 모든 것이 완벽했다. 그의 눈에는, 바알과 아세라의 종교가 이제 마침내 이스라엘 전역을 덮을 만큼 체계화되고, 사람들의 심장을 장악해 가는 것이 뚜렷이 보이고 있었다.

그때였다.

왕궁 서쪽 출입문 쪽에서 소란이 일었다. 경비병들의 긴장한 목소리와 함께, 갑작스레 인파를 가르며 한 사내가 나타난 것이다. 그는 거친 염소 가죽을 두른 채, 맨발로 걸었다. 머리는 햇빛에 바래 윤기를 잃었고, 얼굴은 바람과 모래에 마모된 듯 거칠었다. 그러나 그의 걸음은 단단했고, 눈빛은 사막의 칼날처럼 날카로웠다. 그는 오직 앞만 보고 걸어왔다. 아무도 그의 이름을 부르지 않았고, 그 또한 단 한마디 말도 없었다. 하지만 이상하게도, 사람들은 본능적으로 그의 존재를 의식했고, 한순간 바람 소리마저 조용해지는 듯했다.

경비병 둘이 즉각 그 앞을 가로막았다.

"멈춰라! 허락 없이 들어설 수 없다! 네놈은 누구냐? 이런 행색으로 왕궁에 무슨 일로 왔느냐?"

경비병의 목소리는 위협적이었다. 엘리야는 대답 대신 단호하게 왕궁 안을 응시했다. 마치 그 시선이 단단한 문을 뚫고 아합에게 닿기라도 할 것처럼. 그 침묵에 경비병은 불쾌감을 드러내며 창을 들어 그의 가슴을 겨누었다.

"어서 말해라! 당장 물러나!"

엘리야는 눈을 감았다. 모든 감각이 사라지고 오직 하나의 소리만이 귓가를 가득 채웠다.

"일어나 아합에게 가라. 가서 나의 말을 선포하라. 내가 다시 명하기 전까지 이 땅에는 수년 동안 비도 이슬도 내리지 아니하리라."

하나님의 음성이었다. 그 음성은 그의 영혼에 새겨진 명령이었고, 어떤 인간의 협박보다 더 강렬한 울림을 주었다. 그는 자신의 초라한 행색을 돌아보았다. 광야에서 지내며 해진 가죽옷과 덥수룩한 수염, 흙먼지 묻은 맨발. 왕궁의 화려함과는 극명하게 대비되는 모습이었다. 엘리야의 마음

속에 순간 많은 생각이 흘렀다.

'나는 안다. 지금 내가 걸어 들어가는 이 길이 곧 죽음으로 향하는 길일지도 모른다는 것을. 심장이 목구멍까지 치솟는다. 피가 손끝에서 빠져나간 듯 차갑고, 발은 돌처럼 무겁다. 나는 지금 죽음의 문턱에 서 있다. 아합 왕은 나를 증오한다. 그러나 그보다 더 두려운 자는 이세벨 여왕이다. 그녀는 나의 숨통을 끊기 위해 혈안이 되어 있다. 나는 그녀의 잔혹함이 얼마나 끔찍한지 이미 알고 있다. 하나님의 선지자들이 그녀의 손에 무참히 쓰러져갔다. 바알을 따르는 거짓 선지자들은 궁전의 보호 아래 날뛰고 있다. 그리고 나는 그들 앞에 걸어 들어가고 있다. 이 한 걸음이 나를 파멸로 몰아넣을 수 있다는 사실은 뼈저리게 현실적이다. '주님, 저는 아직 준비되지 않았습니다'라는 말이 목 끝까지 차오른다. 나약함은 숨겨지지 않는다. 내 안에 도사리고 있던 두려움은 이 순간 거대한 파도처럼 나를 휘감는다. 왜 나는 지금 여기 서 있는가? 이성적으로 생각하면, 차라리 지금 돌아서 광야의 바위틈 어딘가에 숨는 것이 옳을지도 모른다. 이 자리를 피해라. 이성은 그렇게 속삭인다. 그곳에서는 누구도 나를 찾지 못할 것이다. 몇 날 몇 달을 연명하며 숨죽여 살아갈 수 있다. 아합의 분노도, 이세벨의 칼도, 내게 닿지 못할 것이다.

하지만… 나는 물러설 수는 없다. 하나님의 말씀이 내 안에 살아 있기 때문이다. "일어나 아합에게 가라. 가서 나의 말을 선포하라." 그 음성이 내 영혼에 깊게 각인되어 있다. 그분의 명령 앞에서, 나는 감히 도망칠 수 없다. 만일 지금 내가 주저한다면, 하나님의 말씀이 이 백성에게 전해지지 않을 것이다. 그들은 계속해서 바알에게 절하고, 헛된 제단에 피를 뿌리고, 하늘 아닌 하늘을 향해 비를 구할 것이다.

만일 지금 내가 도망친다면, 그분의 말씀이 땅에 떨어지고, 백성은 다시 우상에 무릎 꿇을 것이다. 그리고 그 피는 내 손에 묻히게 된다. 결국 나의 침묵이 그들을 멸망으로 인도하게 될 것이다. 나는 선지자다. 선지자로서의 사명이 내 어깨를 짓누른다. 그분의 말씀을 전하는 일은 내게 주어진 가장 영광스러운 부름이지만, 또한 그 대가는… 나의 생명일지도 모른다.

그러나 선지자이기 이전에 나는 한 사람이다. 두려움이 없다는 건 거짓일 것이다. 그리고 나는, 그 사명 앞에 선 선지자이기 이전에, 죽음 앞에서 떨고 있는 연약한 한 인간일 뿐이다. 내 다리는 납덩이처럼 무겁고, 심장은 불안과 두려움 속에서 마구 요동친다. 정말 내가 이 모든 걸 감당할 수 있을까? 정말 끝까지 하나님만을 의지할 수 있을까? 불안과 공포는 내 속에서 끊임없이 속삭인다.

그러나 나는 안다. 그것은 도망치고 싶은 나의 나약함일 뿐이다. 내가 진정 두려워해야 할 것은, 저 경비병의 창끝이 아니라 하나님의 말씀에 불순종하는 나 자신의 흔들림이다. 나는 지금, 그분의 도구다. 감정이 어떠하든, 발이 떨리든 말든, 이 몸은 이제 하나님의 뜻을 위한 그릇이다. 다시 눈을 뜨자. 숨을 들이쉬며. 담대하게, 모든 두려움을 삼키자. 나의 생명을 내려놓자. 내 심장을 겨눈 저 창날이 두렵지 않다. 아합과 이세벨의 분노도 두렵지 않다. 나는 오직, 나를 보내신 하나님만을 두려워한다. 나의 생명이 다할지라도, 오직 그분의 말씀만이 살아 있으리라. 이것이 내 마지막 각오다. 그리고, 그분의 뜻대로 꺾이리라.'

엘리야는 다시 눈을 떴다. 두려움은 사라지고 오직 담대한 결의만이 남았다. "왕에게 전할 말이 있다! 하나님께서 나를 보내셨다! 하나님의 말씀이 있다."

그의 외침은 경비병들을 향한 것이 아니라, 그들의 시선을 뚫고 멀리 떨어진 아합 왕에게 향하는 강력한 선포였다. 자신의 목숨을 건, 하나님의 증인으로서의 선언이었다. 그는 이제 어떤 위협에도 흔들리지 않을 것이었다.

경비병들은 비웃었다. 바로 그때, 안뜰 쪽에서부터 발굽 소리와 함께 한 무리의 행렬이 왕궁 입구로 다가왔다. 선두에 선 자는 다름 아닌 오바댜였다. 왕실 궁내 대신이자 아합의 신하 중 높은 위치에 있는 사람이었다. 그는 오늘 아침에도 가뭄으로 마른 땅을 둘러보고 오는 길이었다. 흙먼지로 뒤덮인 옷차림, 지친 기색이 역력한 얼굴이었다. 오바댜는 왕궁 문 앞에서 벌어지는 소란에 인상을 찌푸렸다. 무슨 일인지 확인하기 위해 가까이 다가가던 그는, 경비병들의 창날 앞에 선 초라한 행색의 남자를 보았다. 텁수룩한 머리, 해진 가죽옷. 처음에는 그저 흔한 광인(狂人)이려니 생각했다. 그러나 그 남자가 뿜어내는 기묘한 분위기, 그리고 경비병들에게 외쳤던 "하나님께서 나를 보내셨다!"라는 목소리가 귓가를 맴돌았다. 그 순간, 오바댜의 눈이 휘둥그레졌다. 잊고 지내던 과거의 한 조각이 섬광처럼 떠오른 듯했다. 낯설지만 익숙한 모습. 그는 한참을 뚫어지게 바라보았다.

'설마… 엘리야?'

바알 선지자들을 피해 100명씩이나 숨겨 먹였던 그의 심장은 요동치기 시작했다. 엘리야가 그 자신의 눈앞에 서 있었다. 그것도 이렇게 대담하게 왕궁 문 앞에서! 오바댜는 당혹스러움을 숨길 수 없었다. 자신도 모르게 숨을 크게 들이마시며 경비병들에게 달려갔다.

"멈춰라! 어서 그자를 놓아라!"

경비병들은 오바댜의 갑작스러운 등장에 당황하며 창을 내렸다. 오바댜는 엘리야에게서 시선을 떼지 않은 채, 경비병들에게 짧고 단호하게 말했다.

"이 자는 내가 데려갈 것이니, 잠시 기다리게."

경비경들은 당황한 듯 말했다.

"네, 알겠습니다."

오바댜는 엘리야를 정중히 옆으로 모셔두고는, 불이라도 난 것처럼 급한 걸음으로 왕궁 안으로 향했다. 발걸음을 옮길 때마다 그의 머릿속은 복잡하게 돌아갔다.

'하나님께서 그를 보내셨다니… 도대체 무슨 일인가? 왕에게 뭐라고 아뢰어야 한단 말인가?'

그는 망설일 틈도 없이 왕을 향해 달려갔다. 왕 아합은 청동 왕좌에 반쯤 기대어 앉아 있었다. 온몸을 짓누르는 듯한 답답함이 그를 감쌌다. 매일같이 쌓이는 가뭄 피해 보고는 더 이상 읽을 가치도 없었다. 그때, 문밖에서 다급한 발소리와 함께 오바댜의 목소리가 들려왔다.

"폐하! 오바댜입니다! 긴히 아뢸 말씀이 있습니다!"

오바댜의 다급한 목소리에 아합은 신경질적으로 말했다. 그는 손에 들고 있던 포도주잔을 탁자에 내려놓았다.

"오바댜! 웬 소란인가?"

오바댜는 왕이 앉아 있는 단 아래에 무릎을 꿇었다. 그의 얼굴은 땀과 흙먼지로 범벅되어 있었고, 눈빛은 초조함으로 가득 차 있었다.

"폐하! 궁전에 놀라운 자가 찾아왔습니다!"

아합은 그의 모습에 흥미를 느꼈다.

"놀라운 자라니? 누구인가?"

"엘리야... 하나님께서 보내신 선지자 엘리야가 지금 폐하를 뵙기를 청하고 있습니다!"

순간 아합의 얼굴 위로 차가운 얼음 가면이 덧씌워지듯 모든 표정이 사라졌다. 그 이름이 입 밖에 나오는 순간, 궁정의 공기는 한순간에 얼어붙은 듯했다. 엘리야. 그 이름은 아직 공식적으로 왕궁에서 언급된 적이 없는, 그러나 바알 제단 주변에서 수군거리듯 퍼져 있던 소문 속의 인물이었다. 여호와의 이름을 다시 외친다는 자, 사람들 앞에서 예언자들의 핍박을 증언했다는 자. 사마리아 바깥의 언덕과 골짜기에서 누군가가 그 이름을 중얼거릴 때마다 병사들은 귀를 세웠고, 제사장들은 표정을 굳혔다.

'엘리야라니...' 그의 눈빛이 복잡하게 흔들렸다. 그가 스스로 찾아왔다고? 왕의 마음속에는 분노와 함께 한편으로 설명할 수 없는 미묘한 감정이 소용돌이쳤다.

'그가 왜 왔지? 감히 나를 찾아와서 무슨 말을 하려는 거지?'

그는 백성들의 마음을 혼란케 하는 그를 반드시 죽이리라 수없이 다짐했었다. 하지만 동시에 가뭄이 시작된 이후로 매일 밤 시달리던 불안감, 뼛속까지 스며드는 두려움, 해결되지 않는 의문들이 있었다. 바알 신에게 아무리 제사를 드려도 비를 내리지 않는 이유는 무엇인가? 어쩌면 이 초라한 선지자가 그 의문에 대한 답을 가지고 있을지도 모른다는 희미한 기대감이 그의 마음속에 자리 잡았다. 분노와 호기심, 그리고 해결되지 않은 갈등이 뒤섞인 채, 아합은 천천히 입을 열었다.

"오바댜... 지금 그를 당장 내 앞으로 데려오라. 내가 직접 그를 만나겠다."

오바댜는 엘리야를 데리러 갔다. 그리고 엘리야를 데리고 왕 앞으로 모시고 갔다. 초라한 엘리야의 행색을 보고 왕은 눈썹을 찌푸렸다. 궁정 사람들은 모두 그를 바라보았고, 장로 중 몇은 이미 사내의 정체를 눈치챘는지 안색이 창백해졌다. 왕의 눈은 처음에는 경계심으로 가늘게 떴고, 이내점차 의심과 흥미로 번져갔다. 그가 바라보는 사내는 누더기 같은 옷을걸쳤고, 머리칼은 햇빛에 바래 있어 광야에서 오래 지낸 자라는 것을 금세알 수 있었다. 흙먼지로 덮인 발, 갈라진 손등, 그리고 시간의 흔적이 느껴지는 그 얼굴은 신하들과 극명하게 대비되었지만, 그 눈빛만큼은 이상하게 또렷했다. 흔들림도, 두려움도 없이 그 시선은 곧고 깊게 왕의 눈을바라보고 있었다. 그 어떤 사치나 권위도 그 시선을 꺾지 못했다. 왕궁이라는 위엄의 공간에서, 사내는 자신이야말로 진정한 주권자의 대리인이라도 되는 듯한 담대함을 품고 서 있었다.

아합은 몸을 앞으로 기울였다. 주변의 제사장들과 장로들은 침묵한 채숨소리조차 줄였다. 모두의 이목이 그 이름 없는 사내에게로 향해 있었다. 그때 왕이 입을 열었다. 고요한 수면 아래 칼날이 잠겨 있듯, 그 목소리는겉으로 부드러웠으나 속에는 서늘한 날카로움을 품고 있었다.

"네가 누구냐?"

왕은 고개를 기울이며 확인하듯 물었다.

"감히 왕의 궁 앞에서 죽은 신의 이름을 들먹이다니. 그 입에 담은 '하나님'이 누구란 말이냐?"

사내는 눈을 피하지 않았다. 오히려 한 발 앞으로 나서며 단호한 음성으로 대답했다. 그의 목소리는 광야의 바람을 품은 듯 거칠었지만, 또한어떤 고요한 확신으로 가득 차 있었다.

"나는 길르앗 디셉 출신, 여호와의 선지자 엘리야라 한다."

왕의 이마에 천천히 주름이 잡혔다. 그는 엘리야라는 이름을 되뇌며, 오래된 기억의 파편을 더듬는 듯 고개를 살짝 떨구었다.

"엘리야…"

그는 중얼거렸다. 낮은 소리였지만, 궁전의 석회암 벽에 메아리쳐 퍼질 만큼 무게가 있었다.

그때 왕의 곁에 서 있던 제사장 말기엘이 눈에 띄지 않게 반응했다. 그 이름이 머릿속을 스쳐 지나간 순간, 그의 동공이 순간적으로 흔들렸다. 왕을 향한 충성보다 먼저, 그 이름에 담긴 낡고도 뜨거운 기억이 그의 속을 헤집은 것이다. 다른 제사장들과 장로들 또한 엘리야라는 이름이 가진 어떤 심상에 짓눌린 듯, 표정을 감추지 못했다. 궁중을 감싸던 확신은 순식간에 침묵과 긴장으로 바뀌었다. 웅장했던 바알 제사의 준비 장면은 일시에 무거운 침묵에 눌려 가라앉았다.

왕은 조용히 웃었다. 그러나 그 웃음은 기쁨이 아닌, 조롱과 피로가 뒤섞인 웃음이었다. 권좌에 앉은 그는 스스로를 신의 대리인으로 여겨왔고, 바알과 아세라의 축복 아래서 사마리아를 통치하고 있다고 믿었다. 그러나 그의 마음 한구석에는, 아주 오래전부터 전해져 내려온 '여호와'라는 이름에 대한 막연한 두려움이 있었다. 그런 그 앞에서 감히 '여호와'의 이름을 들고 나타난 사내라니. 시대착오적인 광신자일까, 아니면 진짜로 오래된 무언가가 되살아난 것일까. 그의 내면은 조롱과 두려움 사이에서 흔들렸다. 그는 잔을 다시 집어 들지 않은 채, 손을 무릎 위에 얹고 말했다. 입술 끝을 살짝 비틀며, 여유 있는 자의 흥미를 가장한 말투로. 그러나 그의 눈빛은 흔들리고 있었다.

"여호와? 아직도 그 이름을 입에 올리는 자가 남아 있었나."

그는 고개를 들고 엘리야를 바라보며 조소 섞인 웃음을 덧붙였다. 겉으로는 조롱하는 듯 보였지만, 그의 목소리에는 미세한 떨림이 섞여 있었다.

"그자가 너라면, 한번 들어보자. 네 신이 대체 무슨 말을 내게 남겼는지… 궁금하군."

그 말과 함께, 궁중의 모든 시선이 다시 엘리야에게로 쏠렸다. 하지만 엘리야는 미동도 없이 그 자리에 섰다. 그 모든 조롱과 침묵, 불신과 두려움을 이미 예견이라도 한 듯. 그리고 이제, 입술이 열릴 차례였다. 왕국에 흐르던 고요한 긴장감은 폭풍을 예감하며 숨을 죽이고 있었다.

사내는 천천히 병사들의 손에 이끌려 왕 앞에 섰다. 그 옷은 누렇게 바래 있었고, 어깨는 먼지에 젖은 채 주름진 천에 둘러싸여 있었지만, 그의 걸음은 지체되지 않았다. 시선은 고개를 들어 똑바로 왕의 눈을 응시하고 있었다. 궁 안은 일순 정적에 잠겼다. 아합 왕은 손에 들고 있던 금잔을 천천히 내려놓으며 몸을 뒤로 젖혔다. 사내의 낯선 이름보다도, 그 태도에 묘한 거슬림이 일었다. 그는 가시덤불 속에서 갑자기 솟구쳐 나온 뱀처럼 낯설고 위협적이었다.

엘리야는 말을 꺼내기까지 침묵을 길게 끌었다. 허공을 뚫어지게 바라보다가, 마침내 입술을 열었다. 그의 목소리는 크지 않았으나 단단했고, 확신으로 굳어 있었다. 외치는 말이 아니라, 선포하는 말이었다.

"이스라엘 왕 아합이여."

그가 왕의 이름을 부르는 순간, 방 안의 공기가 묘하게 무거워졌다. 왕을 '폐하'가 아니라 '이스라엘 왕'이라 부른 것에서부터 이미 이 말은 예사롭지 않았다. 한 개인을 부르듯, 신 앞에 선 인간으로 부르듯 — 그 어조엔 조롱이 아닌 정의의 심판이 깃들어 있었다.

"내가 섬기는 여호와, 살아 계신 이스라엘의 하나님을 두고 맹세하노니 — 내 말이 있기 전까지, 이 땅에 비도, 이슬도 내리지 않으리라."

그의 말은 창처럼 날아가 궁 안을 관통했다. 귀를 찌르지도 않았고, 위협적 몸짓 하나 없었지만, 듣는 이 모두가 피부에 서늘한 전율을 느꼈다. 그는 더 이상 병사들에게 이끌려온 무명인의 모습이 아니었다. 그의 존재 자체가 하나의 심판이었고, 말 한마디가 칼보다 날카로웠다.

"여호와께서 이 나라의 하늘을 닫으셨다."

그 순간, 왕 아합의 표정이 무너졌다. 입술이 경련하며 일그러졌고, 눈은 분노로 치 떨렸다. 그의 등 뒤에서 말기엘이 속삭이듯 몸을 움직였고, 좌우의 장로들 또한 움찔하며 자리를 바꾸었다. 아합의 심장에는 분노가 끓어올랐지만, 동시에 엘리야의 말에 담긴 서늘한 예언이 섬광처럼 스쳐 지나갔다. 정말로... 그 신이 하늘을 닫을 능력이 있단 말인가?

"이 자를 당장 잡아야 하옵니다, 폐하!"

말기엘이 낮게 으르렁거렸다. 그러나 아합은 그의 말에 곧바로 반응하지 못했다. 분노는 사치가 아니었다. 그것은 통치자의 본능이었다. 자신에게 보는 앞에서 저주를 퍼붓고, 신을 부정하는 이 자. 이 사내는 단지 예언자가 아니라, 정치적 반역자였다. 병사들은 왕의 명령을 기다리고 있었지만, 왕의 입술은 굳게 닫혀 있었다.

'잡으라.' 그 말 한마디가 목구멍에 걸렸다. 아합의 머릿속은 혼란스러웠다. 바알과 아세라의 제사장들이 속삭였던 달콤한 말들과, 그와는 반대로 눈앞의 이 사내가 선포하는 절대적인 위협. 그 두 가지가 팽팽하게 맞서고 있었다. 그가 정말 '여호와'의 사람이라면, 이 사내를 잡아 가두는 행위가 자신과 이 나라에 어떤 재앙을 불러올지 알 수 없었다. 그의 망설임은 지독한 두려움에서 비롯된 것이었다. 그 짧은 침묵의 순간, 엘리야가 몸을 돌렸다. 그는 왕좌를 향해 나아가지 않고, 측면 복도를 향해 발을 옮겼다. 옆문, 그것은 왕의 신하들이나 제사장들이 신전으로 오갈 때 사용하던 통로였다. 엘리야는 뛰지 않았다. 허둥대거나 도망치는 모습은 없었다. 다만, 목적을 향해 가는 자의 정확한 속도로 그는 움직였다.

"폐하, 저자를 놓치시겠나이까?"

말기엘이 다급하게 외쳤지만, 아합은 여전히 망설였다. 그의 눈은 엘리야를 쫓았고, 그가 한 걸음, 한 걸음 멀어질수록 마음속의 혼란은 더욱 깊어졌다. '잡아라'라는 명령이 그의 혀끝에서 맴돌았지만, 그 두려움은 그의 입을 막아버렸다. 그때, 오바댜가 앞으로 나섰다. 그의 얼굴에는 단호함과 깊은 우려가 교차했다. 그는 왕의 권위에 도전하는 것이 아니라, 오히려 왕의 안전을 염려하는 신하의 모습이었다. 그 순간 엘리야를 살려야 한다는 다급한 마음이 있었다.

"폐하, 잠시 멈추소서. 이 자는 여호와의 선지자입니다. 이스라엘의 역사에서 하나님의 선지자를 핍박한 왕의 말로가 어떠했는지 기억하소서. 그분을 거스르는 일은 이 나라에 더 큰 재앙을 불러올 것입니다."

오바댜의 목소리는 낮았지만, 그 울림은 아합의 불안한 마음을 더욱 깊이 파고들었다. 그는 자신에게 두려움의 실체를 직시하라고 말하고 있었다. 아합의 눈동자가 흔들렸다.

그 순간, 바람이 불었다. 실내에 있던 천장 깃발이 움찔하며 흔들렸고, 복도의 작은 나무 창문이, 오래된 돌쩌귀가 비명을 지르는 듯한 소리와 함께 삐걱거리며 열렸다. 바람은 복도를 따라 길게 흘러들었고, 붉은 휘장이 갈라지듯 열리며 그의 길을 비췄다. 엘리야는 그대로 문틈으로 사라졌다. 바깥은 태양이 머무는 정오임에도 왠지 어둑했다. 그리고, 바람은 사라지고 정적이 내려앉았다. 아합은 그저 멍하니 그 광경을 지켜보았다. 그가 망설이는 아주 짧은 순간, '여호와'라는 이름은 이미 그의 손아귀를 벗어나 버렸다. 그의 권위와 분노는 무력했고, 남은 것은 허탈함과 깊은 불안뿐이었다.

왕궁은 침묵했다. 왕은 잔을 쥔 손을 내려다보다, 잔을 바닥에 집어 던졌다. 붉은 포도주가 돌바닥 위에서 터져 나왔다. 엘리야의 말처럼, 하늘이 닫힌다면. 그 피 같은 비는 정말 더 이상 내리지 않을 것이라는 불길한 예감이, 방 안의 모든 이들을 짓누르고 있었다.

"길르앗의 엘리야… 그자가 정말로 내 하늘을 닫았단 말인가."

신전 한복판, 아합 왕의 목소리가 공기를 가르며 메아리쳤을 때, 그 말이 신성한 공간 자체를 건드린 듯 미세한 떨림이 돌기 시작했다. 그의 음성은 단호했고, 권위에 찬 선언처럼 들렸지만, 그 말이 끝나자마자 뭔가 이상한 정적이 뒤따랐다. 누군가는 그것을 단순한 침묵이라 여겼고, 누군가는 우연이라 넘겼지만, 바로 그 순간이었다. 보이지 않는 힘이 기류를 따라 흐르듯 신전 내부를 가로질렀다. 소리도 없고 방향도 알 수 없었으나, 분명히 '지나갔다'는 느낌. 마치 한 존재가 모두를 스쳐 가며 침묵으로 응답한 것 같았다.

곧이어 바람이 일었다. 처음엔 벽 틈 사이로 스며든 속삭임 같았지만, 그것은 금세 태도를 달리했다. 불씨가 먼저 흔들렸다. 왕의 옆에 놓여 있던 제단의 작은 등불, 여사제들이 지키던 향로의 불꽃, 그리고 바알 신에게 바치는 분향대의 연기까지. 모든 불길이 미세하게 떨리더니, 이내 제단 위의 향나무가 '훅' 소리를 내며 꺼졌다. 연기는 허공에서 몇 차례 맴돌다가 아무 일도 없었다는 듯 사라졌지만, 그것이 남긴 감각은 지우기 힘들었다.

그 공간에 있던 자들 모두는 그 현상을 보았다. 하지만 아무도 함부로 입을 열지 못했다. 제사장들조차 서로 눈을 마주치지 않았다. 그들 가운데, 말기엘이 제일 먼저 반응했다. 그는 조금 전까지 아세라의 이름을 높이며 엘리야를 조롱하던 자였다. 손에는 아직까지 향을 지폈던 막대기가 들려 있었지만, 그 손끝은 이제 더 이상 확신으로 가득하지 않았다. 그는 조심스레 그 막대기를 향로 옆에 내려놓았다. 불이 꺼진 자리에선 이제 연기마저 자취를 감췄고, 그 주변은 기묘할 정도로 조용했다.

말기엘은 시선을 내렸다. 피가 엉겨 붙은 돌 틈 사이에서, 무언가가 움직이고 있었다. 그것은 전쟁이나 제사의 잔해가 아니었다. 아주 작은, 그러나 살아 있는 것. 초록빛의 어린 풀잎 하나였다. 그의 눈에 들어온 그 풀은 너무도 연약하고 작았지만, 그 존재만으로도 말기엘의 균형을 흔들었다.

'이 틈에서 자랄 수는 없을 텐데…'

그 생각이 머릿속을 스쳤고, 그때부터 이상한 감각이 가슴 깊숙이부터 올라왔다. 그는 눈을 깜빡이며 다시 풀을 보았다. 그 풀의 침묵은, 그 자체로 하나의 질문이 되어 그 자리를 지키고 있었다.

'네가 부정한 신은 정말 죽었는가?'

'너희가 말하는 생명은 진짜인가?'

'지금 여기 살아 있는 건 누구의 증언인가?'

말기엘은 그런 식으로 자신에게 묻고 있는 듯한 기시감에 사로잡혔다. 그 작고 연한 줄기 하나가, 지금껏 그가 신전에 바쳐온 수많은 제사의 논리를 전부 부정하는 것처럼 보였다. 그는 당황하지 않으려 애썼지만, 손끝에 닿는 공기조차 생경하게 느껴졌다. 여태껏 익숙하던 성스러운 의식의 온도와는 다른, 어딘가 '살아 있는 것의 냄새'가 그를 감쌌다.

왕 아합은 여전히 침묵한 채 불 꺼진 제단을 바라보고 있었다. 곁에 있던 장로들조차 말을 잃었고, 병사들마저 당혹스러움 속에 엘리야의 도주를 잊고 있었다. 신전의 웅장한 구조물과 화려한 장식, 그 모든 권위가 그 순간만큼은 무기력하게 가라앉은 느낌이었다. 엘리야는 사라졌지만, 그의 말은, 그의 기운은, 분명히 무언가를 남겼다. 그건 단순한 협박이 아니라, 그 자체로 예언이었고, 어떤 식으로든 반응을 끌어낸 선언이었다.

말기엘은 다시 그 풀을 바라보았다. 그는 자신이 그것을 바라보고 있다는 사실을 의식하면서도 시선을 떼지 못하고 있었다. 수많은 희생과 피가 뿌려졌던 그 자리, 돌 하나하나에 짐승의 울음과 제사의 찬가가 배어 있었던 그 자리에, 너무도 조용히, 너무도 생생하게 초록이 피어 있었다. 그것은 그 땅이 오래도록 품고 있다 마침내 피워낸, 제자리를 찾은 하나의 진실이었다.

그는 속으로 아주 조용히, 그러나 분명한 숨을 들이켰다. 향이 사라진 자리엔 그저 공허한 빈틈만이 감돌았다. 그러나 그 빈틈은 그 자체로 살아 있었다. 그것은 더 이상 바알의 향이 아니었고, 아세라의 제단에서 피워진 것이 아니었다. 그것은 말기엘조차 알 수 없는 무언가. 그러나 본능적으로 알고 있는 감각이었다.

그 순간, 그는 스스로에게 묻기 시작했다.

"내가 섬긴 것이 과연 생명이었는가? 내가 부정해온 신은 진짜 죽었는가?"

신전의 침묵이 여전히 이어지는 가운데, 말기엘은 홀로 그 침묵의 결속에서 머물고 있었다. 외부의 웅성거림은 더 이상 그의 귀에 닿지 않았다. 향이 꺼진 제단과 피 묻은 돌, 그리고 그 사이로 조심스레 몸을 일으킨 어린 풀 한 줄기만이 그의 시야에 자리하고 있었다. 고요했지만 단호한 선언처럼, 그것의 존재는 그의 내면을 송두리째 흔들었다.

'비가 멈춘다 했다… 하늘이 닫힐 것이라 했다… 설마, 그 미친 자 하나가 하늘의 물줄기를 끊을 수 있다는 말인가?'

그는 속으로 되뇌며 천천히 눈을 감았다. 입술은 본능적으로 경직됐고, 이내 무언가를 붙잡듯 천천히 이빨 사이로 끼워 넣어 물었다. 그 동작은 작았으나, 감춰진 불안을 드러내기에 충분했다. 거짓이라 믿고 싶었다. 허상이라 치부하고 싶었다. 하지만 믿고 싶은 것과 눈앞에서 벌어진 현상의 무게는 전혀 달랐다. 그는 여태껏 수많은 반역자를 목격했고, 수많은 거짓 선지자의 언변을 들어왔다. 그들은 하나같이 격렬했으나, 그 말은 바람처럼 흩어졌고 그들의 생명은 제단의 피로 바뀌었다. 하지만 엘리야는 달랐다.

그의 말은 단지 외침이 아니었다. 그것은 어떤 문을 열고 들어온 자의 선언처럼, 이 세상 너머에서 도달한 목소리 같았다. 단호했고, 조용했으며, 피할 수 없는 기척이었다. 말기엘은 지금도 엘리야의 눈빛을 기억하고 있었다. 먼지로 뒤덮인 얼굴과 바싹 마른 옷자락 너머로 보였던, 이상하게도 고요한 눈. 그 눈동자는 두려움도, 증오도 담고 있지 않았다. 단지… 알고 있는 자의 시선. 끝을 알고 있기에 요동하지 않는 자의 눈빛이었다.

'그럴 리가 없다. 말도 안 돼… 하지만…'

그의 가슴 속에서는 부정과 의심이 동시에 피어나고 있었다. 겉으로는 여전히 제사장의 외피를 두르고 있었지만, 그 속에서는 이미 균열이 일어나고 있었다. 그것은 아주 오래전부터 쌓여온 작은 모순들이 드러나는 소리 없는 무너짐이었다. 예언자들의 시신 위에 세운 의식, 더 이상 피를 흡수하지 못하는 제단, 섬기고 바쳐온 신들의 이름이 점차 상형문자처럼 공허하게 들리는 순간들 ─ 그는 알지 못한 척 지나쳤지만, 어쩌면 그 순간마다 한 줄기씩 금이 가고 있었다.

그리고 그때였다. 먼 기억 하나가 어딘가에서 스르르 떠올랐다. 그것은 눈앞에서 벌어진 사건보다 훨씬 오래되고 흐릿했지만, 이상할 만큼 생생했다. 먼지 낀 창문 너머로 햇빛이 스며들 듯, 어릴 적 그의 마음속 깊은 어딘가에서 잊힌 기억이 불쑥 솟아올랐다. 어린 시절, 누군가가 조용히 불러주던 이름. 그가 처음 신이라는 개념을 알게 된 때. 그것은 바알도, 아세라도 아닌, 또 다른 존재의 이름이었다. 한때는 그 이름 앞에서 손을 모았고, 그 목소리를 듣고자 귀를 기울였던 시간 ─ 그러나 시간이 흐르며 그는 그 기억을 먼지처럼 밀쳐두었다. 정교한 제사의식과 사제단의 위계, 권력과 안락한 자리 속에서 그것은 점점 흐려졌고, 마침내 버려졌다.

그는 고개를 젖히듯 가볍게 흔들었다. 그 기억을 털어내듯, 애써 밀어내는 몸짓이었다. 지금 여기에서, 다시 그 옛 이름을 떠올리는 것은 그에게 있어 모독이었다. 아니, 위험이었다. 돌아갈 수 없다. 이제 와서 다시 그 이름을 붙든다면, 그는 그동안 걸어온 모든 길을 부정해야만 했다. 수많은 이들의 생명 위에 세운 신전의 돌, 제사장의 권위, 왕과 여왕의 신임, 그리고 피를 매개로 맺어온 신과의 계약. 그 모든 것을 스스로 부정하게 되는 것이다.

그리고 마침내, 그는 속으로 천천히, 독백처럼 굳게 다짐했다.

"아니. 나는 돌아가지 않겠다. 다시는…"

물끄러미 하늘을 바라보다가, 말기엘은 천천히 고개를 돌리려 했다. 그러나 그 단순한 움직임조차 무언가에 걸린 듯 멈칫했다. 오래 잠들어 있던 무거운 돌덩이가 심장의 바닥에서 들썩 움직이는 듯한 감각이었다. 그리고 그 순간, 그의 마음 어딘가 깊은 틈에서 오래전의 기억 하나가 천천히, 그러나 집요하게 떠올랐다. 억지로 밀어낸 적도, 애써 잊으려 한 적도 있었지만, 그 기억은 기어이 제 얼굴을 드러냈다. 그것은 단순한 회상이 아니었다. 상처였고, 낙인이었고, 그가 누구인지조차 흔들리게 만드는 오래된 진실이었다.

그는 소년이었고, 아직 말기엘이라는 이름조차 무겁지 않았던 시절이었다. 그의 손은 지금처럼 제단의 칼자루를 쥐는 손이 아니라, 흙을 만지고 나뭇가지를 꺾어 바람개비를 만들던 작은 손이었다. 북쪽 언덕 너머, 햇빛이 노랗게 쏟아지는 평야를 따라 작은 산당 바모트가 있었다. 돌을 쌓아 만든 제단과 거칠게 다듬어진 목재 기둥들, 그리고 어릴 적 그가 사랑했던 냄새 ― 양의 털, 마른 풀, 불에 타는 향나무 연기 ― 그것은 모두 여호와의 것이었다.

그곳은 해마다 아버지와 함께 오르던 장소였다. 그는 기억한다. 번제단 위에 올려진 희고 순한 양, 그의 울음소리가 산속에 퍼질 때마다 아버지의 손이 그의 어깨를 감싸던 감촉. 그리고 제사장이 율법의 두루마리를 펼쳐 들고 낮게 읊조리던 말씀. 그것은 노래처럼 귓가에 맴돌았고, 때때로는 어머니가 자장가 대신 들려주던 구절과도 같았다. 그는 여호와를 두려워했지만, 또한 사랑했다. 그분은 자신을 지켜주는 존재였고, 이스라엘의 모든 민족을 하나로 묶는 숨결이었다.

하지만 몇 년 후, 가뭄이 들었다. 하늘은 검푸르게 마르고, 바람은 흙먼지를 휘날리며 사람들의 목을 마르게 했다. 물은 점점 말라갔다. 시내는 갈라진 땅바닥만을 남겼다. 아이들은 들판을 뛰놀기보다 어른들의 뒤를 따라 물을 구걸했고, 마을의 우물에서는 돌보다도 딱딱한 침묵만이 퍼 올려졌다. 그의 어머니는 가뭄이 시작된 지 두 달째 되는 날, 심한 두통을 앓으며 병상에 누웠다. 그리고 재작년 사소한 종기가 덧나 패혈증으로 아버지가 돌아가신 후, 홀로 남은 말기엘은 묵묵히 그 곁을 지켰다.

작은 흙집의 창문 틈새로 거센 바람이 스며들고, 빛이 아닌 모래와 먼지가 실려 들어왔다. 그 바람은 등불 하나를 꺼뜨렸고, 집안은 순식간에 어둠에 잠겼다. 어머니의 숨소리는 점점 가늘어졌다. 그의 손은 식어가는 이마 위에 젖은 헝겊을 올리며 사정없이 떨렸다. 그때, 그는 처음으로 기도라는 것을 했다. 제단 앞에서 울리는 제사장의 말이 아니라, 오직 자신만의 소리로 여호와를 부른 것이다.

"여호와여… 제발… 제발 들으소서. 이 마지막 숨이라도… 당신이 계시다는 증거를 주세요…"

그 순간, 세상의 모든 소리가 사라졌다. 그의 어머니는 눈을 감았고, 그 마지막 숨결마저 공기 속에서 증발하듯 사라졌다. 방 안에는 더 이상 마른기침 소리도, 떨리는 숨소리도, 신의 대답도 없었다. 창문 틈으로 불어든 바람만이 종이처럼 바스락거리며 진흙 벽을 스치고 지나갔다. 등불은 이미 한참 전 꺼진 채, 그을음만이 공중을 천천히 떠돌고 있었다. 어린 말기엘은 아무 말도 하지 않았다. 아니, 할 수 없었다. 그의 두 눈은 어둠 속에서 멍하니 한 곳을 바라보았고, 손끝은 어머니의 창백한 손등을 쥔 채 미동조차 없었다. 그러나 결국, 천천히… 눈물이 흘렀다. 그것은 무언가를 지켜야 한다는 책임감도, 애써 품었던 신에 대한 기대도, 모두 무너진 자리에서 흘러내리는, 본능적인 상실의 흔적이었다.

그는 손등으로 거칠게 눈물을 훔쳤다. 그리고 갑자기, 벌떡 일어났다. 아무런 준비도 없이, 아무런 말도 없이, 그저 무작정 문을 열고 뛰쳐나갔다. 어둠은 아직 짙었다. 산골짜기 사이의 길은 바람에 의해 덮인 먼지로 희뿌옇게 가려져 있었다. 그의 발에는 신발도 없었다. 흙은 차가웠고, 자갈은 발바닥을 찔렀다. 그러나 그는 멈추지 않았다. 골목과 숲 사이를 헤집으며, 거친 숨을 몰아쉬며, 그는 북쪽 언덕 위로 오르고 있었다. 오래된 산당 바모트. 아버지와 함께 수많은 계절을 오르내리며 희생제물을 드리던 장소. 지금은 사용되지 않아 잡초가 무성한 곳, 그러나 여전히 제단의 돌은 바람 속에 꿋꿋이 서 있었다.

소년은 산당의 계단을 헐떡이며 뛰어올랐다. 숨은 가빠지고, 무릎은 이미 긁혀 피가 배어 나왔지만, 그는 아랑곳하지 않았다. 마침내 제단 앞에 섰을 때, 그는 주저 없이 무릎을 꿇었다. 그 돌은 싸늘했고, 표면은 깨지고 거칠었으며, 그 어떤 신의 기운도 느껴지지 않았다. 그는 고개를 들었다. 하늘엔 별이 떠 있었지만, 너무 멀어 보였다. 너무나도 멀어서, 거기엔 그 어떤 목소리도 닿지 않을 것 같았다. 그는 두 주먹을 쥐고, 이가 갈릴 만큼 목소리를 내질렀다.

"당신은 살아 계신다면서요! 여호와여, 왜 아무 말도 하지 않으십니까!"

그의 외침은 공허하게 울려 퍼졌다. 그러나 메아리조차 돌아오지 않았다. 산은 대답하지 않았다. 나무들은 흔들리지 않았고, 바람은 조용히 숨을 죽였다. 어둠은 그 외침을 삼켜버렸고, 세상은 다시 침묵으로 덮였다. 그 소년은 제단 앞에 머리를 박고 엎드린 채, 목이 쉬도록 울고 또 울었다. 희망이 무엇인지도 모른 채, 그저 잃어버린 것을 붙잡고 싶어 절규하는 아이. 그날 밤, 그는 지쳐 잠들었다. 차가운 돌계단 위에서, 무릎을 꿇은 채로. 그의 손가락에는 피가 배어 있었고, 볼에는 눈물 자국이 말라붙어 있었다.

동이 틀 무렵, 그는 천천히 깨어났다. 눈은 퉁퉁 부어 있었고, 몸은 굳은 채 뻣뻣했지만, 그보다 더한 것은 마음속의 공허였다. 어떤 계시도 없었다. 어떤 대답도 없었다. 그는 여전히 혼자였고, 어머니는 돌아오지 않았다. 하늘은 말이 없었다. 그 침묵은 도무지 용서받지 못할 무관심처럼 느껴졌고, 그는 마침내 무언가가 끊어졌다는 걸 알았다.

그는 내려왔다. 천천히, 그러나 그때의 그보다 훨씬 낯선 표정을 한 채로. 허기와 혼란, 그리고 분노가 뒤섞인 그 얼굴은 더 이상 어린아이의 것이 아니었다. 그 길 끝에서 그는 마을 어귀를 지나는 소리를 들었다. 그것은 노랫소리였다. 북소리와 함께 퍼지는, 사람들의 웃음과 말소리. 그곳은 바알의 신전이었다. 새벽임에도 불구하고, 제단 앞은 북적거렸다. 제물로 바쳐진 짐승들, 포도주를 담은 항아리, 보리 단과 꿀, 그리고 그것들을 정리하던 여사제들의 밝은 얼굴들. 모두가 무언가에 기대어 안도하고, 웃고 있었다. 살아 있는 사람들이었다. 죽음과 침묵 속에 던져진 자신과는 전혀 다른 세계가 눈앞에 펼쳐져 있었다.

소년 말기엘은 그 모습을 바라보며 중얼거렸다.

"…이곳엔 죽음이 없다."

그는 어느새 두 발이 앞서가듯, 무의식적으로 신전 제단 앞으로 다가가고 있었다. 축축한 새벽의 흙냄새가 바닥에 깔려 있었다. 신전 마당의 돌길은 전날 제물에서 흘러나온 피와 꿀, 포도주의 얼룩으로 얼기설기 물들어 있었다. 그러나 그 소년의 시선은 오직 제단을 향해 고정되어 있었다. 고개는 살짝 숙여져 있었지만, 이마에는 땀인지 눈물인지 모를 물기가 말라붙어 있었고, 맨발은 흙과 피에 얼룩져 있었다. 기도의 문턱에서 돌아서야 했던 한 아이가, 지금은 미지의 문을 열고 들어서는 것처럼 어두운 표정으로 제단 가까이 다가가고 있었다.

그때, 신전 한편에서 의례 준비를 마친 제사장 중 한 사람이 아이를 발견했다. 그는 은빛 띠가 어깨 너머로 흘러내린 제사복을 입은 중년의 남자였으며, 흰 수염이 턱 끝까지 단정하게 다듬어져 있었다. 그는 처음엔 발걸음을 멈추고 아이를 바라보다가, 곧 조용한 발소리로 다가왔다. 제단 앞에 우두커니 선 아이의 모습은 흡사 외길 끝에 다다른 사람 같았고, 그 안에는 차마 어른이 감당하지 못할 혼란이 가라앉아 있었다.

"아이가 왜 혼자 울고 있느냐?"

그의 목소리는 먼 옛날부터 누군가를 달래기 위해 수없이 반복되어 온 음률처럼 부드러웠다. 아이는 천천히 고개를 돌려 제사장을 올려다보았다. 그 눈에는 이미 한밤의 울음이 지나간 흔적들이 어지럽게 스쳐 있었고, 고요한 공허 속에 자그마한 분노의 불씨가 어렴풋이 떠올라 있었다.

"그 신은… 대답하지 않아요."

입술이 약간 떨렸지만, 그는 억지로 목소리를 눌러 담아 말했다.

"아무 말도 안 했어요. 어머니는… 그냥 죽었어요. 나는… 아무것도 받지 못했어요."

말은 천천히, 그러나 멈출 수 없는 눈물처럼 쏟아졌다. 무언가를 확인받고 싶어 간절히 쥐어짜듯, 아이는 자신이 느낀 상실을 설명하려 애썼다. 하지만 그것은 설명이 아니라 절규에 가까웠다. 아직 이름 붙일 수 없는 감정들이 그의 어깨와 목소리에서 조용히 흔들리고 있었다.

제사장은 아이의 앞에 무릎을 꿇고, 두 눈을 맞췄다. 바람이 그의 옷자락을 건드렸고, 그가 내뿜는 숨결은 포도주와 향내가 섞인 따뜻한 향기를 머금고 있었다. 조심스럽게 그의 손이 아이의 어깨 위에 얹혔다. 그 손길은 불쑥 다가오지 않았고, 아이의 몸이 움찔하지 않을 만큼 천천히 다가갔다.

"여호와는 숨는 신이란다."

제사장은 오래전 들은 이야기를 들려주듯, 조용한 어조로 말했다.

"그분은 율법을 주셨지만, 땅을 주시진 않았지. 하늘에 계시며 사람에게 말은 하지만, 빵은 주지 않으셨다. 바람처럼 오셨다가 사라지시고, 때로는 침묵으로 응답하셨지."

말기엘의 눈이 천천히 깜빡였다. 그의 귓가엔 이제야 처음 듣는 말 같기도, 어딘가 이미 알고 있던 진실을 누군가 대신 말해주는 것 같기도 한 감각이 맴돌았다.

"그러나 바알은 다르시다."

제사장의 눈동자가 깊어졌다.

"바알은 주시는 분이시다. 피를 드리면 비를 내리시고, 곡식과 고기를 바치면 풍년을 돌려주시지. 바알은 땅의 숨결을 아시고, 사람의 굶주림을 헤아리시는 분이란다."

신전 안은 외부의 소란과는 완전히 단절된 듯, 땅속 깊은 동굴처럼 고요하고 밀폐된 공기로 가득 차 있었다. 두꺼운 돌기둥들이 내부를 지탱하고 있었고, 향나무와 무화과의 달큰한 내음이 천천히 스며들어 말기엘의 옷자락 끝까지 파고들었다. 창문 하나 없는 어둠 속에서도 등불과 제단 불이 깜박이며 환하게 살아 있었다. 이 모든 공간은 오직 한 목적. 신의 현존을 위한 무대처럼 느껴졌다.

제사장은 말없이 그를 데리고 안쪽으로 걸었다. 맨발로 걷는 돌바닥은 차가웠지만, 말기엘은 어느새 그 온기를 무뎌진 감각으로 받아들이고 있었다. 그 앞에서 제사장이 조심스럽게 작은 탁자 위에 사발 하나와 빵을 담은 쟁반을 내려놓았다. 꿀은 사발 가장자리까지 차 있었고, 빵은 노릇하게 구워진 채로 막 불에서 내려온 듯 따뜻한 기운을 뿜고 있었다. 그 김 사이로 퍼지는 달콤한 향은 어린 소년의 배고픈 속을 잊고 있던 허기를 송두리째 일깨우는 듯했다.

"먹으렴."

제사장의 목소리는 단호하지도, 유혹하지도 않았다. 그저 당연한 이치처럼, 한 걸음 옆에 놓인 진리를 전하듯 조용히 흘러나왔다.

"바알은 굶주린 자의 배를 채우는 신이시다. 네 어머니는 그 신을 몰랐기 때문에 죽었고, 너는… 이제 그를 알게 될 것이다."

말기엘은 무의식적으로 입술을 달싹였으나 아무 말도 하지 않았다. 대신, 시선이 천천히 그 쟁반 위에 떨어졌다. 빵 위에 얹어진 꿀이 아침 햇살처럼 반짝이고 있었다. 빛이 사라진 세상 속에서 유일하게 살아 숨 쉬는 존재처럼, 그것은 자그마한 웅덩이로부터 나직하게 퍼져 나오는 신의 목소리 같기도 했다. 말기엘은 숨을 들이쉬었다. 그 냄새는 단순한 음식의 향이 아니었다. 오래전 여호와의 산당에서 맡았던 불타는 제물의 비릿하고 황량한 냄새와는 전혀 다른, 풍요와 약속의 냄새였다.

그는 천천히 손을 들었다. 손끝이 빵에 닿는 순간, 꿀의 점성은 어떤 생명체처럼 그의 피부에 감겼다. 그 촉감은 단순히 끈적한 것이 아니었다. 그것은 유혹의 감각이었고, 온기로 위장한 신의 손길이었다. 말없이, 그러나 확실하게 자신을 감싸는 무엇. 마치 자신을 오래전부터 기다렸다는 듯, 천천히 이끌고 있는 감각. 그는 손가락을 조심스레 움켜쥐었고, 따뜻한 빵이 그의 손안에서 작게 부서지듯 숨을 토해냈다.

그 순간, 말기엘의 뇌리 한편에서 누군가의 목소리가 흘렀다. 어쩌면 오래전에 들었던 율법의 구절일 수도 있었고, 어린 시절 아버지가 산당에서 읊조리던 기도일 수도 있었다. 그러나 그건 이제 점점 멀어지는 메아리였다. 너무나 멀리서 들려와, 지금의 그에게는 손끝조차 닿을 수 없는 과거의 유령처럼 아득했다.

'이게 죄일까…'

그는 마음속으로 조용히 물었다.

'아니, 이미 죄는 넘었지. 나는… 돌아가지 않아.'

그는 조심스럽게 빵 조각을 입에 넣었다. 손끝에 남은 꿀의 점성이 아직도 미세하게 미끄러지고 있었다. 그 감촉은 마지막 경계선을 넘기 전, 세상의 끝을 더듬는 듯한 감각으로 남아 있었다. 혀끝에 닿은 꿀의 단맛은 놀라울 만큼 부드럽고 진했다. 단순한 달콤함이 아니었다. 그것은 언어로 다 형용할 수 없는, 오랜 굶주림 끝에 마주한 위안의 기호였고, 공허를 달래는 위태로운 향이었다. 금지된 열매처럼, 그 맛은 단숨에 온몸을 물들였다.

입속으로 퍼지는 향은 단지 미각을 자극하는 것을 넘어, 기억의 층위들을 조용히 두드렸다. 그는 천천히, 아주 천천히 씹기 시작했다. 말없이. 눈을 깜빡이며. 씹을수록 그 단맛은 입안 깊숙이 배어들었고, 점점 무게를 실은 감각으로 변해갔다. 목구멍을 타고 넘어가기도 전부터, 그 향은 벌써 그의 머리로, 가슴으로, 복부 깊은 곳으로, 침묵하던 내면의 틈새로 스며들기 시작했다. 그 안에서, 말라붙은 감정의 토양이 천천히 풀어지는 느낌이었다. 오랜 시간 웅어리처럼 웅크리고 있던 그 무엇이, 뜨거운 무언가에 녹아 흐르는 듯했다.

바로 그 찰나, 그의 뇌리에는 과거의 장면들이 파노라마처럼 흘렀다. 낡은 산당의 돌계단, 바람에 꺼진 등불, 어머니의 식어가는 이마, 어린 날의 기도, 그리고 침묵. 지독한 침묵. 여호와의 이름을 불러도 대답하지 않던 그 밤. 절박하게 울부짖었던 그날의 외침은, 한 번도 반향 없이 사라졌었다. 그가 이제야 깨달은 것은, 그 침묵이 단순한 부재가 아니라, 거절이었다는 사실이었다. 애써 부정해온 상처의 본질이었다. 그 진실을, 지금 그는 빵의 단맛 속에서 마주하고 있었다.

그러나 그 기억은 그저 스쳐 지나갔다. 물결처럼 떠올랐고, 파편처럼 흩어졌다. 꿀의 향이 그 모든 장면을 덮었기 때문이다. 그 단맛은, 상실을 추억으로 바꿨고, 고통을 기시감으로 무디게 만들었으며, 오래된 신의 이름조차… 더는 필요치 않게 만들고 있었다. 죄책감은 없지 않았다. 하지만 그것은 물러나는 안개 같았다. 대신 그를 감싸기 시작한 것은, 무언가로부터 완전히 벗어났다는 묘한 안도감이었다.

그는 처음으로 자기 뜻대로 움직이고 있다는 자율성을 느꼈다. 명령이 아니라, 순종이 아니라, 기도나 계시가 아닌 오직 자신의 선택으로 인해 일어난 이 행동이야말로, 지금껏 자신을 옭아매던 굴레를 끊는 한 조각의 칼날 같았다. 빵을 입에 넣고, 씹고, 삼키는 이 단순한 행위 하나가, 그는 알고 있었다. 이전의 자신을 송두리째 갈라놓고 있었다.

그리고 마침내, 마지막 조각을 삼키는 순간, 그는 눈을 감았다. 목구멍을 타고 내려간 온기는 식도를 따라 흐르며 폐 속까지 도달한 듯했고, 그는 아주 작게, 길게 숨을 내쉬었다. 그것은 안도의 숨이었고, 작별의 숨이었다. 그의 안에서 어떤 이름 하나가 천천히 꺼져가고 있었다. 오래도록 움켜쥐고 놓지 못했던, 무겁고 거룩했던 그 이름. 여호와.

그 이름은 어떤 폭력도 없이, 아무 소리도 없이, 조용히 잦아들었다. 오래된 등불이 마지막 기름을 다 태우고 저절로 꺼지듯, 말기엘의 안에서 신의 이름이 자신을 거두어갔다. 그리고 그 자리에 남은 것은, 뜨겁지도 차갑지도 않은 공허. 그러나 그 공허는 이제 두렵지 않았다. 오히려 그는 그 자리를 스스로 손으로 채우고 있다는 감각에, 전율처럼 기묘한 평안을 느끼고 있었다.

사방은 숨을 죽인 듯 정적에 잠겨 있었다. 그러나 그 고요는 오래가지 않았다. 궁의 외곽에서부터 갑작스레 들려온 날 선 외침이 공기를 가르듯 날아들었다. 금속이 부딪치는 소리, 놀란 말들이 울부짖는 소리, 그리고 무너지는 수레의 나무껍질이 갈라지는 소리까지 ― 그 모든 소란이 잇따라 파도처럼 말기엘의 귀를 강타했다. 멀리서 시작된 지진이 땅 밑으로 스며들다 갑작스레 그의 발밑을 흔들기라도 하듯, 안쪽까지 깊숙이 밀려들었다. 방 안에 고요히 머무르던 향도 흔들려 꺼졌고, 허공에 퍼지던 연기는 흐릿한 자국만을 남긴 채 사라졌다.

그는 눈을 떴다. 한동안 닫혀 있던 눈꺼풀은 무겁게 열렸고, 이물감처럼 남은 어릴 적 꿀의 감촉이 아직도 입안에 붙어 있었다. 끈적하고 기묘한 달콤함이었다. 그는 깊이 숨을 들이쉬었다. 그 숨에는 땀과 쇳내, 불안이 엉겨 있었다. 사마리아의 한낮은 태양의 열기를 과도하게 빨아들인 돌처럼 바삭하고 마른 기운을 내뿜고 있었고, 그의 심장은 그 안에서 이유 모를 조임을 견디고 있었다. 이 조용한 여름은 지나치게 말랐고, 지나치게 침묵하고 있었다.

그는 입술을 달싹이며 낮게 중얼거렸다. 방 안의 허공에, 혹은 자신 안에 묻혀 있는 오래된 무언가에 말하듯.

"나는 신을 사랑하지 않는다…"

말기엘은 천천히, 그리고 의식적으로 자신의 두 손을 들여다보았다. 그 손등에는 흉터처럼 남은 자국들이 있었다. 불에 덴 자국, 피를 닦은 흔적, 기름과 향을 다루다 남은 얼룩. 거기에는 수많은 의식과 제례가 담겨 있었다. 그는 그 손으로 제단을 닦았고, 그릇을 채웠고, 때로는 죄인을, 때로는 선지자를 끌어내렸으며, 그 모든 행동은 '신'이라는 이름 아래 정당화되어 있었다. 하지만 정작 그 손이 받았던 대답은 침묵뿐이었다.

"나는 신을 이해하고 싶었을 뿐이다."

그 말은 마음속 어딘가 깊은 틈을 파고들었다. 말기엘의 목소리는 떨리지 않았지만, 그 안에 담긴 감정은 조용히 무너지고 있었다. 그는 고개를 숙였다. 그리고 다시 들었다. 눈앞에 펼쳐진 사마리아의 하늘은 숨이 막힐 정도로 맑았다. 너무 푸르러서 잔인하게 느껴질 만큼. 구름 하나 없이 정리된 하늘은 오히려 무언가를 예고하는 듯, 불길한 정적을 품고 있었다.

"여호와는… 이해되지 않았다."

그의 말은 더 이상 누군가를 설득하기 위한 것이 아니었다. 그것은 고백이자, 결론이었고, 동시에 무릎 꿇은 자가 마지막으로 토해내는 의심이었다. 말기엘은 눈을 감으며 속삭였다.

"그분은 말없이 떠났고, 이유 없이 시험했고, 침묵 속에 사람을 버렸다."

그는 예전의 자신을 떠올렸다. 순진한 아이. 기도하던 소년. 제단 앞에 무릎 꿇고 해답을 기다리던 날들. 그러나 그 해답은 오지 않았다. 그 무수한 밤과 낮을 견딘 끝에, 결국 남은 것은 오직 침묵뿐이었다. 여호와는 말이 없었고, 세상은 그대로 흘러갔으며, 그 안에서 어머니는 죽었다. 그리고 그는 살아남았다. 바알의 신전 앞에서, 꿀과 빵 앞에서 그는 깨달았다. 적어도 바알은 응답했다. 요구한 것을 바치면, 무엇인가가 돌아왔다. 그것은 불안정한 은혜가 아니라 확고한 교환이었다. 그것은 질서였고, 살아남는 법이었다.

"무엇을 드리면 무엇이 돌아오는지… 그건 질서였다."

그가 마지막으로 말한 것은, 자신을 스스로 단단히 다잡는 주문처럼 단호했다.

"그 예언자가 돌아온다면… 다시 피를 흘리게 될 것이다."

그릿의 침묵

그릿 시냇가는 세상의 시간에서 한 걸음 벗어난 곳처럼 보였다. 사람들의 발길이 닿지 않는 깊은 골짜기, 마치 지도가 그 경계를 외면한 듯한 장소. 갈릴리와 사마리아 사이의 돌무더기 언덕들과 바위 산맥이 빚어낸 고요한 틈바구니 아래, 초목은 스스로 지키기 위해 작아졌고, 시냇물은 나뭇가지 사이를 미동 없이 흘렀다. 이곳엔 말이 없었다. 침묵만이, 대지의 숨결처럼 낮게 깔려 있었다.

엘리야는 나무껍질을 베고 누워 있었다. 기댈 사람 없고, 숨을 죽일 짐승조차 사라진 곳. 그의 몸은 먼지를 뒤집어썼고, 옷자락은 비에 젖은 바람에 누렇게 바랬다. 하늘은 그 위에 펼쳐진 하나의 천막 같았다. 구름도, 새의 그림자도 드물었다. 단지, 청명할 정도로 푸른 하늘. 끝없는 푸름이 오히려 더 가혹하게 느껴졌다. 왜냐하면 그것은 아무 대답도 주지 않았기 때문이다.

그는 오랫동안 침묵하고 있었다. 입술은 메말랐고, 목은 갈랐으며, 가슴 속엔 마르지 않는 의문이 살을 파고들고 있었다. 엘리야는 더는 말할 수 없었다. 아니, 말이 무의미해진 것 같았다. 그가 외치고, 경고하고, 진리를 전했지만, 들은 이는 없었고, 믿는 자도 드물었다. 심지어 그 자신마저, 그 말이 어딘가 허공에 울려 퍼지는 메아리였음을 부정하지 못했다.

바람이 불었다. 날카롭지도, 따뜻하지도 않은 바람. 그 바람이 그의 뺨을 스쳤지만, 그는 눈을 뜨지 않았다. 가만히 숨을 고르며, 바람이 지나간 자리에 남은 정적을 감쌌다. 그리고 아주 천천히, 아주 조심스럽게 그의 입술이 열렸다. 그것은 외침이 아니었다. 그것은 고백이었고, 탄식이었고, 무너진 이가 겨우 토해내는 남은 마지막 기도였다.

"주여…"

그는 속삭였다. 누군가를 부르되, 대답을 기대하지 않는 사람처럼. 그 말에는 부르짖음의 힘도, 요구의 당당함도 없었다. 그것은 오래된 신뢰에서 비롯된 체념, 혹은 이해하려는 포기의 말투였다.

"말씀하시옵소서…"

그 말은 낡고 깨진 토기에서 떨어지는 물소리 같았다. 엘리야는 하늘을 향해 고개를 들지 않았다. 그는 눈을 감은 채, 자신의 내면 어딘가로 말을 흘려보냈다.

"나의 입술은 이제 무겁고…"

침묵은 그의 입술 끝에도, 심장 깊은 곳에도 뿌리처럼 내려앉아 있었다. 그는 이제 이전처럼 말할 수 없었다. 백성을 꾸짖던 힘, 왕 앞에서 진노를 선포하던 담대함. 그 모든 것이 사라진 지금, 그는 단지 사람일 뿐이었다.

"…귀는 둔하옵니다."

그는 느낄 수 있었다. 과거에는 들렸던 속삭임이 이제는 먼 바람처럼 아득했다. 여호와의 음성은 돌무더기 아래 깔린 시냇물보다 더 희미했고, 그는 자신을 스스로 탓했다. 자신이 둔해졌다고, 자신이 가려졌다고, 그래서 들을 수 없다고. 그러나 마음 깊은 곳 어딘가에서는 알았다. 신이 말하지 않고 있다는 것을.

"나는 외쳤으나, 아무도 듣지 않았고…"

그는 백성들의 얼굴을 떠올렸다. 그들이 돌던 눈, 비웃던 입술, 그리고 멀어지던 발걸음. 사람들은 그의 말을 두려워하지 않았고, 그의 경고를 받아들이지 않았다. 심지어 어떤 이들은, 그를 미친 자라 불렀다. 진리를 전한 자는 언제나 외로웠다. 그는 그 외로움 속에 매일 조금씩 가라앉고 있었다.

"당신은 명하셨으나… 이제는 아무 말씀도 하지 않으시나이다."

그릿 시냇가는 여전히 말이 없었다. 바람은 멎었고, 공기는 한낮의 빛에 눌린 듯 정체되어 있었다. 엘리야는 천천히 몸을 일으켰다. 굳어진 관절과 굽은 허리를 펴는 동작은 오랜 침묵을 깨뜨리는 의식처럼 느려졌고, 그 안에는 지친 생애의 무게가 담겨 있었다. 그는 말없이 시냇가 쪽으로 걸어 갔다. 모래와 자갈이 뒤섞인 물가에는 이름 모를 풀잎들이 바람 대신 적막 을 헤집고 있었고, 햇빛은 가차 없이 수면 위를 눌렀다.

그는 시냇가 앞에 멈춰 섰다. 물은 이제 숨 쉬듯 가늘게 흐르고 있었다. 땅속에서 솟아오르던 맥은 이미 오래전에 끊긴 듯했고, 바닥이 드러난 수 면은 겨우 생명을 간직한 채 잔잔히 고여 있었다. 그는 그 물 위에 조심스 럽게 손을 담갔다. 무언가를 묻는 것처럼, 대답을 기다리는 이처럼. 그러 나 물은 아무 반응도 없었다. 손끝에 닿은 감촉은 냉기였고, 그 안에는 어떤 생명도, 떨림도 없었다. 오래된 거울을 만지듯, 그것은 단지 존재할 뿐이었다.

엘리야는 잠시 그 자리에 머물렀다. 그리고 이내 혼잣말처럼 낮게 중얼 거렸다.

"말씀 없는 은혜는… 어찌하여 이토록 무겁습니까."

그 목소리는 그를 향한 것이었고, 또한 하늘을 향한 것이었다. 그 말은 물 위에서 튕기듯이 울리다 곧 흩어졌고, 그를 둘러싼 공간 속으로 스며들 었다. 그러나 아무 응답도 없었다. 새소리도, 바람 소리도, 천상의 대답도. 그저 고요. 끝없는 침묵.

엘리야는 그 자리에 무릎을 꿇었다. 물가의 돌과 흙이 그의 무릎을 짓눌렀 고, 그럼에도 그는 고개를 숙인 채 그대로 앉아 있었다. 눈을 감은 그의 얼굴 위로 햇살이 흘렀고, 숨소리 하나조차 사치처럼 느껴지는 정적이 그의 주위를 감쌌다. 그 등 뒤로는 먼지 날리는 흙길이 이어지고 있었다. 아무도 오지 않는 길. 그조차도 이제는 어디로 향하는지 알 수 없는 길.

그러나 바로 그 침묵 속에서 아무런 형체도, 무게도 없던 그 적막의 중 심에서. 그의 내면 깊은 곳으로부터 또렷한 울림이 피어올랐다. 그것은 어떤 말보다 명확했다. 귀로 들은 것이 아니었다. 그러나 의심할 수 없이 들려왔다. 말씀이었으나, 소리가 아니었다. 그것은 단어를 가진 문장이 아니라, 마음의 근원을 꿰뚫는 어떤 존재의 닿음이었다.

"그릿으로 가라. 요단 동쪽 시냇가에 머무르라.

내가 그곳에서 너를 숨길 것이다.

시냇물을 마시게 하며,

아침과 저녁마다 까마귀들이 네게 떡과 고기를 물어다 줄 것이다.

그곳에서 너는 사람의 입이 아니라⋯ 나의 손으로 살아가게 되리라."

그 말씀은 더할 것도, 덜할 것도 없이 간결했지만, 그 안에는 사람이 감당할 수 있는 모든 위로와 명령이 담겨 있었다. 번개처럼 가슴을 꿰뚫는 목소리는 아니었고, 천둥처럼 위협적인 기세도 없었으나, 오히려 너무도 조용한 속삭임이었기에 엘리야는 더욱 명확하게 그것이 하늘로부터 왔음을 알 수 있었다. 그 음성은 인간의 혀로 설명할 수 없는 깊이에서 울려 퍼졌고, 그의 온몸을 감싸는 듯했다. 그것은 명령이었지만 동시에 품으시는 손길 같았고, 떠밀림이자 초대였다. 그 음성이 내린 순간, 엘리야의 눈동자는 떨림을 멈췄고, 어깨의 무게는 조금 덜어진 듯했다. 하늘의 침묵은 끝났다. 그 안에서 들린 약속은 간결했지만 충분했다.

그는 조용히 고개를 숙였다. 입술을 떨며 무릎을 꿇었고, 손끝이 땅을 짚었다. 그의 눈가에 맺힌 눈물은 굶주림이나 두려움 때문이 아니었다. 그것은 끝없는 침묵 속에서 마침내 들려온 '응답' 때문이었다. 오랜 시간 아무도 들어주지 않았던 외침에, 그날 처음으로 하늘이 속삭였다는 사실 하나만으로도, 그는 무너지듯 안도했다. 눈물은 감사였다. 고독 끝에 찾아온 손길, 그늘 없이 내리쬐던 삶에 드리운 구름 한 점, 그것이 곧 말씀의 그림자였다.

그리고 그는 그곳에 있었다. 고요한 골짜기였다. 돌은 말라 있었고, 흙은 거칠었으며, 바람은 낮게 깔린 나무들을 스치며 쉬지 않고 속삭였다. 날이 저물면 태양은 산 너머로 너무도 빠르게 사라졌다. 밤은 한기와 함께 찾아왔다. 짐승들의 울음소리, 어둠 속 벌레의 날갯짓, 그리고 자신의 숨소리만이 귀에 남았다. 그러나 그 가운데 엘리야는 말씀을 따라 이곳에 있었다. 아무런 쉴 곳도, 그늘도, 담장도 없었지만, 그는 아늑함을 느꼈다. 왜냐하면 이곳은 자신이 선택한 피신처가 아니라, 하나님께서 지명하신 피난처였기 때문이다.

그릿 시냇가는 살아 움직이지 않았다. 물줄기는 얇게, 조심스럽게 흐르고 있었다. 햇살은 산봉우리 틈을 따라 짧은 시간 머물다 지나갔다. 엘리야는 돌 위에 앉아 발끝으로 날마다 물을 살폈다. 물속에는 여전히 아무것도 없었다. 하지만 그는 기다릴 줄 알았다. 까마귀들이 날아들 것이며, 하루 두 번, 떡과 고기를 물고 와 그의 곁에 내려앉을 것을 믿었다. 그리고 그 믿음은, 세상의 어떤 풍요보다도 더 단단한 안식이었다.

"내가 너를 숨기리라."

"내가 너를 먹이리라."

그 말만을 의지해, 그는 사람의 손길이 닿지 않는 이곳에 발을 디뎠다. 길은 없었고, 이정표도 없었으며, 동행은 더더욱 없었다. 오직 한마디 말씀. 그 말씀은 등불처럼 그의 발 앞을 비추었지만, 그 불빛은 결코 멀리까지 퍼지지 않았다. 믿음은 충분했지만, 몸은 점점 허약해져 갔다. 그는 숲을 뚫고, 바싹 마른 땅의 틈새를 밟아 여기까지 왔다. 처음 몇 달은 괜찮았다. 숨어 지내기에 좋은 곳이었다. 시냇가에 몸을 숨기고, 틈틈이 숲을 헤집으며 벌레와 열매로 허기를 채웠다. 그러나 이제, 더는 먹을 것이 보이지 않았다. 숲은 어느새 잿빛으로 변해버린 듯 침묵했다. 시냇가의 물소리마저 점점 가늘어졌다. 발길이 닿는 곳마다 나뭇가지엔 앙상한 잎조차 남지 않았고, 바닥은 쓸쓸히 갈라져 있었다. 열매는 이미 손길에 모두 뜯겨나갔으며, 벌레조차 더 이상 잡히지 않았다. 허기를 달래던 마지막 껍질조차 삼킨 후, 그의 배 속은 공허한 울림만을 토해냈다.

그는 마른 입술을 삼키며 더 깊은 골짜기를 향해 몸을 옮겼다. 발걸음은 이미 무거워 돌부리에 자주 걸려 넘어졌고, 무릎에는 긁힌 상처가 겹겹이 쌓였다. 그러나 멈출 수는 없었다. 마른 땅 위에서 더 이상 살 수 없음을 알았기에, 어쩌면 저 골짜기 아래에는 아직 남은 물 한줄기, 혹은 풀한 포기라도 있을지 모른다는 희미한 기대가 그의 몸을 끌어내리고 있었다. 숨은 거칠어지고 시야는 흔들렸지만, 그의 내면에는 여전히 한마디 말씀이 희미하게 울려 퍼지고 있었다. 그 말씀은 멀리까지 비추지 못했지만, 한 걸음 앞을 밝히기에는 충분했다. 그 불빛 하나만을 붙든 채, 그는 더 깊은 어둠 속 골짜기로 스스로를 밀어 넣었다.

첫째 날, 그는 가느다란 시냇물로 갈증을 달랬다. 물이 흐르는 소리는 속삭이듯 부드러웠고, 그는 그 소리를 하나님의 심장 소리인 듯 귀를 기울이며 잠들었다. 푸석한 땅 위에 돌을 모아 만든 베개는 단단했으나, 눈꺼풀을 덮는 밤의 고요는 부드러웠다. 내일이면 까마귀가 오리라. 틀림없을 것이다. 또다시 마음을 다잡으며, 그는 허기를 기도로 눌러 덮었다. 잠은 들지 않았지만, 눈은 감을 수 있었다. 불안은 기도 속에 녹이고, 피로는 말씀의 그림자 아래 눕혔다.

둘째 날, 그는 이슬 맺힌 풀잎을 따고, 질긴 껍질을 씹었다. 입 안 가득 번지는 씁쓸한 맛. 씹을수록 텁텁해지는 혀, 목으로 넘길 때마다 위장은 반사적으로 움찔했고, 속이 울렁거렸다. 그러나 그는 억지로라도 삼켰다. 그 따뜻한 고통조차 '아직 살아 있다'라는 증거처럼 느껴졌기에. 그는 잠시 앉아 복부를 움켜쥐었다. 해가 떠오르고, 그늘은 점점 사라져갔다. 바람 한 점 없이 눅진한 대기가 머리를 짓눌렀다. 그는 바위 그늘 아래로 몸을 옮기며, 하늘을 올려다보았다. 말씀이 내려왔던 그 하늘은 아무 말도 없었고, 그 침묵은 새삼 낯설게 느껴졌다.

셋째 날, 그는 더 이상 풀을 뜯지 않았다. 시냇가에 앉아, 물에 손을 담갔다. 그 물을 적셔 배 위에 얹고 눈을 감았다. 속은 더부룩했고, 심장은 조용히, 그러나 무겁게 뛰고 있었다. 몇 달을 이어온 허기는 더는 배고픔이 아니었다. 뱃속의 공허함은 몸 전체로 퍼져나가 사지를 깎아냈다. 가끔 얻는 벌레나 열매는 잠시 굶주림을 잊게 할 뿐, 뼛속까지 스며든 허기를 채우지 못했다. 생각은 느려지고, 기도는 짧아지고, 말은 목 안에서 말라붙었다. 말씀의 자리였던 그의 입술은 이제 갈라졌다. 외침의 도구였던 목소리는 갈라진 돌처럼 거칠었다. 그 틈으로 흘러나오는 기도는 없었다. 그는 그저 조용히 그릇의 냄새를 맡으며 앉아 있었고, 시간이 무너져내리는 소리를 들었다. 해와 달이 한 자리를 서로에게 양보하는 동안에도, 까마귀는 오지 않았다.

넷째 날, 그는 침묵 속에 앉아 있었다. 기도하려고 입을 열었지만, 아무 말도 떠오르지 않았다. 침묵은 단지 소리 없음이 아니었다. 그것은 응답 없음이었고, 존재 부정과도 같았다. 눈을 감으면 떠오르는 건 과거의 제단과 희생, 그리고 '말씀하신다'라던 하나님의 음성이었다. 그러나 지금은 아무 말도 없었다. 그 침묵은 차라리 무게였다. 가벼운 침묵이 아니라, 두꺼운 벽처럼 가슴 위를 누르는 침묵. 그는 가끔 허공을 보며 혼잣말을 했다.

다섯째 날이 되자, 영혼을 짓누르던 침묵은 육신을 잠식하기 시작했다. 오랫동안 제대로 된 음식을 넘기지 못한 몸은 더 이상 주인의 것이 아니었다. 일어나 앉으려는 생각만으로도 온몸의 근육이 비명을 질렀고, 손끝 하나 까딱할 힘조차 남아 있지 않은 듯했다. 입술은 바싹 말라 갈라졌고, 혀는 두꺼운 이끼가 낀 것처럼 뻣뻣했다. 허기는 이제 날카로운 고통이 아니라, 배 속 깊은 곳에서부터 모든 내장을 쥐어짜는 둔탁한 아픔으로 변해 있었다. 눈을 뜨면 세상이 빙빙 돌았고, 귓가에는 낮고 윙윙거리는 소리가 맴돌았다. 그의 몸은 텅 비어 있었고, 그 텅 빈 공간을 채우는 것은 신의 말씀이 아닌, 차가운 무력감뿐이었다.

"나는 이곳에 있습니다… 주여, 보시옵소서. 나는 여기 있습니다. 말씀하셨지 않습니까… 내가 너를 먹이리라 하셨잖습니까."

연기는 바람 없는 공기 속에서도 길게, 끊기지 않고 피어올랐다. 하늘로 무언가를 말없이 전달하려는 듯, 곧고 고요한 선으로 그릿 시냇가의 침묵을 가로질렀다. 엘리야는 그 연기를 한참 바라보다가, 굳게 굽은 몸을 힘겹게 일으켰다. 무릎은 뻣뻣했고 발목은 오래 눌린 땅에 닿는 순간 마른 가지처럼 삐걱거렸지만, 그는 아픔을 외면하고 천천히 발을 옮겼다. 무엇이 그를 향해 다가오고 있는지, 혹은 자신이 그쪽으로 끌려가고 있는지 그는 알 수 없었다. 다만 한 가지 분명한 것은 그 연기는 무언가를 상징하고 있었다. 지금 이 순간, 침묵만이 전부는 아니라는 것이었다.

그는 언덕 하나를 넘었다. 자갈이 발밑에서 굴러나갔다. 태양은 여전히 사정없는 열기로 그의 등을 짓눌렀다. 한참을 걸어, 바위와 먼지 사이를 지나친 후 그의 눈앞에 한 작은 제단이 나타났다. 언뜻 보아도 누군가 정성을 다해 만든 것이 분명했다. 마른 나뭇가지를 짜 맞춘 구조물 위에는 익지 않은 고기가 차곡차곡 쌓여 있었고, 옆에는 떡으로 보이는 덩어리가 항아리 위에 덮여 있었다. 그릇엔 붉은 기름이 담겨 있었다. 향로에선 은은한 연기가 뿜어져 나왔다. 그것은 희미했지만, 무언가 의도된 방식으로 구성된 향이었다. 향 속에는 강한 정성과 익숙한 절차의 냄새가 배어 있었다.

그 제단 주위에는 제사장 둘이 있었다. 바알의 제사장들이었다. 그들은 모두 같은 색깔의 옷을 입고, 비단처럼 얇은 천으로 머리를 감싸고 있었다. 그들은 무릎을 꿇고, 손을 씻고 있었으며, 물이 담긴 동그란 놋그릇 위로 태양 빛이 반사되어 눈부신 금빛을 만들고 있었다. 입술은 바쁘게 움직였지만, 그 소리는 엘리야에게까지 닿지 않았다. 기도였다. 분명 의식의 일부였고, 질서 있는 경건함이었다. 그는 문득 자신도 모르게 입술을 꽉 다물었다. 눈을 감고, 고개를 천천히 돌렸다.

'가지 않는다.'

속으로, 그는 스스로에게 말했다.

'나는 그곳에 가지 않는다. 나는… 그 불을 받지 않는다.'

그 다짐은 차라리 저주처럼 절박했고, 회피처럼 고통스러웠다. 그는 수차례 다짐했던 것을 또다시 되뇌며, 발을 한 발짝 뒤로 옮겼다. 하지만 그의 시선은 여전히 그 제단에 머물러 있었다.

그 제단은 단순한 구조였지만, 엘리야의 눈엔 위협으로 다가왔다. 제단 위로 피어나는 연기는 아침 햇살과 뒤엉켜 푸르스름하게 반짝였다. 그것은 신의 응답처럼 보였다. 고기가 익는 냄새는 들판을 가로질러 퍼졌고, 떡이 데워지며 퍼뜨리는 구수한 향은 몇 날을 굶은 이의 내장을 꿈틀거리게 했다. 그 순간, 엘리야는 눈을 감았다. 감았지만, 오히려 그 장면은 더 선명해졌다. 눈앞에 아른거리는 것은 제단 그 자체가 아니라, 그가 버리고 떠나왔던 믿음의 폐허였다. 아무 응답도 없던 하나님. 무릎 꿇은 채 기다렸지만, 침묵만이 돌아왔던 밤들. 그때, 그가 이와 비슷한 제단을 보며 느꼈던 유혹. 바알은 적어도, 반응하는 신이었다.

그는 손을 틀어 심라 자락을 움켜쥐었다. 손끝에 힘이 들어갔고, 등줄기엔 땀이 흘렀다. 그 땀은 배고픔 때문만은 아니었다. 그것은 흔들림의 증거였다. 마음속 깊은 곳에서 불쑥 올라오는 분노와 허기, 공허와 절망이 하나로 엉켜, 그를 제단으로 이끌고 있었다. 단 한 발짝만 더 내디디면, 그는 그곳에 닿을 수 있었다. 다만 손만 뻗는다면, 그 향기로운 떡을 쥘 수도 있었을 것이다.

그러나 엘리야는 서 있었다. 무언가가 그를 붙잡고 있었다. 그것은 단지 그의 고집도, 자존심도 아니었다. 그것은 침묵의 기억이었다. 하늘은 아직도 닫혀 있었다. 그리고 그 닫힌 하늘은, 그를 향한 명령을 여전히 완결하지 않은 채… 그를 숨기고 있었다. 아직은 끝이 아니라는, 알 수 없는 감각이 그의 발목을 잡았다.

그는 눈을 떴다. 그리고 바람 한 점 없는 하늘을 올려다봤다. 한 마리 까마귀도 없었다. 그러나, 이상하게도 그는 지금 막, 누군가가 그를 지켜보고 있다는 느낌을 지울 수 없었다. 바알의 제단에서 타오르는 불빛이 점점 멀어졌고, 그 불은 더 이상 따뜻하게 느껴지지 않았다. 그는 고개를 숙이고, 땅 위에 무릎을 꿇었다. 말없이, 아무 기도도 없이. 다만, 굶주린 몸을 붙잡고 다시 침묵 가운데 내려앉았다.

"그들은 여호와를 욕되게 하는 자들이다. 그 제단은 거룩하지 않다. 나는… 그 떡에 손을 댈 수 없다."

그는 그 말을 입술에 담은 채, 스스로를 다그치듯 마음속 깊이 되뇌었다. 그 다짐은 무기처럼 단단했으나, 속은 이미 무너진 성벽처럼 허기와 피로에 휘청이고 있었다. 무거운 걸음을 옮기며 그는 언덕 너머의 바알 제단을 등지고, 천천히 산비탈 아래로 몸을 돌렸다. 발밑의 자갈이 굴러떨어지는 소리가 유난히 크게 들렸다. 해는 이미 기울고 있었다. 어둠은 그의 그림자를 길게 늘어뜨렸다.

그날 하루도, 엘리야의 배 속은 아무것도 받아들이지 못한 채 저물어갔다. 하늘은 검고 무거운 장막처럼 내려앉았고, 바람은 등 뒤에서 은근하게 스며들며 싸늘한 밤을 예고했다. 그는 다시 그릿 시냇가로 돌아왔다. 그러나 시냇물은 전날보다 더 줄어들어, 이제는 작은 웅덩이처럼 고여 있을 뿐이었다. 물가에 피었던 풀잎들은 고개를 숙였고, 그마저도 끝이 마른 채 갈색으로 변해 있었다.

엘리야는 나무뿌리 아래 몸을 웅크렸다. 그 자리는 이미 그의 체온과 기도가 스며든 땅이었지만, 오늘은 유난히 낯설고 차게 느껴졌다. 허기라는 감각은 이제 단순히 배고픔을 넘어, 몸 안의 뼈마디까지 파고들며 그의 모든 의지를 갉아먹었다. 속이 뒤틀렸고, 입안은 마른 모래처럼 텁텁했으며, 침은 제대로 삼켜지지 않았다. 그는 잠들 수 없었다. 눈을 감으려 할수록 떠오르는 것은… 낮에 보았던 그 떡의 모양, 그 고기의 윤기, 향이 스며들던 그 연기였다.

그는 고개를 세차게 저었다. 이마에 맺힌 땀이 차가운 밤공기 속에서 식어갔다. 그러나 떡은, 고기는, 연기는, 물처럼 마음속으로 밀려들어 왔다. 피할 수 없는 기억이었다. 그것은 단순한 음식의 잔상이라기보다, 지금 그의 몸이 절실히 원하는 생존의 상징이었다.

'아니야, 그것은 우상의 음식이다. 부정하다… 더러운 것이다…'

그는 마음속으로 수없이, 수천 번도 넘게 그 문장을 반복했다. 그 말이 주문이라도 되는 듯, 허기와 싸우기 위해 온 마음을 집중시켰다. 그러나 단어들은 점차 희미해졌다. 그리고 자신조차도 그 말을 믿고 있는지 확신할 수 없게 되었다. 그 떡을 보았을 때, 자신의 손이 미세하게 떨리고 있었음을 그는 기억했다. 그것은 굶주림 때문만은 아니었다.

"나는 까마귀를 기다린다. 나는 굶어도 먹지 않는다. 나는 하나님의 사람이다…"

그러나 기도는 점점 말라갔다. 그의 입술은 말 대신 바람에 갈라졌고, 배는 점점 더 깊은 곳에서 쥐어짜듯 뒤틀렸다. 허기는 이젠 단순한 허기가 아니었다. 그것은 기도를 끊고, 이성을 흐리고, 믿음조차 무겁게 만드는 고통의 물결이었다. 말씀이 있던 자리는 조용했다. 그는 하늘을 올려다보지 않았다. 말이 없다는 걸, 굳이 확인하고 싶지 않았기 때문이었다. 그리고⋯ 배가 울렸다. 소리가 아니라, 창자가 뒤틀리는 아픔이었다. 그는 돌에 등을 기대고 무릎을 끌어안았다. 심장은 약해졌고, 손은 저렸으며, 기도는 이제 기억 속 습관처럼 희미했다.

아홉 번째 날, 고통은 무뎌졌다. 그 자리에는 생존을 위한 냉엄한 본능이 들어섰다. 이제 그는 움직이려 애쓰지 않았다. 오히려 몸이 먼저 알았다. 모든 움직임은 생명의 낭비라는 것을. 숨을 쉬는 것조차 사치처럼 느껴졌고, 호흡은 얕고 느려졌으며, 심장의 고동 소리는 아득히 멀어졌다. 피부는 차가운 양피지처럼 변해 뼈 위에서 얇게 흘러내렸다. 눈을 감고 있으면 자신이 살아있는지 죽어있는지조차 분간하기 어려웠다. 어제까지 그를 괴롭혔던 신의 침묵에 대한 고뇌도, 과거에 대한 후회도 희미해졌다. 남은 것은 오직 하나, 버텨야 한다는 원초적인 명령뿐이었다. 짐승처럼, 혹은 겨울잠에 든 짐승처럼, 그는 모든 것을 멈추고 기다렸다. 그의 시간은 더 이상 흐르지 않고, 생명의 가장 얇은 실 위에서 멈춰 있었다.

열 번째 날 아침, 엘리야는 다시 그 자리에 누워 있었다. 언덕 너머, 작은 바알 제단. 어제와 똑같이 차려진 고기와 떡, 향과 기름. 사람들은 곧 자리를 떴고, 제단은 고요해졌다. 그는 그 고요 속에 숨어 있는 자기의 생각이 더 크게 울리는 것을 느꼈다. 그는 움직이지 않으려 했다. 그런데 발이 저절로 바위 뒤로 이동해 있었다. 숨을 죽인 채, 그는 그 제단을 지켜봤다. 누가 보는 것도 아닌데, 그의 내면은 들키고 있는 듯 떨렸다. 부끄러웠다. 바람이 방향을 바꾸자, 제단 위의 구운 고기 냄새가 그의 코를 찔렀다. 단백질과 지방이 타는 농밀한 향기가 너무도 오랫동안 굶주린 뇌의 가장 원시적인 부분을 후려치는 순간, 이성과 신념으로 겹겹이 닫아두었던 육체의 가장 깊은 곳에서, 굶주린 짐승이 울부짖었다. 그것은 의지가 아니었다. 살아남으려는 육체의 마지막 반란이었다. 그는 바위 뒤에서 기어 나왔다. 머리는 땅에 처박고, 감히 제단을 똑바로 보지 못했다. 날카로운 돌멩이가 무릎의 살을 파고들었지만, 배를 쥐어짜는 허기 앞에서는 아무것도 아니었다. 그는 한 뼘씩, 자신의 몸을 끌고 가는 노예처럼, 제단을 향해 몸을 옮겼다. 한때 신의 제단만을 섬겼던 자신의 몸이, 이제 이방신의 제물을 탐하는 모습에 속에서 역겨움이 치밀었다. 마침내 제단 앞에 다다랐을 때, 그는 감히 고개를 들지 못했다. 떨리는 숨을 내쉬며, 그는 천천히, 마치 다른 사람의 것처럼 느껴지는 자신의 손을 앞으로 내밀었다. 뼈마디가 앙상하게 드러난 그 손은 공중에서 길을 잃은 듯 잠시 헤매다, 마침내 제단의 음식을 향해 뻗어 나갔다.

떡 하나. 고기 조각 하나.

손끝이 떡에 닿는 그 순간, 엘리야의 온몸은 본능적으로 긴장했다. 기름기 묻은 껍질의 미묘한 따뜻함이 손바닥에 스며들었다. 그 온기는 살아 있는 것처럼 심장까지 밀려들었다. 그것은 단순한 온기가 아니었다. 그건 배고픔이 갈망하던 구원의 온기였고, 동시에 그가 지켜야 할 경계선을 넘었다는 실감의 온기였다. 심장이 조용히, 그러나 분명하게 쿡 하고 찔렸다. 그는 눈을 질끈 감고 손을 거두었다. 손바닥에 남은 미끄러운 감촉이 증거처럼 남아 있었다. 그것은 아무것도 말하지 않았지만, 모든 것을 말하고 있었다.

"안 돼… 아니다… 이건 아니다…"

숨이 거칠어졌다. 바위 뒤의 그늘에서 그는 무릎을 꿇은 채, 멈춰버린 시간 속에서 들숨과 날숨을 억지로 이어갔다. 이마에는 식은땀이 맺혔다. 목덜미를 타고 흐르는 그것은 기온 때문이 아니라, 죄의식과 공포와 모호한 슬픔이 뒤섞인 정서적 열기 때문이었다. 그는 떡을 다시 들었다. 손이 떨렸다. 떡의 질감은 익숙하지 않았고, 그 익숙하지 않음이 오히려 그를 더 흔들었다. 그는 입 가까이 떡을 가져갔다가, 다시 내려놓았다. 다시 들었다. 다시 멈췄다. 세 번이나, 손은 입과 떡 사이를 맴돌았다. 도둑이 자기 행위의 무게를 가늠하듯, 그는 그 사이에서 서성이고 또 머뭇거렸다.

그리고 결국 그는 입에 넣었다.

첫 씹힘은 예상과 달랐다. 고소하거나 달콤하지 않았다. 딱히 맛이 있는 것도 아니었다. 그러나 그 '무미'는 오히려 더 충격적이었다. 그의 혀가 그것을 받아들이는 순간, 이건 단순한 음식이 아니라는 것을 직감했다. 육체는 만족을 향해 움직였지만, 그 움직임은 곧 마음의 저항에 부딪혔다. 첫 씹힘에서 나온 것은 맛이 아니라, 눈물이었다. 목구멍으로 넘어가지도 않은 상태에서, 눈가가 따끔했다. 눈물이 고였다. 하지만 그 눈물은 배고픔의 고통 때문이 아니었다. 그것은 안도감이었다. 살아남았다는, 이 한 입으로 연명할 수 있다는, 허기에서 벗어났다는 안도의 감정. 그리고 바로 그 안도감이, 그를 더 깊이 무너뜨렸다. 죄책감보다 먼저 찾아온 생존의 만족감이, 스스로에게 가장 큰 슬픔으로 다가왔다.

그는 삼켰다. 조용히, 아주 천천히. 식도 너머로 내려가는 그것은 불쾌하지 않았다. 오히려 따뜻했고 부드러웠다. 그것이 그를 살릴 것이란 예감도 들었다. 하지만 바로 그 예감이, 살아남겠다는 본능이, 그의 신앙을 꺾고 있었다. 엘리야는 고개를 떨궜다. 울지는 않았지만, 뺨은 떨렸다. 침묵은 이어졌고, 바람은 한참 후에야 그의 어깨 위를 스쳐 지나갔다. 입안에 남은 기름기와 향냄새는 오래, 지독하게 맴돌았다. 그것이 몸 안에 남은 채, 계속해서 자신을 우상에게 속박하고 있다는 듯.

그는 마른 입술을 달싹이며, 거의 들리지 않는 소리로 기도 아닌 고백을 중얼거렸다.

"주여… 당신의 이름을 부르며, 우상의 떡을 먹었습니다. 제가 오늘 살아남았으되, 거룩은… 깨어졌나이다."

그 밤, 하늘은 유난히 조용했다. 바람 한 점 불지 않았고, 별빛조차 흐릿했다. 땅은 식었고, 바위 틈새에서 서늘한 기운이 피어올랐지만, 엘리야의 몸은 따뜻했다. 그 온기는 뱃속 깊은 곳에서부터 퍼져 나왔고, 피로와 허기는 잠시 물러난 듯 보였다. 그러나 그 온기와는 반대로, 가슴은 점점 무거워졌다. 누운 채로 그는 두 손을 가슴 위에 얹고, 눈을 감았다 떴다를 반복했다. 숨을 쉬는 것이 오히려 가슴을 더 조여오는 느낌이었다. 그의 내면 깊은 곳에서, 이전과는 다른 고통이 아주 천천히, 그러나 분명하게 고개를 들고 있었다.

'지금부터다.'

그 생각이 스스로도 놀랄 만큼 분명하게 떠올랐다. 배는 따뜻했지만, 영혼은 싸늘했고, 눈을 감는 순간마다 그 떡의 촉감과 기름 냄새가 되살아났다. 침묵 속에서 그날의 행위는 자꾸만 반복 재생되었다. 떡을 입에 넣던 자신의 손짓이 더럽혀진 상징처럼 뇌리에 맴돌았다. 그는 몸을 돌렸다가 다시 반대편으로 누웠고, 무릎을 끌어안았다가 다시 펴보았지만, 어떤 자세도 마음을 진정시켜주지 않았다. 그 밤, 엘리야는 육체는 쉬고 싶었으나, 영혼은 쉬지 못했다. 아니, 어쩌면 그 떡 한 조각이 그를 진정 쉬지 못하게 만든 첫 시련이었을지 모른다.

이제부터 그는 살아야 했다. 말라가는 시냇물과 함께, 말라가는 말씀의 시간 속에서. 3년 6개월. 비는 내리지 않을 것이다. 그것은 그가 선포한 말씀이었다. 그리고 그 자신에게 내려진 형벌이기도 했다. 모든 것이 마를 것이다. 땅도, 사람도, 믿음도. 그리고 그 광야의 시간 동안, 그는 숨겨진 채 기다려야 한다. 하나님의 명령에 따라 말하지 못하고, 움직이지 못하고, 그저 침묵 속에서 버텨야 한다. 그러나 정작 그는 지금, 단 한 조각의 떡 앞에서도 무너졌다. 입에 넣는 순간 망설였고, 삼키는 순간 눈물이 돌았으며, 기도는 부러졌다. 사람들 앞에서 여호와의 이름으로 담대히 선포하던 예언자. 그러나 지금은, 아무도 보지 않는 산비탈 아래에서 우상의 떡을 씹으며 눈을 감은 자. 그는 감히, 그 간극을 견딜 수 있을까.

그날 이후, 그는 알고 있었다. 자신이 맞닥뜨릴 진짜 고통은 지금부터라는 것을. 그날은 배를 채웠지만, 내일부터는 믿음을 다시 세워야 했다. 그 믿음이 얼마나 다시 허기를 이길 수 있을지, 그는 장담할 수 없었다. 허기는 육체를 마르게 했고, 기도는 침묵에 갇혔으며, 하나님의 응답은 바람처럼 들릴 듯 말 듯 사라졌다. 어쩌면 그릿 시냇가에서의 시간은, 사람의 시간이 아니라, 말씀이 없는 시간이었다. 그곳에서 그는 더 이상 예언자가 아니라, 한 인간이었다. 한없이 배고프고, 끊임없이 흔들리며, 자신이 선포한 믿음에조차 의심을 품게 되는 존재.

그는 입술을 축이려 입안을 적셨다. 그러나 침은 말라 있었고, 입안에 남은 기름 냄새만이 무겁게 퍼졌다. 그것은 지워지지 않았다. 마치 그의 믿음 속 어딘가에 얼룩처럼 남아 있는 상흔 같았다. 기도하려 입을 열었지만, 말이 떠오르지 않았다. 그는 한숨을 삼켰고, 그 숨결은 밤의 찬 기운에 섞여 사라졌다.

그렇게, 고요한 밤의 허공을 바라보며 엘리야는 겨우 입술을 움직였다. 그 말은 누구에게 들리기 위한 것이 아니라, 자기 자신에게 던지는 마지막 남은 울림이었다. 기도인지 탄식인지조차 알 수 없는, 뼈에서 길어 올린 한마디.

"…이렇게 시작되는 것입니까, 주여."

그날 이후, 엘리야는 스스로 말하지 않아도 알 수 있었다. 그의 하루는 이제 정확히 같은 시간에 시작되었고, 같은 길을 걸었으며, 같은 제단 앞에서 멈추었다. 바알의 제단. 한때 혐오로 고개를 돌렸던 그곳. 그가 처음 떡에 손을 댔을 때의 떨림은 이제 사라지고, 대신 어떤 정적이 자리 잡았다. 그는 더는 스스로를 정죄하지 않았고, 그렇다고 스스로를 용서하지도 않았다. 죄와 용서라는 개념조차 어느 순간부터 흐릿해졌다. 남은 건 단 하나, 살아 있어야 한다는 사실. 그것이 전부였다.

기도는 멈춘 지 오래였다. 처음엔 기도할 말을 잊었고, 나중엔 기도할 이유를 잊었다. 말씀이 없는 하늘 아래에서, 그는 기도의 모양이 어떻게 생겼는지조차 기억할 수 없게 되었다. 어떤 날은 예전에 외웠던 시편의 문장을 떠올려보려 했지만, 입술은 무거웠고 혀는 바짝 말라 제대로 움직이지 않았다. 그리하여 그는 침묵으로 버텼고, 침묵 속에서 살아냈다. 제단은 매일 같은 모양으로 정돈되어 있었고, 제사장은 떠난 후 다시 오지 않았으며, 사람들의 발걸음도 드물었다. 엘리야는 이른 아침이나 해가 기울 무렵, 아무도 없는 시간을 골라 그곳을 찾았다. 몸을 낮추고, 아무 말 없이, 정리된 향과 기름, 고기와 떡 사이에서 남겨진 자투리를 살피며 하루의 끼니를 이어갔다.

그날도 다르지 않았다. 그는 습관처럼 제단 곁의 바닥에 쪼그려 앉았다. 나무로 짜진 제단은 이제 습기와 햇볕에 바래 나뭇결이 거칠게 일어나 있었고, 향로는 타다 남은 재로 덮여 있었다. 태워진 기름의 자취가 도자기 표면에 남아 있었다. 바람조차 닿지 않아 그 냄새는 공기 중에 희미하게 배어 있었다. 그 냄새는 그에게 익숙한 것이 되어 있었고, 더 이상 혐오스럽지 않았다. 고기와 떡은 하루가 지나면 말라붙거나 새로 교체되었다. 그 중의 가장 바깥쪽에 놓인 조각들은 간혹 제단 아래로 굴러떨어지곤 했다.

그는 그날, 그런 조각 하나를 발견했다. 작고 마른 떡 한 조각. 흙먼지가 묻지 않았고, 향로 옆에 조용히 놓여 있었다. 엘리야는 아무 말 없이 그 조각을 손에 올렸다. 조심스럽게, 누군가에게 발각될까 두려운 아이처럼. 그러나 이번엔 손끝에 떨림이 없었다. 떡의 무게는 가볍고, 온기는 사라진 상태였지만, 그 안에 담긴 생명은 그에겐 여전히 절실했다. 그리고 그 순간, 그는 처음으로 스스로를 향해 아주 낮게, 거의 숨처럼 중얼거렸다.

"주여, 당신이 침묵하실 땐… 저는 숨만 쉬겠습니다."

그 말은 자책도, 고백도 아니었다. 오히려 그것은 맹세였다. 말씀이 없고, 응답이 없고, 까마귀조차 오지 않는 그 시간 속에서 그는 단 하나의 생존 방식으로 자신을 세우고 있었다. 믿음으로 사는 것이 아니라, 살아 있는 채로 믿음을 기다리는 것. 그것이 그에게 남은 유일한 방법이었다.

"이 떡과 고기는 바알에게 바쳐졌을지 모르나, 제 숨은… 여호와께 드려 져 있습니다."

그는 그 말을 끝내고, 눈을 감았다. 그 짧은 순간, 그의 폐 속을 가득 채운 공기는 여전히 건조하고, 뜨거웠다. 그러나 그 공기조차도 하나님의 것이라면, 그는 그 안에서 살겠노라 다짐했다. 목이 마르고, 입안은 말라 있었으며, 위장은 비어 있었지만, 그는 자리를 털고 일어나 다시 시냇가로 향했다. 그날 하늘엔 구름이 없었다. 바람도 불지 않았다. 모든 것은 변함 없었고, 아무 일도 일어나지 않았다.

그리고 까마귀는 오지 않았다.

불꽃 사이의 환상

그릿 시냇가는 마침내 침묵을 넘어, 완전한 죽음의 형상을 갖추었다. 물은 말랐고, 이슬조차 내리지 않았다. 바위 아래 모여들던 작은 물줄기마저 먼지로 변했다. 그 자리를 부서진 잎사귀와 말라붙은 진흙이 메웠다. 한때 살아 있는 것처럼 속삭이던 물소리는 사라졌고, 땅바닥을 기어 다니던 작은 생명체들의 움직임마저 멈추었다. 엘리야는 돌을 베고 누웠다. 바위는 차갑고 단단했으며, 그의 뺨은 기댄 자리에 붉게 눌려 있었다. 햇빛은 더 이상 그를 따뜻하게 데우지 않았고, 바람도 지나가지 않았다. 고요함이 아니라 무너진 생명에 깃든 정적. 그것이 그릿의 마지막 모습이었다.

입안은 텅 비었고, 말은 더 이상 나오지 않았다. 말라붙은 혀는 입천장에 들러붙었고, 턱은 기도할 힘조차 잃은 지 오래였다. 심장은 여전히 움직이고 있었지만, 그 고동조차 엘리야에게는 자신의 것이 아닌 듯 멀게 느껴졌다. 때때로 그는 손을 들어 가슴에 얹어보았지만, 뛰는 소리는 들리지 않았다. 살아 있으되, 살아 있다는 감각은 점점 희미해져 가고 있었다.

그날 밤, 어쩌면 그릿에서의 마지막 밤이었을지 모를 그 어두운 밤에, 그는 꿈을 꾸었다. 꿈속의 세상은 지금껏 그가 보아온 세상과는 달랐다. 불이 있었다. 타오르는 불. 황야 한복판에 자리한 불꽃은 고요하게, 그러나 쉼 없이 타올랐다. 사람의 손으로 붙인 불도, 제단의 희생을 태우는 제사장의 불도 아니었다. 하늘에서 내린 그 불은 땅을 삼키고 허기마저 태워버릴 듯한 신성한 열기였다.

그 불 가운데, 한 여인이 서 있었다. 그녀는 불길 속에서도 불타지 않았다. 불을 가르고 선 하나의 실루엣처럼, 조용히 그 자리에 서 있었다. 얼굴은 어두웠고, 눈은 보이지 않았지만, 손에 들린 항아리가 먼저 눈에 들어왔다. 토기에 담긴 것은 무엇인지 알 수 없었으나, 그것이 곧 엘리야를 살릴 어떤 것임을 그는 직감했다. 항아리 옆엔 작은 아이가 서 있었다. 여인의 다리 뒤에 숨어 고개를 내밀던 아이의 모습은 너무도 작고 여리게 흔들리고 있었다. 아이의 얼굴도 보이지 않았다. 그러나 엘리야는 그 아이가 배가 고프다는 것을, 숨소리만으로도 알아차릴 수 있었다.

그는 꿈속에서 외쳤다. 갈라진 목소리였지만, 그의 질문은 불 속을 가르며 뻗어 나갔다.

"저 여인은 누구입니까?"

불꽃은 잠시 소용돌이쳤다. 바람이 일렁이는 것도 아닌데, 대답을 준비하듯 타오르던 불이 갑자기 방향을 틀었다. 그리고 그 안에서, 어떤 목소리가 들려왔다. 낮고 깊은 음성. 그것은 엘리야의 것이 아니었고, 사람의 혀로 만든 말도 아니었다. 들리는 것이 아니라, 그의 가슴속 깊은 곳에서 울리는 음성이었다.

"시돈 땅 사르밧."

그 짧은 문장이 흘러나오자, 불꽃 속의 여인이 살짝 고개를 들었다. 얼굴은 여전히 보이지 않았지만, 그 눈동자가 엘리야를 향해 고요히 고정되었다는 느낌이 들었다.

"그녀는 가루 한 움큼과 기름 한 방울로 너를 살릴 것이다."

밤은 깊었고, 바람 한 점 없는 그릿의 어둠은 오래된 무덤 속처럼 무거웠다. 하늘은 구름 하나 없이 드러나 있었지만, 별빛조차 뿌옇게 흐려진 듯 엘리야의 눈엔 아무것도 들어오지 않았다. 대지와 하늘 사이에는 침묵이 무겁게 눌려 있었고, 그는 그 침묵 속에서 또렷하게 깨어났다. 조금 전까지의 꿈이 너무도 생생하여, 그것이 환상인지 계시인지 분간할 수 없을 정도였다. 하지만 가슴 속에는 여전히, 그 불꽃의 온기와 음성의 깊이가 그대로 남아 있었다.

그는 조용히 숨을 내쉬었다. 뺨을 스치는 바람은 차고 건조했으며, 기댄 바위의 거친 결이 뼈마디를 아프게 찔렀다. 그러나 그 고통조차도 이 순간에는 현실의 표식처럼 다정하게 느껴졌다. 엘리야는 다시 눈을 감았고, 그 속에 다시금 꿈의 잔상을 불러왔다. 불꽃의 환상 속에서 그는 되물었다. 목소리는 놀라움과 혼란, 그리고 어쩌면 약간의 두려움이 섞인 색이었다.

"내가 그녀를 살리는 것이 아니라, 그녀가 나를…?"

그는 선지자였다. 심판의 사자요, 왕을 꾸짖은 자였고, 거짓 예언자들의 위선을 질타하는 자였다. 그런 그가 지금, 이름 모를 한 여인의 손에 의지해 생명을 이어가야 한다니. 그 말은 예언자 엘리야의 정체성 전체를 뒤흔드는 말처럼 들렸다. 여호와의 말씀을 받아 선포하던 자가, 이제는 말 없는 이방 여인의 조각 난 빵과 기름에 의지해야 한다는 것. 그것은 단지 육신의 생존이 아니라, 믿음의 본질을 흔드는 일이었다.

하지만 음성은 다시, 더 낮고 깊게 대답했다. 그 음성은 설명하지 않았고, 설득하지도 않았다. 단지 선언처럼, 이미 정해진 일을 들려주는 것처럼 말했다.

"그리하니라. 너는 가서, 머무르라. 내가 그녀의 마음에 나의 말씀을 예비하였느니라."

그 순간, 엘리야의 꿈속 세계가 바뀌었다. 그가 선 자리는 여전히 황량한 황야였지만, 불꽃은 이내 부드러운 빛으로 번져 나가더니, 그 땅을 덮고 있던 먼지를 걷어내고, 메마른 흙 위에 생명을 틔우기 시작했다. 불은 타오르지 않고, 꽃을 피웠다. 흙에서 작은 새싹이 솟아올랐고, 그 사이로 색색의 들꽃이 고개를 들었다. 불길은 어느새 따뜻한 빛이 되어 온 땅을 물들였고, 그 빛의 중심에서 여인이 다시 나타났다.

이번엔 그녀의 얼굴은 보이지 않았지만, 손에 들린 항아리는 여전히 가득 차 있었고, 그녀 곁에 선 아이는 고개를 숙여 웃고 있었다. 아이의 웃음소리가 바람처럼 흘러나왔고, 그것은 먼지로 덮여 있던 엘리야의 마음속 깊은 층을 쓸고 지나갔다. 웃음 뒤를 따라, 따뜻한 빵 굽는 냄새가 공기를 메웠다. 거기에 생명의 기척이 있었다. 기근과 가뭄, 침묵과 고통의 시대에도 여전히 남아 있는 사람의 숨, 그 살아 있는 증거들이 하나둘 불길 위로 피어올랐다.

그때 엘리야는 문득 깨달았다. 자신이 지금까지 기다린 것은 까마귀나 떡이 아니었다. 그는 응답을 기다린 것이었다. 그 응답이 반드시 하늘에서 번개처럼 내리거나, 불처럼 타오르는 것일 필요는 없었다. 때때로 여호와의 응답은 한 여인의 항아리 속 가루 한 움큼, 한 아이의 웃음소리, 그 소박한 삶의 현장에서 시작되는 것이었다.

그리고 그 깨달음과 함께, 엘리야는 눈을 떴다. 어두운 하늘은 여전했고, 시냇물은 마른 지 오래였다. 땅은 차가웠고, 그는 아직 허기졌지만, 가슴 속에는 이상하게도 한 줄기 따뜻한 기류가 흐르고 있었다. 그리하여 그는 다시 숨을 고르며, 천천히, 그러나 단호하게 중얼거렸다.

"사르밧… 여호와의 불꽃이 그곳에 기다리고 있다."

체념 속의 은혜

사르밧의 아침은 이상할 정도로 조용했다. 바람은 멎었고, 하늘은 텅 비었으며, 빛은 밝지도 어둡지도 않았다. 세상의 시간조차 잠시 멈춘 듯, 모든 사물과 생명은 무언가 결정적인 한순간을 기다리는 자세로 가만히 머물러 있었다. 하지만 그것은 기다림이 아니었다. 희망은 오래전에 바닥 났고, 기도는 침묵으로 닳아 없어진 지 오래였다. 오늘의 정적은, 이제 마지막 한 줄을 써 내려가는 종이 위의 정적이었다. 한 문장도 남지 않은 채, 마침표만 남은 종이처럼.

여인은 마른 땅을 걷고 있었다. 흙은 오래전에 물기를 잃어버렸고, 발끝에 차는 작은 자갈은 짧게 튕기다가 이내 쓰러졌다. 그녀는 그 돌들처럼 피곤했다. 아니, 그것보다 더 오래, 더 조용히, 더 많이 무너진 존재였다. 검게 그을린 손바닥은 더는 뜨거움을 느끼지 않았고, 굳은살 사이의 주름들은 오랜 노동과 침묵을 품고 있었다. 그녀는 자신이 죽어가고 있다는 걸 알고 있었다. 몸은 아직 숨을 쉬고 있었지만, 영혼은 매일 조금씩 물러나고 있었다. 더는 하나님을 부르지 않았고, 그 이름에 매달리지도 않았다. 그저, 아무도 모르게, 죽음에게 천천히 길을 묻고 있는 중이었다.

그녀는 비틀거리는 몸을 이끌고 우물가로 향했다. 혹시나 하는 실낱같은 희망이 그녀를 움직였다. 하지만 우물에 다가가 내려다본 속은 이미 바닥까지 훤히 드러나 있었다. 물 한 방울 없이 말라붙은 진흙 바닥에는 갈라진 금들이 거미줄처럼 퍼져 있었다. 그녀의 마지막 희망도 그 갈라진 틈 사이로 빠져나가 버린 듯했다. 그녀는 그 자리에 멍하니 서서 빈 우물만 바라보았다. 더 이상 울음을 터뜨릴 기력조차 남아 있지 않았다. 그저, 누군가의 슬픔이나 절망을 담을 그릇조차 준비되어 있지 않은 장소 같았다. 모든 것이 말라 있었다. 그 말라 있는 사물들과 함께 그녀 자신도 스스로를 말려가고 있었다. 뼈마디 하나하나가 시리고, 무릎은 자주 풀렸다. 그러나 그녀는 멈추지 않았다. 멈출 이유도, 계속할 이유도 없이 움직이는 몸은 오직 익숙함만을 따라 걷고 있었다.

집으로 돌아오는 길, 그녀는 고개를 들지 않았다. 하늘은 오늘도 응답하지 않을 것이기 때문이다. 남은 가루로 빵을 구워 아이에게 먹이고, 함께 누워 조용히 끝을 기다릴 것이다. 그것이 그녀가 계획한 오늘의 전부였다. 문을 밀고 들어섰을 때, 방 안에는 침묵이 그녀보다 먼저 도착해 있었다. 아이는 자리에 누워 있었고, 눈은 감고 있었지만, 잠든 게 아니었다. 그저 말을 잃은 채, 조용히 누워 있을 뿐이었다. 입술은 갈라져 있었고, 호흡은 얇고 길었다. 그녀는 아이를 부르지 않았다. 이제 말로 할 수 있는 건 아무것도 남지 않았으므로. 대신 천천히 가루통을 들었다.

그 통 안에는, 정말로 손바닥 하나보다도 작은 가루만이 남아 있었다. 그녀는 손가락을 집어넣었고, 그 안에서 밀려오는 공허함을 고스란히 느꼈다. 손끝으로 느껴지는 건 가루가 아니라, 거의 사라져버린 무게였다. 그 무게는 너무 가벼워서, 이 세상의 희망이 다 저울에서 사라져버린 느낌이었다. 그녀는 기름병도 들어 올렸다. 병은 기울어졌고, 입구를 향해 몇 번이고 흔들렸지만, 아무 소리도 나지 않았다. 방울도 떨어지지 않았고, 심지어 그 안의 냄새조차 사라진 듯했다.

그녀는 한참을 그 자리에 서 있었다. 손에 쥔 가루와 기름병을 바라보며. 무언가를 느끼려 했지만, 감정조차 바닥났다. 그리고 이내 그녀는 낮게, 아주 낮게 속삭이듯 말했다.

"오늘이… 마지막이다."

그 말은 누구를 향한 것도 아니었다. 아이도 아니고, 하늘도 아니며, 자신에게조차 아니었다. 그것은 단지 사실의 확인이었고, 마침내 입 밖으로 꺼낸 진실의 조각이었다. 오늘은 마지막이라는 그 사실만이 이 방 안에서 가장 확실하고, 가장 무거운 것이었다. 그녀는 그것을 부정하지도 않았고, 거역하지도 않았다. 그저, 그 말이 방 안을 가로질러 지나가도록 허락했을 뿐이다.

메마른 바닥에 남은 마지막 한 줌의 가루, 그것이 전부였다. 그녀는 그것들을 한데 섞어 아이에게 먹일 마지막 빵을 만들 생각이었다. 마지막 빵. 그 사실이 그녀의 마음을 짓눌렀다. 굶주림보다 더 무거운 것은 바로 희망이 없다는 절망이었다.

그녀는 자리에서 일어나 바구니를 들었다. 마지막 남은 가루를 빵으로 만들려면 불을 피워야 했다. 마지막 빵에 쓸 마지막 불. 그녀의 발걸음은 터덜거리고 무거웠다. 허리를 굽혀 마른 나뭇가지 몇 개를 주워들었지만, 그 가벼운 무게조차 버겁게 느껴졌다. 마침내 성문 곁에 다다랐을 때였다. 그곳에는 낯선 사내 하나가 서 있었다. 긴 여정의 흔적이 역력한 남루한 행색에도 불구하고, 그의 눈빛은 메마르지 않았다. 오히려 깊은 우물처럼 가라앉아 있으면서도, 그 속에 알 수 없는 힘이 실려 있었다.

"물을 좀 주시오."

사내의 목소리는 목이 타들어 가는 듯 건조했지만, 그 속에는 이상하리만치 가라앉은 힘이 실려 있었다. 그것은 단순히 물을 구하는 행인의 말투가 아니었다. 오히려, 이 메마른 땅 위에 한 걸음 한 걸음 무게를 싣고 나아온 자만이 가질 수 있는, 침묵 끝에서 건져 올린 언어였다. 여인은 그 사내를 처음 보았지만, 오래전부터 알고 있었던 것처럼 낯설지 않았다. 그러나 동시에, 너무도 낯설었다. 이곳에, 이 순간에, 이처럼 꺾이지 않은 눈빛을 지닌 이가 다가올 것이라고는 상상하지 못했다.

그녀는 잠시 그 자리에 멈춰 섰다. 두 손엔 마른 나뭇가지가 들려 있었고, 입술은 무언가 말하려다 굳어버린 채 닫혀 있었다. 사내는 그저 가만히 서서 기다렸다. 요구하지 않았고, 조르지도 않았다. 그는 단지, 그 말

한마디를 꺼낸 뒤 더는 아무 말도 하지 않았다. 마치 물이라는 것이, 이제까지 살아온 그의 여정 중 가장 절박한 청원이자 가장 단순한 진심처럼 느껴졌다.

그녀는 천천히, 아주 천천히 걸음을 집으로 옮겼다. 물을 주기 위해서라기보다는, 지금 자신이 할 수 있는 유일한 행위처럼 느껴졌기 때문이었다. 무언가를 돌려줄 수 있다는 감각. 이미 다 비워진 통과 말라붙은 기름병을 바라보며, 그녀는 오래전 잃어버린 감정을 되짚듯 물동이를 가지고 사내에게 다가갔다. 마음속 깊은 곳에서, '이게 무슨 의미가 있을까'라는 목소리가 밀려왔지만, 그것은 더는 그녀의 행동을 멈추게 하지 못했다.

물동이는 작았고, 물도 많지 않았다. 마을의 우물은 이미 몇 번이나 바닥을 드러냈고, 그녀가 가진 것이라곤 간신히 남은 바닥의 침전물 같은 몇 모금뿐이었다. 그러나 그녀는 그 작은 항아리를 기울이며 사내에게 한 그릇의 물을 건넸다. 손은 떨리지 않았다. 그 어떤 말도 입 밖으로 꺼내지 않았지만, 그 행위 자체가 말보다 더 진실했다.

그녀가 물을 건네는 순간, 사내는 물그릇을 받으면서도 눈을 내리지 않았다. 그의 눈동자는 먼지와 빛 속에서 반짝였고, 그것은 단지 생존을 위한 눈빛이 아니라, 무언가 더 큰 일을 위해 이 자리에 선 자의 확신처럼 보였다. 그는 물을 입술에 댔다. 아주 천천히, 아주 조심스럽게. 단 한 모금의 물이, 지금 이 세상에서 가장 신성한 축복인 양.

물을 삼킨 뒤, 사내는 여인을 바라보며 다시 말했다. 이번엔 더 낮은 음성이었다.

"빵도… 좀 주시오."

그녀는 조용히 고개를 끄덕였고, 몸을 돌리려는 순간 그가 다시 말했다.

"며칠 밤낮을 아무것도 먹지 못했소."

그녀는 걸음을 멈춘 채, 세상의 모든 무게가 발끝으로 쏟아져 내려앉는 듯한 정적 속에 잠겼다. 등 뒤로 들려온 말, 단 세 음절의 짧은 부탁. 그러나 그것이 향한 곳은 단순한 빵이 아니었다. 그것은 그녀의 마지막 남은 자원을 향한, 그녀의 생존에 대한, 그녀가 마지막으로 붙잡고 있던 희미한 인간적 계획을 향한 손짓이었다. 그리고 그 손짓은 너무도 조용하고 담담했기에, 오히려 그녀의 내면 깊은 곳에 숨겨 두었던 절망과 체념을 날카롭게 긁어냈다.

몸은 뒤돌았지만, 마음은 아직 따라오지 못했다. 그녀는 눈앞의 사내를 보았다. 먼지투성이 옷자락, 황폐한 눈빛, 그리고 그 눈동자 속에 담긴 설명할 수 없는 단단함. 그는 이 땅의 사람이 아닌 듯 보였고, 또 너무 이 땅의 사람 같기도 했다. 뼈가 앙상하게 드러난 팔뚝, 갈라진 입술, 무릎까지 내려온 흙, 그것은 분명 길 위의 흔적이었다. 그러나 그가 풍기는 기운은 굶주림과는 다른, 기이한 평온함을 안고 있었다.

그녀는 그 얼굴을 보며, 자신의 입안에서 말을 꺼내야 한다는 것을 직감했다. 그러나 그것은 말이라기보다는 고백에 가까웠고, 고백이라기보다는, 영혼의 맨살을 내보이는 것 같았다.

"내 주여…"

그녀는 그렇게 시작했다. 입술 사이로 나온 그 호칭에는 놀라울 만큼 자연스러운 존칭이 담겨 있었다. 그것은 단순한 예의가 아니라, 그녀도 모르게 그에게서 어떤 위엄을 본능적으로 느꼈다는 방증이었다.

"빵은 없나이다."

그 한마디는 단순한 부정이 아니었다. 그것은 그녀 삶의 현주소였고, 어쩌면 죽음의 시작점이었다. '빵'은 곧 생명이었고, 그녀에게 그것은 단 한 번의 식사를 의미했다. 그 식사는 아들과 함께 나누기로 이미 마음속에서 정해둔 약속이었으며, 그 약속은 고요하고 무겁게 그녀의 남은 자존심을 붙들고 있는 마지막 실타래였다. 그녀는 말을 이었다. 한 마디 한 마디가 입술을 떠나는 동안, 마음속의 돌덩이가 천천히 바닥으로 가라앉는 것 같았다.

"통에 가루 한 움큼, 병에 기름 몇 방울…"

그녀는 그 양을 말할 때 손짓하지 않았다. 손으로 보여줄 수 없을 만큼 작고, 또 너무나 소중해서 손을 움직이는 것조차 아까웠기 때문이었다. 그 '한 움큼'과 '몇 방울'은 이제 남은 생의 단위였다. 그리고 그 단위로는 그 어떤 기적도, 내일도, 위안도 만들 수 없었다.

그녀는 다시 숨을 골랐다. 고백의 마지막을 말하기 전에, 목이 마르지도 않았는데 무의식적으로 침을 삼켰다. 그건, 슬픔이 아니라 체념이 몸을 적시는 소리였다.

"그것으로 마지막 빵을 구워, 제 아들과 나눠 먹고…"

그 말이 끝나기도 전에 그녀의 눈은 어딘가 먼 곳을 보고 있었다. 아들의 얼굴일지도, 마지막 해 질 무렵의 마당일지도, 혹은 자신의 젊었던 시절일지도 모를 그 어딘가. 그녀는 말했고, 그 말은 바람처럼 작게 흩어졌다.

"그리곤 그냥, 누우려 하던 참이었습니다."

목소리는 떨리지 않았지만, 그 말의 끝에는 말할 수 없는 허무와 피로가 묻어 있었다. 그녀의 마음이 말보다 먼저 무너지고 있었다는 걸, 그녀 자신도 알고 있었다. 무너짐은 울음도, 분노도 아니었다. 그것은 긴 시간의 체념이 굳어져 만든 조용한 붕괴였고, 그녀의 두 어깨에 얹힌 고요한 절망의 무게였다. 사내는 여전히 말없이 그녀를 바라보고 있었다. 그녀는 그 시선을 피하지 않았다. 시선 속엔 간청이 있었다. 그러나 그 간절함조차 그녀를 움직이지는 못했다. 그녀는 이미 바람도, 하늘도 오래전에 포기한 여자였다. 바람이 불지 않아도, 비가 내리지 않아도, 죽음은 오래된 친구처럼 천천히, 그러나 확실히 다가오는 것임을 알고 있었다. 그 사실을 너무 오래 품고 있었기에, 지금 그녀는 오히려 고요했다.

그녀는 사내를 바라보며, 마음속으로 하나의 결심을 되새겼다. 기대하지 않는 결심. 기적이 없음을 아는 결심. 다만, 이렇게 생각했다.

'어차피 이 빵은 끝이다. 아들과 나 사이에서 사라져도, 누군가에게 따뜻한 입안의 기억으로 남는다면… 그것도 나쁘지 않다.'

그것은 어떤 신념도 아니었고, 신앙적인 결단도 아니었다. 그저 한 인간으로서, 마지막이라는 것을 알면서도 남은 무언가를 누군가에게 건네줄 수 있는 선택이었다. 그렇게라도 이 하루가 무의미하지 않게 끝났으면 좋겠다는, 말 없는 바람이 담긴 몸짓이었다. 그녀는 고개를 끄덕였다. 사내는 고개를 숙였다. 그는 감사하지 않았고, 그녀는 그걸 바란 것도 아니었다. 감사는 오히려 불편했을 것이다. 그녀에게 남은 것은 누군가의 인정을 통해 얻는 위로가 아니었고, 그저 태양 아래 사라져가는 시간을 덤덤히 받아들이는 일뿐이었다.

　천천히 그녀는 안으로 들어갔다. 통에서 마지막 가루를 쓸어내고, 기름병을 기울여 남은 방울을 긁어모았다. 그 모든 과정은 놀랄 만큼 조용하고 부드러웠다. 손이 떨리지도 않았고, 눈은 흐려지지도 않았다. 화덕 앞에 앉아 반죽을 빚는 손놀림은 익숙했다. 그것은 평생 해오던 일처럼 자연스러웠지만, 그녀는 알고 있었다. 이것은 마지막이라는 것을. 반죽은 작았고, 아주 얇았으며, 금방 익어버릴 것이었다. 그러나 그것이 익어가는 동안, 이상하리만큼 따뜻한 냄새가 코끝을 감돌았다.

　그녀는 그 냄새에 눈을 감았다. 잠시. 아주 잠시. 처음이자 마지막으로, '살려고 먹는 게 아니라, 주기 위해 굽는 빵'을 만드는 기분이었다. 그것은 무언가를 내어주는 데서 오는 이상한 평온이었다. 자기보다 누군가를 먼저 생각하는 그 순간, 오히려 그녀는 죽음의 어깨로부터 잠시 떨어져 나온 듯한 감각을 느꼈다. 빵이 익었다. 얇은 가장자리가 노릇하게 말라가고, 기름 냄새가 공기 중에 감돌았다. 그녀는 조심스럽게 빵을 들어냈다. 손에 들고 잠시 바라보았다. 무게도 가볍고, 모양도 투박했지만, 지금 그녀의 손에는 이 세상에서 가장 귀한 것이 담겨 있는 듯한 기분이 들었다.

　그녀는 아무 말 없이 그 빵을 사내에게 건넸다. 말이 필요하지 않았다. 사내는 두 손으로 그것을 받아들었다. 손끝에 닿는 온기와 기름기가, 그의 손안에 깊이 스며들었다. 그는 떨지 않았고, 눈을 피하지도 않았다. 오래 전부터 이 빵을 기다려온 사람처럼, 조용히 그것을 바라보았다. 그 순간, 바람이 불었다. 아주 작고 미세하게, 화덕 옆의 재를 흔드는 바람. 먼지가 일었고, 그녀의 머리칼이 아주 가볍게 흩날렸다.

마르지 않는 은혜

새벽녘, 사르밧의 아침 공기는 여전히 굶주림과 병고의 냄새를 머금고 있었다. 엘리야는 어제 사르밧 과부에게 받은 빵으로 허기를 채웠다. 빵의 반 조각은 과부에게 주었지만, 과부는 한사코 거절했다. 그 빵은 단순한 양식이 아니었다. 그것은 절망의 땅에서 피어난 믿음의 증표였고, 하나님의 은혜가 마르지 않는 샘물처럼 흐르고 있음을 보여주는 표식이었다.

밤새 잠 못 이루며 동네 사람들의 신음을 들었던 엘리야의 마음은 무거웠다. 가뭄은 단순한 자연재해가 아니었다. 그것은 인간의 죄가 드리운 그림자였고, 약자들의 삶을 더욱 벼랑 끝으로 내모는 잔인한 채찍이었다. 겉으로는 바알을 섬기는 이방 땅이었지만, 이곳 사르밧에서도 고통받는 이들의 모습은 이스라엘 백성과 다를 바 없었다. 아니, 오히려 더욱 척박하고 절망적인 풍경이었다.

엘리야는 조용히 자리에서 일어나 마을 어귀로 향했다. 흙먼지 날리는 비좁은 골목길을 걷자, 병색이 완연한 아이들이 축 늘어져 앉아 있었고, 뼈만 앙상하게 남은 노인들은 힘없이 벽에 기대어 있었다. 기침 소리가 끊이지 않고, 쉰 목소리의 탄식들이 귓가에 맴돌았다. 이들은 바알의 풍요를 갈망했지만, 바알은 그들에게 아무것도 주지 못했다. 오히려 고통과 죽음만이 그들을 덮쳤을 뿐이다.

한 움막 앞에서 핏기 없는 얼굴로 앓고 있는 젊은 여인이 눈에 띄었다. 그녀의 옆에는 깡마른 아이가 엄마의 손을 꼭 잡고 불안한 눈으로 엘리야를 올려다보았다. 엘리야는 조용히 다가가 여인에게 손을 얹고 기도하기 시작했다. 그의 기도는 크지 않았지만, 그의 마음속에서 터져 나오는 간절함은 주변의 모든 소음을 집어삼키는 듯했다.

"전능하신 하나님, 이 땅을 긍휼히 여겨주소서. 가뭄과 질병으로 고통받는 이 영혼들을 불쌍히 여기소서. 생명의 주인이신 주님, 이 여인의 육신을 치유하시고 이 아이의 눈물 닦아 주시옵소서. 절망에 빠진 이들에게 주님의 소망을 보여주옵소서!"

엘리야의 기도에는 단순한 치유의 열망을 넘어, 하나님만이 참된 생명과 회복의 근원이심을 선포하는 권능이 실려 있었다. 기도가 끝나자, 여인은 깊은숨을 내쉬며 희미하게 눈을 떴다. 그녀의 눈빛에 처음으로 미세한 생기가 돌기 시작했다. 아이는 엄마의 변화에 놀란 듯 눈을 비볐다.

엘리야는 다른 움막으로 발걸음을 옮겼다. 한 늙은 남자가 고열에 시달리며 신음하고 있었다. 그의 가족들은 그저 체념한 듯 옆에 앉아 있었지만, 엘리야는 다시 무릎을 꿇고 간절히 기도했다. 엘리야의 기도가 끝나자, 노인의 이마를 덮었던 땀방울이 식고 그의 얼굴에 평온한 빛이 감돌기 시작했다.

이러한 장면들이 반복될수록, 마을에는 미묘한 변화가 감지되었다. 처음에는 의심과 무관심으로 엘리야를 바라보던 사람들의 눈빛에 조금씩 호기심이 깃들기 시작했다. 병든 자들이 조금씩 기력을 되찾고, 그들의 입술에서 감사의 말이 흘러나올 때마다, 사람들의 얼굴에는 희미하게나마 소망의 빛이 서서히 번져갔다.

엘리야는 단순히 병을 고치는 데 그치지 않았다. 그는 고통받는 사람들의 손을 잡고, 그들의 이야기를 들으며, 그들의 절망적인 마음에 하나님의 말씀을 심었다. 그는 바알이 줄 수 없는 진정한 위로와 희망을 선포했다.

"이 가뭄은 영원하지 않습니다. 하나님은 살아계시며, 당신을 잊지 않으셨습니다. 당신이 고통받을 때도 하나님은 당신을 보고 계십니다. 비록 지금은 고통스럽지만, 하나님께서 우리를 포기하지 않으셨다는 것을 기억하십시오. 이 모든 것 위에 계신 분은 오직 한 분, 여호와 하나님이십니다."

엘리야의 목소리는 메마른 땅에 내리는 단비와 같았다. 그의 말 한마디 한마디는 짓눌렸던 영혼들에게 새로운 숨을 불어넣었다. 사람들은 처음으로 '여호와 하나님'이라는 이름을 희미하게나마 마음에 품기 시작했다. 그들의 얼굴에는 여전히 굶주림의 흔적이 있었지만, 그들의 눈빛에는 어제까지는 볼 수 없었던 작고 연약한, 그러나 분명한 소망의 불씨가 타오르고 있었다.

이튿날, 과부는 문을 열었다. 마당은 햇볕에 바짝 말라 있었다. 갈라진 흙 틈 사이로 작은 잡초조차 몸을 숨긴 채, 이곳에도 생명이 거주하길 포기한 듯했다. 황량하고 숨죽인 공간 한가운데, 엘리야는 조용히 앉아 있었다. 그의 등은 곧게 펴져 있었지만, 고개는 낮게 떨구어져 있었고, 손은 무릎 위에서 느리게 모였다가 펴지기를 반복하고 있었다. 말 없는 태도는 그 자체로 하나의 기도였다. 그의 호흡은 무겁지 않으나 단단하게, 이곳에 그가 '존재한다'라는 사실을 증명하고 있었다.

그의 곁에 과부가 서 있었다. 고개는 숙인 채, 두 손을 튜닉 자락에 겹쳐 쥐고 있었다. 그녀의 시선은 바닥 어딘가를 응시하고 있었고, 눈은 말라 있었다. 손끝은 긴장으로 굳어 있었으며, 옷자락 아래에 드리운 그림자는 그녀의 마음속 두려움이 바깥으로 흘러나온 것처럼 깊고 무거웠다. 아이는 그녀의 뒤편에서 몸을 반쯤 숨긴 채 서 있었다. 마른 얼굴에선 표정을 읽기 어려웠다.

그녀의 부름이었을까, 혹은 약속이었을까. 이윽고 그들 주위로 사람들이 하나둘씩 모여들었다. 기척은 있었지만, 말은 없었다. 다들 망설이며 발끝을 조심스레 옮겼고, 서로의 표정 속에서 자신과 같은 두려움을 찾고 있었다. 바람도 불지 않았고, 먼지도 일지 않았다. 싸늘한 공기 속에 땀 냄새, 마른 흙냄새, 그리고 묵은 고통의 기척만이 섞여 있었다. 침묵은 잠시였으나 무거웠다. 그것을 처음 깬 건, 나무 지팡이에 몸을 의탁한 노인이었다. 그의 걸음은 느렸고, 얼굴은 주름으로 구겨져 있었지만, 그의 눈빛은 쉬이 읽히지 않았다. 그 속에는 낯선 이방인에 대한 경계와 호기심, 그리고 잊혔던 여호와의 사람을 다시 마주한 데 대한 해묵은 분노가 뒤섞여 있었다. 긴 세월의 침묵이라는 가면이 더는 그의 입을 붙잡지 못하게 되었을 때, 고통의 퇴적층 아래에서 꿈틀거리던 분노가 마침내 튀어나온 것이었다.

"히브리 선지자라더니, 네 신이 우리 땅에 무엇을 하셨단 말이냐? 이 지옥 같은 땅에 무엇을 보러 왔느냐? 설마, 그분의 이름으로 더 한 재앙이라도 몰고 온 것이냐!"

그의 목소리는 크지 않았지만, 단호했다. 오래 참고 눌러온 감정이 말끝마다 박혀 있었다.

"온 마을이 굶주리고 있다. 네 하나님은 언제까지 침묵하실 텐가? 이 아이들을, 이 어미들을, 이 허기진 아비들을... 언제까지 죽음 앞에 내버려두실 작정이냐?"

그 말에 몇몇 이웃들이 고개를 끄덕였고, 누군가는 눈을 내리깔았으며, 또 누군가는 조용히 입술을 깨물었다. 무언가를 말하고 싶지만, 말하는 것이 더 큰 절망을 부를까 두려운 듯. 이 마당 위에 엘리야는 홀로, 그리고 함께 있었다. 엘리야는 천천히 고개를 들었다. 노인의 눈을 피하지 않았다. 마주하는 그 시선은 지치지 않았지만, 절대 오만하지도 않았다. 그 눈빛에는 오래된 어둠을 통과한 자만이 가질 수 있는 고요가 있었다. 그리고 그는 천천히, 그러나 멈추지 않는 어조로 대답하기 시작했다.

"당신은 기억하십니까?"

그는 말하며 숨을 고르지 않았다. 마치 이 말들은 오랜 침묵 속에서 이미 마음속에 수없이 곱씹고, 다듬고, 기다려온 것처럼.

"조상들이 이집트에서 종 되었을 때, 여호와께서 열 재앙으로 그들을 구출하신 일을. 그들이 절망 속에 신음할 때, 바람이 불었고 강이 갈라졌던 일을. 홍해를 가르고 마른 땅을 걷게 하신 것을. 광야에서는 하늘에서 만나를 내려 주시고, 반석에서 물을 터뜨려 마시게 하신 것을."

마당의 분위기는 점점 더 무겁게 가라앉고 있었다. 햇살은 여전히 강했지만, 그 빛조차도 무언가를 비추기보다 조용히 눌러앉는 듯했고, 바람한 줄기조차 움직이지 않는 정적 속에서 사람들의 시선은 모두 엘리야의 입가에 멈춰 있었다. 노인은 여전히 지팡이에 기대 서 있었다. 그의 주름진 얼굴은 더 깊은 그늘에 잠겨 있었다. 눈을 가늘게 뜬 채, 그는 앞에선 이 이방 선지자를 향해 오래도록 시선을 고정했다. 그 눈빛엔 의심이 있었고, 분노가 있었으며, 그보다 더 오래된 슬픔이 녹아 있었다. 오래전부터 이 땅을 살아온 자만이 가질 수 있는, 말없이도 시대의 무게를 견뎌온 노인의 눈빛이었다.

엘리야는 한 걸음도 움직이지 않은 채, 그러나 숨결 하나도 허투루 흘리지 않고 천천히 말을 이었다. 그 목소리는 낮았고 단호했으며, 그 단호함은 고함이 아니라 고요 속에서 스스로를 더 분명하게 세워가는 진실의 무게였다. 그는 누구를 설득하려는 자가 아니었다. 그는 그저, 진실을 증언하고 있었다.

"그분은 단지 기적의 신이 아니셨습니다. 말씀하시는 신이셨고, 언약을 맺으신 신이셨으며, 우리 조상들에게 '내가 너희의 하나님이 되고, 너희는 내 백성이 될 것이라' 선포하신 신이십니다. 그분은 거룩을 원하셨고, 정의와 자비, 그리고 우상 없는 순종을 요구하셨습니다."

말의 하나하나가 돌처럼 떨어져, 마당의 땅에 파문을 남겼다. 엘리야가 멈출 때마다 사람들은 숨을 참듯 침묵했다. 그의 말이 끝날 때마다 자신이 어떤 오래된 망각의 잘못을 떠올리는 듯한 무거운 정적이 흐르곤 했다. 그 말들이 꿰뚫고 지나간 자리는 흔적을 남겼다. 그 흔적이 바로, 사람들의 마음이었다. 마을 가장자리에 모인 몇몇 여인들은 애써 시선을 외면했고, 어떤 이는 손등을 붙잡은 채 떨고 있었으며, 어린아이는 이유 모를 긴장에 멈춰 있었다. 바람은 불지 않았지만, 무언가가 흔들리고 있었다.

노인이 다시 입을 열었다. 그의 목소리는 처음보다 한결 낮아졌지만, 그 속엔 답을 구하려는 마지막 절실함이 실려 있었다.

"그런데… 왜 우리를 버리셨는가? 왜 이 아이들이 굶고, 땅이 말랐는가?

우리가 행한 죄가, 그렇게도 크단 말인가?"

그 물음은 단지 오늘의 배고픔만을 말하는 것이 아니었다. 그것은 믿음의 사람으로 살았던 지난날, 자신이 기도했던 그 수많은 밤, 말없이 이웃을 도우며 보냈던 그 조용한 선행들, 고통 속에서도 신을 배반하지 않았던 그 모든 시간을 향한 질문이었다. '그런 우리도, 벌을 받아야 했는가?'라는 속울음 섞인 외침이었다. 노인의 물음은 누구도 비난하지 않았지만, 누구도 피해 가지 못하게 만들었다.

엘리야는 숨을 들이켰다. 그의 눈빛은 더 깊어졌고, 이젠 그의 눈동자 안에서 불꽃 같은 무엇이 아주 조용히 일렁이고 있었다. 그는 단지 응시했다. 노인을, 아이를, 여인들을, 그리고 말없이 서 있는 마을 사람들을. 그 침묵 속에서 그는 말했다.

"여호와께서 우리를 먼저 버리신 것이 아니라, 우리가 먼저 그분을 버렸기 때문입니다."

그 말이 떨어지자, 마당 위의 모든 것이 잠시 얼어붙었다. 눈을 감는 자도 있었고, 입술을 깨무는 자도 있었다.

"우리가 누구에게 비를 구했습니까? 바알입니다. 우리가 누구에게 열매를 빌었습니까? 아세라입니다. 왕은 스스로 여호와의 제단을 허물었고, 백성은 선지자의 말을 조롱하며 그를 핍박했습니다."

그의 말은 감정으로 채색되지 않았다. 오히려 무표정할 정도로 담담했지만, 그 담담함은 곧 진실의 민얼굴이었다. 아무도 반박하지 않았다. 반박할 수 없었다. 그것은 모두가 알고 있었지만, 말하지 못했던 이야기였기 때문이다. 모두가 마음속 어딘가에서 외면하고 있었던, 그러나 마침내 이방 선지자의 입에서 선포된 죄의 실체였다.

"이 모든 것의 대가, 그것이 바로 이 가뭄입니다. 갈라진 땅에선 더 이상 씨앗이 싹을 틔우지 못하고, 어머니들은 굶주린 아이들을 위해 울고 있습니다. 당신들이 믿는 바알은 비를 내리지 못했고, 당신들의 죄는 우리의 우물을 말려버렸습니다!"

마당의 공기는 금방이라도 비명을 지를 것처럼 짙고 무거웠다. 해는 여전히 하늘 한가운데 걸려 있었지만, 그 뜨거움마저도 어떤 구원의 손길이라기보다, 죄와 벌의 불덩이처럼 피부를 내리누르고 있었다. 나뭇잎은 바싹 말라 있어 바람 한 줄기만 불어도 부서질 것 같았고, 마당의 먼지는 발아래서 조용히 부서져 내려가는 듯이 가라앉아 있었다. 사람들의 숨은 얕고 조심스러웠다. 아무도 입을 열지 못한 채, 노인의 말이 만들어낸 긴장이 장작불처럼 서서히 타오르는 중이었다.

노인은 천천히, 그러나 무겁게 한 발 앞으로 나섰다. 지팡이는 딱딱한 땅을 두드렸고, 그 소리는 엘리야의 말과는 또 다른 울림을 만들었다. 그의 입술은 굳게 닫혀 있었지만, 그 눈빛에는 지난 세월 쌓이고 또 쌓인 고통의 퇴적층이 그대로 비쳐 있었다. 그의 목소리는 낮았지만, 웅크린 분노는 그 속에서 숨을 참고 있는 짐승처럼 꿈틀거렸다.

"우리가 어찌할 수 있었겠소? 왕이 바알을 숭배하라 명했고, 나라가 우리에게 그리 따르라 했는데… 우리는 그저 시키는 대로 했을 뿐이오. 그런 우리에게 이제 와서….."

노인의 목소리가 파르르 떨렸다. 절망과 무력감이 뒤섞인 탄식이었다.

"…어쩌란 말이냐."

그의 말은 단순한 물음이 아니었다. 그것은 심판받은 자의 항변이었고, 벌을 받아들여야만 했던 사람의 몸부림이었다. 마을은 타들어 가고 있었다. 아이들은 밤마다 울고, 곡식은 이삭조차 피우지 못한 채 말라 죽고 있었고, 어른들은 더는 눈을 마주치지 않았다. 희망이라는 단어는 이미 오래전 이 땅에서 추방당했다. 그런 이들에게 이제 와서 '돌아가라'라는 말은 얼마나 절박하면서도 허망한 외침으로 들렸을까.

"우리 손엔 아무것도 없는데…"

그 말이 땅에 떨어지기도 전에, 엘리야는 조용히 손을 들었다. 그의 손끝은 하늘을 가리키고 있었다. 하늘, 그곳에는 아직도 단 한 점의 구름도 없었다. 그러나 엘리야의 눈빛은 그것을 바라보는 것이 아니라, 그 너머를 보고 있었다. 그의 눈은 흔들림이 없었고, 음성은 물 한 방울처럼 맑고 단단했다.

"돌아오십시오."

그의 말은 칼이 아니었고, 방패도 아니었다. 그것은 목마른 자에게 건네는 마지막 물 한 잔처럼, 삶과 죽음의 경계에 선 사람에게 남은 마지막 숨결처럼 다가왔다.

"가루 한 움큼이라도, 그 손으로 나누십시오. 여호와께서 구하시는 것은 제물이 아니라, 마음입니다. 그분은 구름이 아니라, 회개한 심령 위에 비를 내리십니다."

말이 끝났을 때, 사람들 사이엔 길게 침묵이 흘렀다. 마당은 숨을 죽였다. 누구도 엘리야의 말에 즉시 대답하지 않았다. 그러나 노인은 여전히 그 자리에 서 있었다. 그의 표정엔 미묘한 변화가 있었지만, 쉽게 사라지지 않을 쓴웃음이 입가를 타고 흘렀다. 마치 모든 것을 이해하면서도 받아들일 수 없는 사람의 마음 같았다. 그는 짧게 고개를 젓더니, 다시 한 걸음 다가섰다. 그리고 그 말에는 오래된 체념과 회의, 그리고 억누른 절규가 함께 실려 있었다.

"그럼 말해보시오."

목소리는 더 이상 분노로 채색되어 있지 않았지만, 그만큼 더 깊은 피로가 스며 있었다.

"대체 비는 언제 내리는 것이오?"

그 물음은 단지 날씨에 대한 질문이 아니었다. 그것은 희망에 대한 질문이었다. 지금 이 순간, 사람들이 가장 궁금해하면서도 차마 입 밖으로 꺼낼 수 없던 진짜 물음.

"여호와가 정말로 이 땅을 이토록 태워버리신 분이라면 ─ 그분이 다시 불쌍히 여기신다는 증거는 어디에 있소?"

엘리야는 잠시 눈을 감았다. 그 짧은 시간은 마음을 다시 가다듬는 기도의 쉼표 같았다. 그러나 그는 기도하지 않았다. 아니, 기도는 이미 오래전 그릿 시냇가에서 마른 땅처럼 말라버린 듯했기에, 그는 이제 기도 없이도 주의 음성을 기다릴 줄 알게 된 사람이었다.

천천히 눈을 떴을 때, 그의 시선은 처음 말을 건 노인에게만 머무르지 않았다. 굽은 등 너머, 마을의 어귀에 기대선 과부, 반쯤 눈을 감은 아이,

손을 꼭 맞잡은 두 노부부, 그리고 말없이 서 있는 이웃들의 얼굴 하나하나를 담고 있었다. 그것은 연민도 아니고, 단순한 선포자의 사명감도 아니었다. 엘리야의 눈빛은 묵직한 슬픔과 함께 ― 내려야 할 짐을 마침내 내려놓는 자의 정직함을 담고 있었다.

"내가 이 땅에 섰던 날, 여호와께서 내 입술을 통해 선포하셨소."

그는 하늘을 바라보듯 말했고, 그 말은 단단하게, 그러나 조용히 마당 위로 내려앉았다.

"'내가 다시 말하기 전에는, 이 땅에 비나 이슬이 내리지 않으리라.' 그것이… 3년 전이오."

그 순간, 누군가의 숨소리가 길게 빠져나갔다. 너무나 담담한 고백. 그것은 자신의 입에서 나간 한마디 말이 얼마나 무거운 시간을 만들어냈는지 아는 자의 고백이었고, 그 말의 대가를 누구보다 먼저 자기 삶으로 감당해낸 자의 고백이기도 했다. 엘리야는 그 사실을 숨기지 않았다. 오히려 그는 그 무게를 받아들이는 자의 평온함으로 그 자리에 서 있었다.

"이 비는 우연히 멈춘 것이 아닙니다."

그는 땅을 가리켰다. 금이 간 마당의 흙, 바싹 말라버린 풀들, 메말라버린 항아리와 바가지, 그리고 한 줌의 가루에 목숨을 걸고 있는 이 땅의 자취들. 그것이야말로 우연이 아니라, 하늘이 닫혔다는 증거라는 듯.

"이스라엘이 여호와를 버리고 바알을 따르며, 그 제단에 피를 붓고 향을 피울 때 ― 그분은 이 땅에서 얼굴을 거두셨습니다."

그 말에 사람들 사이에 작은 파문이 일었다. 속삭임. 눈빛. 손끝의 불안. 누군가는 그 말을 듣고 고개를 떨궜고, 누군가는 두 손을 모으려다 말았다. 한 아이는 어머니의 튜닉 자락을 더 세게 쥐었고, 노인은 씁쓸하게 고개를 젓다가 마침내 입을 열었다.

"그래서 당신이… 하늘의 문을 걸어 잠갔단 말이오? 이 땅에 비를 멈추게 했다는 말이오?"

그의 말은 화가 아니라 상처였다. 비난이 아니라 무력한 절규였다. 아이들이 굶고, 어미들이 울며, 노인들이 말없이 땅을 바라보는 그 시간을 ― 단지 한 선지자의 말 한마디가 시작했다는 사실. 그는 그것을 인정할 수 없었고, 이해할 수도 없었다. 그렇게 입을 비틀며, 마지막으로 묻듯이 되물었다.

"단지 당신 말 한마디로, 이 모든 걸…"

엘리야는 고개를 끄덕였다. 그러나 그의 목소리는 차갑지도, 뻣뻣하지도 않았다. 그것은 슬프도록 진실한, 자기를 꿰뚫는 말의 무게를 아는 자의 고백이었다.

"그렇습니다."

그 순간, 마당은 바람이 멈춘 저녁의 들판처럼 조용했다. 숨도, 기침도, 나뭇잎의 소리도 없이. 말이 끝났을 때, 그의 입가에 미세한 떨림이 스쳤다. 마치 이제야 진짜 하고 싶었던 말을 꺼낼 수 있게 된 사람처럼.

"그러나 — 그 날이 이제 곧 끝납니다."

사람들의 눈이 다시 그에게 향했다. 마당밖에 서 있던 이웃들도 고개를 들었다. 그의 눈빛이 흔들림 없이 빛났다. 그것은 미래를 보는 자의 눈이었다. 불확실함 속에서도, 하나님께서 준비하신 새벽을 보며 말하는 자의 눈.

"여호와께서는 말씀하셨습니다."

그 말은 대지보다 더 단단하게 바닥을 울렸다.

"'내 백성이 나를 기억하고, 회개하며 돌아오면 나는 다시 하늘의 문을 열 것이다.'"

광야의 외침처럼, 그의 말은 메마른 땅을 헤치고 마음으로 향했다. 엘리야는 더 낮은 목소리로, 그러나 가장 깊은 곳에서 끌어올린 힘으로 마지막 말을 덧붙였다.

"심판의 날은 오래 가지 않습니다. 그분의 본심은 진노에 있지 않고, 은혜에 있습니다."

마당 위로 긴 정적이 흘렀다. 그 말은 누군가를 설득하려는 주장도, 변화를 강요하는 호소도 아니었다. 엘리야의 목소리는 먼 옛날, 사람들의 귀에 다시 속삭이듯 낮고 고요하게 울렸다. 그 말은 공기 속에 머물러, 바싹 마른 흙 위에 떨어지는 첫 물방울처럼 깊숙이 스며들었다. 사람들은 그 자리에서 몸을 움직이지 않았다. 나무 그늘에 기대선 노인, 허리를 굽힌 아이, 멀리서 기웃거리던 이웃들까지도 하나의 시간 속에 묶여 있는 듯했다. 마당은 멈춘 듯했고, 바람도 없는 고요 속에서 그 말은 혼자 걸어 다녔다.

"그분을… 다시 부르십시오."

엘리야는 하늘을 보지 않았다. 그의 시선은 땅을 향해 있었다. 그 땅 위에 세워진 사람들의 삶, 바싹 마른 움막과 비워진 항아리, 빵 반죽이 식은 화덕, 부서진 제단의 조각들. 이 땅은 기적을 기다리는 땅이 아니라, 회복을 갈망하는 땅이었다. 그의 말은 더 낮아졌지만, 더 깊어졌다.

"바알의 제단에서 돌아서고, 여호와의 이름을 회복하십시오."

그의 목소리는 단순한 명령이 아니었다. 노래가 되어 사람들의 마음에 스며들고 있었다.

"생명은 오직 여호와께 있습니다. 그대들이 살길은 단 하나입니다.
그 마음을 돌이켜, 여호와께로 돌아가는 것뿐입니다.
길을 잃은 어린 양들이 주인의 음성을 알아듣고 되돌아오듯,
우리의 참된 목자 되시는 그분은
지금도 당신들을 향해 두 팔 벌려 기다리고 계십니다.
그대들의 걸음이 멈추기를, 마음이 열리기를,
눈물이 진실이 되기를 간절히 바라고 계십니다.
그런데도 그대들은 어찌하여
스스로 만든 그림자 앞에 무릎 꿇고 있습니까?
자신이 깎아 만든 돌과 나무, 말이 없고 숨결 없는 우상들 앞에
마음을 바치며 절망의 사슬에 자신을 스스로 묶고 있습니까?
그림자는 빛이 없기에 어둠을 드리웁니다.
그 어둠 속에서 그대는 길을 잃고,
고통과 불안과 공허함에 사로잡혀 있지 않습니까?
차가운 새벽, 텅 빈 방에서
불 꺼진 눈으로 천장을 바라보며
"왜 이렇게 되었는가…"라고 묻는 그날의 탄식 —

하늘은 침묵하는 듯하고,
세상은 아무 일 없다는 듯 돌아가고,
그대 혼자만 얼어붙은 듯한 그 순간 —
누가 그 아픔을 알아주었습니까?
아버지가 세상을 등지고 떠나던 날,
병석에 누운 어머니가 이름조차 부르지 못하고 눈을 감던 밤,
무덤보다 작고 차가운 관에 갇혀,
꽃 한 송이보다 더 여린 어린 딸과 아들을 묻으며
그대가 떨리는 손으로 흙을 올리던 그때 —
그 울음을, 그 심장을 죄어오는 듯한 절규를
도대체 누가 들어주었습니까?
그대들이 부르짖던 우상은
대답했습니까?
그대의 무릎을 닳도록 기도하던 그 돌상은
눈물 한 방울 흘렸습니까?
그림자처럼 존재했던 거짓 신들은
아무것도 주지 못하고,
결국 고통과 불안, 그리고 더 깊은 허무만을 남겼을 뿐입니다.
그러나 —
오직 여호와 한 분만이
그대들이 흘린 눈물의 깊이를 아시고,
그대들이 감당해온 고단한 하루의 무게를 아시는 분이십니다.
사람들은 잊었고, 세상은 외면했지만,
그분은 단 한 순간도 당신을 잊지 않으셨습니다.
그분은 당신의 아픔 앞에서 외면하지 않으셨고,
그대의 곁을 조용히, 그러나 절대 떠나지 않고 지켜오셨습니다.
그분은 지금도 탄식하시며 기다리고 계십니다.
그대가 다시 돌아오기만을,

그 눈물을 들고, 그 이름들을 부르며 돌아오기만을
하늘 문 앞에서 애타게 기다리고 계십니다.
그분께 돌아오십시오.
그러면 잃어버린 자식들의 슬픔도,
의지하던 이들을 먼저 보낸 허무도,
그 모든 비참함 속에서
그분만이 줄 수 있는 참된 위로와 생명의 의미를 찾게 될 것입니다.
그분은 죽은 자를 기억하시며,
산 자의 눈물도 잊지 않으십니다.
그대의 사랑은 헛되지 않았으며,
그분의 품 안에서 다시 회복될 것입니다.
그러니 그대의 마음을 돌이키십시오.
그 어둠 속에서 그분의 빛을 바라보십시오.
그러면 주께서 그대를 품으시고,
그 상처 입은 마음에 새 생명의 숨결을 불어넣어 주실 것입니다.
황폐한 땅에 다시 꽃이 피고,
잃어버린 평안이 그대 안에 강물처럼 흐르게 될 것입니다.
사람이 줄 수 없는 참된 위로,
세상이 줄 수 없는 확실한 구원—
그 모든 것이 여호와께 있습니다.
이제 그대들의 마음을 돌이키십시오.
닫혔던 마음의 문을 여십시오.
그분은 지금도 당신을 부르고 계십니다.
그분께 돌아오십시오.
그러면 그분께서 당신을 따뜻하게 품으시고,
그대의 영혼을 새로운 생명으로, 하늘의 평안으로 충만케 하실 것입니다."
　노인은 조용히 눈을 감았다. 눈꺼풀 아래로 세월의 무게가 내려앉았고,
입술 끝엔 오래된 상처처럼 굳은 침묵이 맴돌았다. 그 침묵은 고통이 아니

라, 기억이었다. 그 역시 알고 있었다. 여호와의 이름이 한때 이스라엘을 지켰고, 가정마다 아버지의 입에서 불렸으며, 아이들의 잠자리에서 기도로 읊어졌던 시절이 있었다는 것을. 그러나 어느 순간부터 그 이름은 바알의 의식 속에 묻혀버렸다. 사람들은 살아남기 위해 새로운 신의 이름을 입에 담았다. 그렇게 오래된 진실은 먼지처럼 사라졌고, 진실이 사라진 자리에 가뭄이 찾아왔다.

엘리야는 한 발자국 앞으로 나섰다. 그의 발이 닿는 자리에, 바싹 마른 먼지가 일었다.

"가루 한 움큼이라도, 기름 한 방울이라도 ― 그분께 드리는 마음으로 나누십시오."

사람들의 눈이 빵 조각을 들고 있는 엘리야의 손으로 향했다. 그것은 웅장한 성전의 번제가 아니었다. 제사장이 금방울 달린 옷을 입고 향을 피우는 절기가 아니었다. 단지, 한 여인이 기울어진 병에서 긁어낸 마지막 한 방울의 기름과 바닥을 쓸어 모은 가루 한 움큼. 그 작은 빵이, 이스라엘의 예배로 바뀌는 순간이었다. 그 빵은 살아남기 위한 수단이 아니라, 하나님께 돌아가겠다는 마음의 시작이었고, 하나님은 그 시작을 기다리셨다.

"그것이 곧 하나님을 향한 온전한 섬김이며, 그분은 그 섬김을 받으시는 분이십니다."

그날 밤, 마을은 조용했다. 해는 이미 사라졌고, 별빛조차 검은 하늘에 조심스레 숨죽인 듯 걸려 있었다. 하지만 그 적막함 속에서, 아주 작고 조심스러운 움직임 하나가, 과부의 집 문 앞에서 시작되었다. 문지방에 놓인 짐 꾸러미 하나. 낡았지만 정갈하게 싸인 천. 풀어진 매듭 속엔 얇은 빵 두 장과 말린 대추 몇 알이 놓여 있었다. 누구의 손이었는지는 끝내 밝혀지지 않았다. 누군가 문을 두드리지도 않았고, 발자국 하나 남기지 않은 채 떠나갔다. 과부는 문을 열고 그것을 보았지만, 아무 말도 하지 않았다. 다만 조용히 그것을 집어 들고, 익숙한 손놀림으로 항아리 곁에 놓았다.

그다음 날, 또 다른 무언가가 문 앞에 있었다. 이번에는 손바닥만 한 항아리에 담긴 보리 한 줌. 짚으로 엮은 뚜껑이 덮여 있었고, 바닥엔 누런 흙먼지가 묻어 있었다. 그것은 결코 많은 양이 아니었으나, 과부는 그것을 보고 이상하게 눈을 감았다. 기도하지는 않았지만, 기도보다 깊은 침묵으로 잠시 머물렀다. 그리고 그날 저녁, 작은 그릇 하나가 문 앞에 있었다. 얼핏 비어 보였지만, 햇빛을 비추자 희미하게 반짝이는 기름 한 방울이 모습을 드러냈다. 생명처럼, 작고 투명한 희망의 한 방울. 과부는 그것을 소중히 받쳐 들어, 온기가 깃든 불 옆으로 옮겼다. 아직도 끝은 오지 않았다는 듯이.

며칠이 지나고, 마을 사람들 사이에선 눈빛이 바뀌기 시작했다. 처음엔 엘리야를 향한 두려움과 분노가 있었고, 그 뒤에는 침묵이 있었다. 그러나 지금은 서로를 바라보는 눈에 조심스러운 존중이 감돌았다. 어느 날 아침, 창문이 열리자 뜨거운 돌에 얹어 구운 빵 하나가 안으로 들어왔다. 그 누군가는 문도 열지 않고, 그저 잠시 손을 뻗어 빵을 놓고, 아무 말 없이 돌아섰다. 다른 이는 빈 병 하나를 문 앞에 두고, 한참을 고개 숙인 채 서 있었다가, 발소리 하나 내지 않고 사라졌다. 그것은 시혜가 아니었다. 동정도, 구호도 아니었다. 그들은 알게 되었다.

이 나눔이 곧 섬김이라는 것을. 빵 한 조각, 기름 한 방울이 여호와 앞에서는 향기로운 제사라는 것을. 누구도 큰 것을 내놓지 않았고, 누구도 이름을 밝히지 않았다. 사람들은 단지 자신이 가진 극히 적은 것을 들고나와 바닥이 드러난 항아리 앞에 놓고 돌아섰다. 그 손길은 어색했고, 머뭇거렸으며, 때로는 너무 작아서 티조차 나지 않았다. 하지만 매일 아침, 과부의 문 앞엔 무언가가 있었다. 그리고 매일 저녁, 화덕 위엔 작은 빵 냄새가 피어올랐다.

과부는 이제 항아리를 두려워하지 않았다. 더 이상 '비어 있음'을 공포로 받아들이지 않았다. 왜냐하면, 그 비어 있음은 '채워짐'을 준비하는 공간이었고, 사람들의 믿음은 그 빈자리를 정확히 채우고 있었기 때문이었다. 그녀는 매일 문을 열었고, 매일 항아리를 기울였다. 그리고 매일 밤,

아이를 무릎에 앉히고 엘리야가 조용히 기도하는 모습을 바라보았다. 아이는 처음엔 호기심으로, 이내 습관처럼 눈을 감기 시작했다. 엘리야는 말없이 기도했다. 그 기도는 점점 마당 너머로, 마을 안으로, 사람들의 부서진 마음속으로 번져갔다.

"그 예언자의 말대로라면… 우리가 이 빵을 나누는 것이 곧 여호와께 드리는 제사가 되는 셈이지."

죽음과 회개 사이

 방 안은 말 그대로 시간조차 숨을 죽인 공간처럼 느껴졌다. 오랫동안 문이 닫힌 방 특유의 눅눅한 정적이 공기 속에 퍼져 있었고, 창문 아래로 스며드는 햇살조차 그 안에서 방향을 잃은 채 멈춰 선 듯했다. 먼지 입자들이 떠다녔지만, 그마저도 천천히 흘렀다. 땀인지 눈물인지 모를 액체가 이마를 따라 흘렀고, 천 조각은 젖어 있다가도 이내 마르기를 반복했다. 방 안에 울려 퍼지는 건 말라가는 아이의 숨소리와 한 여인의 숨 막히는 기다림뿐이었다.

 과부는 아이 곁에 무릎을 꿇고 앉아 있었다. 팔은 아이의 머리를 받치고 있었고, 다른 한 손으론 축축한 천 조각을 쥐고 있었다. 그 천은 더 이상 차갑지 않았다. 방 안의 열기와 아이의 체온이 함께 스며들어 따뜻한 온도만을 간직한 채, 그저 습기만을 남긴 채로 움직였다. 그녀는 입을 굳게 다문 채, 한 음절씩 끊어 아이의 이름을 불렀다. 마치 기도처럼, 속삭이듯 부르는 그 이름은 방 안의 침묵보다 더 무거웠다. 그 무게는 그녀의 어깨를 조금씩 짓눌러 갔다.

 아이의 몸은 눈에 띄게 가늘어지고 있었다. 작은 가슴은 간신히 움직였고, 그 호흡조차 깊은 숲을 헤매다 나뭇가지에 걸린 바람처럼 불규칙했다. 숨을 쉴 때마다 갈비뼈가 드러났다. 입술은 이미 갈라져 피가 맺히고 있었다. 아이의 눈꺼풀은 반쯤 감긴 채로 미세하게 떨리고 있었고, 눈동자는 안에서 제 방향을 잃은 듯 떠다녔다.

과부는 자신의 손끝이 아이의 이마에 닿을 때마다 무언가를 되찾고 싶다는 갈망에 사로잡혔다. 손이 닿는 곳마다 생명의 기운이 조금이라도 돌아오기를 바라는 듯. 그러나 아이의 살갗은 더 이상 그녀의 체온에도 반응하지 않았다. 그녀는 조심스럽게 천 조각을 물에 다시 적시려 했다가 멈췄다. 물은 거의 다 말라 있었다. 항아리 바닥에서 긁어모은 마지막 물이었다. 그러나 그녀는 여전히 천을 짰고, 그것으로 아이의 입가를 닦았다. 의미 없는 반복일지라도, 그 행위 자체가 그녀에겐 유일한 희망이었다.

그리고 그때였다. 아이가 아주 천천히, 눈꺼풀을 들었다. 그 안에는 빛이 없었다. 하지만 분명히, 아주 미약하게, 아이의 시선이 공중을 헤매다가 마침내 어머니의 얼굴에 닿았다. 그 순간, 과부의 몸이 움찔했다. 너무나 오랜 기다림 끝에 마주한 생의 흔적이었다. 사라진 불꽃이 다시금 심지 끝에서 깜박이는 것처럼, 아이의 시선이 그녀를 붙잡고 있었다.

아이의 입술이 아주 천천히, 거의 인식할 수 없을 만큼 느리게 움직였다. 입술은 말라붙어 있었고, 갈라진 틈 사이로 작은 피의 얼룩이 번졌다. 그러나 그 속엔 말이 있었다. 의미가 분명하지 않았고, 발음조차 채 되지 않았지만, 그녀는 들을 수 있었다. 아니, 그녀는 그것을 느꼈다. 그것은 단지 말이 아니라, 먼 길을 떠난 자가 마지막 힘을 다해 돌아와 노크하는 소리였다. 희미하지만 분명히, 살아 있는 자의 목소리였다.

과부는 숨을 멈춘 채 그 입술을 바라보다가, 이내 그 작은 소리에 대답하듯 입을 열었다. 그러나 말은 나오지 않았다. 목구멍까지 차오른 말 대신, 오랫동안 눌려 있던 감정이 먼저 올라왔다. 눈물이 아니었다. 오히려 말라붙은 감정의 가루 같은 것이었다. 그녀는 아이의 뺨을 어루만지며 고개를 숙였다. 이 짧은 눈빛, 이 미약한 움직임, 이 말 같지 않은 말이 지금, 이 순간 천 개의 기도보다 더 큰 의미가 있다는 것을 그녀는 알고 있었다.

그리고 그 순간, 방 안은 달라졌다. 햇살이 더 깊숙이 들어왔고, 창턱 위의 먼지가 바람결을 따라 흩날렸다. 여전히 아무 말도 들리지 않았지만,

공기엔 설명할 수 없는 울림이 감돌았다. 어쩌면 그것은, 아이가 아직 여기에 있다는 증거였고, 어머니가 아직 포기하지 않았다는 증명이었다.

방 안의 공기가 그 순간 멈췄다. 아니, 정확히는 모든 시간이 고여버렸다. 천천히 흘러가던 햇살마저도 더 이상 움직이지 않았다. 먼지 입자들조차 허공에 매달린 채 흔들림을 잃었다.

"엄마…"

그 작은 목소리는 너무도 약했지만, 그 무엇보다도 명확하게, 그리고 깊게 그녀의 귓속을 때렸다. 그것은 절망의 끝에서 건져 올린 유일한 이름이었고, 이 세상에 그 아이가 아직 붙잡고 있는 마지막 단어였다.

과부는 온몸을 떨며 본능적으로 앞으로 몸을 기울였다. 손을 내밀기도 전에 눈이 먼저 아이를 향했다. 희미하게 흔들리던 아이의 눈꺼풀, 말라붙은 입술, 그리고 공중을 더듬는 듯한 조그마한 손―그 모든 것이 그녀의 가슴을 내려앉게 했다. 숨도 제대로 쉴 수 없었다. 손끝이 공중을 헤매다가, 마침내 그녀의 뺨을 스쳤을 때, 그것은 모든 세상이 그 손끝으로 흘러들어온 것처럼 느껴졌다. 아이의 마지막 의지, 마지막 힘, 마지막 인식이 모두 그 손끝에 담겨 있었다.

그리고 그다음 순간 아무 소리도 없었다. 아이의 손이 바닥으로 떨어졌다. 아주 천천히, 그러나 단호하게. 마치 모든 일을 다 끝냈다는 듯이. 동시에 아이의 가슴에서 길고 낮은 숨이 한 줄기 나왔다. 길고, 고요하며, 마지막 파도처럼 잔잔히 밀려왔다가 사라졌다. 그리고 그다음 숨은… 오지 않았다. 기다렸지만 오지 않았다.

과부는 그 자리에 굳은 듯 앉아 있었다. 그녀의 두 눈은 아이의 입술과 코끝, 가슴의 움직임을 찾아 헤맸지만, 아무 흔적도 보이지 않았다. 너무도 조용했고, 너무도 명확했다. 그녀의 입술이 떨리기 시작했다. 그러나 목소리는 바로 나오지 않았다. 대신 그 모든 감정이 목구멍 어딘가에서 맴돌다, 끝내 작은 균열이 생기듯

"안 돼… 아니야…"

가냘픈 목소리가 아주 조용히 터져 나왔다. 그녀는 아이의 작고 마른

몸을 안았다. 가볍고, 싸늘했다. 너무도 익숙한 체온이 빠져나간 그 감촉은, 이 세상 그 어떤 추위보다도 깊었다. 눈물은 나지 않았다. 울음을 잊은 채 살아온 나날이 너무 길었기 때문이다. 대신 그녀는 고개를 좌우로 흔들며, 무의식적으로 말을 되뇌었다.

"안 돼… 안 돼… 제발… 이러지 마…"

반복되는 말은 망가진 기도처럼, 허공 속을 떠돌았다. 아이를 품은 그녀의 팔에는 힘이 들어가지 않았다. 하지만 놓을 수도 없었다. 아이의 무게는 너무 가벼웠지만, 그 가벼움은 그녀의 심장을 짓누르는 쇠사슬 같았다. 숨도 제대로 쉬지 못한 채, 그녀는 아이의 어깨에 얼굴을 묻고 중얼거렸다.

"엄마가… 있는데… 왜…"

그 말은 질문이 아니었다. 원망도 아니었다. 그것은 단지, 감당할 수 없는 현실 앞에서 터져 나온 본능적인 외침이었다. '엄마'라는 존재가 그 모든 걸 막을 수 있을 줄 알았다. 적어도, 끝을 이렇게 맞이하지는 않게 해줄 수 있을 줄 알았다. 그러나 지금, 그녀의 품에 안긴 아이는 아무 대답도 하지 않았다. 눈은 감겨 있었고, 작은 입은 다시는 열리지 않을 것이며, 손은 더 이상 그녀를 향해 다가오지 않았다.

방 안은 다시 고요해졌지만, 그 고요는 이전과는 달랐다. 이제는 생의 기척마저 사라진, 완전한 정적이었다. 그 정적 속에서, 그녀는 오직 아이의 이름을 되새기고, 자신의 존재를 되묻는 한 줄의 문장을 되뇌었다.

"엄마가… 있는데… 왜…"

방 안은 여전히 숨을 죽이고 있었다. 바람도 들지 않았고, 창문으로 들어오던 햇살조차 더는 어떤 생기를 품고 있지 않았다. 그저 빛일 뿐, 아무것도 데우지 못한 채 공중에서 머물다 식어버린 빛. 시간은 멈춘 듯 흘렀고, 숨결 하나조차 허락되지 않는 고요가 그 자리를 지배하고 있었다. 과부는 돌로 굳은 사람처럼, 아이를 품에 안고 있었다. 그 작은 머리는 그녀의 팔 위에 무겁게 기댄 채, 더는 움직이지 않았다. 숨결도, 소리도, 체온도 없이.

한동안 그녀는 아무 말도 하지 않았다. 그러나 그것은 침묵이 아니었다. 그녀의 내면은 끓고 있었고, 그 끓는 질문이 목 끝까지 차올라 있었다. 다만 그것을 입 밖으로 꺼내는 데에 너무 오래 걸렸다. 꺼낸다 해도, 그 말이 이 냉혹한 현실 속에서 어떤 의미가 있을 수 있을지 자신이 없었다. 무너진 심장은 분노도 슬픔도 일으킬 수 없었다. 그저 허망함. 그 빈틈. 설명되지 않는 무게. 그녀는 아이의 식어가는 뺨을 손끝으로 천천히 쓸어 내렸다. 거기에 아직 체온이 남아 있을까 — 아니, 체온을 느끼지 못하더라도, 손을 떼고 싶지 않았다.

그리고, 마침내, 말이 나왔다. 아주 작고, 낮고, 조심스럽게.

"…내가… 뭘 잘못한 걸까요…"

그 말은 자신에게 던지는 자문 같았고, 또한 천장을 뚫고 어딘가 들릴지도 모를 어떤 존재에게 향한 외침이기도 했다. 그러나 대답은 없었다. 방 안은 그저 그대로 있었다. 말은 천장에서 반사되어 되돌아오지도 않았다.

"무슨 죄를 그렇게 지었다고… 이 아이까지… 이 아이까지 데려가십니까…"

그녀의 목소리는 조금씩 갈라지기 시작했다. 숨을 제대로 쉴 수 없어서라기보다, 감정이 한꺼번에 터져 나오기 직전의 파열음이었기 때문이다. 그러나 여전히 울음은 터지지 않았다. 오히려 그것이 더 참혹했다. 울지 못하는 슬픔, 소리를 잃은 절규. 그녀는 아이를 바라보며 손끝으로 그 얼굴선을 따라 문질렀다. 마지막일지도 모를 그 감촉을 기억해두려는 듯, 천천히, 조심스럽게.

그러던 그녀의 시선이 문득 멈췄다. 방의 구석, 어둠이 깃든 자리에 조용히 앉아 있는 사내 — 엘리야. 아무 말 없이 그 자리를 지키고 있던 자. 뜬금없이 이 집에 나타나, 처음엔 물을 달라 했고, 이어 빵을 구했다. 그때도 기이했지만, 지금은 그 이상이었다. 그녀는 천천히 고개를 들었다. 뺨에 남은 눈물은 없었지만, 입술은 떨리고 있었다. 한참을 말없이 그를 바라보다, 결국 입을 열었다. 그리고 그 말은 단순한 분노도, 항의도, 저주도 아니었다. 그것은 절박한 질문이었다.

"이 모든 게… 정말 아무런 뜻도 없는 일입니까?"

그녀의 목소리는 마침내 무너졌다. 그간 참아왔던 모든 감정의 둑이 터지듯, 울음과 절규, 질문과 분노가 한꺼번에 쏟아졌다. 처음에 그녀는 단지 엘리야를 바라보고 있었다. 그러나 그 시선은 이미 먼 곳을 향하고 있었다. 그 앞에 앉은 자는 선지자이기 이전에, 감당할 수 없는 슬픔의 증인이자 대리인이었다. 그녀는 더 이상 견딜 수 없었다. 세상은 너무 오랫동안 그녀에게 침묵했고, 신은 너무 깊게 자신을 감추고 있었으며, 슬픔은 그녀의 육신보다 더 먼저 지쳐 있었다.

"이게… 당신 때문입니까?"

그 말은 단지 "당신이 내 아들을 죽였냐"는 원색적인 비난이 아니었다. 그것은 절망 속에서 이유를 찾고자 하는 인간의 본능이었다. 누군가의 잘못이어야만 했다. 그래야 이 무너진 세계가 조금이라도 설명될 수 있었다. 그래야 이 고통이 단지 허공에 흩어지는 먼지가 아닌, 무언가의 결과일 수 있었다. 그녀는 한동안 그 말을 하고 싶었으나, 차마 하지 못했다. 하지만 지금, 눈앞의 이 사람은 마치 신의 그림자처럼 그녀 앞에 앉아 있었고, 더 이상 아무 말도 하지 않는 그 침묵이 — 그녀에겐 하나님의 무응답처럼 느껴졌다.

엘리야는 고개를 들었다. 그 눈빛엔 연민과 고통, 그리고 말하지 못하는 무게가 담겨 있었다. 그는 대답하지 않았다. 아니, 그 무엇도 말할 수 없었다. 왜냐하면 그녀의 질문은 대답을 원하는 것이 아니라, 대답이 없음을 확인하고 싶었던 것이었기 때문이다. 그것조차 고통의 일환이었다.

그러나 그녀는 멈추지 않았다. 눈물은 이미 얼굴을 타고 흐르고 있었고, 목소리는 뒤섞여 갈라지기 시작했다. 그녀는 떨리는 손으로 공중을 가리키며, 바닥을 치며, 아이의 이름을 다시 부르려다 삼켜내며 — 그러다 마침내, 그 말을 내뱉었다.

"내 죄를 기억나게 하려고… 오신 겁니까?"

그녀의 눈은 이제 엘리야가 아니라, 엘리야 뒤에 숨어 있는 신을 바라보고 있었다. "하나님," 직접 부를 수 없는 그 이름을 대신하여, 그녀는 엘리야를 향해 외치고 있었다. 오랜 세월 동안 잊으려 했던 과거, 돌아보지 않으려 했던 죄, 이미 묻고 덮은 줄 알았던 회한들이, 이제 아이의 죽음 앞에서 되살아나는 것이다. 그녀는 한순간, 스스로를 아이의 죽음과 연결 지었다. 어쩌면 이 아이는, 자신의 죄를 향한 신의 응답일지도 모른다고. 이 아이가 벌을 받은 것은, 자기가 과거에 저지른, 말하지 못할 어떤 허물 때문은 아닐까. 그녀는 믿고 싶지 않았지만, 믿지 않고는 견딜 수 없었다. 그것만이 지금의 절망을 이해하는 유일한 방식처럼 느껴졌기 때문이다.

"나의 지난 과거를 들추려, 하나님이 나를 벌하시려고… 이 아이를 데려 가신 겁니까?"

그녀의 몸은 이제 제어되지 않았다. 단단히 다문 입술은 떨림을 멈추지 못했고, 눈가에 맺힌 눈물은 더 이상 숨겨질 수 없는 슬픔의 형태로 방울 져 흘러내렸다. 그녀의 가슴은 천천히, 그러나 깊이 들썩였고, 그 떨림은 복부와 목을 지나, 입술 끝에 이르러 터져 나왔다. 오랜 시간 눌러 두었던 절규 — 그 어떤 외침보다 조용한 통곡이, 그녀의 입에서 흘러나왔다.

"차라리 그때… 처음에 굶어 죽게 내버려 두셨더라면, 이런 고통은 없었 을 텐데…"

그녀는 땅속 깊은 곳에 묻어두었던 말을 한 줌씩 끌어올리는 사람처럼, 한 단어 한 단어를 꺼내었다. 그것은 비난이자 기도였고, 고통이자 간구 였다. 살아 있으라는 명령이, 살아 있는 자에게 얼마나 잔혹한 것인지 — 그녀는 그걸 너무 잘 알고 있었다. 죽음을 예고 받았던 그날, 엘리야가 나타나지 않았더라면, 빵은 없었고, 기름도 없었다. 그리고 아이는 어머니 의 품 안에서 조용히 숨을 멈췄을 것이다. 슬픔은 있었겠지만, 이렇게 지 독하게 찢어지는 고통은 없었을 것이다. 그러나 그는 살았다. 그녀 또한 살게 되었다. 매일 아침 항아리를 들여다보는 일은, 경이로움과 동시에 두려움을 안겨주었다. 바닥난 듯한 통 안에서 한 움큼의 가루를 발견할 때마다, 그리고 기름병에서 한 방울씩 떨어지는 그 액체를 볼 때마다, 그 녀는 이 모든 것이 이웃들의 나눔 덕분임을 잊지 않으려 애썼다. 그 작은 나눔이 모여 날마다 버티게 하는 은혜였다. 그러나 언제 끝날지 모르는 이 상황이 형벌처럼 느껴지기도 했다. 그렇게 그들은 하루를 넘기고, 또 하루를 견디며 살아왔다. 하지만 그 끝이 — 이렇게 다시 아이의 죽음으로 돌아온다면, 그 모든 은혜는 대체 무엇을 위한 것이었단 말인가.

"왜 살리셨습니까… 왜…"

그녀의 어깨는 한층 더 흔들렸다. 주저앉을 듯한 몸을 가까스로 일으킨 채, 그녀는 벽을 짚으며 서 있었다. 하지만 그 손끝마저 떨려왔다. 사지가 식어가는 아이를 끌어안은 가슴은 불덩이처럼 타오르는데, 정작 그 불은 아무것도 살리지 못했다. 살아 있는 시간 동안, 그녀는 감사해야 했다. 숨이 붙어 있는 그 날들 동안, 그녀는 신의 자비를 경험했다고 믿어야 했다. 하지만 그 자비가 — 이렇게 끝난다면?

"왜 하루하루… 빵 하나, 기름 몇 방울로 살아 있게 하셨습니까…"

그녀의 목소리는 부서지듯 갈라졌다. 말이라는 것이 감정을 다 담아내지 못하는 한계를 드러낼 때, 그것은 울음으로 전환된다. 그녀는 말하고자 했고, 동시에 울고자 했다. 그것은 억울함이었다. 고통이 예고된 생명보다 더 깊고 잔인한 것은, 은혜를 경험한 이가 그 은혜가 끝난 후 마주하는 허무였다.

"그렇게 연명하게 하셨다가… 왜 이제야… 왜 지금 이러시는 겁니까?"

그녀는 더는 버틸 수 없었다. 무릎이 풀려 바닥에 주저앉았다. 아이의 몸은 그녀의 무릎 위에서 작고 가벼운 무게로 놓였다. 그것은 생명이 떠나간 자의 무게였다. 육신은 남아 있지만, 숨이 빠져나간 빈 껍질처럼, 아이는 너무나 조용하고 가벼웠다. 그녀는 그 작고 차가운 손을 쥔 채, 다시는 움직이지 않는 얼굴을 마주하고 있었다. 그리고 그녀는 엘리야를 바라보았다.

그 시선은 더 이상 분노나 절망이 아니라, 묵직한 질문으로 가득한 눈빛이었다. 말을 하지 않아도, 그 눈빛은 수많은 문장을 엘리야의 심장에 던지고 있었다. '정말, 당신의 하나님은 사랑하시는 분입니까?' '정말, 이 모든 것이 계획된 일입니까?' '그분이 우리를 기억하고 계시긴 한 건가요? 아니면… 이 모든 것이 정말 잊힌 사람들의 이야기입니까?'

그녀는 묻고 있었다. 비명을 지르며 따지는 것이 아니라, 침묵 속에서 무너진 눈빛으로. 그 눈빛 앞에서, 엘리야는 어떤 위로도 감히 꺼낼 수 없었다. 위로는 너무 작고, 그녀의 상실은 너무 컸기 때문이었다. 그리고 방 안의 시간은 잠시 멎었다. 하나님은 아무 말이 없었고, 엘리야도 숨을 삼킨 채, 여인의 곁에 조용히 서 있을 뿐이었다. 슬픔은 말없이 공간을 가득 메웠고, 그 속에서 그녀는 계속해서 되묻고 있었다.

그녀는 마침내 모든 힘이 빠진 듯, 다시 아이를 가슴 깊이 안았다. 그 순간 그 자리가, 그녀가 숨을 쉬며 버틸 수 있는 마지막 공간인 양, 등을 천천히 굽혔다. 한 손으로 아이의 머리를 받치고, 다른 손끝으로는 사르르 말라가는 머리칼을 어루만졌다. 그 머리칼은 이전처럼 부드럽지도 않았고, 아이의 체온도 느껴지지 않았다. 하지만 그녀는 계속해서 그 머리칼을 만졌다. 마치 여전히 아이가 그녀의 손길을 느낄 수 있다고 믿으려는 듯. 아니, 믿고 싶은 마음조차 이제는 남지 않은 듯. 단지 손끝의 움직임만이, 그녀가 아직 무너지지 않았다는 마지막 징표처럼 이어지고 있었다.

더는 엘리야를 보지 않았다. 여호와의 사람으로 알려진 그 사내, 한 달 전까지만 해도 그녀에게 생명을 선물해준 자였고, 그래서 그녀가 믿어보려 했던 인물. 그러나 지금, 그는 거기 있어도, 아무것도 아닌 것 같았다. 그는 그녀의 아이를 살려주지도 못했고, 지금 그녀의 고통에 해답을 주지도 못했다. 하나님도, 그 또한 — 아무 말이 없었다. 그래서 그녀는 말하지 않았다. 하늘을 향해 탄식하지도 않았고, 방 안 가득 퍼진 슬픔을 신에게 올려 보내려는 기도조차 하지 않았다. 그 고요 속에서 그녀는 더 이상 기대하지 않았고, 그 기대의 끝에서 슬픔은 차갑게 굳어가고 있었다.

"내가… 대체 무엇을 잘못했습니까…"

그녀의 등이 보였다. 구부러진 척추, 들쑥이는 호흡, 그리고 굳게 다문 입술. 눈물은 흘렸지만, 흐느낌은 없었다. 오히려 무표정에 가까운 얼굴이 더 깊은 고통을 드러내고 있었다. 고통이 너무 깊어지면 울 수 없게 된다. 그것은 말보다 더 무서운 침묵이었다. 그녀는 그렇게, 숨도 죽인 채 앉아 있었다. 그 순간, 엘리야는 오래 기다리기라도 한 듯 조용히 다가섰다. 무릎이 방바닥을 스치는 소리도, 기도하는 숨결도 없었다. 그는 단지 조심스레, 그러나 분명하게 아이에게 다가가, 작은 몸을 팔로 안아 들었다.

그 손길은 섬세했지만, 결코 망설임은 없었다. 손끝마다 조심이 묻어 있었고, 팔꿈치에 닿는 아이의 무게를 천천히 받아냈다. 꺾인 새를 들어 올리는 손처럼, 단단하지만 고요하게. 그리고 바로 그 순간, 과부의 어깨가 움찔하며 퉁겼다. 무릎을 짚은 채 엘리야를 올려다본 그녀의 눈엔, 다시 피어난 두려움과 의문이 서려 있었다. 입술이 벌어졌다. 그러나 그 말은 곧장 분노로 이어지지 않았다.

"뭘… 하시려는 겁니까…"

방 안은 여전히 물이 가득 찬 것처럼 무겁고 고요했다. 죽음이 한 번 다녀간 자리에 남는 침묵은, 삶의 소리보다 훨씬 뚜렷하고 날카로운 것이었다. 과부는 아이가 엘리야의 품에 안겨 들리는 모습을 눈으로 따라가면서도, 마음은 한 걸음도 움직이지 못한 채 그 자리에 굳어 있었다. 눈앞의 광경은 현실이었지만, 마음속에서는 여전히 받아들이지 못한 현실과 실낱 같은 소망이 엉켜 있었다. 그의 발이 계단을 오를 때마다, 나무로 짜인 그 위태로운 계단이 삐걱거리는 소리가 집안 전체에 울렸다. 그 소리는 누군가의 심장이 조심스레 다시 뛰기 시작하는 소리처럼 들렸다.

엘리야의 발걸음은 무겁지 않았지만 단호했다. 그는 아이를 두 팔로 조심스럽게 안은 채, 조금도 흔들리지 않는 걸음으로 윗방으로 향했다. 문이 열리고, 다시 닫혔다. 아래에서 그 소리를 들은 과부는 문득 가슴을 움켜쥐었다. 문이 닫혔다는 건, 그 안에서 벌어질 일이 자신이 알 수 없는 신의 영역이라는 뜻이었다. 그녀는 본능처럼 계단을 향해 몇 발짝 다가갔지만, 결국 거기서 멈췄다. 손은 허공에서 떨렸고, 입술은 조금 열렸지만 아무 말도 나오지 않았다. 오직 눈만이, 문 위편을 향해 간절한 기도를 삼켰다.

윗방은 단출했다. 작은 창 하나로 스며든 빛이 방의 한복판을 조용히 감쌌다. 그 아래 엘리야는 아이를 눕혔다. 아이의 몸은 여전히 싸늘했다. 작은 가슴은 더 이상 오르내리지 않았다. 그러나 엘리야의 손길은 그 어떤 제사보다 정결했고, 그 어떤 침묵보다 간절했다. 그는 천천히 아이의 이마에 손을 얹었고, 자신도 모르게 입을 닫은 채 눈을 감았다. 긴 침묵이 지나고, 그는 무릎을 꿇었다. 손을 들었고, 하늘을 향해 자신의 목소리를 열었다.

"여호와, 내 하나님이시여…"

그의 음성은 처음에는 낮았지만, 그 안에는 깊은 떨림이 있었다. 그는 위대한 선지자도, 능력의 사자도 아니었다. 그 순간 그는 단지, 한 사람의 외로운 중보자였다. 여인의 집에 거하며 빵을 얻어먹던 자로서, 생명을 함께 나누었던 아이의 죽음을 눈앞에 둔 자로서, 감히 신의 뜻을 묻고자 하는 한 인간일 뿐이었다.

"어찌하여…"

그 말에는 두려움과 고백, 그리고 이해할 수 없는 하나님의 섭리에 대한 질문이 담겨 있었다. 그는 신의 사람으로서 신의 뜻을 대변했지만, 지금 이 기도 안에서는 한 어머니의 고통을 품은 사람으로서 무릎 꿇고 있었다. 고통은 그 여인의 몫이었지만, 책임은 어쩌면 그의 몫이었다. 아이가 살아 있었을 때 그는 그 집에 있었다. 하나님께서 그를 그 집으로 보내셨고, 그는 그 집에서 하나님의 이름으로 빵을 구웠다. 그런데 지금, 그 아이가 죽었다. 과연 이것이 하나님의 뜻이라면, 왜 이런 뜻이 선지자의 눈앞에 펼쳐진 것인가.

"어찌하여 이방 여인의 집, 나를 먹이신 이에게… 이런 재앙을 내리셨나이까?"

그는 떨리는 손끝으로 아이의 이마를 다시 어루만졌다. 차디찬 피부에서 더는 온기를 느낄 수 없었지만, 그 손길은 포기하지 않았다. 엘리야는 무릎을 꿇은 채, 깊은숨을 들이쉬었다. 그 숨 하나에 온 마음을 실어 보내듯, 그는 조심스럽게 아이 위에 몸을 기울였다. 죽은 아이의 가슴 위로 자신의 가슴을 포개고, 숨을 모았다. 그의 뺨이 아이의 뺨에 닿고, 그의 손이 아이의 손 위에 덮였다. 마치 숨이 죽은 아이에게 길을 안내하듯, 살아 있는 자의 숨결을 따라 생명이 되돌아오길 바라는 몸짓이었다.

"여호와여…"

입술 사이로 새어 나온 그 음성은 거의 들리지 않을 만큼 작았지만, 천지를 흔들 수 있는 믿음을 담고 있었다. 엘리야는 아이 위에 몸을 포갠 채, 간절히 속삭였다. 한 번, 그리고 또 한 번. 그는 떼어내지 않았다. 기도를 멈추지 않았다. 이 작은 몸에 모든 생명의 불꽃을 불어넣으려는 듯, 그 가슴에 자신의 모든 것을 맡겼다.

"제발… 이 아이의 생명을… 그의 몸에 다시 돌아오게 하소서."

그 말은 기도였지만, 기도 이상의 것이었다. 그것은 하늘을 붙드는 절박한 외침이었고, 죽음 앞에 선 인간이 마지막으로 택할 수 있는 유일한 항변이기도 했다. 지금 그는 선지자이기를 멈추고, 단지 한 사람의 인간으로서, 이 고통의 순간을 견디지 못해 무너지는 한 여인을 대신하여 무릎 꿇고 있었다. 그의 기도는 어미의 기도였고, 아이의 잃어버린 숨결을 향한 애타는 부름이었다.

"그 어미의 울부짖음이 주께 닿게 하소서…"

그는 다시, 아이의 위에 몸을 겹쳤다. 손끝은 떨렸고, 이마에는 식은땀이 맺혔다. 방 안에서는 시간의 흐름마저 점점 무겁게 느려지는 듯했다. 그의 기도는 점점 절박해졌다. 죽음을 밀어내고 생명을 끌어당기려는 듯한 중보자의 처절한 행위 — 그것은 그저 신을 설득하는 행위가 아니었다. 그것은 신 앞에서 자신을 완전히 드러내는 일이었고, 아무것도 감추지 않은 고백이자 항복이었다. 그는 죽음의 냉기를 손끝으로 느끼면서도, 생명의 열망을 가슴으로 붙들고 있었다.

"주 나의 하나님, 내 심령의 주인이시여…
지금 이 아이가 내 품 안에 누워 있습니다.
차디찬 숨결, 멈춘 가슴 —
어머니의 통곡이 벽을 울리고,
내 마음 깊은 곳에도
그 눈물이 흘러내립니다.
주여, 이 여인에게는 남은 것이 없었습니다.
마지막 밀가루 한 줌과
기름 한 방울을 떼어
당신의 종을 섬기게 하신 그 믿음 —
그 여인의 순종과 정성 앞에

당신께서도 얼굴을 돌리지 않으셨습니다.

그러나 지금,

그 여인의 품에서 유일한 위로였던

이 어린 생명이 꺼졌나이다.

주여, 내가 당신을 믿는 자이거늘,

내게 맡기신 이 집에

어찌 이와 같은 슬픔이 내릴 수 있나이까?

오 주 나의 하나님,

이 아이의 영혼을 다시 그의 몸속에 돌려주소서.

이 아이는 죄가 없고,

이 아이는 아직 꿈을 말하지도 못했습니다.

그의 눈이 다시 뜨이게 하소서,

그의 가슴이 다시 뛰게 하소서.

이 어미의 눈물이

기쁨의 웃음으로 바뀌게 하소서.

나는 아무것도 할 수 없사오니,

오직 당신의 능력만이

이 죽은 자에게 생명을 다시 부어주실 수 있나이다.

주여, 생명의 주인이시여 —

당신의 자비로 응답하소서.

이 아이가 살아나

여호와의 이름을 찬송하게 하소서.

이 집안이 다시 살아난 아들을 안고

"여호와는 참으로 살아계신 하나님이시다"

선포하게 하소서."

그의 목소리가 조금 더 커졌다. 그것은 방 안을 채운 침묵을 뚫는 기도였고, 하늘을 향해 쏘아 올리는 믿음의 화살이었다. 눈을 감은 채, 그는 마지막 숨처럼 기도했다.

"이 아이의 혼이… 그의 몸으로 돌아오게 하소서…"

그 순간, 방 안의 공기가 미묘하게 바뀌었다. 숨이 죽어 있던 아이의 가슴 위에 놓인 그의 손끝이 아주 미세하게, 먼지처럼 흔들렸다. 바람 한 점도 없었지만, 그 방 안에는 분명 무언가가 지나가고 있었다. 엘리야는 다시 숨을 들이쉬었고, 아이 위에서 몸을 천천히 들었다. 두 손은 아직 아이의 가슴 위에 얹혀 있었고, 눈은 여전히 감은 채였다. 그의 몸은 기도 로 지쳐 있었지만, 그 기도는 아직 끝나지 않았다.

그는 마지막으로 다시 한번 속삭였다. 아주 조용하게, 그러나 단 한 치 의 의심도 없는 목소리로.

"주여… 생명을 거두신 이가 다시 생명을 주시옵소서. 당신의 은혜는 죽음보다 깊으며, 당신의 자비는 무덤보다 강합니다."

엘리야의 기도는 더 이어지지 않았다. 그가 마지막으로 입을 다문 순간, 그의 숨은 몸 안 깊숙한 곳에 머물렀고, 방 안의 공기 또한 함께 멈춘 듯했 다. 아무도 없고, 아무 소리도 들리지 않는 것 같았다. 단지 하늘과 단둘이 있는 것 같은 절대적인 침묵. 그 침묵은 감히 손댈 수 없는 고요의 무게로 방 안을 눌러왔다. 기도가 멎은 뒤에도 그는 곁을 뜨지 않았다. 두 손은 아직 아이의 가슴 위에 얹혀 있었고, 그의 이마에는 땀이 흐르고 있었다. 그 땀은 노력의 흔적이라기보다, 간구 끝에 남겨진, 하나님의 뜻 앞에 선 인간의 순전한 체념처럼 보였다.

그 순간, 그 침묵의 끝에서 아주 작고 미세한 떨림이 일어났다. 처음엔 엘리야조차 그것이 환상인지 의심할 정도였다. 그러나 이내 그의 손끝이 감지한, 아주 작지만 명백한 가슴의 움직임 ― 그것은 생명이 돌아오고 있 다는 증거였다. 아이의 입술이 떨렸고, 굳어 있던 세상의 이음새가 한순간 풀리듯, 눈꺼풀이 햇살에 녹은 꽃잎처럼 서서히 열렸다. 숨이 들이쉬어졌 다. 짧고 얇지만, 분명 살아 있는 자의 숨이었다. 엘리야는 그대로 무릎을 꿇은 채, 움직이지 않았다. 마치 이 순간을 방해하지 않기 위해, 그리고 이 거룩한 회복의 자리에서 감히 어떤 말도 덧붙이지 않기 위해서였다.

그는 조심스럽게 아이를 들어 올렸다. 품에 안긴 그 작은 몸이 이제는 차갑지 않았다. 미약하지만 생명의 온기가 감돌았다. 아이의 숨결은 엘리야의 가슴에 닿았고, 그것은 하늘이 다시 땅과 연결된 징표 같았다. 엘리야는 아이를 꼭 끌어안고, 문을 열었다. 그리고 계단을 따라 천천히 내려갔다. 그 걸음은 무언가 무거운 것을 끌고 가는 듯 더디고 조심스러웠으며, 말없이 무릎 꿇는 자의 발걸음처럼 숙연했다.

아래층 구석에, 과부는 여전히 무너진 듯 주저앉아 있었다. 그녀의 눈은 텅 비어 있었고, 그 시선은 무언가를 보는 것이 아니라 잃어버린 세계를 향한 멍한 응시였다. 그녀는 움직이지 않았다. 누구의 발소리에도 반응하지 않았다. 소리 없는 허공 속에서 자신을 잃어 가고 있었다. 그러다 엘리야의 그림자가 그녀 앞에 멈춰 섰다. 그는 아무 말도 하지 않았다. 그리고 그 품에서 아이를 조용히 내려, 그녀의 품 안으로 안겼다.

과부는 처음엔 아무 반응이 없었다. 아이가 안긴 것도 인지하지 못한 듯 보였다. 그러나 그 작은 몸에서 전해지는 아주 희미하지만 따뜻한 숨결이 그녀의 가슴께를 건드리는 순간, 그녀의 눈동자가 미세하게 떨리기 시작했다. 그녀는 서서히 고개를 숙였다. 품 안의 아이, 여전히 미약하지만 살아 숨 쉬는 그 존재를 바라보는 데에는 시간이 걸렸다. 그녀는 그제야 느꼈다. 팔 안에 있던 건 절망의 잔재가 아니라, 기적이었다.

그녀는 손끝으로 아이의 머리칼을 조심스럽게 쓸었다. 숨소리가 들렸다. 너무 작아서 귀를 기울여야만 들릴 정도였지만, 그것은 분명히 존재하는 생명이었다. 그녀의 손이 떨렸다. 눈가에는 아직 흐르지 못한 눈물이 맺혔고, 그 눈물이 눈동자에 가득 차오르자, 더 이상 침묵으로는 감당할 수 없는 감정이 밀려왔다. 그녀는 마침내 두 무릎을 꿇었다. 아이를 품에 안은 채 고개를 깊이 떨구었다. 눈물은 조용히 떨어졌고, 입술은 오래도록 닫혀 있다가 처음으로 갈라졌다.

그녀는 천천히 고개를 들었다. 붉게 충혈된 눈으로 엘리야를 바라보며, 처음으로 진심 어린 눈 맞춤을 했다. 그리고 입술이 아주 작게, 떨리며 열렸다. 그 말은 단지 감사의 표현이 아니었다. 그것은 오랜 침묵과 분노, 슬픔과 회의, 두려움과 절망을 지나온 한 여인의, 그 모든 감정의 끝에서 마침내 도달한 '확신'의 언어였다.

"…이제야 알겠습니다. 당신은… 하나님의 사람이시며, 당신의 입에 있는 여호와의 말씀이… 진실로 참된 줄을…"

그녀의 목소리는 크지 않았지만, 방 안의 모든 것을 짓누를 만큼 더 무겁게, 더 깊게 울려 퍼졌다. 그 한마디는 눈물로 가득 찬 시간들, 침묵으로 가라앉은 밤들, 빵 하나 기름 한 방울에 매달려 버틴 날들을 모두 지나, 마침내 도달한 자리에서 터져 나온 믿음의 고백이었다. 그것은 단순한 회복의 말이 아니었다. 한 여인이, 이방의 땅 한가운데서, 여호와의 이름을 다시 증언한 순간이었다.

그녀는 더는 말을 잇지 못했다. 그러나 그 침묵조차 말보다 더 많은 것을 담고 있었다. 그 눈빛, 그 자세, 품에 안긴 아이를 향한 손길 속에 담긴 경외와 떨림은, 단지 생명을 되찾은 기쁨 때문이 아니라, 이제야 진실로 깨달은 어떤 존재 앞에 선 인간의 겸허함 때문이었다.

엘리야는 고개를 숙였다. 그 말이, 이 고백이, 이 땅에 심기 위한 것이었음을 그는 알고 있었다. 이 땅은 바알과 아세라의 이름이 가득했던 우상의 땅이었고, 하나님의 이름은 잊혀진 바람처럼 희미하게만 존재하던 곳이었다. 그러나 지금, 그 땅 한가운데서 여호와의 이름이 진실로 선포되었다.

엘리야는 천천히 뒤를 돌았다. 문틈 사이로 아침 햇살이 방 안으로 밀려들고 있었고, 그 빛은 아이의 이마에 살며시 내려앉았다. 그리고 그 빛은 이제, 이 집 전체에 머물기 시작했다. 침묵 속에서, 하나님의 이름은 다시 살아났다. 말없이. 그러나 분명히. 그들의 삶은 여전히 가난했고, 미래는 여전히 불확실했지만 이제, 그 모든 것 위에 '진실된 말씀'이 놓여 있었다. 그것이면 충분했다.

여왕의 그림자

사마리아 궁전의 가장 깊숙한 곳, 햇빛조차 닿지 않는 그 방에는 외부와 단절된 시간이 머무는 듯했다. 두 겹, 세 겹으로 드리워진 자색과 금사 휘장이 벽을 따라 늘어섰다. 향이 짙게 밴 공기 속에는 묘하게도 피와 향료가 섞인 냄새가 아주 희미하게 배어 있었다. 바닥은 기름을 먹인 듯 반들거리는 석회암이었고, 벽은 온통 상아로 장식되어 있었다. 그 바닥조차 화려한 융단이 덮여 있었다. 그 위에 한 여인이 서 있었다.

이세벨. 두 눈은 검은 마노처럼 어둡고, 머리카락은 정제된 기름에 윤기를 더해 묶여 있었다. 그녀는 온몸을 덮는 듯한 순백의 비단옷을 입고 있었지만, 소매와 옆구리 근처에는 선명한 붉은 자국이 얼룩져 있었다. 그것이 포도주였는지, 피였는지, 혹은 누군가의 목숨값이었는지는 알 수 없었다. 단지 그것이 무언가 치러진 대가라는 것만이 공간 속에 아득히 퍼져 있었다. 그리고 그 옷을 입은 여인은 지금, 거울 앞에 서 있었다.

거울은 높고 길었다. 은으로 테두리를 두른 그 고대의 거울은 빛을 반사하는 대신, 어딘가 내면의 깊은 심연을 비추는 듯한 묘한 기운을 품고 있었다. 이세벨은 말없이 그 거울을 바라보았다. 거울 속의 자신의 얼굴을. 완벽한 비율과 매끄러운 피부, 기품 있는 이마와 반쯤 감긴 눈, 조금도 흐트러짐 없이 정돈된 자신을. 그 얼굴은 여전히 눈부셨다. 그것은 생존자이자 통치자의 얼굴, 나라를 통치하고 제사장을 손에 쥐었던 여인의 얼굴이었다.

그녀는 조용히 웃었다. 그 미소는 차갑지도, 따뜻하지도 않았다. 오히려 정해진 각도로 휘어진 선 같았다. 오래전부터 반복해온 의식처럼, 거울 앞에 설 때마다 자신에게 되뇌었던 말이 다시 입에서 흘러나왔다.

"나는 여신의 대리자다. 나는 생명을 지키는 자다."

그 말은 허공을 떠돌다 거울로 흡수되는 듯했다. 그러나 그 순간, 그 미소는 아주 미세하게 틀어졌다. 눈가 근육이 떨렸고, 입술의 곡선은 흐트러졌다. 이세벨은 무언가를 느꼈다. 그것은 예지라기보다는, 오래된 기억의 찌꺼기가 물속에서 떠오르듯 느껴지는 위화감이었다. 그녀는 천천히 손을 들어 거울을 향해 뻗었다.

그리고 그 순간, 거울 속에서 무언가가 흔들렸다. 처음엔 그녀의 환영처럼 보였으나, 곧 그것은 그녀와 닮았지만, 전혀 다른 무언가가 되어 있었다. 같은 얼굴, 같은 눈동자, 그러나 입가에는 검붉은 피가 말라붙어 있었고, 고개를 약간 기울인 채로, 기묘한 미소를 짓고 있었다. 그것은 그녀였다. 아니, 그녀의 내면 어딘가에 있는 또 다른 그림자였다. 그녀는 순간적으로 숨을 들이켰지만, 손은 멈추지 않고 거울에 닿았다. 차가운 표면 너머로 마주한 그 또 다른 자아와, 그녀는 말없이 대면했다.

"여호와의 자식들이… 나를 저주했지. '죽음의 여왕'이라 불렀지. 하지만 나는 그들의 침묵을 지켰고, 이스라엘을 정결케 했다."

공기에는 숨길 수 없는, 너무도 짙고 무거운 냄새가 맴돌았다. 피, 향료, 고대의 송진, 그리고 무너진 신전의 돌기둥에서나 맡을 법한 쇠의 냄새. 그 모든 것이 혼재된 공간에서, 이세벨은 천천히 양팔을 벌렸다.

그녀의 팔은 무언가를 껴안는 듯, 혹은 보이지 않는 존재에게 자신을 내어주는 듯한 동작이었다. 검게 칠한 손톱이 창백한 손끝을 더욱 선명히 드러냈고, 부정할 수 없는 죄의 증거처럼, 손목을 따라 말라붙은 핏자국이 남아 있었다. 그녀는 고개를 뒤로 젖혔다. 목젖이 드러나도록 하늘을 향해, 아니, 천장을 뚫고 그 너머까지 닿으려는 듯이.

"내가 선지자들의 피를 땅에 뿌렸을 때…"

그녀의 목소리는 낮았으나, 그 낮음은 비단 속삭임이 아니라 깊은 내부로부터 끓어오르는 자백처럼 울렸다.

"그 땅은 내 자궁이었어. 그들은 뿌리였고, 나는 나무였다. 나의 아이들, 나의 바알, 나의 아세라…"

그녀의 입술은 조용히, 그러나 열정적으로 움직였다. 그 말은 신념이었다. 그리고 자기 자신에게 바치는 예배였다. 그녀는 과거를 부인하지 않았다. 아니, 오히려 그것을 성스럽게 되새기고 있었다. 자신의 손으로 선지자의 목을 꺾었던 순간, 그 피가 대지 위에 떨어졌을 때의 감각 ― 그것은 죄가 아니라 창조의 행위처럼, 무언가를 심는 의식처럼, 그녀 안에서 신성하게 회상되고 있었다.

그녀는 한 걸음, 두 걸음 제단 앞으로 다가갔다. 그리고 마침내, 무릎을 꿇었다. 천천히, 그 무릎조차 무게를 감당하지 못할 정도로 지쳐 있는 듯. 이세벨은 두 손으로 얼굴을 감쌌고, 이마를 제단에 닿도록 깊이 숙였다. 얼굴이 돌바닥에 닿으며 그녀의 머리카락이 흐트러졌다. 그 흐트러진 머리카락은 흡사 짐승의 갈기처럼, 제단 위에 드리워졌다.

"내가 그들의 심장을 꺼냈을 때… 나는 안도했어…"

그 말은 속죄가 아니었다. 안도였다. 안심이었다. 그녀는 고백했다. 그 순간들이 그녀에게 해방이었음을. 예언자의 입에서 더는 그 이름이 흘러나오지 않을 것이라는 확신이, 자신의 존재를 지켜주는 울타리처럼 느껴졌다고. 그러나 그 말의 끝, 그녀의 입술이 떨렸다. 무언가가, 말하지 말아야 할 한 음절이 막 새어 나오려는 찰나였다.

"…여…호…"

그 순간이었다. 무형의 손이 안에서 그녀의 목을 조이듯, 이세벨은 갑자기 헛숨을 쉬었다. 온몸이 움찔하듯 경련했다. 두 손이 재빨리 목을 움켜쥐었다. 손톱이 살갗을 파고들었고, 눈은 크게 치켜 떠졌다. 숨이 끊긴 것도 아닌데, 몸은 살아 있는데, 그 숨 하나가, 그 단어 하나가 그녀를 조각처럼 갈라내기 시작한 것이다.

"아니… 안 돼…"

그녀는 그렇게 말하며, 얼굴을 옆으로 돌렸다. 눈동자에는 혼란이 일렁였고, 혀끝은 다시 그 이름을 발음하려는 충동에 떨렸다.

"그 이름은 ─ 그 이름은 나를 무너뜨려…"

그녀의 목소리는 이내 속삭임으로, 속삭임은 곧 쉰 비명으로 바뀌었다.

"나를… 없애려고…"

그녀는 무너져 내렸다. 신의 이름 하나가 기억 속을 맴도는 것만으로도 산산조각 날 만큼 위태로웠기 때문이다. 그 이름을 입 밖에 내는 순간, 자신의 정체성 전체가 부정당할 것이라는 공포. 바알과 아세라, 거짓의 제단 위에 세운 권위가 그 한마디 앞에서 무너질 것이라는 예감. 그리고 그 무너짐이 바로 곧, 심판일 것이라는 직감.

그녀는 짐승처럼 헐떡이며, 제단 아래에서 웅크렸다. 그 웅크림은 기도하는 자세가 아니었다. 두려움 속에서 몸을 감싸 쥔 인간의 마지막 형태였다. 그녀의 눈동자가 흔들렸다. 하지만 곧, 그녀는 고개를 세차게 흔들고 이를 악물었다. 이세벨은 사라진 군중 앞에 홀로 선 배우처럼, 무너진 침묵의 중심에서 숨을 몰아쉬고 있었다.

"나는 잊었다. 기억하지 않아."

그녀의 입에서 터져 나온 외침은 누군가에게 향한 말이 아니었다. 그것은 거울 속에 비친 또 다른 자아, 자신을 배반한 의식에게 퍼붓는 최후의 경고 같았다. 손끝이 떨렸다. 그녀의 눈동자는 뿌옇게 탁해져 있었지만, 눈물은 맺히지 않았다. 울 수 없었다. 아니, 울 자격을 잃은 자처럼, 감정이란 틀마저 억눌러버린 얼굴이었다.

"나는… 나는 여왕이다. 아세라의 대리자요, 생명의 수호자다!"

그 말은 선언이었다. 아니, 저주였다. 그녀 자신에게 새겨 넣는 듯한 외침. 그 순간, 그녀는 숨을 크게 들이쉬며 자리에서 벌떡 일어났다. 그리고 손에 쥐고 있던 수정 술잔을 거울을 향해 힘껏 던졌다.

짧고 날카로운 소리.

찌그러지는 청동 거울의 비명이 방 안을 갈랐다.

거친 소음과 함께, 그녀가 내던진 청동 거울이 찌그러졌다. 그 속에서 얼굴이 흩어졌다. 우그러진 거울 면 위로, 하나의 얼굴이 여러 개로 뒤틀리고 겹쳐 보였다. 움푹 팬 곳에는 입을 벌린 채 절규하는 얼굴이, 비스듬히 꺾인 곳에는 피를 흘리는 얼굴이 깃들었다. 그리고 그 모든 뒤틀린 형상들이 하나의 거울 안에서 아우성치며, 온전했던 이세벨이 어떻게 망가졌는지 증언하고 있었다.

그녀는 차가운 석회암 바닥에 맨발로 서 있었다. 손에 들린 예리한 청동 단검에서는 붉은 액체가 한 방울씩 떨어져 발등을 적셨다. 칼날이 살을 가른 자국은 이미 발목 아래로 붉게 번지고 있었다. 그러나 그녀는 아픔을 느끼지 못했다. 오히려 그 따뜻하고 끈적한 감각이, 지금 여기 자신이 살아 있다는 유일한 증표처럼 느껴졌다. 무언가를 느낄 수 있다는 것 자체가 고통스러운 축복이었다. 방 안은 숨소리조차 메아리치지 않는 듯했다. 찌그러진 청동 거울은 바닥에 나뒹굴고, 찢겨나간 융단 조각들이 핏자국 위로 흩어져 있었다. 소리 없는 방, 파괴의 잔향만이 어둠 속에서 희미하게 공명하며 그녀의 텅 빈 눈동자를 흔들었다.

그녀는 입을 열었다.

"엘리야… 넌 어디 있지?"

그 이름을 부르는 목소리는 차갑고 미세하게 떨렸으며, 단호한 분노와 동시에 어딘가 어린아이 같은 불안을 내포하고 있었다. 마치 어둠 속에서 무언가를 찾아 헤매는 손짓처럼, 그녀의 음성은 허공을 더듬었다. 그러나 곧 그녀의 입술이 찢어질 듯 위로 당겨졌다. 웃음이었다. 피로 물든 발아래, 찌그러진 거울에 비치는 자신의 조각난 얼굴을 보며, 그녀는 웃었다. 붉게 벌어진 입술, 얼어붙은 눈동자, 그리고 바닥 위에 거울에서 피를 머금은 미소가 일제히 그녀를 향해 되비쳤다.

"그 이름이…"

그녀는 중얼거렸다. 속삭임은 자신을 꾸짖는 자처럼, 조용히, 그러나 날카롭게 심장을 찔러 들어왔다.

"아직도 내 입에서 나오다니…"

그녀의 손이 가슴 위를 천천히 쓰다듬었다. 그녀의 심장은 아직도 똑같은 리듬으로 뛰고 있었다. 그 박동 안에 그 이름이, 그 늙은 신의 음절이… 살아 있었다. 그녀는 고개를 천천히 돌리며 다시 거울을 바라보았다. 그 속의 자신은 그녀와 똑같은 얼굴이었지만, 무언가 미세하게 달랐다. 죄의식. 두려움. 인정하고 싶지 않은 회한의 잔상이, 파편 속 얼굴의 눈동자에서 튀어나오고 있었다.

"얼마나… 깊이 박힌 거지…"

그녀는 오래된 상처를 긁어내듯, 조용히 턱선을 쓸었다. 손끝에 묻은 피를 보며 입꼬리를 말아 올렸다.

"…저주처럼… 상흔처럼…"

그녀의 시선은 이제 방의 가장 끝, 석벽 위에 정교하게 세공된 제단의 형상을 향하고 있었다. 그것은 아세라와 바알의 상징들이 섞여 있는 이교의 성소였다. 그 안에는 사방으로 손을 벌린 채 서 있는 여신의 조각상이 있었고, 그 발치에는 불태운 향과 말라붙은 피가 서로 뒤엉겨 있었다. 수십 명의 선지자들이 이 앞에서 무릎 꿇었고, 제물이 올려졌으며, 피가 흐르고 목이 날아갔다. 죽음이 축복이라 일컬어지는 땅. 그 제단 앞에, 이제 이세벨이 섰다.

그녀의 걸음은 천천히, 그러나 망설임 없이 이어졌다. 그 움직임 안에는 분노의 결의가 짙게 응축되어 있었다. 수면처럼 고요한 분위기 속에서 그녀가 가까이 다가갈수록, 석상 위에 남아 있는 붉은 흔적들이 오래된 죄의 증언처럼 스스로 돋아나는 듯했다. 그러나 그녀는 무섭도록 냉정한 눈으로 그것을 바라보았다. 그 눈빛은 예배자의 것과는 달랐다. 그것은 결코 경배의 시선이 아니었다. 오히려 전쟁을 앞둔 자가 적의 성벽을 응시하듯, 철저한 증오와 위협의 기운이 뿜어 나오는 눈빛이었다.

"그 입으로 하늘을 닫았다고?"

그녀의 입에서 튀어나온 말은 낮았지만, 그 속에는 견딜 수 없는 모욕감이 날카롭게 숨어 있었다.

"감히, 비를 끊었다고?"

그녀의 목소리는 점점 부르르 떨리기 시작했다. 손끝이 날을 세웠고, 아주 고운 리넨 튜닉 자락을 움켜쥔 손에는 핏줄이 터질 듯 부풀어 있었다. 그녀는 제단을 향해 고개를 기울이며, 서늘한 음성으로 속삭였다.

"나를 무릎 꿇게 했다고?"

그 순간, 그녀의 온몸에서 뿜어져 나온 기운은 땅을 통째로 부수려는 번개의 응축된 파동처럼 보였다. 그녀는 끝내 주먹을 움켜쥐고 제단 앞에 서서 이를 악물었다. 그러곤… 천천히 등을 돌렸다. 허리를 곧게 세운 채, 석벽을 따라 놓인 작은 서가로 향했다. 거기엔 그녀만의 밀명을 적을 검붉은 잉크와 두루마리가 놓여 있었다. 그녀는 떨리는 손으로 날카롭게 깎인 갈대 펜을 집어 들었다. 그러나 그 떨림은 결코 망설임 때문이 아니었다. 그것은 분노의 울분을 더는 가두지 못하는 이세벨의 내면이, 육신을 밀어붙이는 고통의 진동이었다.

"어리석은 자…"

그녀는 중얼이며, 글을 쓰기 시작했다. 문장의 시작은 곧 경고였고, 이어지는 한 줄 한 줄이 사형 선고와도 같았다.

"내가 그 입을 찢어 열게 만들겠다."

그녀는 이를 악물며 다음 문장을 이어갔다.

"아니 ─ 그 이름을 이 땅에서 지워주지."

그녀는 갈대 펜을 내려놓고, 입꼬리를 천천히 말아 올렸다. 그것은 승리의 미소가 아니었다. 끝내 자기가 파괴하지 않으면 안 되는 운명 앞에서, 피로 물든 결단을 확인한 자의 냉소였다.

"엘리야…"

그 이름을 마지막으로 입에 올린 그녀는 곧 벽면을 향해 걸어갔다. 그곳에는 왕가의 명령서를 게시하는, 상아로 상감(象嵌)한 벽감(壁龕)이 마련되어 있었다. 그녀가 지켜보는 가운데, 시종이 방금 쓴 두루마리를 펼쳐 벽감 안쪽에 고정했다. 못 소리가 울릴 때마다 이세벨은 미동도 하지 않았으나, 그 소리는 그녀 자신의 심장에 박히는 듯 단단했다. 모든 것이 끝나자, 그녀는 다가가 두루마리 위, 금빛 문장 옆에 붉은 진흙 인장을 꾹 눌러

찍었다. 그 명령서엔 한 줄의 문장이 새겨져 있었다.

"엘리야라는 이름을 입에 올리는 자는, 사마리아 법에 따라 신성 모독죄로 간주하여 참형에 처한다."

서슬 퍼런 글자들이 벽을 가득 메우는 순간, 사마리아 궁 전체의 공기가 바뀌는 듯한 침묵이 흘렀다. 시녀 중 누구도 그 방에 들어오지 않았고, 누구도 그 이름을 다시 말하지 않았다. 그러나 그날 이후, 궁 안의 벽마다, 골목의 문마다, 광장의 기둥마다 붉은 칙령서가 걸리기 시작했다. 이름 하나를 지우기 위한 권력의 광기, 여왕의 분노는 이제 한 사람의 선지자에게서 시작되어, 한 도시의 혀를 잠재우는 침묵의 법으로 퍼져가고 있었다. 붉은 도장을 찍으며 그녀는 속삭였다.

"말 없는 신이여, 대답하지 않는 하늘이여…"

그녀는 반쯤 눈을 감았다. 두 손은 길게 늘어진 소매 속에서 떨고 있었고, 입술은 수천 번의 주문을 외운 이처럼 습관적으로 움직이고 있었다.

"너희 선지자의 이름조차… 이제 내 허락 없이는 존재할 수 없다. 이름도… 기억도… 숨소리도…"

그녀는 느릿하게 몸을 돌려 벽을 바라보았다. 벽감 안에 걸린 명령서, 거기 적힌 굵은 글씨를 손가락으로 천천히 따라 쓰듯 짚으며, 그녀는 무언가를 끝냈다는 안도처럼 웃었다. 그러나 그 웃음은 공허했고, 곧 비틀렸다. 허공에는 아무것도 없었다. 거울도 찌그러져 그녀는 자신의 얼굴을 확인할 수 없었다. 그런데도 그녀는 자신의 분신이 눈앞에 서 있기라도 한 듯, 그림자를 향해 입술을 열었다. 아니, 그림자가 아니라 자신 안에서 점점 커지는 또 다른 존재, 스스로 만들어낸 악의 형상을 향해 말했다.

"이제, 그 이름은 사라졌다."

그녀의 목소리는 한결 가벼웠지만, 섬뜩했다. 속이 비어버린 동굴처럼, 그 말은 울림 없이 사라졌다.

"엘리야는 없다."

그녀의 눈이 천천히 반쯤 감겼고, 숨소리가 깊어졌다.

"없다… 없다…"

그 말은 반복될수록 뇌 안에서 회오리쳤다. 엘리야, 그 이름은 단지 남자의 이름이 아니었다. 그것은 저 하늘에서 그녀를 내려다보는 시선이었고, 밤마다 꿈에서 귀를 찢던 나팔소리였으며, 어쩌면 그녀가 가장 두려워한 하나님의 흔적 그 자체였다. 그녀는 그 이름을 지웠다고, 이제 그 이름은 끝이라고 믿고 싶었다. 그렇게 되뇌는 말 속에는 오히려 끝내 부정하지 못한 실존에 대한 고백이 숨겨져 있었다.

그러나 바로 그 순간이었다. 단단히 잠긴 줄 알았던 창문이, 가늘게 떨리기 시작했다. 바람 한 줄기가, 마치 응답하듯 틈새를 비집고 방 안으로 스며들었다. 그것은 강한 바람도, 무서운 소리도 아니었다. 단지 아주 조용하고 가는 떨림이었다. 하지만 그 떨림이야말로, 누군가의 대답처럼 느껴졌다. 이세벨의 말이 진정 끝이 아님을, 그녀의 선언이 아직 하늘의 응답에 닿지 않았음을 상기시키는 흔들림이었다.

바람은 휘장을 건드렸다. 깃털처럼 가벼운 그 움직임이 방 안 구석을 스치며 지나갔다. 그것은 말 없는 울림, 침묵의 경고였다.

비 없는 하늘, 피로 채운 땅

창밖으로는 타는 듯한 햇살이 내리쬐고 있었지만, 방 안은 오히려 한겨울처럼 냉랭했다. 벽에 걸린 아마포 장막조차 숨을 죽인 듯 미동이 없었다. 궁정 방백들은 각자의 자리에서 등받이에 몸을 기대거나, 손끝을 조심스레 맞잡은 채 말없이 앉아 있었다. 말기엘은 그 중심에 서서, 조금 전까지 쏟아져 들어온 혼란스러운 보고들을 곱씹듯 눈을 감았다가 떴다. 그리고 조용히 오른손을 들어 올렸다. 그 단순한 손짓 하나에 방 안의 긴장감이 매듭처럼 조여들었다.

"백성이 불안해하고 있습니다,"

그의 목소리는 높지 않았으나, 단단하고 깊은 울림이 있었다. 그 말은 천천히, 그러나 날카롭게 방 안을 가로질렀다.

"땅은 갈라지고, 가축은 떼죽음을 당하고, 우물은 진흙을 머금었습니다."

그는 잠시 말을 멈추었다. 숨을 들이켜고 천천히 눈을 방백들에게 옮겼다.

"시장은 텅 비었고, 백성들은 나직이… 여호와의 이름을 부르고 있습니다."

그 마지막 문장은 칼날처럼 떨어졌다. 누구도 함부로 입을 떼지 못했다. 말기엘은 그들이 알고 있는 두려움을, 아직 말로 하지 못한 것을 대신 짚어낸 셈이었다. 방 안의 공기는 서서히 진창처럼 고여 들었다. 방백들의 눈빛은 서로를 스치며 엇갈렸고, 누군가는 눈을 내리깔았으며, 누군가는 입술을 다문 채 얼굴의 긴장을 감추려 했다. 명백한 진실 하나가 머리 위에 부유하고 있었지만, 아무도 그것을 붙들지 못하고 있었다.

그때였다. 문득, 좌측 끝자락에 앉아 있던 궁내 대신이 조심스럽게 몸을 앞으로 기울이며 입을 열었다. 그의 목소리는 자루 속에 숨어 있던 돌멩이 하나가 조용히 떨어지는 소리 같았다.

"시장에서… 바알의 제사도 무용하다는 소문이 퍼지고 있습니다."

그 말에 방백 몇몇이 고개를 돌렸다. 그는 조심스럽게 시선을 말기엘에게 향하며 덧붙였다.

"일부 상인들은 제물을 팔지 않겠다 선언했고… 어떤 자들은…"

그는 말끝을 망설이다, 마침내 낮게 속삭였다.

"엘리야의 말이… 맞았다고 속삭입니다."

그 말이 바닥에 닿은 순간, 방 안의 모든 움직임이 급속히 굳어졌다. 엘리야. 사마리아의 금지된 이름, 언급만으로도 목숨을 잃을 수 있는 그 이름이, 이제는 민중의 입에서 은밀히 퍼지고 있었다. 그 이름은 이제 단순한 한 사람의 호칭이 아니라, 바알과 아세라의 권력 아래 깔려 있던 균열의 상징이 되어 있었다. 바람을 타고, 기근의 먼지와 함께, 백성의 갈라진 입술 위에서 다시 피어나는 이름. 그것은 두려움이었고, 또한 무언의 소망이었다.

말기엘이 눈을 감았다가 뜨는 순간, 방 안의 모든 숨결은 스스로를 억누르는 듯, 숨죽여 들리고 있었다. 그의 눈빛은 공허하지 않았으나, 그 속엔 부정할 수 없는 피로와 자각이 자리 잡고 있었다. 그는 지금 이 자리에서, 단순한 정무를 조율하는 자가 아니라, 서서히 균열이 나는 체제를 맨몸으로 부여잡고 있는 관리였다. 고요 속에 무언가 무너져 내리는 소리. 그 소리는 바깥의 민중에게서 들려오는 것이 아니라, 바로 이 조용한 궁 안에서부터 시작되고 있었다.

"이게… 현실입니다."

그가 천천히 중얼거리듯 내뱉었다.

"바알의 제단은 침묵하고 있습니다. 그 피, 그 제물, 그 향과 노래… 더 이상 하늘을 흔들지 못합니다."

그의 말이 완전히 채 끝나기도 전에, 방 한쪽에 앉아 있던 므사가 망설이는 눈빛으로 조심스레 몸을 앞으로 내밀었다. 그의 눈가엔 여러 밤을 새운 피로와 조심스러움이 동시에 서려 있었고, 그의 입술은 말 한마디에도 목이 날아갈 수 있다는 두려움에 바짝 타 있었다. 하지만 그는 마침내 입을 열었다. 그 말은 칼날처럼 날카롭지 않았지만, 더없이 깊고 무거운 짐처럼 떨어졌다.

"남부 평야에선 저장고를 턴 폭도들이 있었습니다. 굶주린 자들이었습니다. 그들은 바알의 사제들이 독점한 곡물을 찾아냈고… 모두 꺼내 갔습니다. 신전을 무너뜨린 자도 있었다고 합니다."

그는 고개를 숙인 채, 다시 덧붙였다.

"북쪽 산간 마을에선 두 성소가 불탔습니다. 목격자는 없습니다. 다만… 기름 자국과 부러진 창문, 남겨진 재 속에서… 누군가 '여호와'의 이름을 새겨 놓고 갔다는 보고가 있었습니다."

그 순간, 방 안은 얼어붙은 정적에 휩싸였다. 말기엘이 천천히 숨을 들이켰고, 다른 방백들의 눈빛도 그제야 제각기 움직였다. 그러나 이어진 보고가 그 긴장 위에 기름을 붓는 듯 흘러나왔다.

"파수꾼을 보내려 했으나, 일부 병사들이 명을 따르길 거부했습니다. 보고에 따르면, 그들의 막사에서 밤마다 여호와의 이름을 부르는 기도 소리가 들려왔다고 합니다."

말이 끝나자마자, 한 방백이 벌떡 일어나며 책상을 세차게 내리쳤다. 나무가 둔탁하게 울리는 소리와 함께, 그의 목소리가 터졌다.

"이건 단순한 불만이 아닙니다! 지금 백성은 굶주림 속에서 우상조차 버리고 있습니다! 바알을 조롱하고, 아세라의 형상을 부수고, 이제는 숨겨진 신의 이름을 부르고 있습니다!"

그는 헝클어진 옷깃을 움켜쥔 채 주위를 둘러보았다. 얼굴에는 땀이 맺혀 있었고, 흥분으로 벌게진 입가에서 말이 쏟아졌다.

"나라의 기반이 흔들리고 있습니다! 질서가 무너지고 있습니다! 사마리아의 신앙이 무너지는 순간, 왕권은 허공에 떠오른 불꽃에 불과해집니다!"

그의 말은, 단순한 두려움의 외침이 아니었다. 그것은 지금 이 사마리아 땅에서 바람처럼 퍼져나가는 어떤 힘. 형체 없는, 그러나 분명한 어떤 것에 대한 경고였다. '엘리야'라는 금기된 이름은, 이제 더 이상 어떤 자의 이름이 아니었다. 그것은 잊으려 했던 신의 이름이요, 닫혔던 하늘의 응답이며, 바알의 왕좌를 뒤흔드는 망치 소리였다.

말기엘은 굳은 얼굴로 눈을 감았다. 그의 두 눈꺼풀 위에는 긴 시간의 무게가 내려앉아 있었다. 정치와 신앙, 민심과 권력 — 그 모든 균열의 경계 위에 그가 서 있었다.

그는 침묵 속에서 천천히 숨을 들이켰고, 조용히 자리에서 일어났다. 그가 자리에서 일어나는 순간, 방백들의 고개가 일제히 돌아갔다. 고요한 긴장감이 다시 한번 실내를 감쌌다. 말기엘의 그림자가 긴 회의 탁자를 따라 천천히 움직였다. 그의 발걸음은 무겁지 않았으나, 하나하나가 깊은 결단의 무게를 담고 있었다. 그는 천천히 고개를 들고, 단호한 눈빛으로 주변을 둘러보았다.

"우리는 지금,"

그는 낮고 굳센 목소리로 말했다.

"신과 싸우는 것이 아닙니다. 우리는 민심과 싸우고 있습니다."

그 말에 누군가 눈썹을 찌푸렸고, 누군가는 고개를 돌렸다. 그러나 아무도 반박하지 않았다. 그것은 명백한 사실이었다. 바알의 신전은 여전히 제물을 태우고 있었고, 제사장은 여전히 향을 피우고 있었지만, 백성의 마음은 점점 그 불길을 외면하고 있었다. 바알은 말이 없었고, 아세라는 응답하지 않았다. 여호와의 이름은 땅속 어딘가에서 자라나고 있었다. 말기엘은 이어 말했다.

"신은 침묵할 수 있어도, 왕권은 침묵할 수 없습니다. 우리는 무너지는 질서를 눈앞에 두고 있습니다. 이제는 응답보다 상징이 필요합니다. 백성의 마음을 붙들 언어가 기도가 아니라 행동으로 전해져야 합니다."

그는 고개를 돌려 벤아미를 향해 시선을 고정했다. 벤아미는 굳은 얼굴로 말기엘의 눈을 바라보다, 조용히 고개를 끄덕였다. 그의 등 뒤에서 무장한 군인들이 조용히 움직였다. 말기엘은 이어 명령을 내렸다.

"신전 앞 제단을 확장하십시오. 그리고 제사 단의 수를 두 배로 늘리십시오. 이것은 단순한 종교의식이 아닙니다. 사마리아 전역을 향한 선언이 되어야 합니다. '우리는 여전히 바알과 함께 있다'라는…"

그 순간, 제사 단 쪽에서 한 사람이 조심스레 입을 열었다. 그는 나이가 지긋한 사제였고, 흰 수염을 정갈히 다듬은 이로, 오랜 신전의 전통을 대변하던 자였다.

"무엇을 바치시겠습니까?"

그의 목소리는 차분했지만, 그 안에는 숨길 수 없는 염려가 실려 있었다. 그 질문에는 두려움과 책임이 함께 걸려 있었다. 단순한 동물의 제물로는 부족하다는 것쯤은 모두 알고 있었다. 이 위기의 순간에 어떤 상징을 세우느냐가 민심의 향배를 가를 것이란 사실 또한 명확했다.

말기엘은 단 한 치의 머뭇거림도 없이 입을 열었다.

"맏아들들입니다."

회의실 안에 무거운 침묵이 다시 밀려왔다. 그는 한 마디를 더 보탰다.

"귀족 가문의 장남들. 사마리아를 지탱하는 집안의 피를, 신에게 드리십시오. 나라의 뿌리가 신에게 몸을 바치면, 백성은 흔들리지 않을 것입니다."

회의실은 그 자체로 하나의 음소 없는 진동처럼 술렁였다. 돌기둥에 기대선 신하의 손끝이 흔들렸고, 누군가는 자리에서 반쯤 일어났다가 천천히 주저앉았다. 몇몇은 말없이 눈을 마주치며 깊은 회의의 빛을 주고받았다. 어떤 이는 입을 다문 채 턱을 끌어내렸다. 그 공간에 드리워진 고요는, 허공을 맴도는 먼지마저 무겁게 보이게 만들었다. 회의실 벽에는 하늘의 빛이 아닌, 이방 신전에서 가져온 붉은 석등이 아득하게 깃들어 있었고, 그 빛은 인간의 얼굴을 기묘하게 물들였다. 어떤 이는 두 눈을 감은 채 기도하는 듯했고, 어떤 이는 의자의 등받이를 움켜쥔 손에 힘을 가득 주었다. 고요한 폭풍 같았다. 사람들은 속으로 외쳤지만, 입 밖으로는 어떤 말도 새어 나오지 않았다.

그 순간, 말기엘은 다시 입을 열었다. 이번에는 아까보다 낮고, 깊고,

단단한 음성이었다. 언뜻 보기엔 조용해 보였지만, 그 안에는 비수 같은 힘이 들어 있었다. 마치 신전 바깥에 남겨진 제물의 심장을 손에 들고 선 사제가, 이제는 칼을 내려놓지 않겠다고 선언하듯 ― 그는, 말기엘은 단지 정치를 말하는 것이 아니었다. 그는 지금, 신의 목소리를 입었다고 선언하고 있었다.

"이것이 신의 뜻이라 말하시오."

그 한마디에, 방 안을 흐르던 시간의 결이 바뀌었다. 그것은 단순한 의식의 구호도, 명령의 선포도 아니었다. 그것은 회의실 안에 모인 자들의 신념을 시험하는 외침이었다. 말기엘은 목소리를 낮췄지만, 그 말의 무게는 바위와 같았다. '신의 뜻'이라는 말은, 언제나 피를 부르기 마련이었고, 지금 그 피는 고귀한 자들의 것으로 예정되어 있었다.

그는 한 걸음 앞으로 나아갔다. 천천히, 그러나 멈추지 않고. 장막 너머로 사마리아의 마른 하늘이 보였다. 구름 한 점 없는 하늘 아래, 바람은 없었고, 하늘의 푸름은 식은 피처럼 무심했다. 말기엘은 다시, 단언하듯 입을 열었다.

"…아니, 이젠… 우리가 신의 뜻이오."

순간, 방 안은 얼어붙은 듯 조용해졌다. 모두가 그 말에 찔린 듯, 한순간 숨을 멈춘 채 서로의 얼굴을 바라보았다. 누구도 고개를 끄덕이지 않았고, 누구도 고개를 저어 반대하지 않았다. 그저 그 말이, 살아 있는 것처럼 방 안을 맴돌았다.

균열의 제단

회합의 자리에 모인 이들은 화려한 옷자락을 입고 있었지만, 그 얼굴엔 전혀 여유가 없었다. 말기엘의 초청에 응했다는 것은, 곧 오늘 나눌 이야기의 무게를 알고 왔다는 뜻이었다. 그들은 왕실에 충성하는 이들로 분류되었지만, 누구보다도 자신의 토지와 군대, 그리고 가문을 지키는 일에 철저한 자들이었다. 계절은 이미 세 번이나 바뀌었고, 이 땅엔 아직 한 방울의 비도 내리지 않았다. 백성들은 굶고, 가축들은 말라 죽고, 신전 앞 제단에서 바알의 제사장은 목이 쉬도록 노래하고 있었지만, 하늘은 닫힌 채였다.

말기엘은 신의 이름으로 그들을 불러 모았다. 그러나 그 이름이 뜻하는 바는, 점점 무게가 아닌 위협으로 다가오고 있었다. 오늘 이 자리에서 말기엘이 꺼낸 제안, 아니 명령은 단 하나였다. '귀족 가문의 장자들을 바쳐라. 그들이 피 흘리면, 이 땅은 다시 젖줄을 얻을 것이다.' 신은 피를 원한다는 말이었다. 더는 양이나 비둘기로는 부족하다는 뜻이었다.

라하브 가문의 수장 아세르가 자리에서 벌떡 일어났을 때, 그의 말은 단순한 격분이 아니었다. 그것은 두려움이었고, 동시에 도저히 넘을 수 없는 선을 마주한 자의 절박한 저항이었다. 그의 얼굴은 핏기가 사라졌고, 입술은 바짝 마른 채 떨리고 있었다. 그의 눈동자에는 이성을 뛰어넘는 감정이 맺혀 있었으며, 이마 위로 흐르는 식은땀이 섬세하게 빛을 반사했다. 그는 주먹을 불끈 쥐고, 떨리는 손으로 말기엘을 가리켰다.

"우리는 바알을 위해 소를 잡았고, 은을 바쳤습니다. 농작물도 바쳤고, 제단 앞에 무릎도 꿇었습니다. 하지만 자식은…"

그의 말이 끊기고, 잠시 숨을 삼켰다. 말기엘은 눈 하나 깜빡이지 않았다. 회의의 분위기는 얼어붙은 채로 움직이지 않았다. 다른 대표들은 고개를 돌리지 않은 채 침묵으로 균형을 지켰다. 그 침묵이 오히려 아세르의 목소리를 더욱 붉게 만들었다.

"자식은 다릅니다! 감히 그들을… 감히 우리 피를 희생제물로 삼다니!"

그의 말끝에 담긴 울림은 회합의 공기를 가르며 흔들렸다. 그제야 몇몇 귀족들이 고개를 숙이거나 시선을 떨구었다. 단지 자식이라는 단어 때문만은 아니었다. 모두가 알고 있었다. 장자를 바친다는 것은 단지 한 사람의 죽음이 아닌, 한 가문의 미래를 절단하는 일이란 것을. 그것은 전쟁보다 더 잔혹한 방식으로 권력을 시험하는 것이었다.

말기엘은 여전히 의자에 앉아 있었고, 손끝 하나 움직이지 않았다. 그는 그들의 분노를 예상했고, 받아들일 준비가 되어 있었다. 그의 얼굴은 무표정했으나, 눈빛은 칼날처럼 서늘했다. 그는 그 누구보다도 먼저 희생이 무엇을 뜻하는지를 알고 있었다. 그리고 그 누구보다도, 신의 침묵을 위험하게 여겼다. 백성이 신의 침묵을 감당하지 못하면, 왕국은 무너질 것이다. 그에게 있어 신을 위한 희생은, 곧 체제를 위한 결정이었다.

신전 내실은 단단한 돌로 둘러싸인 벽 너머로부터조차 소음이 스며들지 않는 구조였다. 이곳만은 신에게만 열려 있는 폐쇄된 성역처럼, 외부의 바람과 햇살조차 닿지 못했다. 회의실 중앙에는 굵은 원형 석상이 자리잡고 있었고, 그 주위로 나라의 실세들이 빙 둘러 앉아 있었다. 제단이 아닌 이 공간에서조차, 그들은 무릎을 꿇지 않고 있었다. 그리고 그 중심에, 말기엘이 있었다. 머리는 높이 들려 있었고, 목소리는 무겁게 가라앉은 채 또렷하게 울렸다.

"신은 희생을 요구합니다."

그 말은 명령도 아니었고, 부탁도 아니었다. 단정적이었다. 피를 바쳐야 하며, 그 피가 장자의 것이어야 한다는 당위처럼 굳건했다. 그의 말에는 의심의 여지조차 허락되지 않았다. 그리고 그의 눈빛은 말을 따라 움직였다. 서늘하게, 그리고 아주 느리게. 그 눈은 회의장에 있는 사람들을 하나씩 훑었다. 살갗을 관통하는 듯한 시선이었다. 그 차가운 눈을 맞은 자들은 신의 칼날이 내려올 위치를 기다리는 양, 입을 다물고 고개를 약간씩 떨구었다.

"이 나라는 그 희생 위에 세워져야 합니다,"

말기엘은 이어서 말했다.

"마른 제단에는 신이 임하지 않지요."

그가 입을 다물자, 방 안은 잠깐의 정적에 잠겼다. 누군가 숨을 참고 있던 공기를 무겁게 들이마신 것처럼, 침묵은 거칠고 뻣뻣했다. 그러나 그 침묵을 깨뜨린 목소리는 조용했지만, 단단했다.

"당신은 대언자입니까? 아니면 왕입니까?"

야곱 가문의 엘르아살이었다. 젊은 귀족이었지만, 누구보다 뿌리 깊은 가문 출신이었고, 정치보다 윤리를 앞세우는 것으로 알려진 인물이었다. 그의 말은 낡은 종이 위에 바늘로 선을 그은 듯 조용했지만, 그 여운은 날이 서 있었다. 왕국의 중심에서 '신'과 '권력'을 분리하려는 이 한 문장은 그 자체로 반역에 가까운 선언이었다. 그리고 지금 이 자리에 앉은 모든 이들이 속으로 삼켜 온 질문이기도 했다.

말기엘의 얼굴은 즉시 굳어지지 않았다. 오히려 평온한 마스크를 유지한 채, 그의 눈썹이 아주 미세하게 흔들렸다. 그러나 그것은 대지 깊은 곳에서 땅이 움직일 때 나타나는 아주 조용한 전조와 같았다. 그는 천천히 엘르아살을 바라보았다. 시선이 길게, 조용히 그를 꿰뚫었다. 그리고 아주 낮게, 그러나 또렷하게 대답했다.

"나는 신의 뜻을 듣는 자입니다."

말기엘의 말이 끝나자, 엘르아살은 조금도 머뭇거리지 않고 그의 앞으로 한 걸음을 내디뎠다. 그 발소리는 작았지만, 회의실 바닥을 울리는 울림으로 퍼졌다. 그 울림에 귀족들의 고개가 일제히 돌아갔다. 그의 눈빛은 굳건했고, 입가의 떨림조차 결의로 응고되어 있었다. 그가 입을 열었을 때, 목소리는 차가웠다. 그러나 그 안에는 목숨을 건 듯한 정직함이 서려 있었다.

"당신은 듣는 것이 아니라, 신의 침묵을 자의로 해석하고 있소."

그 말은 단지 말기엘을 향한 반론이 아니었다. 그것은 이 회의실 안에 있었지만, 감히 말하지 못한 모든 자를 위한 대변이었다. 엘르아살의 시선은 회의실 전체를 스쳤고, 그 눈빛에 몇몇은 고개를 숙였으며, 몇몇은 떨리는 손끝을 숨기려 애썼다.

"바알께서 언제 장자를 요구했소? 우리가 들은 적은 없소!"

그는 어떤 오래된 균형이 무너지고 있음을 깨달은 사람처럼 말을 이었다. 그의 음성은 두려움을 부정한 사람의 용기였고, 두려움을 숨기려는 사람들 사이에 떨어진 단 하나의 횃불처럼 빛났다. 그리고 그 말은, 신의 이름을 도구로 삼는 자들을 향한 분명한 도전이었다.

그러나 말기엘은 흔들리지 않았다. 오히려 그 말에 더욱 침착해졌다. 그는 아주 천천히 회의실의 중심으로 발을 옮겼다. 바닥을 가르는 그의 발걸음은 무거운 돌덩이를 끌고 가는 것처럼 느릿하고 의도적이었다. 마치 그는 이 공간 전체를 천천히 소유하려는 자처럼 움직였다. 그의 망토 자락은 마른 먼지를 일으키며 바닥을 스쳤고, 눈빛은 서늘하게 엘르아살을 향해 멈췄다. 그러나 그가 말을 이을 땐, 오히려 목소리가 낮아졌다. 그 속삭임 같은 말이 오히려 더욱 위협적이었다.

"하늘이 닫힌 건 엘리야의 저주 때문이 아닙니다."

그의 말은 감정이 배제된 선언이었다. 진실이기보다, 하나의 교리처럼 들렸다. 그는 예언자가 아니라, 형벌을 선고하는 재판관 같았다. 그리고 그 순간, 방 안의 모든 그림자마저 조심스레 숨을 죽였다. 말기엘은 귀족들을 향해 시선을 돌리며, 죄인을 하나하나 심문하듯 조용히 고개를 돌렸다.

"우리는 아직 충분한 피를 바치지 않았습니다."

그 문장은 날이 선 단검처럼 회의실 공기를 가르며 퍼졌다. 몇몇 귀족들은 그 자리에서 몸을 굳히고, 손가락이 흔들렸다. 누군가는 무의식적으로 자신의 허리에 찬 검 손잡이에 손을 올렸지만, 아무도 뽑지 못했다.

"이 땅이 구속을 받으려면, 제단은 피를 머금어야 합니다."

말기엘은 이제 모든 사람을 바라보며 천천히 말을 이었다. 그 말은 단순한 주장도, 설득도 아니었다. 신의 칙령을 전달하는 자의 화법이었다. 그의 말 한마디 한마디는 회의실 천장을 짓눌렀고, 그 아래의 사람들을 더욱 움츠러들게 했다.

"왕가의 피는 이미 흘렀습니다. 이젠 여러분의 피가 필요합니다."

그의 눈은 하나하나 귀족들의 얼굴을 훑으며 마지막 말을 덧붙였다.

"그것이 신을 진정으로 감동시킬 수 있습니다."

그 순간, 방 안의 침묵이 마침내 한계에 도달했다. 어떤 이들은 고개를 숙였고, 어떤 이들은 시선을 피했으며, 엘르아살은 다시금 앞으로 한 걸음을 내딛었다. 그의 얼굴은 붉게 상기되어 있었고, 주먹은 단단히 쥐어졌다. 말기엘의 말에 담긴 위협을 가장 명확히 꿰뚫은 이는 바로 그였다.

"우리를 협박하는 것이오?"

그의 목소리는 낮았지만, 그 안엔 검처럼 벼린 의지가 담겨 있었다. 그것은 자신만을 위한 외침이 아니었다. 그것은 이 방 안에 앉아 있지만, 속으로 떨고 있는 모든 자에게 말기엘의 말에 맞서라고 요구하는 부름이었다. 아세르가 다시 소리쳤다.

"당신이 신의 입이라면, 왜 우리는 굶고 있고, 땅은 갈라지며, 아이들이 죽습니까? 우리는 피를 흘려야 하지만, 신은 아무 말도 하지 않소!"

그 말은 회랑 깊은 곳에 고여 있던 두려움과 분노, 의심을 단숨에 끌어올리는 촉매였다. 그의 한마디는 오랫동안 덮여 있던 뚜껑이 열리며 안에 고여 있던 증기를 뿜어내듯, 이 회의실 안 모든 이의 속마음을 드러내게 했다. 귀족들의 눈빛이 흔들렸고, 몇몇은 눈을 내리깔았으며, 다른 이들은 그를 뚫어져라 바라보았다. 누군가는 그 말에 숨을 들이켰고, 또 누군가는 말기엘의 반응을 살피며 경계의 시선을 던졌다.

그 순간이었다.

"조용히 하시오!"

말기엘의 음성이 방 안을 가르며 폭발했다. 그것은 이 회의 내내 그가 한 번도 보이지 않았던 격정이었다. 그동안 그는 침착함과 냉정, 차가운 권위로 말을 이어왔지만, 이번만큼은 달랐다. 그의 목소리는 높은 천장을 울릴 정도로 컸고, 회의실 벽을 감싸고 있던 아마포 휘장이 바람결에 들썩이듯 미세하게 떨렸다. 그리고 그 소리에는 단지 분노만이 아닌, 그 안에 억눌린 절박함과, 무너지는 균형을 막으려는 광기마저 숨어 있었다.

말기엘은 천천히 발걸음을 옮겼다. 그가 엘르아살 쪽으로 다가가자, 열기가 번지듯 귀족들의 몸이 살짝 뒤로 물러났다. 그의 얼굴은 핏기가 돌았고, 이마에 굵은 핏줄이 서 있었다. 그는 이성을 붙잡고 있는 듯했지만, 눈빛은 흔들리고 있었다. 그 눈은 절벽 끝에 선 자의 눈빛 같았다. 뒤는 낭떠러지, 앞은 거센 불길. 그 불길 속으로 스스로를 밀어 넣지 않으면 안 되는 사람의 눈이었다.

"신은, 당신들보다 오래 기다릴 수 있습니다."

그의 목소리는 조금 낮아졌지만, 한 음 한 음이 돌처럼 무겁게 떨어졌다. 그 말은 진정시키는 어조가 아니었다. 그것은 신이 침묵하고 있는 지금, 자신이 그 침묵을 대체하고 있다는 무서운 선언이었다.

"하지만 나라와 가문은 그 기다림을 버티지 못합니다."

그는 엘르아살뿐 아니라 회의석에 앉은 모든 귀족을 향해 손을 뻗었다. 그의 손가락은 가문별 문장이 새겨진 옷자락을 지나쳤고, 반지 낀 손가락, 은으로 장식된 어깨 견장을 지나며, 피의 연대를 부르고 있었다. 그것은 협박이 아니었다. 그것은 설득이 아니었다. 그것은 신의 이름을 입에 올리며 민중의 고통 위에 권력을 유지하려는 자가 내리는 '결정'이었다.

"지금 피를 바치지 않으면,"

그는 마침내 고개를 숙여 귀족들을 내려다보듯 바라보았다. 그 순간 그의 눈빛은 차가운 판단을 넘어선 광기로 번들거렸다. 마치 스스로도 믿고 싶지 않은 현실을 입 밖에 꺼내는 듯, 그러나 그 현실을 말해야만 하는 자의 체념이 서려 있었다.

"그 자식들은… 굶어 죽을 뿐입니다."

그 마지막 문장은 회의실 안에 망치처럼 떨어졌다. 말기엘은 두 손을 등 뒤로 깍지 낀 채 뒤로 돌아섰다. 한 치의 떨림도 보이지 않게, 굳은 어깨를 일자로 펴며 고개를 들었다. 그는 누구보다 조용했고, 누구보다 차분했지만, 그의 등에 밴 기운은 무겁고 선연한 절단의 예감으로 가득 차 있었다. 방 안은 누구 하나 숨소리조차 뱉지 못한 채 얼어붙어 있었다. 말기엘이 마지막 말을 내뱉고 돌아섰을 때, 귀족들은 돌기둥처럼 제자리에 굳어버렸다. 그들의 눈빛은 서로를 향해 튕기듯 부딪혔다. 그 침묵 속에는 다름 아닌 '공포'와 '계산'이 얽혀 있었다. 누구도 먼저 말을 꺼낼 수 없었고, 누구도 먼저 자리를 박차고 나갈 수 없었다. 누구보다 분노에 차 있었던 엘르아살조차 의자에 박힌 듯 앉아 고개만 천천히 떨굴 뿐이었다.

그들이 침묵하는 이유는 분명했다. 한 사람의 항의는 '고귀한 반대'가 될 수 있었지만, 그 반대가 '왕에 대한 반역'으로 규정되는 순간, 그것은 피의 책임으로 이어졌다. 지금 이 회의실에서 벌어지고 있는 건 단지 제사 의식을 위한 논의가 아니었다. 이것은 각 가문이, 왕과 신 사이에 서서 어느 쪽에 몸을 기댈 것인지에 대한 결정의 시간이었고, 어느 쪽이 먼저 피를 흘릴지 가늠하는 침묵의 거래였다.

사마리아의 귀족들은 익히 알고 있었다. 신이 침묵할 때 권력이 신의 자리를 대신하려 든다는 것. 그리고 말기엘은 지금 그 신의 자리를, 명백히 점거하고 있었다. 그가 제안한 '귀족 장자들의 희생'은 단순한 종교적 제의가 아니었다. 그것은 충성과 순응을 증명하라는 명령이었다. 말기엘은 '나라의 뿌리'라 부르며 그들을 불렀지만, 사실상 그는 지금 그 뿌리를 잘라 왕권이라는 줄기를 지탱하려 하고 있었다.

그의 시선은 방 안을 천천히 스치고 지나갔다. 모든 얼굴 위에 덮인 침묵은 아직 깨지지 않았지만, 균열은 분명했다. 눈동자 하나하나에서 그의 말에 대한 저항이 뚜렷이 떠올랐고, 몇몇은 그 반항심을 억누르기 위해 애써 눈을 감고 있었다. 그 순간, 말기엘은 알아차렸다. 권위는 아직 무너지지 않았지만, 그 내부에 틈이 생기기 시작했다는 것을. 무너짐은 그렇게 시작되는 것이다. 소리 없이, 틈에서부터, 곪아 터지는 것처럼.

'피를 바쳐야 믿는다…'

그는 속으로 중얼거렸다. 수많은 전쟁에서, 정치의 회랑에서, 그는 알고 있었다. 사람들은 피를 보면 믿었다. 제단 위에 피가 흘러야 신의 이름은 살아 움직였고, 왕은 신의 대리자로 인정받았다. 하지만 동시에 그는 또렷하게 깨달았다. 피는 쉽게 진리를 믿게 만들지만, 피가 너무 많아지면 — 그 진리를 의심하게도 만든다는 것. 어쩌면 지금이 바로 그 경계였다. 단 한 번 더 피가 흘러간다면, 왕의 권위는 '신의 뜻'이 아니라 '폭정'으로 인식될지도 모른다. 그러면 군주와 신은 함께 무너진다.

말기엘은 느리게 숨을 들이쉬었다. 더는 회의실 안에 머물 이유가 없었다. 그는 의자에서 천천히 몸을 일으켰다. 조심스럽게, 그러나 무겁게. 손으로 옷깃을 고르고, 천천히 걸음을 옮겨 문을 향했다. 그가 나서는 순간, 귀족들은 누구 하나 일어나지 않았다. 등 뒤에서 인기척도, 작별의 인사도 없었다. 조용한 문소리만이 그 공간을 가르며 닫혔다.

회랑의 텅 빈 울림은 얇고도 냉랭했다. 말기엘은 자신의 샌들이 석회암 바닥에 닿을 때마다 울리는 걸음을 들으며, 내심 그것이 얼마나 외롭게 들리는지 깨달았다. 늘 신하들이 따르던 그 회랑, 늘 그를 경외의 눈빛으로 바라보던 그 문지방을 지금은 혼자 걷고 있었다.

그리고 그때 처음으로 말기엘은 느꼈다.

'나는… 제단 위에서 혼자일 수 있다.'

그 두려움은 칼끝처럼 가슴 깊이 파고들었다. 그것은 군중이 등을 돌릴 때 찾아오는 고독이 아니었다. 그것은 신이 돌아앉았을 때 찾아오는 공허였다. 그는 스스로를 신의 입이라 말했지만, 지금 그의 등 뒤에 선 것은 오직 무거운 침묵뿐이었다. 누구도 따라오지 않았고, 하늘도 여전히 닫혀 있었다.

그는 발걸음을 멈추고 회랑 벽에 손을 짚었다. 뼈 밑에서부터 퍼져 나오는 그 싸늘한 감각은, 예언자의 이름을 금지한 그의 결정이 과연 신의 뜻이었는가, 아니면 스스로 만들어낸 폭력이었는가를 조용히 묻고 있었다.

이름의 소문, 그리고 불

새벽은 아직 창문을 두드릴 생각조차 하지 못한 시간이었고, 사마리아 궁전의 내실은 짙은 어둠 속에 잠겨 있었다. 그러나 이세벨의 방만은 예외였다. 한밤중, 짧고 격렬한 꿈에서 깨어난 그녀는 얇고 비단처럼 부드러운 튜닉 위로 홍건히 배인 식은땀에 숨이 막히듯 자리에서 몸을 일으켰다. 떨리는 손이 먼저 반응했고, 그 손끝은 본능처럼 창틀을 움켜쥐었다. 차가운 석회암의 결이 뼛속까지 스며드는 듯했지만, 그녀는 그 냉기를 놓지 않았다. 오히려 그 얼얼한 감각이 꿈의 여운을 끊어주는 듯해, 놓을 수 없었다. 방 안은 숨조차 내기 어려울 만큼 고요했지만, 그 고요는 오히려 내면의 비명처럼 그녀의 귓속을 파고들었다.

"불을 켜라."

조용하지만 날 선 명령이 방을 가르자, 대기하던 하녀가 서둘러 횃불을 붙이고 등불을 올렸다. 불빛이 어둠을 밀어내자, 그녀의 뺨과 이마를 타고 흐르던 땀방울이 금빛으로 반짝였다. 이세벨의 눈은 아직 꿈의 경계에서 벗어나지 못한 듯, 초점 없이 허공을 향해 있었다.

"누구인가."

그 말은 자신에게 묻는 것 같기도 했고, 방 안 어딘가에 숨어 있는 악몽의 잔재에게 묻는 것 같기도 했다. 하녀는 잠시 머뭇거리다 입을 열었다.

"여주인님… 지금 사르밧에서 이상한 소문이 돌고 있습니다. 어떤 이들은, 엘리야가 — 죽은 아이를… 살렸다고…"

말이 끝나는 순간, 방 안의 공기가 응축되듯 조여들었다. 이세벨은 한 발짝도 움직이지 않았다. 그녀의 등은 바르게 펴져 있었고, 손은 여전히 창틀을 움켜쥐고 있었다. 그러나 목덜미, 그 단 하나의 부위만이 조용히 떨리고 있었다. 그 떨림은 바람이 부는 것도, 추위도 아니었다. 그것은… 분노였고, 두려움이었으며, 마침내 되살아나는 기억이었다.

그녀의 목소리는 낮았지만, 날카로웠다.

"그 이름을 말했느냐?"

하녀는 깜짝 놀라 고개를 깊이 숙였다. 두려움이 곧 전율로 번졌다.

"죄송합니다… 존귀한 주인이시여. 저는… 그저 길에서 수군거리는 자들의 말을 들었을 뿐입니다. 아직 궁중에는 —"

"닥쳐라! 그 입술을 잘라내기 전에."

이세벨은 그렇게 말하고는 하녀에게 더는 시선을 주지 않았다. 그녀는 그 말이 자신에게조차 들리지 않았다는 듯, 등불 그림자가 길게 드리워진 방 안을 멍하니 바라보았다. 하녀는 얼굴이 창백해져 뒤로 물러났고, 조용히 방을 나섰다. 방문이 닫히는 소리가 울린 뒤에도, 방 안의 침묵은 오래도록 깨지지 않았다.

그녀는 오랜 침묵 끝에 중얼거렸다.

"죽지 않았어… 그는. 사라지지 않았어."

그 말은 어딘가를 향한 선언처럼 들렸고, 또한 스스로를 향한 고백처럼 들렸다. 이세벨은 이제 기억 속에서 그토록 지우려 애쓴 얼굴 하나가 또렷하게 떠오르는 것을 느꼈다. 길고 바짝 마른 얼굴, 뼈에 붙은 살, 불꽃 같은 눈빛. 모든 침묵을 가르며, 여호와 그 이름을 부르던 자. 그리고 그 저주받은 이름 — 엘리야.

그는 도망친 줄 알았다. 사라졌다고 믿었다. 왕의 궁정을 등지고, 신의 이름만 남긴 채 황무지로 숨어들었을 거라고 생각했다. 그러나 그가 '살렸다'는 소문이 시돈, 사르밧, 그 경계 너머까지 번져 이곳까지 오고 있었다.

그것이 다시 사람들의 입에 오르기 시작한 것이었다.

이세벨은 천천히 나무 격자의 창문을 열었다. 어둠이 방 안으로 밀려들었고, 먼 동쪽 하늘 끝에는 아직 태양의 기척도 없었다. 그러나 그녀는 알고 있었다. 오늘, 그 이름은 더 널리 퍼질 것이다. 백성들은 수군거릴 것이다. '그가 죽음을 이겼다', '하늘이 그를 다시 들었다'고. 그리고 그 이야기들은 곧 신앙이 되고, 신앙은 무기가 될 것이다. 그녀의 통치는, 그렇게 조금씩 균열을 시작할 것이다.

이세벨은 창틀에 손을 얹은 채, 다시 낮게 중얼거렸다.

"사르밧… 시돈의 끝자락…"

고요한 방 안, 은은한 등불 하나만이 벽을 타고 빛을 흘렸다. 그 빛은 낮은 숨처럼 떨렸고, 고요는 병든 듯 무거웠다. 이세벨은 방의 중심에서 망설이는 듯한 발걸음으로 몇 걸음을 내디뎠다. 그리고 마침내 무너진 듯, 주저앉았다. 마룻바닥 위에 무릎을 꿇고, 두 손으로 머리를 움켜쥐었다. 손가락이 검은 머리칼 사이로 파고들며, 그녀의 얼굴은 감정의 소용돌이에 뒤틀렸다. 피처럼 뜨거운 감정이 눈가에 맺혔지만, 눈물은 끝내 흘러내리지 않았다. 대신, 그녀의 입술이 떨렸다. 혼잣말 같았고, 저주 같았고, 고백 같았다.

"왜… 계속… 그 이름이 들리는 거지… 왜…"

그녀의 목소리는 심연에서 퍼 올린 것처럼 가라앉아 있었다. 그것은 광기의 경계에서 부르는 자의 목소리였고, 신의 침묵과 맞서는 자의 독백이었다. 그녀는 숨을 고르려 했지만, 가슴속에서 일어나는 무형의 손길이 그녀를 죄어왔다. 그 이름 하나가, 도무지 지워지지 않았다. 누구도 입에 올릴 수 없도록 법으로 금했건만, 꿈속에서도, 그림자 속에서도, 심지어 자신의 마음 안에서도 ― 그 이름은 살아남아 있었다.

그녀는 천천히 고개를 들었다. 그녀 앞에는 은거울이 있었다. 맑은 물처럼 상을 비추지는 못했으나, 그 어두운 광택이야말로 한때 그녀가 자부심으로 여겼던 권력의 상징이었다. 그러나 오늘, 그 거울 속에 비친 자신의 눈은 다른 얼굴을 담고 있었다. 그 눈동자 깊은 곳, 오래전 심연에서 빠져나온 것처럼 ― 엘리야의 그림자가 서 있었다.

그림자는 말을 하지 않았다. 단지 조용히, 그 자리에 서 있었다. 그것만으로도 그녀는 숨을 삼켜야 했다. 말이 없는 존재였지만, 그것은 선포였고 선언이었다. 그 그림자는 그녀를 꾸짖지도, 질책하지도 않았지만, 그녀는 스스로를 찔렀다. 그림자의 존재 자체가 그녀의 위선을 꿰뚫었고, 그녀의 거짓된 평온을 무너뜨리고 있었다.

"너냐…"

그녀는 거울을 향해 말을 던졌다.

"나를 멈추려는 거냐? 바알의 신녀를, 아세라의 대리자를?"

그녀의 눈빛은 광기와 분노, 그리고 억누르려는 공포로 얼룩져 있었다. 거울 속의 그녀는 고개를 젖혀 웃고 있었지만, 그 웃음은 기괴하게 비틀려 있었다. 그녀는 벌떡 일어났다. 맨발이 석회암을 때리는 소리가 방 안에 메아리쳤다. 그녀는 거울 앞으로 다가가 손을 뻗었다. 그러나 손끝이 닿기도 전에 거울 속 엘리야의 그림자는 사라졌다. 그 자리에 남은 건, 피곤한 얼굴의 한 여인. 무너진 눈, 떨리는 어깨, 권위의 껍질 속에 갇힌 한 인간.

그녀는 더 이상 자신이 누구인지, 어디에 서 있는지 알 수 없었다. 제단 위에 바쳐진 피가 그녀의 심장을 물들였고, 신의 이름을 금지한 그녀의 입에서는 오히려 그 이름이 가장 먼저 떠올랐다. 엘리야. 그 이름은 침묵 속에 더 또렷하게 울렸다.

그녀는 입을 다물었다. 방 안은 다시 고요해졌다. 등불의 불꽃이 찰랑이는 침묵만이 남았다. 하지만 그 침묵조차, 이제는 그녀를 위로하지 않았다. 이세벨은 가만히 눈을 감았다. 그녀의 내면에서 무언가 갈라지는 소리가 들리는 듯했다. 신을 향한 확신이 아니라, 스스로에 대한 의심이 그녀의 내면을 파고들고 있었다. 입꼬리는 올랐지만, 눈동자는 붉게 충혈되어 있었고, 그 웃음소리에는 생기보다 광기가 앞섰다. 그녀는 웃었고, 곧 울었으며, 다시 웃음을 토해냈다. 그 웃음은 비탄과 집착이 버무려진 울음이었고, 희망이라곤 한 점 없는 기도의 잔해를 짓누르듯, 방 안의 공기마저 끈적하게 만들었다. 한때 이스라엘의 여왕으로 군림하던 자의 고요한 몰락이, 그 웃음소리 속에서 부식되어 흘러내리고 있었다. 그녀는 떨리는 손으로 제 무릎을 움켜쥐고, 힘겹게 입을 열었다.

"엘리야… 너를 끝내기 위해서, 나는 내 마지막 피까지도 바치겠다."

그녀의 음성은 명백한 증오로 채색되어 있었으나, 그 안에는 애증의 회오리, 패배를 인정할 수 없는 고집, 그리고 무엇보다도 처절한 공포가 스며 있었다.

"내가 죽기 전에는… 반드시, 너를 묻을 것이다."

그녀는 천천히 일어났다. 그 움직임은 짐승의 그것처럼 본능에 가까웠다. 제단 쪽으로 걸음을 옮길 때 그녀의 맨발은 마룻바닥 위에서 소리를 내며 끌렸다. 제단 위에는 바알과 아세라의 상이 놓여 있었고, 향은 거의 꺼져가고 있었다. 그러나 그녀는 멈추지 않았다. 희미한 연기 속으로 손을 뻗어, 불꽃 위에 자신의 손바닥을 가져갔다.

"바알이시여… 아세라여…"

그녀는 속삭이듯 말했다. 하지만 그 목소리는 속삭임이기에는 너무나 뼈를 울리는 울림을 지니고 있었다. 그것은 탄원이자 명령이었다. 간청이자 협박이었다. 그녀의 영혼이 짓이겨진 그 순간, 그녀는 자신의 전부를 걸고 주문을 외우듯 다시 중얼거렸다.

"그를 내게 주소서. 그의 심장을… 내 발 아래에 놓게 하소서."

그녀의 눈빛은 더 이상 이스르엘의 여왕도, 바알의 신녀도 아니었다. 그 안에는 권력의 품위도, 종교의 신비도, 한 나라의 어머니로서의 위엄도 존재하지 않았다. 그 눈빛은, 사냥감을 발견한 짐승의 눈빛이었다. 그것은 포식자의 욕망이었다. 한 인간의 파멸을 갈구하며, 그 끝을 피로써 덮으려는 자의 시선이었다. 욕망과 증오, 광기와 망상이 뒤엉킨 그 눈은, 이미 어떤 신의 이름으로도 정화되지 않는 혼돈 그 자체였다.

제단 앞의 불꽃이 다시금 크게 일렁였다. 바람은 없었지만, 불은 춤췄다. 그 이름에 반응이라도 하듯, 엘리야 — 그 이름은 그녀의 입에서 나오지 않았지만, 그녀의 영혼은 그 이름을 부르고 있었다. 그리고 방 안 어딘가, 아직 새벽도 다 오지 않은 그 짙은 어둠 속에서, 작은 균열이 나직이, 아주 작게 금 가는 소리로 퍼져가고 있었다.

권력의 틈

사마리아 왕궁 내 회의실은 본래 금장 장식의 천정과 섬세한 석조기둥으로 장엄함을 자랑하는 공간이었다. 한때는 외국 사신이 올 때마다 찬탄을 자아내던 그 웅장한 방이, 오늘은 굳은 공기에 짓눌린 듯 무겁게 가라앉아 있었다. 휘장 사이로 스며드는 빛은 탁했고, 오래된 침묵은 눅눅한 먼지의 냄새를 머금고 있었다. 종려나무로 짜인 긴 의자들 위로는 귀족들의 검은 의복이 일제히 드리워져 있었다. 정면 단상에 선 말기엘의 모습은 구름 낀 하늘 아래 홀로 선 첨탑처럼 서늘하고 위태로워 보였다.

그는 바알 '대제사'라는 중대한 의식을 앞두고, 마지막으로 귀족들의 전적인 동의를 받아내려 했다. 그러나 오늘의 분위기는 평소와 달랐다. 침묵 속에 숨겨진 반감, 그리고 예언자 엘리야의 이름처럼 조심스레 떠도는 '기적'의 소문이, 이 공간을 이전과는 전혀 다른 결로 물들였다.

"우리는 바알의 뜻을 따른다고 맹세했소."

라하브 가문의 대표 아세르가 먼저 입을 열었다. 그의 목소리는 차분했지만, 그 아래 깔린 긴장감은 분명했다. 그는 전장(戰場)의 갑옷을 입고 궁정에 서 있었다. 잘 닦인 청동 갑옷의 이음새 너머로 떨리는 주먹이 보였을 때, 그것은 곧 터져 나올 분노의 선언과도 같았다.

"그러나 피로써만 그 뜻을 들으려 한다면… 백성은 등을 돌릴 것입니다."

그의 말은 단지 경고가 아니라, 현실의 반영이었다. 굶주림에 휩쓸린 골목들, 비어가는 저장고, 사라진 기름 냄새, 아이들의 울음과 어미들의 침묵 ― 그것들은 이미 신의 제단에 마음을 닫은 민중의 증거였다.

엘르아살도 가만있지 않았다. 그는 엘르아살 가문 특유의 검은 망토를 어깨에 걸친 채, 조용히 허리를 앞으로 기울였다. 검은 망토 그 자체가 어둠 속에서 뱀처럼 꿈틀대는 긴장감을 흘리고 있었다.

"당신이 신의 해석자라고 주장해도,"

그가 낮고 또렷한 목소리로 말을 뱉었다.

"신은 아직 응답하지 않았소."

그의 눈빛은 말기엘을 똑바로 꿰뚫고 있었다. 단지 시선이 아니라, 의지를 쏘아붙이는 창끝 같았다. 단 한 치도 물러서지 않는, 침묵 속의 선전포고였다.

"계속 침묵 중인 신은, 당신의 신입니까? 아니면, 당신의 권력입니까?"

그 한마디는 방안을 쩍 가르며 내리치는 칼날 같았다. 말기엘의 호흡이 반 박자 늦게 흔들렸다. 귀족들은 숨을 죽였다. 누군가는 의자 팔걸이를 조심스레 움켜쥐었다. 정적은 짧았지만, 짧지 않은 충격을 남겼다. 말기엘은 입술을 굳게 다물었다. 눈빛은 서서히 일그러졌고, 안쪽 깊은 곳에서는 무언가가 들끓기 시작했다. 그것은 오랜 인내 끝에 삭아버린 광신, 혹은 권위의 붕괴를 직감한 자의 분노였다.

"이 땅이 기울고 있습니다."

그는 마침내 굵은 목소리로 말을 뱉었다. 그 음성은 낮았지만 단단했고, 벽과 천장을 메아리처럼 울렸다. 그의 말은 더 이상 설득이 아니었다. 선언이었고, 경고였다.

"엘리야의 소문이 돌아다닙니다."

그 이름. 방 안의 온기가 눈에 띄게 가라앉았다. 몇몇 귀족의 눈동자가 작게 떨렸다. 사르밧 ― 먼 변방의 황량한 땅, 그러나 이제는 기적의 땅으로 소문난 곳. 죽은 아이가 살아났다는, 믿기 어려운 이야기. 하지만 그 이야기는 민심의 숲을 태우는 불씨가 되어 있었다.

"사르밧에서 죽은 아이가 살아났다고 합니다."

말기엘은 눈을 들어 방 안을 천천히 훑었다. 하나하나의 얼굴을 조심스레, 그러나 정면으로 바라보았다. 그의 시선은 질문이 아니라 심문이었다. 얼마나 믿고 있는가? 얼마나 두려워하고 있는가? 아니, 얼마나 나를 떠나고 있는가?

"당신들은 그걸 단순한 우연으로 보십니까?"

말기엘의 마지막 말은 허공에서 머물렀다. 무겁게 가라앉은 침묵이 회의장을 덮었고, 누구도 먼저 입을 열지 않았다. 정적은 천둥이 오기 전의 숨죽임처럼 길고, 무거웠다. 그러나 그것을 깨뜨린 건, 뜻밖에도 라하브 가문의 대표였다. 아세르가 천천히 자세를 고쳐 앉았다. 두 손을 맞잡은 채, 그의 시선은 얼음처럼 고요했다. 마치 불 속에서 녹지 않는 금속 조각 같았다.

"우리가 보는 건,"

그의 목소리는 낮았지만 차가웠다.

"당신이 우연과 신을 구분하지 못한다는 사실입니다."

그 한마디에 회의실은 거대한 얼음덩이 속으로 가라앉는 듯했다. 방 안의 공기가 갑작스레 식었고, 숨소리조차 얼어붙었다. 몇몇 귀족은 노골적으로 눈을 돌리거나 꾹 다문 입술을 보였다. 그 반응은 곧 정치적 정세의 전환을 암시하고 있었다. 말기엘은 그 자리에 선 채 짧은 호흡을 내뱉었다. 그 숨결은 감정의 균열을 감추지 못했고, 그의 관자놀이는 미세하게 떨렸다. 눈동자 안에서는 불안, 분노, 치욕이 엉켜 흐르며 서로를 짓누르고 있었다. 그는 침묵 속에서 이마에 맺힌 땀을 소매로 닦아냈다. 더는 이 방 안에서 얻을 수 있는 것이 없다는 것을, 그는 본능적으로 느끼고 있었다. 귀족들이 바알의 뜻을 신뢰하지 않는 것이 아니었다. 그들은 말기엘을 신뢰하지 않기 시작한 것이었다. 그가 신의 대변자가 아닌, 체제의 방패로 전락했음을 알아차린 것이다. 그들에게 말기엘은 더 이상 예언자가 아니었다. 피를 요구하는 정치인, 혹은 신의 뜻을 가장한 통치자에 불과했다. 신과의 대화는 침묵했고, 그 침묵은 이제 회의장의 분위기처럼 냉혹했다.

말기엘은 천천히 몸을 돌려, 회의실을 나섰다. 의장 뒤의 회랑으로 이어지는 문이 닫히는 소리는 유난히도 무거웠고, 삐걱거리는 소리마저 비탄처럼 길게 이어졌다. 복도를 걸으며 그는 아무 말도 하지 않았지만, 발걸음 하나하나가 침묵보다 더 가혹한 판단처럼 느껴졌다. 그는 뒷덜미에 눈이 달린 것처럼, 등 뒤의 시선을 느꼈다. 단지 회의가 끝난 것이 아니었다. 그는 권위에서 한 걸음 더 멀어진 것이었다. 복도의 어두운 한 모퉁이에서 그는 걸음을 멈췄다. 잠시, 말없이 벽에 등을 기대며 서 있었다. 숨을 깊이 들이켠 그는 속으로 천천히, 자신도 모르게 중얼거렸다.

'피가 부족한 게 아니야. 믿음이, 권위가, 무너지고 있다…'

그는 알고 있었다. 바알의 신전이 무너지는 게 아니라, 자기 자신이 무너지고 있다는 것을. 제단의 피는 점점 더 붉어졌지만, 백성의 눈은 점점 더 싸늘해지고 있었다. 귀족들의 침묵은 복종이 아니었다. 망설임이었고, 그 망설임은 언젠가 칼날이 되어 돌아올 터였다. 그 순간, 그의 머릿속에 불현듯 한 이름이 떠올랐다. 엘리야. 그는 신이 아니었다. 균열이었다. 체제에 대한 도전이자, 말기엘이 가장 두려워하던 존재의 형태. 말기엘은 눈을 감았다가 떴다. 그 눈빛은 다시 얼음처럼 굳어 있었다. 더는 회의장을 향하지 않았다. 그는 싸움의 무대를 옮기기로 결심했다. 그의 걸음은 조용했지만, 분명했다. 절망의 그림자를 짓밟고 걷는 자의 걸음이었다.

불 위에 서는 자들

사마리아 왕궁은 깊은 밤의 숨결을 머금은 채 침묵하고 있었다. 등불은 벽면을 따라 길게 흔들리며, 석회암 바닥에 길고 가느다란 그림자를 던졌다. 천장 높은 곳에서 낮게 매달린 등롱은 미세한 금속음과 함께 미풍에 흔들렸고, 그 아래로는 이 땅의 운명을 쥔 자들의 조용한 움직임만이 번졌다. 밤의 장막은 깊었고, 그 깊음 속에서 모인 자들의 숨결은 무겁고 날이서 있었다.

아합의 옥좌가 밤의 심연을 깎아 만든 듯한 거대한 검은 현무암 덩어리라면, 그 옆의 이세벨의 옥좌는 의도적으로 모든 면에서 그와 반대되도록 만들어졌다. 크기는 한 뼘 정도 작았으나, 그 화려함은 오히려 왕의 것을 압도했다. 그것은 통째로 상아를 깎고 이어 붙여 만든 것으로, 달빛처럼 은은하고 매끄러운 빛을 뿜어냈다. 사자의 다리를 본뜬 네 개의 다리는 발톱 끝이 순금으로 도금되어 있었고, 팔걸이는 날개를 편 스핑크스의 형태로 조각되어 그 눈에는 짙푸른 청금석이 박혀 있었다. 등받이에는 그녀의 고향 페니키아에서 숭배하는 아세라 여신을 상징하는 종려나무와 풍요를 뜻하는 석류 열매가 정교하게 투조(透彫)되어, 그 사이로 그녀가 입은 옷의 색깔이 비쳤다. 아합의 옥좌가 침묵하며 짓누르는 권력이라면, 이세벨의 옥좌는 보는 이를 현혹하며 속삭이는 권력이었다. 그것은 북이스라엘 왕궁 한가운데 자리 잡은, 아름답고 치명적인 이방의 섬과도 같았다.

왕 아합은 검은 옥좌 위에 앉아 있었다. 그의 눈동자는 침착해 보였으나, 주름진 이마와 꽉 다문 입술은 마음 깊은 곳에서 이는 갈등의 파고를 숨기지 못했다. 그 옆에 앉은 이세벨은 페니키아 장인이 만든, 진홍빛으로 물들인 아마포 위에 금실로 문양을 수놓은 긴 옷을 입고 있었다. 그녀의 검고 길게 내려오는 머리칼은 밤의 어둠보다도 더 짙은 기운을 뿜어냈다. 그녀는 눈을 가늘게 뜬 채 좌중을 훑었고, 그 시선 하나하나가 검처럼 예리했다. 단지 말이 없을 뿐, 그녀는 그 자리에 있던 누구보다드 강하게 방 안을 지배하고 있었다.

그 두 사람 아래, 제사장 말기엘은 무릎을 꿇지 않은 채 서 있었다. 검은 예복이 그의 발목까지 내려왔고, 붉은 자수가 박힌 소매 끝이 손등 위에 얹혀 있었다. 그의 눈빛은 말없이 왕과 왕비의 얼굴을 번갈아 담고 있었지만, 내면에는 수천 겹의 전략과 두려움이 교차하고 있었다. 그는 왕국의 종교를 관장하는 자였고, 그 권위는 곧 바알과 아세라의 위엄이기도 했다. 그러나 지금, 그 위엄은 시험받고 있었다.

왕궁 살림과 행정 전반을 총괄하는 오바댜가 조심스럽게 고개를 숙이며 보고를 올렸다. 그는 왕의 충신이었지만, 동시에 몰래 여호와를 경외하는 자였다. 이세벨이 하나님의 선지자들을 죽일 때, 그는 선지자 백 명을 쉰 명씩 두 굴에 나누어 숨기고 빵과 물을 몰래 날라 그들을 살렸다. 그 비밀스러운 행동의 무게가 그의 어깨를 짓누르는 듯했다. 이제 그는 왕에게 이 위험한 사실을 보고해야만 했다. 그의 목소리는 평소처럼 침착했으나, 억지로 꺼내야 하는 말을 삼키려는 듯 미세하게 떨렸다.

"엘리야가… 백성을 모으고 있습니다."

그 짧은 말은 바람 없는 밤에 떨어지는 돌처럼 무겁게 울려 퍼졌다. 방 안의 모든 호흡마저 그 순간 응결되듯 고요해졌다. 말은 이어지지 않았고, 모두가 잠시 엘리야라는 이름의 무게를 생각하고 있었다.

그 침묵을 처음 깬 것은, 왕비 이세벨이었다. 그녀는 포도주가 담긴 잔을 천천히 기울이며, 새빨간 액체의 표면 위로 비친 자신의 눈동자를 바라보다가, 흥미롭다는 듯 피식 웃음을 터뜨렸다.

"그 자, 아직 살아 있었군요."

그녀의 웃음은 비웃음 같았지만, 그 안에는 오래된 기억을 불러내는 고통이 담겨 있었다. 엘리야. 그 이름은 그녀에게 있어 단순한 적이 아니라, 신의 잊힌 목소리였고, 그녀가 짓밟고자 했던 예언의 흔적이었다. 그 이름이 다시 입에 오르내릴 때마다, 그녀는 자신의 통치력이 그 뿌리부터 흔들리는 듯한 불쾌한 전율을 느끼곤 했다.

왕 아합은 포도주잔을 내려놓았다. 아합의 눈썹이 미세하게 꿈틀거렸다. 역병처럼 숨어 다니던 자가 대관절 무슨 배짱으로 모습을 드러냈단 말인가. 왕은 뱀처럼 싸늘한 음성으로 되물었다.

"모아서...무얼 하려는 게냐."

오바댜는 잠시 숨을 골랐다. 이제부터 전할 말은 단순한 보고가 아니었다. 그것은 왕의 권위와 이세벨 왕비가 섬기는 신, 바알과 아세라의 존엄을 향한 정면 도전이었다. 그의 등줄기는 식은땀이 흘렀다.

"그가 갈멜산 꼭대기에서 외치고 있습니다. 온 백성이 듣는 앞에서...누가 참 신이지 가리자고 말입니다."

오바댜는 잠시 말을 끊었다. 이세벨의 눈에서 이글거리는 분노를 확인한 그는, 차라리 이 자리에서 쓰러지고 싶었다. 그리고 간신히 토해내듯 말했다.

"각자 제물을 바치고 자신의 신을 부르되, 불로 응답하는 신, 그가 바로 참 하나님이 될 것이라. 아합 왕 앞에서 불로 확인하자! 그리 말하고 있습니다."

아합의 시선은 빈 잔 너머로, 불꽃이 일렁이는 등불을 뚫고 멀리 보고 있었다. 순간 공기가 팽팽하게 당겨졌다.

"불로... 확인하자?"

그 말은 단순한 통보가 아니었다. 왕은 그것이 선언이자 반역이며, 동시에 신의 불꽃을 대신 품은 한 인간의 선전포고라는 것을 알고 있었다. 좌중에 서 있던 대신 중 몇몇이 곧 술렁였다. 옥좌를 둘러싼 시선들이 허공에서 날카롭게 얽혔다. 불편한 기색이 서서히, 독처럼 좌중으로 퍼져갔다.

"폐하, 이는 도발입니다."

한 사람이 먼저 입을 열었다. 그것은 공포의 표현이기도 하고, 또한 기회를 포착하려는 정치인의 언어이기도 했다.

"갈멜산에서 선동하고 있는 자를 묵인할 수 없습니다."

또 다른 목소리가 덧붙여졌다. 그 말은 즉각적이고 단호했지만, 그 속에는 조심스러운 계산이 숨어 있었다. 엘리야를 제거함으로써 정권의 중심에 더 가까워지고자 하는 욕망, 또는 반대로 무너질까 두려운 체제를 지키고자 하는 본능이 뒤엉켜 있었다.

"즉각 군사를 보내 제거해야 합니다! 이는 반역입니다."

왕의 입김조차 희미해질 만큼 긴장감이 짙게 내려앉은 가운데, 말기엘은 천천히 고개를 저었다. 그 조용한 부정은 어떤 고함보다도 분명한 단절을 의미했다. 한동안 아무도 말을 잇지 못한 채, 그의 움직임만이 유일하게 공간을 가르고 있었다. 그의 눈빛은 단호했고, 목소리는 낮았으나 명확했다.

"그리하면 오히려 그의 신격이 강화될 것입니다. 지금 백성의 눈은 갈멜을 바라보고 있습니다. 하늘이 닫힌 이 땅에서 그는 희망처럼 보입니다."

그 말이 끝나자, 침묵을 견디지 못한 자가 있었다. 이스라엘 군대를 총지휘하는 군사령관 시메이였다. 그는 손을 꽉 움켜쥐고 얼굴을 찌푸렸다. 고개를 좌우로 천천히 흔들며, 이해할 수 없다는 듯 말을 꺼냈다.

"백성의 마음이 흔들린다 해서 선지자 하나와 대결을 벌이라? 말도 안 되는 판단입니다. 이는 우리 권위를 내어주는 일입니다. 역모자에게 공식적인 무대를 제공하는 셈 아닙니까."

그의 목소리는 분명 분노에 가까웠으나, 그 밑에는 두려움이 어른거렸다. 그들은 지금 정치가 아닌, 신과 신 사이의 논쟁을 다루고 있었다. 아니, 겉으로는 신의 이름을 빌고 있지만, 사실 그것은 체제와 통치의 생존을 위한 선택지에 가까웠다.

하지만 말기엘은 물러서지 않았다. 오히려 그의 눈빛은 이전보다 더 깊어졌고, 내면의 불씨가 바깥으로 번져 나오듯 목소리에도 열이 실렸다.

"아닙니다."

그는 그 한 마디를 길게 끌며, 방 안을 꿰뚫는 듯한 침묵을 짧게 끊어내더니, 다시금 가슴속 깊은 곳에서부터 말을 이었다.

"바로 그 흔들림 때문에, 우리가 나서야 합니다."

그는 재단에 오르는 제사장처럼 천천히 한 발 앞으로 나섰다. 검은 예복이 바닥을 스치는 소리만이 방 안에 가느다랗게 흘렀다. 모두가 그의 입에서 나올 다음 말을 기다리고 있었다.

"폐하."

그는 왕을 향해 고개를 돌렸다. 목소리는 낮고 침착했지만, 칼날로 선을 긋듯 단호했다.

"폐하의 백성은 바알의 이름 아래 살아왔지만 지금, 아무도 물을 마시지 못하고 있습니다. 그들의 밭은 가루가 되었고, 샘은 마르고, 젖먹이는 울음으로 지쳐 잠들고 있습니다. 기근은 단순한 자연의 재해가 아니라, 신의 침묵으로 여겨지고 있습니다. 바알의 제단이 연기를 내뿜어도, 하늘은 대답하지 않고, 엘리야의 말이 현실이 되었다고 믿는 자들이 날마다 늘어나고 있습니다."

한순간 정적이 내리깔렸다. 그 정적은 단순한 침묵이 아니라, 숨조차 멈춘 듯한 냉기였다. 금으로 장식된 기둥과 어둡게 반짝이는 석회암 바닥 위로 등불의 그림자가 길게 늘어졌다. 누구도 말을 잇지 못한 채, 고요는 쇠사슬처럼 방 안을 죄었다. 그리고 그 정적의 심장을 뚫고, 이세벨의 목소리가 조용한 어둠을 갈랐다. 그녀의 음성은 낮고 차가웠다. 오래된 얼음이 금이 가며 깨질 때 나는 소리처럼, 귓가를 스쳤다.

"불?"

그녀는 고개를 천천히 돌려 말기엘을 뚫어지게 바라보았다. 그 눈동자 속엔 비웃음이 섞여 있었고, 무언의 경고가 번뜩이고 있었다.

"네가… 엘리야에게 속고 있는 건 아니겠지, 말기엘?"

그 말에 방 안의 공기가 한 번 더 가라앉았다. 일부 대신들은 숨을 들이마시며 고개를 돌렸고, 바알 제사장의 일부는 속삭임도 없이 고요히 표정을 굳혔다. 이세벨의 한 마디는 질문이자, 의심이자, 동시에 도전이었다. 감히 왕비 앞에서 엘리야의 이름을 언급하는 것만으로도 이미 위험한 선을 밟는 일이었다. 그러나 말기엘은 물러서지 않았다. 그는 이세벨의 시선을 정면으로 받아냈다. 고개를 숙이지 않았고, 시선을 피하지도 않았다. 그 눈빛은 타오르지 않았지만, 조용한 심연처럼 깊었다.

"저는 그를 믿지 않습니다."

말기엘의 음성은 단호했다. 그 안에는 냉철한 논리가 있었다. 감정은 최대한 숨긴 채, 정치의 수사를 담은 문장들이 날카롭게 흘러나왔다.

"하지만 — 그의 신이 불을 내리지 않도록, 우리는 만반의 준비를 갖출 수 있습니다. 지금이야말로, 그를 희생양으로 삼을 때입니다."

그 순간, 바알의 제사장 하산이 자리에서 일어섰다. 메마른 가뭄으로 인해 깊게 파인 그의 눈가는 어느 때보다도 더욱 짙게 그늘을 드리웠고, 굳게 다문 입술선 위로 차가운 분노가 어렸다. 그는 깊게 숨을 들이쉬고는 말을 꺼냈다.

"신을 시험하는 일은 신성모독입니다."

그의 목소리는 당당하고 단호했다. 그것은 단지 교리의 선언이 아니었다. 그것은 왕궁 안에서도 바알 제단의 권위를 지키려는 마지막 벽과 같았다.

"바알은 침묵 가운데 일하십니다. 우리는 그분의 시간에 순복하는 자들이지, 그분의 일하심을 의심하고 시험하는 자들이 아닙니다. 우리가 굳이 그의 영광을 증명하려 들 필요는 없습니다."

그 말은 방 안에 퍼지는 등불의 연기처럼 천천히 흘러갔지만, 누구도 그 안에서 안정을 찾지 못했다. 왜냐하면, 그 '침묵'이 지금 이 나라를 무너뜨리고 있었기 때문이다. 말기엘은 하산의 말을 끝까지 듣고 난 뒤에야 입을 열었다. 그의 목소리는 이제 이전보다 더 날이 서 있었다.

"그 침묵이 지금 이 나라를 무너뜨리고 있습니다."

그는 천천히 하산을 향해 몸을 돌렸다. 제사장의 눈빛과 교차하며, 잠시 아무 말 없이 그를 바라보았다. 그리고는 다시, 회의실 전체를 향해 천천히 말을 이었다.

"바알이 산 제물 위에 불을 내리시는 신이시라면, 그 불은 지금 백성을 향해야 합니다. 저 깊은 하늘에서 제단 위로 떨어져야 합니다. 그 불이 없으면 그 침묵은 이제 영광이 아니라 무능입니다."

그는 발걸음을 내디뎌 중앙의 원형 바닥으로 나왔다. 그곳은 왕권과 신권의 목소리가 교차하는 상징의 자리였다. 말기엘은 더 낮은 목소리로, 그러나 더 무겁게 덧붙였다.

"아니면…"

그는 천천히 고개를 들었다.

"그들이 믿는 신의 불이 이 땅을 휩쓸도록 내버려 두시겠습니까?"

말기엘이 마지막 말을 끝맺자마자, 왕의 좌중이 술렁이기 시작했다. 백성을 다스리는 재상은 들고 있던 두루마리를 부여잡은 채 작게 고개를 저었고, 호위대장은 갑옷 아래로 흐르는 땀을 느끼며 불편한 몸을 돌렸다. 바알의 사제 몇은 서로에게 눈짓을 보내며, 누가 먼저 말할 것인지 눈치만 보는 듯했다. 무언가 가시 돋친 말들이 곧 터져 나올 것을 예감이라도 한 듯, 그들의 눈동자는 불안하게 떨렸다. 그 웅성거림은 조용한 회의실에선 거센 소용돌이처럼 들려왔다.

그러나 그 소란의 한가운데에서 말기엘은 오히려 침착했다. 그는 천천히 고개를 들고, 왕좌 아래에서 다시 한번 걸음을 내디뎠다. 장엄하진 않았지만 단단한 걸음이었다. 그리고 자신이 이미 이 논쟁의 끝을 알고 있다는 듯한 확신에 찬 목소리로 입을 열었다.

"갈멜에서 그를 이기면 우리는 단지 한 선지자를 처형하는 것이 아닙니다."

그는 말했다. 그의 말은 곧바로 바닥에 내려앉지 않고, 왕궁 회의실의 둥근 천장을 스치듯 높이 울렸다.

"우리는 이 나라의 민심을 되찾는 것입니다."

그 말에서 '민심'이라는 단어는 좌중의 뒷덜미를 때렸다. 지금까지 그 어떤 법령도, 제사도, 군사력도 사르밧에서의 소문 하나를 이기지 못했기 때문이다. 신전의 제단은 불이 없었고, 바알의 이름은 속삭임으로 줄어들고 있었으며, 여호와라는 신의 이름이 갈멜산 어귀부터 시장통까지 번져가고 있었다.

"이 대결은,"

말기엘은 더 가까이 다가왔다. 그의 그림자가 왕의 발밑에 닿았다.

"엘리야가 아니라, 바알과 여호와의 대결이어야 합니다."

그는 고개를 들어 이세벨을 정면으로 바라보았다. 왕비의 검은 눈동자 속엔 여러 겹의 판단이 소용돌이쳤지만, 그녀는 단 한마디도 하지 않고 기다렸다. 말기엘의 말이 어디까지 가는지를.

"만약 우리가 피하지 않고, 정면으로 맞선다면…"

그는 이제 거의 속삭이듯 말했다. 하지만 그 음성은 어쩐지 방 안의 모든 귀에 날을 세우며 파고들었다.

"누구도 다시 여호와의 이름을 입에 올리지 못할 것입니다."

그 말이 떨어지는 순간, 좌중은 다시 정적에 잠겼다. 그러나 이번 정적은 불확실한 동조였다. 누군가는 고개를 끄덕였고, 누군가는 입술을 깨물었다. 말기엘은 그 흐름을 놓치지 않았다. 그는 점점 이성의 강단이 아니라 신념의 설득자처럼 말하고 있었다.

그러나 이세벨이 마침내 입을 열었다. 그 말은 단검 같았다.

"그런데… 만약 바알의 불이 오지 않는다면?"

그녀는 미동도 없이 물었다. 단지 가늘게 뜬 눈만이 상대의 혼을 꿰뚫으려는 듯 흔들렸다.

방 안의 온도가 다시 한 차례 내려갔다. 말기엘은 짧은 침묵을 두고, 천천히 숨을 들이쉬었다. 그는 눈길을 피하지 않은 채, 조심스럽고도 확고하게 대답했다.

"엘리야도 불을 부르지 못할 것입니다. 그가 진정한 선지자라면, 신의 불이 내려야 할 테지요. 하지만…"

그는 입술 끝을 단단히 다문 채 잠시 멈췄다가 말을 이었다.

"그 불이 오지 않는다면 그는 여호와의 이름으로 거짓을 말한 자, 곧 불경죄로 처형될 수 있습니다."

그 말은 강철처럼 차갑고 무거웠다. 그는 이제 단순히 예언자 한 명의 운명을 말하는 것이 아니었다. 그것은 민심의 분기점, 신앙과 권위의 싸움이 전장이 되어 갈멜산으로 옮겨질 것임을 뜻하는 선언이었다. 이제 더는 비밀회합도, 감시도, 금지령도 백성의 귀를 막을 수 없었다. 그들의 눈이 엘리야를 보고 있었기 때문이다.

제사장 하산이 마침내 한 걸음 앞으로 나섰다. 기름진 광택이 도는 짙은 검은색의 긴 예복 자락이 석회암 바닥을 쓸었다. 그는 조심스럽게, 그러나 분명한 어조로 물었다.

"바알이 침묵하고, 엘리야도 침묵하면?"

말기엘은 대답하지 않았다. 그는 단지 조용히 하산을 바라보았다. 그러자 하산이 한발 더 나아가 다시 물었다.

"백성은… 무엇을 보겠소?"

아합은 옥좌에 앉아 있었지만, 그의 표정에는 미동도 없었다. 수많은 금 비늘을 엮어 만든 검은 두건과 그 꼭대기에 박힌 푸른 라피스 라줄리는 권위를 상징하는 장신구였으나, 그 빛조차 그의 지친 영혼을 감추지 못하는 듯했다. 그는 말없이 손가락으로 금잔의 손잡이를 돌리며, 회의의 흐름을 곱씹고 있었다. 그 옆에 앉은 이세벨은 여전히 예리한 눈빛으로 좌중을 훑었다.

그녀는 어떤 발언도 없이 말기엘을 응시하고 있었다. 그 눈빛은 냉혹한 시험과도 같았다. 그리고 그 침묵의 칼날을 정면으로 받아낸 이는, 제사장의 예복을 입은 말기엘이었다. 그는 정적을 깨듯 낮게 웃었다. 그 웃음은 조롱이 아니었다. 오히려 어떤 처형 선고보다 차갑고 명확했다.

"백성은 불을 갈망하지만, 불 대신 칼을 두려워합니다."

그의 말은 방 안을 가로질러 조용히 퍼졌고, 다시 고요가 내려앉기 전 짧은 침묵이 따라왔다.

"양측 모두 침묵한다면 우리는 '혼란을 일으킨 자'를 처형하고, 왕권과 신권을 정리할 수 있습니다. 하늘이 침묵하면, 땅의 왕이 말하면 되는 법입니다."

그 말이 끝나자, 좌중은 숨조차 쉬지 못하는 듯했다. 누구도 먼저 고개

를 돌리지 않았고, 누구도 가볍게 기침하지 않았다. 말기엘은 이미 논리라
는 검으로 그들의 심장을 겨누고 있었다. 그는 제사장이었지만, 지금은
전략가였고, 무엇보다 권력의 설계자였다.

이세벨은 마침내 입을 열었다. 그녀는 고개를 약간 갸웃한 채. 말기엘의
얼굴을 꿰뚫듯 바라보았다. 그 눈빛 속에는 단순한 의심이 아니라, 어쩌면
경외가 섞여 있었다.

"그렇다면 어떤 결과가 나와도 우리가 이긴다는 말이냐?"

그녀의 목소리는 낮고 선명했다. 그녀는 이곳에 모인 자 중 누구보다도
권력의 냉혹한 원리를 꿰뚫고 있었다. 그렇기에 진정으로 동의할 만한 전
략을 원했던 것이다.

말기엘은 고개를 천천히 끄덕였다. 확신에 찬 움직임이었고, 그의 목소
리는 더 깊어졌다.

"엘리야가 실패하면, 그는 거짓 선지자입니다. 바알이 실패하더라도 우
리는 그를 체포하고, 질서를 바로잡는 자로 기억될 것입니다. 무너지는
것은 제단이 아니라… 엘리야입니다. 우리가 그를 신격화한 적은 없습니
다. 그는 도전자일 뿐이며, 실패한 도전자는 언제나 질서의 재확립에 좋은
희생양이 됩니다."

그 말에 좌중의 시선들이 뒤섞였다. 몇몇은 고개를 숙였고, 어떤 이는
무겁게 눈을 감았다. 하지만 누구도 반론을 제기하진 않았다. 논리는 빈틈
없이 정연했다. 그리고 무엇보다, 위험할 만큼 설득력이 있었다.

왕 아합은 천천히 숨을 들이쉬었다. 그 숨결은 오래전 자신이 통치의
자리에 처음 올랐을 때 느꼈던 책임의 무게와도 닮아 있었다. 그는 마침내
잔을 내려놓고, 말기엘을 바라보며 말했다.

"좋다. 갈멜에서 보자. 그 이름을 입에 담는 자가 정말 신의 사람인지
모두의 눈으로 확인하게 하자."

그는 잠시 말을 멈췄다가, 마지막 명령처럼 덧붙였다.

"그리고, 실패한다면… 그 자리에서 죄인으로 처형하라."

말기엘은 가볍게 고개를 숙였다. 그의 눈빛은 무표정했으나, 그 안에는

형언할 수 없는 침착한 계산이 살아 있었다. 입가에는 희미하지만 무시할 수 없는 미묘한 음영이 드리워졌고, 그것은 어떤 만족이 아니라 차가운 확신의 색이었다.

'불이 오지 않기를… 엘리야. 신이 너를 살려도, 나는 너를 살려두지 않을 것이다.'

그의 속삭임은 입 밖으로 새어 나오지 않았지만, 마음속에서는 계시처럼 울리고 있었다. 말기엘에게 중요한 것은 결코 신의 승리가 아니었다. 그에게 있어 신은 이 체제를 떠받치는 근거이자 수단일 뿐, 목적이 될 수 없었다. 만약 신이 침묵하거나, 혹은 적의 편에 선다면 그 순간 그는 신마저도 통치의 대상으로 돌릴 준비가 되어 있는 자였다. 엘리야의 불이 제단 위로 떨어진다 한들, 그 불은 곧 '불법'이 되고, 엘리야는 '반체제 선동가'로 율법 안에 격리될 것이다. 말기엘이 준비한 것은 제단이 아니었다. 그는 조용히, 그러나 끈질기게 율법을 정리했고, 병사들을 배치했으며, 왕명을 미리 서판에 새겨두었다. 바알의 침묵이든, 여호와의 불이든 모든 결말은 그에게로 향하도록 짜인 하나의 무대였다.

회의실 창문 밖, 사마리아의 밤은 고요했고, 낮게 드리운 달빛이 석회암 바닥 위로 길게 펼쳐졌다. 그 빛은 차갑고 창백했으며, 사람의 그림자조차 생명을 잃은 듯 길게, 아주 길게 늘어져 있었다. 말기엘의 그림자는 천천히 그의 발치에서 흘러나와 방의 중앙을 가로질렀다. 그리고 그 그림자의 끝자락, 아무도 시선을 주지 않았던 회의실 한쪽 어두운 벽 밑에 아직 누구도 입에 올리지 않았지만, 말기엘의 마음속에 명확히 새겨진 이름 하나가 밝혀 있었다.

산 위의 외침

갈멜산의 정상은 이른 아침부터 숨을 죽인 채 대기를 삼키고 있었다. 무너진 제단의 흔적과 고요한 하늘 아래, 수천 명의 이스라엘 백성들이 웅성임도 없이 모여들었다. 각자의 마음엔 혼란과 두려움, 희망이 얽혀 있었다. 해가 동쪽 산등성이 위로 막 고개를 내밀어, 세상 모든 것의 그림자를 길게 늘어뜨릴 즈음, 엘리야는 말없이 돌계단 위로 걸어 올랐다. 그의 옷은 먼지로 바랬지만, 그 발걸음에는 의심이 없었고, 손끝에는 오래된 확신이 머물러 있었다.

그의 앞에는 칠흑 같은 어둠을 두른 듯한 검은 제의를 걸친 바알의 제사장들이 늘어서 있었다. 그들의 머리는 기름으로 윤이 났고, 손에는 각기 제사의 도구를 들고 있었다. 제단 뒤편의 검은 천으로 가린 아세라의 무녀들은 마치 바람결에 흩날리는 연기처럼 조용히 움직이고 있었다. 그들의 존재는 말을 하지 않았지만, 한 쪽 눈으로는 사람들의 마음을 대만지고 있었다. 그리고 그 모두를 뒤에서 지켜보는 또 하나의 시선, 말기엘. 그는 사마리아에서부터 이 자리까지 정치와 신앙, 그리고 체제의 해석을 등에 지고 올라온 자였다. 그의 눈은 단 한 사람, 엘리야를 향해 있었다.

엘리야는 그들의 얼굴을 하나하나 바라보았다. 증오도 없었고, 두려움도 없었다. 오직 묵직한 사랑과 무너진 것에 대한 애틋함만이 있었다. 그리고 이윽고, 그는 침묵을 깨며 입을 열었다. 그 목소리는 높지도 낮지도 않았지만, 산등성이를 넘어 메마른 평야까지 스며들 만큼 깊고 단단했다.

"이스라엘아, 너희가 어느 때까지 두 사이에서 머뭇머뭇하려느냐? 여호와가 하나님이면 그를 따르고, 바알이 하나님이면 그를 따르라."

그 순간, 공기가 가늘어졌고, 사람들은 숨을 쉬는 것도 조심스러워졌다. 아무도 대답하지 않았다. 고개를 숙인 자들, 눈을 피하는 자들, 혹은 그저 손에 잡은 흙을 만지작거리는 자들. 이들의 침묵은 신의 부재가 아니라, 마음속에 들어선 혼돈의 무게였다. 엘리야는 그 침묵 속을 뚫고 천천히 몸을 굽혀, 바닥에 흩어져 있던 무너진 제단의 돌들을 하나씩 들었다. 먼지 낀 손으로 돌을 들어 올리는 그의 모습은 한 사람의 노동이었다. 그리고 이스라엘의 기억을 짊어진 행위였다. 그는 언약의 열두 지파를 상징하는 돌들을 하나하나 세웠다. 각 돌에는 오래전 잊힌 신의 이름이 깃든 듯했다. 그것이 제자리를 찾을 때마다 무너졌던 시대의 한 조각이 조금씩 맞춰져 가는 듯했다.

제단은 천천히, 그러나 확고히 재건되었다. 아무런 장식도 없었고, 향도 피우지 않았다. 그곳에는 오직 돌과 흙, 그리고 하늘을 향한 한 사람의 순전한 마음만이 올려졌다. 엘리야는 마지막 돌을 얹으며 중얼거렸다.

"나는 단지 여호와의 종일 뿐이다. 내가 원하는 건 말씀이 다시 들리는 것이다."

바람조차 멈추고, 구름 하나 없는 하늘은 응시하는 눈동자처럼 고요히 대지를 내려다보고 있었다. 그 하늘 아래, 천천히 고개를 들고 선 엘리야의 말은 바람의 결을 타고 산 아래까지 퍼져나갔다. 그 말은 크지도, 선동적이지도 않았으나 듣는 자마다 마음속에 단단한 돌멩이 하나를 던진 듯 울림을 남겼다. 마치 하늘이 그 고백을 듣기라도 한 듯, 이전까지 흐르던 바람은 자취를 감추었다. 산기슭의 무성하던 갈대는 파동 없이 멎었다. 산마루에 있던 새들조차 날개를 접은 채 침묵했고, 그 적막은 심판 전야의 정적처럼 묵직했다.

그 침묵을 가르듯, 반대편에서 인파의 움직임이 일렁였다. 바알의 제사장들, 파멸을 부르는 듯한 검은 망토를 어깨에 두르고 하나둘 앞으로 나섰다. 그들의 행렬은 제사보다 전쟁을 준비하는 무리 같았다. 망토의 아래에서 번뜩이는 단검, 손목에 감긴 붉은 천, 하얗게 칠한 이마 위에 붉은 점하나. 그들은 단지 의식을 수행하러 나온 이들이 아니라, 신의 이름으로 증명하고자 하는 전사들이었다. 그들의 얼굴은 결의에 차 있었지만, 눈동자 속 어딘가는 불안이 피어올랐다. 긴 침묵 속에서 하늘이 말하지 않는다는 사실은 그 누구보다도 제사장들이 먼저 알고 있었다. 하지만 이제, 이 갈멜의 산정은 그 침묵을 무릅쓰고라도 기적을 강제로 끌어내야 할 전장(戰場)이었다.

그들의 배후, 바람 한 점 없는 틈을 타 검은 베일처럼 늘어진 무녀들의 행렬이 조용히 모습을 드러냈다. 아세라의 무녀들. 입을 다문 채 나뭇잎하나 흔들지 않고 선 그들은, 바알 제사장들과는 다른 기운을 풍겼다. 그들의 존재는 경배보다 저주에 가까웠고, 그 얼굴은 신을 향한 경외라기보다, 신을 소환해 굴복시키려는 무언의 의지를 드러내고 있었다. 세상의 생명력이 빠져나간 듯 창백한 얼굴, 고요히 감은 눈꺼풀 아래로 숨죽인 듯 흐르는 맥박. 그들은 기도하지 않았다. 그저 존재 자체로 공간을 휘감으며 산 정상의 공기를 눌러댔다. 그것은 오히려 '기적의 무대'가 아닌 '심판의 처형장'을 암시하는 장면 같았다.

그 앞에 말기엘이 섰다. 검은 예복은 바람결조차 거부한 채 그를 감싸고 있었고, 그의 손은 천천히 하늘을 향해 들어 올려졌다. 그 동작은 경건했으나, 정작 그의 눈빛은 아무 신을 향한 기도도 없었다. 그 눈동자 속에는 오직 이 순간을 통제하려는 의지와, 실패를 감수하더라도 결과를 이용하려는 정치적 본능이 번뜩이고 있었다.

그가 입을 열었다. 한 마디 한 마디가 모든 저항 의지를 꺾어버리며 주변으로 뻗쳐나갔다.

"오늘, 우리 신은 침묵하지 않을 것이다!"

그 목소리는 산등성이를 따라 메아리쳤다. 단숨에 분위기를 바꿔버릴 정도의 확신이었다. 바알 제사장들이 일제히 머리를 들었다. 피로 굳어진 망설임이 지워지고, 그들은 제단 앞에 천천히 모였다. 무녀들은 그 뒤에 선 채 아무런 움직임 없이 그들을 바라보았다. 그 시선은 무언의 압박이 되어 제사장들의 등 뒤에 드리워졌고, 망설이는 자는 누구든 그 눈빛에 녹아 사라질 듯했다.

"바알은 하늘의 법칙이다!"

말기엘이 제단을 돌아 제사장들 사이를 가로지르며 외쳤다. 그의 손짓은 점점 격렬해졌고, 손바닥을 치켜세우며 그는 신이 직접 강림하길 명령이라도 하듯 외쳤다.

"우리가 부르면 반응하실 것이다! 우리가 부르면 불이 올 것이다!"

아침부터 시작된 제의는 정오를 지나 오후로 접어들었고, 태양은 거침 없이 대지 위에 열기를 내리쬐고 있었다. 그 뜨거움 속에서도 바알의 제사장들은 멈추지 않았다. 처음엔 질서 있는 동작이었다. 엎드려 절하고, 팔을 벌리고, 알 수 없는 주문을 외치는 형식적인 제의였다. 그러나 시간이 지날수록 그 동작은 기도에서 광란으로 바뀌었다.

그들은 더 이상 인간이 아니었다. 누더기가 된 망토를 짐승의 허물처럼 찢어발기고, 진흙과 땀으로 질척이는 맨살 위로 검붉은 기름을 퍼부었다. 기름은 작열하는 태양 아래 녹아내린 아교처럼 살갗을 뒤덮으며, 번들거리는 역한 광택으로 그들의 피부를 봉인했다. 헝클어진 머리는 마른 덤불처럼 보였고, 바싹 마른 입술은 가뭄에 갈라진 땅처럼 틈이 벌어져 있었다. 눈알은 실핏줄이 터져 온통 핏물이었고, 그 시뻘건 심연 속에는 신을 향한 갈망이 아니라 잡아먹을 듯한 식욕, 이성이 증발해버린 짐승의 광기만이 번뜩였다.

선두에 선 제사장의 손아귀에서 의식용 은단검이 경련하듯 튀어나왔다. 그건 인간의 손이 아니었다. 무언가를 갈기갈기 찢기 위해 뒤틀린 맹수의 발톱이었다. 허공을 향해 치켜든 칼끝은 한순간의 망설임도 없이 제 어깨를 향해 곤두박질쳤다. 섬뜩한 소리를 내며, 칼날이 지나간 자리에 붉은 흔적을 깊게 새겼다. 터져 나온 것은 피가 아니었다. 그것은 뜨겁고 진득한 생명의 내용물이었다. 붉은 물감이 흩뿌려지듯, 선혈은 바위와 제단,

메마른 흙바닥을 가리지 않고 기괴한 그림을 그려냈다. 바람은 갓 잡은 짐승의 내장에서 풍기는 비릿한 향취를 사방에 토해내듯 퍼뜨렸다.

그것은 시작일 뿐이었다. 뒤따르던 이들도 일제히 자신의 몸에 붉은 흔적을 새기기 시작했다. 예리한 칼끝이 그들의 몸 위를 헤매듯 지나갔다. 팔뚝과 허벅지, 가슴과 옆구리를 가리지 않았다. 정신이 아득해질 만큼의 격렬한 고통 속에서, 터져 나온 것은 비명이 아니었다. 그것은 육신의 한계를 넘어 침묵하는 신에게 닿으려는, 고통으로 빚어낸 황홀한 주술이었다. 제단 아래 마른 흙이 그들의 피를 전부 머금었고, 땅은 이내 검붉은 빛으로 젖어들었다. 그 한가운데서 그들은 인간의 춤이 아닌, 죽어가는 짐승의 발작적인 몸부림을 추었다.

누군가는 제단 위로 기어올라 손톱으로 가슴팍을 파헤치며 제 심장을 꺼내려는 듯 울부짖었고, 누군가는 바닥을 뒹굴며 머리를 쥐어뜯었다. 기름과 피와 땀으로 뒤범벅이 된 몸뚱이들은 서로 미끄러지며 기괴하게 엉겨 붙었다. 목구멍 깊은 곳에서부터 토해내는 신음과 '바알'이라는 단어가 짓이겨진 포효가 뒤섞여, 더 이상 인간의 언어라고는 할 수 없는 짐승의 울음소리가 대기를 진동시켰다.

"바알이여, 우리에게 응답하소서! 응답하소서!"

고막을 찢는 광란의 춤사위와 그 사이를 파고드는 섬뜩한 쇳소리, 역겨운 냄새가 뒤섞인 모든 것은 그 자체로 살아있는 지옥도였다. 그 처절한 몸부림 속에서도, 침묵은 계속되었다.

"바알이시여! 저희의 부르짖음을 들으소서!"

그러나 응답은 없었다. 태양은 정수리 위에서 이글거렸고, 하늘은 텅 비어 있었다. 거대한 제단 위에는 아무런 불꽃도 피어오르지 않았다. 희망의 끈이 서서히 끊어지는 순간, 사제들의 얼굴에는 땀과 피, 그리고 광기 어린 절망이 뒤섞였다.

"응답하소서! 이 마른 땅을 보소서! 당신의 종들이 당신을 위해 칼로 피를 흘리나이다!"

사제들의 목소리는 이제 쉬어버렸고, 그들의 몸은 지쳐 쓰러질 듯했다.

그들은 절규하듯 외쳤다.

"오, 바알이여! 불을 내리소서! 우리를 버리지 마소서!"

그들의 절박한 외침은 공허한 메아리가 되어 돌아왔다. 그 외침은 주문이었고, 절규였고, 어쩌면 신이 아닌 백성을 향한 공포의 연설이었다. 칼놀림은 예언자의 눈보다 예리했다. 사람들은 점점 뒤로 물러섰고, 아이들은 어머니의 심라 자락을 움켜쥐었다. 엘리야는 아무 말 없이 그들을 지켜보고 있었다. 제단 주변의 돌은 피와 땀으로 젖어 갔다. 그러나 하늘은 미동도 없었다. 구름 한 점 떠오르지 않았고, 태양은 단단히 하늘에 박혀 있었으며, 나뭇잎 하나조차 흔들리지 않았다. 피를 뿌리고 몸을 흔들며 신을 불러도, 아무런 응답이 없었다. 말기엘의 이마엔 식은땀이 흐르기 시작했다.

"소리를 더 높여라!"

그는 외쳤다.

"바알은 자고 있는지도 모른다! 아니면 여행 중일 수도 있다!"

그의 외침은 조롱이 아니었다. 절박함이 섞인 체념이었다. 그러나 입 밖에 나온 순간, 그것은 조소처럼 울렸다. 바알을 믿는 자들의 눈빛이 흔들렸고, 몇몇은 칼을 든 손을 떨어뜨렸다. 제사장들은 더 격렬히 춤췄지만, 이미 그 동작은 신에 대한 헌신이 아니라 자신에 대한 부정이었다. 피는 흐르고, 고함은 터져 나왔지만, 신은 오지 않았다.

오후가 깊어가며 제사장들은 하나둘 지쳐 쓰러졌다. 어떤 자는 숨을 헐떡였고, 어떤 자는 무릎을 꿇고 오열했다. 이제는 누구도 외치지 않았다. 오직 피비린내와 절망만이 제단 주위를 감쌌다. 이스라엘 백성은 침묵했고, 아세라의 무녀들조차 고개를 떨궜다. 말기엘은 멀리 하늘을 보았다. 하늘은 아직 푸르고 조용했다. 그는 천천히 눈을 감았다. 속으로 무언가가 무너지고 있었다. 그는 그때 확실히 알았다. 자신이 지금까지 섬긴 것은 살아 있는 신이 아니라, 응답하지 않는 질서 체계와 권력의 환영이었다는 사실을.

그때, 엘리야가 움직였다. 그는 천천히 걸어 나왔다. 피가 고인 땅을 밟으며 제단 앞으로 나아왔다. 사람들은 조용히 그를 바라보았다. 그의 손에는 물이 가득 담긴 단지가 들려 있었다. 그는 말없이 그것을 제단 위에 쏟았다. 돌 틈을 따라 물이 흘렀고, 젖은 나무가 아래에 깔린 장작을 타고 번졌다. 열두 개의 단지를 들고, 열두 번 물을 붓는 그의 손은 떨리지 않았다. 도랑까지 물이 넘쳤고, 제단은 물에 젖은 채 침묵 속에 잠겼다. 타오르기는커녕, 젖고 식고 숨을 죽였다. 아무도 말하지 않았다. 제사장들의 숨소리조차 들리지 않았다.

엘리야는 하늘을 향해 고개를 들었다. 그의 목소리는 낮았고, 고요했지만, 산 전체에 울릴 만큼 깊었다.

"여호와여, 아브라함과 이삭과 이스라엘의 하나님이여, 오늘 이 백성으로 주께서 하나님이신 줄 알게 하옵소서."

그는 두 손을 모았다.

"주님, 당신의 말씀대로 이 모든 일을 행했습니다. 하늘과 땅, 바다와 그 가운데 모든 것을 창조하신 전능하신 주여, 당신의 위대함으로 이 제단에 응답하옵소서."

그의 눈은 하늘에 고정되어 있었고, 주변의 모든 시선이 그를 향했다.

"이 땅의 주인이 오직 당신이심을, 바알과 아세라는 당신의 영광 앞에 설 수 없는 허탄한 우상임을, 이 백성이 오늘 눈으로 보고 알게 하소서. 저들을 심판하사 주의 능력을 나타내시옵소서!"

기도는 끝났지만, 하늘은 여전히 고요했다. 구름은 없었다. 바람도 없었다. 오후 햇살은 정오의 빛처럼 여전히 뚜렷하고, 물은 제단 아래를 타고 철철 흘렀다. 어떤 이들은 실망한 얼굴로 고개를 떨궜다. 어떤 이는 피식 웃었다. 너무 젖었다고. 타오를 수 없다고. 이제 끝이라고. 그러나 바로 그때, 공기가 바뀌었다.

정적이 눌려오듯 밀려들었다. 숨을 쉬는 것조차 무거웠고, 공기는 더 이상 '공기'가 아니었다. 무형의 무게가 피부 위로 내려앉았다. 귀를 울리는 침묵 속에서, 하늘의 장막 뒤편에서 거대한 무엇이 움직이는 듯한 진동이 울렸다.

"쿠우웅 ──"

 섬광이 땅을 때린 후, 한 박자 느린 울림이 공기를 찢고 달려왔다. 산 전체가 떨렸고, 바람이 밀려 나갔다. 하늘이 아닌 땅이 흔들렸다. 돌들이 튕겨 날았고, 제단에 쏟아부은 물은 증발하며 하얀 김으로 터져 나왔다. 그것은 단순한 벼락이 아니었다. 과학적으로는 드물게 발생하는 청천(晴 天)번개였다. 구름 한 점 없는 맑은 하늘에서 발생하는 이 현상은 대류 현상이 없는 상황에서 높은 고도의 대기층에 존재하는 얼음 결정들이 충돌하며 전기를 만들어내는 특이한 상황에 해당했다. 건조하고 습도가 낮은 갈멜산 정상의 특수한 지형과 기류가, 눈에 보이지 않는 대기 중 전기장을 극대화했을 가능성이 높았다. 과학적 설명을 거부하는 듯 보였지만, 그것은 철저히 자연의 법칙 안에서 일어난 극히 희귀하고 강력한 현상이었다. 하지만 그 누구도 그것을 단순한 자연 현상으로만 치부할 수 없었다. 엘리야의 기도가 끝나자마자 정확히 그 자리에 떨어진 섬광, 그리고 모든 것을 태워버린 불꽃은 명백한 징표였다. 그 순간 바알의 선지자들과 군중들은 경이로운 과학적 현상을 본 것이 아니라, 그들의 눈앞에서 이해를 초월한 의지가 발현되었음을 직감했다. 논리적으로 설명 가능한 현상이었지만, 그것이 발생한 때와 장소, 그리고 그 목적은 인간의 이성으로 해명할 수 없는 '계시'임을 온몸으로 깨닫는 순간이었다.

 벼락이 내리친 순간, 제단의 나무는 타올랐다. 그러나 그것은 천천히 번져간 불이 아니었다. 내려친 찰나에 이미 장작은 불꽃으로 변했고, 불길은 번져 제단을 구성하던 돌들 사이를 비집고 들며 그 틈을 갈라냈다. 돌은 금이 가더니 이내 산산조각이 났다. 열기는 도랑 속 물을 한 번에 수증기로 증발시켜 폭음처럼 터뜨렸다. '치익 ─ 파앙!', 수백 리터의 물이 순간적으로 기화하며 압력이 폭발했고, 젖은 흙이 그대로 익어 흩날렸다. 증기는 무겁고 뜨거웠으며, 그것은 신의 호흡처럼 모든 것을 휘감았다. 그 불은 단지 물질을 태우는 것이 아니었다. 공간을 태우고, 믿음을 태웠으며, 조금 전까지도 바알을 찬송하던 목소리의 남은 숨결까지 태웠다. 제단이 있던 자리는 더 이상 '대결의 자리'가 아니라, 신이 내리쳐 심판한 '진실의 흔적'만이 서 있었다.

불꽃은 위에서 아래로 '찍혀' 내려왔고, 그 이후의 장면은 눈이 아니라 영혼에 각인될 만큼 선명했다. 제단 위를 감싼 불기둥은 하늘에서 내려온 검이었고, 그 주변으로는 열의 파동이 공기 중을 일렁이게 했다. 사람들은 입을 벌렸지만, 비명을 지르지 못했고, 몸을 떨었지만 도망치지 않았다. 그 광경 앞에서 사람들은 스스로 무너졌다. 그들은 일제히 엎드렸다. 누구도 감히 눈을 들어 하늘을 보지 못했다. 두 손으로 얼굴을 가리고, 땅바닥에 이마를 붙였다. 숨소리마저 억눌려 있었고, 가끔 터져 나오는 울음과 기도, 떨리는 목소리들이 갈멜산을 메웠다. '공포'라는 단어로는 설명이 부족했다. 그것은 생명체의 가장 원초적인 본능, 경외의 감정이었다.

그 누구도, 아무도, 감히 '우연'이라 말하지 않았다. 불은 물을 이겼고, 돌을 가르며 땅을 뒤흔들었다. 바알의 제사장들이 새벽부터 드린 칼의 제사, 피의 기도는 한 줄기 불빛 앞에서 모래알처럼 흩어졌고, 이세벨의 무녀들은 처음으로 고개를 들지 못한 채 웅크려 있었다. 누구도 소리 내지 않았지만, 산 전체가 웅성거렸다. 그리고 그때 백성 중 한 사람이 속삭이듯 읊조렸다.

"여호와… 그는 하나님이시다…"

그 말은 처음엔 작았다. 그러나 파문처럼 번져갔다. 또 한 사람이 따라 했다.

"여호와 그는 하나님이시다."

그리고 또 한 사람, 또 하나의 목소리, 그리고 점점 더 커지는 외침. 마침내는 수천의 목이 한목소리로 하늘을 향해 울부짖었다.

"여호와! 그는 하나님이시다! 여호와 그는 참 하나님이시다!"

그 외침은 단순한 찬송이 아니었다. 그것은 부정할 수 없는 목격 앞에서 터져 나온 항복이었고, 존재의 방향을 송두리째 바꾼 체험의 고백이었다. 단 두 줄의 외침은 산 전체를 감싸는 듯했고, 하늘은 그 외침 위로 다시 깊은 침묵을 드리웠다. 그러나 이번 침묵은 이전의 침묵과는 다르다. 바알이 침묵했던 침묵은 부재와 무능의 침묵이었지만, 지금의 침묵은 현존과 경외의 침묵이었다. 모두가 느낄 수 있었다. 신이 왔다. 그리고 떠났다. 그 뒤에 남은 것 — 그것은 인간의 두려움이었다.

그 가운데 말기엘은 서 있었다. 아니, 정확히는 멈춰 서 있지도 못하고 흔들리고 있었다. 그의 시선은 제단 위에 깨어진 돌을, 흩어진 불꽃의 재를, 그리고 하늘을 번갈아 바라보았다. 입술은 파르르 떨렸고, 손끝은 더 이상 자신의 의지를 따르지 못했다. 그는 고개를 들려 했지만, 목이 굳은 듯 움직이지 않았고, 겨우 끌어올린 시선 너머엔 그가 평생 섬기고, 정치로 다스리고, 신의 이름으로 덮으려 했던 모든 체계가 무너져내린 폐허뿐이었다. 신은, 그 체계를 향해 불을 던지셨다.

"나는…"

그의 입에서 새어 나온 말은 거의 한숨에 가까웠다.

"…틀렸구나."

말기엘은 천천히 무릎을 꿇었다. 그 자세는 기도의 자세가 아니었다. 항복이었다. 그에게 신은 체계와 질서의 대변자여야 했고, 정치와 권위의 보호자여야 했지만, 지금 그 눈앞의 신은 그러한 틀을 무너뜨리는 존재로 현현했다. 그가 설계한 제도와 법은 불길 앞에서 쓸모없는 허상으로 드러났다.

그때, 불이 사그라든 자리에 엘리야가 천천히 걸어 나왔다. 그는 불길 속에서 걸어 나온 것이 아니라, 불길을 보내신 분과 함께 움직이는 자처럼 보였다. 그의 옷은 물과 흙으로 얼룩져 있었고, 땀과 먼지가 범벅되어 있었으나, 그의 눈빛은 여전히 맑고 또렷했으며, 불길과 같은 힘이 서려 있었다. 그가 한 걸음 한 걸음 다가올 때마다 백성들은 머리를 더욱 깊숙이 조아렸다. 그리고 마침내, 엘리야는 제단 앞에 섰다.

그의 주위를 천천히 둘러싸기 시작한 이들이 있었다. 붉은 망토, 피 묻은 손, 피로 물든 의복 — 바알과 아세라의 제사장들, 무려 850명이 그 주위에 모여들었다. 그들은 이제 더 이상 어떤 종교의 대표도 아니었다. 신의 불 앞에 스스로의 무능을 목도한, 권위를 잃은 인간들이었다. 그들의 눈에는 공포가 맺혀 있었고, 입은 메말라 말 한마디 내뱉지 못했다. 그들 모두는 이제, 생명을 구걸하는 자들의 눈빛을 지니고 있었다.

엘리야는 고개를 들어 하늘을 바라보았다. 그의 입가에 맺힌 미소는 차가웠지만, 그 어떤 승리보다 위대했다. 수년간 이스라엘 백성을 미혹하고, 하나님의 이름을 더럽혔던 자들이 이제 그의 발아래 있었다. 그는 두 손을 들어 하늘을 향했다. 그 손은 떨림이 없었고, 그 목소리는 군중의 환호 위에서도 분명히 들렸다.

"여호와의 이름을 욕되게 한 자들아 — "

그의 목소리는 선포가 아니라, 심판이었다.

"너희는 거짓된 제단을 쌓았고, 백성의 심령을 갈라놓았으며, 살아계신 하나님의 이름을 흙에 묻었도다!"

하나님의 불이 모든 증명을 끝낸 후, 남은 것은 정결과 심판뿐이었다. 불이 사그라들자, 엘리야의 얼굴은 더욱 어두워졌다. 그를 둘러싸고 있던 빛이 사라지자 그 속의 진짜 눈빛이 드러난 것처럼 — 거기에는 자비도, 연민도 없었다. 그것은 하나님의 신이 사람 안에 머물 때, 인간의 형상이 얼마나 낯설게 보일 수 있는지를 증명하는 한 쌍의 눈이었다. 엘리야는 그들을 훑어보며 비웃었다.

"너희의 신은 어디 있느냐? 목청껏 부르짖었건만, 너희의 신은 보지도, 듣지도, 답하지도 않았다! 너희의 피로 제단을 적셔도, 너희의 울부짖음으로 하늘을 찔러도, 그 신은 침묵했다! 왜냐하면 존재하지 않기 때문이다! 너희가 섬긴 것은 그저 돌과 나무에 불과한, 헛된 우상이었다!"

그는 천천히 제단에서 내려왔다. 발아래, 땅은 검게 타 있었고, 그 위를 밟는 그의 발자국은 무게감 없이 조용했다. 백성은 엎드린 채 숨도 쉬지 못했다. 공포와 경외, 그리고 스스로도 설명할 수 없는 '동의'의 감정이 그들을 짓누르고 있었다. 누구도 움직이지 못한 이유는 불이 아니라, 불을 내린 신의 사람의 눈빛 속에서 다시 불을 본 탓이었다. 엘리야는 단 한마디로 산의 공기를 찢어냈다.

"그들을 기손 시내로 끌고 가라. 단 한 명도 놓치지 말고 모두 붙잡아라."

그 말은 명령이었다. 그러나 그것은 인간의 권위로 내린 것이 아니라, 땅의 법을 대신해 신의 뜻이 선포된 것이었다. 음성은 땅에 박히듯 울려 퍼졌고, 백성들은 무의식처럼 일어섰다. 그러나 누가 먼저랄 것도 없이 움직였다. 마치 예언자 안에 머무는 신의 권능이 사람들의 사지를 움직인 것처럼. 제사장들은 반항하지 못했다. 어떤 자는 울었고, 어떤 자는 도망치려 했으나, 백성의 손은 그들을 막아섰다. 그들은 지금까지 백성 위에 서 있던 자들이었지만, 단 한 번의 기적 앞에서 그 위상은 산산이 부서졌다. 백성들의 머릿속에는 오랜 가뭄으로 인한 말할 수 없는 비참함과 고통, 그리고 굶주림으로 죽어간 가족의 모습이 스쳐 지나갔다. 그들은 속았다는 생각에, 오랜 무지 속에서 깨어난 각성자들처럼 모든 분노와 광기를 850명의 바알과 아세라의 제사장들에게 쏟아부었다.

"저 거짓말쟁이들! 우리 자식들이 죽어가는 동안, 저들은 배를 불렸어!"

분노와 슬픔이 뒤섞인 외침이 터져 나왔다. 백성들의 눈에는 지난 3년간의 고통과 상실이 서려 있었다.

"죽여라! 잡아라!"

이젠 단순한 외침이 아니었다. 그것은 복수를 향한 격정적인 함성이자, 무지에서 벗어난 자들의 절규였다.

"우리의 곡식과 고기를 바알에게 바치라 했지? 이젠 너희의 피를 바칠 차례다!"

수천의 사람들이 몰려들었다. 돌로 그들을 치는 자, 몽둥이로 내리치는 자, 그들의 옷을 찢는 자, 발길질과 주먹으로 구타하는 자 등, 그 광경은 아비규환이자 처절한 응징과 심판의 현장이었다. 제사장들의 비명과 백성들의 함성이 뒤섞여 갈멜산 전체를 뒤흔들었다. 그들의 분노는 단순한 분노가 아니었다. 그것은 지난 수년간의 고통과 상실, 그리고 무너진 삶에 대한 복수였다. 그들은 더 이상 두려워하지 않았다. 오직 이 기나긴 고통을 끝내려는 처절한 의지뿐이었다. 그들에게 몰매를 맞는 제사장들의 모습은 그들의 힘이 아닌, 수많은 백성의 분노로 무너지는 허상을 보여주는 듯했다.

아합 왕과 그의 군대는 그저 그 광경을 지켜볼 수밖에 없었다. 그의 발은 차마 한 발자국도 떼지 못했다. 그의 눈앞에는 바알의 사제들이 무너지는 광경이 펼쳐져 있었다. 그들은 왕의 힘을 상징하는 존재들이었고, 그들을 향한 백성들의 분노는 곧 자신에게 향할 칼날처럼 느껴졌다. 그는 자신의 절대적인 권위가 단 한 번의 기적과 백성들의 광기 앞에서 얼마나 허망하게 무너질 수 있는지를 깨달았다. 분노와 수치심, 그리고 통제할 수 없는 상황에 대한 깊은 두려움이 그의 심장을 옥죄었다. 그는 자신의 손아귀에 있던 모든 힘이 순식간에 모래처럼 빠져나가는 것을 보았다. 호위대장과 병사들도 마찬가지였다. 그들은 무기를 들고 있었지만, 감히 그들을 향해 달려드는 백성들의 분노를 막을 수 없었다. 왕의 호위대장과 병사들은 그 파도가 언제 자신들에게 덮쳐올지 몰라 극도의 긴장감에 휩싸였다. 그들의 손은 검자루를 움켜쥐었지만, 그 분노의 물결을 막아설 용기가 나지 않았다. 명령을 내려야 할 왕은 넋이 나간 듯 그저 서 있었다. 그의 눈에는 백성들의 광기 어린 분노가 자신을 향하고 있다는 공포가 스쳐 지나갔다. 왕은 자신의 명령 한 마디가 불길에 기름을 붓는 격이 될까 두려워 입을 굳게 다물었다. 그들의 권위는 이미 흔들렸고, 그들의 무기는 더 이상 보호의 수단이 아니었다. 그것은 오히려 자신들을 겨눌지도 모르는 위협처럼 느껴졌다. 그들은 자신들이 섬기던 왕과 신의 나약함, 그리고 그로 인해 걷잡을 수 없이 커진 백성의 분노를 목격하고 있었다.

갈멜의 돌들 사이를 지나, 엘리야는 선두에서 시내 쪽으로 향했다. 손에는 칼이 들려 있었고, 그것은 번뜩이진 않았지만, 모든 자의 시선을 쥐어잡았다. 그것은 산당에서 쓰던 의례의 칼이 아니었다. 반짝임 없는 무광의 철, 그것은 처형을 위해 만들어진 도구였다.

기손 시내. 해는 이미 서쪽으로 기울고 있었고, 얕은 시냇물은 햇빛에 붉게 물들고 있었다. 바위틈은 움푹 팬 검은 그림자를 만들고 있었고, 그 속에서 엘리야는 섰다. 피할 수 없는 숙명을 앞에 두고 선 사내처럼, 그는 한 치도 물러서지 않았다. 바알과 아세라의 제사장들. 그들은 더 이상 신의 대변자가 아니었다. 그들의 화려했던 옷은 찢겨 누더기가 되었고, 얼굴은 돌과 주먹에 맞아 피투성이가 되었다. 그들은 스스로 걸어오지 못했다. 분노에 찬 백성들은 그들의 머리채를 휘어잡고, 발목을 끈으로 묶어 질질 끌고 왔다.

제사장들의 몸은 거친 갈멜산의 돌무더기에 긁히고 부딪히며 피를 흘렸다.

"네놈들이 우리를 속였지! 너희의 거짓말 때문에 내 아들이 죽었다!"

그들의 비명은 분노한 백성들의 거친 외침에 묻혔다. 한때 위엄 있던 그들의 모습은 온데간데없고, 그저 무력하게 끌려오는 희생양에 불과했다. 그들은 백성들이 품었던 모든 절망과 분노를 몸으로 받아내며 엘리야와 마주 서게 되었다. 그러나 누구도 구원받지 못했다.

그날 해가 지기 전까지, 엘리야는 스스로 칼을 들었다. 피는 차오른 시냇물 위를 따라 번졌고, 피비린내는 바람을 타고 갈멜산의 경사면까지 번졌다. 이방의 신이 자리하던 사제의 목은 하나둘 무너졌고, 붉은 물결은 끝없이 흘러내렸다. 엘리야의 손은 물들었다. 그의 옷자락은 살점의 흔적으로 얼룩졌다. 그러나 그의 눈은 흔들리지 않았다. 그는 죽이는 자가 아니었다. 그는 신이 세우신 질서의 집행자였다. 칼은 그의 손에 들려 있었지만, 그것을 내리치는 건 하나님의 분노였고, 백성은 그 앞에서 아무 말도 할 수 없었다.

멀리, 산기슭의 나무 그림자 아래에서 두려워 도망간 말기엘이 그 광경을 지켜보고 있었다. 그의 손은 떨렸고, 그의 눈은 피로 충혈되어 있었지만, 그는 움직이지 못했다. 그날, 그는 처음으로 스스로에게 물었다. 체계는 무엇이었는가. 질서란, 법이란, 종교란, 신이 침묵할 때 만들어지는 인간의 도피처였던가. 아니면 지금 엘리야 앞에서 무너진 모든 것은 처음부터 허상이었는가. 그는 입을 다물었고, 그 침묵은 자신의 모든 확신이 무너져내린 첫 번째 증거였다.

해가 지기 시작했다. 시내는 여전히 붉었고, 죽은 자들의 흔적은 얕은 물에 고여 흘렀다. 엘리야는 마지막으로 칼을 내려놓았다. 그것은 더 이상 처형할 죄가 남지 않았기 때문이 아니라, 신의 분노가 그 시점에서 멈추었기 때문이었다. 칼은 바위 옆에 내려졌고, 피로 뒤덮인 손은 하늘을 향해 천천히 올라갔다.

그는 눈을 감지 않았다. 오히려 두 눈을 크게 뜬 채 하늘을 응시했다. 아직 비는 내리지 않았다. 그러나 하늘은 그를 바라보고 있었다. 엘리야는 무릎을 꿇고 얼굴을 땅에 댔다. 그의 목소리는 갈멜산의 바람을 타고 울려 퍼졌다. 더 이상 심판의 목소리가 아니었다. 그것은 회개와 간구로 가득 찬, 한 인간의 절규였다.

"주 여호와여, 당신의 종이 이 시간, 먼지와 재 가운데 엎드려 간구하나이다.
수많은 해가 지나도록,
저희는 주님의 이름을 잊고 살았습니다.
입술은 거룩을 말하면서도,
마음은 이방 신들의 유혹에 기울었고,
그 손으로 만든 헛된 형상들 앞에 무릎을 꿇었습니다.
주님의 영광은 짓밟혔고,
거룩하신 이름은 더럽혀졌으며,
당신의 말씀은 사람들의 조롱거리가 되었습니다.
제가 분노로 가득 차,
이 땅 위에 불의 심판을 외쳤을 때 —
돌이켜 보니,
그 불의 가운데 저 또한 서 있었나이다.
의롭다 여기던 제 마음조차,
그들처럼 어둠에 물들어 있었나이다.
그러나 이제, 오 여호와여 —
이 백성의 눈이 열렸나이다.
그 마음이 돌같이 굳어 있었지만,
이제는 깨지고 부서져, 주님을 향하고 있나이다.
들으소서, 주님.
저희의 부르짖음을 외면하지 마소서.
이 땅에 쓰러져간 수많은 생명,
우리가 지키지 못한 아비와 어미,
헛된 신 앞에 무릎 꿇는 동안
병으로, 전쟁으로, 가난으로 허망하게 쓰러져간

사랑하는 아들들과 딸들 ―
그들의 이름을 기억하여 주소서.
그들을 다시는 만질 수 없는
이 백성의 가슴 속에는
지울 수 없는 상흔이 남았나이다.
오직 주의 자비만이
이 땅의 부끄러움을 씻을 수 있나이다.
오직 주의 긍휼만이
이 메마른 심령을 적실 수 있나이다.
이제, 3년 반의 가뭄 끝에
주의 자비를 단비처럼 내려주소서.
죽어가던 땅이 생명을 얻듯,
이 백성의 목마른 영혼이
다시 숨 쉬게 하소서.
주여, 저희는 당신의 거룩하신 이름을 위해
용서를 구하나이다.
이 백성을 다시 당신의 소유로 삼아주소서.
깨어진 것을 다시 잇고,
잃었던 것을 회복시키시는 주님의 능력으로,
우리의 죄를 덮으시고,
당신의 은혜의 깃발을 이 땅 위에 다시 세워 주소서.
주여, 이 모든 간구는
저희의 의로움 때문이 아니오라,
오직 당신의 사랑과 영광을 위함이나이다.
주님의 이름이 높임을 받으시고,
주님의 긍휼이 이 백성을 통하여
세상 가운데 증거되게 하소서.
여호와여, 돌아와 주소서.

이 백성이 이제야 주를 찾나이다.

은총의 얼굴을 우리에게 비추사,

살아나는 은혜를 허락하소서.

주의 백성으로, 다시 살아나게 하소서."

엘리야의 눈동자가 흔들렸다. 그는 엎드려 있는 백성들의 모습을 보았다. 그들의 어깨는 떨리고 있었고, 더러운 얼굴 위로 회한의 눈물이 흘러내리는 것을 보았다. 그 모습은, 오랫동안 잊고 있었던 하나님의 자비에 대한 확신을 그에게 일깨워주었다.

그의 목소리는 한 번 더 갈멜을 가르며 울려 퍼졌다.

"이 땅에서 거짓이 사라졌나이다. 이제… 비를 내려 주소서."

사마리아 왕궁. 저녁 무렵, 해가 완전히 기울어가고 있었고, 저 멀리 붉은 빛만이 지평선 가장자리에 남아 궁의 석회암 기둥을 붉게 물들이고 있었다. 석회암 마루 위로 어른거리는 등불 그림자, 고요한 복도, 그리고 침묵. 왕궁은 묘하게 조용했다. 바람조차 숨을 죽인 것처럼, 창문을 닫지 않았는데도 커튼은 미동도 하지 않았다. 이세벨은 왕좌 앞에 홀로 서 있었다. 그녀는 아무런 장식도 걸치지 않은 채, 평소의 화려한 관을 벗어두고 붉은 휘장을 젖혔다. 어깨 위로 떨어지는 검은 머리카락은 한 줌의 그림자처럼 그녀의 쇄골에 드리웠고, 그 이목구비는 조각처럼 정교했지만, 이상할 만큼 생기를 잃어 있었다. 그녀는 눈을 감고 있었다. 마치 뭔가를 예감하고 있는 듯.

그때, 숨 가쁘게 달려오는 전령의 발소리가 궁 전체를 울렸다. 갑작스레 열린 문 사이로 누군가 쓰러지듯 들어왔다. 진흙과 피가 뒤섞인 옷자락, 절뚝이는 다리, 두 눈은 경악과 공포로 젖어 있었다. 이세벨은 눈을 떴다. 그러나 놀라지 않았다. 그저 그를 바라보며, 무언의 명령처럼 고개를 들었다. 말하라는 뜻이었다.

"여왕님… 불이… 하늘에서… 여호와의 불이…"

전령은 숨을 제대로 고르지도 못한 채 말을 쏟아냈다.

"엘리야가… 살아 있습니다. 그가, 불을… 하늘에서 내렸습니다."

짧고 단절된 문장이었지만, 그 안에 담긴 의미는 이세벨에게 또렷이 들렸다. 그녀의 입술이 한 치도 움직이지 않았지만, 심장의 고동이 조용히 뺨 아래로 피를 밀어 올렸다. 얼굴은 창백해졌고, 눈동자는 조용히 초점을 잃었다가 다시 거울 앞으로 향했다. 그녀는 천천히 걸었다. 그녀의 발걸음은 물 위를 걷는 것처럼 조용했고, 그 끝엔 커다란 은제 거울이 놓여 있었다. 왕실의 보물처럼 십수 년을 닦아온, 단 하나뿐인 그 거울은 그녀의 얼굴을 담고 있었다. 하지만 그 안에 비친 것은 여왕도 아니었고, 바알의 신녀도 아니었다. 그녀는 자신의 모습을 바라보다가, 아주 미세하게 웃었다. 그리고 곧 울었다. 미친 듯이 흐느끼지도 않았고, 통곡하지도 않았지만, 그 눈에 맺힌 눈물은 꺼져가는 믿음과 부서진 권력의 흔적이었다.

"그 이름이…"

그녀는 입술을 열었다.

"…다시 들리는구나."

그녀의 목소리는 바닥을 핥듯 낮았고, 떨렸다.

"내가 부수려 했던 이름이… 불이 되어 하늘에서 내려왔구나."

그녀는 눈을 감았다가, 눈동자에 다시금 광기를 담았다. 손을 들고 자신의 팔을 그었다. 날카로운 손톱이 살결을 찢고 피가 흘렀다. 그녀는 그 피를 손가락으로 받아내 거울에 그었다. 차가운 은빛 표면 위로, 피는 금빛 서리처럼 번져갔다. 그리고 거울 속 자신의 얼굴을 바라보며 속삭였다.

"엘리야… 내 손으로 널 죽이지 못했다."

그녀는 다시 한번, 더 깊게 웃었다.

"하지만… 내 마지막 숨결은… 너의 이름을 지우기 위한 것이 될 것이다."

피 묻은 손을 붉은 베일로 감싸고 그녀는 그것을 머리 위로 덮었다. 완전히 얼굴을 가린 채, 다시 한번 속삭였다.

"이제… 신이 죽지 않으면… 나는 죽는다."

그 순간, 방 안의 등불이 꺼졌다. 바람 한 점 없는 방 안에서, 불꽃은 제 스스로 숨을 거두는 것처럼 파르르 떨다 스러졌다. 아무도 건드리지 않았지만, 타오르던 심지는 한 줌의 연기와 매캐한 냄새만을 남긴 채 검게 식어버렸다. 어둠이 모든 것을 집어삼키자, 그는 신이 자신의 앞길에서 빛을 거두어 가셨다고 확신했다. 희망이 사라진 자리는 그 무엇으로도 채울 수 없는 적막과 두려움뿐이었다.

갈멜산, 그 정상의 돌 위에서 엘리야는 아직 하늘을 바라보고 있었다. 불은 사라졌고, 검게 탄 제단 위에는 불의 흔적만이 남아 있었다. 그는 여전히 기도처럼 입을 열었다. 그러나 그 목소리는 요청이 아닌, 신뢰의 언어였다.

"주여⋯ 이제 비를 내리소서."

멀리 지평선 위, 어둠이 조금씩 물결치듯 일렁였다. 푸른 하늘 저편, 보랏빛 먹구름 하나가 솟아올랐다. 아주 작고, 아주 미미했지만, 그는 알았다. 그 구름이 단순한 구름이 아니라는 것을. 그것은 침묵이 끝났음을 알리는 징조였다. 이제 불은 사라졌고, 말씀은 비가 되어 돌아올 것이었다. 이스라엘의 하늘은 다시 열리고 있었다. 그 구름은 여호와의 자비였고, 회복의 시작이었다.

EPISODE 3

사람을 낚는 어부

마태복음 17장 24절~27절

24 저희가 가버나움에 이르렀을 때, 성전세를 징수하는 자들이 베드로에게 나아와 이르되, "너희 스승께서 두 드라크마를 바치지 아니하시느냐?" 하거늘,

25 그가 대답하여 이르되, "바치시나이다." 그가 집에 들어가매, 예수께서 그보다 먼저 말씀하시되, "시몬아, 네게 묻노니, 세상의 왕들이 관세나 인두세를 누구에게서 거두느냐? 자기 자식들에게냐, 혹은 타인들에게냐?"

26 베드로가 말하되, "타인에게서니이다." 예수께서 이르시되, "그렇다면 자식들은 자유로우니라.

27 그러나 저희로 실족지 않게 하려거니와, 바다에 가서 낚시를 던지라. 첫째로 올라오는 고기를 취하라. 그 입을 열면 한 세겔을 얻을 것이니, 이를 가져다가 나와 너를 위하여 드리라."

별을 옮기는 소년

벳새다의 새벽은 비릿한 소금기와 젖은 그물 냄새로 숨을 쉬었다. 밤새 머금었던 바다의 깊은 한숨이 낮은 물결이 되어 조용히 모래톱을 핥았다. 동쪽 하늘 끝에서 번지기 시작한 여명은 잿빛 수면 위로 은어 떼처럼 반짝이는 빛의 가루를 흩뿌렸고, 갈매기의 날카로운 울음소리가 눅눅한 새벽 공기를 가르며 잠든 마을의 골목 사이로 스며들었다.

어린 시몬은 맨발로 축축한 모래를 밟았다. 발가락 사이를 간질이며 파고드는 새벽 바다의 차가운 감촉이 좋았다. 밀려왔다 쓸려나가는 파도는 결코 말이 없었다. 그 침묵은 시몬의 집을 똑 닮아 있었다. 밤새 잠 못 이루고 뒤척였을 어머니의 한숨도, 새벽 일찍 어망을 챙겨 나서는 아버지의 무뚝뚝한 어깨도, 모든 것이 소리 없이 무거웠다. 말없이 자는 베드로의 어린 동생도 그 풍경 속에 함께 있었다. 그들의 침묵은 단순한 고요함이 아니라, 차마 꺼내지 못한 언어들이 묵직한 담요처럼 온 집안을 짓누르는 답답함이었다.

그러나 담장 너머의 엘리에셀, 그는 달랐다. 형의 언어는 침묵의 무게를 가볍게 들어 올리는 바람 같았다. 그의 말은 단순한 이야기가 아니었다. 그것은 시몬의 마음에 잠들어 있던 세상을 깨우는 노래였고, 좁은 세상에 새로운 창을 내는 망치 소리였다. 그날도 시몬은 엘리에셀의 곁에 조용히 앉았다. 형은 부서지는 파도를 보며 나직이 물었다.

"시몬아, 저 하늘에 반짝이는 것들이 왜 저리 멀리만 있는지 생각해 본 적 있니?"

엘리에셀은 늘 그랬다. 대답을 바라는 질문이 아닌, 생각의 물꼬를 트는 질문을 던졌다. 시몬이 그저 눈을 동그랗게 뜨고 있자, 형이 빙그레 웃었다. 그 웃음은 새벽안개처럼 부드럽게 피어올랐다가 이내 바람에 흩어졌다.

"본래는 땅에도 별이 있었어. 보석처럼, 반딧불이처럼 우리 곁에서 빛났지."

"정말? 그럼 왜 지금은 없는데?"

시몬의 목소리엔 호기심이 가득했다. 엘리에셀은 앙상한 나뭇가지로 모래 위에 점 하나를 꾹 찍었다.

"그 빛이 너무 눈에 부시고 뜨거워서, 사람들이 감히 곁에 둘 수가 없었거든. 너무 소중해서 만질 수 없는 것처럼 말이야. 그래서 가장 위대하신 분이 저 높은 곳, 모두가 우러러볼 수 있는 하늘로 하나씩 옮겨 심으신 게야. 사라진 게 아니야, 시몬아. 더 찬란하게 빛나도록 제자리를 찾아 옮겨진 것뿐이지."

엘리에셀이 말하는 동안, 시몬의 세상은 거대하게 확장되었다. 벳새다의 바닷가, 투박하지만 세월의 흔적이 묻어나는 아버지의 큼직한 배, 제법 넓은 마당이 딸린 집이 전부였던 그의 마음에, 수많은 별이 옮겨 심어진 광활한 밤하늘이 통째로 들어와 박혔다. 저녁이 되자, 하늘과 바다는 온통 핏빛으로 물들었다. 세상의 모든 슬픔과 기쁨을 한데 녹여낸 듯한 노을이 수평선 너머로 장엄하게 침잠하고 있었다. 엘리에셀은 날카로운 조개껍데기로 젖은 모래 위에 북두칠성을, 오리온자리를 새겨 나갔다. 심술궂은 바닷바람이 자꾸만 그 경계를 지우려 달려들었지만, 형의 손길은 흔들림 없이 부드럽고 단단했다. 그 희미한 모래 위 그림은 어린 시몬에게 별들의 비밀 지도가 되었고, 지워지지 않을 약속처럼 느껴졌다.

"너도 언젠가 떠나게 될 거야."

모래 위 별자리를 내려다보던 엘리에셀이 불쑥 말했다. 그의 목소리는 저물어가는 노을처럼 낮고 차분했다.

"바람이 어디서 와서 어디로 가는지 모르지만, 가야 할 길을 아는 것처럼. 너 역시 그 바람을 따라 움직이게 될 거다."

'떠난다'라는 말의 의미를 온전히 헤아릴 수는 없었지만, 이상하게도 두렵지 않았다. 엘리에셀이 말하는 '바람'은 모든 것을 흩어버리는 공허한 힘이 아니라, 보이지 않는 길을 열어주는 자유로운 영혼처럼 느껴졌다.

그날 밤, 시몬은 좁고 어두운 방에 누워 마음속으로 모래 위 별자리를 몇 번이고 다시 그렸다. 벽의 갈라진 틈새로 새어 들어오는 달빛 아래, 천장 너머에서 반짝이는 진짜 별들이 엘리에셀의 손끝에서 옮겨져 자신을 비추는 것만 같았다. 언젠가 자신도 저 별들의 인도를 따라, 침묵의 파도를 넘어, 바람이 향하는 길로 나아가리라는 작고 단단한 예감의 씨앗 하나가 어린 영혼 깊숙이 뿌리내리고 있었다.

며칠 전부터 벳새다의 공기에는 소금기 대신 쇳가루 냄새가 섞여들었다. 사람들은 그림자처럼 움직였다. 평소라면 와자했을 어시장에서는 생선값을 흥정하는 목소리가 나직했고, 아이들의 웃음소리마저 일찍 끊어졌다. 해가 지면 집마다 빗장을 두 번 걸어 잠그는 소리가 골목의 정적을 깨뜨렸다. 낡은 천으로 가린 창문 틈으로 희미하게 새어 나오는 등불 빛은 온기를 잃은 채, 그저 어둠 속에서 불안하게 떨고 있을 뿐이었다. 사람들은 마주치면 시선을 내리깔고 속삭였다. 밤이 깊은 벳새다의 골목, 갈릴리 호수에서 불어오는 바람이 먼지와 마른 생선 냄새를 실어 날랐다. 건물들이 드리운 깊은 그림자에 몸을 숨긴 채, 두 남자가 나직이 대화를 나누고 있었다. 낮 동안의 고된 그물질로 지친 젊은 어부가 먼저 입을 열었다.

"갈릴리의 유다가 검을 들었다더군."

그의 목소리는 기름이 부족한 등불처럼 위태롭게 흔들렸다. 그림자 속에서 누군가 깊은 한숨과 함께 대꾸했다. 낡고 깊게 팬 주름이 역력한 늙은 어부의 목소리였다.

"쉬 ─, 소리 낮추게. 로마의 승냥이들이 모든 귀를 열어놓았다지."

"하지만 사실인걸요!"

젊은 어부가 목소리를 낮추면서도 흥분을 감추지 못했다.

"오늘 세포리스에서 온 상인에게 들었어요. 유다가 사람들을 이끌고 로마의 무기고를 털었다고 합니다. '주님 외에 다른 왕은 없다!'라고 외치면서, 로마에 세금을 내기 위한 호구 조사를 거부하는 이들이 수백이라고요. 그들은 가이사의 동전이 아니라 하나님의 율법을 따를 거라고 했습니다."

늙은 어부는 그물을 짜던 손을 멈추었다. 그의 눈이 어둠 속에서도 형형했다.

"그 흥분은 젊은 자네의 피를 끓게 하겠지. 허나 기억하게. 그래서 그 끝이 무엇일 것 같은가? 헤롯이 죽었을 때, 바로스가 반란을 일으킨 자들을 어떻게 했는지 잊었나? 십자가 이천 개가 길을 따라 늘어섰었지. 유다가 무기고를 털었다면, 로마는 군단 전체를 보낼 걸세. 세포리스는 불바다가 될 테고, 그 불길은 이 갈릴리 호수까지 삼키려 들겠지."

젊은 어부의 얼굴에서 흥분이 가시고 불안감이 드리워졌다.

"그래도… 이대로는 살 수 없지 않습니까? 그물질로 번 돈의 절반을 세금으로 뜯기고, 남은 것으로는 아이들 입에 풀칠하기도 벅찹니다. 유다는 적어도 싸우려 하지 않습니까."

"싸움은 용기만으로 하는 게 아닐세. 로마의 칼날 앞에서 우리의 그물은 찢어질 뿐이야."

늙은 어부의 나직한 말이 고요한 골목길의 어둠 속으로 낮게 가라앉았다. 더 이상 대화는 이어지지 않았고, 구름에 가려 희미해진 달빛 아래 두 사람의 침묵과 한숨만이 깊어갈 뿐이었다.

어린 시몬은 사람들 사이에 떠도는 이야기들이 담고 있는 피와 분노의 무게를 온전히 가늠할 수 없었다. 하지만 그의 온몸을 휘감는 불안의 실체는 명확했다. 세상의 창(窓)과도 같았던 옆집의 형, 엘리에셀이 변하고 있었다. 불과 몇 달 전만 해도, 엘리에셀의 손은 바닷가에서 조개껍데기로 별자리를 그리고, 물수제비를 뜨며 파도의 결을 따라 달리던 손이었다. 그의 눈은 밤하늘의 신비를 담아 시몬에게 세상의 비밀을 들려주곤 했다. 그러나 요즘 형의 손등과 팔뚝에는 마르지 않은 흙먼지와 굳은 피딱지가 앉아 있었다. 옷자락에서는 땀과 먼지가 뒤섞인 낯선 냄새가 났다.

형은 이제 해가 저물고도 한참 뒤에야 어둠을 이고 돌아왔다. 그리고는 자신의 집 앞에서 아무 말 없이 한참 동안 하늘을 올려다보았다. 예전처럼 별의 이야기를 속삭이는 대신, 그의 얼굴에는 차가운 결심으로 빚어낸 희미한 미소가 칼날처럼 스쳐 가곤 했다. 그 미소는 더 이상 담장 너머의 시몬을 향해 있지 않았다. 그것은 시몬이 알지 못하는 머나먼 곳, 어둡고 위험한 어떤 약속을 향해 있었다. 불안이 파도처럼 밀려와, 시몬은 더는 견딜 수 없었다. 어느 날 밤, 지친 걸음으로 돌아온 형의 옷자락을 붙잡고 물었다.

"형, 요즘 어디 다녀? 왜 늘 흙투성이야?"

엘리에셀은 어둠 속에서도 선명한 시몬의 눈동자를 물끄러미 내려다보다가, 짧게 웃었다. 그 웃음에는 예전의 온기가 없었다.

"돌을 고르러."

"돌? 돌은 왜?"

시몬의 목소리가 미세하게 떨렸다.

"단단하고 모가 난 돌이 필요해서. 무너뜨릴 벽이 있거든."

형의 목소리는 낮았지만, 그 안에 담긴 의미는 시몬의 가슴을 서늘하게 짓눌렀다. 그 돌이 누구의 심장을 향한 것인지, 그 벽이 무엇으로 쌓아올려졌는지 알 수 없었다. 다만 형이 건너려는 세상이, 더는 자신이 함께 발 디딜 수 없는 곳이라는 어렴풋한 예감이 들었다.

뒤척이는 밤이 며칠째 이어졌다. 그날도 시몬은 잠 못 이루고 뒤척이다 창밖으로 스미는 희미한 달빛을 보았다. 마침내 그는 어둠 속에서 조용히 자기 집 빗장을 열고 나섰다. 싸늘한 밤공기가 뺨에 와 닿았다. 그는 엘리에셀의 집 창문 아래, 늘 둘이 함께 앉아 놀던 낡은 통나무에 앉아 형을 기다렸다. 한참 뒤, 골목 어귀에서 하나의 그림자가 소리 없이 다가왔다. 엘리에셀이었다.

"형… 이제 나랑 별자리 안 그려줄 거야? 바다에도 안 가?"

어둠 속에서 들려오는 아이의 목소리는 젖어 있었다.

"형이랑 있으면 세상이 끝도 없이 넓어지는 것 같았는데, 지금은… 형이 자꾸만 멀어져. 내가 모르는 사람 같아."

엘리에셀은 걸음을 멈췄다. 달빛 아래 그의 얼굴 절반이 그림자에 잠겨 있었다. 그는 천천히 다가와 시몬의 어깨에 거친 손을 올렸다. 형의 어깨는 돌처럼 단단하고 차가웠다.

"미안하다, 시몬아. 정말 미안하다. 하지만 별은 이제 하늘에서만 빛나야 해. 땅의 별들은 너무 많은 눈물을 머금었어."

"그게 무슨 말이야?"

"언젠가 네게 말했지. 너도 바람처럼 떠나게 될 거라고."

엘리에셀은 시몬의 머리를 쓰다듬었다.

"이제는 내가 먼저 그 바람으로 들어가야 할 때가 왔을 뿐이야. 모두를 위한 바람이야. 하지만… 아주 사나운 바람이지."

형의 말은 여전히 수수께끼였지만, 시몬은 더는 묻지 않았다. 그는 그날 이후 밤마다 자신의 방 창문 너머로 옆집 하늘의 별을 보았다. 예전처럼 아름답고 신비로운 빛이 아니었다. 그것은 너무 멀리 있어 닿을 수 없는, 침묵 속에서 모든 것을 지켜만 보는 차가운 빛이었다. 별들은 말이 없었고, 바람은 거칠어지고 있었다. 그리고 그 바람의 길 한가운데로, 가장 사랑했던 형이 걸어 들어가고 있었다.

모든 것의 시작은 하나의 외침이었다. 그 외침은 단지 말이 아니었다. 그것은 수백 년 억눌린 피가 터져 나오는 울분이었고, 다시는 무릎 꿇지 않겠다는 갈릴리 사람들의 맹세였다. 갈릴리의 유다라 불리는 사내가 민중을 향해 포효했다.

"하나님 외에는 우리 위에 주권자가 없다!"

그 목소리는 단순한 분노가 아니었다. 그것은 메마른 갈릴리 땅에 떨어진 하나의 불씨였다. 오랜 억압 아래 바짝 마른 이 땅은, 오직 한 마디 외침만으로도 순식간에 불타오를 준비가 되어 있었다. 당시 시리아 총독 퀴리니우스는 로마 황제의 명으로 전 유대인의 인구 조사령을 내렸다. 그 명령은 단지 사람들의 수와 재산을 확인하기 위함이 아니었다. 그들의 존재를 로마의 호적 안에, 곧 카이사르의 소유로 편입시키는 의식이었다. 그것은 신성모독이었다. 인간은 오직 하나님의 손에만 계수되어야 했다. 다윗조차 교만하여 백성의 수를 세웠을 때 하나님의 진노를 피하지 못하지 않았는가? 그런데 이제, 하나님을 모르는 이방인의 제국이 하나님의 백성을 숫자로 세고, 그 이름을 이교도의 문서에 올리고, 그 땅과 소유를 '황제의 재산'으로 공표하고자 한 것이다. 백성의 삶이 하나님의 언약이 아닌 로마 황제의 권세 아래 '수치로' 기록되는 그 순간, 갈릴리의 피는 뜨겁게 끓기 시작했다. 로마가 모든 유대인의 머릿수를 세고 재산을 기록하여 세금을 물리려 하자, 갈릴리 유다가 일어섰다. "하나님 외에는 어떤 인간 권력도 우리 위에 주권자가 될 수 없다!" 그의 외침은 단순한 조세 거부가 아니었다. 그것은 하나님의 이름을 더럽히는 신성모독에 맞선 선지자적 저항이었고, 백성의 정체성과 믿음을 지키려는 절규였다. 유다는 조세 납부와 인구 등록을 거부하는 운동을 조직했다. 그의 외침은 곧 무장 저항의 횃불로 타올랐다. 열혈한 지지자들이 구름처럼 모여들었다. 세포리스는 반란의 심장이 되었다. 그들은 로마의 행정기관을 공격하고, 세금 창고를 습격해 재물을 탈취했으며, 로마에 협력하는 이들을 처단했다. 세포리스의 거리는 한동안 해방의 열기로 뜨거웠다. 그러나 그 불길은 더 거대한 강철의 분노를 불러왔다.

2주 전, 명령은 시리아 총독에게서 떨어졌다. 황제의 명을 집행하는 자신에게 감히 맞선 자들에게, 그는 로마의 의지가 얼마나 강철처럼 차갑고 단단한지 보여주기로 결심했다. 진압은 그의 직접적인 명령이었다. 전령의 말이 채 식기도 전에, 흩어져 있던 백인대장들의 나팔 소리가 주둔지를 깨웠고, 단 8일 만에 거대한 전쟁 기계가 다시 조립되었다. 뙤약볕은 투구 위에서 이글거렸고, 들이마시는 숨결마다 흙먼지가 섞여 들어와 목을 칼칼하게 긁었다. 살갗은 땀에 전 갑옷의 가죽끈에 쓸려 피가 배어 나왔다. 어깨에는 '푸르카' 장대가 얹힌 자리가 시퍼렇게 멍들었고, 거기 매달린 곡식 자루와 공병 도구의 무게는 걸음을 내디딜 때마다 척추 마디마디를 비명 지르게 했다. 끝없이 이어진 행렬의 짐수레 바퀴는 밤에도 멈추지 않고 비명을 질렀다. 병사들은 행군 중에 교대로 잠시 눈을 붙이거나, 말 안장에서 딱딱한 빵을 씹으며 허기를 달랬다. 입술은 바짝 말라 갈라졌고, 눈은 피로와 먼지로 붉게 충혈되었다. 열흘 거리의 길을 엿새 만에 주파한 대가였다. 군용 샌들 아래 발은 이미 물집이 터지고 피가 배어 나와 진흙과 하나가 된 지 오래였다. 하지만 대열에는 한 치의 흐트러짐도 없었다. 그들의 정신을 지배하는 것은 피로가 아닌, '로마는 멈추지 않는다'라는 단 하나의 불문율이었다. 이제 저 멀리, 성벽의 실루엣이 아지랑이 너머로 보이기 시작했다. 그들이 일으키는 흙먼지 구름은, 곧 도시를 집어삼킬 거대한 해일의 전조였다.

결국 세포리스는 불타고 있었다. 화염이 도시를 삼키기 전, 먼저 침묵이 내렸다. 사람들의 목소리가 멎고, 수레바퀴 소리가 끊기고, 아이들의 웃음이 사라진 자리에 재 냄새가 바람을 타고 스며들었다. 처음에는 땅의 희미한 떨림이었다. 이내 죽음과도 같던 도시의 정적을 찢으며, 수천 개의 쇠 못이 박힌 군화가 자갈길을 씹어 삼키는 소리가 들려왔다. '칼리가'. 그 소리는 단순한 발걸음이 아니었다. 하나의 거대한 짐승이 내쉬는, 감정도 망설임도 없는 규칙적이고 무자비한 숨소리였다.

"반란의 뿌리를 뽑아 그 본보기를 보이라."

그의 군단은 기계였다. 시리아와 동방 속주에서 차출된 보조병들까지 합세한 그들은, 골목으로 흩어져 들어가며 문을 부수고 닥치는 대로 사람들을 끌어냈다. 병사들의 눈에는 분노나 증오 같은 인간적인 감정이 없었다. 그저 주어진 명령을 수행하는 무감각한 냉기만이 서려 있었다. 비명은 짧았고, 저항은 허무했다. 불길은 마른 장작처럼 타오르는 집들의 지붕을 무너뜨렸고, 검은 연기는 하늘을 뒤덮어 대낮을 황혼으로 만들었다. 도망치려던 자들은 기병의 말발굽 아래 짓밟혔고, 저항하던 자들은 글라디우스에 심장이 꿰뚫렸다. 살아남은 이들은 거친 밧줄에 목과 손이 묶여 짐승처럼 끌려갔다. 로마는 단순히 반란군을 진압하는 것이 아니었다. 그들은

'기억'을 지우고, '의지'를 불태우고 있었다. 그 지옥의 한가운데서, 세포리스로 들어오는 길목 언덕 위에 새로운 풍경이 펼쳐졌다.

스무 개가 넘는 십자가가 역병처럼 언덕을 뒤덮었다. 갈릴리의 유다를 따랐던 자들, 그에게 동조했던 자들, 혹은 단순히 의심받았던 자들이 그 위에 매달렸다. 로마는 가장 고통스럽고 치욕적인 처형 방식을 통해 공포를 사람들의 뼛속에 각인시키려 했다.

"보라, 이것이 로마에 저항한 자의 말로다."

십자가들은 침묵의 웅변가였다. 사람들은 그 언덕을 외면했다. 고개를 숙이고, 눈을 감고, 애써 다른 길로 돌아갔다. 하지만 어린 시몬은 그럴 수 없었다. 엘리에셀이 잡혀갔다는 소문이 돌자, 그는 미친 듯이 그를 찾아 헤맸다. 그리고 마침내, 발길은 운명처럼 그 언덕으로 향했다. 시몬은 바위 뒤에 숨어, 숨을 죽이고 언덕을 올려다보았다. 처음에는 그저 검은 실루엣들로만 보였다. 고통 속에 뒤틀린 채 연기 긴 하늘에 매달린 형체들. 심장이 얼어붙는 것 같았다. 제발, 제발 형은 저곳에 없기를.

그때, 시몬의 눈에 익숙한 형체가 들어왔다. 다른 이들처럼 축 늘어지거나 고통에 몸부림치지 않고, 이상할 만큼 곧게 매달린 사람. 시몬의 온 세상이 그 한 점으로 빨려 들어갔다. 바람이 잠시 연기를 걷어내자, 피와 먼지로 뒤덮인 얼굴이 드러났다.

엘리에셀이었다.

시몬의 머릿속에서 무언가 '툭' 하고 끊어졌다. 현실감이 사라졌다. 저것은 엘리에셀이 아니었다. 모래 위에 별자리를 그려주던 다정한 손은 굵은 대못에 꿰뚫려 나무에 박혀 있었고, 바람의 이야기를 들려주던 입술은 터져 피를 흘리고 있었다. 세상의 모든 비밀을 담은 듯 맑게 빛나던 눈은 텅 빈 하늘을 향해 있었다.

시몬의 안에서 비명이 터져 나오려 했지만, 목구멍은 얼어붙어 아무 소리도 나지 않았다. 온몸이 사시나무처럼 떨렸다. 눈앞의 광경과 기억 속의 형이 미친 듯이 뒤섞였다. 조개껍데기를 쥐었던 손, 바람을 따라 달리던 맨발, 별들은 땅에 머물 수 없었다고 속삭이던 목소리⋯ 그 모든 기억의 파편들이 눈앞의 참혹한 현실 위에서 산산이 부서져 내렸다.

그때였다. 기적처럼, 혹은 저주처럼 엘리에셀이 천천히 고개를 돌렸다. 그의 텅 빈 시선이 허공을 헤매다, 시몬이 숨어 있는 곳을 아는 듯 잠시 멈췄다. 그리고 — 그는 미소 지었다. 고통에 일그러진 입가에 걸린, 피로 얼룩진 희미한 미소. 그것은 체념도, 조롱도, 광기도 아니었다. 마치 '괜찮다, 이것이 내가 선택한 바람의 길이다'라고 말하는 듯한, 기묘하리만치 평온한 미소였다.

그 미소는 화살처럼 날아와 어린 시몬의 심장에 박혔다. 그 순간, 시몬의 세상은 완전히 붕괴했다. 별도, 바람도, 파도도 모두 의미를 잃었다. 아름다움과 신비로 가득 찼던 세상의 껍질이 벗겨지고, 그 아래에 숨겨진 잔인하고 무자비한 현실이 날것 그대로의 모습을 드러냈다. 엘리에셀의 집은 텅 비었고, 그의 가족들도 노예로 팔려갔다는 소문만 바람처럼 떠돌았다.

시몬은 더 이상 울지 않았다. 눈물조차 말라붙은 그의 안에는 거대한 구멍이 뚫렸다. 그 텅 빈 곳을 채운 것은 오직 언덕 위에서 보았던 형의 마지막 미소뿐이었다. 이해할 수 없기에 더욱 잔인했던 그 미소는, 그의 남은 생애를 따라다닐 지워지지 않는 낙인이 되었다.

며칠의 시간이 흘렀다. 바람은 여느 때처럼 불었다. 마을 사람들은 다시 고기를 잡고, 항아리를 이고, 장터에서 웃음소리를 흘렸다. 삶은 본래의 속도를 되찾은 것 같았다. 언덕 위에서 세워진 십자가들도, 불에 탄 세포리스도, 피 흘린 사람들의 기억도 — 처음부터 없었던 것처럼.

그러나 시몬은 그렇게 돌아올 수 없었다.

엘리에셀의 집은 비어 있었다. 닫힌 창문 너머로 들려올 웃음도 없었고, 마당에 쌓인 먼지는 시간이 흐를수록 무겁게 내려앉았다. 어린 그는 집 앞 돌계단에 앉아 그 집을 바라보았다. 형의 걸음, 형의 웃음, 형이 이야기하던 목소리… 어디에도 남아 있지 않았다.

"형…"

입술이 조금 떨리며 열렸지만, 소리는 밖으로 흘러나오지 않았다. 목소리를 낼 수 없다는 것조차 공포처럼 느껴졌다.

'바다는 여전히 똑같이 숨을 쉰다. 엘리에셀 형이 있던 어제와, 형이 사라진 오늘, 바다는 조금도 달라지지 않았다. 햇살은 수면 위에서 부서져 수만 개의 은빛 조각으로 흩어진다. 언덕 위에서 마지막으로 보았던 형의 미소가 저랬을까. 반짝였지만, 손에 잡히지 않았다. 아프도록 눈부셨지만, 아무런 온기도 없었다. 닮았을 뿐, 그것은 아니었다. 사람들은 '죽었다'고 했다. 하지만 내게는 죽음이 무엇인지 아직 실감이 나지 않는다. 나는 다만 '사라졌다'라는 것만을 알겠다. 얼마 전까지 내 옆에 있던 온기가, 목소리가, 웃음이, 오늘 아침엔 없다. 파도가 모래 위에 그린 별자리를 지워버리듯, 그렇게 흔적도 없이 사라졌다. 끝이라고 부를 수도 없다. 끝이라면 차라리 울 수 있을 텐데. 이건 그냥… 텅 비어버린 것이다. 대답 없는 질문처럼, 메아리 없는 외침처럼, 거대한 구멍이 내 안에 뚫려버렸다. 이 텅 빈 느낌이 나를 삼키려 할 때마다 숨이 막힌다. 형이 그렇게 사라질 수 있다면, 아버지도, 어머니도, 동생도, 나 자신도 어느 날 갑자기 사라질 수 있는 게 아닐까. 우리가 발 딛고 선 이 땅이, 이 단단한 세상이 사실은 아주 얇은 살얼음판 같은 것이어서, 로마 군인의 잔인한 발길 한 번에 무너져 내릴 수 있는 것이라면. 우리가 쌓아 올린 모든 웃음과 기억들이, 실은 모래성처럼 허무하게 부서질 수 있는 것이라면. 나는 어떻게 해야 하는가. 아무도 내게 말해주지 않는다. 어른들은 모두 고개를 숙이고, 서로의 눈을 피한다. 아무 일도 없었던 것처럼, 다시 그물을 손질하고 생선을 판다. 나만 이 무너진 세상의 폐허 속에 홀로 서 있는 것 같다. 심장이 멋대로 날뛴다. 슬픔 때문인지, 두려움 때문인지, 아니면 이 모든 것을 아무렇지 않게 내버려 둔 하늘을 향한 분노 때문인지 알 수가 없다. 하지만 눈물은 나지 않는다. 울면 안 될 것 같다. 울음은 무언가 끝났을 때 흘리는 것인데, 내 안에서는 아무것도 끝나지 않았다. 형의 마지막 미소가 자꾸만 눈앞에 어른거린다. 그 미소의 의미를 알기 전까지는, 나는 울 수도, 멈출 수도 없다. 나는 그저 바다를 본다. 입을 닫은 물고기처럼. 아무 말도 하지 않는다. 그러나 내 안에서는, 저 깊고 어두운 바다보다 더 거대한 균열이 소리 없이 벌어지고 있다. 별들은 이제 아름답지 않고, 바람은 더 이상 자유롭지 않다. 모든 것이… 달라졌다.'

그는 아직 어렸다. 세상을 알 만큼 자라지 않았고, 죽음의 의미도, 상실의 언어도 몰랐다. 그러나 무언가가 무너졌다는 것은, 본능처럼 알 수 있었다. 그것은 지식이 아니었다. 체험도 아니었다. 오히려 더 원시적이고 더 직관적인 어떤 감각. 삶은 언제든 사라질 수 있다는, 그 설명되지 않는 진실이 물결처럼 가슴속으로 들이쳤다. 안전하다고 믿었던 집. 매일 아침 들려오던 웃음소리. 바람결에 섞여오던 익숙한 발자국. 그 모든 것이, 아무 예고 없이 부서질 수 있다는 것을 그는 느꼈다. 그 깨달음은 작디작은 아이의 가슴에 얹히기엔 너무나도 무거운 돌덩이 같았다. 숨을 쉴 수 없을 만큼 무거웠다. 그러나 어디에도 내려놓을 수 없었다. 마을은 여전히 평온했다. 항아리에서 물을 따르는 소리, 고깃배에서 내려오는 발걸음, 염소의 울음소리. 사람들은 아무 일도 없었다는 듯 살아가고 있었다. 그 모든 일은 한 줄기 꿈처럼, 혹은 모두가 입을 맞춰 감춰버린 진실처럼, 존재하지 않았던 일인 듯. 그러나 시몬만은 알았다.

무언가가, 영원히 사라졌다. 그리고 자신만이 그 무너진 세계의 잔해 속에 홀로 남겨졌다는 것. 그의 심장은 불안정하게 요동쳤다. 두려움. 서러움. 형체 없는 분노. 설명되지 않는 허기 같은 감정들이, 번갈아 그의 안에서 꿈틀거렸다. 그러나 그는 울지 않았다. 아니, 울 수 없었다. 눈물은 어떤 허락이 필요한 것처럼 느껴졌고, 그 허락은 세상 그 누구도 그에게 주지 않았다. 그는 그저 바다를 바라보았다. 햇살이 반짝이며 부서지는 물결을, 바람이 밀어낸 수면의 일렁임을, 말없이 오래 바라보았다. 물고기처럼. 말이 없고, 질문도 없고, 표정조차 없이. 그러나 그 침묵 아래에서, 그의 안에서는 바다보다 깊은 균열이 벌어지고 있었다. 소리 없는 균열. 어른들도 듣지 못하고, 신조차 응답하지 않는 균열. 그것이 어린 시몬의 가슴속 어딘가에 조용히, 하지만 돌이킬 수 없이 생겨나고 있었다. 그 순간부터 그는 이전의 아이가 아니었다. 누구도 알아채지 못했지만, 시몬의 균열은 돌이 아니라, 깊은 바다의 심연에서부터 조용히 번져가고 있었다.

그물의 무게보다 무거운 것

    새벽은 아직 어둠의 치맛자락을 완전히 걷어내지 못한 채, 갈릴리 호숫가를 조용히 감싸고 있었다. 밤의 마지막 숨결은 하늘 저편에 아련한 흔적처럼 남아 있었다. 그 위로 서서히 밀려오는 희끄무레한 빛은 세상의 첫 장면을 조심스레 열어젖히는 무대 조명처럼, 어둠과 빛 사이의 미세한 경계를 조용히 흔들고 있었다. 호수 위를 부드럽게 흘러가는 물안개는 오래된 꿈의 잔해처럼 느릿느릿 퍼져나갔다. 그 속에 잠긴 풍경은 분명 눈앞에 있음에도 불구하고 손에 닿지 않는 먼 기억처럼 흐릿했다. 차가운 기운은 뺨을 스치며 몸을 안으로 움츠리게 했지만, 이상하게도 그 냉랭함은 서늘한 두려움이 아니라 오히려 마음의 골짜기를 맑게 씻어주는 듯한 평온함으로 다가왔다.

    바람 한 점 없이 고요한 분위기 속에서, 갈대는 숨을 죽인 듯 고개를 깊숙이 떨군 채 서 있었다. 물가에 흩어진 자잘한 돌멩이들조차도 이 순간을 어지럽히지 않으려는 듯 그 자리에 숨죽이고 엎드려 있는 것처럼 보였다. 모든 것은 말없이 그 자리에 있었고, 아무것도 움직이지 않았으나, 세상은 분명 조금씩 깨어나고 있었다. 해는 아직 떠오르지 않았다. 새들의 지저귐도 들리지 않았다. 사람의 인기척조차 느껴지지 않는 고요함. 그러나 이 정적 속에는 기묘한 생명의 약동이 서려 있었다. 그것은 외침이 아니라 속삭임이었고, 거대한 전환이 아니라 아주 미세한 떨림이었다. 마치 창조의 순간이 다시 한번 시작되는 것처럼, 세상은 가장 조용한 소리로 아침을 준비하고 있었다.

갈릴리 호수는 그런 새벽의 중심에 조용히 누워 있었다. 물결 하나 없이 매끄러운 수면은 하늘의 창백한 색조를 그대로 품고 있었다. 그 위로 걸쳐진 안개는 경계조차 허물어뜨리며 하늘과 물을 하나로 엮고 있었다. 저 멀리, 어렴풋한 어둠 속에서 작은 배 한 척이 미동 없이 떠 있었다. 그 안에 사람의 실루엣이 보였지만, 그는 아무 말도 없이 앉아 있었다. 배는 움직이지 않았고, 사람도 움직이지 않았지만, 그 정지 속에는 어쩐지 오랜 기다림이 깃들어 있었다. 삶과 시간의 흐름을 다 들여다본 자의 고요함, 모든 소란과 갈등의 끝에서 남겨진 침묵 같은 것이 그 안에 있었다. 갈릴리의 새벽은 그렇게, 말 없는 장면 속에서 조금씩 빛으로 향하고 있었다. 그리고 그 어스름한 빛 아래에서, 아주 오래전부터 준비되어 있던 어떤 만남이 마침내 다가오고 있었다.

세상은 말이 없었다. 그러나 그 침묵은 죽은 정적이 아닌, 오래된 생명의 기적을 머금은 정적이었다. 수면 아래 어딘가에서부터 퍼져 나오는 미세한 파문, 간혹 어둠과 빛의 경계를 가르며 솟구치는 새 한 마리의 날갯짓, 그리고 그 모든 것을 지켜보듯 물 위를 가로지르는 첫 햇살의 실핏줄 같은 흔적들이, 이 고요한 순간에도 세계가 살아 있다는 것을 알리고 있었다.

그 고요함의 한 가운데, 시몬은 쪼그려 앉아 있었다. 그는 갈릴리 호수의 바람과 뙤약볕이 빚어낸 사람이었다. 그는 키가 크기보다는 땅에 단단히 뿌리내린 바위처럼 다부진 체구였다. 평생 그물을 끌어 올리던 넓은 어깨와 등에는 거친 힘줄이 굵게 솟아 있었다. 셀 수 없이 그물을 던지고 거두었을 그의 팔뚝은 힘을 줄 때마다 마른 땅이 갈라지듯 근육의 결이 선명했고, 파도 위에서 배의 흔들림을 버텨냈을 허벅지는 통나무처럼 단단했다. 그의 얼굴은 하나의 지도와 같았다. 지중해의 태양이 새겨 넣은 깊은 주름은 웃음과 고뇌의 길을 따라 어지럽게 뻗어 있었다. 턱과 뺨을 뒤덮은 수염은 잘 다듬은 적 없는 들판처럼 거칠었고, 물보라가 말라붙은 희끗한 소금기와 뙤약볕에 누렇게 바랜 수염 끝이 그 세월을 증명했다. 그의 손은 오래된 그물의 매듭을 다듬고 있었다. 그 손놀림은 물고기의 비늘보다도 더 익숙한 감각으로 그의 생을 반영하고 있었다. 그러나 그의 눈은 그 손을 보지 않았고, 그물도, 바람도, 수면도 아닌, 그 모든 것을 넘어선 어딘가를 바라보고 있었다. 멍하니, 어쩌면 멀어진 듯한 눈빛으로, 그는 마음속의 침묵을 응시하고 있었다.

'살아간다는 건... 늘 똑같은 그물질과 같은 것인가.'

살아간다는 것은 끝없는 반복의 연속이었다. 새벽의 축축한 어둠이 그의 살갗을 먼저 깨웠다. 시몬에게 하루의 시작은 언제나 그물과 함께였다. 굳은살 박인 손바닥으로 밧줄을 움켜쥘 때 느껴지는 익숙한 감각, 어깨를 짓누르는 그물의 묵직함은 이제 어떤 기대도 설렘도 주지 못했다. 한때 만선의 희망으로 심장을 뛰게 했던 그 무게는, 이제 물고기가 아닌 텅 빈 시간의 무게로 다가왔다. 그는 생각했다. 정작 가장 무거운 것은 이 그물이 아니라, 매일 밤 같은 절망만을 건져 올리는 이 삶이 아닌가.

"오늘은 좀 나으려나…"

중얼거림조차 공허하게 흩어졌고, 삶의 무게는 고기가 없는 통보다 더 깊은 곳에서 그의 어깨를 짓누르고 있었다. 그러던 어느 날 새벽이었다. 그물에서 쏟아진 은빛 비늘들이 갑판 위에서 파닥거렸다. 늘 보아오던 무심한 광경이었지만, 그날따라 유독 한 마리의 절박한 몸부림이 그의 시선을 붙들었다. 자유롭던 바다의 기억을 놓지 못하는 듯, 숨이 끊어질 듯 튀어 오르는 그 필사적인 저항. 문득, 시몬은 깨달았다. 끝없는 바다를 제 세상인 양 돌아다니다가, 영문도 모른 채 그물에 갇혀 끌려 나온 저 물고기의 운명. 이 차가운 갑판 위에서 무언가 돌이킬 수 없이 잘못되었음을 온몸으로 외치는 저 모습이, 바로 자신과 다르지 않다는 것을. 매일 반복되던 그물질이라는 삶에 갇혀, 의미를 잃은 채 버둥거리는 자신의 모습이 저 물고기 위에 겹쳐 보였다. 그것은 소리 없는 깨달음이었고, 한번 자라나기 시작하자 걷잡을 수 없이 마음속을 잠식해 들어오는 서늘한 허무함이었다. 물고기의 마지막 몸부림은, 바로 자신의 것이었다. 심장이

쿵, 하고 내려앉았다. 지금껏 막연하게 느껴왔던 어린 시절의 허무함이, 비로소 제 이름을 찾은 순간이었다.

손질을 마친 그물은 배 한편에 단정하게 쌓였지만, 시몬의 마음속에 얽힌 허망함은 풀리지 않은 채 그대로였다. 그는 텅 빈 시선으로 동터 오는 수면 위를 바라보았다. 방금 끝낸 노동의 무게와, 곧 시작될 노동의 무게가 그의 어깨를 무겁게 짓눌렀다. 어둠보다 더 깊은 상념에 잠겨 있을 때, 등 뒤에서 익숙한 헛기침 소리가 들렸다. 새벽에 함께 일했지만, 단 한 번도 아들의 영역에 먼저 들어온 적 없던 아버지였다. 그런 시몬 앞에 아버지 요한이 천천히 다가왔다. 아버지의 고요한 고개 끄덕임에는 나이 듦의 수긍과 아들을 향한 묵묵한 신뢰, 그리고 말없이 내려놓은 책임의 흔적이 담겨 있었고, 시몬은 말없이 그 시간을 받아들이고 있었다.

"그러게, 너도 어느새 내 몫까지 짊어질 나이가 되었구나."

"살다 보면 사람도 변하죠."

그 말은 농담처럼 던져졌지만, 시몬의 마음속에는 질문이 되돌아왔다. 자신은 과연 변한 것일까, 아니면 그저 익숙함 속에서 조금씩 무뎌진 것뿐일까. 변화라기보다는 순응, 적응이라기보다는 체념의 감정이 조용히 가슴을 스쳤다. 그는 자신이 진정으로 살아가고 있는지, 아니면 흘러가고 있는 것인지조차 알 수 없었다. 매일 반복되는 똑같은 바람, 똑같은 바다, 똑같은 해 아래서 그는 다만 살아내는 법을 배워버린 것처럼 보였다. 그런 정적을 깨며 자갈 위로 경쾌하게 뛰는 발소리가 들렸다. 동생 안드레가 숨을 헐떡이며 달려오고 있었다. 그가 애써 웃으며 형에게 다가오는 그 짧은 순간에, 시몬은 자신도 모르게 아주 잠깐 삶의 또 다른 리듬을 예감하고 있었다.

"형! 늦어서 미안해. 몸이 좀 안 좋았는데… 괜찮아. 같이 나갈게."

씨익 웃어 보였지만, 시몬과 요한은 걱정 섞인 눈빛을 거두지 못했다.

"진짜 괜찮은 거 맞아? 얼굴이 좀 안 좋아 보여."

시몬이 걱정스러운 눈빛으로 그를 바라보며 말했다.

"잠이 덜 깬 거야. 배 위에서 깨겠지."

"괜찮다고 해서 억지로 타면 더 위험하다. 진짜 버틸 수 있겠냐?"

"괜찮아요, 아버지. 제 몸은 제가 알아요. 무리하진 않을게요."

그는 서둘러 노를 들었다. 이 짧은 대화 속에는 가족이 서로를 감싸는 오래된 방식이 녹아 있었다. 그들은 익숙한 몸짓으로 배를 물가로 밀었다. 그러나 시몬은 그 물가에서 한동안 발끝으로 모래를 비볐다. 눈에 보이지 않는 망설임이 그의 안쪽에서 잔물결처럼 올라왔고, 그건 단지 바람의 방향 때문이 아니라, 자신의 삶이 어디로 향하고 있는지에 대한 조용하고 근원적인 질문이었다.

'나는 지금 어디로 가고 있는 걸까.'

시몬의 마음속을 스치고 지나간 그 질문은, 짙은 물안개 속을 뚫고 나아가는 배처럼 그의 가슴 깊은 곳에서 무언가를 흔들고 있었다. 배는 말없이 안개 속을 미끄러졌다. 새벽빛은 길고 가느다란 선으로 그들의 어깨 위에 드리워졌다. 아무 일도 없었다는 듯이, 햇살은 조용하고도 무심하게 물 위를 어루만지고 있었다. 그 온기는 언뜻 다정했지만, 어딘가 모르게 먼 느낌이었다. 시몬은 몸을 일으켜 서서 물살을 살폈다.

갈대를 바라보는 그의 눈빛은 예리하고 익숙했고, 이 호수의 흐름과 표정을 누구보다 잘 읽어낼 줄 아는 사람이었다. 그는 수많은 날을 호수와 대화했고, 수면 아래 잠든 생명의 숨결을 피부로 느껴왔다. 하지만 문득, 그는 자신에게 물었다.

'하지만… 내가 이 호수를 알고 있는 만큼, 내 삶도 알고 있는 걸까?'

빛은 이제 수면 위로 제법 드러나고 있었고, 안개는 서서히 물러나며 시야를 넓혀주었다. 햇살은 유리처럼 투명하게 수면 위를 반사하고 있었다. 고요한 호수는 더없이 평화로운 얼굴로 그들을 받아들이고 있었다. 배는 중심부 가까이 다다라 있었고, 시몬은 바람의 결과 물살을 유심히 훑더니 고개를 끄덕였다.

"여기야. 물결 방향이 바뀌었어. 갈대 움직임 봐."

"응, 수심이 깊어지는 지점이네."

요한은 아무 말 없이 그물을 들고 자리를 잡았고, 세 사람은 오랜 습관처럼 자연스럽게 역할을 나눠 그물을 던졌다.

"셋, 둘, 하나… 던져!"

그물은 하늘을 활처럼 가르며 펼쳐졌고, 둥글게 수면 위를 덮은 그 궤적 속에 생명의 파문이 퍼져나갔다.

"이 정도면 수백 마리는 나오겠는데."

"형은 맨날 수백 마리라더니, 얼마 안 잡히면 내 탓 하잖아."

"수백 마리는 너희 둘 다 몸 제대로 움직일 때 이야기지."

농담 속에 오고 간 따스함은 차가운 공기를 녹였고, 세 사람은 말없이 그물을 끌어당겼다. 말없이 호흡을 맞춘 손놀림, 어깨의 움직임, 시선의 교환 ― 모든 것이 오래된 합주처럼 조율되어 있었다. 그 조율의 틈새로 신뢰라는 이름의 숨결이 흐르고 있었다. 마침내 그물 끝이 물 밖으로 떠오르고, 반짝이는 물고기들이 튀어 오르자 시몬의 눈빛에도 오랜만에 생기가 번졌다.

"나왔다!"

안드레의 외침과 함께 시몬은 빠르게 그물을 끌어 올렸다. 요한은 익숙하게 통을 열고 고기들을 부었다. 물고기들이 부딪히는 소리는 이른 아침의 침묵을 깨뜨리는 유일한 소리였고, 그것은 노동의 땀과 함께한 생명의 증거였다.

"오늘은 괜찮은데요, 아버지."

시몬의 말에 요한은 무겁지만, 확신에 찬 눈빛으로 고개를 끄덕였다.

"바람만 안 바뀌면 한 번 더 던질 수 있겠다."

안드레가 고개를 돌려 고기를 살피며 말했다.

"이 정도면 장에서 좋은 값 받을 수 있겠어요. 살도 꽉 찼네요."

요한은 한참을 고기들을 바라보다가 조용히 말했다.

"며칠 전 주문도 채울 수 있겠네. 어머니가 기뻐하시겠어."

시몬은 고개를 끄덕이며 중얼거렸다.

"그럼 오늘 저녁은 갈릴리식 구이겠군."

그러자 안드레가 장난스럽게 덧붙였다.

"아버지는 또 조용히 술 한잔하시겠지."

이른 아침, 고요한 호숫가에 세 사람의 웃음소리가 잔잔히 퍼졌지만, 그 순간의 따스함은 곧 일상에 묻혀 사라지고, 그들의 손은 여전히 멈추지 않은 채 그물을 다시 내리고 있었다. 햇살은 수면을 환히 비추고, 바람은 잔잔히 배를 밀었다. 고기를 가득 실은 배는 물가로 천천히 향했지만, 시몬의 마음은 이 모든 평온과는 다른 결로 출렁이고 있었다. 반복되는 노동 속에서도 그는 말로 설명되지 않는 갈증과 공허함을 안고 있었다. 그것은 물고기의 무게로도 채워지지 않는 깊은 내면의 결핍이었다.

배가 도착하자 여인들의 손놀림은 익숙하게 움직였다. 아내의 미소는 잠시 따뜻한 위로가 되었지만, 시몬의 내면 한편에 고요히 자리 잡은 허무는 여전히 사라지지 않은 채 남아 있었다. 그것은 누구에게도 들키지 않은 고요한 슬픔이자, 삶 전체를 향한 질문으로 그의 안에서 천천히 부풀어 오르고 있었다.

"여보! 오늘 수확 어땠어요?"

"오늘은 괜찮은 편이었어."

그 말 한마디에 많은 의미가 담겨 있었지만, 그는 더는 말을 덧붙이지 않았다. 이내 어머니가 다가왔다. 날카로운 눈빛은 여전히 살아 있었고, 그녀는 그물의 냄새만으로도 오늘의 수확을 가늠할 수 있었다.

"그물 냄새만 맡아도 알겠다. 살 오른 놈들인 모양이구나?"

시몬은 작게 웃으며 말했다.

"역시 어머니시네요."

그 말은 단순한 칭찬이 아니라, 세월이 만들어낸 직관에 대한 경의였다. 동네의 아주머니들도 하나둘 다가왔다. 그들의 얼굴에는 익숙한 친근함이 묻어 있었고, 노동과 나눔에 대한 묵묵한 신뢰가 있었다.

"요즘은 시몬네 배만 기다린다니까. 고맙네."

"서로 기대고 살아야죠. 수고비는 따로 챙겨 드릴게요."

말은 단순했지만, 그 속에는 공동체를 지탱하는 진심이 담겨 있었다. 그러자 한 아주머니가 웃으며 말했다.

"믿고 있지. 입만 살았다고 손 느린 건 아닌 듯하네."

좌중에서 껄껄거리는 웃음이 터져 나오자, 한쪽에서 고기를 나르던 안드레가 가슴을 툭 치며 나섰다.

"에이, 힘쓰는 걸로 치면 이 몸을 따라올 자가 없지! 이 팔뚝 힘줄이 안 보입니까?"

그 말을 들은 한 아주머니가 피식 웃으며 대꾸했다.

"그러기엔 아직 턱 밑이 너무 매끈한 거 아니냐?"

곧장 이런 농담이 돌아왔고, 그것은 더 큰 웃음으로 이어졌다. 여인들의 웃음소리는 바닷가에 흩어지며 아침 햇살 속으로 퍼졌다. 그들의 손놀림은 웃음만큼이나 재빠르고 날렵했다. 생선을 손질하고 분류하는 일은 번잡했지만 능숙했고, 대화는 노동을 더 가볍게 만들어주었다. 시몬의 아내는 그의 이마에서 땀을 닦아주며 조용히 말했다.

"오늘은 푹 쉬세요. 저녁은 제가 챙길게요."

그 말에 시몬은 장난스럽게 대꾸했다.

"벌써 생선 굽는 냄새가 나는 것 같은데?"

아내는 웃으며 말했다.

"그건 당신 옷에서 나는 냄새겠죠?"

그들의 대화는 짧지만 따뜻했고, 하루의 피로를 덜어주는 가장 사적인 위로였다. 요한은 조용히 통 안의 고기들을 살피고 있었다. 그의 눈은 무언가를 계산하고 있었고, 그는 낮게 말했다.

"일부는 시장에, 나머지는 동네에 나눠 드리자. 앞집은 지난번에 못 받았으니 잊지 말고."

시몬은 고개를 끄덕이며 물었다.

"네, 아버지. 품삯은 은 두 닢이면 괜찮겠죠?"

그러자 요한은 짧게 말했다.

"충분하다. 저분들 손 빠르니까."

이 일상은 오래된 방식으로 굴러가고 있었고, 아무도 그것을 어기지 않았다. 고기를 담은 바구니들이 여인들의 손에 들려 하나둘 나갔다. 삶은 그렇게 다시 흘러가고 있었다. 하지만 그 모든 흐름 속에서도, 시몬의 마음속에는 여전히 말로 설명되지 않는 허기가 남아 있었다. 생선의 비늘처럼 반짝이는 삶의 조각들이 그의 손안에 있었지만, 정작 마음속에서는 어떤 무게가 점점 더 커지고 있었다. 그는 그 무게를 누구에게도 말하지 않았다. 웃으며 그물을 덮고 고개를 끄덕이며 바구니를 넘겼지만, 마음 깊은 곳에서는 여전히 퍼덕이는 무언가가 가라앉지 않은 채 남아 있었다. 그것은 아직 이름 붙여지지 않은, 그러나 분명히 존재하는 어떤 부름이었다.

"오늘도 잘 먹을게요. 예수님께도 감사하고, 시몬네 집에도 감사해요."

누군가 웃으며 그렇게 말했을 때, 안드레는 조용히 고개를 들었다.

"예수님?"

그가 되물었고, 대답은 곧장 돌아왔다.

"요즘 회당 근처에서 말씀 전하시는 분. 다들 그분 이야기 하더라고."

그 말은 그저 지나가는 대화처럼 흘러갔지만, 그 순간 형제는 서로를 바라보았다. 눈빛은 짧았지만, 그 안에는 묘한 울림이 있었다. 그러나 더 이상의 말은 없었다. 그들은 다시 말없이 그물을 접었다. 손끝의 감각은 여전히 익숙했고, 그물의 무게는 하루의 수확을 말해주고 있었지만, 마음속에 파문을 일으킨 그 이름은 그렇게 조용히 가슴속에 남았다.

저녁 무렵, 시몬의 집 마당에는 하루의 피로를 덜어내는 듯한 따스한 풍경이 흘러가고 있었다. 숯불 위에서 생선이 익어가는 소리와 냄새는 담장 너머까지 퍼졌고, 딸아이는 아버지에게 달려와 안겼다. 아내는 저녁상을 준비하고, 어머니는 감자를 다듬으며 익숙한 손놀림을 보였다. 요한은 아이들 곁에서 조용히 대화를 나누었다. 식구들은 서로에게 식사를 양보하며 웃음으로 하루를 마무리했다.

"오늘 하루 지켜주신 하나님께 감사드립니다. 이 집이 서로에게 위로가 되게 하소서."

시몬은 마음을 다해 기도했다. 그 짧은 "아멘" 속엔 하루를 견딘 자들의 진심이 담겨 있었다. 식사는 조용히, 그러나 풍성하게 이어졌다. 올리브와 잘 구운 생선, 그리고 따뜻한 보리빵을 뜯어 먹은 다음, 후식으로 감자와 건포도를 먹었다. 식사 내내 가족 사이에 유쾌한 대화가 이어졌다. 일상의 고단함은 잠시 유예되었으며, 가족과 함께하는 평범한 시간이야말로 그들의 삶이 쉬어갈 수 있는 단 하나의 정거장이었다. 그러나 집 안이 고요해진 밤, 시몬은 바람 좀 쐬고 온다는 말과 함께 문을 나섰고, 아내는 익숙한 듯 보였다.

"너무 늦지 마요."

고개를 끄덕이며 집 밖을 나온 그는 별빛 아래 천천히 호숫가로 걸었다. 발밑에서 들리는 사박거림은 그의 내면 깊숙한 허기의 메아리처럼 들려왔다.

'이 삶이 정말 전부일까… 그물, 물고기, 매일 반복되는 이 일상이… 내가 진짜 원하는 건 뭘까.'

그는 그런 물음을 마음에 품고 바위에 앉았다. 고요한 별빛과 잔잔한 물결 속에서 설명할 수 없는 공허와 갈망이 스멀스멀 피어올랐다. 밤은 잠을 허락하지 않았고, 문밖에는 늘 같은 하늘이 무심하게 걸려 있었다. 불안을 이기지 못해 마당을 서성이던 수많은 밤들. 그 끝에, 마음 한구석에서 웅크리고 있던 의심이 기어이 고개를 쳐들고야 마는 것이었다.

"정말… 이게 끝일까."

그의 중얼거림은 대답 없이 허공으로 흩어졌다. 그는 고개를 가로저어 상념을 털어내고, 텅 빈 하늘에 시선을 못 박았다. 이윽고 긴 꿈에서 깨어나는 사람처럼, 느릿하게 몸을 일으켰다. 그 순간, 말도 그림자도 없는 어떤 존재감이 그의 곁으로 조용히 다가왔다. 그것은 그의 중심을 지켜보는 따뜻한 시선 같았다. 그를 짓누르던 허무함의 정체는 어쩌면 기다림이었는지도 모른다. 그는 자신을 부르는 목소리를 어렴풋이 듣고 있었다. 바다의 깊음과는 비교할 수 없는 시선으로 자신의 삶을 통째로 건져 올릴 그 누군가. 그로 인해 자신의 모든 것이 뒤바뀔 것이라는 사실을, 그는 이성으로는 부정하면서도 온몸으로는 이미 수긍하고 있었다.

그가 나에게로

한낮의 갈릴리 호수는 숨조차 삼킨 듯 고요히 누워, 바람마저 그 자취를 감춘 채 무심한 얼굴로 하늘을 반사하고 있었다. 주변의 고요함은 평화가 아닌 소외감을 증폭시키는 소음이었다. 찰랑이는 물소리, 멀리서 들려오는 희미한 소음들, 그 모든 것이 시몬의 세계와는 상관없이 흘러가는 듯했다. 세상은 여전히 움직이고 생동하지만, 오직 자신의 배 위, 자신의 시간만이 멈춰버린 섬처럼 느껴졌다. 시몬은 그 배 위에 앉아 있었지만, 그의 마음은 이미 그곳을 떠나 있었고, 텅 빈 내면의 침묵 속에서 조용히 무너지고 있었다. 천천히 끌어올린 그물은 생명을 담지 못한 채 몇 방울의 물만 흘렸다. 그 안에서 시몬은 고단한 반복과 지친 몸뚱어리, 그리고 말로도 풀어낼 수 없는 무력함을 마주했다. 그는 여전히 침묵한 채, 허무의 중심에 조용히 가라앉고 있었다.

"또 빈 그물이야."

안드레의 목소리는 낮았고, 조심스러웠다. 그 말조차도 상처가 될까 두려운 듯, 그는 형의 눈치를 보며 이마의 땀을 훔쳤다. 햇살은 점점 뜨거워졌고, 물 위로 떠 오른 태양은 아무리 기다려도 아무것도 바꾸지 않았다. 타오르는 햇살 아래, 시몬은 말없이 그물을 말며 하루의 끝을 받아들이고 있었다. 그의 손놀림은 익숙했지만, 그 익숙함 속엔 이제 감정이 말라 있었다. 허무와 체념이 삶의 일부처럼 스며들어 있었다. 안드레의 조심스러운 목소리조차 그를 흔들지 못했다. 그에게 침묵은 고통이 아니라 무감각의 안식처가 되었고, 마음은 울지도 외치지도 않은 채 무너지고 있었다. 시몬은 알고 있었다. 사람이 진정 무너지는 순간은 슬픔조차 느껴지지 않는 그 무표정한 수용의 상태라는 것을. 그리하여 그는 더 이상 기대하지 않았고, 단지 조용히, 그러나 천천히 말라가고 있었다.

반면, 배 뒤편의 요한은 여느 때처럼 노를 다듬으며 조용히 바다와 대화를 나누고 있었다. 굳은살 박인 손끝에는 세월의 무게가 묻어 있었다. 그는 고기가 없던 날조차 삶의 일부로 받아들이는 사람으로서, 언제나 그날의 고단함을 담담하게 견뎌왔다. 그러나 오늘의 고요는 달랐다. 그것은 단순한 침묵이 아니라, 무언가 의도적으로 하루를 비워두기라도 한 것 같은 낯선 감각을 동반한 정적이었다. 요한은 그 고요한 수면 너머에서 무언가 미묘하게 흔들리고 있음을 느꼈다. 마치 갈릴리 호수 그 자체가 말 없는 방식으로 무엇인가를 예고하듯, 그는 그 안에서 알 수 없는 변화의 기척을 가만히 듣고 있었다.

"몇 시간 째야?"

안드레가 조심스럽게 물었다. 그 목소리는 지친 기색을 감추지 못했고, 눈가에는 어젯밤의 피로가 아직 남아 있었다. 시몬은 뱃전에 앉은 채, 그 물빛 수면을 바라보며 짧게 대답했다.

"다섯 번. 그물은 다섯 번 비었고, 바람은 방향을 바꾸지 않았고, 물고기는 입을 닫았다."

그의 말은 한 줄의 시처럼 느껴졌고, 그 짧은 문장은 오늘 하루를 고스란히 요약하고 있었다. 안드레는 그 말을 따라 중얼거리다 말고 고개를 떨구었다. 노를 쥔 손에 힘이 빠졌고, 햇살은 어느새 그의 어깨를 직각으로 내리누르고 있었다. 그는 잠시 침묵하다가 입을 열었다.

"오늘은 그만 돌아가야 하지 않을까. 해가 더 뜨기 전에."

하지만 시몬은 고개를 저으며 호수 저편을 바라보았다. 눈빛은 흔들리지 않았지만, 그 안에는 설명할 수 없는 무언가가 꿈틀거리고 있었다.

"한 번만 더 해보자. 뭔가 이상해. 이렇게까지 안 나올 리가 없어."

시몬이 다시 그물을 던지겠다고 말한 순간, 그 말은 단지 어획을 위한 마지막 시도가 아니었다. 그의 담담한 목소리 뒤에는 설명할 수 없는 떨림이 실려 있었다. 그것은 단순한 생계의 문제를 넘어서는, 내면 깊숙한 곳에서 일어난 방향의 전환 같은 것이었다. 그는 알 수 없는 무언가 ― 혹은 누군가 ― 의 시선을 느끼고 있었다. 그 시선은 삶의 낡은 껍질을 벗겨내듯, 그의 존재 전체를 서서히 다른 길로 이끌고 있었다. 다시 그물을 던지는 행위는 곧, 물고기를 잡기 위한 육체의 움직임이라기보다는, 자신조차 정의할 수 없는 부름에 응답하는 한 사람의 영혼이 취한 조용한 결단이었다.

그는 무언가를 기다리고 있었다. 그것이 무엇인지 분명하지 않았지만, 호수 아래로부터 전해지는 미세한 울림처럼, 그의 삶에 새로운 문이 열리려는 징후를 느끼고 있었다. 그 기다림은 설렘도 불안도 아니었다. 오히려 아주 조용하고도 단단한 감각으로, 그의 의식을 감싸고 있었다. 바로 그때, 요한이 천천히 고개를 들고 두 아들을 바라보았다. 긴 침묵 끝에 건넨 단 한 마디는 수면 위에 번지는 잔물결처럼, 말보다 더 깊은 차원의 메시지로 퍼져나갔다. 그것은 어떤 신호였다. 이미 다가오고 있던 변화의 첫 장을 여는 기적이었다.

"마지막이다."

시몬과 가족의 마지막 그물질은 단순한 반복이 아닌, 내면의 결심이 묻어난 행위였다. 아버지 요한의 짧은 한마디는 무언의 신호처럼 두 아들에게 전해졌고, 그물은 다시금 조용히 호수로 던져졌다. 물은 그 모든 움직임을 담담히 받아냈다. 어느새 사라진 물안개 속에서 그물도 천천히 가라앉았다. 그러나 그것은 단지 고기를 위한 시도가 아니었다. 그것은 하나의 기도였고, 또한 하나의 작별이었다. 다시 끌어올린 그물은 아무것도 건지지 못했지만, 시몬의 눈빛에는 오히려 알 수 없는 확신이 깃들었다. 그 허무는 절망이 아닌, 어떤 흐름의 끝자락에서 오는 자각이었다. 어쩌면 이제껏 알지 못했던 새로운 시작이 곧 찾아올 것이라는 예감이기도 했다. 그는 말없이 노를 들었다. 그리고 은빛으로 부서지는 수면을 가르며 배는 서서히 물가를 향해 나아갔다.

✳

해변에 닿자, 그들은 예상치 못한 광경을 마주했다. 사람들은 조용히 한 방향을 바라보고 있었고, 그 중심에는 한 사내가 서 있었다. 그는 높지 않은 목소리로 무언가를 이야기하고 있었지만, 그 말은 물결처럼 퍼져나가며 사람들의 마음에 조용히 스며들었다. 시몬은 그 말에 발이 붙은 듯 움직이지 못했고, 그 순간 안드레가 그의 팔을 조심스럽게 잡으며 말했다.

"형, 저 사람이야. 내가 전에 말했던 그분… 예수라는 분이야."

시몬은 대답하지 않았다. 그는 그저 예수를 바라보았다. 젊은 남자였다. 그는 특별할 것이 없는 사람이었다. 키는 유난히 크거나 작지 않은 적당한 체구였고, 햇볕에 그을린 얼굴은 이곳 갈릴리 어부들 사이에서 흔히 볼 수 있는 모습이었다. 다만, 노동으로 다져진 어부들의 몸과 달리 어딘가 단정하고 조금 마른 듯한 인상을 주었다. 턱을 따라 흐르는 수염 또한 억세지 않고 가지런했다. 어깨까지 내려오는 약간 곱슬거리는 머리카락과 나무를 다루고 먼 길을 걸으며 단련된 단단한 다리와 비교적 긴 손마디. 그러나 그가 머금은 침묵, 그리고 그 눈빛. 그건 달랐다. 그 눈은 바다보다 깊었다. 광야보다 넓었으며, 오래전부터 시몬을 알고 있었던 사람의 시선처럼 느껴졌다. 그 말은 고요 속에 던져진 돌처럼 시몬의 내면에 잔잔한 파문을 일으켰다. 그의 눈동자는 저기, 그 낯선 이의 움직임을 놓치지 않겠다는 듯 천천히 그를 향해 머물렀다. 이름조차 생소한 누군가가 이제 그의 삶의 궤도를 송두리째 바꿔 놓을 것을 그는 아직은 모르고 있었지만, 그 변화의 시작이 지금 막 다가오고 있음을, 이미 마음은 어렴풋이 알고 있었다. 지금 저기 서 있는 그 사람. 예수였다는 것을.

그도 모르게 가슴이 조여왔고, 손끝이 떨렸다. 그날 아침 내내 기묘한 정적이 감돌았다. 설명할 수 없는 침묵의 무게와 끝내 비어 있던 그물, 그리고 모든 것이 끝났다는 감각과 동시에 어떤 새로운 시작을 그는 예감했다. 그 모든 것이 바로 이 만남을 향해 이어져 있었음을, 그는 마침내 알 것 같았다.

그는 연단도 없었고, 장식도 없었다. 화려한 옷도, 상징적인 손짓도 없었다. 그저 선 채로, 담담하게 말을 이어가고 있을 뿐이었다. 그런데 그 말들이 사람들을 사로잡고 있었다. 말이 커다란 울림처럼 퍼져나갔고, 군중은 조용히 그 말에 붙들려 있었다. 말의 높낮이도 감정의 억양도 과하지 않았지만, 오히려 그것이 더 사람들을 끌어당겼다. 시몬은 아직 그의 목소리를 온전히 듣지 못했다. 그런데 이상하게도, 이미 가슴 한편이 알 수 없는 무게로 눌리는 듯한 기분이 들었다.

'이 사람은… 말만 하는 이가 아니다.'

예수는 사람들의 시선을 받으면서도 흔들림이 없었고, 어느 순간 시몬을 바라보았다. 그 순간, 시몬은 어쩐지 눈을 피하지 못하고 그와 시선을 맞췄다. 단 한 번의 마주침이었다. 그러나 그 찰나, 시몬은 자신의 내면이 맑은 유리창 너머로 들킨 듯한 낯선 투명감에 휩싸였다. 예수는 다가왔다. 사람들 틈을 가르며 조용히 걸어오더니, 시몬의 배를 가리켰다.

"이 배, 잠깐 빌릴 수 있을까요? 해변에서 조금 떨어져야, 모두가 제 말을 들을 수 있을 것입니다."

시몬은 처음에 예수가 자신의 배를 사용하겠다는 요청에 놀랐다. 하지만 그의 목소리에는 낮으면서도 단호한 힘이 있었고, 예의를 잃지 않으면서도 마음 깊은 곳까지 스며드는 진심이 담겨 있었다. 그것은 이 배가 단지 생계를 위한 도구가 아니라, 이제는 무언가 전혀 다른 목적 — 하나님의 말씀을 전하는 일에 쓰이겠다는 제안이었다. 시몬은 알 수 없는 이유로 그 제안을 거절하지 못한 채 천천히 고개를 끄덕였다. 그는 여전히 낯설고 피로한 상태였지만, 내면 어딘가에서 '그래야 한다'라는 확신이 조용히 피어오르고 있었다. 결국 그는 안드레와 함께 노를 저어 배를 물가에서 띄웠다. 호수 위에 떠 있는 배, 그 위에 앉아 조용히 말씀을 전하기 시작한 예수의 모습은 전혀 위화감 없이 그 자연의 일부가 되어 있었다. 시몬은 배 끝에 앉아 노를 붙들고 그 장면을 바라보며, 자신이 지금 이전과는 전혀 다른 시간 속에 있다는 것을 직감했다.

그의 목소리는 바람을 타고, 물결을 타고 퍼져나갔다. 물 위라는 공간은 그 목소리를 더 멀리, 더 분명하게 보내주었다. 사람들은 조용히 숨을 죽인 채 그 말에 귀를 기울였다. 시몬은 배 뒤편에 앉아 노를 잡은 채, 조용히 예수를 바라보았다. 그는 처음엔 의심 반, 호기심 반이었다. 한쪽 마음에서는 이 모든 일이 우연인지, 아니면 말끔히 정리된 연출인지 분간하려 했고, 다른 한편으로는 왠지 모르게 끌리는 어떤 힘에 스스로 놀라고 있었다. 이 낯선 사내가 자신의 배에 타고 있고, 지금은 자신의 터전인 이 호수 위에서 무언가 전혀 다른 일을 하고 있다는 사실이 이상하리만치 불편하지 않았다.

오히려 그 안에 어떤 자연스러움이 있었다. 그의 말씀은 배를 타고 사람들의 마음으로 흘러갔다. 시몬은 그 흐름을 가장 가까이에서 지켜보며, 자신조차 알지 못했던 목마름이 서서히 일렁이는 것을 느끼고 있었다. 그것은 아직 믿음이 아니었다. 그러나 분명히, 질문이었다. 그리고 그 질문은 아주 오래된 기다림과 연결되어 있었다.

고기를 잡지 못한 허탈감, 바람조차 등을 돌린 듯한 새벽의 공허, 그리고 온몸에 배어 있는 피로보다 더 깊숙이, 마음 한가운데를 휘젓고 있던 알 수 없는 씁쓸함 속에서 시몬은 말없이 노를 붙들고 앉아 있었다. 오늘 하루가 단순히 물고기를 잡지 못한 날이 아니라는 걸 그는 알고 있었다. 그것은 그보다 더 오래된 피로의 반복, 고단함이 아닌 공허함에 가까운 침묵이었다. 그러나 그 모든 감정들. 허탈함, 무력감, 목적 없는 반복.

그것들을 말로 꺼내기도 전에, 예수는 그것들을 미리 읽고 있었던 사람처럼, 단 한 마디도 헛되이 흘려보내지 않고 자신의 입을 열어 말씀하고 있었다. 그의 말은 요란하지 않았고, 손짓 하나도 과하지 않았다. 격정적으로 감정을 휘두르지도 않았다. 듣는 이의 마음을 강요하지도 않았다. 그런데 이상하게도, 그 목소리는 시몬의 내면 가장 깊은 곳에 정확히 닿았다. 오랜 시간 누구에게도 말하지 못했던, 심지어 자신조차 인식하지 못했던 결핍과 갈증의 중심을 예수는 아무런 기교 없이 정확히 꿰뚫고 있었다.

그의 말은 단순한 소리가 아니었다. 그것은 들리는 말이 아니라, 스며드는 말씀이었다. 표면 위를 흐르는 물이 아니라, 바닥을 뚫고 들어가 뿌리를 적시는 빗물처럼, 시몬의 마음 밑바닥에 머물러 있던 목마름을 적시는 음성이었다. 시몬은 생각했다.

'어째서… 이 말이 이렇게 낯설고도 익숙하지? 오래전부터 나를 알고 있었던 것처럼… 내 안에서 아직 단어조차 되지 못한 질문들에… 미리 대답하고 있는 사람처럼.'

그는 눈을 뗄 수 없었다. 예수는 눈길 하나 주지 않았고, 시선조차 분명히 맞닿은 적이 없었지만, 이상하게도 시몬은 예수가 그 많은 무리 가운데 오직 자신을 향해 말하고 있다는 확신을 느꼈다. 그것은 착각이라기보다는 영혼 깊은 곳에서 올라오는 명확한 직감에 가까웠다. 그 직감은 말보다 더 설득력 있게 가슴을 파고들었다. 말씀이 끝나갈 즈음 시몬의 가슴은 어느덧 뜨거워져 있었다. 그 따뜻함은 격한 감정의 열기가 아니라, 아주 오랫동안 차갑게 얼어 있던 심연을 녹이는 불빛 같았다. 긴 겨울을 지나 마침내 손끝에 닿은 모닥불의 온기처럼, 그것은 조용했지만 강했다. 그리고 그 온기는 말이 아닌, 존재 그 자체에서 흘러나오는 어떤 진실에서 비롯된 것이었다.

그는 그제야 깨달았다. 이 사람은 단지 말을 잘하는 이가 아니다. 이 사람은 '말씀' 그 자체다. 입술을 통해 흘러나온 말이 아니라, 존재로부터 흘러나오는 진리. 그 순간, 예수가 조용히 고개를 돌렸다. 그리고 시몬을 바라보며 아주 단순한 한마디를 건넸다.

"깊은 데로 가서 그물을 던져 보십시오."

말은 짧았지만, 그 한 문장이 시몬 안에 깊숙이 잠겨 있던 '믿음이라는 문'을 노크하듯 두드렸다. 그것은 단지 고기를 잡자는 제안이 아니었다. 시몬은 본능적으로 그것을 느꼈다. 그 말은 지금 이 자리, 지금까지의 삶, 매일 반복된 그물질과 무기력한 수면 아래에서 무언가가 완전히 새로 시작될 수 있다는 초대였다. 시몬은 한순간 멈칫했지만, 놀랍게도 주저하지 않았다. 그는 자신도 모르게 고개를 끄덕이며 말했다.

"선생님, 저희는 밤새도록 애썼지만, 아무것도 잡지 못했습니다. 하지만 선생님의 말씀이니, 제가 한 번 더 던져 보겠습니다."

그 말은 단순한 순응이 아니었다. 그것은 그의 지난 생을 통째로 담아낸, 믿음 없는 반복을 스스로 깨뜨리는 고백이었다. 그는 이번엔 말씀에 붙들린 마음으로 그물을 다시 깊은 데로 던졌다. 이전의 손놀림과는 달랐다. 그것은 생계를 위한 투척이 아니었고, 물고기를 얻기 위한 투쟁도 아니었다. 그것은 오직 "말씀하셨기에"라는 이유만으로 다시 던진, 온몸으로 드리는 순종이었다.

물살은 잔잔했다. 안개는 걷히고, 해는 한껏 떠올라 있었다. 그런데 곧, 그물은 물속 깊은 곳에서 미세한 떨림을 전하더니, 이내 믿을 수 없을 만큼 무거워졌다. 시몬은 그것을 잡아당기며 바로 느꼈다. 이것은 상상조차 하지 못했던 무게였다. 시몬은 그물을 들어 올리기 시작했고, 그의 곁으로 다가온 안드레가 함께 힘을 보탰다. 그물은 찢어질 듯한 비명을 지르며 수면 위로 올라왔다. 그 안에는 셀 수 없을 만큼의 물고기들이 가득 차 있었다. 가늠조차 되지 않는 숫자와 무게. 그들은 손을 떼지 못했고, 무언가 엄청난 일이 일어났음을 온몸으로 느꼈다.

시몬은 그 모든 물고기를 내려다보지 않았다. 그는 그물을 본 것이 아니라, 자신을 본 것이다. 그것은 더 이상 고기의 문제가 아니었고, 생계나 수확의 문제도 아니었다. 그것은 완전히 새로운 차원의 사건이었다. 말씀이 자기 삶에 직접 들어와, 직접 응답하신 결정적 순간이었다. 시몬은 더는 배에 머무를 수 없었다. 그는 배에서 내려, 물가에 무릎을 꿇었다. 얼굴을 숙이고, 땅을 바라보며 말했다. 목소리는 떨렸다. 눈가에는 물기가 맺혀 있었다. 그 순간, 그의 무릎이 꿇은 자리는 단순히 젖은 흙이 아니라, 인생의 방향이 바뀌는 한 지점이었다. 그리고 시몬은 이제 알았다. 오늘 새벽의 공허는 끝이 아니라 시작이었고, 빈 그물은 심판이 아니라 부르심이었다는 것을.

시몬은 아직 믿음이라 말할 수 없는 감정을 느꼈다. 그것은 질문이었으며 오래된 갈증과도 같은 것이었다. 예수의 말씀은 시몬에게 들리는 소리가 아니었다. 그것은 마음의 바닥을 적시는 물처럼 그의 내면에 깊이 스며들었다. 시몬은 그 말의 의미를 온전히 깨닫지 못했지만, 그 음성은 새벽의 허탈함과 끝없는 일상의 무력감, 그리고 오랫동안 품어온 공허함까지도 고요히 감싸 안았다. 자신조차 알지 못했던 목마름이 마침내 반응하기 시작한 것을 그는 느꼈다. 그 순간 그는 어렴풋이 깨달았다. 오늘 아침의 이상한 정적과 침묵, 마지막 그물질의 기묘한 떨림, 그리고 이 배를 띄우게 된 이유 — 그 모든 흐름이 바로 이 만남을 향해 이어지고 있었음을.

'나는 왜 사는가?'

'이 삶의 끝에는 무엇이 있는가?'

'누가 나를 진정으로 아는가?'

그 누구에게도 말하지 못했던, 스스로도 정확히 꺼내지 못했던 그 모든 질문이 지금, 이분 앞에서 말없이 해체되고 있었다. 예수는 그 질문들에 대답하기보다, 그 질문들 자체를 사라지게 만드는 존재였다. 그의 앞에서는 더 이상 어떤 말도, 어떤 설명도 필요치 않았다. 시몬은 떨리는 다리로 물 위에 주춤거리며 무릎을 꿇었다. 물결이 그의 다리를 적셨지만, 그는 아무것도 느낄 수 없었다. 고기가 튀는 소리도 멀게만 들렸다. 오직 그 순간, 그는 난생처음으로 자신의 진실한 모습을 마주했다. 그 거룩함 앞에서, 그는 자신이 얼마나 보잘것없는 존재인지를 온몸으로 깨닫고 있었다. 입술은 떨리고 있었고 숨은 고르지 않았으며, 그의 영혼은 긴 동면에서 깨어나는 듯 흔들리고 있었다. 그리고 마침내, 그는 조용히 입을 열었다.

"주여… 나를 떠나소서. 나는 죄인입니다."

그 말은 두려움의 외침이 아니었다. 그것은 절망도 아니었다. 그것은 처음으로 자신을 정직하게 바라본 사람의 고백이었고, 그 거룩함 앞에서 나오는 회복의 신음이었다. 그 순간, 시몬은 알 수 있었다. 예수는 단지 말씀을 가르치는 선생이 아니었다. 그분은 그의 삶 전체를 꿰뚫어 보실 뿐 아니라, 그의 가장 깊은 허기와 어둠을 먼저 아시고 다가오신 분이었다. 고기보다 앞서 그물을 보신 분, 그물보다 앞서 그물질하는 자의 마음을 보신 분, 그리고 무엇보다 그 마음의 공허를 채우기 위해 오신 분. 그는 더 이상 자신을 고기잡이라 부를 수 없었다.

그날 이후, 그는 배와 그물을 내려놓고 싶었다. 손에 익은 그 모든 도구를 뒤로 한 채, 말씀을 따라 걷는 자가 되고 싶었다. 어쩌면 그가 처음으로 진짜 살아가는 순간이었다. 시몬은 이제 알았다. 그물을 가득 채운 것은 고기가 아니라 은혜였다. 그의 발아래 펼쳐진 갈릴리 호수는 더 이상 생계를 위한 바다가 아니라, 그의 삶을 새로운 길로 이끄는 소명의 바다였다. 그 부르심에 발을 내디딘 순간, 그는 어제의 어부가 아니라 사람의 영혼을 낚는 어부로 거듭났다.

그물보다 무거운 결심

　어느 날 저녁, 집 안은 그 자체로 하나의 숨죽인 질문처럼 가라앉아 있었다. 불기운은 여느 때처럼 조용히 화로 속에서 흔들렸다. 저녁 준비에 바쁜 손길들, 아이의 재잘거리는 소리, 가끔 들려오는 그릇 부딪히는 소리마저 어쩐지 멀게 느껴질 만큼, 그 공간에는 말로 설명할 수 없는 무언가가 머물러 있었다. 그 중심에 앉아 있는 베드로―아니, 여전히 시몬이라 불리던 그는 다른 세계에서 돌아온 사람처럼 보였다. 눈은 분명 뜨고 있었지만 지금 이 자리에 존재하지 않았고, 손은 무릎 위에 얹혀 있었지만 어떤 일에도 개입하려 하지 않았다. 그의 눈동자는 저녁상 위에 놓인 온기의 흔적에도, 웃으며 다가오는 아이의 작은 발소리에도 머무를 줄을 몰랐다. 그것은 아주 멀고 깊은 곳―한낮의 호숫가, 고기와 그물, 그리고 그 그물 너머에서 들려왔던 낯설고도 낯익은 말씀―그 모든 것을 다시 들여다보고 있는 듯한 시선이었다.

　그의 자세는 전과 다르지 않았다. 넓은 어깨, 거친 손, 그리고 해에 그을린 얼굴. 그 모든 것이 오랜 노동의 시간을 말해주고 있었다. 하지만 오늘의 그는 그 껍질 아래로 깊게 무너져 있었다. 아내는 그것을 단번에 알아챘다. 부부라는 관계는 말보다 더 깊은 침묵을 읽어내는 법이었다. 사랑은 고개 한 번, 손짓 하나로도 낯선 변화를 알아차리게 했다. 그래서 그녀는 조심스럽게 낮은 상 맞은편에 앉았다. 손에 들고 있던 물수건을 접으며, 일부러 아이의 눈치를 보며 말꼬리를 물러 세우듯 낮게 입을 열었다.

"무슨 일 있었어요? 오늘은… 좀 달라 보여요."

말은 평범했지만, 그 말 안에는 수많은 질문이 실려 있었다.

'무엇을 보고 왔느냐'

'무엇을 들었느냐'

'당신의 마음에 어떤 변화가 일었느냐'

그녀는 알 수 있었다. 오늘 이 사람은 그물보다 무거운 무언가를 끌어안고 돌아온 것이라고. 그리고 그 무게는 단순히 고기 잡지 못한 허탈함 따위가 아니라, 그동안 살아온 삶 전체를 다시 들여다보게 만드는, 그런 종류의 침묵이라는 것을. 그러니 그녀의 물음은 단순한 위로도, 걱정도 아니었다. 그것은 그의 마음을 두드리는 사랑의 조심스러운 손짓이었다. 그리고 그가 이제, 답해야 할 차례였다.

그녀의 말은 물 위에 조용히 던져진 조약돌처럼, 파문은 작지만 깊었다. 베드로는 한동안 아무 말 없이 침묵을 지켰다. 그 침묵은 단순한 주저가 아니라, 이제부터 꺼내어야 할 말의 무게를 가늠하고 있는 시간이었다. 마침내 그는 조용히, 그러나 분명히 입을 열었다.

"나… 예수님을 따라가려고 해요."

그 말이 퍼져나가는 순간, 세상의 모든 소리가 일제히 증발해버린 듯했다. 불 앞에서 손을 놀리던 어머니가 먼저 반응했다. 그녀는 손을 멈춘 채, 날카롭고도 깊은 눈으로 베드로를 바라보았다. 그녀의 눈빛은 고된 삶을 견뎌낸 단단함이었다. 그 단단함 속에는 사랑과 두려움이 뒤섞인 감정들이 폭풍우처럼 휘몰아치고 있었다. 새벽 조업이 끝난 후 쪽잠도 자지 못한 채 곧장 예수님을 쫓아다니고, 밤늦게 지쳐 돌아오는 아들의 모습은 이미 여러 날 보아왔다. 그 피곤한 몸을 추스르기도 전에 다음 날의 생계를 위해 다시 그물을 손질해야 하는 불안한 하루하루가 이어지고 있었다. 그녀는 아들의 눈에서 빛을 보았지만, 그 빛이 가족의 삶을 흔들고 있다는 불안감을 떨칠 수 없었다.

"무슨 소리냐, 시몬. 애도 있고, 네 아버지는 몸이 예전 같지도 않은데. 그분 따라다닌다고 뭐가 달라지냐? 설교 잘하는 사람은 많다. 너희 밥줄은 고기고, 고기잡이는 네 손이 익은 거지, 말 잘하는 사람 따라다닌다고 뭐가 되겠냐?"

그녀의 말에는 분노보다 가족을 지키려는 필사적인 걱정이 앞섰다. 그것은 안정된 삶을 버리고 미지의 길을 택하려는 이에게 건네는 간절한 호소였다. 딸아이는 그 말을 이해하지 못한 채 아버지의 손을 꼭 잡았다. 미소가 번지자 아이의 입술 사이가 벌어지며, 숨어 있던 작은 이들까지 하얗게 드러났다.

"아빠, 어디 가?"

그 말을 끝맺으며 아이는, 비밀 신호라도 보내는 듯 한쪽 눈을 찡긋 감아 보였다. 아이의 이 말은 짧지만 분명했다. 그 속에 담긴 불안과 혼란은 시몬의 가슴을 날카롭게 꿰뚫었다. 딸의 손에서 전해진 작은 체온, 그 순전하고 무조건적인 믿음은 시몬이 감당하기에 너무나 무거운 사랑의 무게였다. 베드로는 아이의 깊고 투명한 갈색 눈동자를 뚫어질 듯 바라보았다. 말없이 그의 곁에 앉아 있던 아내는 이미 오래전부터 감지하고 있었다. 그의 변화는 단순히 말수가 줄어든 것이 아니라, 그의 내면 깊은 곳이 어딘가 먼 곳을 향하고 있다는 것을. 그래서 그녀는 조심스럽게 입을 열었다.

"당신, 요즘 많이 변했어요. 말도 적어지고, 다른 세상 사람 같아요. 그분의 말씀이 당신에게 좋다는 건 나도 알아요. 당신 눈빛이 그걸 말해주니까. 그분을 만난 뒤 당신 안의 무언가가 달라졌다는 걸 나도 느껴요. 하지만… 이건 너무 갑작스럽잖아요."

그녀는 불안한 목소리로 말을 이어갔다.

"우리 아이는 아직 어리잖아요. 아침이면 '아빠'를 찾고, 밤이 되면 당신 팔베개를 기다려요. 어머님도 편찮으시고, 당신 손길이 닿아야만 하는 일들이 집안의 산더미예요. 아버지의 자리는, 그저 한 공간을 차지하는 것만이 아니잖아요. 우리는 함께 이 길을 가야 하는 가족인데, 당신은 혼자 너무 먼 길을 가버린 것 같아요."

그녀의 목소리에는 남편을 향한 깊은 사랑과 더불어, 가족을 버리고 떠날지도 모른다는 두려움이 뒤섞여 있었다. 그녀는 남편의 새로운 삶을 이해하고 싶었지만, 동시에 자신이 아는 평범한 삶을 잃고 싶지 않았다. 그 양가적인 감정 사이에서 그녀의 마음은 끊임없이 흔들리고 있었다. 그녀의 눈물은 절망이나 포기의 신호가 아니었다. 그것은 남편과의 현재를 지키고자 하는 간절한 바람과, 그럼에도 그가 택한 새로운 길을 응원하고 싶은 복잡한 심경의 표현이었다.

시몬은 그런 침묵과 눈물의 무게를 온몸으로 받으며 앉아 있었다. 그가 갈릴리 호숫가에서 들었던 예수의 말은 여전히 그의 내면 깊은 곳에서 메아리치고 있었다. 그것은 삶을 바꾸는 요청이자, 모든 익숙함을 벗어나야 한다는 부름이었다. 그는 알고 있었다. 이 길은 단지 개인적인 선택이 아니며, 자신만의 고난이 아닌, 가족 모두에게 상처와 결핍을 남길 수도 있는 여정이라는 것을. 그러나 그 순간, 그는 또렷하게 느끼고 있었다. 그 길을 걷지 않으면, 자신은 더는 진실하게 살아갈 수 없다는 것을. 그리고 그 진실이야말로, 결국은 가족을 위한 길이 될 수 있으리라는 희미하지만 뚜렷한 믿음을.

아내는 마지막으로 짧은 웃음을 지었다. 너무 얇고 투명해서 금방이라도 무너질 듯 위태로운 그 미소는, 말없이 그를 보내기 위한 마지막 사랑의 표현이었다. 그녀는 울지 않기 위해 웃었다. 그는 그 웃음 너머에 담긴 무너지는 마음을 고스란히 느끼며, 조용히 고개를 떨구었다. 그렇게 시몬은, 사랑하는 사람들의 눈물과 말, 그리고 자신의 믿음 사이에서 고요하지만 분명한 결정을 품고 있었다.

"그래도 당신의 마음이 정녕 그 길을 향한다면…"

그렇게 시작된 말은 한 줄기 떨리는 바람처럼 방안을 지나갔다. 그녀의 입술은 떨리고 있었다. 가슴속 어딘가에서 끓어오르는 감정을 가까스로 다스리며 말을 이어갔다.

"당신이 정 그렇게 가야겠다면, 내가 어쩌겠어요. 하지만… 당신 없이 우리가 어떻게 살아갈지, 솔직히 너무 무섭고 앞이 캄캄해요. 그래도 당신이 그분을 끝까지 따르겠다면… 제발, 몸이라도 상하지 마세요. 그리고 혹시라도, 아주 혹시라도 당신이 가신 그 길이 아니라 생각되면, 다른 생각 말고 그 자리에서 바로 우리에게 돌아와요. 우리 식구들, 여기서 당신을 기다리고 있을 테니. 알겠죠?"

그 말 하나하나는 사랑이기도 했고, 또한 깊은 체념이었다. 그것은 억지로 이해하려는 말이 아니었다. 무조건적인 수용도 아니었다. 그것은 그를 떠나보내야 하는 현실을 받아들이려 애쓰는, 마음의 비명이었다. 결코, 작지 않은 상실을 견뎌내는, 가장 조용한 울음이었다.

그녀의 말은 무너지지 않기 위해 몸부림치는 사람만이 낼 수 있는 목소리였다. 그녀는 지금, 손을 놓는 대신 마음을 건네고 있었다. 그 마음에는 언젠가 다시 돌아오기를 바라는 기도가 함께 담겨 있었다. 그 순간 방 안은 다시 조용해졌다. 단지 숯불이 튀는 소리만이 어둠을 따라 가볍게 맥박을 튕기고 있었다. 그 고요함의 틈에서 요한이 조용히 고개를 들었다.

불빛은 그의 눈동자에 반사되어 작게 흔들리고 있었다. 입가에 맺힌 침묵은 그의 깊은 생각을 드러내고 있었다. 그는 불을 뒤적이는 손을 멈추고, 작은 쉼표처럼 숨을 고른 뒤, 낮은 목소리로 물었다. 요한의 물음은 짧았지만, 그 안에는 긴 세월이 쌓인 부정할 수 없는 아버지의 마음이 담겨 있었다.

"정말 그 길을 가야겠느냐?"

그 말 한마디는 단순한 동의나 허락의 차원이 아니었다. 그것은 침묵 속에서 오랜 세월을 함께한 자만이 건넬 수 있는 마지막 부름이었다. 사랑을 진정으로 놓아줄 줄 아는 이가 내어준 가장 조용한 양보였다. 그것은 멈추게 하려는 말이 아니었고, 이끌려는 명령도 아니었다. 오히려 삶을 통과해온 자가 ― 기억과 책임과 이해를 모두 안고서 ― 지금 너의 걸음이 그 모든 것을 감당할 만한 것인지, 스스로에게 묻기를 바라는, 한 사람의 고요한 물음이었다. 말이 아닌 사랑으로 던진 확인이었고, 아버지의 방식으로 건네는 마지막 신뢰였다.

베드로는 그 질문에 곧바로 대답하지 않았다. 대신 그는 고개를 들어 자신의 결심으로부터 영향을 받을 모든 얼굴들을 바라보았다. 눈물과 주름, 망설임과 이해가 뒤섞인 표정들 사이로 그는 하나하나 눈을 맞추며 자신의 결단을 조용히 되새겼다. 그 눈빛 안에는 어제의 그물과 오늘의 바다를 내려놓은 자만이 가질 수 있는 침묵의 확신이 번지고 있었고, 더는 흔들리지 않는 내면의 응답이 담겨 있었다.

그날 이후, 그는 고기를 잡는 사람이라 불리지 않았다. 물비늘에 익숙했던 그의 손은 이제 다른 것을 향해 뻗어 있었다. 일상의 반복을 넘어, 더 큰 부름을 따라 걷고 있었다. 집 안에는 말 대신 기도가 머물렀고, 낮은 상 위엔 이별보다 깊은 믿음이 앉아 있었다. 침묵은 그들 사이를 갈랐지만, 동시에 하나의 출발이자, 또 하나의 신뢰가 되었다.

그리하여, 베드로는 이제 가족들 앞에서 그물을 놓았다. 그의 손은 이제 삶의 생계를 넘어선, 영혼의 길을 붙잡고 있었다. 그 길 위에는 단순히 한 사람의 변화가 아니라, 한 가족이 함께 받아들인 믿음의 새로운 형태가 조용히 자라고 있었다.

"나는 그분을 만난 이후, 내가 누군지 알게 되었어요."

그의 말은 낮았지만, 어쩌면 그 어떤 외침보다 분명하고 단단한 진동으로 방 안에 울려 퍼졌다. 목소리엔 크지 않은 떨림이 있었지만, 그 떨림은 망설임이 아니라 깊이 가라앉은 확신이었다. 그는 예수라는 이름을 말할 때마다, 가슴 안에 오래 품어온 무언가를 꺼내 보여주는 듯한 눈빛으로 앞을 바라보았다. 그 눈빛에는 말보다 더 많은 의미가 담겨 있었다.

"그분은 그냥 말만 하는 그런 사람이 아니에요. 내 안의 텅 빈 허기를 채우셨고, 내 손이 아닌 마음으로 사람을 낚는 길을 보여주셨어요. 이제는 그 길을 외면하고 예전처럼 살아갈 수는 없을 것 같아요."

그의 고백은 거창하지 않았지만 단단했고, 과장이나 감정의 과열 없이 담담하게 가라앉아 있었다. 그것은 설득이나 동의를 위한 말이 아니라, 삶의 끝에서 마침내 도달한 자기 확신의 결론이었으며, 더 이상 흔들릴 이유가 없는 자의 태도였다. 오랜 방황을 마치고 제자리를 찾은 이의 눈빛과 말에는 작지만 깊은 울림이 있었다. 그 울림은 듣는 이들의 가슴에 조용히 닿아, '나는 지금 나의 길을 가고 있는가.' 하는 물음표를 남겼다.

그러나 아무리 진심이라 해도 이해받기까지는 시간이 필요했다. 그의 말이 끝났을 때, 어머니는 말없이 고개를 돌렸다. 그것은 단순한 반대가 아닌, 긴 세월 현실을 견뎌낸 여인만이 지닐 수 있는 조용하고 구거운 저항이었다. 그녀의 침묵은 단절이 아니라 삶의 무게가 만들어낸 오래된 파도였다. 그 파도 끝에서 흘러나온 한 마디는 짧지만 날카롭게, 오랜 시간 눌러온 감정의 깊이를 드러내고 있었다.

"아니, 그 예수가 누군데? 지금 유대 지도자들이 얼마나 눈에 불을 켜고 잡아들이려고 하는지 몰라? 대제사장들이 나서서 죽이려 드는데, 너까지 같이 휘말려서 위험해지면 어쩌려고 그러니?"

어머니의 눈에는 아들의 열정이 보였다. 그러나 그 열정이 불러올 현실적인 위험과 고통이 선명하게 그려졌다. 그녀의 목소리는 차마 다 말할 수 없는 두려움과 자식을 지키려는 본능적인 애원으로 가늘게 떨리고 있었다.

"그런 말, 다들 처음엔 그렇게 말한다. 그러나 현실은 달라. 믿음으로는 아이 입에 밥을 먹일 수 없어. 당장 앞으로 끼니는 뭘로 해결할 것이며, 늙은 부모는 누가 돌본단 말이냐? 넌 아비도 없이 자랄 아이 생각은 안 하니? 결국, 그렇게 따라다니다 몸 성할 날 없을 것이고, 마음 다쳐 더 큰 상처만 입고 돌아오는 이들을 내가 한둘 본 줄 아니? 그렇게 무책임하게 처자식 생계는 어떻게 하려고 간다는 거냐. 나중에 피눈물 흘리며 후회하지 마라. 어이구...저 고집을..."

그것은 훈계나 야단이 아니었다. 오히려 삶의 무게를 견뎌본 이가, 사랑하는 이를 향해 전하는 가장 조심스러운 경고였다. 신념이 남긴 폐허를 직접 지나온 세대가 다음 세대에게 보내는 절실한 사랑의 방식이었다. 그녀는 믿음이 무엇인지 몰라서 반대한 것이 아니었다. 믿음이 때로 얼마나 깊은 고통과 무너짐을 불러오는지 누구보다 잘 알았기에, 그녀는 말없이 온몸으로 그에게 버티고 섰다. 어머니의 절규가 방 안을 무겁게 채웠다. 침묵이 얼음처럼 공간을 무겁게 짓눌렀다. 그러나 그 정적을 깬 건, 방 안의 고요를 가만히 흔든 어린 딸의 떨리는 목소리였다.

"아빠, 이제 못 보는 거야?"

아이의 여리고 가냘픈 목소리를 들을 때면 베드로는 심장이 저릿했다. 그는 아내의 음색이 고스란히 녹아있는 이 목소리를 사무치도록 사랑했다. 그 말은 단지 어린아이의 질문이 아니었다. 아이는 아직 '이별'이라는 단어를 배우지 못했지만, 그 말의 냄새를, 그 말이 품은 그림자를 본능적으로 감지하고 있었다. 손끝은 튜닉 자락을 움켜쥐어 하얗게 질렸고, 말끝을 맺지 못하는 입술은 자꾸만 떨렸다. 어리광이라도 부려서 아빠를 잡고 싶었다. 작은 눈에 맺힌 물기는 흘러내리지 못했다. 아이는 차마 입 밖에 내지 못한 말을 눈으로 대신 애원하고 있었다.

베드로는 한순간 숨을 삼켰다. 그 목소리 하나가 그의 소명보다 더 무겁게 가슴을 눌렀다. 그는 아무 말 없이 아이를 끌어안았다. 그 말은 그저 어린아이의 질문이 아니었다. 이별이라는 단어를 알기엔 너무 이른 아이가 두려움을 안고 그의 품에 파고들었다. 베드로는 그런 딸을 안고 아무 말도 하지 않았지만, 그의 품은 무언의 약속으로 가득 차 있었다. 그 침묵은 오히려 더 큰 울림이었다. 사랑은 말보다 깊이 가슴으로 전해졌다. 그 순간, 그는 제자도, 사명도 아닌 단지 한 사람의 아버지로서 딸을 품고 있었다. 그것이 그가 할 수 있는 가장 진실한 고백이었다. 그리고 그 품 안에서 교차하던 모든 감정은 결국, 조용한 한 줄의 웃음으로 응축되었다. 그는 꿈을 꾸듯 미소를 머금고, 아이의 눈동자를 지긋이 바라보고 있었다. 말보다 더 분명한 약속처럼.

"아니야. 아빠는 늘 우리 딸 곁에 있을 거야. 마음으로든, 발걸음으로든."

그 약속이 말보다 무겁다는 것을 그는 알았다.

어색한 정적. 설득도 원망도 아닌, 모든 말이 중간에 끊겨버린 침묵이었다. 차갑게 식어버린 공기 속에서 그는 가족들의 얼굴에 새겨진 상처를 보았다. 이기적인 가장의 마지막 변명을 외면한 채, 그는 평생을 만져온 익숙한 그물 쪽으로 발걸음을 옮겼다. 그물의 올 하나하나에 다짐을 실어가며, 그는 조용히 그물을 접었다. 등불 아래에서 하나씩 매듭을 풀고, 실을 정리하는 그의 손길은 오랜 삶을 정리하는 의식과도 같았다. 그것은 단순히 생계를 위한 도구를 정리하는 행위가 아니라, 자신을 묶어두었던 과거와 일상, '고기잡이'라는 이름과의 작별이었다. 그는 고단한 삶의 흔적과 희망, 그리고 절망이 담긴 그물을 이제 스스로의 손으로 내려놓았다. 그에게 그물은 단지 고기를 잡는 도구가 아니었다. 그것은 두려움으로부터 자신을 가리려던 방패였고, 내일의 불안 속에서 굳게 지켜온 체념이었다. 매일같이 반복된 던짐과 끌어올림은 생존의 언어였다. 그물의 매듭 하나하나엔 외면했던 감정과 살아남기 위한 체념이 엉켜 있었다. 그런 그물을 베드로는 그날 밤, 묵묵히 접고 있었다. 등불 아래, 그의 손끝은 말 없는 동작으로 자신이 걸어온 과거와 작별을 고했다. 익숙했던 정체성의 껍질을 벗고, 이제 새로운 길로 나아갈 준비를 마친 것이다. 그는 이제 더 이상 바다를 향해 나아가지 않으리라는 것을, 그 누구보다 분명하게 알고 있었다.

✳

변화와 시작. 삶의 진짜 변화는 언제나 고요하게 시작된다. 누구도 보지 않는 밤, 익숙한 것을 조용히 내려놓고, 아직 채워지지 않은 빈자리를 받아들이는 순간. 그에게 있어 그 출발점은 바로 그물을 접는 그 손끝이었다. 이제 그는 바다를 고기가 아닌 사람들의 마음으로 읽고, 그 바다 위로 말씀이라는 새로운 그물을 던질 준비가 되어 있었다. 그날 새벽, 아무것도 잡히지 않은 허탈함 속에서 들려온 작지만 분명한 부름 — 그 목소리는 그의 무기력했던 삶 전체를 관통했다. 그는 그 고요한 울림 안에서 마침내 자신을 내려놓았다.

"깊은 데로 가서 그물을 던져 보십시오."

그 한마디는 낯설면서도 이상하게 익숙했다. 오래전부터 자신 안에 맴돌던 물음들에 대해 미리 알고 있었다는 듯, 아무런 설명 없이 그의 안쪽을 꿰뚫었다. 그는 말씀에 따라 그물을 던졌다. 그 그물은 이제 그의 손이 아니라, 그의 마음에 의해 던져졌다. 그리고 바로 그 순간, 그는 처음으로 진짜 채워지는 경험을 했다. 그것은 고기가 아니라, 그물의 무게가 아니라, 마음 깊은 곳까지 젖어 드는 말씀이 주는 실체였다. 예수는 단지 입으로 말하는 자가 아니었고, 단지 설교를 잘하는 인물이 아니었으며, 바로 '말씀' 그 자체였다. 그분이 던진 단어 하나, 시선 하나, 고요한 응시 하나가 베드로의 모든 허기를 채우기 시작했다. 그것은 메마른 땅에 스며드는 물처럼, 그의 모든 빈자리를 가득 채웠다.

그리하여 그는 알게 되었다. 그는 이제 어부로서의 삶을 계속할 수 없는 존재가 되어 있었다. 그물이 가득 차도 채울 수 없었던 내면의 빈자리를, 말씀이 한순간에 채워버린 지금, 그는 예전으로 돌아갈 수 없음을, 아니 돌아가고 싶지 않음을 깨달았다. 그물은 여전히 그의 손에 있었고, 배는 여전히 호수 위에 있었다. 그러나 그의 마음은 이미 전혀 다른 바다를 향해 움직이고 있었다. 이제 그는 고기를 낚는 자가 아니라, 마음을 낚는 자로 불릴 것이다. 그의 삶은 더는 물결의 흐름을 좇지 않고, 말씀의 결을 따라 나아갈 준비를 하고 있었다. 그 시작은, 바로 이 조용한 순간, 배 위에 내려진 그물 곁에서 이루어지고 있었다.

"깊은 데로 가라."

그날의 말씀은 단순한 지시가 아니었다. 그것은 베드로의 삶 전체를 흔드는 부르심이었고, 내면 깊은 곳까지 파고드는 파문 같은 명령이었다. 오랫동안 손에 익었던 그물과 물비린내, 매일 반복된 노동의 익숙함은 이제 더는 그의 삶을 이끌 이유가 되지 못했다. 그는 깨달았다. 이제 자신이 던져야 할 그물은 고기를 위한 것이 아니라, 사람들의 마음을 향한 것이 되어야 한다는 것을.

그러나 그 결심은 절대 가볍지 않았다. 아내의 눈물, 어머니의 침묵, 아이의 떨리는 질문, 그리고 아버지의 말 없는 시선 ― 이 모든 것은 그를 붙잡는 현실의 무게였다. 동시에 그를 더욱 단단하게 만드는 삶의 증거였다. 그는 이 모든 사랑과 두려움을 껴안은 채, 자신이 가야 할 길을 선택했다. 말씀의 사람으로서, 생계를 넘어선 소명을 따라나서기로 한 것이다.

그 길은 익숙한 바다보다 훨씬 더 낯설고, 바람 부는 방향조차 알 수 없는 여정이지만, 그 안에서 그는 이상하게도 깊은 평안을 느꼈다. 사람들은 이해하지 못할 것이고, 때로는 외면하거나 반대할지도 모를 길. 그러나 그는 알고 있었다. 바로 그 말씀―"깊은 데로 가라"―는 이제 그의 존재 전체를 이끌고 있음을. 그는 도망치지 않으리라는 것을. 비록 길 끝에 아무런 보장이 없어도, 그 부르심 앞에 그는 더는 머무를 수 없는 사람이 되어 있었다.

그가 걷는 길은 외롭고 불확실했지만, 단 한 분의 시선이 자신과 함께한다는 진리만큼은 흔들리지 않았다. 그분의 부르심은 물고기의 떼보다 무겁고, 바다보다 깊으며, 손에 쥘 수는 없어도 마음 깊숙이 실재하는 울림이었다. 베드로는 비로소 알게 되었다. 세상이 말하는 확실함은 눈에 보이는 것이지만, 자신을 진정으로 채우는 것은 말씀이라는 것을.

그래서 그는 마침내 그물을 내려놓고, 물결을 등지며 걸음을 옮겼다. 이제 그가 걷는 길은 단지 생계를 위한 여정이 아니었다. 그가 감당할 무게는 단지 하루의 고단함이 아니었다. 그것은 자신의 존재 전체가 새롭게 정의되는 일이었다. 그 삶이 이제는 '자신'만이 아닌 '누군가'를 위한 부르심의 응답이 되는 순간이었다. 베드로는 더 이상 바다에 머무르지 않았다. 그는 사람을 낚는 자로서, 새로운 시대의 시작을 향해 나아가고 있었다.

율법으로 덫을 놓아라

예루살렘 성전의 웅장한 그림자를 뒤로하고, 모두의 발걸음은 대제사장 가야바의 집을 향했다. 성전에서 멀지 않은 그곳은 외관부터 일반인의 집과는 확연히 달랐다. 예루살렘의 언덕배기에 자리 잡은 대저택은 사암으로 쌓아 올려 견고했으며, 높은 담장 안으로는 중앙 정원을 둘러싼 이층 건물이 'ㄷ'자 형태로 배치되어 있었다. 정원 한가운데 심어진 무화과나무는 가지를 넓게 뻗어 오후의 따가운 햇살을 막아주었고, 곳곳에 놓인 돌의자와 작은 돌 조각이 그늘 속에서 고요한 분위기를 자아냈다.

일행은 하인의 안내를 받아 이층에 위치한 비교적 넓은 골방으로 들어섰다. 늦은 오후의 햇살이 창문을 통해 길게 쏟아져 들어왔지만, 창틀에 섬세하게 새겨진 석류 문양의 그림자가 방 안을 미묘하게 장식했다. 방의 벽은 석회 반죽으로 매끄럽게 마감되었고, 바닥에는 이집트산 아마포로 만든 부드러운 양탄자가 깔려 있었다. 방 한쪽에는 율법 두루마리와 점토 서판이 가지런히 놓인 탁자가 있었고, 다른 쪽에는 등받이가 있는 긴 의자들이 벽을 따라 배치되어 있었다.

대제사장들과 서기관들, 그리고 성전세를 관리하는 책임자들이 이 긴 의자에 삼삼오오 자리를 잡았다. 그들의 하얀 망토와 머리 장식은 짙은 나무색 가구와 대비되어 더욱 깨끗해 보였다. 가야바는 긴 메일을 걸친 탓에 그의 다부진 체격이 가려져 있었지만, 두꺼운 목과 떡 벌어진 어깨는 그의 몸에 흐르는 힘을 숨기지 못했다. 그의 얼굴은 세월의 무게를 고스란히 담고 있었다. 굵고 깊은 주름이 눈가와 미간에 새겨져 있었고, 오랜 세월 동안 돌을 깎아 만든 조각상처럼 굳건한 인상을 주었다. 길게 내려온 수염은 희끗희끗했지만, 턱을 따라 굳게 다물린 입술은 흔들림 없는 의지를 드러냈다. 특히 그의 눈은 보는 이의 시선을 사로잡았다. 피곤한 듯 반쯤 감겨 있었지만, 그 눈동자 안에서는 번뜩이는 빛이 교활하게 번지고 있었다. 그 빛은 상대방의 속내를 꿰뚫어 보는 듯한 날카로운 통찰력을 담고 있었다. 그는 사람의 마음을 읽는 노련한 사냥꾼처럼, 겉으로 드러난 표정 아래 숨겨진 진실을 꿰뚫어 보았다. 가야바의 눈빛은 단순히 나이를 먹은 노인의 것이 아니었다. 그것은 권력의 정점에서 수많은 음모와 결정을 거쳐 온 자만이 가질 수 있는, 경계심과 냉철한 판단력이 뒤섞인 눈이었다.

가야바는 정원에 난 창가에 서서 손가락으로 창틀을 가볍게 쓸었다. 그의 손가락은 권위와 불안정함 사이에서 미묘하게 떨리고 있었다. 모두의 말소리는 낮았고, 오가는 눈빛은 이미 서로의 속내를 꿰뚫고 있는 듯했다. 조용한 침묵은 단순한 경계가 아닌, 이미 합의된 목표를 향한 암묵적인 동의였다. 가야바는 천천히 몸을 돌려 모두를 둘러보았다. 그의 피곤한 듯 반쯤 감긴 눈에는 교활한 판단력이 번뜩이고 있었다. 가야바는 긴장된 침묵을 깨고 천천히 입을 열었다.

"그자… 갈릴리 출신 예수."

그의 입술에서 '그자'라는 말이 뱀처럼 미끄러지듯 흘러나왔다. 말투는 평온했지만, 그 안에는 이미 선고가 내려진 자를 향한 멸시가 깊게 배어 있었다. 그는 조용히 말을 이어나갔다.

"율법을 모독하는 그 만행을 더는 두고 볼 수 없어. 안식일에 병을 고쳐서 거룩한 규례를 어지럽히고, 세리와 창녀 같은 죄인들과 한자리에 앉아 먹고 마시며 율법을 멸시하고 있어!"

그의 목소리가 점점 낮아졌지만, 그 안의 분노는 더욱 응축되어 있었다. 주먹을 쥐었다 펴며 그는 계속해서 말했다.

"더 큰 문제는 어리석은 백성들이야. 그들이 혹세무민(惑世誣民)되어 거짓된 가르침에 빠져들고 있어. 가버나움에서부터 시작된 그 무리가 점점 커지고 있고, 머지않아 온 유대를 위협할 거야. 이대로 두었다가는 성전의 권위가 무너지고, 로마의 눈 밖에 나서 우리가 모두 위험에 처하게 될 거야."

그의 마지막 말은 단순히 분노를 표출하는 것이 아니라, 모두의 불안을 자극하는 현실적인 경고였다. 그의 눈빛은 흔들리지 않는 단호함으로 가득 차 있었다. 그곳에 모인 모든 이의 시선이 그의 말에 동의하며 한곳으로 모였다. 그때, 한쪽에서 지켜보던 노련한 서기관이 앞으로 나서며 목소리를 보탰다. 그의 얼굴에는 격렬한 분노와 경멸이 뒤섞여 있었다.

"그뿐이 아닙니다, 대제사장님! 그는 병든 자를 고치면서 '네 죄 사함을 받았다'라는 망발을 서슴지 않고 있습니다! 오직 하나님만이 죄를 사하실 수 있는데, 일개 인간이 감히 신성한 권위를 참람하게 넘보고 있는 것입니다! 이는 우리 율법의 근간을 흔드는 신성모독이며, 이보다 더 큰 죄악은 없습니다!"

서기관의 목소리는 분노로 격앙되어 있었고, 그의 말은 모인 이들의 공포와 분노를 더욱 증폭시켰다. 골방 안에는 팽팽한 긴장감과 함께 무언가 결정될 것 같은 무거운 침묵이 흘렀다. 이 침묵을 깬 것은 사두개인 중 한 명이었다. 그는 성전의 질서와 경제를 관장하는 인물답게, 현실적인 손실에 대한 격분을 숨기지 않았다.

"율법에 따르면 죄를 사함받기 위해서는 성전에 와서 속죄 제물을 바쳐야 하오! 양을 가져와 제사장에게 드리고, 그 피를 뿌려야만 정결해지는 것이오. 그런데 그자는 말 몇 마디로 죄를 용서한다고 하니, 이는 성전의 수입을 끊고 우리가 세운 질서를 완전히 혼란스럽게 만드는 행위요! 백성들이 더는 성전을 찾지 않는다면, 이 거룩한 질서와 우리 모두의 권위는 땅에 떨어질 것입니다! 그자는 단순히 신성모독을 하는 것이 아니라, 하나님의 성전을 멸시하고 파괴하려 하는 자입니다!"

그의 말은 단순히 종교적 분노를 넘어, 실질적인 재정적, 권력적 위협에 대한 두려움을 분명히 드러냈다. 골방의 분위기는 더욱 무거워졌다. 예수에 대한 이들의 증오는 종교적 이유뿐만 아니라 정치적, 경제적인 이해관계가 얽힌 복잡한 감정임을 보여주었다. 그때, 또 다른 사두개인이 고개를 끄덕이며 단호하게 말했다. 그의 목소리에는 단호한 결심이 담겨 있었다.

"대제사장님, 우리는 더 이상 지체해서는 안 됩니다. 그자가 일으키는 소란은 이미 돌이킬 수 없을 만큼 커지고 있습니다. 그를 따르는 무리가 갈릴리를 넘어 유대 전역으로 퍼지기 시작했고, 그들의 수는 매일 불어나고 있습니다. 지금 당장 그를 이단으로 규정하고, 백성들에게 그가 율법을 어기는 자이며, 우리의 전통과 질서를 위협하는 자임을 선포해야 합니다! 그를 따르는 무리가 더 큰 세력이 되기 전에, 이 모든 혼란의 근원을 뿌리 뽑아야만 합니다!"

가야바는 의자에 앉아 모든 이의 격앙된 주장을 조용히 듣고 있었다. 그는 손가락을 깍지 낀 채, 미세하게 떨리는 손끝을 감추며 고개를 살짝 숙이고 있었다. 그의 표정은 여전히 무감정했지만, 그의 깊은 눈동자 속에서는 복잡한 심리가 소용돌이치고 있었다. 그는 단순한 분노를 넘어, 서기관과 사두개인이 내세운 종교적, 경제적 위협 뒤에 숨겨진 또 다른 위협을 직시하고 있었다. 바로 예수라는 존재가 백성들의 마음속에 심고 있는 새로운 사상, 그리고 그것이 가져올 거대한 파장과 권력 구조의 전복 가능성이었다. 그의 입술이 굳게 닫혔다가 천천히 열렸다.

"하나님의 아들이라고? 성전은 자기 '아버지의 집'이라고 했다고 들었다."

그 말에 서기관 하나가 눈을 가늘게 뜨며 고개를 끄덕였다. 다른 이가 기다렸다는 듯 입꼬리를 올리며 비웃듯 거들었다. 골방의 출입문 사이로 얇은 빛줄기가 스며들어 바닥에 늘어진 망토 자락을 비추고 있을 때, 그 속삭임 같은 한마디가 듣는 이의 심장을 곧장 파고들었다.

"그렇다면 성전세도 안 내겠군요. 주인이라… 자기 집에 자기가 세금 내는 일은 없겠지요?"

겉보기에 그것은 농담처럼 흘러나온 말이었다. 그러나 그 말 안에는 날을 간 칼날처럼 잘 숨겨진 조롱이 도사리고 있었다. 그 칼날은 예수라는 이름 하나에 기름칠 된 듯 번득였다. 그 멸시는 겉으로는 웃음을 가장하고 있었지만, 실상은 그 어떤 교리보다도 정교하게 설계된 신성모독의 덫이었다. 율법과 전통을 방패 삼아 자기 자리를 지키려는 자들의 위기감이 뾰족하게 드러나는 순간이었다.

그때 문가에 선 채로 머뭇거리던 젊은 관리 하나가 그 말을 듣고 억지로 입술을 깨물었지만, 끝내 치밀어 오르는 경멸과 분노를 참지 못하고 얕게 혀를 차며 고개를 돌렸다. 짧은 숨소리, 숨겨지지 않은 경멸 섞인 콧방귀. 그것은 단순한 실수가 아니라, 모두가 기다렸다는 듯 허용한 파열음이었고, 공기의 흐름까지 바꿔버릴 만큼 날카로운 파문을 일으켰다. 그 짧은소리는 불씨처럼 번져나가, 이내 방을 에워싸고 있던 다른 이들에게까지 닿았다. 낮게 으르렁거리는 듯한 소리가 연이어 뒤따랐다. 그러나 그 소리는 소리의 크기와는 무관하게, 성전이라는 이름 아래에 숨겨져 있던 또 다른 민낯을 천천히 드러내고 있었다. 이들은 율법을 수호하고 전통을 계승하며, 스스로를 하나님의 질서라고 믿는 자들이었다.

하지만 지금, 그들의 눈빛은 조롱으로 물들어 있었고, 그들의 언어는 경건함의 가면 아래에서 비틀어지고 있었다. 그들이 터뜨린 분노는 예수를 향한 경멸이 아니라, 오히려 그들의 내면에 존재하는 불안을 억누르려는 방어적 리듬이었다. 진리라는 것이 성전 바깥에서 걸어 들어와 율법의 껍질을 벗겨낼까, 자신들이 누려온 권위의 구조를 흔들까, 그 두려움이 빚어낸 얄팍한 위안이었다.

그들은 알고 있었다. 예수는 단지 설교를 잘하는 시골 출신 교사가 아니었다. 그의 말은 무리를 감동하게 했고, 병든 자를 일으켰으며, 무엇보다 그들의 심장을 꿰뚫는 질문을 던졌다.

'율법의 본질은 무엇이냐'

'하나님이 원하시는 것은 진짜 무엇이냐'

'사람을 위한 법인가, 법을 위한 사람인가.'

예수의 물음들은 예배의 형식 속에 안주했던 이들을 불편하게 만들었다. 그 불편은 지금 이 모임 속에서 '분노'라는 가장 쉬운 방식으로 분출되고 있었다. 경멸은 쉴 새 없이 피어났지만, 그 비웃음 속에는 깊은 두려움과 억제되지 않은 분노, 그리고 자신들이 신의 이름을 빌려 틀어막고자 하는 '진실'이 불편하게 꿈틀거리고 있었다. 그렇게 그들은 경건의 옷을 입고 있었다. 그러나 그 속에서는 이미 정의가 아닌 체면, 신앙이 아닌 권력이 움직이고 있었다. 골방의 어둠이 짙어지는 속에서, 그들의 비릿한 웃음은 예수를 죽이기 위한 은밀하고도 분명한 서곡이 되고 있었다. 하지만 그 웃음은 오래가지 않았다. 대제사장의 손짓 하나에 순식간에 모두의 입술이 닫혔다. 다시 침묵이 흘렀고, 골방은 한순간, 차가운 돌벽처럼 냉정한 기류로 가라앉았다. 그들은 알고 있었다. 이 갈릴리 청년의 말과 행보는 단순한 선동이 아니었으며, 그 말이 진짜임을 믿는 자들이 예루살렘 성전 아래서 하나둘 늘어나고 있다는 것을. 그리고 그 믿음은 세금보다 무거운 것이며, 권위보다 더 위협적인 것이었다. 그렇기에 그들은 분노하고 있었고, 또한 두려워하고 있었다. 그 어울리지 않는 이중의 얼굴을 지닌 채, 그들은 예수를 이야기했다. 빛이 닿지 않는 어둠에서, 어둠을 휘감은 권위의 언어로.

"그래서 우리가 나서야지요."

그 말은 대제사장이 아니라, 그의 그림자처럼 늘 그의 옆에 머물던 한 서기관의 입에서 나왔다. 목소리는 낮고 날카로웠으며, 말끝에는 의심이 아닌 확신이 달려 있었다.

"그 더러운 입으로 스스로의 참람함을 드러내게 해야 합니다."

그 말에 방 안에 모인 이들 사이로 다시 정적이 흘렀다. 그러나 그 침묵은 고민이 아닌 동의의 조용한 징후였다. 눈빛들은 일제히 서로를 살폈다. 말없이 엇갈리는 시선 속에서 그들의 의도가 하나의 결론으로 응집되고 있었다. 그 순간, 한 율법학자가 거친 숨을 몰아쉬며 앞으로 나섰다. 그의 얼굴은 분노로 일그러져 있었고, 손은 주먹을 꽉 쥐고 있었다.

"그놈을 가만히 둬선 안 돼! 백성을 미혹하는 마귀 같은 놈! 당장 돌로 쳐 죽여야 해! 율법이 바로 서야 할 땅에서 저런 망측한 이단이 활개 치게 놔둘 셈인가?!"

격앙된 외침에 방 안의 적의(敵意)가 더욱 짙어졌다. 한 율법학자가 이어 말했다. 그때, 한 바리새인 또한 참지 못하고 격한 어조로 외쳤다. 그의 눈은 광기로 번들거렸고, 목소리는 칼날처럼 날카로웠다.

"맞습니다. 그 보잘것없는 목수 아들놈이 스스로 하나님의 아들이라 사칭하고 있으니, 반드시 죽여야 합니다! 그를 가만히 놔두는 것이야말로 우리가 하나님께 죄를 짓는 것입니다!"

다른 사두개인이 말했다.

"그자는 율법을 아예 다른 식으로 해석해버리니까. 백성들이 혼란스러워해. 그저 혼란 정도가 아니야! 그 더러운 입으로 하나님의 율법을 능멸하고 있어! 그놈의 말이 맞다면, 성전세는 무용지물이 되는 거야. 이쯤 되면, 기회를 봐서 그놈에게 돌을 던져 신의 분노가 무엇인지 제대로 맛보게 해야 해. 그렇지 않고서야 이 더러운 모욕을 씻을 길이 없어!"

그 말에는 신앙의 순수성에 대한 우려보다, 자신들의 위치와 권위를 잠식당할지도 모른다는 불안이 더 진하게 담겨 있었다. 성전세를 관리하는 장로로 보이는 인물이 조용히 덧붙였다.

"그렇습니다. 지당하신 말씀입니다. 만약 백성들이 그의 거짓된 가르침에 완전히 넘어가게 된다면, 그것은 우리에게 큰 위협이 될 것입니다. 단순히 권위의 문제가 아닙니다. 성전의 질서가 무너지고, 로마의 눈에 우리가 반란을 조장하는 세력으로 비칠 수도 있습니다."

그는 잠시 말을 멈추고 주위를 둘러보았다. 그의 과장된 말에, 사람들은 홀린 듯이 고개를 끄덕였다. 그의 다음 말은 신중했지만, 그 안에는 이미 계산된 계획이 담겨 있었다.

"우리는 두 가지 일을 동시에 진행해야 합니다. 먼저는 백성들이 그에게 등을 돌리게 해야 합니다. 그가 율법을 어기고 신을 모독하는 자임을 공공연히 퍼뜨려야 합니다. 그를 따르는 무리의 확산을 막는 것이 급선무입니다."

장로는 말을 이어갔다.

"그리고 동시에, 그를 처리해야 합니다. 백성들의 지지가 약해진 틈을 타, 그를 체포하여 단죄해야 합니다. 소동이 일어나기 전에, 조용히, 그러나 확실하게 이 모든 혼란의 근원을 제거해야만 합니다."

그의 말은 모두의 불안을 잠재우고, 나아갈 방향을 제시하는 명확한 해결책처럼 들렸다. 이제 문제는 '언제'가 아닌 '어떻게', '어떤 방식'으로 행동할 것인가로 바뀌는 순간이었다. 그때, 장로는 허리를 숙여 가야바의 귓가에 조용히 속삭였다.

"대제사장님. '만 스무 살이 넘은 남자는 누구나 반 세겔을 내야 한다'라는 것은 모세의 율법 아닙니까. 하나님의 명령 앞에 면제란 없지 않습니까."

그의 속삭임은 단순한 율법 조항을 상기시키는 것이 아니었다. 그것은 예수에게도 예외는 없으며, 그에게 죄를 묻는 근거가 될 수 있음을 암시하는 비수가 담긴 말이었다. 그 말은 율법 자체가 하나의 무기처럼 사용될 수 있음을 보여주듯, 날이 서 있었다. 그들은 지금 율법을 가르치는 이들이 아니었다. 율법을 의도적으로 선택하고 해석하며, 예수를 궁지로 몰아넣을 '장치'로 사용하는 자들이었다. 그 말이 끝나자, 대제사장이 천천히 고개를 끄덕였다. 그의 눈동자 속에서 무언가 결정된 듯, 굳은 침묵이 일었다.

"그렇다."

그는 한 단어로 고개를 꺾듯 말했다.

"그가 세금을 내지 않으면, 율법을 어긴 것이고… 내면, '자신이 성전의 주인'이라는 망언을 자인하는 셈이지."

그의 말은 논리의 완성을 선언하는 것처럼 단단했고, 확신에 가득 차 있었다.

"어느 쪽이든, 백성들은 등을 돌릴 것이다."

말의 끝에는 교만도, 조롱도 아닌, 냉정한 계산이 숨어 있었다. 예수가 어떤 대답을 하든, 결과는 정해져 있다는 듯한 얼굴이었다. 그는 몸을 돌리며 골방 가장자리에 서 있던 성전세 징수인을 향해 고개를 들었다. 그 시선은 단순한 명령이 아니라, 역할을 부여하는 시선이었다.

"이제, 당신 차례다."

방 안의 긴장감이 더욱 조여드는 듯 묵직해졌다. 말은 짧았지만, 그 울림은 크고 날카로웠다. 말이 없었지만, 눈빛 하나하나에 모든 계책이 담겨 있었다. 그 침묵은 이미 누군가의 길을 덫처럼 막아서는 거대한 벽이 되어 있었다. 그들이 준비한 질문은 단 한 문장이었고, 겉으로는 단순한 확인처럼 보였지만, 그 안에 숨은 칼날은 매우 깊었다.

"너희 선생도 성전세를 내시느냐?"

이 말 한마디는 그저 의무의 확인이 아니었다. 그것은 신성모독과 율법의 위반 사이에 놓인 외줄과도 같았고, 예수가 어떤 대답을 하든지 그를 함정에 빠뜨릴 수 있는 양날의 검이었다. '낸다'라고 하면 그는 하나님의 아들이 아니라는 것이 되고, '내지 않는다'라고 하면 그는 율법을 어긴 자가 된다. 어느 쪽으로도 백성들은 혼란을 겪고, 지도자들은 권위를 유지할 명분을 갖게 된다. 그 명백한 의도를 담은 명령이 나지막하게 떨어졌을 때, 그것은 단순한 지시가 아니라 판결문처럼 들렸다.

"가버나움으로 가라."

그 한마디는 이제 골방 안에서 꾸며진 논의가 실제 세상 속에서 실현될 시간임을 알리는 신호였다. 목소리는 낮았지만, 결코 흔들림이 없었다. 그 말의 끝은 이미 이 모든 일이 오래전부터 계획된 일이라는 것을 시사하고 있었다. 성전세 징수인을 향한 그의 시선은 단호했다. 마치 사형 집행을 앞둔 관리에게 마지막 확인을 요구하듯, 그의 말에는 망설임이 없었다.

"그의 제자들 중 하나가 너희 앞에 나타나면, 묻기만 하라. '너희 선생도 성전세를 내시느냐?' 그 한마디면 충분하다."

그 질문은 예수와 그의 제자들에게 날아드는 무심한 화살이 아니라, 철저히 계산된 덫이었다. 이 순간, 율법은 더 이상 생명의 말씀이 아니었다. 그들은 율법의 이름으로 누군가를 죽이려는 함정을 놓았다. 그 함정의 입구를 '질문'이라는 그럴듯한 외양으로 감쌌다. 그들은 신의 뜻을 운운하면서도, 그 뜻을 누가 설명할 수 있는지를 권력의 이름으로 독점하고 있었으며, 성전을 하나님의 집이라 부르면서도 그 집의 주인이 왔을 때 그를 인정할 준비는커녕 쫓아낼 계획만을 꾸미고 있었다.

방의 어두움은 더욱 짙어졌다. 그 속에서 그들은 더 이상 하나님의 종이 아니라, 권위를 지키기 위한 자들, 진리를 배척한 자들, 그리고 그 진리

앞에 서 있는 예수를 무너뜨리기 위한 연출자들이 되어 있었다. 그렇게, 가버나움으로 향할 발걸음은 조용히 그러나 분명하게 함정의 실마리를 풀기 시작했다. 짧은 문장이었다. 그러나 그 말은 날카로운 칼처럼 잘 벼려진 질문이었다. 그 안에는 율법이라는 무게가 담겨 있었고, 또한 권위에 대한 도전이라는 독침도 숨어 있었다. 질문 자체는 평이했지만, 대답은 결코 단순할 수 없었다. '낸다'라고 하면 그는 성전의 주인이 아니라 단지 평범한 유대인의 하나일 뿐이고, '내지 않는다'라고 하면 율법을 부정하는 자가 되었다. 그 양날의 검을 쥐고, 예수를 향해 묻는 것. 그것이 그들이 계획한 함정의 핵심이었다.

그 말이 골방 안에 흩어지자, 주변에 모인 이들의 얼굴에는 은근한 미소가 번지기 시작했다. 그것은 승리를 확신한 자들의 표정이었고, 수년간 율법과 정치의 무대에서 생존해온 자들의 경험에서 우러나오는 냉소였다. 어떤 이들은 눈을 반쯤 감으며 스스로의 지략을 음미하듯 고개를 끄덕였다. 또 다른 이들은 말없이 손을 모아 긴 소매 안에 숨긴 채 고개를 떨구었다. 그 속내는 모두 같았다. 그들이 원하던 것은 예수를 무너뜨릴 기회였다. 그 기회가 지금 이 짧은 문장 안에 고스란히 담겼다는 확신이 그들의 표정에 고스란히 드러났다.

그 순간 방은 이미 토론의 장소가 아니었다. 그것은 결정을 내려 기록하는 곳이었고, 이미 승리의 문장을 써 내려간 작가들의 침묵이 흘렀다. 단 하나의 질문. 골방 깊숙이 내려앉은 침묵은 잠시 숨을 죽인 시간과도 같았다. 그리고 그 정적의 끝자락에 놓인 질문 하나가, 마침내 이 장막극의 첫 문장이 되어 공기를 가르며 떠올랐다.

"너희 선생도 성전세를 내시느냐?"

그 말이 입 밖으로 떨어지는 순간, 예루살렘의 골방 안에 서 있던 자들은 이미 가버나움의 골목에 선 자신을 상상하고 있었다. 연극의 첫 대사를 기다리는 배우처럼, 그들은 이 문장 하나로부터 파생될 모든 가능성을 머릿속에 그려두고 있었다. 질문 하나로 모든 판을 흔들 수 있으리라는 기대 ― 그들의 확신은 현실보다 강했고, 그 확신 위에 세운 무대는 너무도 정교했다.

그들은 알고 있었다. 이 질문은 단순한 세금 문제가 아니었다. 그것은 예수라는 인물의 정체성을 송두리째 흔들고, 그의 말과 행동 사이의 간극을 파고들어 진실을 시험하려는 교묘한 함정이었다. 내겠다고 하면 하나님의 아들이라는 주장은 스스로 무너질 것이고, 내지 않겠다고 하면 율법을 어긴 죄목이 그의 이름 위에 덧씌워질 것이다. 양날의 검. 그것이야말로 가장 이상적인 도구였다. 그들은 이 질문이 물리적 힘보다 강하며, 군중 속에 퍼지는 의심이야말로 가장 강력한 무기임을 알고 있었다. 그들의 언어는 법을 닮았고, 표정은 경건함을 가장했지만, 실상 그 모든 외피 아래에는 권력을 유지하려는 두려움이 똬리를 틀고 있었다. 그러니 그 질문은 결코 무작위로 선택된 것이 아니었다. 오랜 침묵 끝에 정제된 음절, 기도라기보다 기획의 산물, 정의라기보다 술책의 정점.

그리고 그 무대의 장소는 가버나움, 더할 나위 없는 선택이었다. 예수가 가장 많이 머물렀던 곳, 수많은 사람이 그의 이야기를 듣기 위해 모여들었던 곳, 그가 기적을 행했고 말씀을 전했던 '갈릴리의 심장'. 바로 그곳에서, 그의 입으로 '성전의 주인으로서 세금을 바쳐야 하는가'에 대한 결정적 대답을 직접 끌어내겠다는 계획이었다. 이 땅에서의 그의 권위가 형성된 장소이기에, 그곳에서 무너지는 모습 또한 더욱 상징적일 것이다. 그들은 바랐다.

그 모든 시나리오가 계획대로 흘러가기를. 이 질문 하나로 예수의 입을 열게 만들고, 그 입술에서 나오는 한마디로 군중들의 신뢰가 흔들리기를. 그들의 머릿속엔 이미 마지막 장면까지 완성된 각본이 있었다. 백성들은 혼란에 빠지고, 종교 지도자들은 공적을 누리며, 예수는 스스로 던진 말에 발이 묶여 더 이상 말을 이을 수 없게 되리라는 희망 — 아니, 믿음이었다. 그래서 이 한마디.

"너희 선생도 성전세를 내시느냐?"

질문을 넘어, 무대를 여는 북소리였고, 조용하지만 날 선 선언이었다. 그들은 그것이 예수를 무너뜨릴 서사의 시작이 되기를, 그리고 그 무대가 가버나움이라는 가장 상징적인 배경 위에서 완성되기를 기대하고 있었다. 그리하여 이 모든 교묘한 침묵과 준비는, 지금 막 커튼이 올라가는 장면처럼, 그렇게 천천히, 그러나 확실하게 실행되고 있었다.

율법과 신앙 사이에서

가버나움의 아침은 늘 그러했듯 햇살 가득했지만, 그날의 빛은 어딘가 모르게 낯설었다. 햇살은 지붕의 돌기와 대추야자 나뭇잎 사이로 차분하게 흘렀다. 상인들의 노점 위로 먼지가 부드럽게 내려앉고 있었다. 사람들의 발걸음은 평소보다 느렸고, 대화는 더 작아졌으며, 눈빛은 더욱 바빠졌다. 마을 특유의 정적인 고요함은 이날따라 이상하게도 긴장을 머금고 있었다. 그 긴장은 말보다 더 많은 소문과 예감이 퍼져나가는 방식으로 골목마다 스며들고 있었다. 거리 끝에 모여 수군대는 이들의 어깨는 서로 가까웠고, 대화는 짧았으며, 눈동자는 끊임없이 한 방향을 향해 움직이고 있었다. 회당 근처였다.

돌담 아래, 아침 햇살이 닿지 않는 그늘진 공간, 회당의 돌기둥 사이에 서 있는 두 명의 인물은 그 자리에 오래전부터 있어 온 조각상처럼 단단히 버티고 있었다. 그들의 태도는 기다림이 아니라 '기다리도록 정해진' 명령을 따르는 사람들의 모습이었다. 그들의 눈은 쉬지 않고 길 너머를 살피고 있었다. 시선은 단순한 관찰이 아니라 목표를 향해 조준된 화살처럼 정직하고 일직선이었다. 어깨를 편 자세, 손끝의 미세한 움직임, 심지어는 서로 간의 말이 필요 없는 눈빛의 교환 — 이 모든 것은 그들이 단순한 성전세 징수자가 아니라, 어떤 확고한 계획과 목적을 지닌 자들이라는 것을 암시하고 있었다. 주변의 사람들은 그들을 의식하면서도 모르는 척했고, 회당에 들어가는 발걸음은 어쩐지 망설여졌다. 아이들이 노는 소리조차 짧게 끊겼다. 그곳에 있는 모든 이들의 신경은 어떤 말을 기다리는 듯 팽팽히 당겨져 있었다. 그 침묵의 실마리는 이제 막 모습을 드러낼 누군가의 발걸음에 의해 풀리기를 기다리고 있었다.

그리고 그 모든 정적과 예감의 한가운데에, 회당 입구를 향해 걸어오는 한 남자의 그림자가 서서히 드리워지기 시작했다. 회당 앞 거리의 돌바닥 위로 낮은 발걸음이 조용히 이어졌다. 그 발걸음이 점점 회당 문을 향해 다가올수록 공기마저 응고되는 듯한 긴장감이 피어올랐다. 먼지 낀 옷자락이 아침 바람에 흩날렸지만, 그 바람조차 그의 걸음을 방해하지 못했다. 베드로였다. 이전의 그는 고기잡이였고, 물비린내와 거친 바람 속에 살던 사내였다. 그러나 지금 그의 눈빛엔 바다의 습기 대신 말씀의 결이 어느덧 배어 있었다. 걷는 걸음은 과거의 습관이 남아 있어 무심해 보였지만, 그의 내면은 물결치듯 복잡했다. 그가 걷는 이 길이 단순한 이동이 아님을 그는 알고 있었다. 발밑의 돌 하나하나가 새로운 길을 향한 시험의 발판이 될 수 있다는 것도 예감하고 있었다. 회당 입구의 문기둥은 여전히 제자리에 있었다. 그 옆에 걸린 천 조각도 예전처럼 바람에 펄럭이고 있었지만, 오늘은 그것마저 다른 의미로 다가왔다. 모든 것이 익숙했다. 그러나 그 익숙함은 오늘따라 낯설게 느껴졌다. 마을 사람들의 시선조차 말 없는 경고처럼 베드로의 등을 눌러왔다.

그러던 중, 회당 문가에서 대기하던 두 명의 징수인이 움직이기 시작했다. 한 사람이 미세하게 고개를 들었고, 그 옆에 서 있던 동료의 팔을 가볍게 건드리며 귓속말을 흘렸다. 그 짧은 움직임은 대수롭지 않아 보였지만, 실은 오랜 기다림 끝에 얻은 표적을 향한 신호였다. 두 사람의 시선이 한 지점에 고정되었다. 그 시선은 허공을 꿰뚫는 창처럼 곧고 날카로웠다. 그들은 이미 알고 있었다. 그가 누구인지, 무엇을 따르고 있는지, 그리고 그를 겨냥한 질문 하나로 무엇을 얻을 수 있는지를. 긴 침묵이 흘렀고, 마침내 그중 하나가 회당을 향해 다가오는 베드로를 향해 입을 열었다.

"저기, 당신."

짧고 단호한 부름이었다. 베드로는 반사적으로 고개를 돌렸다. 그 부름이 자신을 향한 것임을 본능적으로 알아차렸기 때문이다. 회당 입구에 서 있던 두 징수인이 그를 똑바로 응시하고 있었다. 그 속에는 예수가 누구인지 묻기 전에, 이미 대답을 정해놓은 자들의 교묘한 의도가 숨어 있었다. 그 말은 낚싯줄처럼 던져져 베드로의 마음을 일순간 조여 왔다. 사냥감을 발견한 이들의 눈빛, 오래 준비된 질문, 그리고 예정된 반응의 유도 — 그 모든 것은 이제 막이 오른 연극처럼 완벽히 준비된 무대의 일부였다.

그들 중 하나가 베드로에게 다가가며 말했다. 목소리는 공손을 가장했지만, 그 속에는 무게를 가진 권위가 섞여 있었고, 동시에 상대를 시험하겠다는 의도가 뚜렷이 배어 있었다. 베드로는 은근히 불쾌해졌다.

"당신, 예수라는 자랑 같이 다니는 사람 맞지?"

질문은 단순했지만, 그 말끝에는 이미 대답을 강요하는 뉘앙스가 실려 있었다. 그것은 사실을 확인하려는 말이 아니라, 이미 알고 있다는 전제에서 던지는 공격이었다. 베드로는 잠시 걸음을 멈췄다. 그의 눈에 비친 성전세 징수자들의 얼굴은 익숙하지 않았지만, 그들이 풍기는 기운은 낯설지 않았다. 그것은 어릴 적부터 갈릴리 어귀에서, 세금을 강제로 걷으러 온 자들의 눈에서 보았던 동일한 표정 — 위에서 내려오는 명령을 등에 업고, 율법이라는 이름으로 사람을 조이는 이들의 태도였다.

베드로는 대답하지 않았다. 그러나 곧, 회당 입구 앞에 또 다른 두 사람이 다가와 그의 길을 가로막았다. 그들은 길 양쪽으로 나란히 서서, 조용히 베드로의 앞을 막아섰다. 행동 하나 없는 정적. 어떤 행동도, 말도 없었지만, 그들의 존재는 질문 그 자체였다. 베드로는 노련한 뱃사람의 본능으로 그 상황을 감지했다. 그물에 가득 찬 물고기 떼의 묵직한 무게가 느껴지던 순간처럼, 두 사람의 침묵은 숨 막히는 긴장감을 드리웠다. 그는 뱃머리에서 거친 파도와 맞서 싸우며 단련된 몸으로 미동도 없이 그들을 주시했다. 그들의 존재 자체가 그물을 끌어 올리라는 팽팽한 신호였다. 베드로는 평생 바다에서 익혀온 긴장과 경계심을 온몸으로 끌어올렸다.

그들은 단순히 길을 막은 것이 아니라, 그의 존재 자체를 묻고 있었다.

회당 앞 돌바닥 위, 시간조차 발을 멈춘 듯한 정적 속에서 징수자들의 목소리는 베드로의 귀를 조용히 파고들었다. 말은 낮았고, 톤은 정제되어 있었다. 단어 하나하나는 공정한 행정의 절차를 밟듯 조심스럽게 배치된 듯 보였다. 그러나 그 정제됨은 진실의 무게를 담기 위한 것이 아니었다. 오히려 진실을 교묘하게 덮기 위한 포장에 가까웠다. 그것은 순수한 물음이 아니었고, 대답을 통해 빠져나갈 수 있는 여지를 열어놓은 대화도 아니었다. 오히려 처음부터 결론은 정해져 있었다. 그들은 그 결론을 베드로의 입을 통해 끌어내기 위해 정교한 말의 그물을 던지고 있었다.

"그래서… 너희 선생은 성전세를 안 내시는 겁니까?"

짧은 한마디였지만, 그 속에는 교묘한 함정이 숨겨져 있었다. 베드로는 순간 그 말의 무게를 제대로 가늠하지 못했다.

'성전세라니? 당연히 내고 말고 할 것이 어디 있단 말인가? 왜 이런 질문을 하는 거지?'

베드로는 그들의 질문이 단순한 확인을 넘어 예수를 향한 날카로운 고발임을 알아차리지 못하고 의아해했다. 그러나 곧이어 징수인들은 율법을 인용했다. 모세가 명한 반 세겔, 스무 살 넘은 남성이라면 예외 없이 내야 할 성전세. 그 말을 듣는 순간, 베드로의 머릿속은 복잡하게 돌아가기 시작했다. 그제야 그는 이 질문이 단순한 사실 확인이 아님을 깨달았다. 그들은 율법을 방패 삼아 예수를 정면으로 겨냥하고 있었다. 마치 법정의 첫 발언처럼, 예수의 정체성을 시험대에 올려놓으려는 의도가 분명했다. 베드로는 그들의 침묵이 던진 질문보다 더 날카로운 칼날이 자신에게 향해 있음을 직감했다.

자칭 다윗의 자손이요, 하나님의 아들이라 한 그가, 과연 그 성전에 세금을 내야 하느냐는 이율배반적인 함정. 만일 '낸다'라고 답하면 그는 하나님 아버지의 집에도 세속적 책무를 감당해야 하는 한낱 인간이 될 것이고, '안 낸다'라고 답하면 율법을 무시하는 자로 매도당할 것이었다. 베드로는 그 순간 자신의 입술이 무거워지는 것을 느꼈다. 대답해도 위험하고,

침묵해도 함정인 상황—그는 지금 단순히 누군가의 질문을 받은 것이 아니라, 이미 누군가가 짜 놓은 구조물 속에 발을 디딘 것이었다.

그의 침묵 속에서 머릿속은 빠르게 회전하고 있었다. 그는 본능적으로 느꼈다. 지금 이 말들 하나하나가 단지 논쟁이 아니라, 예수를 무너뜨리기 위한 미세한 장치들이라는 것을. 말이라는 날에 비수 같은 올무를 감추고, 그 올무를 다시 경건의 외피로 감싼 그들의 음성은, 결국 하나의 메시지를 향해 모이고 있었다.

"너희가 믿는 그 선생은, 결국 율법의 테두리 안에 있을 뿐이다."

이 메시지 앞에서 베드로는 대답 대신 자신의 안에 맴도는 기도를 붙들었다. 그의 눈빛은 점점 단단해졌다. 입술은 여전히 굳게 다물려 있었다. 그는 그 순간, 침묵이 말보다 강할 수 있다는 것을 처음으로 실감하고 있었다.

베드로는 순간적으로 말을 잃었다. 예수께서 누구신지, 그가 무슨 말씀을 하셨는지, 자신이 왜 그분을 따라가기로 마음을 정했는지를 알고 있었지만. 지금 이 상황 속에서 그것을 어떤 말로, 어떤 어조로 표현해야 하는지를 찾지 못했다. 그는 그저 선한 마음으로, 진리를 따라 그물을 내려놓고 이 길을 걷기 시작했을 뿐이었다.

하지만 지금 그의 앞에 있는 자들은 진리에 대해 듣고자 하는 이들이 아니었다. 그들은 율법이라는 무기를 쥐고, 하나님의 뜻을 입으로 외우면서도, 정작 그 뜻을 인격이 아닌 '제도'와 '글자'로만 이해하는 자들이었다. 그리고 지금 그 글자가 칼이 되어, 예수와 그를 따르는 자들을 향해 들이대고 있었다.

"율법은 아시겠죠?"

베드로는 그 말의 무게를 온몸으로 느꼈다. 그들, 성전 관리인들이 던진 "율법은 아시겠죠?"라는 한 문장이 파도처럼 밀려와 그의 심장을 쳤다. 그들의 입가에 번진 조롱 섞인 미소, 자신을 위아래로 훑어보는 오만한 시선이 그의 마음속에 불을 질렀다. 베드로는 자신도 모르게 손을 꽉 움켜쥐었다. 굵고 거친 그의 손가락 마디 사이로 지난 세월의 흔적, 즉 고기 잡는 밧줄과 그물에 쓸려 생긴 굳은살들이 딱딱하게 느껴졌다. 이 손은 생존을 위해 싸워왔다. 지금 이 순간, 그는 이 손으로 저들의 뻔뻔한 얼굴을 당장이라도 후려치고 싶었다. 그의 분노는 단순한 모욕감에서 오는 것이 아니었다. 그것은 예수님을 향한 그들의 은밀한 조롱과 악의를 알아챘을 때 솟구치는 거룩한 분노였다. 세금을 내라는 말은 표면적인 이유일 뿐, 그들의 진짜 의도는 '당신들의 스승은 율법을 무시하는 이단자'라는 것을 은근히 비난하는 것이었다.

베드로는 얼굴이 화끈 달아오르는 것을 느꼈다. 핏줄이 목덜미를 타고 솟아나는 듯했다. 심장은 북처럼 거세게 울렸다. 굳게 다문 입술은 그가 뱉어내고 싶은 거친 욕설들을 간신히 막아내고 있었다. 화가 머리끝까지 치민 베드로는 그를 냅다 걷어차 버리고 싶었다. 그는 당장이라도 소리치고 싶었다. '무엇이 율법인가! 너희의 율법은 진정 무엇인가! 하나님의 아들이 여기 계신 데, 너희는 겨우 세금 따위를 논하며 그분을 모욕하는구나!' 자제라는 둑이 무너지자, 그의 풍부한 감정은 스스로를 집어삼키는 격류가 되어 절박한 위기 속으로 그를 끌고 갔다.

그러나 베드로는 차마 주먹을 들어 올릴 수 없었다. 성질은 급해도 심성은 착한 베드로. 손가락을 꼼지락거리며 간신히 힘을 풀었다. 베드로는 곧 후회했다. 그가 폭력으로 응수한다면, 그것은 곧 예수님께 다시 한번 수치를 안겨드리는 일이 될 것이었다. 그분을 위해 싸우려던 행동이, 오히려 그분을 더 외롭게 만들 수도 있다는 고통스러운 깨달음이 그를 덮쳤다. 결국 그는 참았다. 끓어오르는 분노를 삼키고, 화끈거리는 얼굴의 열기를 식히기 위해 깊이 숨을 들이마셨다. 그의 눈동자는 여전히 불타올랐지만, 겉으로 드러나는 그의 모습은 굳게 다문 입술과 떨리는 손끝을 제외하고는 미동도 하지 않았다. 거친 어부의 본능이 당장이라도 날뛰고 싶어 했지만, 예수님에 대한 사랑과 존경이 그 본능을 억누르는 고통스러운 순간이었다. 그는 순간적으로 깨달았다. 이 대화의 핵심은 결코 세금이라는 현실적 사안에 있지 않다는 것을.

그것은 '돈을 내느냐 마느냐'의 문제가 아니라, '그분이 누구시냐'는 본질에 닿아 있었다. 징수인의 말은 겉보기에 율법을 인용하는 듯했지만,

실상은 훨씬 더 교묘하고 무거운 질문이었다. 그것은 예수라는 사람, 그가 정말 하나님의 아들이라면 왜 사람들과 같은 방식으로 성전세를 내야 하느냐는 의문을 품고 있었고, 또한 그렇기에 그는 세금을 내선 안 된다는 함정을 품고 있었다. 그러나 반대로, 세금을 내지 않겠다고 선언하는 순간, 율법을 부정한 자, 모세의 규례를 가볍게 여긴 자라는 비난이 그를 향해 쏟아질 것이 분명했다.

이 양극단 사이, 베드로는 예수를 방어하기 위한 가장 옳은 말이 무엇일지를 찾으려 애썼지만, 어떤 대답도 온전히 선하지 않았다. 모든 문장은 어딘가에 걸려 있었다. 진실을 말하자니 오해를 감수해야 했고, 침묵하자니 비겁해 보일 수 있었다. 그의 눈앞에는 예수께서 평소 보여주셨던 침묵과 말씀의 균형, 그 조용한 단호함이 떠올랐지만, 막상 그 자리에 선 자신은 입술조차 제대로 열 수 없었다. 갈릴리의 바람보다 거칠었던 자신의 말들이, 지금은 얼마나 무기력한지를 그는 절감하고 있었다.

율법의 이름으로 던져진 이 물음은 단지 제자 한 사람을 시험하는 것이 아니었다. 그것은 예수 자신을 율법의 틀에 가두기 위한 공개된 덫이었다. 제자라는 이유로 베드로가 그 덫을 스스로 작동시키도록 유도하는 술책이었다. 그는 그 순간, 율법이 어떻게 진리를 억누르는 도구가 될 수 있는지를, 어떻게 글자가 사람의 마음과 진실을 파고들어 뒤틀 수 있는지를 깊이 깨달았다. 성전세 ― 그것은 단지 동전 하나의 무게가 아니었다. 그것은 '그분이 누구신가'에 대한 선언의 무대였고, 또한 세상과 진리 사이에 놓인 칼날 같은 경계선이었다.

베드로는 입술을 달싹이며 무언가 말하려 했지만, 그 말은 목구멍에서 멈췄다. 생각은 많았으나, 마음은 혼란스러웠다. 그는 예수의 깊은 뜻을 모두 다 이해하지는 못했다. 그러나 한 가지는 분명히 알 수 있었다. 이 질문은 단순한 '성전세 납부' 여부를 묻는 것이 아니며, 표면적인 쟁점 너머의 뭔가 ― 그분의 정체성과 권위, 그리고 이 땅에서의 사명에 대한 문제를 걸고 있는 것이었다.

그 순간, 베드로는 자신이 더는 어부가 아님을 실감했다. 고기떼를 쫓을 때는 바람과 물살만 읽으면 됐지만, 이제는 사람들의 눈빛과 말의 끝을 읽어야 했다. 그리고 지금 그는, 예수께서 말씀하신 '사람을 낚는 어부'로서의 첫 고비 앞에 서 있었다. 말을 잃은 그 짧은 침묵 속에, 베드로의 눈빛은 흔들렸다. 이마엔 미세한 땀방울이 맺혔다. 그의 앞에서 조용히 서 있는 두 사람은 그 흔들림을 놓치지 않았다. 그들은 그 답을 이미 들은 듯, 안에서 얕은 웃음을 굴리며, 기다렸다. 기다림은 오래가지 않았다. 베드로의 마음에 다시금 예수의 말씀이 떠올랐다.

"두려워 말라."

그는 곧, 다시 숨을 들이켰고, 아직 어떤 말도 내뱉지 않은 채 조용히 고개를 숙였다. 대답은 곧 그의 입에서 나올 것이었다. 그러나 그 대답은 더 이상 '두려움'에서 나오는 것이 아니었다. 가버나움의 아침 빛은 여전히 고요했지만, 베드로의 내면은 거센 파도처럼 요동치고 있었다. 방금 그의 입에서 흘러나온 말 한마디.

"내실 겁니다. 우리 선생님께서도, 당연히 내십니다."

그 말은 의도적으로 강하게 뱉은 문장이었지만, 그 말이 입 밖으로 떨어지는 순간, 베드로의 내면엔 파문처럼 번지는 낯선 침묵이 자리 잡았다. 그것은 단지 하나의 짧은 문장이 아니었다. 자신을 둘러싸고 있던 조롱의 기류, 율법의 칼끝, 그늘진 회당 입구에서 날카롭게 다가온 압박의 기운, 그 모든 것을 한순간에 끊고자 하는 절박한 의지의 표현이었다. 그러나 동시에, 그 말은 두려움 속에서 쏟아낸 방어였다. 자신도 모르게 무장해제된 신념의 고백이었다.

그는 그 말이 믿음에서 비롯된 것인지, 아니면 율법의 질서에 자신과 스승을 억지로 끼워 넣은 자기기만의 타협인지 분간할 수 없었다. 예수를 향한 충심에서 비롯된 방어 같았지만, 그 실체는 오히려 그분을 사람의 기준 안으로 끌어내리는 변명이었고, 신성을 인간적인 틀로 해석하고자 하는 무의식적 시도였다. 그는 예수께서 성전세를 '당연히' 내시는 분이라 말했다. 그 '당연히'라는 단어는 정작 그분이 누구신지를 잠시 잊었을 때만 나올 수 있는 어휘였다.

하나님의 아들, 성전의 주인이신 분께서, 성전을 유지하기 위해 은 세겔을 낸다는 것. 그것이 진정 '당연한' 일일까? 그 대답은 분명 위험하지 않게 들렸고, 대중 앞에서도 반감을 사지 않을 정도로 무난했다. 그러나 바로 그 무난함이 예수를 체제의 안쪽에 편입시키려는 의식 없는 굴복처럼 느껴졌다. 그는 순간, 예수께서 자신을 누구라 하셨는지를 떠올렸다.

'나는 아버지 안에 있고, 아버지는 내 안에 계신다' 하셨던 그 말씀. 그 성전이 '아버지의 집'이라 불릴 수 있는 이유. 그 안에 하나님이 계시기 때문이었다. 그분 자신이 바로 하나님의 아들이시기 때문이었다. 그런데 그는 그 거룩한 본질을, 지금 동전 반 세겔의 세금과 맞바꾸려 한 셈이었다. 그것이 어쩌면 가장 큰 모순이자 배반처럼 느껴졌다. 그 모순은 가시처럼 그의 가슴을 찔렀다. 예수님의 정체성을 지키려는 말이, 되려 그 정체성을 위협하는 울타리가 되어버린 것 같았다. 그는 한동안 말이 없었다. 자신의 말이 만든 파장을 좇아 조용히 회당을 벗어나고 싶었고, 가슴 한편에 뜨거운 무거움이 내려앉아 있는 것을 느꼈다.

징수자들이 웃고 있었다. 그 웃음은 누군가의 신념이 타협 앞에 조용히 무너져 내릴 때만 나올 수 있는, 얕고 뻔한 승리의 웃음이었다. 베드로는 그들의 조롱보다, 자신이 말한 그 한마디가 훨씬 더 아프고 무겁게 느껴졌다. 그리고 그때부터 그는 예수님 앞에 서게 될 다음 순간을 기다렸다. 침묵하시되 모든 것을 꿰뚫어 보시는 그 눈빛 앞에, 과연 이 마음을 어떻게 내놓아야 할지. 그는 아직 그 답을 갖지 못한 채, 내면의 혼란과 부끄러움을 안고, 느릿느릿 발걸음을 옮기고 있었다. 그 말은 짧았지만, 뼈아팠다.

징수인들 중 한 명이 비릿한 웃음을 지었다. 그의 입가에는 누런 이가 섬뜩하게 드러났다.

"하긴, 안 낼 순 없지. 아무리 설교를 잘해도, 세금은 세금이지."

그는 거기서 멈추지 않고, 주위에 모인 사람들이 다 들으라는 듯 목소리를 키웠다.

"그런데 예수라는 자는 본인이 하나님의 아들이라고 한다는데, 주인의 아들이 왜 세금을 내겠어? 말과 행동이 다르잖아. 감히 하나님의 아들이라고 사칭하고 있는 거지."

그 말에 주변은 술렁이기 시작했다. 사람들의 시선이 베드로와 징수인들 사이를 오갔다.

"저 사람들이 예수에 관해 묻는 건가?"

누군가의 낮은 속삭임이 옆 사람에게 전해졌다.

"하나님의 아들이라고 사칭한다고? 그런 소문이 진짜였어?"

이번엔 경악이 섞인 목소리가 터져 나왔고, 사람들의 눈은 호기심과 불신으로 번져나갔다. 그들의 수군거리는 소리는 순식간에 바람처럼 퍼져나갔다. 징수인들은 그 소리를 즐기기라도 하듯, 베드로의 반응을 살피며 냉소적인 미소를 띠고 있었다. 베드로는 사방에서 쏟아지는 시선과 웅성거림 속에서, 이 상황이 단순한 세금 문제가 아님을 더욱 절실하게 깨달았다. 그 조롱 가득한 말 한마디가 베드로의 귓가를 스치고 지나갈 때, 그의 안에서 무언가가 툭, 부서져 내렸다. 말투는 시니컬하고 표정은 오만함으로 일그러져 있었지만, 그보다 더 아프게 다가온 것은 그 말 속에 담긴 확신이었다. 그들은 자신들이 이긴 줄 알았고, 자신들이 옳다고 믿고 있었다. 예수라는 자도, 그를 따르는 제자도, 결국은 이 체제 바깥으로 벗어날 수 없고, 이 질서 안에 머물 수밖에 없다는 그 믿음. 그리고 바로 그 틀 안에, 조금 전 자신의 대답이 너무도 쉽게 들어맞았다는 사실이 베드로의 가슴을 조용히 후벼팠다. 오래도록 자신을 괴롭혔던 관절염이 잠잠해지는가 싶더니 다시 무릎을 덮쳐왔다.

그는 움직일 수 없었다. 아니, 멈춘 것처럼 보였지만, 실상은 멈출 수밖에 없었다. 내디딜 수 없을 만큼 마음이 무거웠기 때문이었다. 자신이 지키려 했던 것은 무엇이었을까. 예수님의 이름? 그분의 권위? 아니면, 이 말 많은 군중 앞에서의 체면? 그는 조금 전, 분명 예수님을 위한다고 생각하며 대답했다. "내십니다. 당연히 내십니다." 하지만 그 대답이 정말 그분의 뜻을 따른 것이었을까, 아니면 자신의 불안을 감추기 위한 선택이었을까? 그 말은 그분을 방어하려는 방패였을까, 아니면 체제의 칼날 앞에서 무의식중에 내민 항복의 깃발이었을까? 베드로는 자신이 예수를 누구라고 믿는지,

단순히 말이 아닌 삶 전체로 증명해야 하는 시간 앞에 섰다. 그러나 그 첫 시험에서 그는 믿음 대신 타협을, 순종 대신 안전을 택하고 말았다.

더구나 그것이 더 깊이 아프게 다가온 이유는, 바로 과거에 자신이 결심했던 다짐 때문이었다. 고기를 낚던 그물을 접고, 사람을 낚는 자가 되겠다던 그 결심. 예수님을 따르기 위해 가족과 생계를 내려놓겠노라 말했던 그 선택. 그 모든 것이 자신의 입술에서 나왔고, 자신의 손끝으로 맺어진 것이었다. 하지만 지금, 자신은 단 한 마디 질문 앞에서 흔들렸다. 그 흔들림 속에서 예수님을 율법의 틀 안에 묶어버렸다. 그는 말없이 하늘을 올려다보았다. 회당 너머, 높이 떠 있는 태양은 여전히 밝았지만, 그의 내면에는 그늘이 깊게 드리워져 있었다. 그늘은 외부에서 드리운 것이 아니었다. 자신의 마음속에서 만들어진 것이었다. 그늘은 언제나 내면에서부터 시작된다는 걸, 그는 그제야 알아차렸다.

짐짓 무심하게 흩어져 간 세리들의 뒷모습이 점점 멀어지고, 길 위의 발걸음들이 다시 일상으로 흘러가듯 이어졌지만, 베드로는 그 자리에 홀로 남은 듯한 기분이었다. 침묵은 길었고, 회한은 깊었다. 그리고 그 마음 한구석에는, 아무 말 없이 이 모든 것을 지켜보고 계셨을 예수님의 눈빛이 아른거렸다. 정죄도, 책망도 없을 그분의 시선. 그러나 그 시선 앞에서야말로, 가장 처절하게 부끄러워지는 자신을 그는 너무도 잘 알고 있었다.

그리고 그는 그 눈빛을 다시 마주하게 될 것을, 이미 알고 있었다. 두려우면서도 그 무엇보다 간절했다. 뒤엉킨 마음의 매듭을 풀어주실 수 있는 분은 오직 그분뿐이었기 때문이다. 그런데 지금, 예수님을 향한 공격 앞에서 그는 그분을 변호하지도, 자신 있게 증언하지도 못했다. 그저 '당연히 내신다'는, 율법의 기준에 맞춰진 문장을 조용히 읊조렸을 뿐이었다. 말은 예의 바르고 조심스러웠지만, 그 말이 담고 있는 의미는 그 자신에게도 이해되지 않는 채로, 허공 속에서 무겁게 맴돌았다.

그는 분명히 알고 있었다. 예수님은 단지 율법의 일부를 따르시는 분이 아니며, 단지 모세의 명령을 반복하는 분도 아니었다. 예수님의 말씀은 항상 율법의 뿌리를 흔들지 않되, 그 안에 감춰진 하나님의 깊은 뜻을 밝히셨고, 사람의 눈으로는 보지 못했던 진리를 보여주셨다. 하지만 지금, 자신은 아무것도 할 수 없었다. 머릿속에는 그 모든 진리가 파도처럼 밀려왔지만, 입 밖으로 내뱉으려 하자마자 메마른 모래처럼 흩어져 버렸다. 징수인들의 교활한 질문 앞에 자신은 한없이 초라했다. 그들의 냉소적인 시선은 그가 무식하고 보잘것없는 어부에 지나지 않음을 꿰뚫어 보는 듯했다. 예수님의 깊은 뜻을 알고 있다고 자부했지만, 정작 그분을 변호해야 할 순간에는 꿀 먹은 벙어리가 된 자신이 너무나 미웠다. 그의 가슴속에서는 멋지게 대답하지 못한 무능함과, 이 상황을 만든 스스로에 대한 분노가 돌덩이처럼 무겁게 가라앉았다.

그리고 그 진리를 따르겠다고 결심했던 자신이, 조금 전 그 진리를 '성전세'라는 율법 아래 굴복시키고 말았다는 자책감이 그의 어깨를 무겁게 짓눌렀다. 예수님이 실제로 세금을 내시는지 아닌지가 중요한 게 아니었다. 중요한 것은, 그분이 '왜 내시는가', 혹은 '왜 내시지 않는가'를 통해 무엇을 가르치시려 하는가였다. 그러나 베드로는 그 가르침을 기다리지 못한 채, 먼저 말을 내뱉었다.

세리들은 이미 돌아섰고, 만족스러운 표정을 감추지 않았다. 그들은 자신들이 설계한 말의 덫이 완성되었다고 믿었다. 예수는 이제 그 말에 따라야 했다. 그렇지 않으면 제자가 거짓을 말한 것이 되고, 따르자면 그분의 자칭 신적 정체성에 스스로 흠을 내는 셈이 되기 때문이다. 그들은 조용히, 그러나 확실하게 미소를 지었다. 그리고 그 조소는 베드로의 뒷덜미를 더욱 차갑게 식혀갔다. 그는 잠시 눈을 감았다.

갈릴리 호숫가에서 예수님의 말씀을 들었던 그날, 깊은 데로 그물을 던지라는 그분의 말씀에 순종했을 때 경험한 그 충만함과 떨림이 떠올랐다. 그때는 말이 필요 없었고, 계산도 없었다. 다만 믿음과 순종만이 있었다. 그러나 지금, 그는 말로 자신을 지키려 했고, 그것이 곧 자신을 무너뜨리고 있었다. 한 걸음 내딛기도 전에, 믿음의 발걸음이 흔들리고 있었다. 그리고 그는 그것을 뼈저리게 느끼고 있었다. 그들의 발소리가 멀어질수록 베드로의 가슴엔 땀보다 더 묵직한 혼란이 내려앉고 있었다.

사람을 낚는 어부로

　예수님 앞에 한 남자가 웅크리고 앉아 있었다. 그의 옷은 진흙과 알 수 없는 얼룩으로 더러웠고, 관절이 꺾이는 부분마다 해진 천이 너덜너덜하게 매달려 있었다. 오랫동안 씻지 않은 머리카락은 엉겨 붙어 뻣뻣하게 굳어 있었고, 악취가 코를 찔렀다. 그는 가끔 의미를 알 수 없는 이상한 소리를 냈다. 깊이 꺼진 눈동자는 공포와 혼란으로 가득 차 있었다. 그런 아들을 끌어안고 있는 늙은 어머니는 주름진 얼굴에 눈물이 마를 새가 없었다. 낡고 해진 옷을 입은 그녀는 뼈만 앙상한 손으로 아들의 더러운 옷깃을 꼭 붙든 채, 울음을 삼키며 애원하고 있었다. 그들의 모습은 보는 이의 마음을 아프게 할 만큼 절망적이었다.

　그 처참한 광경 앞에서 예수님의 마음에는 깊은 슬픔과 측은지심이 일렁였다. 오랜 세월, 어둠 속에서 고통받았을 그 남자와, 그 고통을 고스란히 껴안고 살아왔을 늙은 어머니의 슬픔이 고스란히 느껴졌기 때문이다. 예수님은 잠시 침묵하시며 그들을 바라보시다가, 곁에 서 있던 야고보와 요한에게 나지막이 말씀하셨다.

　"저 사람을 일으켜 세우도록 도와주세요."

　야고보와 요한은 즉시 조심스럽게 남자에게 다가가 그의 팔을 붙잡았다. 남자는 여전히 불안한 눈빛으로 주변을 경계했지만, 그들의 부드러운 손길에 조금씩 안정을 찾아가는 듯했다. 예수님은 천천히 남자에게 다가가 그의 헝클어진 머리에 따뜻한 손을 얹으셨다. 그 남자는 흠칫 놀랐지만, 이내 몸을 움츠리며 얕게 떨었다. 그 순간, 예수님의 눈빛은 한없이 부드럽고 자애로웠다. 집 안의 모든 소리가 멎었다. 사람들은 숨을 죽인 채 그 광경을 지켜보았다. 예수님은 고요하지만, 힘 있는 목소리로 기도하기 시작하셨다. 그 기도는 따뜻한 빛줄기처럼 어둠에 갇힌 남자의 영혼을 어루만지는 듯했다. 예수님의 음성에는 간절함과 사랑이 가득했다. 그 기도의 울림은 집안 전체를 감싸안았다. 억눌렸던 남자의 고통과 어머니의 눈물이 예수님의 기도 속에서 정화되는 듯, 그 공간에는 거룩한 은혜만이 가득 차올랐다. 사람들은 그 은혜로운 광경 앞에서 숙연해질 수밖에 없었다. 기도가 끝나고, 예수님의 단호한 외침이 메아리쳤다.

"더러운 귀신아, 그에게서 나가라!"

그 말씀이 떨어지는 순간, 사람들의 귀에는 들리지 않는 섬뜩한 비명이 남자의 내면에서 터져 나왔다. 그것은 악한 귀신이 필사적으로 저항하는 절규였다. 그러나 밖으로 드러난 현상은 달랐다. 격렬하게 발버둥 치던 남자의 몸이 팽팽하던 줄이 끊어진 것처럼 순식간에 멎었다. 그는 어떤 소리도, 몸부림도 없이 그저 고요히 바닥에 쓰러졌다. 그의 몸을 짓누르던 끔찍한 힘이 사라진 자리에는 낯선 고요함이 찾아왔다. 사람들은 놀라 숨 죽인 채 그를 지켜보았다. 잠시 후, 남자는 무겁게 감겨 있던 눈꺼풀을 조심스럽게 들어 올렸다. 정신은 아직 몽롱했지만, 눈앞의 소란스러운 풍경이 그를 당황하게 했다. 웅성거리는 사람들, 자신을 응시하는 시선들… 그러나 그의 시선은 이내 한 곳에 멈췄다. 자신의 곁에 무릎을 꿇고 앉아 눈물을 뚝뚝 흘리는 늙은 어머니였다. 그의 머릿속을 가득 채웠던 혼란과 공포가 서서히 걷히고, 어머니의 얼굴을 보는 순간, 그는 자신의 무릎이 더 이상 바닥에 짓눌려 있지 않다는 것을 깨달았다. 지난 세월 동안 자신을 옥죄던 고통과 두려움이 사라진 것을 느꼈다. 어머니의 눈물은 슬픔의 눈물이 아니었다. 그것은 기쁨과 감사의 눈물이었다. 그 사실을 깨닫자, 그의 눈동자에 깃들었던 공포가 사라지고, 그 자리에 깊고 잔잔한 평안이 드리워졌다. 그는 비로소 자신이 온전히 돌아왔음을 알 수 있었다.

사람들은 그 끔찍한 발작이 한순간에 멈추고 남자가 평온하게 쓰러지는 모습에 경외감을 느꼈다. 그들은 보이지 않는 영적 전투를 알지 못한 채, 그저 눈앞에 펼쳐진 고요하고 놀라운 은혜만을 바라보고 있었다. 사람들은 놀라움에 입을 다물지 못했다. 귀신 들린 자의 어머니는 엉망이 된 아들의 찢어진 옷자락을 부여잡고 무릎을 꿇은 채, 하염없이 눈물을 흘렸다. 그녀는 가난해 보였다. 낡은 옷차림과 거칠어진 손이 그녀의 고된 삶을 그대로 보여주고 있었다.

"우리 아들이… 우리 아들이 돌아왔어…!"

그녀는 울먹이며 아들의 얼굴을 쓸어내렸다. 그 거칠고 주름진 손이 아들의 뺨을 어루만지자, 오랜 고통과 슬픔이 녹아내리는 듯했다. 사람들은 그 기적 같은 광경을 보며 서로 속삭였다.

"이게 정말 기적이네. 저 아이가 얼마나 괴로워했었는데…"

감탄과 안도감이 섞인 목소리였다.

"정말 대단하셔. 말씀 한마디로 귀신이 떠나가다니."

경외심이 담긴 목소리가 뒤를 이었고, 사람들의 눈은 예수님을 향한 깊은 존경으로 빛났다.

사람들의 웅성거림 속에서, 그녀는 주름진 손을 떨며 품속에서 작은 주머니를 꺼냈다. 그 안에는 그녀가 겨우 모았을 동전 몇 닢이 들어 있었다. 그녀는 그 돈을 예수님의 발 앞에 조심스럽게 내려놓으려 했다.

그 순간, 예수님은 그녀의 손을 부드럽게 감싸 쥐셨다.

"어머니, 저는 이것을 받기 위해 온 것이 아닙니다. 아들이 건강해진 것, 그것이 가장 큰 축복입니다."

예수님은 따뜻한 미소를 지으셨고, 그녀는 다시 한번 오열하며 고개를 숙였다. 곁에 서 있던 야고보와 요한은 그 모든 과정을 조용히 지켜보며 감동에 젖어 있었다. 그들의 눈빛에는 깊은 경외심이 서려 있었다. 바로 그때, 굳은 표정의 베드로가 군중을 헤치고 그들 사이로 들어섰다. 그는 징수인들과의 마찰로 인해 잔뜩 긴장하고 초라함을 느끼던 참이었다. 그가 들어선 순간, 은혜와 감사가 가득했던 공간은 순식간에 다른 공기로 채워졌다. 베드로는 예수님의 얼굴을 바라보았다. 예수님은 여전히 온화한 미소를 띠고 계셨지만, 베드로의 마음은 혼란스러웠다. 불과 얼마 전, 그는 예수님을 향한 비난과 조롱을 온몸으로 감당해야 했다. 이 평화롭고 거룩한 분위기 속에서, 그는 자신이 겪은 현실의 고통이 더욱 날카롭게 느껴졌다. 그의 말은 단순한 전달이 아니었다. 그것은 짧은 문장 속에 수많은 감정과 갈등이 겹겹이 녹아든 고백에 가까웠다.

"선생님! 큰일났습니다, 정말 큰일입니다! 성전세, 그 성전세 때문에요! 조금 전 회당 앞에서… 세리들이, 그 징수원들이…! 모든 사람이 듣는 앞에서 대놓고 물었습니다. 선생님께서도 세금을 내시냐고… 다 들리게 말이죠."

말의 표면은 단지 상황을 전하는 사실처럼 보였지만, 그 속에는 자신이 예수님을 위해 적절히 대답했다고 믿고 싶은 안도감과, 동시에 그 대답이 혹여나 그분의 뜻을 훼손할까 하는 억눌린 두려움이 복잡하게 뒤섞여 있었다. 베드로는 어부였다. 그는 늘 새벽어둠 속에서 조용히 바다의 숨결을 읽으며 살았던 사람이고, 손끝의 감각과 몸의 균형으로 하루를 살아냈던 이였다. 생각보다는 반사신경으로 움직였고, 말보다는 행동으로 진심을 보이던 사람이었다. 하지만 지금, 그는 예수를 따라 말씀을 따르겠다고 다짐한 제자였다. 그런 그에게 있어 말 하나, 대답 하나는 그 무엇보다 무거운 선택이자 책임이었다. 단지 누가 묻기에 반사적으로 내뱉은 말이 아니었다. 두려움과 믿음 사이에서 그는 대답을 택했고, 그 대답이 자신의 신앙을 담은 응답이길 바랐다. 하지만 바로 그 신앙이, 혹여나 그분의 깊은 뜻과 어긋나지는 않았을까 ― 그 불안은 그의 가슴을 조용히 짓눌렀다.

그는 자신이 옳은 편에 서 있다고 믿고 있었다. 그러나 그 믿음이 진정한 이해에 기초한 것이었는지를 자문하지 않을 수 없었다. 지금 그는 말의 무게를 절감하고 있었다. 말은 손보다 더 깊은 흔적을 남기고, 침묵보다 더 크게 울리는 법이었다. 그리하여 그는, 예수님 앞에서 한 아이처럼 멈춰 섰다. 대답은 끝났지만, 대답에 대한 책임은 아직 그의 어깨 위에 놓여 있었다. 그 무게를 함께 감당해 줄 유일한 분 앞에, 그는 조용히 고개를 숙이고 있었다.

예수께서는 베드로의 말이 끝나기를 조용히 기다리셨다. 그러나 그 기다림의 끝에도 곧바로 말씀이 이어지진 않았다. 그분의 입술은 굳게 다물려 있었다. 방 안엔 오히려 더 깊은 침묵이 내려앉았다. 그러나 그 침묵은 책망을 담은 무게도, 무언가를 허락받고자 하는 질문도 아니었다. 그것은 모든 것을 이미 아는 이만이 가질 수 있는 조용한 기다림이었다. 말이 아니라 존재 자체로 누군가의 혼란을 품어줄 수 있는 자의 침묵이었다.

베드로의 말이 들리자마자, 야고보의 격앙된 목소리가 그를 덮쳤다. 그는 방 한쪽에 앉아 계신 예수님을 뒤로하고 베드로에게 성큼성큼 다가섰다. 야고보의 옆에 서 있던 요한은 다급하게 형의 팔을 잡으려 했지만, 이미 분노에 찬 야고보의 말이 거침없이 터져 나왔다.

"도대체 무슨 말을 주고받은 건가, 시몬?"

야고보는 베드로를 향해 칼날 같은 말을 내뱉었다. 그는 방금 베드로가 했던 말만 듣고, 그가 또다시 경솔하게 행동했다고 단정했다. 그의 불같은 성격은 베드로의 경솔함을 참을 수 없다는 듯 터져 나왔다. 요한은 말없이 형의 팔을 놓았다. 그의 얼굴에는 안타까움이 스쳐 지나갔다. 베드로의 다혈질적인 면모를 누구보다 잘 아는 형 야고보의 모습, 그리고 그런 형의 오해를 또다시 받는 베드로를 보며 요한의 마음은 답답했다. 세 사람 모두 예수님을 향한 열정으로 똘똘 뭉쳤지만, 이렇듯 불같은 성격들이 부딪힐 때마다 요한은 그들을 잇는 고요한 끈이 되려 애썼다. 그는 베드로와 야고보를 번갈아 바라보며, 어떻게 이 갈등을 풀어낼지 고민했다.

"시몬, 대체 언제쯤이면 그런 식으로 앞뒤 가리지 않고 행동하는 버릇을 고칠 텐가! 또다시 성급하게 굴어 주님을 난처하게 만들다니! 자네는 아무리 생각해도 너무 경솔해!"

베드로는 야고보의 질책에 얼굴이 뜨겁게 달아올랐다. 억울함과 함께 분노가 치밀었다.

'나는 주님의 뜻을 따르려 했던 것뿐인데, 이 야고보는 또다시 내가 실

수한 것으로 여기는구나.'

그는 거칠게 숨을 몰아쉬며 반박하려 했다.

"야고보, 내 말은 그런 뜻이 아니었..."

그때, 베드로의 눈에 조용히 그들을 바라보고 계시는 예수님의 눈빛이 들어왔다. 예수께서는 아무런 말씀도 하지 않으셨지만, 그분의 깊은 눈은 베드로의 마음속 격렬한 분노를 한순간에 잠재웠다. 베드로는 야고보의 성급함에 맞서려 했던 자신의 모습이 얼마나 어리석었는지 깨달았다. 우레와 같은 야고보의 말에 불같이 반응하려 했던 자신을 보며, 예수께서 자신에게 보여주셨던 끝없는 인내와 용서가 떠올랐다. 베드로는 힘없이 고개를 숙였다. 억울함도, 분노도 사라진 자리에는 오직 겸손함만이 남았다.

예수님의 시선이 베드로를 향했다. 그 시선은 단지 바라보는 눈길이 아니었다. 마치 '왜 그런 말을 했느냐'고 따져 묻는 대신, '이제는 내가 너에게 알려주겠다'라고 말하는 듯한 눈빛이었다. 말로 설명하지 않아도, 그 눈 안에는 진실이 있었고, 따뜻한 고요가 있었다. 베드로는 그 눈빛에서 나무라지 않는 사랑을 보았다. 그의 어리석음과 두려움, 순진한 충성과 순간의 타협까지 모두 꿰뚫어 보고도, 단 하나도 탓하지 않으시는 이해의 기색을. 그 눈빛은 말보다 먼저, 그의 흔들리는 마음을 잠재우고 있었다.

그를 괴롭히던 후회와 자책의 목소리가 거짓말처럼 사라지고, 고요한 믿음이 다시 그의 마음속에 자리 잡기 시작했다. 베드로는 그제야 확신할 수 있었다. 예수께서는 이미 그 모든 상황을 알고 계셨다는 것을 ― 징수자들이 던진 의도적인 질문도, 그 질문 앞에서 자신이 느꼈던 압박도, 그리고 그 대답 속에 숨겨진 자기 나름의 충성까지도. 그는 더 이상 무언가를 해명할 필요가 없었다. 이제 그는 기다리는 사람이 되었다. 대답을 구걸하는 것이 아니라, 의미를 기다리는 자. 설명을 듣기 위함이 아니라, 진리를 듣기 위함이었다. 그의 삶은 말씀이 흐르는 강을 따라가는 순례자의 것이었고, 그 길 위에서는 오직 주님의 해석만이 그의 걸음을 정당화해줄 수 있었다. 그렇게 그는 말없이, 그러나 온몸으로 예수님의 다음 말을 기다리고 있었다. 그분의 말씀은 곧, 그가 다시 서야 할 자리의 빛이 되어줄 것이기에.

예수님의 음성은 날카로운 판단도, 권위로 짓누르는 교훈도 아니었다. 그것은 베드로의 무거운 가슴에 고요히 내려앉는 바람처럼 조심스럽고 섬세하게 다가왔다. 아침 햇살이 밤새 얼어붙은 땅 위를 조금씩 녹여내듯, 그의 복잡한 내면을 천천히 풀어주기 시작했다. 말은 간단했지만, 그 안에는 예수만이 지닐 수 있는 신비한 통찰과 따뜻한 배려가 녹아 있었다. 집 안은 깊은 침묵에 잠겨 있었고, 바깥의 모든 소리가 그 침묵을 비집고 들어왔다.

"시몬,"

부르시는 그 한마디 안에는 단지 제자를 부르는 호칭이 아니라, 그의 삶 전체를 부르는 마음이 담겨 있었다. 낯선 군중 앞에서, 성전세를 운운하는 이들의 올가미 안에서 잠시 흔들렸던 그를 다그치지 않고, 오히려 그 이름 하나만으로 품어주는 예수님의 부름은 베드로에게 또 하나의 기적처럼 느껴졌다.

그리고 이어지는 질문 — 세상의 임금이 세금을 거둘 때 누구에게서 받느냐는 물음은, 단지 정치적 상황을 묻는 것이 아니었다. 그것은 베드로가 스스로를 어디에 두고 있는지를, 그가 따르고 있는 이가 어떤 분인지를 다시금 깨닫게 하기 위한 부드러운 성찰의 통로였다. 예수님은 그에게 '너는 누구의 아들이냐', '너는 이 집 안의 사람이냐 아니냐'를 판단하라고 강요하지 않았다. 다만 이 물음을 통해 베드로가 그 스스로 자신의 위치를 바라보게 하셨고, 율법의 올무가 아닌 관계의 본질로 돌아가게 이끄셨다.

그 질문 속에는 하나님 나라의 질서가 이미 담겨 있었다. 이 땅의 질서와 대조되는 하늘의 법이 묵묵히 흐르고 있었다. 예수님의 음성은 그저 부드러웠지만, 그 울림은 베드로의 가슴 속 깊은 곳에서 또렷한 대답으로 되살아났다. 그는 순간적으로, 그러나 깊이 깨달았다. 이 질문은 단지 성전세에 대한 해석이 아니라, 자신이 지금 누구의 부름을 받아 걷고 있으며, 어떤 나라의 백성으로 다시 태어나고 있는가에 대한 물음이라는 것을. 그리고 그 대답은, 이미 예수님의 눈빛 속에 담겨 있었다.

예수님의 말씀이 끝났을 때, 그 방 안에는 단순한 정적이 아닌, 깊은 이해의 침묵이 흘렀다. 그분은 처음부터 답을 정해놓고 이끄시는 이가 아니라, 진실을 스스로 발견하도록 손을 내미는 스승처럼 말하고 계셨다.

"왕의 아들이라면 세금을 낼 필요는 없습니다."

그 한마디는 단지 제도와 법규의 해석이 아니었고, 권위에 대한 논평도 아니었다. 그것은 관계의 본질에 대한 조용한 선언이었다. 이 성전이 누구의 집인지, 그리고 그 집의 주인이 누구인지를 묻는 대신, 예수는 자신이 그 집의 '아들'이라는 사실을 숨김없이 드러내고 계셨다. 그러나 그 드러냄은 과시가 아닌 친밀함이었다. 자신의 권리를 주장하려는 선언이 아니라, 베드로로 하여금 믿음의 자리를 다시 바라보게 하려는 은밀한 가르침이었다.

베드로는 그 말씀을 듣는 순간, 가슴 깊은 곳에서 무엇인가 풀리는 느낌을 받았다. 그가 막연히 지키고자 했던 '율법의 체면'이 아니라, 진정으로 지켜야 할 것은 바로 그분과의 관계였다는 것을. 그는 잠시 전에 성전세를 둘러싼 이들에게 자신의 스승을 방어하려 했지만, 그 방어는 어쩌면 예수님의 본래 자리를 세상의 질서 속으로 끌어내린 결과였다는 자책이 밀려들었다. 그분은 자신을 방어할 필요조차 없는 분이셨다. 오히려 자신이 누구인지, 이 집이 누구의 집인지를 조용히, 그러나 분명히 보여주는 분이셨다.

"왕의 아들"

그 단어는 베드로에게 새로운 자각을 안겨주었다. 예수님이 단지 선생이 아닌, 그 누구보다 높은 권위와 사랑을 지닌 분이라는 사실. 그리고 자신은 그분을 따르는 자, 그분의 곁에 서 있는 자로서, 그 새로운 질서 안에 이미 들어와 있다는 확신. 그날, 베드로는 처음으로 성전을 '외부의 공간'이 아닌, '그분의 아버지의 집'으로 인식하게 되었다. 그리고 그 집 안의 아들로 살아가는 것이 율법을 넘어서는 자유라는 것도, 예수님의 그 짧고 단단한 말씀 속에서 조용히 배워가고 있었다.

예수님의 그 말씀은, 단순히 외적인 평화를 도모하기 위한 현실적인 조언이 아니었다. 오히려 그것은 진리를 알고 있으나, 그 진리를 함부로 휘두르지 않는 자만이 지닐 수 있는 내면의 겸손에서 비롯된 깊은 배려였다.

그분은 자신이 하나님의 아들이며, 성전의 주인이라는 사실을 누구보다 분명히 알고 계셨다. 그러나 그 확신은 누구를 향해 드러내 보여야 할 무기처럼 쓰이지 않았다. 그분의 확신은 조용했고, 내면에서 우러났으며, 오히려 다른 이들의 불완전함을 덮고 감싸는 데 사용되었다.

성전세라는 하나의 질문은 단순히 율법의 적용 여부를 묻는 것이 아니었다. 그것은 베드로뿐만 아니라 예수를 따르는 모든 이들에게, 믿음의 본질이 무엇인지를 다시 묻는 하나의 문턱이었다. 베드로는 그 문턱 앞에서 비로소 멈춰 서 있었다. 그는 단순히 질문에 답하는 자가 아니었다. 질문을 넘어서 그 안에 담긴 의도와 그에 대한 주님의 응답을 가슴 깊이 받아들이는 자가 되어가고 있었다. '왕의 아들이라면 세금을 낼 필요는 없다'라는 예수님의 말씀은 단순한 논리적 정리가 아니었다. 그것은 자신의 권위에 대한 조용한 선언인 동시에, 그 선언을 사랑으로 감싸는 몸짓이었다.

"하지만…"

예수는 조용히 덧붙이셨다.

"우리가 마땅히 내야 할 의무는 없습니다. 하지만 지금은 괜한 오해를 사지 않는 것이 좋겠습니다. 우리의 자유가 다른 이들을 넘어지게 하는 구실이 되어서는 안 되겠지요. 사람들은 마음의 중심보다 겉으로 보이는 모습으로 더 쉽게 판단하고 흔들리니, 굳이 그들을 시험에 들게 할 필요는 없습니다."

예수님의 시선은 언제나 사람의 중심을 꿰뚫고 있었지만, 또한 그 중심을 이해하고 기다려주는 분이셨다. 그래서 "괜한 오해를 사지 않는 것이 좋겠다"라는 말은, 단순한 현실적 선택이 아니라, 아직 그 진실을 감당할 준비가 되어 있지 않은 이들을 위한 사랑의 언어였다. 사람들은 종종 본질보다 외형에 더 큰 의미를 부여하고, 마음의 움직임보다 눈앞의 형식을 중시하며 살아간다. 예수님은 그 인간의 연약함을 깊이 아셨다. 그 약함이 비난의 대상이 아니라 보호받아야 할 상태임을 알고 계셨다. 예수님의 말씀은 단지 성전세에 대한 판단이 아니라, 세상의 얕은 의심과 무지함 앞에서 어떻게 진리를 지키고 살아가야 하는지를 보여주는 조용한 가르침이었다. 그분은 한마디도 목소리를 높이지 않으셨다. 그 어떤 항변이나 논쟁도 하지 않으셨지만, 바로 그 침묵 안에 담긴 진심과 자비는 말로 설명할 수 없는 깊이를 지니고 있었다.

예수님의 선택은 진리를 숨긴 것이 아니라, 오히려 진리를 감당하지 못하는 자들을 위한 사랑의 울타리였다. 그는 그날 처음으로 깨달았다. 참된 권위는 소리를 높이는 데 있지 않으며, 힘으로 밀어붙이는 데에도 있지 않다는 것을. 오히려 누군가의 믿음을 위해 자신을 낮추고, 오해받을 가능성마저 감수하면서도, 여전히 사랑을 포기하지 않는 그 모습 속에 진짜 힘이 존재한다는 것을.

세상은 종종 침묵을 나약함이라 여기고, 양보를 물러섬이라 여긴다. 그러나 베드로는 그 모든 오해 너머에서 진리를 더욱 단단하게 지켜내는 한 사람을 보았다. 예수님은 이 땅의 왕이 아니라 하늘나라의 아들이었다. 그분의 침묵은 그 신분을 포기함이 아니라, 더 높은 자비와 섭리의 방식이었다. 베드로는 그것을 보았고, 들었고, 가슴 깊이 새기기 시작했다. 그 말은 어쩌면 세상 모든 관계의 본질을 꿰뚫는 말이었고, 진실이 언제나 외쳐질 수 있는 건 아니라는 것을 보여주는 가장 분명한 증언이었다.

조금 전 베드로는 자신이 내뱉었던 말.

"예, 선생님도 당연히 내십니다"

그 말은 진실을 왜곡하지 않았다. 하지만 그는 스스로 진리를 가두었다는 생각에 자책했고, 예수께서는 그런 그를 꾸짖지 않으셨다. 오히려 그 대답마저 품고 계셨다. 그것은 당신의 정체성에 대한 방어가 아니라, 사람들의 믿음에 대한 보호였다.

"시몬,"

예수께서 다시 부르셨을 때, 그 음성은 단호함보다 연민이 더 많았다.

"나를 지키려 한 그 마음은 나도 알고 있습니다."

베드로는 그 말에 아무 대답도 하지 못한 채 고개를 숙였다. 마음속에서 뜨겁게 치솟는 무언가가 가슴을 두드리고 있었다. 가슴 한쪽은 후회로 무너져 내렸지만, 다른 한쪽은 안도로 가벼워지고 있었다. 예수께서 말씀하셨다.

"그러나 이제는 진리를 지키는 일이, 말로 되는 것이 아님을 알게 되었을 겁니다. 진리는 때로는 침묵 속에 숨고, 그 침묵은 사람을 위한 것이기도 합니다."

그것은 단순한 의무의 이행이 아니었다. 그 작은 은화 한 닢 안에 담긴 무게는 율법도, 정치도, 체제도 아니었다. 그것은 예수께서 사람들을 향해 보이신, 단단하고도 부드러운 배려였다. 주님은 성전의 주인이셨고, 누구보다 그 율법 위에 계신 분이셨다. 그러나 그분은 그 누구보다 낮게 몸을 낮추어, 사람들의 이해를 앞세우고, 그들의 믿음을 꺾지 않기 위해 먼저 다가가셨다. 베드로는 속으로 되뇌었다.

'진리는… 증명하는 것이 아니라 살아내는 것이구나.'

베드로는 조용히 시선을 들어 예수님을 바라보았다. 지금껏 자신을 짓누르던 불안은 언제 그랬냐는 듯 사라졌다. 그의 가슴속에는 한 줄기 명확한 평온이 감돌았다. 예수님의 눈빛은 강요하거나 설득하려는 눈빛이 아니었다. 그것은 믿음의 눈빛이었다. 단호한 명령이 아니라, 기꺼이 함께 걸어가자는 부르심이었다. 그 눈빛 하나로, 그 말씀 한 줄로, 베드로는 다시 믿음의 자리로 되돌아온 것이다.

예수께서는 창문 너머로 번지는 햇살을 조용히 바라보셨다. 그 빛은 벽을 따라 흘러내려, 바닥에 고요히 내려앉았고, 방 안의 모든 사물에 따스한 윤곽을 그려주고 있었다. 모든 존재를 고르게 감싸는 것처럼 부드럽고 평화로웠다. 그분의 시선도 그러했다. 멀리 닿는 것 같지만, 실은 지금 이 자리, 이 대화를 품고 있었다. 그분의 음성 또한 그 햇살처럼 부드럽고도 명확했다.

"그렇습니다, 시몬. 세상은 그 자체로 드넓은 바다와 같습니다."

그 말은 단순한 비유가 아니었다. 그것은 삶의 깊은 본질에 닿는, 가르침의 문이었다. 그것은 제자였던 시몬 ─ 이제 베드로라 불릴 자에게 향한, 삶과 사명의 구조를 일러주는 시작이었다.

"저마다의 사연과 마음을 품은 이들이 그 안에서 갈피를 잡지 못한 채 흘러가고 있지요. 물고기는 바로 그 사람들입니다."

예수의 눈빛은 창 너머 먼 수평선을 바라보는 듯 깊어졌다. 그리고 시몬의 마음 깊은 곳까지 닿고 있었다.

"누군가는 고요한 심연 속으로 자신을 감추고, 누군가는 불안한 지느러미로 쉼 없이 저 멀리 향해 달아납니다. 그리고 또 누군가는, 말 못 할 상처를 품은 채 빛이 닿지 않는 바닥으로 천천히 가라앉습니다. 세상의 모든 두려움과 소음에서 멀어진 채로."

그 말에 시몬은 말없이 고개를 숙였다. 그는 그 '물고기' 중 하나였다는 사실을 알고 있었다. 지난날의 자신, 그물만을 의지하며 생계를 이어가던 날들, 때로는 물살에 떠밀리고, 때로는 깊은 어둠 속에 자신을 가라앉히며 외면했던 마음들 ― 그 모든 것이 예수의 이 말씀 안에서 선명하게 떠올랐다. 예수께서는 고개를 돌려 시몬을 바라보셨다. 그 시선은 명확했지만 따뜻했고, 결코 책망하거나 밀어붙이지 않았다. 그것은 불을 붙이는 눈빛이 아니라, 꺼져가는 심지를 살며시 감싸 안는 눈빛이었다.

"그물과 낚시는 말씀입니다."

그 한마디는 시몬에게 익숙하면서도 완전히 새로운 개념으로 다가왔다. 그가 평생 몸으로 익힌 '낚시'는 삶의 도구였고, 때로는 생존의 수단이었지만, 지금 예수께서 말하는 '낚시'는 전혀 다른 세계의 것이었다.

"고기를 강제로 건져 올리는 도구가 아니라, 마음을 향해 던져지는 부드럽고도 단단한 진리입니다."

시몬은 그 말을 가만히 곱씹었다. 과거의 그물은 물고기를 상대로 한 것이었고, 빠르고 강한 손놀림이 전부였다. 그러나 지금 예수가 말하는 '말씀의 그물'은 인간의 마음을 향한 것이었고, 거기에는 억지나 속임이 없어야 했다. 다가오는 이가 있다면, 그것은 강제로 끌어낸 응답이 아니라, 마음 깊은 곳에서 우러난 자발적인 결단이었다.

"그 말씀에 감동된 마음이 스스로 다가올 때, 거기서 나오는 것이 바로 그 사람의 헌신입니다."

예수는 그 말끝에 시선을 멈추셨고, 시몬은 그 시선에 고요히 붙들린 듯 깊은숨을 들이컸다. 그 순간, 그는 깨달았다. 진정한 헌신은 설득이나 압박에서 나오는 것이 아니라, 말씀의 온기와 진실함에 감동한 마음이 자기 안에서 차오를 때 스스로 결정하는 것이다. 그것은 깊은 바닷속에 있던 고기가, 물결 따라 스스로 그물 가까이 다가오는 것처럼, 강요할 수 없는 방식이었다. 이 말씀은 시몬의 옛 삶과 새 삶을 잇는 다리 같았다. 그물과 손, 바람과 물살, 그리고 밤새도록 기다리는 인내. 그것은 단지 물고기를 잡기 위한 수고가 아니라, 이제는 사람의 마음을 향한 섬김의 방식이 되어야 할 것이었다. 예수께서는 조용히 미소를 지으셨다. 그 미소는 '이제야 알아차렸구나' 이런 기쁨의 미소가 아니었다. 그것은 진심으로 이 여정에 동행할 준비가 된 자에게만 보여주시는 신뢰의 표시였다. 그리고 이내 예수의 시선은 다시 멀어졌다.

베드로의 눈에는 언뜻 눈물이 고였다. 자신 역시 그렇게 다가온 사람이었다. 예수님의 목소리가 아니라, 그분의 눈빛과 침묵, 그리고 손끝의 따뜻함이 자신의 마음을 변화시켰다. 자신도 모르게 믿고 싶고, 따르고 싶고, 결국 삶 전체를 드리고 싶어졌다. 그러므로 이제 그도, 자신처럼 길을 잃은 이들을 향해 그물을 던져야 했다. 하지만 그 그물은 이전과는 달라야 했다. 그것은 진리의 말씀이며, 따뜻한 품이며, 억지 없이 마음을 초대하는 믿음의 도구여야 했다. 예수께서는 조용히 덧붙이셨다.

"억지로 끌어낸 것이 아니라, 자발적으로 드리고 싶은 마음에서 나오는 귀한 응답입니다."

그 말은 단지 오늘의 성전세를 위한 해명이 아니었다. 그것은 앞으로 시몬이 걸어가야 할 전도의 길에 대한, 가르침이자 언약이었다. 예수께서는 잠시 시선을 내리시고, 숨을 고르셨다. 그분의 목소리는 이전보다도 더욱 낮아졌고, 그것은 바람이 잔잔한 호수 위를 조용히 스치는 듯한 울림으로 방 안을 채웠다. 그 목소리는 설명이나 설득이 아니었고, 권위나 명령도 아니었다. 그것은 길고 깊은 기다림의 언어였다. 생명을 품은 말씀이었다.

"그리고 이 일은 지금 한 번으로 끝나는 일이 아닙니다."

그 말은 시몬의 가슴에 단단히 내려앉았다. 제자들이 당장의 현실에 갇혀 있을 때, 예수께서는 그 모든 것을 꿰뚫어 보며 더 큰 섭리를 향하고 계셨다.

"하나님의 섭리는 언제나 같은 방식으로 일하십니다. 시대가 달라도, 상황이 달라도, 하나님의 뜻은 사람의 마음을 감동하게 하고, 그 감동이 삶의 실제를 움직이게 하십니다."

시몬은 그 말을 들으며, 한 장의 커다란 두루마리가 천천히 펼쳐지는 느낌을 받았다. 눈에 보이지 않지만, 엄연히 흐르는 하나님의 질서 — 세상의 질서와는 전혀 다른, 그 은밀하고도 분명한 섭리의 길이 있었던 것이다. 예수께서는 시선을 들어 다시 시몬을 바라보셨다. 그분의 눈빛은 흔들림 없었으며, 또한 지극히 인간적인 따스함으로 가득 차 있었다.

"오늘 네가 누군가의 마음을 움직이면, 그 마음이 손을 열고 성전세를 준비하게 될 것이고 — "

시몬은 천천히 고개를 끄덕였다. 그것은 이제 단순한 가능성이 아니라, 곧 일어날 일이라는 확신처럼 다가왔다.

"내일 또 다른 제자가 또 다른 마을에서 말씀을 전하면, 그 자리에서도 같은 방식으로 필요한 것이 채워질 것입니다."

예수께서 말씀하시는 '필요'는 단지 재정이나 물질만이 아니었다. 때로는 마음의 위로, 때로는 함께 걸어줄 동역자, 때로는 의심 속에서 다시 믿음으로 이끌어줄 한마디의 말 — 그 모든 것들이 필요였고, 하나님께서는 그 필요를 채우시는 분이라는 사실을 시몬은 느낄 수 있었다.

"하나님은 강요하지 않으시고, 감동으로 일하십니다."

그 말씀은 시몬의 마음을 조용히 물들였다. 마치 새벽녘 호수 위로 안개가 서서히 내려앉듯, 그분의 말은 시몬의 마음 깊숙이 스며들어 아무도 보지 못했던 그의 상처와 결핍을 어루만지기 시작했다. 지금껏 시몬이 살아온 인생은 말로 설명되지 않는 고요한 싸움의 연속이었다. 어릴 적부터 그는 바다를 배웠고, 고기를 기다렸으며, 살아남기 위해 하루하루를 버텨왔다. 고기가 잡히지 않는 날이면, 그는 바람 탓도, 물살 탓도 하지 않았다. 다만 그가 느낀 건 자신에 대한 부끄러움과 세상에 대한 무력감이었다. 마을 사람들은 결과로 사람을 판단했다. 그의 가족도 그 결과로 하루하루의 식탁을 꾸려야 했다. 물비린내가 배인 손으로 그물을 당기며, 시몬은 늘 스스로에게 물었다.

'이렇게 살아가는 것이, 옳은 것일까?'

하지만 그는 결코 대답을 찾지 못했다. 그저 내일 또다시 그물을 던질 수밖에 없었다. 그러던 그에게, 지금 예수께서 말씀하시는 세상은 너무도 생경했다. 그러나 놀랍게도 낯선 것이 두렵지 않았다. 그 세상은 율법이 아니라 마음으로 시작되었다. 그 마음은 결과가 아닌 사람을 먼저 보았다. 실패한 날에도 손을 내밀어주는 세계, 허기진 마음에도 따뜻한 눈빛을 건네는 세계. 그것은 시몬이 한 번도 살아보지 못한 세상이었다.

예수께서는 그 진리를 크고 위대한 말로 설명하지 않으셨다. 다만 한 문장, 한 시선, 한 손짓으로 그 진리를 보여주셨다. 그리고 그 순간, 예수께서는 조용히 손을 들어 시몬의 어깨에 올리셨다. 손의 무게는 가볍고도 묵직했다. 그것은 단순한 위로나 동정이 아니었다. 그 손은 그의 과거를 다 안다는 듯 말없이 머물렀다. 그리고 그의 앞으로 갈 길을 알고 있다는 듯 따스하게 눌러주었다. 시몬은 말없이 숨을 들이켰다.

어쩌면 처음으로, 이 세상에 있는 그대로의 자신이 누군가에게 받아들여졌다는 감각을 느끼고 있었다. 고기가 많이 잡힌 날의 흥분도, 누구보다 빨리 노를 저을 때의 자부심도 주지 못했던 감정이었다. 그것은 살아 있다는 실감이었다. 또한, 더 나은 삶을 살아갈 수 있다는 가능성이었다. 예수님의 손은 그렇게, 말로는 전할 수 없는 모든 것을 시몬의 어깨에 전하고 있었다. 그리고 그 순간, 시몬은 깨달았다. 지금 이 자리가, 그가 평생 찾고 싶었던 삶의 방향이며, 이 손 아래에서라면 그물 없이도 살아갈 수 있다는 확신이 그의 가슴 깊은 곳에서 조용히 솟아오르고 있다는 것을.

"기적은 하늘에서 떨어지는 것이 아니라, 하나님의 말씀에 감동된 사람의 마음에서 시작됩니다."

시몬은 그 말을 들으며, 과거 그물이 찢어질 듯 고기가 몰려올 때 느꼈던 충격과 전율을 떠올렸다. 그러나 지금의 이 말은, 그 어떤 기적보다도 더 깊은 울림을 그의 가슴에 남겼다.

"그리고 그 섭리는, 앞으로도 계속 그렇게 이루어질 것입니다."

시몬은 단순히 물고기를 낚던 어부도, 그저 스승의 뒤를 따르기만 하던 제자도 아니었다. 시몬 ─ 이제는 베드로라 불릴 자 ─ 그는 그 말씀 한마디 안에 그의 새로운 정체성을 부여받았다. 그것은 눈에 보이는 사명이 아니었고, 누가 보증해 주는 직분도 아니었으나, 분명히 심긴 씨앗이었다. 하나님 나라의 섭리를 품은 통로, 사람의 마음을 움직이고 생명을 일으키는 도구, 말씀이 살아 숨 쉬는 자리에서 그것을 전할 자 ─ 그가 바로 그 자리에 서 있었다. 성전세를 둘러싼 작은 물음, 그리고 그에 대한 순종은 겉보기에 사소했으나, 그 작고 조용한 응답은 하나님께서 펼쳐 가실 크고도 깊은 뜻의 첫 단추였다. 예수께서는 성전세를 낸다고 해서 당신의 권위를 잃지 않으셨다. 시몬이 그 뜻을 전하며 다소 조급했던 말 또한 책망하지 않으셨다. 오히려 그들의 작고 인간적인 응답 속에서, 예수께서는 기꺼이 하나님의 방식으로 일하시기를 택하셨다. 그리고 바로 그 점에서, 기적은 시작되고 있었다.

베드로의 눈동자에 다시 빛이 스며들었다. 그것은 단순히 무언가를 깨달았다는 차원의 빛이 아니었다. 긴 시간 의심과 두려움, 세상의 규칙과 율법 사이에서 움츠러들었던 그의 내면이 녹아내리고, 그 빈 자리에 서서히 따스한 물결처럼 스며든 말씀의 흔적이었다. 어쩌면 그는 처음으로 '기적'이라는 것이 하늘에서 불쑥 떨어지는 이질적인 일이 아니라는 것을 알게 되었다.

기적은 한 번의 눈부신 사건이나 번개처럼 쏟아지는 초월적 순간이 아니라, 말씀 앞에서 사람의 마음이 움직이고, 그 움직인 마음이 또 다른 마음을 건드리는 과정 ─ 그 긴 흐름 속에 녹아 있는 섭리의 실체였다. 하나님은 사람을 사용하신다는 그 진실, 그리고 그 사람의 가장 작고 불완전한 부분조차도 당신의 계획 속에 끌어안으신다는 진실. 베드로는 그것을 보고 있었고, 느끼고 있었으며, 자신이 그 흐름의 일부가 되었음을 받아들이고 있었다.

예수께서는 그의 그런 눈빛을 조용히 바라보셨다. 그 눈빛 안에서 두려움이 사라지고, 믿음이 움트고, 주어진 사명을 향해 조금씩 몸을 기울이는 모습을 당신은 분명히 보고 계셨다. 그리고 마침내 그분은 아주 담담하고 조용한 목소리로 다시 말씀하셨다.

"가서 바다에 낚시를 던지십시오. 처음 올라오는 고기의 입을 열면, 돈 한 세겔이 있을 것입니다. 그것을 가져다 당신과 나를 위해 세금을 내십시오."

그 말씀은 구체적이었고, 현실적이었으며, 동시에 신비로웠다. 그러나 그 무엇보다도, 그 말씀은 사람의 마음을 믿고 맡기는 음성이었다. 하나님은 초자연의 능력으로 문제를 해결하실 수도 있었지만, 베드로의 손과 발, 그의 순종을 통해 그 일을 이루시기로 하신 것이다. 그것이야말로 계속되는 기적이었다. 하나님께서 사람의 손길을 통해 일하시는 그 방식, 말씀을 따라 내딛는 한 걸음이 사람의 생을 바꾸는 그 방식. 베드로는 그것을 알고 있었다. 그리고 그는 그날, 낚싯대를 손에 들며, 이전과는 전혀 다른 어부가 되어 바다를 향해 걸어 나가고 있었다.

"당신이 전한 말씀이 사람의 마음을 살릴 때, 그 사람은 자발적으로 하나님께 드릴 것입니다. 그 드림이 바로 오늘 우리가 내야 할 성전세가 될 것입니다."

그 말씀은 베드로에게 단순한 해결책이 아니었다. 그것은 앞으로 자신이 걸어가야 할 길의 원리였다. 사명의 핵심이었다. 이제 그는 계산과 대응의 방식이 아니라, 믿음과 감동의 방식으로 살아야 했다. 예수께서는 시선을 베드로에게 고정한 채, 다시 말씀하셨다.

"시몬, 이젠 고기 대신 사람을 낚는 어부가 되어야 하지 않겠습니까? 다시 갈릴리 호숫가로 나아가 보십시오. 그곳에도 길을 잃은 이들이 있습니다. 오늘은 그들을 건져 올리는 날입니다."

그 말은 명령이 아니었다. 그것은 초대였다. 오래전, 그물과 배를 떠나 예수를 따라나섰던 첫걸음처럼, 그러나 이제는 그보다 더 깊고도 확고한 사명감으로 나아가야 하는 새로운 발걸음이었다. 그는 더 이상 고기를 잡는 손의 기술에 의지하지 않았다. 대신, 하나님의 말씀을 품은 마음으로 움직이기 시작했다. 기적은 이제 신비로운 사건이 아니라, 사람과 사람 사이의 진심과 진리로 옮겨붙는 불꽃이 되었다.

※

그날 오후, 베드로는 갈릴리 호숫가로 향했다. 예전처럼 그물을 들지도 않았고, 배를 띄우지도 않았다. 그는 그저 걷고, 앉고, 눈을 마주치며 말하기 시작했다. 말은 길지 않았다. 그는 예수께 들은 말씀을 그저 나누었을 뿐이었다. 그러나 그 말은 곧 물결처럼 번져갔다. 그의 목소리는 크지 않았지만, 그 말 속에는 권위가 있었고, 무엇보다 삶에서 우러난 진실이 담겨 있었다. 오래전부터 마음에 응어리를 품고 있던 이들이 그의 말 앞에 조용히 눈을 떴다. 그의 한마디 한마디가 그들의 내면에 던져졌다.

그중 한 사람이 조용히 다가왔다. 수염이 듬성듬성 나 있고, 손에는 일한 자국이 깊이 팬 상인이었다. 그는 베드로 앞에서 멈춰 섰고, 눈가에 번지는 물기를 숨기지 않았다.

"나는 그분을 멀리서만 보았고, 말씀도 몇 번밖에 듣지 못했습니다. 그런데 이상하게도, 그 말씀이 제 마음을 놓아주더군요. 지난 몇 달간 매일이 호숫가를 지나며… 당신들을 보며 스스로를 부끄러워했지요. 그런데 오늘… 당신의 말이 제 안에 다시 살아난 그 갈망을 꺼내 주었습니다."

그는 주머니를 열었다. 손가락이 흔들렸고, 주머니 속에서 조심스럽게 꺼낸 것은 은 한 세겔이었다.

"내가 예수님을 사랑합니다. 당신과 당신 선생을 위해 이 작은 것을 쓰십시오."

상인의 말은 꾸밈이 없었다. 그는 말없이 베드로의 손에 그것을 쥐여주었고, 다시 고개를 숙였다. 베드로는 마음 깊은 곳에서 잊고 있었던 기도를 떠올렸다. 수없이 던졌던 그물이 비어 있을 때, 하늘을 향해 터뜨렸던 그 짧고 메마른 탄식. 그때는 대답이 없었다고 생각했지만, 오늘 이 자리에서 비로소 알게 되었다. 그 모든 기도의 대답은, 바로 '사람'이었다.

그물에 걸리는 물고기가 아니라, 마음이 움직여 다가오는 사람이야말로 하나님의 응답이자 기적이었다. 그 한 세겔의 무게는, 단순한 돈이 아니었다. 그것은 하나의 생명이 말씀에 감동되어 움직인 증거였다. 그 감동이 오늘의 필요를 채우는 하나님의 방식이었다.

그 순간, 베드로는 마침내 깊은 깨달음에 이르렀다. 그것은 머리로 이해한 통찰이 아니라, 오랜 시간 마음속에서 조용히 숙성되다 어느 순간 '진실'로 터져 나오는 내면의 확신이었다. 기적은 단지 초자연적인 사건이나 불가사의한 현상을 의미하지 않았다. 기적은 하나님의 말씀을 통해 움직이는 인간의 마음에서 비롯되는 열매였다. 그 열매는 삶의 실질을 바꾸는 방식으로 드러났다. 지금 그의 손에 들린 이 한 세겔은 단순한 화폐가 아니었다.

그것은 전도의 결과이자, 말씀이 사람의 마음에 떨어졌을 때 피어나는 반응이었다. 그동안 그가 생각했던 복음은 '말을 전하는 일'이었고, 그에 대한 응답은 '믿습니다'라는 고백뿐인 줄 알았다. 그러나 지금 그는 보았다. 복음은 말뿐 아니라 삶을 움직이는 힘이었고, 그것을 들은 자는 마음뿐 아니라 손을 열어 드릴 줄 아는 자로 바뀌었다. 그리고 바로 그 변화가, 기적이었다.

성전세 또한 마찬가지였다. 억지로 부과된 의무가 아니라, 자발적으로 드려지는 사랑의 응답이었다. 베드로는 그동안 그 세금이 율법의 굴레이자 제도의 짐이라 생각해왔다. 그러나 지금 그의 손에 놓인 이 한 세겔은, 누군가가 말씀에 감동해 기꺼이 드리고 싶어서 내민 헌신의 결실이었다. 예수께서 그에게 보여주신 길은 단순한 전도가 아니었다. 그것은 인간의 마음 깊은 곳까지 다가가는 것이며, 진리를 말로만 전하는 것이 아니라, 삶으로 증거하는 일이었다. 그리고 바로 그 삶의 진실성에서 비롯된 감동이, 하나님의 나라를 실체로써 이 땅에 세워가고 있었다.

베드로는 고개를 들었다. 눈앞의 상인은 여전히 말없이 서 있었다. 그의 눈빛엔 두려움보다 경건한 기쁨이 담겨 있었다. 베드로는 그에게 고개 숙여 감사 인사를 하고는, 천천히 발걸음을 옮겼다. 발걸음은 무겁지 않았다. 그는 이제 무엇을 더 해야 할지 혼란스럽지 않았다. 그 한 세겔이 모든 해답을 품고 있었기 때문이다. 그것은 그의 말씀이 헛되지 않았다는 증거였고, 예수께서 가르쳐 주신 방식이 실제로 삶을 움직인다는 결정적인 증명이었다.

그는 확신할 수 있었다. 진정한 기적은 하늘에서 떨어지는 불빛이나 하늘 문이 열리는 일이 아니라, 말씀을 들은 사람이 마음을 열고, 손을 열고, 삶을 열어 누군가의 필요를 채우는 그 행위 속에서 드러난다는 것을. 그리고 그 기적은 앞으로도 이어질 것이며, 자신은 이제 그 기적을 낚는 사람이 되어야 한다는 것을. 베드로는 더 이상 어부가 아니었다. 그는 사람을 낚는 자였고, 그물 대신 말씀을 던지는 자가 되었다. 기적이란 씨앗을 사람의 마음에 뿌리는 자로 다시 태어난 것이었다. 어린 시절 물결을 거슬러 불어오던 그 바람은, 모든 것을 흩뜨리는 허무의 힘이 아니라 눈에 보이지 않는 길을 열어주는 자유로운 영혼이었다. 그 바람은 한 어부의 등을 밀었고, 세상의 경계 너머로 그를 이끌었다. 그것은 베드로에게 주어진, 이름 없는 거룩한 길의 시작이었다.

The Bible, True Story Vol. 1

초판 1쇄 인쇄 | 2025년 11월 11일
초판 1쇄 발행 | 2025년 11월 14일

지은이 | 루카스 보넷
옮긴이 | 정찬미
펴낸이 | 김민성
펴낸곳 | 별빛서재 출판사
주   소 | 경기도 용인시 기흥구 홍덕중앙로59, 505호(홍덕노블레스)
이메일 | starlightlibrarypress@gmail.com
펴낸날 | 2025년 11월 14일
I S B N | 979-11-995069-0-9